Alonan Doyle

셜록 홈즈 전집 6

셜록 홈즈의 귀환

셜록 홈즈 전집 6

셜록 홈즈의 귀환

초판	1쇄 발행 2012년 12월 10일
개정판	1쇄 발행 2020년 6월 1일
	8쇄 발행 2023년 12월 30일

지은이	아서 코난 도일
옮긴이	박상은
펴낸이	한승수
펴낸곳	문예춘추사
편 집	구본영
마케팅	박건원
디자인	박소윤

등록번호	제300-1994-16
등록일자	1994년 1월 24일
주소	서울시 마포구 동교로27길 53 지남빌딩 309호
전화	02-338-0084
팩스	02-338-0087
블로그	moonchusa.blog.me
E-mail	moonchusa@naver.com

ISBN	978-89-7604-153-1 04840
	978-89-7604-147-0 (세트)

셜록 홈즈 전집 6

Sherlock Holmes

셜록 홈즈의 귀환

아서 코난 도일 지음 | 박상은 옮김

문예춘추사

일러두기

1. 외래어 표기법에 따르면 홈즈Holmes는 '홈스'로 써야 하나 이 책에서는 독자들에게 익숙한 '홈즈'로 표기하였습니다.

2. 원서에 쓰인 인치, 마일, 야드, 피트, 파운드 등의 단위는 우리에게 익숙한 센티미터, 미터, 킬로미터, 킬로그램, 그램 등으로 환산하여 표기하였습니다.

3. 최대한 원문에 가깝게 번역했으나 우리 정서에 맞지 않는 부분은 문장을 다듬었습니다. 또한 낯선 단어나 해석이 필요한 구절에 역주를 달아 독자들의 이해를 도왔습니다.

4. 다양한 작가의 그림을 실어 보는 재미를 살렸습니다.

Sherlock Holmes

1. 빈집의 모험

1894년 봄이었다. 로널드 아데어 공자_{公子}¹⁾가 도저히 이해할 수 없는 이상한 방식으로 살해당하자 런던 전체가 이 사건에 호기심 어린 눈길을 보냈고, 사교계에서는 여러 말들이 떠돌기 시작했다. 경찰의 조사가 진행되면서 밝혀진 범인의 특징은 이미 세상에 널리 알려져 있다. 하지만 검사 측이 이 사건의 결정적인 증거를 확보하고 있었기 때문에 많은 부분이 세상에 알려지지 않은 채 수사가 마무리되고 말았다. 나는 10년 가까이 지난 지금에서야 비로소 이 사건 전체를 연결하고 있는 숨어 있던 사실을 공표할 수 있게 되었다. 사건 자체도 매우 흥미로웠지만, 그 뒤에 일어난 뜻밖의 사건에 비하면 그것은 아무것도 아니었다. 내 인생도 모험으로 넘쳤지만 그 무엇보다도 더욱 충격적이고 경이로운 사건이었다. 오랜 세월이 지난 지금도 그때의 사건을 생각하면 가슴이 두근거리고

---

1) the Honorable. 영국에서 자작 및 남작의 모든 자녀와 백작의 차남 이하 아들의 이름 앞에 붙이는 경칭. 이 책에서는 '공자'로 번역한다.

내 마음속에 숨어 있던 환희와 놀라움이 다시 되살아나는 것을 느낄 수 있다. 나는 기회가 있을 때마다 극히 비범한 어떤 인물의 사상과 행동을 부분적으로 발표했다. 그에게 흥미를 갖고 있는 사람들에게 일러두고 싶은 내용이 있다. 그동안 이 사건에 대해서 내가 알고 있는 모든 것을 발표하지 않았다고 해서 나를 책망하지 않기를 바란다. 그 본인이 입을 굳게 다물고 있으라고 말하지만 않았다면 나는 이 사건을 발표하는 것이 내 첫 번째 의무라고 생각했을 테지만 지난달 3일에야 드디어 함구령이 풀렸기 때문에 어쩔 수가 없었다.

쉽게 상상할 수 있겠지만, 나는 셜록 홈즈와 매우 친하게 지낸 덕분에 범죄에 깊은 흥미를 갖게 되었다. 그가 행방불명된 뒤에도 세상을 떠들썩하게 한 사건을 유심히 살펴보는 일을 게을리 하지 않았으며, 성공한 적은 많지 않아도 나 자신의 만족을 위해서 홈즈의 방법을 사용해 그 사건들을 해결해 보려 노력한 게 한두 번이 아니었다. 그런데 이 로널드 아데어 공자의 참사만큼 내 흥미를 끈 사건도 없었다. 검시 법정에서는 이것이 한 명 또는 여러 명의 사람들을 노린, 정체를 알 수 없는 범인의 계획적인 살인이라고 평결을 내렸지만 나는 그 증언 기록을 읽고 셜록 홈즈의 죽음이 우리 사회에 얼마나 큰 손실이 되었는지 어느 때보다도 뼈저리게 느낄 수 있었다. 이 이상한 사건에는 틀림없이 홈즈의 흥미를 끌었을 만한 몇 가지 요소들이 있었다. 그러면 유럽 최고 명탐정 특유의 날카로운 관찰력과 노련한 경험을 바탕으로 경찰들의 수고를 덜어주었을 것이다. 아니, 경찰보다도 먼저 사건을 해결했으리라. 나는 마차를 타고 왕진을 다니면서도 온 종일 이 사건을 생각해 보았지만 그럴듯한 설명은 찾아내지 못했다. 그다지 새로울 것도 없는 이야기를 되풀이하는 꼴이 되겠지만 당시 검시 법정의 결론이 내려질 때까지 세상에 밝혀진 사실을 간단히 적어 보겠다.

로널드 아데어 공자는 당시 오스트레일리아의 어느 식민지 총독이었던 메이누스 백작의 차남이었다. 아데어의 어머니는 백내장 수술을 받기 위해서 오스트레일리아에서 영국으로 돌아와 아들인 로널드와 딸인 힐다와 함께 파크 레인 427번지에서 살고 있었다. 세상에 알려진 바에 의하면 청년은 상류 사교계에 속해 있으면서 원한을 살 만한 행동을 한 적도 없었고 특별히 실수를 저지르지도 않았다고 한다. 카스테어스에 살고 있는 에디스 우들리 양과 약혼을 했다가 몇 개월 전에 서로가 합의해서 파혼했지만 그 일 때문에 크게 상심했던 것 같지는 않았다. 그 외에 이 청년의 일상은 매우 한정된 범위 안에서 이루어졌다. 화려하지 않은 평범한 생활을 했으며, 감정에 좌우되는 성격을 가진 사람도 아니었기 때문이다. 그런데 뜻밖에도 이 젊은 귀족에게 이상하기 짝이 없는 죽음이 찾아왔다. 1894년 3월 30일 밤 10시에서 11시 20분 사이에 일어난 일이었다.

로널드 아데어는 카드놀이를 좋아했다. 자주 카드를 치곤 했지만 위험할 만큼 커다란 도박에는 결코 손대지 않았다. 그는 볼드윈, 캐번디시, 바가텔 등의 카드 클럽 회원이었는데 사망한 당일에는 저녁 식사를 마치고 바가텔 클럽에서 네 명이서 둘씩 편을 짜서 하는 휘스트 놀이를 했다는 사실이 밝혀졌다. 오후에도 거기서 카드놀이를 했는데 아데어와 게임을 한 머레이 씨, 존 하디 경, 모런 대령의 증언에 따르면 그때도 휘스트를 했으며 승부는 거의 대등했다고 한다. 아데어는 5파운드 정도를 잃은 듯했지만 상당한 재력가였기 때문에 그 정도의 손해를 마음에 둘 사람은 아니었다. 그는 거의 매일 자신이 회원으로 있는 클럽 중 한 곳에서 게임을 즐겼는데 신중한 성격 덕분에 대부분은 돈을 따는 편이었다. 몇 주일 전에도 모런 대령과 한 편이 되어 갓프리 밀러와 발모랄 경에게 420파운드를 땄다는 사실이 증언을 통해 알려졌다. 검시 법정에서 밝혀진 아데어의 최근 행동은 이 정도였다.

사건이 일어난 날 밤, 아데어는 정각 10시에 클럽에서 돌아왔다. 어머니와 동생은 친척 집에서 저녁 시간을 보내고 있었다. 하녀는 아데어가 거실로 사용하고 있는 3층의 정면에 있는 방으로 들어가는 소리를 들었다고 증언했는데 그 방 난로에 불을 지피다가 연기가 나서 창을 열어 두었다고도 했다. 11시 20분에 메이누스 부인과 딸이 집으로 돌아왔는데 그때까지 3층의 그 방에서는 아무 소리도 들리지 않았다. 부인은 아들에게 인사하기 위해 방으로 들어가려 했지만 방문이 안쪽에서 잠겨 있었고 큰 소리로 부르며 노크해도 대답이 없었다. 그래서 하인을 불러 억지로 문을 열고 들어가 보니 그 불운한 청년이 탁자 옆에 쓰러져 있었다. 목표물에 맞으면 탄두가 퍼지는 리볼버 팽창 탄환에 맞아 머리가 무참하게 깨져 있었으나 흉기는 전혀 눈에 띄지 않았다. 그 방의 탁자 위에는 10파운드짜리 지폐 두 장과 은화 및 금화가 17파운드 10실링 있었는데 돈은 몇 개의 서로 다른 금액으로 나뉘어져 있었다. 그리고 종이 한 장에 숫자와 다른 클럽 친구들의 이름이 적혀 있었다. 그는 살해당하기 전까지 카드놀이의 승패를 계산하고 있었던 듯했다.

정황을 면밀하게 조사할수록 사건은 더욱 복잡해졌다. 우선 이 청년이 왜 안에서 방문을 잠가야만 했는지 그 이유를 알 수 없었다. 물론 범인이 방문을 잠갔고, 범행을 저지른 뒤에 창문을 통해서 도망쳤다는 추측도 가능했다. 하지만 창은 지면에서 적어도 6미터 이상 떨어져 있었으며 그 밑에는 크로커스가 활짝 핀 화단이 있었다. 화단과 지면은 조금도 흐트러져 있지 않았고 집과 도로 사이에 있는 좁은 잔디밭에도 아무런 흔적조차 남아 있지 않았다. 그런 까닭에 문을 잠근 것은 청년이라고 추측하게 되었다. 그렇다면 청년은 어떻게 죽은 것일까? 아무 흔적도 남기지 않고 창문으로 기어오르기란 불가능한 일이었다. 창 너머로 총을 쐈다고 가정한다면 범인은 권총으로 치명상을 입힐 수 있는 명사수일 것이다. 그리고 파크 레인은 사람들이 많이 오가는 곳이며, 집에서 100미터 정도 떨어진 곳에 영업용 마차가 손님을 기다리는 정차소가 있었으나 아무도 총성을 듣지 못했다. 그런데도 실제로 사람이 죽었고 탄환의 부드러운 부분인 탄두가 버섯처럼 파열되어 있었다. 틀림없이 피해자는 치명상을 입고 즉사했을 것이다. 이상이 파크 레인 사건의 정황인데 앞서 말한 대로 아데어 청년은 아무에게도 원한을 산 적이 없었으며, 방 안의 금품도 그대로 남아 있었기 때문에 범행 동기도 없었으므로 사건은 더욱 복잡해졌다.

나는 하루 종일 이러한 사실들을 검토하면서 모든 것들을 논리적으로 설명하기 위해 노력했다. 또한 사라진 친구가 모든 수사의 출발점이 된다고 했던 '최소 저항선'을 찾기 위해 애썼지만 솔직히 말해서 죄다 헛수고가 됐을 뿐이었다. 저녁 6시쯤에 하이드 파크를 지나서 파크 레인과 옥스퍼드 가가 맞닿은 곳까지 걸어갔다. 거리에 수많은 구경꾼들이 모여서 창 하나를 들여다보고 있었으므로 내가 찾던 집을 금세 알아볼 수 있었다. 큰 키에 색안경을 끼고 있는 사복 경찰 같은 남자가 자신이 세운 가설을 떠들어 대고 있었고 사람들은 그 주위에 몰려들어 그 이야기에 귀를 기울이고 있었다. 나도 가능한 한 가까이 다가가서 그의 이야기를 들었는데 너무나도 한심한 내용이라 그 자리에서 물러났다. 그 순간, 뒤에 있던 불구 노인과 부딪쳐 그가 들고 있던 책 몇 권이 땅바닥으로 떨어졌다. 책을 주우면서 그중 《수목숭배의 기원》이라는 제목의 책이

눈에 들어왔다. 이 노인은 직업인지 취미 때문인지는 모르겠지만 희귀한 책을 수집하는 독특한 애서가임이 분명했다. 나는 내 실수를 사과하려 했는데 주인에게는 바닥에 떨어진 책이 매우 귀중한 깃이었는지, 수염이 하얗고 등이 굽은 남자는 경멸하는 듯한 신음 소리를 올리고 휙 돌아서서 인파 속으로 사라지고 말았다.

나는 파크 레인 427번지를 조사했지만 내가 관심을 갖고 있는 이 사건을 해결하는 데는 아무 도움도 되지 않았다. 집은 낮은 목책이 붙어 있는 담으로 둘러싸여 있었는데 그 높이는 1.5미터도 되지 않아서 누구나 쉽게 정원으로 들어갈 수 있었다. 하지만 창문으로는 도저히 접근할 수 없을 듯했다. 짚고 올라갈 만한 배수관이나 그와 비슷한 것이 전혀 없었기 때문에 아무리 날렵한 사람이라도 오를 수 없을 것이다. 나는 더욱 혼란스러운 마음으로 켄싱턴의 집으로 돌아왔다. 그런데 서재에 들어간 지 5분도 되지 않아 하녀가 들어오더니 손님이 찾아와서 나를 만나고 싶어 한다고 전했다. 손님을 안으로 들이고 보니 놀랍게도 조금 전에 부딪친 늙은 애서가였다. 백발 사이로 쭈글쭈글하지만 날카로운 얼굴이 엿보였고 적어도 열 몇 권은 됨직한 희귀한 책들을 오른쪽 옆구리에 끼고 있었다.

"놀랐나 보오."

노인이 묘하게 갈라지는 목소리로 말했다. 나는 그렇다고 대답했다.

"마음이 영 개운치 않아서 말이지. 선생 뒤를 따라 걸어왔는데 그만 당신이 집 안으로 들어가지 뭐요. 그래서 잠깐 들러서 친절한 분을 만나 뵙고 아까 내 태도가 무례했더라도 결코 나쁜 마음이 있어서 그런 것은 아니었다는 점을 말하고 싶었소. 그리고 책을 주워 줘서 고맙다는 말도 드려야겠고."

"그런 말을 들을 만큼 대단한 일도 아니었습니다. 그런데 저를 어떻게 알고 계시죠?"

내가 물었다.

"나도 이 근처에서 살고 있소이다. 처치 가 모퉁이에서 조그만 책방을 운영하고 있으니 시간이 나면 한번 놀러 오시구려. 선생도 책을 모으시는 것 같은데, 여기 《영국의 새》, 《캐툴러스 시집》, 《성스러운 전쟁》이 있소. 전부 싸게 드릴 수 있다오. 앞으로 다섯 권만 더 있으면 저 두 번째

칸도 꽉 찰 거요. 지금은 이가 빠져서 보기에 영 안 좋구먼."

나는 등 뒤에 있는 책꽂이를 향해 뒤돌았다. 그리고 다시 고개를 돌려 정면을 봤는데 탁자 너머에서 셜록 홈즈가 나를 보며 웃고 있는 게 아닌 가! 나는 자리에서 일어나 한동안 멍하니 그를 바라보았다. 그리고 태어 나서 처음으로 잠시 정신을 잃었다. 눈앞에 회색 안개가 피어오르다가 사라졌고 정신을 차리자 목깃이 느슨하게 풀어져 있었으며 입술에는 쏘 는 듯한 독한 브랜디 맛이 남아 있었다. 홈즈가 술병을 든 채 몸을 굽혀 나를 살펴보고 있었다.

"왓슨, 그렇게 놀랄 줄은 상상도 못했네."

아주 귀에 익은 목소리였다. 나는 홈즈의 팔을 잡았다.

"홈즈! 정말 자네 맞나? 자네가 살아 있다니 이게 사실인가? 그 무시무시한 계곡에서 어떻게 살아 돌아왔나?"

내가 외쳤다.

"잠깐만. 자네, 이제 말해도 괜찮은가? 쓸데없이 극적으로 나타나는 바람에 자네만 놀라게 만들었군."

홈즈가 말했다.

"나는 괜찮아. 아직도 내 눈을 못 믿겠어. 자네가, 다른 사람도 아닌 바로 자네가 이렇게 내 서재에 서 있다니!"

나는 다시 한 번 그의 소매를 잡았다. 옷소매를 통해서 근육은 여전히 탄탄하지만 무척 여윈 팔이 느껴졌다.

"그래, 유령은 아니로군. 아, 자네를 다시 만나게 되다니 얼마나 기쁜지 모르겠네. 어서 자리에 앉아서 그 무시무시한 계곡에서 어떻게 살아나왔는지 이야기 좀 해 주게."

홈즈는 내 맞은편 의자에 앉아 예전과 다름없는 모습으로 담배에 불을 붙였다. 여전히 책방 주인에게 어울리는 낡은 프록코트를 입고 있었지만, 노인으로 분장하기 위해서 붙인 하얀 수염과 책 한 무더기는 전부 탁자 위에 쌓아 놓았다. 그동안 많이 여윈 듯 예전보다 더욱 날카로워 보였으며 독수리를 닮은 창백한 얼굴을 보면 요즘에 별로 건강하지 못한 생활을 했음을 알 수 있었다. 홈즈가 말했다.

"이렇게 온몸을 쭉 뻗고 있으니 기분이 좋군. 키 큰 사람이 하루에 몇 시간씩 30센티미터나 웅크리고 다닌다는 게 그리 쉬운 일이 아니거든. 그건 그렇고 오늘 밤에 위험하고 어려운 일을 하나 해야 하네. 물론 자네도 도와주겠지? 그렇게 해 주면 내가 이런 모습으로 나타난 까닭도 쉽게 설명할 수 있을 걸세. 그 일을 마친 다음에 지금까지 있었던 자초지종을 전부 이야기하는 편이 나을 것 같아."

"나는 얼른 알고 싶어서 견딜 수가 없어. 지금 당장 이야기해 줄 수는 없겠나?"

"오늘 밤에 함께 가 줄 텐가?"

"언제든, 어디에든 함께 가겠네."

"예전으로 다시 돌아온 것 같군. 출발하기 전에 간단히 저녁을 먹을 정도의 시간은 있어. 좋아, 그럼 계곡에 대한 이야기를 하겠네. 사실 거기서 나오는 건 그리 어려운 일이 아니었네. 처음부터 폭포 밑으로 떨어지지 않았으니까. 결론부터 말하자면 그렇게 된 걸세."

"떨어지지 않았다고?"

"맞아, 왓슨. 떨어지지 않았네. 하지만 자네에게 남긴 편지는 진짜야. 탈출구에 이르는 그 좁은 길에 모리어티 교수의 불길한 모습이 나타난 순간, 내 삶도 이것으로 끝이라는 생각이 들었다네. 그 사람의 잿빛 눈에서 굳은 결의를 읽을 수 있었거든. 그는 나와 두어 마디 말을 나눈 뒤에 자네에게 남긴 그 편지를 써도 좋다는 아주 너그러운 배려를 해 주더군. 그 편지를 담배 상자와 지팡이와 함께 놓아두고 나는 좁은 길을 따라 걸었네. 모리어티는 바로 내 뒤를 쫓아왔지. 길 끝에 도착해서 나는 더 이상 앞으로 나갈 수 없었네. 녀석은 무기를 가지고 있지는 않았지만 맨손으로 내게 덤벼들어 그 긴 손으로 나를 감싸더군. 모든 것이 끝장났다는 사실을 깨달은 모리어티의 머릿속에는 오로지 나를 향한 복수심밖에 없었다네. 절벽 위에서 몸싸움을 벌이던 우리는 그만 중심을 잃고 말았네. 하지만 나는 일본의 격투 기술인 바리츠[2]를 조금 익혀 두었는데 예전에도 이것 덕분에 목숨을 건진 적이 몇 번 있었네. 나는 그의 손아귀에서 벗어났고 모리어티는 끔찍한 비명을 지르며 몇 초 동안 미친 듯이 발길질을 하면서 두 손으로 허공을 휘저었어. 필사적으로 노력했지만 그는 무너진 몸의 균형을 바로잡지 못해 밑으로 떨어지고 말았다네. 절벽 밖으로 얼굴을 내밀어 바라보니 모리어티가 까마득한 아래로 떨어지는 것이 보이더군. 그러다가 바위에 부딪혀 한 번 튀어 오르더니 물보라를 일으키면서 물속으로 사라졌네."

홈즈가 담배를 피우면서 설명했다. 그 이야기를 듣고 나는 놀라지 않을 수 없었다.

"그렇다면 발자국은 어떻게 된 건가? 두 사람의 발자국이 길을 따라 막다른 곳으로 향했지만 다시 되돌아온 발자국은 없었네. 내 눈으로 똑똑히 봤다고!"

내가 외쳤다.

"모리어티가 떨어지는 것을 보는 순간 문득 뜻밖의 행운이 찾아왔음을 깨달았어. 내 목숨을 노리던 자는 모리어티뿐만이 아니거든. 두목이 죽는 바람에 내게 더 큰 복수심을 품게 된 녀석이 적어도 셋 정도는 더 있었으니까. 그 세 명 모두 위험하기 짝이 없는 녀석들인데 그중 한 명이 나를 죽일 것 같았지. 하지만 내가 죽었다고 세상에 알려지면 녀석들은 마음 놓고 제멋대로 날뛸 걸세. 그렇게 되면 언젠가는 정체가 노출될 테고 나도 쉽게 녀석들을 해치울 수 있게 되네. 그러고 나면 내가 아직 살아 있다고 세상에 공표할 생각이었어. 인간의 두뇌란 참으로 놀랍다네. 이 모든 생각을 모리어티 교수가 라이헨바흐 폭포 아래로 떨어지는 그 짧은 순간에 떠올렸으니 말일세.

2) baritsu. 홈즈는 일본의 격투 기술이라고 소개하지만 실제로 이런 무술은 없다. 다만 유도나 스모라고 추측하는 사람들도 있다.

나는 자리에서 일어나 등 뒤에 있던 바위 절벽을 살펴보았어. 이 사건을 다룬 자네의 박진감 넘치는 글은 몇 달 뒤에 아주 흥미롭게 읽었네. 자네는 그 글에서 바위 절벽이 깎아지른 듯한 낭떠러지라고 했지만 엄밀하게 말하자면 그 표현은 정확하지 않아. 발을 디딜 만한 곳이 몇 군데 있었고 앞으로 튀어나온 바위도 한 군데 있었거든. 절벽은 매우 높아서 그곳을 오르기란 거의 불가능해 보였고, 그렇다고 해서 그 젖은 길을 발자국을 남기지 않고 갈 수도 없었다네. 예전에 그와 비슷한 상황에서 했던 대로 구두를 거꾸로 신고 길을 가는 방법도 있었지만 그러면 한 방향으로 세 개의 발자국이 생기니 오히려 의심을 사기 딱 좋은 상황이었지. 그래서 조금 위험하기는 해도 절벽을 기어오르기로 했네. 그리 즐거운 작업은 아니었어, 왓슨. 발밑에서는 폭포가 울부짖고 있었네. 나는 망상에 사로잡히는 사람은 아니지만, 절벽 밑에서 나를 향해 부르짖는 모리어티의 목소리가 들려오는 듯했어. 움켜잡은 풀이 뽑히기도 했고 젖은 돌부리에 발이 미끄러지기도 했는데 그럴 때마다 이젠 틀렸다고 생각했지. 그래도 포기하지 않고 기어올라, 간신히 이끼로 뒤덮인 조금 평평한 바위까지 오를 수 있었네. 거기서 사람들 눈에 띄지 않고 편안하게 있을 수 있었어. 왓슨, 자네와 자네가 데리고 온 사람들이 배려심 깊기는 하나 참으로 서툰 방법으로 내 죽음을 조사하고 있을 때 나는 거기서 팔다리를 쭉 펴고 편안하게 누워 있었다네.

자네들은 끝내 완전히 잘못된 결론을 내리고 호텔로 돌아갔고 나는 홀로 그곳에 남았어. 이것으로 내 모험도 끝이라고 생각했는데 그때 뜻밖의 일이 벌어져서 크게 놀랐네. 머리 위에서 커다란 바위가 굴러 떨어지더니 내 옆을 스치고 지나가 좁은 길에 부딪혀서는 그대로 깊은 계곡 속으로 떨어지지 뭔가. 그 순간에는 우연히 일어난 사고라고 생각했지만 고개를 들어 보니 어두워진 하늘을 배경으로 어떤 남자의 머리가 보였네. 그리고 뒤이어 내가 누워 있던 곳에서 채 30센티미터도 떨어지지 않은 곳으로 두 번째 바위가 떨어져 내렸지. 나는 이 낙석에 담긴 뜻을 명백하게 알 수 있었네. 모리어티 교수는 혼자 행동한 것이 아니었어. 언뜻 보기에도 위험하기 짝이 없는 부하 녀석이 모리어티 교수가 나를 덮치는 동안 죽 지켜보고 있었던 걸세. 내가 볼 수 없는 먼 곳에서 두목이 죽고 내가 살아남은 장면을 전부 지켜본 것이 분명했어. 녀석은 가만히 보고 있다가 길을 따라 절벽 정상으로 올라가 동료가 실패한 일을 자기가 이루려고 했네.

왓슨, 나는 금세 그 사실을 알아챘다네. 그 험상궂은 얼굴이 다시 절벽 위에서 내려다보는 것이 보였고, 그게 다음 바위가 떨어져 내릴 전조라는 사실을 깨달았지. 나는 처음 올라왔던 길로 다시 기어 내려가려 했어. 침착하게 행동하려 했지만 뜻대로 되지 않았네. 오를 때보다 100배는 더 어려웠거든. 하지만 위험하다고 생각할 틈도 없었다네. 내가 있던 바위 끝을 붙잡고 밑으로 매달린 순간, 다시 바위가 굴러 와서 내 옆을 스치고 지나갔으니까 말이야. 거의 미끄러져 내려오다시피 하는 바람에 온통 상처투성이가 되어 피를 흘렸지만 다행스럽게도 길까지 내려올 수 있었어. 나는 그대로 어둠에 잠긴 산 속으로 들어가 15킬로미터 정도 도망쳤고, 1주일 뒤에는 피렌체에 다다랐지. 그제야 내가 어떻게 됐는지 세상 누구도 알지 못할 거라고 확신했어.

오직 한 사람, 마이크로프트 형에게는 이 비밀을 밝혀 두었네. 왓슨, 자네에게는 진심으로 사과하겠네. 하지만 내가 죽었다고 믿게 만드는 것이 무엇보다도 중요했고, 실제로 자네도 그렇게 믿고 있지 않았다면 나의 불행한 최후를 그렇게 설득력 있게 기록하지는 못했을 거야. 지난

3년간 자네에게 어떤 형식으로든 편지를 쓰려고 몇 번이고 펜을 잡았지만 언제나 나에 대한 지나친 우정 때문에 현명하지 못하게도 이 비밀을 드러낼 행동을 할까 봐 걱정되어 결국 쓰지 못했네. 오늘 저녁에 자네와 부딪혀 책을 떨어뜨렸을 때 서둘러 자네 곁에서 떠난 것도 같은 이유에서였어. 그때 나는 위험에 맞닥뜨린 상황이었네. 그러니 자네의 얼굴에 놀라는 감정이 조금이라도 드러났다가는 사람들의 시선이 내게 쏠려 어떻게 할 수 없는 처참한 결과를 맞이할 수도 있었다네. 하지만 필요한 돈을 손에 넣기 위해서는 마이크로프트 형에게 연락해야만 했지. 그런데 런던의 상황이 내가 바라던 것처럼 좋은 방향으로 흐르지는 않았어. 재판에서 모리어티 일당 중 가장 위험한 두 인물을 놓쳐 버리고 말았거든. 그 두 사람이야말로 내게 가장 깊은 원한을 품고 복수하려는 놈들일세. 그래서 나는 2년 동안 티베트를 떠돌았고 그곳의 수도인 라사를 방문해 라마교의 고승과 며칠 동안 같이 지내기도 했다네. 시겔손이라는 노르웨이 사람이 쓴 감탄할 만한 여행기를 자네도 읽었는지 모르겠지만 그것이 자네 친구의 소식이라고는 꿈에도 생각지 못했겠지? 그 뒤에 페르시아를 거쳐서 이슬람교의 성지인 아라비아의 메카로 들어갔고, 아프리카 수단의 수도인 하르툼에도 들렀다네. 거기에서 그 나라 군주인 칼리프와 짧지만 인상적인 만남을 가졌지. 그 결과는 외무부에 보고서를 올려 두었어.

프랑스에서는 남부의 몽펠리에 연구소에서 몇 달 동안 콜타르 유도체 연구를 하면서 지냈네. 그 연구에서 만족할 만한 성과를 거두었고, 이제 런던에 남아 있는 내 적도 오직 한 명뿐이라는 사실을 알게 되어서 막 귀국하려던 차에 이 의문투성이의 흥미로운 사건이 일어났다네. 그 소식을 듣고 서둘러 돌아온 걸세. 사건 자체도 수사하는 보람을 느낄 수 있을 만큼 흥미로웠지만 내게 아주 특수한 기회가 될 것 같았거든. 나는 곧바로 런던으로 돌아와서 베이커 가로 갔는데 허드슨 부인은 경기를 일으키다시피 깜짝 놀라더군. 형 덕분에 내 방이며 서류는 전부 옛날 그대로 남아 있었어. 왓슨, 그래서 오늘 오후 2시에 그리웠던 내 방의 팔걸이의자에 앉아 있노라니 보고 싶은 내 친구 왓슨이 언제나처럼 맞은편 의자에 앉아 있었으면 좋겠다는 생각이 간절했다네."

여기까지가 4월의 어느 날 저녁에 홈즈에게 들은 놀라운 이야기였다. 두 번 다시 볼 수 없을 것이라 여겼던 훤칠하고 호리호리한 그의 모습과 날카로운 얼굴을 실제로 보지 않았다면 나는 이 이야기를 절대로 믿지 못했을 것이다. 어떻게 알았는지 홈즈는 내가 아내를 여의었음을 알고 말이 아닌 태도로 연민을 표현했다.

"왓슨, 슬픔을 극복하는 제일 좋은 약은 일에 몰두하는 것일세. 오늘 밤에 우리를 위해서 준비된 일이 하나 있는데 그것만 잘 처리한다면 한 인간이 정당한 삶을 누릴 수 있을 걸세."

나는 홈즈에게 좀 더 자세한 이야기를 들려 달라고 부탁했지만 그는 고개를 저으면서 말했다.

"내일 아침까지 자네가 실컷 보고 직접 듣게 될 걸세. 그 대신 지난 3년 동안 쌓인 이야기가 있지 않나? 빈집으로 모험을 나서야 하는 9시 30분까지는 그 이야기만 해도 충분할 걸세."

시간이 되어 주머니에 권총을 찔러 넣고, 모험을 앞둔 두근거리는 가슴으로 이륜마차에 홈즈와 나란히 앉아 있자니 옛날로 되돌아간 기분이었다. 홈즈는 냉정하고 엄격한 표정을 지은 채 말이 없었다. 가로등이 그의 엄숙한 표정을 비출 때마다 생각에 잠겨 찌푸린 눈썹과 굳게 다문 얇은 입술이 보였다. 범죄 도시 런던의 어두운 정글 속에서 홈즈가 어떤 야수를 잡으려는 것인지는 알 수 없었지만, 이 노련한 사냥꾼의 태도를 보니 오늘 모험은 분명 범상치 않음을 알 수 있었다. 수도승이 떠오르는 음울한 표정 속에서 가끔 내비치는 차가운 비웃음은 우리에게 쫓기고 있는 적에게는 그다지 좋은 징조가 아니었다.

나는 우리가 베이커 가로 가는 줄 알았는데 홈즈는 캐번디시 광장 모퉁이에서 마차를 세웠다. 그는 마차에서 내리면서 날카로운 시선으로 좌우를 살폈으며 모퉁이가 나올 때마다 우리를 따라오는 사람이 없는지 매우 조심스럽게 살폈다. 우리가 지난 길도 매우 기이하기 짝이 없었다. 홈즈는 런던의 뒷골목을 구석구석 놀라울 정도로 자세하게 알고 있었다. 나는 그 부근에 마구간이 빽빽하게 들어 찬 구역이 있는 줄도 몰랐지만, 그는 빠른 걸음으로 아무런 망설임 없이 그 길을 지나갔다. 드디어 낡고 을씨년스러운 집들이 늘어서 있는 조그만 길로 나서더니 거기서 맨체스터 가를 지나고 블랜드퍼드 가를 지났다. 그런 다음 재빠르게 좁은 통로로 접어들어 어느 집의 나무문을 지나고 인적 없는 정원을 건너더니 그 집의 뒷문을 열쇠로 열었다. 그러고는 집 안으로 들어서자마자 안쪽에서 문을 잠갔다.

집 안은 칠흑같이 어두웠지만 나는 그곳이 빈집임을 확실하게 알 수 있었다. 나무판자로 된 바닥에는 아무것도 깔려 있지 않아서 걸음을 옮길 때마다 삐걱거리는 소리가 들려왔다. 벽 쪽으로 손을 뻗었더니 찢어진 벽지가 너덜너덜 매달린 채 손에 닿았다. 홈즈의 차갑고 섬세한 손가락이 내 손목을 잡고 앞으로 인도하자 문 위의 부채처럼 생긴 채광창이 어둠 속에서 희미하게 보였다. 거기까지 간 홈즈는 갑자기 오른쪽으로 꺾어져 들어갔다. 그러자 넓고 텅 빈 네모난 방이 나왔다. 방의 네 귀퉁이는 어둠에 잠겨 있었지만 한가운데 부분에는 창 밖 거리의 불빛이 희미하게 새어 들어오고 있었다. 가까운 곳에 불빛이 없었고 유리창에는 먼지가 두껍게 쌓여 있었기 때문에 서로의 모습을 간신히 알아볼 정도였다. 친구가 내 어깨에 손을 얹더니 귓전에서 소곤거렸다.

"우리가 어디에 있는지 알겠나?"

"베이커 가인 것 같은데."

나는 흐린 창 너머를 내다보며 대답했다.

"맞아. 예전에 우리가 함께 살던 곳의 맞은편에 있는 캠던 하우스야."

"그런데 여기에는 왜 온 건가?"

"여기서는 저 그림처럼 아름다운 건물이 잘 보이기 때문이지. 왓슨, 미안하지만 창문 쪽으로 조금 더 다가가 주겠나? 자네 모습이 보이지 않도록 조심스럽게 우리 방을 올려다보게나. 수많은 모험의 출발점이었던 그 방 말일세. 3년이라는 세월 동안 비워 두었는데 자네를 깜짝 놀라게 할 힘이 사라졌는지 한번 확인해 보세."

나는 살금살금 앞으로 다가가 맞은편에 있는 그리운 창문을 바라보았다. 창문으로 시선을 던진 순간 나는 너무 놀라서 숨을 헐떡이며 소리를 질렀다. 방 안에는 환하게 불이 밝혀져 있었고 블라인드가 내려져 있었다. 밝은 창에는 방 안 의자에 앉은 남자의 검은 그림자가 선명하게 그려져 있었는데 옆으로 기울어진 머리, 각진 어깨 선, 날카로움이 느껴지는 얼굴 등이 뚜렷하게 보였다. 얼굴은 옆을 향하고 있었으며, 마치 우리 할아버지 시대에 유행하던 실루엣을 보는 느낌이었다. 그것은 완벽한 홈즈의 복제품이었다. 너무 놀란 나머지 나도 모르게 손을 뻗어 내 옆에 서 있는 것이 정말 홈즈인지 확인할 정도였다. 홈즈가 소리 없이 몸을 떨며 웃었다.

"어떤가?"

"정말 대단해!"

내가 놀랍다는 소리로 말했다.

"세월의 흐름 앞에서도 내 재주는 녹슬지 않았고 세상의 변화에도 썩지 않았다는 이야기겠지? 어때, 나랑 똑같지 않나?"

그의 목소리에는 예술가가 자신의 작품에 품고 있는 기쁨과 자부심이 배어 있었다.

"저기에 있는 게 진짜 자네라고 해도 좋을 정도야."

"제작상의 영예는 프랑스 그르노블에 살고 있는 오스카 뮈니에 씨에게 돌려야 할 거야. 주형을 만드는 데만도 며칠이 걸렸지. 밀랍으로 만든 흉상일세. 나머지는 오늘 오후 베이커 가를 방문했을 때 내가 준비한 것이고."

"왜 저런 걸 준비했나?"

"어떤 녀석들에게 내가 다른 곳에 있을 때도 저기에 있는 것처럼 보이기 위해서지."

"그럼 누군가 자네를 감시하고 있다는 말인가?"

"그렇다네."

"누가?"

"나의 오랜 적들일세, 왓슨. 라이헨바흐 폭포에서 수령을 잃은 그 매력적인 일당들. 자네도 알다시피 내가 아직 살아 있다는 사실을 아는 것은 그들뿐이야. 녀석들은 언젠가 내가 저 집으로 돌아올 것이라 굳게 믿고 있어. 그래서 내 방을 늘 감시하고 있었고 오늘 아침에 드디어 내가 돌아온 것을 목격했지."

"그걸 어떻게 알고 있지?"

"창밖을 내려다보았더니 나를 감시하는 사람이 있더군. 파커라는 녀석인데 그리 대단한 녀석은 아니야. 입에 물고 손으로 연주하는 구금□쪽을 잘 다루지. 하지만 그 녀석은 그리 신경 쓰지 않는다네. 그 뒤에 있는 훨씬 더 난폭한 녀석이 마음에 걸려. 모리어티의 심복인데 절벽에서 바위를 굴린 녀석이지. 런던에서 가장 교활하고 위험한 범죄자라고 할 수 있다네. 바로 그 사람이 오늘 밤 내 뒤를 쫓고 있거든. 하지만 녀석은 우리가 자신의 뒤를 쫓고 있다는 사실을 전혀 모르고 있어."

친구가 어떤 계획을 세우고 있는지 이제 조금 알 수 있을 것 같았다. 우리는 이 더할 나위 없이 좋은 은신처에서 감시자를 감시하고 추적자를 추적하고 있는 것이었다. 건너편에 있는 저 그림자는 미끼였고 우리는 사냥꾼인 셈이다. 침묵과 어둠 속에 서서 우리는 거리를 바삐 오가는 사람들을 살펴보았다. 홈즈는 입을 다문 채 손가락 하나 까딱하지 않았다. 하지만 틀림없이 오가는 사람들을 주의 깊고 빈틈없이 살펴보고 있을 것이다. 폭풍우가 쏟아질 듯 쌀쌀하고 바람이 날카로운 울부짖음을 올리며 긴 거리를 달려 나가는 밤이었다. 오가는 사람들이 많았는데 대부분은 목깃을 단단히 여미거나 목도리에 얼굴을 묻고 있었다. 한두 번 똑같은 사람이 지나간 느낌이 들었다. 특히 길 저편에 있는 집의 문 앞에서 바람을 피하고 있는 듯한 두 사람의 모습이 마음에 걸렸다. 홈즈에게 그 사람들의 존재를 알리려 했지만 그는 초조한 듯 조그만 신음 소리를 내며 눈을 떼지 않고 거리를 지켜보았다. 자꾸만 다리를 흔들고 손가락으로 빠르게 벽을 두드렸다. 자신의 계획이 기대한 대로 진행되지 않자 침착함을 잃어버린 모양이었다. 밤은 점점 깊어 가고 인적이 드물어지자 홈즈는 더 이상 참지 못하고 방 안을 서성였다. 그에게 말을 걸려고 고개를 들어 맞은편 창문을 올려다본 순간, 처음 그곳을 올려다봤을 때만큼이나 크게 놀랐다. 나는 홈즈의 팔을 붙잡고 위쪽을 가리키며 외쳤다.

"그림자가 움직이고 있네!"

아까는 옆모습이 보였는데 지금 보이는 것은 뒷모습이었다. 홈즈는 자신보다 지능이 떨어지는 사람을 보면 답답함을 참지 못해 울컥 치밀어 오르는 성미가 있었다. 3년이 지난 지금도 예진과 다를 바가 없었다.

"당연히 움직여야지! 왓슨, 내가 인형 하나만 덜렁 세워 놓고 유럽에서 제일 교활한 녀석들을 속일 수 있겠다고 생각할 만큼 어리석은 천치로 보이는가? 우리가 이 방에 들어온 지 두 시간이 지날 동안 여덟 번, 그러니까 15분마다 허드슨 부인이 저 흉상의 위치를 바꿔 주고 있다네. 물론 자신의 그림자가 비치지 않도록 불 뒤쪽에서 움직이고 있어. 앗!"

순간 홈즈가 갑자기 말을 끊고 날카로운 비명을 내질렀다. 그가 얼굴을 앞으로 내밀고 온몸을 긴장시킨 채 모든 신경을 곤두세우고 있는 모습이 어둠 속에서 희미하게 보였다. 창 밖 거리에 인적이라고는 전혀 찾아볼 수가 없었다. 조금 전의 두 사내가 문 앞에 웅크리고 있을지는 몰라도 내 눈에는 더 이상 보이지 않았다. 주위는 쥐 죽은 듯이 고요했고 어두웠다. 맞은편 창의 블라인드만 노랗게 빛나고 있었고 그 한가운데에 검은 사람의 그림자가 어른거릴 뿐이었다. 모든 게 숨을 죽인 고요한 정적 속에서 홈즈가 흥분을 가라앉히려 가늘게 내뱉는 숨소리가 들려왔다. 그 순간, 홈즈가 나를 방의 가장 어두운 부분으로 데려가더니 한쪽 손을 내 입술에 가져다 댔다. 이처럼 동요하는 친구의 모습은 처음이었다. 하지만 여전히 창 밖 어두운 거리에는 사람의 그림자조차 얼씬거리지 않았다.

그러나 나도 홈즈의 날카로운 감각이 잡아 낸 것을 느낄 수 있었다. 낮고 은밀한 소리가 앞쪽 베이커 가가 아니라 우리가 숨어 있는 집 뒤쪽에서 들려왔다. 문이 열리고 닫히는 소리였다. 바로 뒤 이어서 복도를 살금살금 걸어오는 소리가 들렸다. 소리를 내지 않으려고 주의해서 걷는 듯했지만 빈집 전체에 날카로운 소리가 울려 퍼지고 있었다. 홈즈는 벽에 등을 대고 몸을 웅크렸다. 나도 권총을 힘껏 잡은 다음 그와 같은 자세를 취했다. 어둠 속을 응시하고 있으니 주위의 어둠보다 더욱 어두운 사람의 그림자가 희미하게 보였다. 그림자는 잠시 멈춰 섰다가 다시 몸을 앞으로 구부린 채 위협적인 자세로 방 안으로 들어왔다. 이 불길한 그림자가 3미터도 떨어지지 않은 곳까지 접근해 왔기에 나는 상대가 덤벼들면 그에 맞설 수 있도록 자세를 취했다. 그러나 곧 상대가 우리의 존재를 깨닫지 못했음을 알 수 있었다. 우리 바로 앞을 지나서 창가로 살금살금 다가간 남자는 창문을 15센티미터 정도 조용히 들어올렸다. 그리고 창이 열린 틈에 맞춰 몸을 숙였기 때문에 거리의 빛이 먼지 투성이의 창을 통하지 않고 남자의 얼굴로 직접 쏟아져 들어왔다.

남자는 흥분해서 제정신이 아닌 듯했다. 눈은 반짝반짝 빛났고 얼굴 근육은 꿈틀꿈틀 경련을 일으키고 있었다. 중년 사내였는데 콧날은 가늘고 오뚝했고, 툭 튀어나온 이마는 벗겨지기 시작했으며, 백발이 섞인 커다란 콧수염을 기르고 있었다. 접을 수 있는 오페라 모자를 뒤로 젖혀 썼고, 단추를 풀어헤친 외투 속으로는 야회복夜會服 와이셔츠의 가슴 부분이 하얗게 빛났다. 야윈 얼굴은 검게 그을려 있었으며 깊고 거친 주름이 새겨져 있었다. 손에 지팡이 같은 것을 쥐고 있었는데 그 지팡이를 바닥에 내려놓자 금속성 소리가 났다. 그런 다음, 외투 주머니에서 커다란 물건을 꺼내 부지런히 손을 움직였는데 곧 스프링이나 나사를 박는 소리가 들렸고 그제야 작업이 끝난 듯했다. 그는 여전히 바닥에 무릎을 꿇고 앉은 채 몸을 앞으로 웅크려 지렛대 같은 것에 체중을 실어 힘을 주었다. 무엇인가 기다란 물건이 빙글빙글 회전하면서 긁히는 소리가 들리더니 다시 한 번 찰칵하는 금속성 소리가 들려왔다. 그러고 나서 상체를 일으킨 순간, 사내가 개머리판이 이상하게 생긴 총을 들고 있는 것이 보였다. 총열을 열어 무엇인가를 쑤셔 넣고 다시 총열을 닫았다. 그리고 다시 몸을 웅크려 창틀 위에 총신 끝을 올려놓았다. 긴 콧수염이 총신에 닿았으며 조준하는 눈은 날카롭게 빛났다. 개머리판을 어깨로 감싸 쥐듯 자세를 취하고, 조준기 끝에 우뚝 솟아 있는 노란 바탕 위의 검은 그림자를 바라보며 만족스럽게 내쉬는 숨소리가 내 귀에도 들렸다.

사내는 한순간 몸을 긴장시켜 움직임을 멈추더니 방아쇠를 당겼다. 바람을 가르는 듯한 기묘하고 커다란 소리가 들렸고 곧 유리가 깨지는 길고 날카로운 소리가 울려 퍼졌다. 그 순간, 홈즈가 저격수의 등을 향해 호랑이처럼 몸을 날려 상대를 뒤쪽에서 쓰러뜨렸다. 사내는 곧 몸을 일으켜 필사적으로 홈즈의 목을 움켜쥐었다. 하지만 내가 권총의 손잡이로 머리를 내리쳤기 때문에 사내는 다시 바닥에 쓰러지고 말았다. 내가 사내에게 달려들어 위에서 그를 누르고 있는 동안 홈즈는 호각을 날카롭게 불어 댔다. 요란스럽게 인도를 달려오는 소리가 들리더니 제복을 입은 경찰 두 명과 사복 경찰 한 명이 정면 현관을 통해서 방 안으로 뛰어들었다. 홈즈가 말했다.

"아, 레스트레이드. 당신이 와

췄군요."

"네, 홈즈 선생님. 나머지는 우리가 알아서 처리하겠습니다. 런던에서 다시 만나서 정말 반갑습니다."

"당신에게 비공식적인 도움이 필요할 것 같아서요. 1년에 미해결 살인 사건이 세 건이나 일어나서야 되겠습니까? 그건 그렇고, 몰세이 사건은 평소 당신답지 않게……, 그러니까 아주 깔끔하게 잘 처리했더군요."

우리는 모두 일어서 있었는데, 범인은 건강한 경찰 두 명 사이에 끼어서 거친 숨을 내쉬고 있었다. 밖에는 벌써 몇몇 구경꾼들이 모여들기 시작했다. 창가로 다가간 홈즈는 창문을 닫고 덧창을 내렸다. 레스트레이드가 초 두 개에 불을 붙였고 경찰들은 램프의 갓을 벗겨 냈다. 나는 비로소 범인의 얼굴을 똑똑히 볼 수 있었다.

우리를 바라보는 그의 얼굴은 남성적인 느낌이 물씬 풍겼지만 사악함이 넘쳐났다. 이마에는 철학자의 분위기가, 턱에는 감각론자의 분위기가 서려 있었다. 이 사람이 처음 인생을 출발했을 때는 선과 악 양쪽에 탁월한 능력을 가지고 있었을 것이다. 늘어진 눈꺼풀 속에는 사람을 비웃는 듯 잔인한 파란 눈이 자리 잡았고 코는 놀랄 정도로 공격적이었다. 이마에는 상대에게 공포를 느끼게 할 만큼 깊은 주름이 파여 있었는데 이런 얼굴을 보면 누구나 조물주가 위험 신호를 보내는 것이라고 생각하리라. 그는 다른 사람은 쳐다보지도 않고 증오와 놀람으로 가득 찬 표정으로 홈즈를 바라보았다.

"악마 같은 녀석! 이 교활한 악마 녀석!"

그는 쉴 새 없이 이런 말을 중얼거렸다.

"이런, 대령님이셨군요! '긴 여정 끝에 애인을 만난다.'라는 옛날 연극 대사 그대로입니다. 라이헨바흐 폭포의 절벽 중간에 누워 있을 때도 나에게 각별한 관심을 보여 주셨는데. 그 이후로 처음 뵙는군요."

홈즈가 흐트러진 목깃을 바로잡으며 말했다. 대령은 여전히 멍한 눈빛으로 내 친구를 바라보며 '이 교활한 악마 녀석!'이라고 중얼거릴 뿐이었다.

"아직 여러분에게 소개를 못했군요. 이 신사는 세바스찬 모런 대령입니다. 지난날 대영제국 인도군의 장교를 지냈고, 동양 식민지에서 가장 뛰어난 맹수 사냥꾼으로 이름을 날렸습니다. 당신이 세운 호랑이 사냥 기록은 아직도 깨지지 않았지요?"

무시무시한 얼굴을 한 노인은 말 한마디 없이 여전히 내 친구의 얼굴을 노려보고 있었다. 사나운 눈빛과 뻣뻣한 수염 때문에 그의 얼굴은 호랑이와 무섭도록 비슷했다.

"이렇게 단순한 함정에 당신 같은 사냥꾼이 걸려들 줄이야. 아주 익숙한 함정이 아닙니까? 나무 밑에 어린 양을 묶어 놓고 엽총을 든 채 그 나무 위에 숨어서 호랑이가 미끼를 향해 달려들기를 기다리면 되지요. 당신도 해 봤을 겁니다. 이 방은 내 나무고 당신은 호랑이예요. 호랑이 여러 마리가 한꺼번에 나타나거나, 그럴 리는 없겠지만 만에 하나라도 당신이 조준을 잘못했을 경우에 대비해서 다른 사냥꾼들도 함께 데리고 가지 않았습니까? 여기 있는 이 사람들이 바로 그 사냥꾼들인 셈이죠. 어때요, 아주 똑같지 않습니까?"

홈즈가 주위 사람들을 가리키며 말했다. 대령이 분노에 찬 소리를 내지르며 홈즈에게 달려들려 했지만 경찰들이 그를 제지했다. 무시무시하기 짝이 없는 표정이었다.

"솔직히 말해서 놀란 것이 한 가지 있습니다. 당신이 이 빈집을 발견하고 저 창문을 이용할 줄은 꿈에도 생각지 못했거든요. 밖의 거리에서

총을 쏠 것이라 예상했기에 친구인 레스트레이드와 부하들에게 밖에서
기다려 달라고 했지요. 그 점만 제외한다면 전부 내 예상대로였지만."

홈즈의 말을 듣고 모런 대령이 형사를 향해 물었다.

"내가 체포당해야 할 이유가 있는지는 모르겠지만, 적어도 이 사람의
놀림감이 되어야 할 이유는 없을 것 같은데. 법의 이름으로 체포했다면
법에 따라서 처리해야 하는 것 아닌가?"

"체포당할 이유야 당연히 있지. 홈즈 선생님, 우리는 이만 가 봐야 할
것 같은데 더 하실 말은 없습니까?"

레스트레이드가 말했다. 홈즈는 바닥에 떨어져 있던 강력한 공기총을

주워 들고 그것을 살펴보고 있었다.

"정말 감탄이 절로 나는 멋진 총이야. 소리가 없는 데다 위력은 뛰어나. 지금은 세상을 뜨고 없는 모리어티 교수의 부탁을 받고 맹목적인 독일인 기계공 폰 헤르데르가 제작한 겁니다. 이런 총이 존재하고 있다는 건 몇 년 전부터 알고 있었지만 실제로 보는 건 이번이 처음이지요. 레스트레이드, 이건 특별히 주의해서 다루세요. 이 총알도 함께."

일행 모두가 문 쪽으로 서자 레스트레이드가 입을 열었다

"그건 걱정 마십시오. 더 하실 말씀은 없습니까?"

"레스트레이드, 대령을 무슨 혐의로 체포하는 겁니까?"

"무슨 혐의냐고요? 그야 셜록 홈즈 씨 살인미수 혐의 아닙니까?"

"그건 좀 곤란합니다, 레스트레이드. 나는 표면적으로는 이번 사건에 관여하고 싶지 않거든요. 이번 체포의 공적은 전부 당신 것입니다. 축하해요. 당신의 지력과 담력으로 이 사람을 검거하는 데 성공한 겁니다."

"검거하다니요? 그럼 대체 무슨 사건의 범인을 잡았단 말입니까?"

"경찰이 총력을 기울이고 있지만 아직 잡지 못한 범인, 즉 지난 달 30일에 파크 레인 427번지의 3층 정면 창을 통해 공기총으로 로널드 아데어 공자를 살해한 범인 말입니다. 그게 이 사람의 혐의입니다. 참, 왓슨. 깨진 창으로 들어오는 차가운 바람을 견딜 수만 있다면 내 서재에서 30분 정도 담배를 태우겠는가? 재미있고 유익한 이야기를 들려주겠네."

예전에 우리가 함께 지내던 방은 마이크로프트 홈즈가 감독하고 허드슨 부인이 직접 관리하고 있었기 때문에 모든 것이 예전 그대로였다. 방 안으로 들어가 보니 지나치다 싶을 만큼 깔끔하게 정돈되어 있었으나 우리가 쓰던 물건들은 전부 그대로 놓여 있었다. 화학 실험 설비가 있는

한쪽 구석에는 산 때문에 지저분해진 나무 책상도 그대로 놓여 있었다. 태워 버리면 수많은 사람들이 기뻐할, 가공할 만한 스크랩북과 참고 문헌들도 나란히 책장에 꽂혀 있었다. 주위를 둘러보니 도표, 바이올린 케이스, 파이프 걸이, 담배 상자가 되어 버린 페르시아 슬리퍼 등이 눈에 들어왔다. 방 안에는 두 사람이 있었다. 한 사람은 허드슨 부인이었는데 우리가 들어서자 밝은 미소를 지어 보였다. 또 한 사람은 오늘 밤의 모험에서 매우 중요한 역할을 맡은 기묘한 인형이었다. 친구의 모습을 본떠 만든 납빛 인형으로 실물과 똑같이 생긴 훌륭한 작품이었다. 예전에 홈즈가 입던 실내복을 입혀 조그만 탁자 위에 올려 두었기 때문에 창을 통해서 보면 영락없는 홈즈의 그림자였다.

"허드슨 부인, 부탁한 대로 해 주셨겠죠?"

홈즈가 말했다.

"그럼요, 알려준 대로 저기까지 기어서 갔답니다."

"잘하셨습니다. 정말 멋지게 잘해 주셨어요. 총알이 어디에 맞았는지 보셨나요?"

"그렇다마다요. 멋진 흉상을 엉망으로 만들었지 뭐예요. 그대로 머리를 관통해서 벽에 맞았거든요. 카펫 위에 떨어진 걸 주워 두었는데, 여기 보세요!"

총알을 받아든 홈즈는 그것을 다시 내게 내밀었다.

"왓슨, 자네도 보면 알겠지만 이건 리볼버용으로 만들어진 총알이야. 정말 천재적이지 않은가? 공기총에서 이런 총알이 나갈 것이라고 누가 상상이나 했겠나? 허드슨 부인, 도와주셔서 정말 감사합니다. 왓슨, 예전처럼 이 의자에 앉아 주지 않겠나? 이제부터 자네와 두어 가지 이야기를 나누고 싶다네."

홈즈는 초라한 프록코트를 벗고 자신의 흉상에서 벗겨 낸 회색 실내복을 입었다. 그는 다시 예전의 모습으로 되돌아가 있었다.

"그 늙은 사냥꾼은 여전히 냉정했고 시력도 그대로라네."

흉상의 깨지고 오그라든 부분을 살펴본 홈즈가 웃으며 말했다.

"후두부 한가운데를 뚫고 들어가서 뇌를 관통했네. 인도 제일의 명사수였는데 런던에서도 그보다 솜씨가 좋은 사람을 찾기는 어렵겠어. 이름을 들어 본 적 있나?"

"아니, 없네."

"아, 명성이란 그런 것일까? 하긴 자네는 금세기 최고의 두뇌를 가진 제임스 모리어티 교수의 이름도 들어 본 적이 없다고 했지? 책꽂이에서 내가 만든 인명 색인을 꺼내 주지 않겠나?"

의자 등받이에 기대 담배 연기를 구름처럼 피워 올리며 홈즈가 나른한 몸짓으로 페이지를 넘겼다.

"이 'M'이라는 항목은 참 대단하군. 모리어티의 이름만으로도 다른 페이지에 뒤지지 않을 텐데 거기에 독살 전문가 모건, 생각만 해도 소름이 끼치는 메리듀, 채링 크로스 역 대합실에서 내 왼쪽 송곳니를 부러뜨린 매튜스도 있으니. 그리고 마지막으로 오늘 우리의 상대였던 사람까지. 여기를 좀 보게나."

이렇게 말하며 홈즈가 색인을 건네주기에 나는 그것을 읽어 보았다.

"세바스찬 모런. 육군 대령. 무직. 전 벵골 제1 공병 연대 소속. 아버지는 전 페르시아 주재 영국 공사로 근무한 배스 훈작사 오거스터스 모런 경. 1840년, 런던 출생. 이튼 및 옥스퍼드 대학 졸업. 조와키 전투, 아프가니스탄 전쟁에 종군. 차라시압(파견), 셔풀, 카불에서 복무.《서부 히말라야의 맹수》(1881),《정글에서의 3개월》(1884)의 저자. 컨듀잇 가 거주.

앵글로인디언 클럽, 탱커빌 클럽, 바가텔 카드 클럽에 소속됨."

그리고 여백에 홈즈의 반듯한 글씨로 '런던 제2의 위험인물'이라고 적혀 있었다.

"놀랍군. 훌륭한 군인이었잖아?"

내가 색인을 돌려주면서 말했다.

"맞는 말이야. 어느 시기까지는 훌륭한 군인이었네. 언제나 대담했지. 한번은 식인 호랑이를 쫓아서 배수구에 들어간 적이 있었는데 그 이야기는 아직도 인도에서 사람들 입에 오르내리고 있다네. 한데 세상에는 어느 정도까지는 잘 자라다가 갑자기 이상할 정도로 흉측한 모습으로 변하는 나무가 있지 않나? 그런 현상은 사람에게서도 쉽게 찾아볼 수가 있네. 개인은 성장 과정에서 자신의 모든 조상들의 과정을 재현하는 법일세. 나는, 선한 쪽으로든 악한 쪽으로든 그렇게 갑작스러운 전환은 그가계로 끼어든 어떤 강력한 영향력을 나타낸다고 본다네. 즉, 개인은 그집안 역사의 축소판이라고 볼 수 있는 것이지."

"글쎄, 잘 실감나지 않는 이야기로군."

"그렇다고 해서 그 설에 완전히 사로잡혀 있는 건 아닐세. 원인이야어찌됐든 모런 대령은 나쁜 쪽으로 나가기 시작했어. 눈에 띄는 스캔들은 없었지만 점점 인도에 머물 수 없게 되었지. 결국 퇴역하고 런던으로돌아왔는데 여기서도 악명을 얻었어. 그 무렵 모리어티 교수의 눈에 띄었고 대령은 한동안 주모자 역을 도맡았네. 모리어티는 대령에게 큰돈을 아낌없이 주고 보통 범죄자로서는 감당할 수 없는 어려운 일에만 그를 이용했어. 1887년 로더에서 스튜어트 부인이 사망한 사건을 기억하고 있지? 모르겠다고? 어쨌든 그 사건의 배후에 모런이 있었던 것은 틀림이 없어. 아무 증거도 없지만. 대령은 아주 교묘하게 몸을 숨기고 있었기 때문에 모리어티 일당이 분쇄되었을 때도 경찰은 그자를 고발할 수없었네.

그때 내가 자네 집으로 찾아갔을 때 공기총을 두려워하며 덧창을 전부 닫았던 것은 기억하나? 내가 너무 민감하게 반응한다고 생각했는지몰라도 내게는 나름대로의 확증이 있었어. 그 놀라운 총의 존재도 알고있었고, 세계 최고의 명사수가 대기하고 있다는 사실도 알고 있었거든. 우리가 스위스에 있을 때 대령은 모리어티와 함께 있었고 라이헨바흐 폭포 절벽 위에서 5분간 나를 공포로 몰아넣은 자도 대령이 분명해.

자네도 이미 짐작했겠지만 프랑스에 머무는 동안 대령을 교도소로 보낼 방법이 없을까 싶어서 늘 신문을 주의 깊게 읽었네. 그 사람이 런던에서 활개를 치고 다니는 동안에는 내 목숨도 언제 어떻게 될지 모르는 신세였지. 검은 그림자는 늘 내 뒤를 따라다녔을 테고 대령은 끝내 나를 죽일 기회를 잡았을 거야. 그렇다면 나는 어떻게 해야 좋을까? 그를 발견하자마자 사살할 수는 없었어. 그랬다가는 내가 피고석에 서게 될 테니까. 경찰에 도움을 요청한다고 해도 소용없었을 걸세. 엉터리 혐의를 근거로 해서 경찰을 움직일 수는 없거든. 그래서 나는 아무것도 할 수가 없었어. 하지만 언젠가는 대령을 꼭 붙들고 말겠다고 결심하고 범죄와 관련된 뉴스에 주의를 기울였지. 그런데 마침 로널드 아데어 살인 사건이 일어났다네. 드디어 내게 기회가 온 거야. 지금까지 내가 축적한 지식으로 모런 대령의 짓이라는 사실을 바로 알 수 있었지. 대령은 젊은이와 카드 게임을 했고 그 뒤에 클럽에서부터 집까지 미행해서 열려 있는 창 너머로 젊은이를 사살한 것이 분명했네. 여기에는 의심의 여지가 없었어. 대령을 교수대로 보낼 증거는 총알만으로도 충분했지.

나는 바로 런던으로 돌아왔는데 이 앞을 지키던 그의 감시망에 걸려들고 말았다네. 나를 본 녀석은 대령에게 곧바로 보고했을 걸세. 그래서 대령은 나의 갑작스러운 귀국을 자신의 범죄와 연결 지어 생각하고 당황하면서도 경계를 늦추지 않았을 걸세. 그리고 훼방꾼을 제거할 목적으로 그 무시무시한 무기를 꺼내들 것이 분명했어. 그래서 대령을 위해 절호의 표적을 창가에 마련해 놓고 경찰에게 손을 좀 빌리게 될지도 모르겠다고 통보했지. 그런데 왓슨, 자네는 저쪽 집 문 앞에 잠복한 경찰을 잘도 찾아냈더군. 사실 나는 감시하기에 안성맞춤이라고 생각한 곳에 진을 쳤는데 설마하니 대령도 같은 곳을 저격 장소로 선택할 줄은 꿈에도 생각지 못했다네. 왓슨, 아직 설명이 부족한 부분이 있나?"

"있네. 모런 대령이 로널드 아데어 공자를 살해한 동기가 뭔가?"

내가 말했다.

"아, 그건 말이지 왓슨. 거기서부터는 억측의 세계로 들어가야 하기 때문에 아무리 논리적인 머리를 가진 사람이라 해도 정확히는 설명할 수 없을 거야. 지금까지 확인된 증거들을 바탕으로 각자 가설을 세울 수 있을 뿐이지. 자네의 가설이나 내 가설 모두 정답이 될 가능성이 있어."

"그럼 자네는 이미 생각해 둔 게 있는 모양이군."

"설명은 그리 어렵지 않네. 카드게임에서 모런 대령과 아데어 청년이 한 팀이 되어 상당한 금액을 딴 것은 증언을 통해서 밝혀진 사실일세. 모런 대령은 틀림없이 속임수를 썼을 거야. 나는 예전부터 그 사실을 알고 있었어. 아데어는 살해당한 날, 모런 대령이 속임수를 쓰고 있다는 사실을 눈치챘을 걸세. 그래서 대령을 은밀히 불러 클럽에서 탈퇴하고 두 번 다시 카드에 손을 대지 않겠다고 약속하지 않으면 모든 사실을 폭로하겠다고 협박했겠지. 아데어 같은 청년이 나이도 훨씬 더 많은 명사의 진실을 폭로해서 갑자기 큰 문제를 일으킬 것 같지는 않으니 내 추리대로 행동했을 걸세.

한데 속임수로 딴 돈으로 생활하고 있는 모런에게 클럽에서 추방된다는 소식은 곧 파멸을 뜻하네. 그리고 아데어는 부정한 방법으로 얻은 돈을 그대로 가지고 있을 수 없다고 생각해서 집으로 돌아와 상대에게 돌려 줄 돈을 계산하고 있었네. 그때 대령에게 사살당한 거지. 방문을 잠근 것은 집안의 숙녀들이 갑자기 들어와서 이름과 돈을 보고 이것저것 캐물을까 걱정이 돼서 그랬을 거야. 어떤가? 그럴듯하게 들리나?"

"그래, 자네 말이 맞는 것 같군."

"진위는 법정에서 밝혀지겠지. 어쨌든 이제는 모런 대령에게 시달릴 필요도 없고, 그 유명한 폰 헤르데르의 공기총은 런던경찰국 박물관에 진열될 걸세. 다시 말해서 셜록 홈즈 씨는 예전처럼 자유롭게 런던의 복잡한 일상에서 끊이지 않는 흥미로운 사건을 조사하는 일에 전념할 수 있게 되었다네."

2. 노우드의 건축업자

"범죄 전문가의 입장에서 보면 그 모리어티 교수가 죽은 뒤 이 런던은 묘하게 따분한 도시가 되어 버렸어."

이렇게 말한 셜록 홈즈에게 내가 한마디 했다.

"자네가 그렇게 생각한다고 해서 의식 있는 시민들이 거기에 동의하지는 않을 걸세."

홈즈가 씩 웃으면서 아침 식탁에서 의자를 뒤로 밀었다.

"맞아, 그럴 거야. 내 입장만 주장할 수는 없겠지. 세상을 위해서는 잘된 일이니까. 손해를 본 사람은 아무도 없어. 딱 한 사람, 일거리가 없어서 실업자가 된 전문가를 뺀다면 말일세. 그 남자가 런던을 휘젓고 다녔을 때는 매일 아침 신문에 재미있는 기사가 여럿 실리곤 했지. 왓슨, 때로 그 흔적은 참으로 희미했고 징조는 매우 모호하기도 했지만 그것만으로도 그 사람의 사악한 지혜가 작용했다는 사실을 깨닫기에는 충분했다네. 마치 거미줄 끝이 희미하게 떨리는 것을 보고 거미줄 한가운데에

추하고 섬뜩한 거미가 있음을 깨닫듯이 말일세. 하찮은 좀도둑질이나 협박, 건달들의 난폭한 행동을 보고도 녀석을 잘 알고 있는 사람은 그것들을 연결해서 어떤 범죄가 계획되고 있는지 그리 어렵지 않게 알아낼 수 있었네. 전 유럽을 둘러봐도 범죄 전문가에게 지능적인 범죄 세계를 연구하기에 런던만큼 좋은 도시는 없었지. 그런데 지금은……."

홈즈는 어깨를 으쓱하고는 다름 아닌 자기 자신이 런던을 그렇게 만들었다는 사실에 반은 장난삼아 불만을 표했다.

홈즈가 모리어티 교수와의 싸움 끝에 3년이나 모습을 감추었다가 런던으로 돌아오고 나서 몇 달 뒤의 일이었다. 그 무렵, 나는 홈즈의 부탁으로 병원을 매각하고 그리운 베이커 가의 옛 하숙집으로 돌아와 있었다. 켄싱턴에 있던 내 조그만 병원을 산 것은 버너라는 젊은 의사였다. 내가 아주 비싼 금액을 불렀는데도 그 젊은 의사는 놀라울 만큼 한 푼도 깎지 않고 병원을 사 주었다. 몇 년 뒤, 우연한 기회에 알게 된 사실인데 그 버너는 홈즈의 먼 친척이었고 그 돈을 대준 것이 바로 홈즈였다.

홈즈는 나와 살게 된 이후 몇 달 동안 일이 없어서 따분하다는 듯이 말했으나 그것은 결코 사실이 아니었다. 내 수첩을 보니 그 무렵에는 전 대통령 무리요의 서류 사건, 하마터면 우리 두 사람 모두 목숨을 잃을 뻔했던 네덜란드 배 프리슬란트 호의 섬뜩한 사건 등 홈즈가 활약한 어려운 사건들이 차례대로 기록되어 있었다. 그러나 냉정하고 자부심 높은 홈즈는 대중의 환호와 갈채를 싫어했다. 그래서 자기에 관한 일이나 그 방법이며 성공 등을 기록해서는 안 된다고 꽤나 강한 어조로 나를 말렸던 것이다. 그 금지가 풀린 것은 최근의 일이었다.

어쨌든 홈즈는 그처럼 사치스럽고도 변덕스러운 말을 한 뒤 의자에 기대 앉아 천천히 신문을 펼쳐 들었다. 바로 그때, 요란스러운 벨이 울렸다. 무슨 일인가 싶었는데 뒤이어 쿵쿵 문을 세차게 두드리는 소리가 들려왔다. 곧바로 문 열리는 소리가 들리고 다음으로 떠들썩하게 홀에 들어오는 소리가 들리더니 누군가가 우당탕 하고 계단을 서둘러 올라왔다. 그리고 다음 순간, 눈에 핏발이 서고 머리가 헝클어진 청년이 다급하게 방으로 뛰어 들어왔다. 얼굴은 새파랗게 질려 있었다. 청년은 우리의 얼굴을 번갈아 바라보았는데 우리가 무슨 일이 일어났나 싶어 마주 보았기에 그제야 자신이 예의에 벗어난 행동을 했다는 사실을 깨달은 모양이었다. 청년이 커다란 소리로 말했다.

"죄송합니다, 홈즈 선생님. 부디 용서해 주십시오. 지금 미칠 것만 같습니다. 제가 그 불행한 존 헥터 맥팔레인입니다."

마치 이름만 대면 우리가 자신이 찾아온 이유와 그렇게 혼란스러운

태도를 보이는 까닭을 이해할 수 있다고 착각하는 모양이었다. 그러나 나는 도통 알 수가 없었으며, 홈즈는 어떤가 싶어 바라보았더니 나와 다를 바 없이 어리둥절해하는 표정을 짓고 있었다. 홈즈가 담배 상자를 내밀며 말했다.

"맥팔레인 씨, 담배 한 대 피우세요. 당신의 모습을 보니 아무래도 내 친구 왓슨 박사에게 진정제 처방을 받을 필요가 있겠군요. 지난 며칠 동안 지나치게 따뜻했으니까요. 자, 마음이 조금이라도 안정되었다면 그 의자에 앉아서 천천히, 조용히 이야기를 들려주시죠. 당신은 누구고, 무슨 일로 왔습니까? 당신은 자기 이름을 대면 내가 다 알고 있을 것이라고 오해하는 듯하지만 나는 당신이 독신 변호사이며 프리메이슨 회원이자 천식을 앓고 있다는 사실밖에 모릅니다."

나는 홈즈의 방법에 익숙해져 있었으므로 잠깐 본 것만으로 홈즈가 청년을 판단한 이유를 어렵지 않게 알 수 있었다. 어딘지 단정치 못한 옷차림, 가지고 있는 법률 서류와 시계 장식, 거친 숨소리를 보면 대부분은 짐작할 수 있는 것들이었다. 그러나 맥팔레인은 깜짝 놀라 눈을 둥그렇게 떴다.

"네. 맞습니다, 홈즈 선생님. 거기에 덧붙여서 저는 지금 런던에서 가장 불행한 사람입니다. 그러니 제발 저를 외면하지 마십시오! 저를 잡으러 와도 제 이야기가 끝나기 전까지는 넘겨주지 마세요. 사실을 다 말할 수 있도록 말이지요. 밖에서 선생님이 저를 위해 노력해 주신다고 생각하면 저도 기꺼이 교도소에 들어갈 수 있습니다."

"당신을 잡으러 온다고요? 이거 참 잘됐군……. 아니, 흥미롭군요. 대체 어떤 혐의를 받고 있습니까?"

"로워 노우드의 조너스 올더커 씨를 살해했다는 혐의입니다."

표정이 풍부한 홈즈의 얼굴에 가엾다는 동정의 빛과 함께 만족스러워하는 기색이 섞여 떠올랐다. 홈즈가 말했다.

"사실 지금 아침 식사를 마치고, 요즘 신문에는 그다지 놀랄 만한 사건이 실리지 않는다는 이야기를 왓슨 박사와 나누던 참입니다."

맥팔레인이 떨리는 손으로 아직 홈즈의 무릎 위에 놓여 있던 〈데일리 텔레그래프〉를 집으며 말했다.

"이것을 보셨다면 제가 무슨 일로 아침부터 찾아왔는지 금방 아실 겁니다. 저는 세상 사람들 모두가 제 이름과 재난에 대해서 이야기할 것이라 생각했습니다."

그런 다음 맥팔레인은 신문을 뒤집어서 가운데 페이지를 보여 주었다.

"여기에 있습니다. 괜찮으시다면 제가 읽어 보겠습니다. 잘 들어 보십시오. 제목은 이렇습니다. 〈로워 노우드 의문의 사건. 유명한 건축가 행방불명. 살인, 방화로 추정. 유력한 용의자 발견.〉 이미 범인이 누구인지 단정 짓고 뒤쫓고 있습니다. 선생님, 그 범인으로 지목받고 있는 사람이 바로 접니다! 여기에 올 때도 런던 브리지 역부터 죽 미행을 당했습니다. 경찰이 절 바로 체포하지 않은 것은 영장이 오기를 기다리고 있기 때문일 겁니다. 어머니가 얼마나 충격을 받으셨을지……, 어머니의 슬픔을 생각하면!"

맥팔레인은 어찌해야 좋을지를 모르겠다는 듯 손을 마구 주물러 댔고 의자에 앉은 채로 몸을 앞뒤로 흔들었다.

나는 살인과 방화라는 무거운 혐의를 받고 있는 그 청년을 흥미롭게 살펴보았다. 머리카락은 황갈색이었고 푸른 눈은 두려움에 떨고 있었다. 수염은 깨끗하게 깎았으며 입가는 유약하고 예민해 보였다. 소극적인 성격의 잘생긴 청년이었는데 안색이 파리한 것을 보니 꽤 지쳐 있는 듯했다. 나이는 27세 정도나 되었을까 싶었고 옷과 태도는 모두 신사다웠다. 얇은 여름 상의 주머니에는 여러 가지 법률 서류가 삐져나와 있어서 그의 직업이 무엇인지 보여 주었다. 홈즈가 말했다.

"시간이 별로 없군요. 왓슨, 시간을 절약해야겠네. 미안하지만 그 신문에 실린 기사를 읽어 주겠나?"

나는 맥팔레인이 조금 전 소리 내어 읽었던 표제어 밑의 기사를 읽어 내려갔다.

어젯밤에서 오늘 새벽 사이, 로워 노우드에서 사건이 발생했다. 사건의 정황으로 보아 중대한 범죄가 일어난 듯하다. 조너스 올더커 씨는 이 교외에서 잘 알려진 유지로서 오랫동안 건축 관련 사업을 해 왔다. 52세의 독신인 그는 시드넘 가의 교외에 위치한 딥 딘 저택에 살고 있었다. 동네 사람들의 말에 따르면 그는 폐쇄적인 생활을 했으며 남과 어울리는 것을 싫어하는 특이한 사람이었다고 한다. 건축업으로 상당한 수입을 벌어들였지만 지난 몇 년 동안은 일에 거의 신경 쓰지 않았다. 그러나 지금도 작은 목재 창고를 가지고 있는데 어젯밤 12시 무렵에 그 창고의 목재 더미 중 한 군데에서 불이 시작되었다. 신고를 받은 소방대가 현장으로 급히 달려갔으나 마른 목재가 맹렬히 타올라 손을 댈 수 없었으며, 한 무더기가 전소되었다. 여기까지는 평범한 화재 사고로 보였으나 그 후에 한 가지 사실이 더 밝혀져 중대한 범죄가 숨어 있을 가능성이 높아졌다. 그러한 화재가 발생했음에도 불구하고 집주인 올더커 씨가 현장에 나타나지 않았다는 사실을 수상히 여겨 조사한 결과, 그가 집 안에 없다는 사실이 밝혀진 것이다. 경찰의 조사에 의하면 올더커 씨가 침실에서 잠을 잔 흔적이 없으며 금고도 열려 있었고 중요한 서류가 방에 흩어져 있었다고 한다. 게다가 크게 싸움을 벌인 흔적도 남아 있었다. 더욱 자세히 조사해 보니 소량의 혈흔이 발견되었고 떡갈나무 지팡이에도 피가 묻어 있었다. 조너스 올더커 씨가 어젯밤 침실에서 손님을 만났다는 사실도 밝혀졌다. 그 손님은 그레섬 빌딩 426호에 있는 그레이엄 앤 맥팔레인 사무소의 존 헥터 맥팔레인 변호사로, 지팡이도 그의 것이었다. 경찰은 범죄 동기가 될 만한 유력한 증거를 잡은 듯하며 이는 런던 전체를 떠들썩하게 할 대사건으로 발전할 듯하다.

속보 — 본지 인쇄 직전에 새로운 정보가 들어왔다. 존 헥터 맥팔레인 씨는 조너스 올더커 씨 살해 용의로 체포되었거나 적어도 체포 영장이 발부된 듯하다. 그 후 노우드를 수사했더니 놀라운 사실이 발견되었다. 피해자로 추정되는 건축가의 침실에는 격투를 벌인 흔적 말고도 열려 있는 프랑스식 창문으로 묵직한 물건을 끌고 나간 흔적이 발견되었다. 그리고 그 흔적은 화재 현장으로 이어져 있었으며 화재 현장을 엄밀히 수사한 결과, 검게 탄 시체가 발견되었다. 경찰은 끔찍한 범죄가 일어났다고 보고 있다. 즉, 피해자는 침실에서 무엇인가에 맞아 목숨을 잃었고 서류를 빼앗겼으며, 범인은 범행을 저지르고 시체를 목재 창고로 끌고 간 다음 범행을 감출 목적으로 불을 질렀다고 추정된다. 한편 이번 사건은 지금까지 수많은 사건을 처리한 런던경찰국의 레스트레이드 경위가 담당하여 평소와 다름없이 기민하고도 정력적인 수사로 범인을 밝혀내리라 기대된다.

셜록 홈즈는 눈을 감고 양쪽 손가락을 가볍게 맞붙인 채 이 놀라운 기사에 귀를 기울이고 있었다. 내가 다 읽자 홈즈는 예의 나른한 목소리로 말했다.

"몇 가지 재미있는 점이 있군요. 맥팔레인 씨, 먼저 묻고 싶은 것이 있습니다. 어떻게 지금까지 자유로운 몸으로 있는 겁니까? 당신을 체포할 이유는 충분한 듯싶은데요."

"홈즈 선생님, 저는 런던 블랙히스의 토링턴 저택에서 부모님과 함께 살고 있습니다. 하지만 어젯밤에는 조너스 올더커 씨 집에서 일처리가 상당히 늦어지는 바람에 노우드의 호텔에서 묵었습니다. 그리고 오늘 아침에 거기서 바로 사무실에 가려 했습니다. 기차에 탈 때까지 저는 이 사건에 대해서 전혀 몰랐는데 기차 안에서 방금 친구분이 읽어 주신 신문 기사를 보았습니다. 저는 제가 위험한 상황에 처해 있음을 깨닫고 선생님에게 부탁할 생각으로 급히 서둘러 여기로 달려왔습니다. 제가 블랙히스의 집으로 갔다면, 혹은 이 사실을 모르고 사무실로 갔다면 틀림없이 붙잡혔을 겁니다. 런던 브리지 역에서부터 저를 미행하던 사람이 있었습니다. 그 사람은 분명히……. 앗, 저건 뭡니까?"

벨 소리가 울렸고 뒤이어 계단을 올라오는 묵직한 발소리가 들려왔다. 그리고 낯익은 얼굴의 레스트레이드 경위가 문 앞에 모습을 드러냈다. 경위의 어깨 너머로 제복을 입은 경찰관 한두 명의 모습이 얼핏 보였다. 레스트레이드가 말했다.

"존 헥터 맥팔레인 씨?"

맥팔레인이 창백해진 얼굴로 자리에서 일어났다.

"로워 노우드의 조너스 올더커 씨 살해 혐의로 체포하겠습니다."

맥팔레인은 이제 끝장이라고 말하는 듯한 몸짓으로 우리를 돌아본 뒤 맥이 빠진 듯 의자에 털썩 주저앉았다. 홈즈가 말했다.

"잠깐만, 레스트레이드. 30분 정도 늦어져도 크게 문제되지는 않을 겁니다. 이 신사는 지금 우리에게 매우 흥미로운 이번 사건에 대해 이야기하던 중이었습니다. 사건 수사에 도움이 될지도 몰라요.”

“지금까지 사건 수사에 어려운 점이라고는 하나도 없습니다.”

레스트레이드 경위가 무뚝뚝한 어조로 말했다.

“그럴지도 모르겠지만 그래도 경위가 허락해 준다면 이 사람의 말을 꼭 들어 보고 싶습니다.”

“어쩔 수 없군요. 선생님에게는 싫다고 말할 수가 없지 않겠습니까? 여러 가지로 도움을 받았고 경찰국도 빚을 지고 있으니까요. 하지만 저는 용의자 곁에서 떠날 수 없습니다. 그리고 맥팔레인 씨에게 밝혀 두겠는데 지금부터 당신이 하는 말은 후에 당신에게 불리한 증거로 사용될 수도 있습니다.”

우리 의뢰인이 말했다.

“고맙습니다. 저는 그저 제 말을 들으시고 거짓 없는 진실을 알아 주셨으면 하는 마음뿐입니다. 그 이상은 아무것도 바라지 않습니다.”

레스트레이드가 시계를 꺼내며 말했다.

“정확히 30분 주겠소.”

맥팔레인이 바로 이야기를 시작했다.

“우선 저는 조너스 올더커 씨를 이번에 처음 알았다는 사실을 밝혀 두고 싶습니다. 이름은 알고 있었습니다. 꽤 오래 전부터 부모님이 그 사람과 알고 지냈기 때문입니다. 하지만 요즘에는 서로 왕래도 없었습니다. 그래서 어제 오후 3시 무렵, 그 사람이 사무실로 찾아왔을 때는 깜짝 놀라지 않을 수 없었습니다. 하지만 그 사람이 찾아온 목적을 들었을 때는 더욱 놀랐습니다. 그 사람은 공책에서 찢어 낸 종이를 네다섯 장 가지고 있었는데 거기에 휘갈겨 쓴 무엇인가가 적혀 있었습니다. 이것이 바로 그 종이입니다. 올더커 씨는 그것을 탁자 위에 놓으며 말했습니다.

'이것은 내 유언이오, 맥팔레인 씨. 이걸 법률이 인정하는 정식 서류로 만들어 주셨으면 하오. 작업이 끝날 때까지 여기서 기다리겠소.'

저는 바로 작업에 들어갔는데 그때 제가 얼마나 놀랐는지 모르실 겁니다. 일부를 제외하고 그 사람의 전 재산을 제게 남기겠다고 적혀 있었으니까요. 그 사람은 작은 체구에 하얀 족제비 같은 느낌이 드는 묘한 사내였는데 눈썹이 하얗게 셌습니다. 제가 놀라서 올려다보자 올더커 씨는 날카로운 잿빛 눈으로 재미있다는 듯 저를 가만히 바라보았습니다. 저는 유언의 내용을 읽으면서 정신이 이상해진 것이 아닐까 했고 제 눈을 믿을 수도 없었습니다. 그 사람이 말하기로는 자기는 독신이고 친척도 거의 없다고 했습니다. 그리고 젊었을 때 우리 부모님과 아주 친하게 지냈고, 제가 아주 믿음직한 청년이라는 말을 들었다고 합니다. 그래서 변변찮은 사람에게 재산을 물려주기보다는 제게 물려주기로 결정했다고 했지요. 물론 거절할 이유도 없었기에 저는 횡설수설 감사의 인사를 했습니다. 유언장이 완성되었고 서명도 끝났으며 저희 사무원이 입회인이 되었습니다. 이 파란 종이가 유언장이고 이 종이쪽지가 방금 전에 설명한 유언장 초안입니다.

작업이 모두 끝나자 조너스 올더커 씨가 말하길 제가 좀 봐 줬으면 하는 서류가 아주 많다고 했습니다. 건물이나 토지 증서, 그것 말고도 재산에 관계된 증서 등이 있는데 그것을 보여 줘야 마음이 놓일 것 같으니 그날 밤에 노우드에 있는 자신의 집으로 와 달라는 것이었습니다. 유언장도 그때 가지고 와서 모든 것을 정해 두자고 했습니다. 그리고 올더커 씨는 이렇게 말했습니다.

'모든 일이 다 끝날 때까지 이번 일을 부모님에게 말씀드리지 마시오. 우리 둘이서 나중에 그분들을 깜짝 놀라게 해 드리자고.'

귀찮을 만큼 여러 번 강조하셨고 저에게 꼭 지키겠다는 약속을 하게 했습니다.

  홈즈 선생님, 잘 아시겠지만 무슨 말을 들어도 그때 저는 거절할 수가 없었습니다. 상대방은 재산을 물려주려는 은인이었으니까요. 그때는 무슨 일이든 그 사람이 만족할 수 있도록 처리하자는 생각뿐이었습니다. 그래서 집으로 전보를 쳐서 중요한 일 때문에 얼마나 늦어질지 알 수 없다고 알렸습니다. 올더커 씨는 밤 9시 전에는 집에 갈 수 없을 것 같으니 그때 와서 함께 식사나 하자고 했습니다. 저는 9시까지 올더커 씨의 집에 가려 했으나 집을 찾는 데 약간 시간이 걸려서 9시 반이 조금 안 된 시간에 도착했습니다. 그 사람을…….”

  홈즈가 말을 끊었다.

  “잠깐만요. 누가 현관문을 열었습니까?”

  “중년 여자였습니다. 아마 가정부였을 겁니다.”

  “그런데 그 여자가 당신의 이름을 먼저 말했지요?”

  “맞습니다.”

  “이야기를 계속하세요.”

  맥팔레인이 이마의 땀을 닦고 뒤이어 말했다.

  “그 여자가 저를 거실로 안내해 주었습니다. 거기에는 간단한 야식이 준비되어 있었습니다. 식사가 끝나자 조너스 올더커 씨는 저를 침실로 데려갔는데 그곳에 큰 금고가 있었습니다. 올더커 씨는 금고를 열어 서류 뭉치를 꺼냈고 그런 다음 둘이서 서류를 살펴보았습니다. 그 일이 끝난 것은 밤 11시에서 12시 사이였습니다. 올더커 씨는 가정부를 깨우기 미안하다며 스스로 프랑스식 창문을 열어 저를 배웅해 주었습니다. 그 창문은 처음부터 열려 있었던 것 같습니다.”

홈즈가 물었다.

"블라인드는 내려져 있었나요?"

"글쎄, 어땠더라? 반쯤 내려져 있지 않았을까요? 아, 맞아, 생각났습니다. 창문을 열기 위해서 블라인드를 당겨 올렸습니다."

"그럼 내려져 있었다는 이야기로군요."

"네. 그리고 저는 지팡이가 보이지 않아 당황했습니다. 그러자 올더커씨가 말했습니다.

'너무 신경 쓰지 마시오. 앞으로 자주 만나게 될 테니. 다음에 올 때까지 맡아 두겠소.'

그래서 저는 올더커 씨를 남겨두고 돌아왔는데 그때 금고는 열려 있었고 서류는 책상 위에 쌓아 둔 상태였습니다. 그런데 그때는 블랙히스로 돌아가기에 너무 늦은 시간이어서 애널리 암스라는 여관에 묵었습니다. 그리고 아침이 되어 신문을 전부 읽기 전까지 아무것도 몰랐습니다."

이 놀랄 만한 이야기를 듣는 동안 눈썹을 한 번인가 두 번 추켜올리며 초조해하던 레스트레이드 경위가 기다렸다는 듯이 말했다.

"홈즈 선생님, 아직 더 듣고 싶은 것이 있습니까?"

"블랙히스에 가 보기 전까지는 없습니다."

레스트레이드 경위가 당황해서 되물었다.

"노우드 아닌가요?"

"앗, 그랬던가. 잠깐 착각했던 모양이군."

홈즈는 말은 이렇게 했지만 늘 그렇듯이 수수께끼 같은 미소를 머금고 있었다.

레스트레이드 경위는 이해할 수 없는 일이라도 홈즈는 날카로운 두뇌로 면도날처럼 깔끔하게 풀어내는 것을 본인의 눈으로 지금까지 몇 번

이나 보았다. 이번에도 무엇인가 있다고 생각했는지 그는 홈즈의 얼굴
을 호기심에 반짝이는 눈빛으로 가만히 바라보고 이렇게 말했다.

"지금 홈즈 선생님과 이야기해 두는 편이 좋겠습니다. 아참, 맥팔레인
씨. 복도에 경찰관 두 명이 있고 밖에는 사륜마차가 기다리고 있으니 당
신은 먼저 가 있으시오."

가엾은 맥팔레인 청년은 자리에서 일어나 우리를 애처로운 표정으로
바라보고는 방에서 나갔다. 경찰관 둘이 맥팔레인을 사륜마차 쪽으로
데리고 갔다. 방에는 레스트레이드만 남았다.

홈즈는 공책에서 뜯어 낸 종이에 쓴 유언장 원본을 아주 열심히 읽고

있다가 잠시 후에 그것을 내려놓고 말했다.

"레스트레이드, 이 문서에는 두어 가지 재미있는 점이 있습니다. 그렇지 않습니까?"

경위는 약간 당황하면서 그 종이를 바라보았다. 홈즈가 이어 말했다.

"처음 두어 줄은 잘 알아볼 수 있습니다. 그리고 두 번째 페이지의 가운데 부분과 마지막의 한두 줄도요. 이 부분은 마치 인쇄한 것처럼 깔끔하게 적혀 있지만 다른 부분은 잘 알아볼 수 없습니다. 특히 이 세 곳은 전혀 읽을 수가 없을 정도이지요. 그건 무엇을 의미하는 걸까요?"

"글쎄요, 선생님은 어떻게 생각하십니까?"

"열차 안에서 쓴 겁니다. 글자가 깨끗하게 적혀 있는 곳은 열차가 역에 정차했을 때 썼고, 잘 알아볼 수 없는 곳은 움직이고 있을 때 쓴 것이죠. 아주 읽기 어려운 것은 선로가 갈라지는 곳을 지날 때 썼음을 의미합니다. 사물을 과학적으로 바라보는 데 익숙한 사람이라면 이 종이를 본 순간 이것은 교외선 열차에서 쓴 것이라고 결론 내리겠지요. 대도시에서 가까운 곳이 아니고서야 이렇게 많은 갈림길이 있을 리 없으니까요. 처음부터 끝까지 열차에 타고 있는 동안 썼다고 가정한다면, 급행열차에 탔다는 사실을 알 수 있어요. 노우드에서 런던 브리지 사이를 오가는 급행열차는 도중에 한 번밖에 정차하지 않습니다. 출발하기 전, 중간역, 종착역에서 쓴 부분이 바로 인쇄된 것처럼 깨끗하게 적혀 있는 부분에 해당되지요."

레스트레이드는 웃음을 터뜨리고 말했다.

"선생님은 추리를 시작하면 필요 없는 것까지 줄줄이 늘어 놔서 머리가 팽팽 돈다니까요. 그것이 이번 사건과 무슨 관계가 있습니까?"

"다시 말해서 그 청년의 말이 틀리지 않았다는 뜻입니다. 이 유언장

원본은 올더커 씨가 어제 열차 안에서 쓴 거예요. 이렇게 중요한 서류를 열차 안에서 쓰다니, 이상하지 않습니까? 그건 올더커 씨가 이 유언장을 그다지 중요하게 생각하지 않았다는 사실을 의미합니다. 처음부터 지킬 생각이 없는 유언장이라면 열차 안에서 쓸 수도 있겠지요."

그러나 레스트레이드의 의견은 달랐다.

"그런가요? 그렇다면 올더커는 자신을 죽이라고 유혹하는 문서를 쓴 셈이로군요."

"당신은 정말 그렇게 생각합니까?"

"홈즈 선생님은 그렇게 생각하지 않습니까?"

"글쎄요, 그렇다고 말할 수도 있겠지만 어쨌든 이번 사건에는 아직 알 수 없는 부분이 너무 많아요."

"알 수 없는 부분이라고요? 이걸 모르는 일이라고 한다면 세상에 아는 일이 어디 있겠습니까? 어떤 노인이 있는데 그 사람이 죽으면 그 재산을 물려받을 수 있다는 사실을 갑자기 알았습니다. 청년이 어떻게 할까요? 청년은 아무에게도 말하지 않고 그날 밤 어떤 구실을 만들어 그 노인의 집을 찾아갔습니다. 청년은 그 집에 있는 유일한 제3자인 가정부가 잠들기를 기다렸다가 그 노인과 단둘이 있게 되었을 때 죽인 겁니다. 그리고 목재 창고에 불을 질러 시체를 태운 다음 근처 호텔로 도망쳤습니다. 방 안이나 지팡이에 묻은 피는 아주 흐릿합니다. 그래서 청년은 틀림없이 피를 흘리지 않고 살인에 성공했다고 여겼고, 시체만 불태우면 그가 어떻게 죽었는지도 아무도 모를 것이라고 생각했습니다. 살해 방법이 밝혀지면 자기가 바로 의심받게 될 테니까요. 어떻습니까? 이것으로 모든 사실이 분명해지지 않았습니까?"

"그렇지 않습니다, 레스트레이드. 나는 오히려 모든 것이 너무나도 분명해서 당황스러울 정도입니다. 당신처럼 여러 가지 재능을 가지고 있는 사람이 어째서 상상력을 발휘하지 않는 겁니까? 자, 지금 당신이 이 청년의 입장에 놓였다고 생각해 보세요. 과연 유언장이 작성된 그날 밤에 살해할 마음이 들까요? 두 가지 일을 바로 연관 지을 수 있는 행동을 했다가는 위험하다고 생각하지 않을까요? 게다가 그 집에 갔다는 사실이 알려져 있고 가정부가 문까지 열어 준 날에 손을 쓰겠습니까? 한 가지 더, 마지막으로 열심히 애써서 시체를 목재 더미 속에 숨기고도 자신이 범인이라는 증거인 지팡이를 그냥 남겨 두고 올 리가 있겠습니까? 솔직히 말해 보세요, 레스트레이드. 이러한 점들은 당신도 이상하다고 생각하겠지요?"

그러나 레스트레이드도 지지 않았다.

"그 지팡이 말인데요. 선생님도 잘 아시리라 생각하지만, 범인은 때때로 당황한 나머지 평범한 사람이라면 하지 않는 일까지도 하는 법입니다. 게다가 시체를 처리하고 난 뒤였기 때문에 무서워서 방으로 돌아가지 못했던 게 아닐까요? 어디, 거기에 꼭 맞는 다른 설명이 있다면 들려주시죠."

"꼭 맞는 설명이라면 대여섯 개 정도 늘어놓을 수 있습니다. 예를 들어서 이런 것은 어떨까요? 있을 법한 이야기고, 혹시 그랬을지도 모릅니다. 당신에게 공짜로 주는 선물이니 잘 들어 보세요. 그 올더커 씨가 값나가는 서류를 펼쳐 놓았는데 그 장면을 마침 지나가던 부랑자가 창문으로 본 겁니다. 블라인드가 반쯤 올라가 있었다고 하니까요. 변호사가 돌아간 직후, 그 부랑자가 방 안으로 들어왔습니다! 그리고 지팡이가 있다는 사실을 깨닫고 그것으로 올더커를 살해했어요. 그 다음에 시체를 태운 뒤 도망친 겁니다."

"부랑자가 어째서 시체를 태웠단 말입니까?"

"그렇다면 맥팔레인은 왜 시체를 태웠을까요?"

"증거를 감추기 위해서죠."

"그렇다면 부랑자도 살인이 없었던 것처럼 꾸미기 위해서가 아니겠습니까?"

"그럼 부랑자는 왜 아무것도 가져가지 않은 겁니까?"

"서류는 돈으로 바꿀 수 없었으니까요."

레스트레이드 경위는 고개를 절레절레 흔들었지만 아까처럼 자신감에 넘치는 태도는 아니었다.

"그렇다면 선생님은 그 부랑자를 찾아보시죠. 선생님이 그 녀석을 뒤쫓는 동안 저는 맥팔레인을 진범으로 생각하고 철저히 추궁할 생각입니다. 누가 옳은지 곧 밝혀지겠지요. 하지만 이 점은 분명히 해 두겠습니다. 우리가 살펴본 바에 따르면 서류는 단 한 장도 없어지지 않았습니다. 그야 그렇겠지요. 맥팔레인은 정당한 상속인으로 어차피 다 자기 것이 될 테니 아무것도 훔칠 필요가 없었으니까요."

그 점에 관해서는 홈즈도 생각이 정리되지 않은 듯했다.

"어쨌든 증거만 놓고 보면 당신의 생각이 유리하다는 사실을 부정하지는 않습니다. 단, 나는 다른 설명도 가능하다고 말하고 싶었던 겁니다. 당신 말대로 곧 알게 되겠죠. 그럼, 안녕히 가시오. 오늘 노우드에 가서 당신의 수사가 얼마나 진척되었는지 보기로 하지요."

레스트레이드 경위가 돌아가자 홈즈는 자리에서 일어나 외출 준비를 시작했다. 자신의 마음에 꼭 드는 일을 찾은 사람처럼 활기에 넘쳐 있었다. 그가 부지런히 프록코트를 입으며 말했다.

"왓슨, 가장 먼저 가야 할 곳은 조금 전에 말한 대로 블랙히스일세."

"왜 노우드에 먼저 가지 않는 건가?"

"왜냐하면 우리는 연속해서 일어난 두 개의 특이한 사건을 만났기 때문일세. 그런데 경찰은 우연히도 두 번째 사건이 실제 범죄로 이어져서 그쪽에만 주의를 집중시키는 과오를 범하고 있네. 하지만 나는 첫 번째 사건에 우선 빛을 비춰서 어느 정도 사안을 분명히 한 뒤에 전체적인 사건을 밝혀 나가는 것이 순리라고 생각하네. 갑자기 뜻밖의 인물을 상속인으로 삼겠다는 유언장을 작성한 이유를 알아내면 뒤이어 일어난 일도 간단히 정리할 수 있을지 몰라. 아니, 왓슨. 자네의 도움은 필요 없을 듯하네. 특별히 위험하지도 않을 테고. 위험하다면 나 혼자 갈 리가 없지 않은가? 저녁에는 돌아올 수 있을 걸세. 내게 도움을 청하며 뛰어 들어온 그 가엾은 청년에게 조금이라도 도움이 될 만한 보고를 가지고 온다면 좋으련만."

홈즈는 꽤 늦은 시간에 돌아왔다. 피로에 지친 얼굴로 초조해하는 그의 모습을 보고, 그렇게 기대하며 나섰던 목적을 이루지 못했음을 알 수 있었다. 그는 한 시간 동안이나 바이올린을 연주하며 마음을 가라앉히려 노력했다. 그러나 결국 바이올린을 집어던지더니 하루 종일 잘 풀리지 않던 자신의 지난 하루에 대해 자세히 설명하기 시작했다.

"왓슨, 전부 헛수고였네. 최악이었어. 레스트레이드 앞에서는 큰소리 쳤지만 이번만은 그 사람이 옳고 내가 틀렸을지도 몰라. 내 직감은 죄다 사실과 다르고, 영국 배심원들이 내 추리를 레스트레이드가 늘어놓은 사실들보다 더 중요하게 생각할 만큼 똑똑하지는 않을 테니까."

"블랙히스에는 갔었나?"

"물론 갔다네, 왓슨. 그리고 죽은 올더커가 아주 질 나쁜 녀석이라는 사실을 금방 알아냈어. 맥팔레인의 아버지는 아들을 찾으러 나가서 집에 없었고 어머니만 집에 있었지. 몸집이 작고 눈이 파란 사람이었는데 걱정과 노여움으로 온몸을 부들부들 떨고 있었어. 물론 어머니는 아들이 죄를 저질렀을 리가 없다고 굳게 믿고 있었네. 하지만 올더커가 살해당했다는 사실에는 놀라지도 않았고 가엾게 생각하는 것 같지도 않았어. 그뿐만 아니라 올더커를 아주 좋지 않게 이야기하더군. 그대로라면 경찰에서는 맥팔레인의 짓이라고 더욱 굳게 믿을 거야. 평소에 어머니가 올더커를 나쁘게 이야기하는 말을 들었다면 아들도 그 사람이 미워져서 언젠가는 폭력을 쓰게 될지도 모르니까. 맥팔레인 부인은 이렇게 말했다네.

'그 사람은 인간이라기보다 사악하고 교활한 원숭이에 더 가까워요.

젊었을 때부터 그랬어요.'

그래서 내가 물었지.

'그때부터 알고 지내셨습니까?'

'알다마다요. 그 사람은 제 약혼자이기도 했어요. 하지만 저는, 비록 가난하기는 해도 그 사람이 아닌 훨씬 더 훌륭한 사람과 결혼한 것을 지금도 신께 감사드리고 있어요. 그 사람이 제 약혼자였을 때, 어느 날 그가 새장에 고양이를 풀어 두었다는 끔찍한 이야기를 들었어요. 저는 그 사람의 잔인함에 몸서리가 쳐져서 그날 이후부터는 만나지 않았어요.'

이렇게 말하며 부인은 서랍을 뒤져서 칼로 갈기갈기 찢은 여자 사진

한 장을 꺼내더군.

'이건 제 사진이에요. 그 사람이 제 결혼식 날 아침에 이것과 함께 저주의 말까지 더해서 제게 보냈답니다.'

내가 말했지.

'그랬군요. 하지만 지금은 부인을 용서하지 않았을까요? 아드님에게 전 재산을 물려주었을 정도인데요.'

'말도 안 돼요, 홈즈 씨. 조너스 올더커가 살아 있든 죽었든 아들이나 저는 그 사람에게서 무엇 하나 받고 싶지 않아요. 하늘에는 신이 계세요. 그 악당을 벌하신 신께서 아들의 손이 그 악당의 피로 더럽혀지지 않았다는 사실을 반드시 증명해 주실 거예요.'

맥팔레인 부인은 발끈해서 이렇게 외쳤다네.

나는 한두 가지 단서를 얻어내려 했지만 내 추리에 도움이 될 만한 것은 하나도 알아내지 못했어. 도리어 여러 가지 점에서 내 생각과 반대되기도 했지. 그래서 나는 결국 포기하고 노우드로 향했네.

노우드의 딥 딘 저택은 요란한 벽돌로 지어진 크고 현대적인 건물이었어. 앞에는 월계수 숲이 있는 잔디밭이 있었고 오른쪽으로 약간 구석지고 길에서 약간 안쪽으로 들어선 곳에 불이 났던 그 목재 창고가 있더군. 여기 수첩에 대충 그린 약도가 있어. 이 왼쪽에 올더커의 침실로 통하는 창문이 있지. 이 그림을 보면 알 수 있지만 도로에서 이 창문을 통해 안을 들여다볼 수 있다네. 이 한 가지 사실만이 오늘 얻은 유일한 수확이야. 레스트레이드는 없었지만 부하인 경관들이 대신 조사하고 있더군. 마침 경찰들이 굉장한 보물을 발견한 순간이었어. 경찰들은 아침부터 잿더미를 뒤지고 있었는데 검게 타 버린 유해 말고도 조그맣고 둥글며 색이 변한 금속성 물체를 몇 개 발견했다네. 나도 직접 보았는데 그

물체는 바지 단추가 분명했어. 그중에는 올더커의 옷을 만드는 양복점인 하이암스라는 이름이 뚜렷하게 새겨진 것도 있었다네. 나는 어떤 흔적이 남아 있지 않을까 싶어서 잔디밭을 유심히 살펴보았어. 하지만 최근 맑은 날이 계속돼서 땅이 완전히 철판처럼 딱딱해지는 바람에 발자국 하나 찾아내지 못했다네. 단, 낮은 쥐똥나무 산울타리 사이로 인간인지는 모르겠지만 아무튼 커다란 짐을 목재 창고 쪽으로 똑바로 끌고 간 흔적은 찾아볼 수 있었어. 안타깝게도 전부 경찰의 견해와 맞아 떨어지는 것들뿐이야. 나는 펄펄 끓는 8월의 태양을 등으로 받으며 잔디밭 위를 기어 다녔네. 한 시간이 지나서야 일어났지만 그 이상은 아무것도 발견하지 못했어.

이렇게 큰 실패를 맛본 뒤에 나는 침실로 들어가 다시 조사했다네. 핏자국은 아주 조그만 얼룩이나 변색 정도로 생각될 만큼 적었지만 어쨌든 새로운 것이었어. 지팡이는 이미 경찰이 가져갔지만 거기에도 핏자국이 희미했다고 하더군. 맥팔레인도 인정했으니 지팡이는 우리 의뢰인이 가져온 것임에는 틀림이 없어. 융단에는 두 남자의 발자국이 남아 있었지만 제3자의 것으로 보이는 것은 전혀 없었지. 이것도 레스트레이드에게 유리한 점이야. 그 사람에게 유리한 재료들이 하나둘 쌓여 가는데 나는 한 걸음도 나아가지 못했다네.

딱 한 가지, 내가 희망을 발견한 아주 희미한 불빛이 있었어. 물론 지금은 아무런 가치도 없다고 할 수도 있지만. 금고 속의 내용물은 대부분 꺼내서 탁자 위에 올려놓았더군. 그것을 살펴보니, 서류는 봉투 몇 개에 넣어 밀랍으로 봉인해 두었지만 그중 한두 개는 경찰에서 봉인을 뜯어 놓았네. 내가 보기에 썩 가치 있는 것은 아무것도 없었고 은행 통장도 소문으로 듣던 것과는 달랐다네. 하지만 거기에 있는 서류가 전부라는 생각은 들지 않았어. 좀 더 가치 있는 서류가 몇 개 있을 것 같았지만 하나도 발견되지 않았다네. 만약 그것이 없어졌다는 사실을 증명해 보인다면, 곧 자신이 상속하게 될 것을 훔칠 리가 없다고 한 레스트레이드의 주장을 그대로 돌려줄 수 있을 텐데 말이야.

볼 것은 다 봤고 마지막으로 가정부를 만났어. 그때까지 남아 있는 유일한 희망이었지. 가정부의 이름은 렉싱턴 부인인데, 몸집이 작고 피부가 거뭇하고 말이 없는 여자로 의심이 많은지 곁눈질을 했어. 나는 그녀를 보자마자 마음만 먹으면 뭔가 말해 줄 수 있는 사람이구나 하는 생각이 들었네. 하지만 렉싱턴 부인은 조개처럼 입을 꾹 다물고 있더군. 부인은 이렇게 말했어.

'맥팔레인 씨는 9시 반에 오셨어요. 지금 와서 생각해 보면 그런 사람을 집에 들인 것이 원통할 따름이에요.'

자신은 10시 반에 잠자리에 들었지만 방이 반대편 끝 쪽에 있기 때문에 무슨 일이 있었는지 아무 소리도 듣지 못했다고 했네.

'맥팔레인 씨는 분명히 모자와 지팡이를 홀에 남겨놓고 돌아갔어요. 한밤중이 되어 불이 났다는 소리에 처음으로 눈을 떴어요. 가엾은 주인 나리는 틀림없이 살해당한 거예요. 주인님에게 적은 없었느냐고요? 적이 없는 사람이 있을까요? 주인님은 다른 사람과 거의 교제를 하지 않아서 사업과 관계있는 사람 말고 다른 손님은 없었어요. 잿더미에서 나온 단추를 봤는데 어젯밤 입고 있던 옷에 달려 있던 게 확실해요.'

한 달 동안이나 비가 내리지 않아서 나무는 아주 메말라 있었어. 그래서 굉장히 맹렬한 기세로 타올라 그녀가 달려 나갔을 때 야적장은 이미 불바다가 되어 있었지. 그녀와 소방대원 모두 불길 속에서 고기 타는 냄새를 맡았어. 그녀는 서류나 올더커 씨에 대해서 복잡한 일은 하나도 모른다고 하더군.

왓슨, 이것이 내 실패 보고라네. 하지만……, 하지만…….'

홈즈가 가느다란 주먹을 꾹 쥐고 확신에 찬 목소리로 말했다.

"뭔가 잘못되었어. 나는 느낌으로 알 수 있네. 아직 밝혀지지 않은 것이 숨어 있다네. 가정부인 렉싱턴 부인은 그것을 알고 있어. 그 가정부의 눈에는 저항감 같은 것이 담겨 있으니까. 그런 눈빛은 마음속에 좋지 않은 음모를 꾸미고 있을 때만 보이는 것이야. 하지만 왓슨, 이런 소리를 해 봤자 도움 될 것 하나 없다네. 뜻밖의 행운이라도 찾아오지 않는 한 이 노우드 사건은 우리의 성공 기록에 포함되지 못할 것 같아."

"하지만 맥팔레인의 모습을 본다면 배심원들도 정말 범인일지 다시 한 번 생각해 보게 될 걸세."

"왓슨, 그건 위험한 생각일세. 그 끔찍한 살인자 버트 스티븐스를 기억하고 있겠지? 1887년에 우리에게 도움을 청했던 사람이야. 다정하고, 주일학교에라도 다닐 법한 청년 아니었나?"

"듣고 보니 그렇군."

"그러니 다른 가설을 생각해 보고 그것을 증명할 만한 증거를 찾아내지 못한다면 맥팔레인을 도울 길은 없어. 그 청년을 범인으로 보는 가설에는 아직 허점이 없다네. 아니, 오히려 조사하면 조사할수록 그것이 사실인 것처럼 보이지. 그런데 아까 말했던 올더커의 서류에는 약간 묘한 점이 있었어. 어쩌면 그것을 단서로 삼아 새로운 사실을 발견할 수 있을지도 몰라. 은행 통장을 자세히 살펴보니 돈이 얼마 남아 있지 않았어. 왜냐하면 지난 1년 사이에 코닐리어스라는 사람에게 몇 번에 걸쳐서 상당한 금액을 지불했기 때문일세. 올더커는 이미 건축업에는 거의 손을 뗐으니 그런 돈을 지불할 필요는 없었을 걸세. 그렇다면 그런 상당한 금액을 받은 코닐리어스라는 사람은 대체 누구일까? 그 점을 꼭 알고 싶어. 사건과 어떤 관계가 있을지도 모르니까. 코닐리어스가 주식 중매인일 가능성도 생각해 보았지만 그렇게 거액을 지불할 만한 증권은 하나도 없었네. 다른 조사가 전부 무위로 돌아갔으니 이걸 조사할 만한 가치는 있다고 생각하네. 은행에서 누가 그 수표를 현금으로 바꿨는지 알아볼 생각이야. 하지만 왓슨, 레스트레이드가 그 가엾은 청년을 교수대로 보내는 데 성공하고 일이 마무리 지어질 것 같은 불길한 예감을 감출 수가 없네. 우리에게 이보다 더한 불명예는 없을 거고, 경찰국에게는 커다란 승리가 될 거야."

그날 밤 홈즈가 얼마나 잤는지는 모르지만 내가 아침을 먹기 위해 아래층으로 내려가 보니 그는 창백하고 꺼칠한 얼굴로 눈만 반짝이고 있었다. 눈 주변은 거멓게 죽어 있었고 그가 앉은 의자 주위 융단에는 담뱃재가 어지러이 흩어져 있었다. 틀림없이 밤새도록 생각에 잠겨 있었던 것이리라. 바닥에는 신문의 첫 판이 나뒹굴었고 탁자 위에는 전보 한 통이 펼쳐져 있었다.

"이걸 어떻게 생각하나, 왓슨?"

홈즈는 이렇게 말하면서 탁자 너머로 전보를 건네주었다. 노우드에서 온 것으로 다음과 같은 내용이었다.

새로운 중요 증거를 찾았음. 맥팔레인을 유죄로 만들 확증임. 이번 사
건에서 손을 떼기 바람. — 레스트레이드

내가 말했다.

"이거 꽤나 심각한 듯하군."

"레스트레이드가 지르는 승리의 함성일세."

홈즈는 쓸쓸하게 웃었지만 바로 뒤이어 말했다.

"하지만 이번 사건에서 손을 떼기에는 아직 이르네. 새로 발견된 중요
한 증거란 양날의 검과 같거든. 레스트레이드에게는 맥팔레인을 유죄로
만드는 데 도움이 될지 몰라도 내게는 무죄로 만들 증거가 될 수도 있
어. 왓슨, 식사를 마치고 나면 함께 나가서 다른 방법을 찾아보지 않겠
나? 오늘은 자네가 있어 주는 편이 좋을 것 같아. 지쳐 가는 내 곁에 자
네 같은 친구가 있다는 것만으로도 힘이 될 테니."

홈즈는 식사를 하지 않았다. 그에게는 매우 집중해서 생각해야 할 때
는 식사하지 않는 묘한 버릇이 있었다. 한번은 몸이 강철처럼 강하다는
사실만 믿고 계속 식사를 들지 않아 결국에는 영양실조로 쓰러진 적도
있었다. 의사로서 내가 충고라도 한다면, 그는 음식물을 소화하는 데 쓸
에너지와 정신이 없다고 대답할 것이 뻔했다. 그래서 그날 아침 홈즈가
아침을 전혀 들지 않고 노우드로 나서는 것을 보고도 나는 그다지 놀라
지 않았다. 딥 딘 저택은 앞서 이야기한 대로 교외에서 흔히 볼 수 있는
주택이었는데 그 앞에는 여전히 구경꾼들이 모여 있었다. 우리는 문 안
에서 레스트레이드 경위를 만났다. 그의 얼굴은 승리감에 반짝이고 있

었으며 승리감에 들뜬 태도를 감추지 않았다. 그가 외쳤다.

"아, 홈즈 선생님. 우리가 틀렸다는 증거를 잡으셨나요? 부랑자는 찾으셨고요?"

홈즈가 싸늘하게 말했다.

"나는 아직 어떤 결론도 내리지 않았습니다."

"우리는 어제 결론을 내렸습니다. 그리고 지금 그게 옳다는 사실을 증명했고요. 그러니 선생님도 이제 인정하시죠. 이번에는 우리가 한발 앞서 사건을 해결했다는 사실을 말입니다."

"경위, 분위기를 보니 아주 예사롭지 않은 일이 일어났나 보군요."

레스트레이드 경위가 커다란 소리로 웃었다.

"홈즈 선생님은 자기가 졌다는 사실을 우리보다 더 인정하기 싫으신 모양입니다. 세상일이 언제나 자신의 생각대로만 되겠습니까? 안 그렇습니까, 왓슨 박사님? 이쪽으로 오세요. 저쪽으로 가서 존 맥팔레인이 범인이라는 사실을 신사분들께 납득시켜 드리겠습니다."

레스트레이드 경위는 우리를 복도 너머에 있는 어둑한 홀로 데리고 갔다.

"맥팔레인은 살인을 저지르고 나서 여기로 모자를 가지러 왔습니다. 틀림없습니다."

레스트레이드 경위는 이렇게 말하더니 갑자기 연극배우 같은 동작으로 성냥을 켜서 하얀 벽 위에 찍힌 핏자국을 비추었다. 그가 성냥을 가까이 가져다 대자 그것은 단순한 핏자국이 아니라 선명하게 찍힌 엄지손가락 지문임을 알 수 있었다.

"선생님, 돋보기로 살펴보시죠."

"그렇게 할 참이었습니다."

"지문이 똑같은 사람은 한 명도 없다는 사실을 잘 알고 계시겠지요?"

"알고 있습니다."

"그렇다면 이것과 비교해 보시죠. 오늘 채취한 맥팔레인의 엄지 지문입니다."

레스트레이드가 밀랍에 채취한 지문을 벽의 지문 자국 가까이 가져갔다. 돋보기로 볼 필요도 없이 두 지문은 완전히 일치했다. 그 가엾은 맥팔레인도 마침내 끝장이라고 생각했다. 레스트레이드 경위가 말했다.

"이것으로 분명해졌습니다."

나도 메아리처럼 되풀이했다.

"음, 이것으로 분명해졌군."

그러자 홈즈도 이렇게 말했다.

"이것으로 분명해졌어."

그러나 그 말투에 약간 이상한 느낌이 묻어 있어서 나는 뒤를 돌아보았다. 홈즈는 아까와는 전혀 다른 표정을 짓고 있었다. 마음속의 기쁨을 꾹 참느라 얼굴이 일그러져 있었던 것이다. 두 눈은 별처럼 반짝였고 웃고 싶은 것을 필사의 노력으로 참고 있었다. 그가 드디어 입을 열었다.

"맙소사. 생각지도 못했어. 그래서 얼핏 본 것만 가지고 속아서는 안 되는 거야. 그처럼 훌륭해 보이는 청년이! 이것은 자신의 판단을 섣불리 믿어서는 안 된다는 교훈입니다. 그렇지 않습니까, 레스트레이드?"

"물론이죠. 우리 중에는 지나치게 자신만만한 사람이 있으니까요."

레스트레이드가 홈즈를 비꼬듯 이렇게 말했다. 경위야말로 승리감에 도취된 것처럼 보였으나 지금의 우리는 아무 말도 할 수 없었다.

"모자걸이에서 모자를 집으려다 오른쪽 엄지의 지문을 남기다니 이건 신의 뜻이야! 그리고 잘 생각해 보면 자연스러운 동작이기도 하지요."

겉으로는 평온함을 가장하고 있었으나 홈즈는 마음속 흥분을 감추기 위해 온몸을 꿈틀거리고 있었다.

"그런데 레스트레이드, 누가 이렇게 멋진 것을 발견했습니까?"

"가정부인 렉싱턴 부인입니다. 어젯밤, 순경에게 가르쳐 주었습니다."

"그 순경은 어디에 있었죠?"

"그는 살인이 일어난 침실을 지키고 있었습니다. 현장에 아무도 손대지 못하게 하려고요."

"그렇다면 한 가지 묻겠습니다. 경찰에서는 어제 왜 이것을 발견하지 못했습니까?"

"이런 홀은 특별히 신경을 쓸 필요가 없었으니까요. 게다가 그다지 눈에 띄는 곳도 아니지 않습니까?"

"그건 그렇군요. 맞아요. 아무도 신경 쓰지 않는 곳이니까요. 맞는 말입니다. 그런데 틀림없이 어제부터 여기에 찍혀 있었던 거겠지요?"

레스트레이드 경위는 홈즈의 정신이 이상해진 것이 아닐까 의심하는 듯한 눈빛으로 그를 바라보았다. 솔직히 말해서 나도 신이 난 듯한 홈즈의 말투를 듣고 깜짝 놀랐다. 경위가 화가 난다는 듯 말했다.

"이해할 수가 없군요. 맥팔레인이 밤에 몰래 유치장에서 빠져나와 일부러 자신에게 불리한 증거를 남기기 위해 여기까지 오기라도 했다는 말입니까? 이 지문이 그 청년의 것이 아니라고 하신다면 전문가에게 의뢰해도 상관없습니다."

"아니, 틀림없이 맥팔레인의 지문입니다."

"그렇다면 된 것 아닙니까? 저는 선생님과 달리 사실을 중히 여기는 사람입니다. 증거에 따라서 결론을 내려야 하는 법입니다. 아직도 할 말씀이 있다면 거실로 오세요. 거실에서 보고서를 작성할 생각이니까요."

잠시 후, 홈즈는 드디어 차분함을 되찾았다. 그러나 그 얼굴에는 여전히 기쁨이 묻어 있었다. 그는 이렇게 말했다.

"왓슨, 일이 아주 난처하게 됐어. 하지만 아직 이상한 점이 있으니 맥팔레인 청년이 완전히 절망에 빠졌다고는 말할 수 없네."

내가 진심으로 말했다.

"그거 다행이군. 나는 모든 일이 끝난 줄로만 알았는데……."

"아니, 그렇게 분명히 말하기에는 아직 이르다네. 사실을 말하자면 레스트레이드는 이 증거를 매우 중요하게 생각하는 듯하지만 놓쳐서는 안 될 결함이 하나 있다네."

"정말인가, 홈즈? 그게 뭐지?"

"간단한 사실일세. 내가 어제 이 홀을 살펴봤을 때는 이 지문이 여기에 없었거든. 그것보다 왓슨, 햇볕을 받으면서 잠깐 산책 좀 하지 않겠나?"

나는 어떻게 된 일인지 영문을 알 수 없었으나 조금씩 희망이 솟아오르는 느낌을 받았다. 나는 홈즈를 따라 정원을 거닐었다. 친구는 집 주위를 각각의 방면에서 매우 세심하게 관찰했다. 그런 다음 다시 집 안으로 들어가 지하실부터 다락방까지 샅샅이 돌아보았다. 가구도 거의 없는 방이었으나 홈즈는 놓치지 않고 살펴보았다. 마지막으로, 쓰지 않는 침실 세 개가 늘어선 가장 위층의 복도에 섰을 때에도 홈즈는 치밀어 오르는 기쁨을 참기 위해 무진 애를 썼다. 그가 말했다.

"왓슨, 이번 사건에는 다른 사건에서 볼 수 없는 특이한 점이 있네. 이제 슬슬 우리의 친구인 레스트레이드 경위에게 진실을 알려 줘도 될 것 같아. 레스트레이드는 조금 전 우리를 무시하는 웃음을 짓고 있었으니 그 대가를 치러야 할 걸세. 만약 내 해석이 옳다는 사실을 증명할 수 있다면 그 웃음을 되돌려줄 수 있을 거야. 맞아, 증명할 수 있는 좋은 방법이 있어."

홈즈가 거실에 들어섰을 때 레스트레이드는 아직도 무엇인가를 쓰고 있었다. 내 친구가 말했다.

"이번 사건의 보고서를 쓰고 있는 것 같군요."

"그렇습니다."

"너무 성급하지 않습니까? 나는 당신이 쓸 증거가 아직 다 모이지는 않았다고 생각하는데요."

평소 홈즈를 잘 알고 있던 레스트레이드는 그 묘한 말을 놓치지 않았다. 그는 펜을 내려놓고 알 수 없다는 표정으로 홈즈를 바라보았다.

"홈즈 선생님, 그건 무슨 뜻입니까?"

"당신이 아직 중요한 증인 한 사람을 만나지 않았다는 말입니다."

"그 중요한 증인을 데려올 수 있습니까?"

"그렇게 생각합니다."

"그럼 데리고 오십시오."

"어디, 한번 해 보기로 하죠. 여기 와 있는 경관은 몇 명쯤 됩니까?"

"세 명은 바로 올 수 있습니다."

"충분해요! 한 가지 더 묻겠는데 그 친구들은 모두 덩치가 크고, 힘이 세고, 목소리가 큰 사람들인가요?"

"물론 그렇습니다. 하지만 왜 큰 목소리가 도움이 된다는 건지 모르겠습니다."

"지금 여러 가지를 보여 주겠습니다. 그 친구들을 불러 주세요. 한번 해 볼 테니까."

5분쯤 지나자 순경 셋이 홀에 모였다. 홈즈가 그들에게 말했다.

"창고에 가면 짚단이 가득 들어차 있습니다. 미안하지만 두 단 정도만 가져다주세요. 필요한 증인을 불러내는 데 커다란 도움이 될 겁니다. ……아, 고마워요. 왓슨, 성냥을 가지고 있었지? 레스트레이드, 모두 함께 제일 위층으로 갑시다."

앞서 말한 것처럼 가장 위층에는 넓은 복도가 있고 쓰지 않는 침실이 세 개 있었다. 홈즈는 복도 끝 쪽으로 모두를 데리고 갔다. 순경들은 왜 이런 일을 하는지 모르겠다는 듯 쓴웃음을 짓고 있었고, 레스트레이드는 놀라움과 기대와 조롱이 뒤섞인 얼굴로 홈즈를 쳐다보고 있었다. 홈즈는 지금부터 마술을 펼쳐 보이려는 마술사처럼 우리 앞에 섰다.

"레스트레이드, 누군가에게 물 두 양동이를 퍼 오라고 하세요. 그리고 짚단을 이 복도의 중간에 쌓아 주시고요. 양쪽 벽에 붙지 않도록. 됐어요. 이제 준비는 다 끝났습니다."

레스트레이드의 얼굴이 분노로 붉게 물들기 시작했다.

"선생님, 우리와 무슨 게임이라도 할 생각이신가요? 혹시 무엇인가를 알고 있다면 이런 한심한 짓은 그만두고 얼른 말씀해 주시죠."

"레스트레이드, 내가 하는 일에는 다 이유가 있습니다. 당신은 조금 전에 나를 슬쩍 놀리지 않았습니까? 그러니 내가 일을 좀 꾸민다고 해서 불평하지는 마세요. 왓슨, 미안하지만 창문을 열고 짚단 끝에 불을 붙여 주게."

나는 성냥으로 불을 붙였다. 그러자 마른 짚단이 탁탁 소리를 내며 타기 시작했고 잿빛 연기가 뭉게뭉게 피어올라 바람을 타고 복도를 기어 나갔다.

"됐어. 레스트레이드, 당신에게 필요한 증인이 나오는지 보기로 하죠. 모두 소리를 합쳐 '불이야!'라고 외쳐 주시오. 자, 하나, 둘, 셋!"

우리는 외쳤다.

"불이야!"

"고마워요. 다시 한 번."

"불이야!"

"다시 한 번!"

"불이야!"

이 외침은 노우드 전체에 울려 퍼졌을 것이다. 그 세 번째 외침이 가라앉기도 전에 놀라운 일이 펼쳐졌다. 단단한 벽인 줄 알았던 복도 끝이 갑자기 벌컥 열리더니 몸집이 작고 쭈글쭈글한 남자가 토끼가 굴에서 뛰쳐나오듯 다급하게 달려 나왔다. 하지만 홈즈는 침착하게 말했다.

"됐어! 왓슨, 양동이의 물을 짚단에 전부 뿌려 주게. 이젠 됐어! 자, 레스트레이드, 당신이 놓쳤던 중요한 증인을 소개하지요. 이 사람이 바로 조너스 올더커 씨입니다."

레스트레이드 경위는 너무 놀란 나머지 뛰쳐나온 노인을 빤히 바라볼 뿐이었다. 뛰쳐나온 사내는 갑자기 밝은 복도로 나온 탓에 눈이 부신지 눈을 깜빡이며 연기를 피워 올리고 있는 짚단과 우리를 쳐다보았다. 홈 즈가 올더커라고 말한 그 노인은 눈썹이 하얗게 세었는데 교활하고 밉

살스러운 얼굴을 하고 있었으며 악의가 가득한 회색 눈을 정신없이 이리저리 굴렸다. 경위가 말했다.

"이게, 이게 어떻게 된 일이오? 당신, 지금까지 대체 무엇을 하고 있었소? 엉?"

경위가 분노로 얼굴을 새빨갛게 물들인 채 험악한 표정으로 다가오자 올더커는 딱딱하게 굳은 미소를 지으며 뒷걸음질 쳤다.

"저는 아무 짓도 하지 않았습니다."

"아무 짓도 하지 않았다고? 당신은 죄 없는 사내를 교수대로 보낼 생각으로 여러 가지 잔꾀를 부리지 않았소? 여기 홈즈 선생님이 없었다면 나는 당신 꿍꿍이대로 움직일 뻔했다고."

노인이 머리를 숙이고 훌쩍훌쩍 울기 시작했다.

"저는 그냥, 그냥……, 장난 좀 쳤을 뿐입니다."

"뭐라고? 이게 장난이라고? 재미있는 장난이었다고 웃을 수 있는 것도 여기까지요. 장담하겠는데 더 이상 당신이 한 짓거리 때문에 웃을 수 없을 거요. 이 자를 데려가. 내가 갈 때까지 거실에서 꼼짝 못하게 해."

순경이 올더커를 데리고 가자 경위가 말했다.

"부하들 앞에서는 말할 수 없었지만 왓슨 박사님만 계시니 상관없습니다. 선생님이 지금까지 처리한 사건 중에서도 가장 멋진 사건입니다. 어떻게 알아내신 건지 저는 도저히 모르겠지만요. 선생님은 누명을 쓴 청년의 목숨을 구했고 제가 끔찍하게 실패할 뻔한 것도 막아 주셨습니다. 선생님이 없었다면 저는 완전히 체면을 구길 뻔했습니다."

홈즈가 빙그레 웃으며 레스트레이드의 어깨를 툭 두드렸다.

"체면을 구기기는커녕 당신의 평가는 하늘 높은 줄 모르고 치솟을 겁니다. 당신이 지금 쓰고 있는 보고서를 조금만 수정하면 됩니다. 그리고 레스트레이드 경위의 눈을 속이는 것이 얼마나 어려운 일인지 알려 주라는 거죠."

"그럼 선생님의 이름을 밝히지 않아도 된단 말입니까?"

"전혀 밝힐 필요가 없습니다. 일 자체가 내 보수니까. 한참 시간이 지난 뒤에 내가 허락하면 내 사건을 기록하는 열정적인 사람이 원고지를 펼칠 테니 신용이라면 언제든지 얻을 수 있어요. 안 그런가, 왓슨? 그건 그렇고 저 쥐새끼가 어디에 있었는지 보기로 합시다."

판자와 회반죽으로 만들어 놓은 가림막은 복도 끝에서 180센티미터 정도 떨어진 곳에 설치되어 있었는데 거기에는 쉽게 알아볼 수 없도록 교묘하게 만든 문이 달려 있었다. 빛은 처마 밑의 틈새를 통해서 들어왔으며, 약간의 가구와 음식, 물과 함께 책 몇 권과 서류가 놓여 있었다. 그 비밀의 방에서 나오자 홈즈가 말했다.

"건축가라 이런 일을 꾸민 걸세. 아무에게도 말하지 않고 작은 비밀 장소를 만들 수 있었을 거야. 가정부는 알고 있었겠지만. 그러고 보니 레스트레이드, 그 여자도 얼른 잡아 두는 편이 좋겠군요."

"그렇게 하겠습니다. 그건 그렇고 이런 곳이 있다는 사실을 어떻게 알았습니까?"

"나는 그 남자가 반드시 이 집 어딘가에 숨어 있을 것이라고 생각했습니다. 그래서 여러 가지로 살펴보았는데 이 복도를 걸어 보고 같은 길이어야 할 아래층의 복도보다 여섯 걸음 정도 짧다는 사실을 깨달았습니다. 그래서 저 남자가 어디에 있는지 분명히 알게 된 거죠. 그리고 나는 그 녀석이 불이 났다고 소란을 피워도 가만히 숨어 있을 만한 작자는 아니라고 판단했습니다. 물론 안으로 뛰어들어 잡을 수도 있었지만 그것보다는 스스로 뛰쳐나오게 만드는 편이 더 재미있지 않겠습니까? 그리고 당신에게는 약간의 빚도 있었으니까요."

"그 빚은 제대로 돌려받았습니다. 그것보다 녀석이 이 집에 숨어 있다는 사실을 어떻게 아신 겁니까?"

"엄지손가락 지문 때문이었습니다. 당신은 그게 결정적 증거라고 말했지만, 전혀 다른 의미로 분명해졌던 겁니다. 어제는 거기에 지문이 없었으니까요. 레스트레이드, 당신도 알고 있을지 모르겠지만 나는 세세한 부분에도 세심하게 신경을 씁니다. 내가 어제 홀을 살펴봤지만 거기에는 분명히 지문이 없었어요. 그러니 그 지문은 밤 사이에 찍혔다는 사실을 알 수 있었죠."

"그렇다면 대체 어떻게 찍은 겁니까?"

"아주 간단합니다. 올더커는 맥팔레인을 집으로 불러 서류를 보인 뒤 서류를 다시 봉했어요. 그때 올더커는 맥팔레인에게 아직 굳지 않은 밀랍 부분에 엄지를 대고 꾹 누르게 했던 겁니다. 아주 자연스럽고 순간적인 일이었기에 맥팔레인도 기억하지 못하겠지요. 어쩌면 우연히 그렇게 됐고 올더커도 나중에 그것을 쓸 계획은 없었을지도 모르고요. 그런데 비밀의 방에서 갖가지 생각을 하다가 문득 그 지문을 이용하면 맥팔레인을 범인으로 확정 짓는 절대적인 증거를 만들 수 있다는 생각이 떠올랐겠지요. 아주 간단한 일이었을 겁니다. 우선 봉투의 밀랍에 찍힌 지문을 채취해 틀을 만들고 자신의 손가락을 바늘로 찔러 나온 피를 거기에 묻힙니다. 그리고 밤에 홀 벽에 찍은 거죠. 자신이 했는지 가정부를 시켰는지는 알 수 없지만. 그 남자가 비밀의 방으로 가져간 서류를 살펴보면 틀림없이 밀랍에 지문이 찍힌 봉투가 나올 겁니다. 의심스럽다면 내기를 해도 좋습니다."

"훌륭합니다! 정말 훌륭한 추리예요! 말씀을 듣고 모든 사실을 알았습니다. 그런데 녀석은 어째서 이처럼 끔찍한 음모를 꾸몄을까요?"

갑자기 얌전해진 레스트레이드가 마치 어린 학생이 선생님에게 질문하는 것처럼 구는 것을 보니 참 우습기도 했고 기분이 유쾌해졌다. 홈즈가 말했다.

　"그 설명도 그렇게 어려울 것 같지는 않습니다. 지금 아래에서 우리를 기다리는 올더커는 무서울 정도로 집념이 강한 사람입니다. 그 남자가 맥팔레인의 어머니에게 청혼했다가 거절당했다는 사실은 경위도 알고 있겠죠? 아, 몰랐다고요? 그래서 노우드보다 블랙히스를 먼저 조사해야 한다고 말했던 겁니다. 어쨌든 그 일에 커다란 앙심을 품고 있던 올더커는 원래부터 성격도 고약했고 집착이 강해서 거의 평생에 걸쳐 어떻게 복수를 하면 좋을지 생각했어요. 하지만 영 기회가 찾아오지 않았죠. 그런데 지난 몇 년 동안 운이 나빴는지 여기저기에 큰 빚을 지고 말았습니다. 아마 어딘가에 은밀히 투자했다가 실패라도 했나 봅니다. 그래서 빚을 진 사람들에게 돈을 갚지 않고 지금 있는 돈을 가지고 어딘가로 잠적할 수는 없을까 생각하게 된 겁니다. 그래서 우선은 빚을 진 사람들을 속일 생각으로 은행에 저금한 돈의 대부분을 코닐리어스라는 사람에게 수표로 건네주는 형식을 취했습니다. 물론 코닐리어스는 올더커의 다른 이름입니다. 아직 확인하지는 않았지만 그 돈은 올더커가 부지런히 드나드는 조그만 마을의 은행에 예금되어 있을 겁니다. 그리고 올더커는 돈만 들고 모습을 감추어 이름을 완전히 바꾼 뒤, 다른 지방에서 새로운 생활을 시작하려고 했겠지요."

　"그렇군요. 있을 법한 이야기입니다."

　"그는 모습을 감출 때 아무런 단서도 남기고 싶지 않았고, 아울러 예전에 자신과의 결혼을 거절한 맥팔레인의 어머니에 대한 복수도 하고 싶었습니다. 따라서 그녀의 아들인 맥팔레인이 자신을 살해한 것처럼 꾸미면 이 세상에서 완전히 모습을 감출 수 있을 뿐만 아니라 복수도 할 수 있겠다고 생각한 겁니다. 이 무시무시한 계획을 그자는 멋지게 해냈습니다. 정말 치밀하게 행동했더군요. 유언장은 맥팔레인이 자신을 살해하는 동기가 될 터였고, 부모에게는 그 사실을 비밀로 하고 오게 했지요. 게다가 지팡이를 감추고, 피를 묻히고, 화재 현장에서 검게 탄 동물의 잔해가 나오도록 하고, 바지 단추까지 준비해 두었으니 정말 간교함의 천재라고 해도 좋을 정도입니다. 네다섯 시간 전까지만 해도 그가 친 촘촘한 그물 때문에 더는 맥팔레인을 도울 길이 없어 보였습니다. 하지만 그 남자에게는 어디서 그만둬야 하는지 판단하는 재능이 없었어요. 예술가에게 가장 중요한 재능이 빠져 있었던 셈이죠. 촘촘하게 쳐 놓은 그물에 만족하지 못하고 가엾은 맥팔레인의 목에 감은 밧줄을 더욱 세게 조이려 했지만 오히려 그것 때문에 그물이 찢어져 실패하고 말았습니다. 자, 레스트레이드. 그만 아래로 내려가 보죠. 그 남자에게 두어 가지 묻고 싶은 것도 있으니까요.”

아래층의 거실로 내려가 보니 악당은 의자에 앉은 채 좌우로 경찰관들의 감시를 받고 있었다. 올더커가 우리를 보고 동정을 구하는 목소리로 말했다.

“장난이었습니다. 잠깐 장난 좀 쳤을 뿐, 깊은 뜻은 없습니다. 제가 모습을 감추면 어떻게 될지 보고 싶어서 그랬을 뿐입니다. 정말입니다. 제발 오해하지 마세요. 맥팔레인에게 피해가 갈 줄은 꿈에도 몰랐습니다.”

레스트레이드 경위가 말했다.

“그건 배심원들이 결정할 문제요. 어쨌든 살인을 계획했다는 혐의로는 기소할 수 없지만 음모를 꾀했다는 혐의로 기소해 주겠소.”

홈즈도 한마디 했다.

"그리고 당신에게 돈을 빌려준 사람들은 코닐리어스 씨의 예금에서 그 돈을 돌려받게 될 겁니다."

조그만 노인은 몸을 움찔하더니 증오로 눈을 번뜩이며 홈즈를 바라보았다.

"당신이 베푼 친절에 감사해야겠군. 이 빚은 조만간 갚도록 하지."

홈즈가 관대하게 미소 지으며 말했다.

"당신이 아무리 집념이 강하다 해도 앞으로 몇 년 동안은 교도소에 있어야 할 테니 그럴 틈이 없을 거요. 그건 그렇고, 낡은 바지 말고 목재 더미 속에 또 무엇을 넣었소? 죽은 개? 아니면 토끼? 말하고 싶지 않다고? 정말 불친절한 사람이로군! 어쨌든 상관없소. 토끼 두 마리만 있어도 핏자국이나 정체를 알 수 없는 불에 탄 시체를 만들기에는 충분했을 테니까. 왓슨, 훗날 자네가 이 사건을 기록할 때는 그냥 토끼라고 해 주게."

3. 춤추는 인형

홈즈는 호리호리한 등을 둥그렇게 만 채 앉아서 벌써 몇 시간 동안이나 아무 말 없이 화학 실험 용기 위로 몸을 굽혀 지독한 냄새가 나는 약품들을 조합하고 있었다. 가슴 쪽으로 고개를 깊게 파묻은 그의 모습은 삐쩍 마른 몸에 잿빛 깃털과 검은색 볏을 가진 기묘한 새처럼 보였다. 그때 친구가 갑자기 질문을 던졌다.

"참, 왓슨. 자네 남아프리카 주식에 투자할 생각은 없는 건가?"

나는 깜짝 놀랐다. 홈즈의 신비한 능력에는 이미 익숙해져 있었지만 이렇게 느닷없이 마음속 깊은 곳까지 꿰뚫어 보면 정말 할 말이 없었다.

"그걸 대체 어떻게 알았나?"

내가 되물었다. 홈즈는 연기가 피어오르는 시험관을 손에 든 채 움푹 들어간 눈을 재미있다는 듯이 반짝이며 앉은 자리에서 몸을 내 쪽으로 돌렸다.

"왓슨, 지금 상당히 당황했군. 그렇지?"

"그렇다네."

"그럼, 그 사실을 종이에 쓰고 거기에 서명을 하게."

"왜 그러는 건가?"

"분명히 자네는 5분도 지나지 않아서 '그렇게 간단한 거였나?'라고 할 테니까."

"절대로 그렇게 말하지 않겠네."

"그럼 믿고 말해 주지."

홈즈는 시험관을 내려놓고 마치 학생들에게 강의하는 교수 같은 태도로 말하기 시작했다.

"바로 앞서 일어났던 일들을 보고 하나하나의 추리를 이끌어 내는 것이 간단하다면, 그것들을 하나로 묶는 추리를 이끌어 내는 것도 그리 어렵지 않네. 그런 다음 중간의 추리 과정은 완전히 배제하고 듣는 사람 앞에는 출발점과 결론만 내놓으면 상대방을 화들짝 놀라게 할 수 있지. 속임수라고 해도 할 말은 없지만. 그러니까, 자네 왼쪽 손의 검지와 엄지 사이가 움푹 파인 것을 보고 자네가 얼마 되지 않는 자산을 금광에 투자하지 않기로 결심했다는 사실을 알아내는 게 그리 어렵지는 않았다는 말일세."

"그걸 보고 어떻게 알아냈는지 이해할 수가 없네."

"그렇겠지. 하지만 밀접한 관계가 있다는 사실을 바로 증명하겠네. 중간에 빠진 고리들은 다음과 같이 아주 간단한 것일세. 첫째, 어제 저녁에 자네가 클럽에서 돌아왔을 때 왼쪽 엄지와 검지 사이에 초크 자국이 묻어 있었네. 둘째, 자네는 당구를 칠 때 큐가 미끄러지지 않도록 손가락에 초크를 바르는 습관이 있지. 셋째, 자네는 서스턴 말고 다른 사람과는 당구를 치지 않아. 넷째, 4주일 전에 서스턴이 남아프리카의 어떤 자산을 살 권리가 있는 선택권을 가지고 있는데 한 달 뒤면 기간이 만료된다며 자네에게도 투자를 하지 않겠느냐고 물어봤다면서? 자네가 나한테 말해 주었는데 기억나지 않는가? 다섯째, 자네의 수표책은 내 서랍 안에 있는데 자네는 아직 내게 열쇠를 달라고 하지 않았어. 여섯째, 따라서 자네는 거기에 투자할 생각이 없는 걸세."

"뭐야, 그렇게 간단한 일이었나?"

내가 큰 소리로 말했다.

"그래, 어떤 문제든 일단 설명을 듣고 나면 어린아이도 알 수 있는 간단한 것이 되어 버리지. 자, 여기 아직 설명하지 않은 문제가 하나 있네. 어떤가, 왓슨? 이것을 잠깐 생각해 보겠나?"

홈즈는 조금 화가 난 듯 종이 한 장을 탁자 위에 던져 놓고 다시 화학 약품과 씨름했다.

종이를 보니 이상한 그림문자 같은 것이 그려져 있어서 나는 눈을 크게 떴다.

"홈즈, 이건 애들이 그린 게 아닌가?"

나도 모르는 사이에 크게 외쳤다.

"그래? 자네는 그렇게 생각하나?"

"그럼 이게 대체 뭔가?"

"잉글랜드 동부, 노퍽 주의 리들링 소프 저택에 사는 힐튼 큐빗 씨가 꼭 알고 싶어 하는 것일세. 오늘 아침 일찍 그 수수께끼 같은 그림이 도착했는데 본인도 다음 기차를 타고 온다더군. 왓슨, 벨 소리가 들리는데. 큐빗 씨가 도착할 시간이 되었군그래."

계단을 오르는 묵직한 발소리가 들리더니 곧 키가 크고 붉은 얼굴에 수염을 깨끗이 깎은 신사가 방 안으로 들어섰다. 그의 맑은 눈과 혈색

좋은 빰을 보고 그가 안개 자욱한 베이커 가와 멀리 떨어진 곳에서 살고
있음을 알 수 있었다. 그가 방 안으로 들어서자 온몸을 자극하는 신선하
고 상쾌한 동부 해안의 공기가 불어오는 느낌이었다. 우리와 악수를 나
눈 뒤 자리에 앉으려던 큐빗 씨는 조금 전까지 우리가 살펴보다가 탁자
위에 둔 기묘한 그림으로 시선을 옮겼다.

"이 그림을 어떻게 생각하십니까? 홈즈 선생님은 기묘하고 이상한 것
들을 좋아하신다고 들었는데 이보다 더 기묘한 것도 그리 흔치 않을 겁
니다. 제가 오기 전에 이것에 대해서 먼저 생각해 주십사 하고 종이를
먼저 보냈지요."

큐빗 씨가 큰 소리로 말했다.

"꽤 흥미롭기는 하군요. 언뜻 보면 그냥 아이들 낙서 같기도 하고요.
이상하고 조그만 인형들이 늘어서서 춤추고 있을 뿐이니까요. 왜 이런
이상한 그림을 중요하다고 생각하십니까?"

"아니, 제가 이 그림에 무슨 의미가 있다고 생각하는 것은 아닙니다.
오히려 제 아내가 그렇게 생각하지요. 아내는 이 그림을 죽도록 두려워
하고 있습니다. 말은 안 해도 눈에 두려워하는 빛이 역력하게 드러나거
든요. 그래서 이 문제를 철저하게 조사하기로 한 겁니다."

홈즈가 그 종이를 들어 햇빛에 비추어 보았다. 수첩에서 찢어 낸 것이
었으며, 다음과 같은 그림이 연필로 그려져 있었다.

홈즈는 한동안 주의 깊게 그 종이를 살피더니 조심스럽게 접어 수첩
안에 넣었다.

　"아주 흥미롭고 보기 드문 사건이 될 것 같군요. 힐튼 큐빗 씨가 보낸 편지를 통해 대부분의 사정을 듣기는 했지만 내 친구 왓슨 박사를 위해서 다시 한 번 처음부터 설명해 주셨으면 합니다."

　홈즈가 말하자 손님은 힘이 넘쳐 보이는 커다란 손을 신경질적으로 쥐었다 폈다 하면서 말했다.

　"저는 말솜씨가 그리 좋지 않습니다. 분명하지 않은 점이 있으면 무엇이든지 질문해 주십시오. 작년에 제가 결혼한 일부터 말씀드리죠. 아, 우선 그 전에 알려 드리고 싶은 것이 있습니다. 이제 부자는 아니지만 우리 가문은 약 500년 전부터 리들링 소프 저택에서 살고 있었기 때문에 노퍽 주에서는 가장 유명한 집안이라고 할 수 있습니다. 작년, 그러니까 1897년에 빅토리아 여왕 즉위 60주년 기념행사에 참석하려고 런던에 왔습니다. 저는 그때 우리 교구의 파커 목사님이 머무시던 러셀 광장에 있는 하숙집에서 묵었습니다. 바로 그 하숙집에 어떤 미국 여자도 있었습니다. 이름은 패트릭……, 엘시 패트릭이었죠. 우연한 기회에 우리는 친해졌고, 한 달이 지나자 저는 엘시를 세상 그 누구보다도 사랑하게 되었습니다. 우리는 등기소로 가서 조용히 혼인 신고를 하고 부부가 되어 노퍽으로 돌아갔습니다. 선생님, 명문가의 자손이 과거며 가족 관계조차 모르는 여자와 이렇게 결혼한다면 미쳤다고 생각하시겠죠? 하지만 그녀를 만나 보시고 어떤 여자인지 아신다면 분명히 이해하실 겁니다.

그런 점들에서 엘시는 매우 솔직했습니다. 내가 마음만 먹으면 언제든지 이 결혼을 재고할 수 있도록 기회를 만들어 주었으니까요. 그녀는 이렇게 말했습니다.

'나는 과거에 아주 불쾌한 교제를 한 적이 있어요. 깨끗하게 잊고 싶은 기억이죠. 지난 일들은 입에 담기도 싫어요. 당신이 나와 결혼한다는 것은, 인격이라는 점에서는 아무런 부끄러움도 없는 여자를 아내로 맞아들인다는 이야기예요. 이건 정말 사실이에요, 힐튼. 하지만 당신은 내가 하는 말을 믿고, 당신의 아내인 내가 더 이상 과거를 말하지 못하는 것을 용서해 주어야 해요. 만약 이 조건이 너무 받아들이기 힘든 것이라면 나를 원래의 고독한 생활로 돌려보내고 혼자서 노퍽으로 돌아가세요.'

그녀는 우리가 결혼하기 하룻밤 전에 이런 말을 했습니다. 저는 그녀의 조건에 만족한다고 말했고 지금까지도 그녀와의 약속을 굳게 지켰습니다. 우리가 결혼한 지도 벌써 1년이 지났고 그동안 우리는 매우 행복한 나날을 보냈습니다. 그런데 한 달 전인 6월 말에 귀찮은 일이 일어날

조짐이 보이기 시작했습니다. 아내 앞으로 미국에서 보낸 편지 한 통이 도착했습니다. 미국 소인이 찍혀 있는 것을 두 눈으로 똑똑히 봤습니다. 아내는 새파랗게 질린 얼굴로 그 편지를 읽고 나서 난로 속으로 집어던졌습니다. 이후로 아내는 그 일에 대해서 단 한마디도 하지 않았습니다. 저도 약속 때문에 아무 말도 하지 않았고요. 하지만 그때부터 아내는 한순간도 편하게 지내지 못했습니다. 얼굴에는 무엇인가를 기다리는 듯한 불안한 빛이 떠돌았지요. 아내가 제게 모든 걸 털어놓으면 제가 누구보다도 가장 큰 힘이 되리라는 사실을 알게 될 겁니다. 하지만 아내가 모든 사실을 먼저 말하기 전에는 아무 말도 꺼낼 수가 없습니다. 홈즈 선생님, 아내는 거짓말을 할 줄 모르는 사람입니다. 과거에 무슨 일이 있었는지는 몰라도 절대로 아내 책임이 아닐 겁니다. 저는 노퍽이라는 시골의 지주에 불과하지만 가문의 명예를 중히 여기는 점만큼은 영국의 누구에게도 지지 않을 자신이 있습니다. 그 점은 아내도 잘 알고 있습니다. 맞습니다. 저와 결혼하기 전부터 아주 잘 알고 있었죠. 그러니 아내도 가문을 더럽히는 짓은 하지 않을 겁니다. 저는 그 점을 굳게 믿고 있습니다.

　지금부터 이 기묘한 사건에 대해서 말씀드리죠. 일주일쯤 전에 일어났는데 정확히 말하면 지난주 화요일이었습니다. 아래쪽 창틀 위에 이 종이에 그려진 것처럼 조그맣고 이상한 인형들이 여럿 모여서 춤추고 있는 그림을 발견했습니다. 분필로 어지럽게 그린 그림이었는데 저는 말을 돌보는 아이의 낙서라고 생각했습니다. 그런데 아이를 불러 물어보니 자기는 아무것도 모른다지 뭡니까. 일단 밤에 그린 것은 분명했습니다. 저는 그것을 지우라고 했고 잠시 뒤에 아내 앞에서 그 일을 살짝 말했습니다. 놀랍게도 아내는 그 일을 매우 심각하게 받아들이면서 다음에도 그런 것을 발견하거든 자기에게도 꼭 보여 달라고 하더군요. 그로부터 일주일 동안 그런 그림은 전혀 보이지 않았습니다. 그런데 제가 어제 아침에 정원의 시계 위에서 이 종이를 발견하고 엘지에게 보여 줬더니 그녀는 그만 기절하고 말았습니다. 그때부터 아내는 두려움이 가득한 눈빛으로 마치 꿈꾸는 사람처럼 멍하게 지내고 있습니다. 그래서 선생님에게 편지를 쓰고 그 그림을 보낸 겁니다. 이런 건 경찰에 알려봐야 아무런 소용도 없고 그저 비웃음거리가 될 뿐이겠죠. 홈즈 선생님이라면 어떻게 해야 좋을지 가르쳐 주시겠지요? 저는 부자는 아니지만 사랑하는 아내를 위협하는 일이 생긴다면 가진 재산을 다 털어서라도 지킬 겁니다.”

멋진 남자였다. 마음씨가 단순하고 올곧으며 부드러웠다. 순수하며 크고 파란 눈, 옹졸함은 전혀 없는 단정한 얼굴이야말로 영국인 중의 영국인이라고 할 수 있을 것이다. 그의 얼굴은 아내를 향한 믿음과 사랑으로 빛이 났다. 주의 깊게 듣던 홈즈는 이야기가 끝난 뒤에도 한동안 아무 말 없이 생각에 잠겨 있었다. 그가 드디어 입을 열었다.

“글쎄요, 큐빗 씨. 가장 좋은 방법은 당신이 아내에게 직접 부탁해서 비밀을 들어 보는 것이 아닐까요?”

“홈즈 선생님, 약속은 약속입니다. 말할 만했다면 엘시가 먼저 이야기를 꺼냈을 겁니다. 그럴 마음이 없는데 제가 억지로 말하게 할 수는 없습니다. 하지만 저도 제 나름대로 남편으로서 할 일을 한다면 문제될 게 없을 겁니다. 저는 그렇게 할 생각입니다.”

힐튼 큐빗이 크게 고개를 저으며 말했다.

“그렇다면 나도 기꺼이 돕겠습니다. 우선, 마을에서 낯선 사람을 봤다는 이야기를 들은 적은 없습니까?”

"네, 없습니다."

"아주 한적한 마을 같으니 새로운 사람이 나타나면 틀림없이 사람들 입에 오르내리겠죠?"

"마을에서 아주 가까운 곳이라면 그럴 겁니다. 하지만 마을에서 그리 멀리 떨어지지 않은 곳에 조그만 해수욕장이 몇 개 있어서 농가에서는 민박을 치기도 합니다."

"확실히 이 그림에는 어떤 의미가 담겨 있습니다. 마구잡이로 그린 것이라면 해석할 길이 없겠지만, 규칙이 숨어 있다면 의미를 밝혀낼 수 있을 겁니다. 하지만 이 정도로는 개수가 너무 적어서 도저히 규칙을 밝혀낼 수 없고, 당신의 이야기도 너무 막연해서 조사의 토대로 삼을 수가 없습니다. 그러니 일단 노퍽으로 돌아가서 주의 깊게 살펴보다가 춤추는 인형이 다시 나타나면 그것을 정확하게 베껴 두세요. 창틀에 분필로 그린 첫 그림을 물로 씻어 버린 건 정말 안타깝습니다. 그리고 마을에 낯선 사람이 나타나지 않았는지 주의 깊게 살펴보시고요. 그러다가 새로운 증거가 발견되면 그때 다시 오십시오. 힐튼 큐빗 씨, 지금 내가 드릴 수 있는 도움은 이 정도입니다. 만약 사태가 급변해서 긴급한 상황이 벌어진다면 언제라도 노퍽에 있는 저택으로 직접 달려가겠습니다."

손님이 돌아간 뒤, 홈즈는 아주 깊은 생각에 잠겼다. 그리고 며칠 동안 그가 지갑에서 그 종이를 꺼내 기묘한 그림을 오랫동안 바라보는 모습을 몇 번이고 볼 수 있었다. 하지만 이 사건에 대해서는 단 한마디도 꺼내는 법이 없었다. 그렇게 2주일 정도 지난 어느 날 오후, 그가 외출하려는 나를 불러 세웠다.

"여기 있는 게 좋겠네, 왓슨."

"왜?"

"오늘 아침에 힐튼 큐빗 씨가 전보를 보내 왔거든. 자네도 그 춤추는 인형을 보여 준 힐튼 큐빗 씨를 기억하겠지? 오후 1시 20분에 리버풀 가의 역에 도착한다고 했으니 곧 집으로 올 걸세. 전보를 보니 중요한 일이 일어난 듯하네."

우리는 오래 기다리지 않았다. 노퍽의 지주는 역에서 바로 이륜마차를 잡아타고 달려왔다. 너무 걱정된 나머지 기분이 우울한 듯, 눈은 피곤해 보였으며 이마에는 주름이 잡혀 있었다. 팔걸이의자에 털썩 주저앉으며 그가 말했다.

"이번 사건이 점점 제 신경을 건드려서 피가 마를 지경입니다. 눈에 보이지도 않고 정체도 알 수 없는 녀석들이 어떤 음모를 꾸미고 우리를 둘러싸고 있다는 생각이 들어 견딜 수가 없습니다. 게다가 녀석들이 조금씩 좁혀 올수록 아내는 점점 죽어 가고 있으니 정말 생사람 잡을 노릇입니다. 아내는 점점 여위어 갑니다. 제 눈앞에서 나날이 쇠약해져 가고 있다고요."

"부인은 아직 아무 말도 하지 않았나요?"

"네. 말해야겠다고 생각한 적은 몇 번 있는 것 같은데 가엾게도 결심이 서지 않는 모양입니다. 저도 편안하게 이야기할 수 있도록 분위기를 만들어 보기도 했지만 방법이 좋지 않았는지 오히려 더 겁을 먹은 눈치더군요. 아내가 우리 집안의 내력, 노퍽 주에서의 명성, 오점 없는 가문에 대한 자부심 등을 말할 때면 드디어 문제의 핵심에 접근할 수 있겠다는 생각이 드는데 어쩐 일인지 이야기는 그 부분에서 다른 곳으로 새고 맙니다."

"그렇다면 무엇인가 발견하셨군요."

"꽤 많은 것들을 찾아냈습니다. 선생님이 조사하시는 데 도움이 될 것

같아서 춤추는 인형 그림을 몇 장 가지고 왔지요. 한데 그것보다 더 중
요한 사실은 제가 그 사람을 봤다는 겁니다."

"뭐라고요? 그걸 그린 사람을요?"

"그렇습니다. 그림을 그리고 있는 것을 봤습니다. 모든 일을 순서대로
말씀드리죠. 저번에 이곳을 방문하고 돌아간 다음 날, 춤추는 인형을 또
발견했습니다. 잔디밭 옆에는 집 정면의 창에서 아주 잘 보이는 창고가
있습니다. 도구를 넣어 두는 곳이죠. 그런데 그 창고의 검은 나무문에 분
필로 그려져 있었습니다. 그것을 똑같이 옮겨 적은 것입니다."

그가 접혀 있던 종이를 펴서 탁자 위에 올려놓았다. 그 그림문자는 다
음과 같았다.

"대단하군! 정말 대단해! 자, 계속해 보세요."

홈즈가 말했다.

"베끼고 나서 그 그림은 바로 지워 버렸습니다. 그런데 이틀 뒤에 또
새로운 그림이 나타나지 않았겠습니까? 바로 이겁니다."

홈즈는 두 손을 비비며 기쁘다는 듯이 웃었다.

"자료가 점점 늘어나는군."

"그로부터 사흘 뒤, 이번에는 정원의 해시계 위에 돌로 눌러 놓은 종이
쪽지가 발견됐습니다. 이게 그겁니다. 보시다시피 방금 전 것과 같은 종

이입니다. 그래서 저는 잠복하기로 결심했습니다. 권총을 꺼내 들고 잔디밭과 정원을 한눈에 내려다볼 수 있는 서재의 창가에 앉아서 밤을 새 웠습니다. 그날 밤 2시쯤, 달빛이 쏟아지는 곳만 빼면 전부 어둠에 잠겨 있었습니다. 가만히 앉아 있자니 발걸음 소리가 들렸습니다. 그곳으로 시선을 돌려보니 실내복을 걸친 아내가 서 있었습니다. 아내는 저에게 그만 자라고 했지만 저는 이런 이상하고 나쁜 짓을 하는 것이 누구인지 밝혀내려 한다고 솔직하게 털어놓았습니다. 그러자 아내는 의미 없는 장난이니 신경 쓸 것 없다고 하더군요.

'힐튼, 이번 일이 그렇게 마음에 걸리면 둘이서 여행이라도 떠나요. 그러면 이런 불쾌한 마음도 사라질 거예요.'

'뭐라고? 이런 악질적인 장난을 하는 녀석 때문에 집을 비우자는 말이오? 그럴 수는 없소. 노퍽 주의 비웃음거리가 되고 말 거요.'

제가 말했습니다.

'어쨌든 이제 자요. 이야기는 내일 아침에라도 할 수 있으니까요.'

아내가 말했습니다. 이렇게 말하는 아내의 하얀 얼굴이 달빛 속에서 더욱 하얗게 변했으며, 내 어깨에 얹은 손에 힘이 들어가는 것을 느낄 수 있었습니다. 그때 창고 근처에서 무엇인가가 움직이고 있었습니다. 검은 사람의 그림자가 엉금엉금 기듯 창고 모퉁이를 살짝 돌아 나와 문 앞에 웅크렸습니다. 제가 권총을 들고 뛰어나가려 하는데 아내가 두 손으로 매달려 엄청난 힘으로 저를 말렸습니다. 저는 아내의 손을 뿌리치려 했지만 아내는 죽을힘을 다해서 매달리더군요. 간신히 아내를 뿌리치기는 했지만 서재의 문을 열고 창고 앞으로 달려갔을 때 상대는 이미 모습을 감춘 뒤였습니다. 하지만 그곳에 누군가 있었던 흔적은 뚜렷하게 남아 있었습니다. 아까 보여 드린 두 그림과 똑같은 것이 이번에는

문 위에 그려져 있지 뭡니까. 정원을 샅샅이 살펴보았지만, 다른 곳에 사람이 들어온 흔적은 없었습니다. 그런데 놀랍게도 제가 정원을 둘러보는 동안에도 녀석은 죽 정원 한 구석에 숨어 있었던 모양입니다. 이튿날 아침, 제가 다시 그 문 앞을 살펴보니 전날 밤에 본 인형 그림에 이어서 새로운 인형이 더 그려져 있었습니다."

"그 새로운 그림도 가지고 오셨나요?"

"네, 아주 짧은 것인데 베껴 왔습니다. 여기 있습니다."

그는 종이 한 장을 더 꺼냈다. 새로운 춤추는 인형은 다음과 같은 형상을 하고 있었다.

"잠깐, 한 가지 물어볼 게 있습니다. 이건 전의 그림과 이어진 것처럼 보였습니까? 아니면 전혀 새로운 것처럼 보였습니까?"

홈즈가 말했다. 눈을 보고 그가 매우 흥분했음을 알 수 있었다.

"서로 다른 판자에 그려 놓았습니다."

"역시! 이건 사건을 해결하는 데 가장 중요한 사실입니다. 커다란 희망이 보이기 시작했어요. 힐튼 큐빗 씨, 아주 흥미로운 이야기를 계속해 주세요."

"그날 밤 범인을 잡을 기회를 눈앞에 두고 저를 말린 아내에게 화를 냈다는 것 말고는 딱히 더 말씀드릴 것이 없습니다. 아내는 제가 다치기라도 하면 안 된다고 생각해서 말렸다고 했습니다. 하지만 그때 아내가 진심으로 걱정한 것은 제가 아니라 그 범인이 아니었을까 하는 생각이 문득 머리를 스치고 지나갔습니다. 그렇게 생각한 이유는, 아내는 그 녀석의 정체와 이 기묘한 기호의 의미를 안다는 느낌이 들었기 때문입니다. 하지만 아내의 목소리를 듣고 눈빛을 보니 그런 의심은 한순간에 사라졌습니다. 그래서 지금은 역시 아내는 저를 걱정했다고 생각합니다. 이것이 전부입니다. 이번에는 제가 어떻게 해야 좋을지 선생님의 의견을 들려주십시오. 저는 정원 나무 밑에 농장의 장정 몇 명을 세워 두었다가 녀석이 다시 나타나면 가죽 채찍으로 후려쳐 두 번 다시 우리의 평화를 해치지 못하도록 할 작정입니다."

"아니, 이번 사건은 아주 복잡해서 그렇게 간단한 대책으로는 해결할 수 없을 겁니다. 언제까지 런던에 머물 생각이시죠?"

홈즈가 물었다.

"오늘 돌아가야 합니다. 무슨 일이 있어도 아내를 밤에 혼자 내버려 둘 수는 없습니다. 신경이 매우 날카로워져서 오늘 꼭 돌아와 달라고 애원했으니까요."

"그렇다면 돌아가시는 게 좋겠군요. 만약 더 머무실 수 있다면 나도 내일이나 모레쯤에는 함께 갈 수 있을 텐데. 어쨌든 이 종이는 여기 놓고 가세요. 며칠 안으로 댁을 방문해 사건을 해결할 수 있는 방책을 세워 보도록 하지요."

셜록 홈즈는 손님이 돌아갈 때까지 특유의 냉정한 직업적 태도를 유지했다. 하지만 그를 잘 아는 나는 그가 몹시 흥분했다는 것을 알 수 있었다. 친구는 힐튼 큐빗의 넓은 어깨가 문 밖으로 사라지자마자 탁자 쪽으로 달려가 춤추는 인형이 그려진 종이를 전부 눈앞에 늘어놓고 복잡하고 어려운 계산을 하기 시작했다. 그로부터 두 시간 동안, 나는 친구가 너무 일에 열중한 나머지 내가 옆에 있다는 사실도 잊은 채 여러 장의 종이에 글자와 숫자를 채워 가는 모습을 지켜보았다. 어떤 때는 잘 풀리는지 휘파람을 불고 노래를 흥얼거렸지만 때로는 생각이 막힌 듯 이마를 찌푸린 채 멍한 눈빛으로 오랫동안 꼼짝도 하지 않았다. 그러다 드디어 만족스러운 소리를 지르며 의자에서 일어나 손을 비비며 방 안을 오가기 시작했다. 그러다 전보 용지에 긴 전문을 썼다.

"왓슨, 만약 이 전문의 답이 내 생각과 같다면 자네는 재미있는 사건 기록을 하나 더 추가할 수 있을 거야. 내일 노픽으로 가서 그 사람이 걱정하고 있는 일의 비밀을 풀 수 있는 결정적인 정보를 주자고."

솔직히 말하자면 이때 나는 호기심으로 가득 했지만, 내가 아는 홈즈는 자신이 밝히고 싶을 때 자신이 좋아하는 방식으로만 이야기를 털어놓았으므로 그때까지 묻지 않고 기다리기로 했다.

하지만 전보에 대한 답장이 늦어져 이틀이나 초조하게 기다려야 했다. 그동안 홈즈는 초인종이 울릴 때마다 신경을 곤두세우곤 했다. 이틀째 되던 날 저녁, 힐튼 큐빗이 편지를 보냈다. 오늘 아침에 해시계 위에서 긴 그림문자를 발견한 것만 빼면 특별한 이상이 없다는 내용이었다. 옮겨 적은 그림문자가 동봉되어 있었는데 다음과 같았다.

몇 분 동안 이 기괴한 그림을 들여다보던 홈즈가 갑자기 놀람의 고함을 지르며 자리에서 벌떡 일어섰다. 얼굴에는 불안한 빛이 가득했다.

"이 사건을 너무 지켜보고만 있었던 것 같아. 아직도 노스 월섬으로 가는 기차가 있을까?"

시간표를 살펴보니 이미 막차가 출발한 다음이었다.

"그럼 내일 아침 일찍 식사를 하고 첫차로 가세. 서둘러야 해. 아, 기다리던 해외 전보가 왔군. 잠깐만 기다려 주세요, 허드슨 부인. 답장을 써야 될지도 모르니까. 됐어요. 답장은 필요 없어요. 모든 게 내가 생각했던 대로야. 그렇다면 더욱 빨리 힐튼 큐빗에게 사건의 정체를 알릴 필요가 있어. 그 순진한 노퍽의 지주는 지금 위험하기 짝이 없는 음모에 휩싸여 있네."

홈즈가 말한 모든 것이 사실 그대로였다. 처음에 어린아이 장난처럼 보이던 사건은 마침내 어두운 결말을 맞이하고 말았다. 그 일을 생각할 때면 아직도 그때의 놀라움과 두려움이 선명하게 떠오른다. 독자 여러분에게는 좀 더 밝은 내용을 전달하고 싶지만 이것은 사실을 기록하는 것이니 어쩔 수가 없다. 당시 이 사건 때문에 리들링 소프 저택의 이름이 영국 전역에 떠들썩하게 알려졌고 며칠 동안이나 사람들의 입에 오르내렸다. 나는 그 기묘한 사건의 암담한 결말에 이르는 과정을 철저하게 기록할 것이다.

우리가 노스 월섬에 도착해서 목적지에 이르는 길을 사람에게 묻는 순간, 역장이 허겁지겁 달려와 이렇게 말했다.

"런던에서 오신 탐정이시죠?"

홈즈의 얼굴에는 당황하는 빛이 역력했다.

"그걸 어떻게 알고 있습니까?"

"지금 막 노리치의 마틴 경위가 이곳을 지나갔습니다. 이쪽 선생님은 혹시 외과 의사이십니까? 부인은 아직 죽지 않았습니다. 조금 전에 들은 이야기에 따르면 그녀는 아직 살아 있다고 하더군요. 선생님이 서둘러

가시면 부인을 살릴 수 있을지도 모릅니다. 그래도 결국에는 교수형을 당하겠지만."

홈즈의 얼굴에 불안한 빛이 스치고 지나갔다. 그가 말했다.

"지금 리들링 소프 저택에 가려고 하는데 그곳에서 무슨 일이 있었는지 아직 아무것도 들은 게 없습니다."

"정말 끔찍한 사건입니다. 두 사람 모두 총에 맞았습니다. 힐튼 큐빗 씨와 부인 둘 다요! 하인들이 말하기를, 부인이 남편을 쏘고 그 다음에 자기를 쏘았다고 하더군요. 힐튼 씨는 돌아가셨고 부인도 거의 가망이 없다고 합니다. 노퍽 주 최고의 명문가에서 도대체 왜 이런 일이 일어났을까요?"

역장이 말했다. 홈즈는 아무 대꾸 없이 마차 쪽으로 서둘러 달려갔다. 마차를 타고 11킬로미터나 되는 먼 길을 가는 동안에도 전혀 입을 열지 않았다. 홈즈가 이처럼 낙담해 있는 것은 드문 일이었다. 런던에서 기차를 타고 오는 동안에도 계속 안절부절못하고 불안한 모습으로 조간을 주의 깊게 읽고 있었는데, 지금 여기에 와서 그가 가장 우려하던 일이 벌어졌다는 사실을 알고 완전히 상심한 듯했다. 그는 좌석 깊이 몸을 묻고 앉아 우울한 듯 생각에 잠겨 있었다. 마차가 영국에서도 보기 드문 전원 지대를 달리고 있었기 때문에 우리 주위에는 흥미로운 것들이 헤아릴 수도 없이 많았다. 띄엄띄엄 서 있는 시골집들은 비유적으로 이 지역의 인구가 적음을 보여 주었지만 가는 곳마다 푸른 들판 여기저기에 교회의 거대한 탑이 솟아 있어 노퍽과 서퍽 주를 지배하던 옛 이스트 앵글리아 왕국의 영광과 번영을 알 수 있었다. 이윽고 노퍽 해안의 나무들 위로 북해가 보랏빛 수면을 조금 드러내자 마부는 채찍을 들어 나무 사이로 보이는 벽돌과 목재로 만들어진 오래된 저택 두 채를 가리키며 말했다.

"저기가 리들링 소프 저택입니다."

기둥이 늘어선 복도와 연결된 현관 앞에 마차가 도착했다. 정면에 잔디가 깔린 테니스 코트가 있었고 그 옆에 이미 우리와 묘한 관계를 맺은 검은 창고와 받침대가 있는 해시계가 있었다. 체구가 날렵하고 다부지며, 복장이 깔끔하고, 콧수염에 기름을 바른 사내가 높다란 이륜마차에서 막 내리던 참이었다. 자신을 노픽 경찰서의 마틴 경위라고 소개한 남자는 내 친구의 이름을 듣더니 매우 놀랐다는 표정을 지었다.

"아니, 홈즈 선생님! 범행은 오늘 새벽 3시에 일어났습니다! 어떻게 런던에서 그 소식을 듣고 저와 같은 시간에 현장으로 달려오신 겁니까?"

"나는 일이 이렇게 될 줄 알고 사전에 막아 볼 요량으로 이렇게 달려왔습니다."

"그렇다면 우리가 알지 못하는 중요한 증거라도 갖고 있다는 말입니까? 두 사람은 아주 금슬 좋은 부부였다고 하던데요."

"내가 가지고 있는 증거는 춤추는 인형뿐입니다. 그것은 잠시 뒤에 설명하지요. 어쨌든 비극은 이미 일어나 버렸으니 나는 그저 알고 있는 사실들을 동원해서 법이 올바로 집행되기를 바랄 따름입니다. 그럼 경위와 함께 수사할까요, 아니면 따로 할까요?"

"선생님과 함께 일할 수 있다니 영광입니다."

경위가 진심을 담아 말했다.

"그럼 한시라도 빨리 증인들의 이야기를 들어 보고 저택 안을 조사하겠습니다."

마틴 경위는 꽤 이해심 많은 사람으로, 홈즈가 마음껏 조사를 하게 내버려 두고 자신은 그 결과를 주의 깊게 적는 것에 만족했다. 바로 그때,

마을의 외과 의사인 백발노인이 큐빗 부인의 방에서 내려와 부인의 상처가 깊기는 하지만 치명상은 아닌 것 같다고 말해 주었다. 총알이 앞이마를 뚫고 들어갔기 때문에 의식을 회복하려면 조금 시간이 걸릴 것 같다고도 말했다. 부인이 다른 사람이 쏜 총에 맞았는지 아니면 스스로 쏘았는지 묻는 질문에는 확실한 견해를 밝히지 않았다. 어쨌든 아주 가까이에서 발사된 총알에 맞은 것만은 확실했다. 실내에서 발견된 권총은 한 자루밖에 없었으며, 그 권총의 탄창에는 총알 두 발이 비어 있었다. 힐튼 큐빗 씨는 심장에 총알을 맞았다. 두 사람의 중간쯤 되는 곳에 권총이 떨어져 있었기 때문에 큐빗 씨가 아내를 쏘고 스스로 목숨을 끊었다고도 볼 수 있었으며 반대로 아내가 총을 쏘았다는 설명도 가능했다. 홈즈가 물었다.

"큐빗 씨의 시신을 옮겼습니까?"

"부인은 옮겼지만 나머지는 그대로 두었습니다. 부상을 입고 바닥에 쓰러져 있는 사람을 그대로 내버려 둘 수는 없으니까요."

"의사 선생님은 언제 여기에 오셨나요?"

"4시쯤입니다."

"그 외에 다른 사람은?"

"이 경찰이 있었습니다."

"선생님이 손 대신 곳이 있습니까?"

"아니요, 없습니다."

"아주 신중하게 잘 행동하셨군요. 누가 선생님을 불렀죠?"

"손더스라는 하녀였습니다."

"그녀가 현장을 처음으로 목격했습니까?"

"네, 요리사인 킹 부인과 함께요."

"두 사람은 지금 어디 있습니까?"

"아마 부엌에 있을 겁니다."

떡갈나무 판자를 댄 벽에 높은 창이 있는 현관 옆의 고풍스러운 응접실이 취조실로 사용됐다. 수척하게 여윈 얼굴로 크고 고풍스러운 의자에 앉은 홈즈의 눈이 날카롭게 빛났다. 나는 그의 눈에서 도움을 주지 못한 의뢰인의 복수를 할 때까지는 목숨을 걸고서라도 이 사건을 조사하겠다는 굳은 결의를 읽었다. 그리고 말쑥한 차림의 마틴 경위, 새치가 섞인 수염을 기른 시골 의사, 나, 느긋한 마을 경찰이 이번 사건을 맡은 기묘한 수사진을 이루었다.

두 여자의 진술은 매우 명확했다. 둘 다 총소리를 듣고 잠에서 깨어났

으며 1분쯤 뒤에 두 번째 소리가 들렸다고 했다. 두 사람은 서로 옆방을 쓰고 있었는데 킹 부인이 먼저 손더스의 방으로 뛰어들었다. 함께 계단을 내려가 보니 서재의 문이 열려 있었고 탁자 위에 있는 초에 불이 켜져 있었다. 주인은 방 한가운데 엎어져 있었는데 이미 숨이 끊어진 상태였고, 부인은 머리를 벽에 기댄 채 몸을 웅크리고 있었다. 큰 상처를 입은 듯 얼굴이 피로 빨갛게 물들어 있었다. 괴로운지 숨을 헐떡이고 있었지만 말은 할 수 없는 상태였다. 방뿐만 아니라 복도에도 연기와 화약 냄새가 가득 했다. 창문은 확실히 닫혀 있었으며 안쪽에서 걸쇠를 걸어 놓은 상태였다. 이 점은 두 사람 모두 자신 있게 증언했다. 두 사람은 곧바로 의사와 경찰을 부르러 달려 나갔으며 마부와 그의 조수인 소년의 도움을 받아 부상당한 부인을 침실로 옮겼다. 부부 모두가 사건이 일어나기 전에 침대에 든 흔적이 남아 있었다. 부인은 평상복을 입고 있었지만 남편은 잠옷 위에 실내복을 걸치고 있었다. 서재의 물건에는 전혀 손을 대지 않았다. 두 사람이 알고 있는 한 주인 부부는 지금까지 단 한 번도 부부 싸움을 한 적이 없었다. 모든 사람들이 아주 금슬 좋은 부부라고 생각하고 있었다.

이상이 두 하녀가 증언하는 내용의 요점이었다. 마틴 경위의 질문에 대해서 두 사람은 모든 문이 안에서 잠겨 있었기 때문에 집 밖으로 도망간 사람은 결코 없을 것이라고 단언했다. 두 사람 모두 가장 위층에 있는 자신들의 방에서 나오는 순간부터 화약 냄새가 났다고 했다.

"이 사실에 주의할 필요가 있을 것 같군요. 그럼, 지금부터 실내를 철저하게 조사합시다."

홈즈가 경위에게 말했다. 서재는 그리 넓지 않는데 벽 세 면에 책이 늘어서 있었으며 정원으로 향한 평범한 창문 쪽으로는 책상이 놓여 있었다. 처음 눈에 들어온 것은 바닥에 쓰러져 있는 불행한 지주의 큼직한 시체였다. 입고 있는 옷이 흐트러진 것으로 봐서 잠을 자다 급히 일어난 듯했다. 총알은 그의 정면에서 발사되었으며, 심장을 관통한 채 몸 안에 박혀 있었다. 아무 고통도 없이 즉사한 것임에 틀림없었다. 실내복과 손에는 화약의 흔적이 없었다. 마을 외과 의사의 말에 따르면 부인의 얼굴에 화약 흔적이 남아 있었지만 손에는 아무 흔적도 없다고 했다. 홈즈가 말했다.

"손에 조금이라도 화약 흔적이 있다면 모를까 없다면 아무 의미 없는 일입니다. 탄약통이 꼭 맞지 않아 화약이 뒤로 분출되는 경우가 아니라면 화약 흔적을 손에 남기지 않고 몇 발이고 쏠 수 있으니까요. 큐빗 씨의 시체는 이제 옮겨도 되겠습니다. 그런데 의사 선생님, 부인에게 상처를 입힌 총알은 아직 뽑아내지 않았겠지요?"

"그러려면 큰 수술을 해야 합니다. 아직 권총에는 총알이 네 발 남아 있습니다. 두 발이 발사되었고 상처가 두 개 남았다면 총알 숫자는 완벽하게 설명할 수 있지요."

"그렇다면 선생님은 저 창문틀에 명중한 총알도 설명해 주실 수 있습니까?"

홈즈는 이렇게 말하더니 갑자기 몸을 돌렸다. 그의 길고 가느다란 손가락이 아래쪽 창틀에서 2.5센티미터 정도 떨어진 곳에 뚫린 구멍을 가리켰다.

"아니, 이건! 어떻게 아셨습니까?"

경위가 외쳤다.

"찾고 있었거든요."

"정말 대단합니다! 말씀하신 그대로입니다. 그러니까 총알 세 발이 발사되었으니 제3의 인물이 있었다는 이야기가 되는군요. 그렇다면 그 사람은 대체 누구고 또 어떻게 도망을 쳤을까요?"

시골 의사의 물음에 홈즈가 답했다.

"바로 그것이 우리가 지금부터 풀어야 할 문제입니다. 마틴 경위, 하녀들은 방에서 나온 순간부터 화약 냄새가 났다고 말했지요. 내가 매우 중요한 일이라고 했는데 기억합니까?"

"네. 하지만 솔직히 아직도 그 의미를 잘 모르겠습니다."

"발포될 당시에 이 방의 문뿐만 아니라 창문도 열려 있었다는 뜻입니다. 그렇지 않고서는 화약 냄새가 그렇게 빨리 집 전체에 퍼질 리 없으니까요. 그러니까 이 방은 바람이 통하는 상태였지요. 문과 창문이 다 열려 있던 시간은 매우 짧았을 테지만."

"그걸 어떻게 아십니까?"

"촛농이 흐르지 않고 촛불이 계속 타고 있었으니까요."

"대단해! 정말 대단해!"

경위가 외쳤다.

"이 비극이 일어났을 때 창이 열려 있었다면 이 사건에는 제3의 인물이 있고 그 사람이 창 밖에서 총을 쐈다고 생각했습니다. 그리고 실내에서도 그 사람을 향해 총을 쐈다면 총알이 창틀에 박혀 있을 가능성도 있다고 판단했죠. 그래서 찾아봤더니 아니나 다를까, 총알 자국이 발견되었습니다."

"하지만 창문은 닫혀 있었고 걸쇠도 걸려 있지 않았습니까?"

"부인이 본능적으로 창문을 당고 걸쇠를 걸었을 겁니다. 앗! 이건 또 뭐지?"

홈즈가 발견한 것은 서재의 탁자 위에 놓여 있던 핸드백이었다. 악어

가죽으로 만들었고 은장식을 한 조그맣고 세련된 가방이었다. 홈즈가 핸드백을 열어 내용물을 끄집어냈다. 고무줄로 묶은 50파운드짜리 지폐가 20장 들어 있을 뿐이었다.

"이건 재판을 할 때 결정적인 증거가 된 테니 잘 챙겨 두세요."

홈즈가 핸드백과 지폐를 경위에게 넘겨준 뒤 다시 말을 이었다.

"그럼, 이번에는 세 번째 총알에 주목할 필요가 있습니다. 창틀에 남은 흔적으로 봐서 이건 틀림없이 실내에서 쏜 것이에요. 요리사인 킹 부인에게 다시 한 번 묻겠습니다. 부인은 커다란 총성을 듣고 잠에서 깨어났다고 했지요? 그건 두 번째 들려온 총성보다 더 컸다는 말인가요?"

"글쎄요. 그 소리를 듣고 잠에서 깨어난 것이라 꼭 그렇다고는 말씀드릴 수 없지만 어쨌든 굉장히 큰 소리였어요."

"혹시 두 발이 거의 동시에 발사된 소리라고는 생각하지 않습니까?"

"그 점은 정확하지가 않아요."

"나는 틀림없이 그랬을 거라고 생각합니다. 마틴 경위, 이 방에서 얻을 수 있는 단서는 이제 다 얻은 듯합니다. 괜찮으시다면 함께 정원으로 가시죠. 뭔가 새로운 증거가 있을지도 모르니까요."

서재의 창 밑에서부터 화단이 길게 이어져 있었는데 그곳으로 향하던 우리는 일제히 놀라지 않을 수 없었다. 화단은 짓밟혀 있었으며 부드러운 흙 위 여기저기에 발자국이 남아 있었다. 커다란 남자의 발자국으로 끝부분이 이상할 정도로 길고 뾰족했다. 홈즈는 총에 맞아 떨어진 새를 찾는 사냥개처럼 잔디와 나무 사이를 뒤지고 돌아다녔다. 그러다 곧 만족스러워하는 소리를 지르며 몸을 숙여 놋쇠로 만든 조그만 원통을 주위들었다.

"역시, 생각한 대로야. 탄피 제거 장치가 달린 권총을 사용했어. 바로

이게 세 번째 총알의 탄약통입니다. 어떻게 된
사건인지 드디어 윤곽이 잡혔
습니다, 마틴 경위."

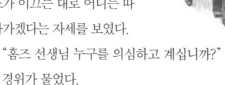

홈즈가 말했다. 그의 신
속한 수사에 시골 경위는
매우 놀란 표정이었다.
처음에는 그도 자기 주장
을 펼치고 싶어 하는 눈치
였지만 지금은 탄복하며 홈
즈가 이끄는 대로 어디든 따
라가겠다는 자세를 보였다.

"홈즈 선생님 누구를 의심하고 계십니까?"
경위가 물었다.

"그건 나중에 알려 드리죠. 이번 사건에서 아직 당신에게 설명하지
못한 점들이 몇 가지 있습니다. 어쨌든 여기까지 왔으니 우선은 지금처
럼 내 방법대로 수사를 한 뒤에 사건 전체를 한꺼번에 해명하는 게 가장
좋을 것 같군요."

"선생님, 범인만 잡을 수 있다면 어떤 방법을 쓰셔도 상관없습니다."

"특별히 숨기려는 것은 아닙니다. 다만 서둘러 수사해야 하는데 복잡
한 설명을 오랫동안 할 시간이 없을 뿐이죠. 이 사건을 해결할 수 있는
단서는 전부 손에 넣었습니다. 불행하게도 부인이 이대로 의식을 회복
하지 못한다 해도 어젯밤에 있었던 사건을 다시 한 번 구성해서 법이 올
바로 집행되도록 할 수는 있습니다. 그 전에 한 가지 알고 싶은 게 있는
데 이 부근에 '엘리지'라는 여관이 있습니까?"

사람들에게 물어봤지만 아무도 그런 이름을 몰랐다. 그런데 마구간에서 일하는 소년이 이스트 러스턴 쪽으로 몇 킬로미터쯤 가다 보면 그런 이름을 가진 농장 주인이 살고 있다는 사실을 떠올려 사건 해결에 빛을 던져 주었다.

"그 농장은 마을에서 떨어진 곳에 있니?"

"네, 아주 외진 곳입니다."

"그럼, 그곳 사람들은 어젯밤 이곳에서 있었던 일을 아직 모르겠지?"

"아마 그럴 거예요."

잠깐 생각에 잠겨 있던 홈즈의 얼굴에 묘한 웃음이 번지기 시작했다.

"얘야, 말을 좀 준비해 다오. 엘리지 농장으로 편지를 보내야겠다."

홈즈가 주머니에서 춤추는 인형이 그려진 종이를 꺼냈다. 그리고 그것을 눈앞에 펼쳐 놓더니 책상에서 한동안 무엇인가를 했다. 잠시 뒤, 편지한 통을 소년에게 건네주며 그것을 이름이 적힌 사람에게 직접 전해 주고 그 사람이 어떤 질문을 해도 절대로 대답하지 말라고 주의를 주었다. 나는 봉투 겉면에 평소 홈즈의 단정한 글씨와는 달리 비뚤비뚤한 글씨로 '노픽 주 러스턴 엘리지 농장, 에이브 슬레이니 씨 귀하'라고 받는 사람의 이름이 적혀 있는 것을 보았다.

"경위, 전보를 쳐서 호송 담당자를 불러 주시오. 내 생각대로라면 당신은 위험하기 짝이 없는 용의자를 교도소로 보낼 수 있을 테니까요. 전보는 이 편지를 전해 줄 소년에게 부탁하면 되겠지요. 왓슨, 오후에 런던으로 돌아가는 기차가 있으면 좋을 텐데. 아직 끝내지 못한 화학 분석을 끝내고 싶기도 하고, 이번 사건도 거의 해결된 것 같으니 말이야."

소년이 편지를 들고 출발하자 셜록 홈즈가 하인들에게 지시를 내렸다. 힐튼 큐빗 부인을 찾아오는 사람이 있으면 부인의 상태에 대해서는 아무 말도 하지 말고 바로 응접실로 안내하라고 했다. 그는 아주 신중하게 주의해 달라고 부탁했다. 그런 다음 그는 우리를 응접실로 데려가 당장은 더 이상 할 일이 없으니 앞으로 어떤 일이 일어날지 기다리는 동안 시간을 최대한 활용해야 한다고 말했다. 늙은 외과 의사는 다른 환자를 돌보기 위해 돌아갔고 경위와 나만 그 자리에 남아 있었다.

"지금부터 한 시간 정도 즐겁고 유익한 시간을 보낼 수 있을 겁니다."

의자를 탁자 쪽으로 끌어당긴 홈즈가 기묘한 몸짓의 춤추는 인형이 그려진 종이들을 그 앞에 펼쳐놓으며 말했다.

"왓슨, 자네의 억제하기 힘든 호기심을 오랫동안 채워 주지 못하고 내버려 둔 잘못을 이제 보상하겠네. 그리고 마틴 경위, 이번 사건은 앞으로 당신의 일에 좋은 참고가 될 겁니다. 우선은 힐튼 큐빗 씨가 베이커 가를 찾아왔던 그 흥미로운 상황부터 말하지요."

홈즈는 앞서 내가 기록한 사실들을 간단하게 경위에게 설명했다.

"바로 여기에 그 기묘한 작품들이 있는데, 이것이 끔찍한 비극의 전조라는 사실을 모른다면 다들 누구라도 그저 웃어넘길 장난으로 생각했을 겁니다. 나는 온갖 암호문의 형식에 대해 어느 정도 지식이 있고 그 문제를 주제로 한 짧은 논문을 쓰기도 했습니다. 그 논문에서 160종의 암호 기법을 분석했는데 솔직히 이번에 맡은 것은 아예 새로운 기법이었어요. 이 암호를 생각해 낸 사람들은, 이 기호에 어떤 메시지가 담겨 있다는 사실을 은폐하고 그저 어린아이의 낙서처럼 보이게 하고 싶었을 겁니다.

하지만 이 그림이 문자를 나타내고 있다는 사실을 알고 나니 온갖 형태의 암호문에 쓰이는 법칙을 적용해서 쉽게 해독할 수 있었습니다. 내가 처음으로 본 암호는 매우 짧아서 조금이나마 자신 있게 말할 수 있었던 것은 ⟨그림⟩ 그림이 'E'를 나타낸다는 사실뿐이었습니다. 아시다시피 'E'는 영어 알파벳 중에서도 가장 많이 사용되는 눈에 띄는 글자입니다. 그러니 짧은 문장 속에서도 가장 많이 볼 수 있다고 생각해도 무방합니다. 처음 본 암호문은 15개의 기호로 구성되어 있었는데 그 안에 똑같은 기호가 네 개나 들어 있었으니 이것을 'E'라고 보는 것이 타당하겠지요. 같은 기호라 할지라도 손에 깃발을 들고 있는 것과 들고 있지 않은 것이 있는데, 깃발이 사이사이에 나타나는 것을 보아 이것은 한 단어가 끝났음을 나타내는 것이라고 생각했습니다. 이렇게 가정하고 ⟨그림⟩이 'E'를 가리킨다고 판단했죠.

지금부터가 이번 연구에서 가장 어려운 부분이었습니다. 영어에서 'E' 다음으로 많이 쓰이는 문자의 순서를 밝히기란 결코 쉽지 않으니까요. 가령 인쇄물 한 페이지를 평균으로 잡고 그 순서를 정하더라도 짧은 한 문장 안에서는 그 순서가 뒤바뀌곤 합니다. 대체적으로 'T, A, O, I, N, S, H, R, D, L'의 순서로 나타나지만 'T, A, O, I'는 거의 같은 빈도로 사용되고 있고, 암호문에서 어떤 의미가 나올 때까지 하나하나 대조를 했다가는 밑도 끝도 없는 일이죠. 그래서 나는 새로운 재료가 손에 들어올 때까지 기다리기로 했습니다. 힐튼 큐빗 씨를 두 번째 만났을 때, 짧은 문장 두 개와 깃발이 없는 점으로 봐서 단어 하나로 추측되는 암호문을 새로 받았습니다. 이게 바로 그것입니다. 이 한 단어로 된 암호는 다섯 글자로 되어 있는데 그중에서 두 번째 글자와 네 번째 글자는 'E'라는 사실을 알고 있었어요. 이 단어는 예를 들자면, 'sever(끊다)', 'lever(지렛대)', 'never(결코 ~않다)'와 같은 단어일 겁니다. 이 암호가 어떤 요청에 대한 답변이라면 'never' 같은 단어가 사용될 가능성이 매우 높았습니다. 그리고 이번 사건의 정황들로 미루어 보면 큐빗 부인이 직접 썼을 확률도 아주 높아요. 이 가설이 옳다면 그림문자 🏃🧎🤸 는 각각 'N', 'V', 'R'을 나타낸다고 볼 수 있을 겁니다.

여기까지 왔지만 그래도 수많은 어려움이 남아 있었는데 문득 좋은 생각이 떠올라 다른 몇몇 문자들도 해독할 수 있었습니다. 만약 부인이 젊은 시절 친하게 지내던 사람이 보낸 것이라면 두 개의 'E' 사이에 글자 세 개가 들어 있는 단어는 부인의 이름인 'ELSIE'를 나타낸다고 생각한 거죠. 살펴보니 세 번째로 보낸 암호문의 끝에 있는 단어가 그런 구조로 되어 있더군요. 이것은 엘시에 대한 어떤 요청임에 틀림없었어요. 이렇게 해서 나는 'L', 'S', 'I'를 찾아냈습니다. 그렇다면 대체 어떤 요청이었을까? '엘시' 앞에 있는 단어는 겨우 네 글자이고 'E'로 끝났어요. 이 단어는 틀림없이 'come'일 겁니다. 네 글자 단어 중에서 'E'로 끝나는 단어를 전부 살펴봤는데 이런 경우에 해당되는 다른 단어는 찾을 수가 없었어요. 이렇게 해서 다시 'C', 'O', 'M'이라는 세 글자를 알아냈고 그것을 바탕으로 첫 번째 암호문 해독에 들어갔습니다. 우선 문장을 네 개로 나누고 아직 밝혀내지 못한 기호는 □로 표시했어요. 그랬더니 다음과 같이 되더군요.

□M □ERE □□E SL□NE□

이렇게 보니 첫 문자로 올 수 있는 건 'A'밖에 없었습니다. 그런데 그게 이 짧은 문장 안에 세 번이나 나오니 커다란 도움이 되는 발견이었지요. 그리고 두 번째 단어의 비어 있는 부분이 'H'라는 사실도 확실하게 알 수 있었어요. 결국 이런 문장이 됐지요.

AM HERE A□E SLAN□

여기에 사람 이름이라고 생각되는 단어의 빈칸에 글자를 넣어 보니 이렇게 되더군요.

AM HERE ABE SLANEY

'에이브 슬레이니가 여기에 왔다.'는 뜻이었습니다. 이렇게 많은 글자를 알아냈으니 두 번째 암호문은 자신감을 가지고 해독할 수 있었는데 내용은 다음과 같았습니다.

A□ ELRI□ES

여기에 조금 생각을 해서 빈칸에 'T'와 'G'를 넣어 보았지요. 그랬더니 '엘리지에서.'라는 문장이 나왔습니다. 이건 암호문을 쓴 사람이 묵고 있는 집이나 여관의 이름이라고 생각했습니다."

마틴 경위와 나는 이 어려운 문제를 완벽하게 풀어 낸 홈즈의 명쾌한 해명에 큰 흥미를 느끼며 빠져들었다. 경위가 물었다.

"그 다음에는 어떻게 하셨습니까?"

"에이브 슬레이니를 미국 사람이라고 생각할 만한 근거는 충분했습니다. 에이브는 아브라함이라는 이름의 미국식 약칭이고 이 모든 일의 시작이 미국에서 온 편지에서 비롯됐으니까요. 그리고 이 사건에 어떤 범죄의 비밀이 숨어 있다고 생각할 만한 이유도 여러 가지가 있습니다. 부인이 자신의 과거에 밝힐 수 없는 부분이 있다고 말한 점, 남편에게 그 비밀을 밝히려 하지 않았다는 점 등은 모두 내가 말한 사실을 증명하고 있습니다. 그래서 나는 뉴욕경찰국에 있는 친구 윌슨 하그리브에게 전보를 보냈습니다. 나는 그 친구에게 런던 범죄에 대해서 여러 차례 지혜를 빌려 준 적이 있거든요. 내가 전보로 에이브 슬레이니라는 사람을 아느냐고 물었더니 '시카고에서 가장 위험한 악한'이라는 답변이 왔습니다. 이 답장을 받은 날 밤, 힐튼 큐빗 씨가 보낸 마지막 암호문이 도착했어요. 내가 알고 있는 글자들을 넣어 보니 이런 문장이 나오더군요.

ELSIE □RE□ARE TO MEET THY GO□

빈 칸에 'P'와 'D'를 넣어 암호문을 완성해 보았습니다. 그랬더니 '엘시, 주님 곁으로 갈 각오를 해라.'라는 문장이 되더군요. 악한이 설득을 포기하고 협박하기 시작했다는 사실을 알게 됐습니다. 나는 시카고의 악한들이 어떤 녀석들인지 잘 알고 있었기 때문에 녀석이 바로 범행을 저지를지도 모른다고 생각했어요. 그래서 나는 바로 협력자이자 친구인 왓슨 박사와 함께 노력으로 달려왔지만 불행하게도 이미 최악의 사태가 벌어진 다음이었습니다."

"선생님과 함께 사건을 맡게 되어서 영광입니다. 실례를 무릅쓰고 솔직하게 말씀드리자면, 선생님에게는 자신에 대한 책임만 있지만 제게는 상관에게 보고할 책임도 있습니다. 그 엘리지라는 사람의 집에 있는 에이브 슬레이니가 살인범이라면 저는 여기에 이렇게 한가하게 앉아 있을 시간이 없습니다. 이러는 사이에 그가 도망이라도 친다면 저는 매우 난처해지니까요."

마틴 경위가 매우 심각한 표정으로 말했다.

"걱정 마십시오. 도망갈 일은 없을 겁니다."

"그걸 어떻게 아십니까?"

"도망치면 범죄를 인정하는 꼴이 될 테니까요."

"그럼 체포하러 갑시다."

"조금만 더 기다리면 이리로 올 겁니다."

"그가 왜 여기로 오겠습니까?"

"편지를 써서 이리로 오라고 했거든요."

"설마, 농담은 아니겠지요? 선생님이 오라고 해서 녀석이 어슬렁어슬렁 나타날 거라고 생각하십니까? 오히려 눈치를 채고 도망가지 않겠습니까?"

"아니, 걱정 마세요. 편지를 조작하는 법은 잘 알고 있으니까요. 보십시오, 내가 잘못 보지 않았다면 지금 그 신사가 진입로에 들어서고 있지 않나요?"

홈즈의 말대로 어떤 남자가 현관으로 통하는 작은 길을 성큼성큼 걸어오는 것이 보였다. 키가 크고 가무잡잡한 피부에 잘생긴 남자로 거뭇거뭇 턱수염을 기르고 있었으며 코는 정력적으로 보이는 매부리코였다. 회색 플란넬로 만든 양복에 파나마모자를 쓴 채, 지팡이를 휘두르며 마치 자신의 집에 돌아온 사람처럼 당당하게 길을 걸어와서는 자신감에 넘친 태도로 벨을 울려 댔다.

"여러분, 문 뒤로 숨는 게 좋겠습니다. 저런 녀석을 상대할 때는 충분히 주의할 필요가 있으니까요. 마틴 경위, 수갑을 사용하시오. 녀석과는 내가 이야기하지요."

우리는 숨을 죽인 채 1분 정도 기다렸다. 영원히 잊을 수 없는 1분이라고 해도 좋을 것이다. 드디어 문이 열리고 남자가 안으로 들어섰다. 그

순간 홈즈가 남자의 머리에 권총을 가져다 댔고, 마틴 경위가 손목에 수갑을 채웠다. 이 모든 일이 순식간에 빈틈없이 일어났기 때문에 그는 사태를 파악하기도 전에 신체의 자유를 잃고 말았다. 남자는 부리부리한 검은 눈으로 우리를 차례차례 노려보더니 갑자기 커다란 소리로 웃기 시작했다.

"아, 이런. 이번에는 신사 나리들한테 내가 당했군. 이거 완전히 한 방 먹었어. 하지만 나는 큐빗 부인이 편지로 불러서 왔다고. 설마 부인까지 한 패라고 말할 생각은 아니겠지? 나를 유인하는 데 부인이 도움을 준 건 아니겠지?"

"부인은 중상을 입어 사경을 헤매고 있다."

남자가 집안 전체가 울릴 정도로 커다란 소리로 비통하게 외쳤다.

"어떻게 그런 일이? 부상을 당한 건 남자지 그녀가 아니야. 내가 사랑스러운 엘시에게 상처를 입혔을 거 같아? 아, 주여, 용서하소서! 하지만 나는 사랑스러운 그녀의 털끝 하나 건드리지 않았다고. 지금 한 헛소리 빨리 취소해! 엘시가 상처를 입었다는 건 거짓말이지?"

남자가 미친 듯이 소리쳤다.

"부인은 중상을 입고 죽은 남편 옆에 쓰러져 있었다."

남자는 굵직한 신음 소리와 함께 긴 의자에 앉아 수갑 찬 두 손에 얼

굴을 묻었다. 5분 정도 아무런 말도 하지 않다가 드디어 얼굴을 들어 말을 하기 시작했다. 심한 절망에 빠져 있는 그의 목소리는 오히려 차분하게 들릴 정도였다.

"당신들에게 사실을 숨길 생각은 없어. 내가 그를 쏘기는 했지만 그도 나를 쐈다고. 그러니까 이건 살인이라고 할 수 없어. 그리고 내가 그녀를 쐈다고 생각한다면 그건 그녀와 내가 어떤 사이인지 모르기 때문이야. 잘 들어. 이 세상에서 나보다 더 엘시를 사랑하는 사람은 없으니까. 내게는 그녀를 차지할 권리가 있어. 그녀는 몇 년 전에 나와 결혼하겠다고 맹세했어. 그런데 그런 우리 사이에 그 영국 놈이 끼어든 거야. 나는 그녀의 남편이 될 우선권을 가지고 있었어! 나는 그저 그 권리를 주장했던 것뿐이야!"

"그녀는 네가 어떤 사람인지를 알았기 때문에 네 곁에서 달아난 거야.

네게서 도망치기 위해서 미국에서 벗어나 영국의 그 훌륭한 신사와 결혼한 거라고. 그런데 너는 그녀를 끈질기게 따라다녔지. 그녀의 생활을 엉망으로 만들어서, 그녀가 사랑하고 존경하는 남편을 버린 채 미워하고 원망하는 너와 함께 도망치도록 만들려 했어. 하지만 너는 결국 고귀한 남자를 죽게 만들었고 그의 아내를 자살로 내몰았다. 에이브 슬레이니, 이것이 이번 사건에서 네가 저지른 죄다. 너는 법에 따라서 죗값을 치러야 해."

홈즈가 엄격한 어조로 말했다.

"엘시가 죽는다면 난 어떻게 되든 상관없어."

이렇게 말한 미국인은 한쪽 손을 펴서 그 손바닥 안에 있던 꼬깃꼬깃한 종이를 바라보았다. 그러더니 의심스럽다는 눈빛으로 이렇게 외쳤다.

"그럼 이건 어떻게 된 거지? 설마 이런 것으로 나를 협박하려는 건 아니겠지? 엘시가 중상을 입었다면 이 편지는 대체 누가 쓴 거야?"

그가 편지를 탁자 위로 집어던졌다.

"내가 썼다. 너를 이쪽으로 불러들이려고."

"당신이? 춤추는 인형의 비밀은 우리 친구들 말고는 아무도 모른다고. 당신이 어떻게 이걸 쓸 수 있단 말이지?"

"만든 사람이 있으면 푸는 사람도 있는 법이지. 슬레이니, 곧 너를 노리치로 호송할 마차가 도착한다. 아직은 시간이 조금 있으니 네가 저지른 범죄에 대해서 다소나마 보상을 하도록. 지금 힐튼 큐빗 부인이 남편을 살해했다는 혐의를 받는다는 사실을 알고 있나? 내가 여기로 왔고, 운 좋게 내 지식이 도움이 됐으니 망정이지 그렇지 않았다면 부인은 지금쯤 살인죄로 고발당했을 거야. 남편의 비참한 죽음에 대해서 그녀는 직접적으로든 간접적으로든 아무런 책임도 없다는 사실을 세상에 확실하게 밝혀야 할 의무가 바로 너에게 있다."

홈즈가 말했다.

"그건 나도 바라는 바다. 이렇게 된 이상 나 자신을 위해서라도 있는 그대로의 진실을 밝히는 게 좋겠군."

미국인이 말했다.

"직무상 일단 말해 두겠는데, 지금의 증언이 너에게 불리하게 작용할 수도 있다."

경위가 영국 형법의 공정함을 나타내며 큰 소리로 말했고 슬레이니는 어깨를 움츠렸다.

"모든 걸 하늘에 맡겨야겠군. 가장 먼저 말해 두고 싶은 건, 나는 어렸을 때부터 그녀를 알고 있었다는 사실이야. 시카고에 우리 친구가 일곱 있는데 엘시의 아버지가 우리의 두목이었지. 그 패트릭이라는 사람은 정말 머리가 좋았어. 그 암호를 생각해 낸 사람도 두목이었는데 당신이 그 수수께끼를 풀지 못했다면 이 암호는 어린애 장난으로만 여겨졌을 거야. 엘시도 우리 일을 조금 배운 적이 있었지. 하지만 끝내 이런 일에 적응하지 못하더군. 그래서 조금 모아 둔 돈을 들고 우리 눈을 피해서 런던으로 도망친 거야. 그녀는 나와 결혼하기로 약속한 사이였어. 만약 내가 다른 직업을 가지고 있었다면 틀림없이 나와 결혼해 줬겠지. 하지만 무슨 일이 있어도 우리 같은 사람과는 관계하고 싶지 않은 모양이었어. 나는 엘시가 있는 곳을 알아냈지만 이미 엘시는 그 영국인과 결혼한 상태였지. 편지를 보냈지만 답장이 없었어. 영국으로 건너온 나는 편지로는 이야기가 안 될 것 같아서 그녀의 눈에 띌 만한 곳에 그 암호문을 남겼다.

내가 여기에 온 지도 벌써 한 달이 지났지만, 그 농장의 방을 빌린 덕분에 지금까지 아무에게도 들키지 않고 매일 밤 이 집을 드나들 수 있었어. 어떻게든 엘시를 이 집에서 나오게 하려고 여러 가지 방법을 써 봤지. 그녀가 내 암호문을 읽고 있다는 사실은 확실히 알 수 있었어. 한 번은 내가 쓴 암호문 밑에 그녀가 답한 적도 있었으니까. 그러다가 나는 더 이상 참을 수가 없어서 그녀를 협박하기 시작했어. 그녀는 제발 부탁이니 이곳에서 떠나 달라고 부탁하면서, 만약 좋지 않은 소문이라도 나서 남편에게 폐를 끼친다면 자신은 견딜 수 없을 만큼 괴로울 것이라는 편지를 보내왔지. 그 편지에는 내가 여기서 떠나 더 이상 자신을 괴롭히지 않겠다고 약속하면 남편이 잠든 새벽 3시에 1층으로 내려가 가장 끝에 있는 창문 너머로 이야기를 나누겠다는 말도 적혀 있었어. 그녀는 약속대로 1층으로 내려왔는데 돈을 들고 와서 그것을 줄테니 제발 떠나라고 했어. 나는 울컥 화가 치밀어서 그녀의 팔을 잡고 창밖으로 끌어내려 했지. 바로 그때 권총을 든 남편이 방 안으로 뛰어들었어. 엘시가 바닥에 쓰러지는 바람에 나는 그 녀석과 정면으로 마주보게 됐고. 나도 권총이 있어서 그것으로 겁을 주고 그 틈에 도망칠 생각으로 권총을 겨눴어. 상대편이 총을 쐈지만 내게 맞지는 않았다. 나도 그와 거의 동시에 방아쇠를 당겼는데 녀석이 쓰러지더군. 나는 정원을 가로질러 도망쳤는데 그때 뒤에서 창을 닫는 소리를 들었어. 이게 사건의 전말이야. 한마디의 거짓도 없는 사실이라고. 그리고 말을 타고 온 소년에게 편지를 받았고 여기에 와서 당신들에게 붙잡히기 전까지는 아무것도 모르고 있었지."

미국인이 이야기를 하고 있는 동안에 제복을 입은 경관 두 명이 탄 호송용 마차가 도착했다. 자리에서 일어난 마틴 경위가 슬레이브의 어깨에 손을 얹었다.

"이젠 가야 할 시간이야."

"그전에 엘시를 볼 수 있을까?"

"안 돼. 부인은 의식을 잃었어. 셜록 홈즈 선생님, 만약 제가 중대한 사건을 맡게 되었을 때 다시 한 번 당신이 곁에 계신다면 그것보다 더 행복한 일도 없을 겁니다."

우리는 창가에 서서 마차가 사라져 가는 모습을 지켜보았다. 뒤돌아보니 조금 전 슬레이니가 꼬깃꼬깃 접어 탁자 위로 내던진 종이가 눈에 들어왔다. 홈즈가 범인을 불러들인 그 편지였다.

"왓슨, 자네 이걸 읽을 수 있겠나?"

홈즈가 빙그레 웃으며 말했다. 거기에는 글자가 아닌 춤추는 인형이 다음과 같이 한 줄로 늘어서 있었다.

"내가 조금 전에 설명한 독해법을 여기에 적용해보면, 이게 'Come here at once(지금 여기로 와 줘).'라는 뜻임을 쉽게 알 수 있네. 나는 그 사람이 이 부름에 응하지 않을 리가 없다고 확신하고 있었지. 부인 말고 다른 사람이 이걸 썼으리라고는 꿈에도 생각지 못했을 테니까. 이 춤추는 인형은 언제나 나쁜 일에만 쓰였지만, 이번에는 범인을 잡는 데 썼으니 결국에는 좋은 일에 도움이 된 셈이지. 게다가 자네의 기록에 희귀한 사건을 더해 주겠다는 약속도 지킨 듯하네. 오후 3시 40분 기차가 있으니 저녁 식사 전에는 베이커 가로 돌아갈 수 있겠지?"

이야기를 마치기 전에 몇 마디 덧붙이겠다. 에이브 슬레이니는 겨울에

---

3) 셜록 홈즈 연구로 유명한 베어링굴드의 주석에 따르면, 네 번째 암호의 'V' 그림은 다섯 번째 암호의 'P' 그림과 같다. 이것은 다른 모든 판본에서도 똑같이 나타나는 오류이며 이 판본에서도 그렇다.

열린 노리치의 순회재판에서 사형을 선고받았다. 하지만 정상참작의 여지가 있고, 힐튼 큐빗이 먼저 권총을 쏘았다는 사실이 인정되어 나중에 징역형으로 감형되었다. 소문을 듣자하니 힐튼 큐빗 부인은 완전히 건강을 되찾았으며 여전히 홀몸으로 지내면서 오직 가난한 사람들을 돕고 세상을 떠난 남편의 유산을 관리하면서 살아가고 있다고 한다.

4. 혼자 자전거 타는 사람

1894년부터 1901년까지 셜록 홈즈는 매우 바빴다. 이 8년 동안 세상에 널리 알려진 사건 중에서 조금이라도 난해한 것을 조사할 때면 빠지지 않고 참여했다고 해도 좋을 정도였다. 또한 세상에 알려지지 않은 사건도 여럿 있었는데 그중에는 성격이 매우 특이하고 복잡한 것도 많았다. 그러한 사건을 해결할 때도 홈즈는 눈부시게 활약했다. 오랫동안 쉴 새 없이 일을 한 그는 커다란 성공을 숱하게 거두기도 했으나 두어 번은 어쩔 수 없는 실패를 하기도 했다. 나는 모든 사건을 자세히 기록했을 뿐만 아니라 많은 사건에 내가 직접 관여하기도 했다. 그러니 내가 독자들에게 어떤 사건을 들려줘야 할지 고르는 일에 고민하고 있음을 쉽게 이해할 것이다. 물론 나는 오래 전에, 범죄의 잔인함보다는 교묘하고 극적인 해결 방법에서 재미를 느낄 수 있는 사건을 작품집에 싣겠다고 결심했다. 이번에도 그 방침에 따라서 사건을 선택할 생각이다. 그런 이유로, 지금부터 찰링턴에서 홀로 자전거 타던 바이올렛 스미스 양의 사건과, 이상한 결말을 맞아 생각지도 못한 비극으로 끝난 우리의 조사 과정에 대해서 이야기하려 한다. 사실 이번 사건에서는 홈즈의 이름을 유명하게 한 그 능력이 눈부시게 발휘되지는 못했다. 그러나 이 사건은, 내가 보잘것없는 작품집의 재료로 삼고 있는 오랜 범죄 기록 가운데서도 단연 눈에 띄는 몇 가지 특징을 갖추고 있다.

1895년의 기록을 살펴보니 우리가 바이올렛 스미스 양에 대해 처음으로 들었던 것은 4월 23일 토요일이라고 쓰여 있다. 내 기록에 따르면 홈즈에게 그녀의 방문은 별로 달가운 것이 아니었다. 왜냐하면 당시 담배왕으로 유명한 존 빈센트 하든이 기묘한 박해를 받으며 괴로워하고 있었는데, 홈즈는 아주 까다롭고도 복잡한 그 사건에 정신을 빼앗기고 있었기 때문이다. 홈즈는 모든 사실에 정확하게 집중해서 생각하기를 좋아하므로 한창 몰두한 사건에서 정신을 빼앗기면 언제나 화를 냈다. 그렇지만 천성이 냉혹하지도 못한 까닭에 밤늦게 베이커 가의 하숙으로 찾아온 젊고 아름다우며 늘씬하고 우아하면서 기품 있는 여성이 도움과 충고를 청하자 도저히 거절할 수가 없었을 것이다. 미안하지만 지금은 여유가 없다는 말도 소용이 없었다. 그 여성의 얼굴 위에는 무슨 일이 있어도 이야기해야겠다는 굳은 결심이 엿보였기 때문이다. 힘으로 끌어내지 않는 한 목적을 이룰 때까지 방에서 나갈 생각은 전혀 없어 보였다. 홈즈는 포기했는지 약간 피곤해하는 미소를 지으며 아름다운 침입자에게 의자를 권하고 고민거리를 이야기하라고 말했다.

"적어도 건강에 관한 문제는 아닌 듯하군요."

홈즈가 날카로운 눈빛으로 그녀를 바라보았다.

"그렇게 열심히 자전거를 타니 건강한 것도 당연하죠."

그녀는 놀란 듯 자신의 발로 시선을 가져갔다. 페달 가장자리에 닿아서인지 구두 바닥과 가까운 옆 부분이 닳아 있었다.

“네, 자전거는 늘 타고 있어요. 홈즈 선생님, 오늘 찾아뵌 것도 그 일과 관계가 있습니다.”

홈즈는 장갑을 끼지 않은 그녀의 손을 잡아 표본을 앞에 둔 과학자처럼 감정이 거의 개입되지 않은 태도로 꼼꼼하고 유심히 살펴보았다. 마침내 그가 손님의 손을 놓았다.

“실례했습니다. 이것도 일이니까요. 하마터면 스미스 양이 타자수라고 착각할 뻔했습니다. 물론 당신은 음악가입니다. 손가락 끝이 주걱처럼 변한 것이 보이지, 왓슨? 이게 두 직업의 공통점이야. 하지만 이분의 얼굴에는 깊이가 있어.”

홈즈는 그녀의 얼굴을 가만히 불빛 쪽으로 향하게 했다.

"타자수에게는 이런 것이 없지. 이분은 음악가일세."

"맞아요, 선생님. 저는 음악을 가르치고 있습니다."

"피부색으로 봐서 시골에 살고 계신 것 같군요."

"네, 서리 주의 한적한 파넘 근처에서 살고 있어요."

"그 부근은 아름다운 곳이죠. 게다가 유쾌한 추억이 아주 많아요. 기억하고 있는가, 왓슨? 위폐 제조범인 아치 스탬퍼드를 잡은 것도 그 부근이었어. 그런데 바이올렛 양, 서리 주의 한적한 파넘 부근에서 당신의 신변에 무슨 일이 일어났습니까?"

그러자 젊은 여성은 아주 이해하기 쉽고 차분한 어조로 다음과 같은 기묘한 일을 이야기해 주었다.

"홈즈 선생님, 제 아버지는 이미 돌아가셨어요. 아버지 이름은 제임스 스미스인데 예전 제국 극장에서 오케스트라를 지휘하셨어요. 어머니와 제게 친척이라고는 랠프 스미스라는 큰아버지뿐이지만, 그분은 25년 전에 아프리카로 가신 후 단 한 번도 소식을 전하지 않았어요. 아버지가 돌아가시고 난 뒤부터 우리는 아주 가난하게 살았어요. 그러던 어느 날, 〈타임스〉에 우리 모녀를 찾는 광고가 실렸다는 소식을 다른 사람에게 들었어요. 상상하실 수 있을 테지만, 누군가가 재산을 남겨 준 것이 분명하다고 생각해서 우리는 크게 흥분했어요. 바로 신문에 이름이 실려 있는 변호사를 찾아갔고 거기서 캐루더스 씨와 우들리 씨라는 두 신사를 만났어요. 남아프리카에서 돌아오셨는데 잠시 이쪽에서 머물 예정이라고 하더군요. 두 사람은 큰아버지의 친구인데, 큰아버지는 가난한 생활을 하다가 몇 달 전에 남아프리카의 요하네스버그에서 돌아가셨다고 했어요. 그분은 돌아가시기 직전에 당신의 친척을 찾아내서 생활에 어려움이 없도록 뒤를 봐 달라고, 그 두 신사에게 부탁하셨대요. 살아 계실 때는 우리에게 신경도 쓰지 않던 랠프 큰아버지가 돌아가시기 직전에 그렇게 걱정하셨다니 뭔가 좀 이상하다는 생각이 들었어요. 하지만 캐루더스 씨의 설명에 따르면 큰아버지는 그제야 우리 아버지가 돌아가셨다는 사실을 알고 큰 책임감을 느꼈다고 해요."

그때 홈즈가 입을 열었다.

"잠깐만요. 언제 그 두 사람을 만났죠?"

"작년 12월, 그러니까 네 달 전이었어요."

"계속하세요."

"우들리 씨는 정말 불쾌한 사람이었어요. 뚱뚱한 얼굴에 빨간 콧수염을 기른 젊은 남자인데, 끊임없이 이상한 눈빛으로 저를 바라보았고 태도도 천박했어요. 머리카락은 이마 양쪽으로 빗어 넘겼죠. 정말 속이 메슥거릴 정도였어요. 시릴이 봤다면 그런 사람과 알고 지내지 말라고 했을 거예요."

"아, 연인의 이름이 시릴인가요?"

홈즈가 미소 지었다.

"네. 시릴 모턴이라는 전기 기사예요. 올 늦여름에 결혼할 예정이에요. 어머, 어쩌다가 그 사람 이야기가 나왔을까요. 우들리 씨는 불쾌한 사람이라고 말할 생각이었는데 말이죠. 하지만 캐루더스 씨는 나이도 꽤 많고 훨씬 더 호감 가는 분이에요. 검은 머리에 혈색이 좋지 않고 수염을 깨끗하게 깎았는데 말수가 적었어요. 예의바르고 웃는 얼굴이라 느낌이 좋았지요. 우리 모녀의 형편을 물으시기에 아주 어렵다고 말씀드렸더니 자기 집에 묵으면서 열 살짜리 딸에게 음악을 가르치지 않겠느냐고 물으셨어요. 저는 어머니와 헤어지고 싶지 않았지만 매주 집에 다녀와도 상관없고 1년에 100파운드를 지불하겠다는 아주 좋은 조건을 거셨어요.

그래서 제안을 수락하고 파넘에서 10킬로미터 정도 떨어진 칠턴 농장에서 살기 시작했어요. 캐루더스 씨는 부인과 사별했지만 딕슨이라는 중년의 훌륭한 가정부가 가사를 돌보고 있어요. 아이도 아주 귀여워서 모든 일이 순조롭게 풀려 가는 듯했어요. 캐루더스 씨는 친절하고 음악을 좋아하는 분이었기에 저녁마다 함께 즐거운 시간을 보냈어요. 주말에는 런던에 살고 있는 어머니를 찾아갔고요.

이처럼 즐거운 생활에 처음으로 그림자가 드리우기 시작한 것은 빨간 수염을 기른 우들리 씨가 찾아온 다음부터였어요. 일주일만 묵고 돌아갈 예정이었지만, 제게는 석 달처럼 느껴졌어요. 정말 감당할 수 없는 사람으로 주위 사람들에게 거들먹거리기만 하는데 제게는 거들먹거리는 정도가 아니었어요. 품위 없는 말을 하며 다가와서는 자기 재산을 자랑하기 바빴고 자기와 결혼해 주면 런던에서 제일 좋은 다이아몬드를 사주겠다는 둥의 말을 했어요. 제가 아예 상대하지 않았더니 하루는 저녁 식사를 마친 뒤에 저를 끌어안고는 키스해 줄 때까지 놓지 않겠다고 고집을 부렸어요. 끔찍할 정도로 힘이 세더군요. 마침 캐루더스 씨가 들어와서 우들리 씨를 떼어 놓았어요. 그러자 그 사람은 손님으로 왔으면서도 캐루더스 씨를 때려서 쓰러뜨리고 얼굴에 상처까지 입혔어요. 물론 그 일로 우들리 씨는 더 머물지 못하게 되었지요. 이튿날 캐루더스 씨는 제게 사과하고 그런 짓은 두 번 다시 못하게 하겠다고 약속해 주셨어요. 그 이후로 우들리 씨를 만난 적은 없습니다.

그럼 홈즈 선생님, 오늘 찾아온 특별한 사정에 대해서 말씀드리겠습니다. 저는 토요일이 되면 오후 12시 22분에 출발하는 런던행 기차를 타기 위해 자전거를 타고 파넘 역으로 가요. 칠턴 농장에서 한적한 길을 달려야만 하지요. 도중의 1.5킬로미터 정도는 찰링턴 저택을 감싼 숲과 찰링턴 황야 사이에 있어서 사람이 거의 다니지 않는 곳이에요. 그렇게 한적한 길도 또 없을 거예요. 크룩스베리 언덕 부근에서 큰길에 닿을 때까지 짐수레 한 대, 농부 한 명 만나는 일조차 매우 드물 정도니까요. 2주일쯤 전에 그곳을 지날 때 문득 뒤를 돌아보니 200미터 정도 뒤쪽에서 마찬가지로 자전거를 탄 남자가 달려오고 있었어요. 검은 턱수염을 짧게 기른 중년 남자 같았지요. 파넘에 도착한 뒤 다시 한 번 뒤를 돌아보았는데 남자의 모습이 보이지 않아서 그 뒤로 이 일은 까맣게 잊고 있었어요. 그런데 월요일에 런던에서 돌아와 보니 같은 사람이 같은 장소에서 나타나서 저는 깜짝 놀랐어요. 더욱 놀라운 것은 다음 토요일과 월요일에도 똑같은 일이 일어났다는 거예요. 그 사람은 반드시 일정한 거리를 유지하면서 달렸고 특별히 이상한 짓을 하지도 않았지만 꽤나 묘한 기분이 들었어요. 캐루더스 씨에게 이 일을 말씀드렸더니 친절하게도 말과 이륜마차를 주문해 두었으니 앞으로는 혼자서 한적한 길을 지나지 않아도 된다고 하시더군요.

이륜마차는 이번 주 안에 올 예정이었지만 어떤 이유에서인지 도착이 늦어져 이번에도 자전거로 역까지 가야만 했어요. 그게 바로 오늘 일어

난 일입니다. 찰링턴 황야로 접어들었을 무렵 저는 뒤를 돌아보았어요. 생각했던 대로 이주일 전처럼 남자가 뒤를 따라오고 있었어요. 결코 거리를 좁히지 않아서 얼굴이 분명히 보이지는 않았지만 아무리 생각해봐도 아는 사람은 아니었어요. 검은 정장에 천으로 된 모자를 쓰고 있었고, 검은 턱수염은 보였지만 얼굴은 잘 보이지 않았어요. 그런데 오늘은 저도 많이 놀라지는 않았고 대신 호기심이 피어올랐어요. 그가 어떤 사람이고 무슨 일을 하려는 건지 밝혀야겠다고 결심했지요. 제가 자전거의 속도를 늦췄더니 그 사람도 속도를 늦췄어요. 제가 자전거를 멈추면 그도 자전거를 멈췄고요. 그래서 저는 덫을 놓기로 했어요. 길이 급하게 꺾이는 곳을 힘차게 돌아서 자전거를 멈추고 그가 오기를 기다렸어요. 그도 속도를 내서 모퉁이를 돌아 멈출 새도 없이 눈앞을 지나쳐 갈 것이라고 생각했거든요. 하지만 그가 모습을 나타내지 않아서 저는 모퉁이를 다시 돌아갔어요. 길은 1.5킬로미터 앞까지 똑바로 뻗어 있는데 그 사람이 안 보이는 거예요. 그 부근에는 자전거가 들어갈 수 있을 만한 길이 하나도 없으니 정말 이상한 일이에요."

홈즈가 후후 하고 웃으며 두 손을 비볐다.

"이 사건에는 틀림없이 독특한 점이 몇 가지 있습니다. 당신이 모퉁이를 돌아서 기다리다가 길 위에 아무도 없다는 사실을 알았을 때까지 시간이 얼마나 지났죠?"

"2, 3분 정도요."

"그럼 그 길을 돌아갈 여유는 없었다는 이야기로군요. 다른 길은 전혀 없다고요?"

"네."

"그렇다면 어딘가의 샛길로 들어간 모양이네요."

"황야 쪽은 아니에요. 전부 보이니까요."

"가능성이 없는 것부터 없애 보면 그 남자는 길 한쪽에 부지가 펼쳐져 있는 찰링턴 저택 쪽으로 돌아들어간 셈이 되네요. 더 하실 말씀은 없습니까?"

"없어요. 단지 어떻게 된 일인지 영문을 알 수가 없어서 직접 뵙고 충고를 듣지 않으면 마음이 놓이지 않을 것 같아요."

홈즈는 한동안 침묵하다가 드디어 입을 열었다.

"약혼자는 어디에 있습니까?"

"코번트리의 중부 전력 회사에서 일하고 있어요."

"갑자기 당신을 찾아오거나 하지는 않습니까?"

"어머, 선생님! 제가 그 사람을 알아보지 못할 거라고 생각하시나요?"

"그 사람 말고 당신을 마음에 둔 사람이 또 있습니까?"

"시릴을 알기 전에 몇 사람이 있었어요."

"그 다음에는 어땠나요?"

"그 불쾌한 남자 우들리가 그랬어요. 저를 마음에 두었기 때문에 그런 행동을 했다고요."

"그 외에는?"

아름다운 의뢰인은 약간 당황한 듯했다.

"누구죠?"

홈즈가 캐물었다.

"저……, 이건 제 착각일지도 몰라요. 하지만 고용주인 캐루더스 씨가 제게 상당한 관심을 가지고 있는 것이 아닐까 싶은 생각이 들 때가 종종 있었어요. 함께 지내는 시간이 아주 많아요. 밤에는 그분을 위해 반주를 하기도 하고요. 캐루더스 씨가 그런 이야기를 내비친 적은 없었어요. 훌륭한 신사니까요. 하지만 여자의 직감이라는 게 있잖아요."

홈즈가 얼굴을 찌푸렸다.

"흠. 그는 무슨 일을 해서 먹고삽니까?"

"그분은 부자예요."

"그런데 마차와 말도 없단 말인가요?"

"하지만 상당히 유복한 것은 사실이에요. 일주일에 두어 번은 런던 시내로 나가세요. 남아프리카 금광 주식에 상당한 관심이 있거든요."

"그럼 스미스 양, 새로운 일이 일어나면 꼭 연락해 주세요. 나는 지금 매우 바쁘지만 어떻게든 시간을 내서 이번 사건을 조사할 테니까요. 그 동안에는 우리에게 연락 하지 않고 섣부른 행동을 하면 안 됩니다. 안녕히 가세요. 당신에게 좋은 소식이 오기를 빌지요."

스미스 양이 돌아가고 나자 홈즈는 깊은 생각에 잠길 때 쓰는 파이프를 손에 쥐었다.

"저런 아가씨를 따라다니는 사람이 있다는 건 조금도 이상하지 않지만 하필이면 한적한 시골길에서 자전거로 따라다니다니. 틀림없이 내성적인 남자겠지. 어쨌든 이번 일은 기묘하고 생각할 만한 점이 몇 가지 있네, 왓슨."

"그 남자가 특정한 장소에만 나타난다는 사실 말인가?"

"맞아. 우리는 우선 찰링턴 저택의 주인이 누군지 알아야 하네. 그런 다음 캐루더스와 우들리의 관계를 살펴보자고. 이 두 사람은 성격이 전혀 다른 것 같으니까. 두 사람이 어떤 이유로 함께 랠프 스미스의 친척을 찾기 위해 노력한 것인지 알아야겠어. 한 가지 더 있네. 캐루더스는 가정교사에게 보통 임금의 두 배가 넘는 급료를 지불하고 있으면서도 역에서 10킬로미터나 떨어진 곳에서 말 한 마리 없이 살고 있네. 그런 집안의 살림살이는 대체 어떻게 돌아가는 것일까? 이상하지 않은가, 왓슨? 정말 이상해!"

"그곳으로 가 볼 생각인가?"

"아니, 자네가 가 주었으면 하네. 하찮은 장난일지도 모르는 사건 때문에 다른 중요한 일을 내팽개칠 수는 없으니까. 월요일 아침 일찍 파넘으로 가 주게나. 찰링턴 황야 부근에 숨어 있으면 될 거야. 오늘 알게 된 사실들을 자네 눈으로 직접 확인하게. 거기서 어떻게 행동할지는 자네 판단에 맡기겠네. 그런 다음 찰링턴 저택에 살고 있는 사람을 조사하고, 여기로 돌아와서 결과를 들려주면 되는 걸세. 왓슨, 사건 해결에 도움이 될 만한 확실한 실마리가 몇 개 나타나기 전까지는 이번 일을 더 이상 거론하지 말자고."

스미스 양은 월요일 9시 50분에 워털루 역을 출발하는 기차로 파넘에 갈 예정이라고 했으므로 나는 그것보다 이른 9시 13분에 출발하는 기차에 몸을 실었다. 파넘 역에 도착한 나는 찰링턴 황무지가 어디에 있는지, 스미스 양이 이상한 체험을 한 곳이 어디인지 분명히 알 수 있었다. 길 한쪽에는 떨기나무가 무성한 황야가 펼쳐져 있었고 반대편에는 오래된 주목 산울타리로 둘러싸인 정원이 있었다. 그리고 그 안에는 웅장한 수목이 가득 들어차 있었다. 저택에는 이끼 낀 돌문이 있었으며 양쪽 문기둥에 걸린 문장紋章은 썩어 가고 있었다. 그곳으로 난 마찻길 말고도 산울타리가 몇 군데 끊어져 있어서 그 사이로도 드나들 수 있었다. 도로에서 안쪽에 있는 집은 보이지 않았지만 주변 풍경은 참으로 음울하고 황폐하기 그지없었다.

떨기나무가 무성한 황야에는 노란 꽃을 피운 가시금작화가 봄 햇살을 받아 듬성듬성 밝은 빛으로 반짝이고 있었다. 나는 저택의 문과 길의 양옆이 멀리까지 잘 보이는 장소를 골라 수풀 속에 몸을 숨겼다. 황야에 몸을 숨겼을 때는 길에 아무도 없었으나, 곧 내가 온 쪽의 반대 방향에서 자전거가 달려왔다. 검은 옷에 검은 턱수염을 기른 남자가 타고 있었다. 찰링턴 저택의 끝 부분까지 와서 그는 잽싸게 뛰어 내리더니 산울타리 사이로 자전거와 함께 모습을 감췄다.

15분 뒤에는 다른 자전거가 나타났다. 그 젊은 여성이 역에서 이쪽으로 다가오고 있었다. 그녀는 찰링턴 저택의 산울타리 옆을 지나면서 자꾸만 주위를 둘러보았는데 방금 전의 사내가 순식간에 숨어 있던 곳에서 모습을 드러냈다. 그는 기세 좋게 자전거에 오르더니 그녀를 뒤따라갔다. 널따란 풍경 속에서 움직이고 있는 것은 이 두 사람뿐이었다. 아가씨는 등을 똑바로 편 채 우아하게 자전거를 탔고, 그 뒤를 달리는 남자는 핸들 위로 몸을 낮게 숙여 묘하게 사람들의 시선을 피했다. 그녀가 뒤돌아보더니 속도를 늦췄다. 그 남자도 따라서 속도를 늦췄다. 그녀는 자전거를 멈췄다. 200미터 정도 뒤에서 그도 곧 브레이크를 잡았다. 그 순간 그녀는 전혀 생각지도 못한, 용기 있는 행동을 취했다. 갑자기 자전거의 방향을 바꾸더니 남자를 향해서 돌진하는 것이 아닌가! 그러나 남자도 그에 뒤지지 않을 정도로 날렵해서 필사적으로 달아나기 시작했다. 잠시 후, 그녀는 머리를 똑바로 세우고는 말없이 꽁무니를 따라다니는 사람에게 신경 쓸 필요 없다는 표정으로 되돌아왔다. 남자도 변함없이 거리를 두고 뒤따라왔고 두 사람은 모퉁이로 이어진 곳에서 모습을 감추었다.

나는 몸을 감추고 있던 곳에 계속 있었는데 이것은 현명한 행동이었다. 왜냐하면 잠시 후, 남자가 자전거를 탄 채로 천천히 되돌아왔기 때문이다. 그는 찰링턴 저택 문으로 들어서더니 자전거에서 내렸다. 한동안 거기에 서 있는 모습이 나무 사이로 보였는데 두 손으로 넥타이를 고쳐 매는 듯했다. 그러더니 다시 자전거에 올라 집 쪽으로 난 마찻길을 따라 멀어져 갔다. 나는 황야를 가로질러 가서 나무들 사이로 저택의 부지 안을 들여다보았다. 저 멀리로 조각 장식이 많아 중후하고 화려한 튜더 양식 굴뚝이 몇 개나 솟은 낡은 회색 건물이 희미하게 보였다. 하지만 마찻길은 울창한 나무들에 가려 있어서 이미 남자는 보이지 않았다.

그래도 오늘 아침에 목표로 삼은 일을 그럭저럭 해냈다고 생각했기에 나는 기분 좋게 파넘으로 돌아갔다. 그곳의 부동산 업자에게 물어보았으나 찰링턴 저택에 대해서는 아는 것이 없으니 런던의 펠멜 가에 있는 유명한 회사에 물어보라는 답만 돌아왔다. 하숙으로 돌아오는 도중에 그 회사에 들러보니 대표자가 나와서 정중하게 말했다.

"안타깝지만 올 여름에는 찰링턴 저택을 빌릴 수 없습니다. 조금 늦으셨네요. 한 달 전에 윌리엄슨이라는 분이 빌렸습니다. 나이가 좀 있는 점잖은 신사죠. 더 이상의 질문은 삼가 주시기 바랍니다. 고객 정보를 자세히 말씀드릴 수는 없으니까요."

그날 밤, 셜록 홈즈는 내 긴 보고에 주의 깊게 귀를 기울였다. 나는 홈즈가 평소의 무뚝뚝한 말로 칭찬할 것이며 그만큼의 성과는 거두었다고 생각했으나 결과는 전혀 달랐다. 게다가 그는 평소의 냉정한 얼굴 위에 더욱 냉정한 표정을 지으며 내가 한 일과 하지 않은 일에 대해서 다음과 같이 말했다.

"왓슨, 자네는 은신처를 잘못 골랐어. 산울타리 뒤쪽으로 숨었어야지. 그랬으면 그 인물을 가까이에서 볼 수 있었을 걸세. 하지만 자네는 몇백 미터나 떨어져 있었기 때문에 내게 해 줄 수 있는 이야기가 스미스 양보다 더 적다네. 그녀는 모르는 사람이라고 착각하고 있지만, 내 생각에는 아는 사람이 분명해. 그렇기 때문에 그 남자는 얼굴을 알아볼 수 있는 거리로 그녀가 다가오지 못하도록 노력하는 걸세. 자네는 그가 핸들 위로 몸을 숙이고 있었다고 말했지? 이것도 역시 얼굴을 숨기기 위한 행동이 아니겠나? 자네의 서툰 행동에는 정말 할 말이 없군. 남자는 집으로 돌아갔고 자네는 상대방이 누구인지 알아보려 했어. 그런데 런던의 부동산 회사로 갈 줄이야!"

"그럼 어떻게 했어야 했다는 말인가?"

나는 흥분해서 큰 소리로 물었다.

"저기서 가장 가까운 술집으로 갔어야지! 시골 술집은 온갖 소문이 모여드는 곳이니까. 저택의 주인부터 잔심부름하는 하녀까지 모든 사람들의 이름이 나왔을 거야. 윌리엄슨이라고? 그런 이름은 알아봐야 아무 도움도 안 돼. 나이 든 사람이라고? 그렇다면 그 한창 나이의 아가씨가 맹렬히 쫓아오는 걸 보고 도망쳤을 만큼 몸이 가벼운 사람이 아닐세. 일부러 거기까지 가서 대체 무슨 수확이 있었단 말인가? 그녀의 이야기가 사실이라는 점은 분명히 확인했어. 나는 그 점을 한 번도 의심한 적이 없네. 자전거를 탄 남자가 찰링턴 저택과 어떤 관계가 있다는 사실도 처음부터 알고 있었던 것일세. 그 저택을 윌리엄슨이라는 사람이 빌렸다고? 그래서 뭐 어쨌다는 건가? 이보게, 그렇게 시무룩해질 필요는 없네, 왓슨. 이번 주 토요일까지는 달리 손쓸 방법이 없고, 그전에 내가 몇 가지 조사를 해 보겠네."

이튿날 아침, 스미스 양이 편지를 보냈다. 내가 목격한 사실을 짧고 정확하게 기록했는데 추신에 무엇보다도 중요한 내용이 적혀 있었다.

홈즈 선생님, 비밀을 지켜 주시리라 믿고 사실을 털어놓겠습니다. 캐루더스 씨가 청혼을 하는 바람에 이 집에서 머물기 어려워졌습니다. 그분이 진지한 마음으로, 또 진심으로 바란다는 사실은 알고 있습니다. 하지만 말씀드릴 필요도 없이 제게는 약혼자가 있습니다. 제가 거절을 하자 그분은 크게 실망하면서도 아주 원만하게 받아들였습니다. 하지만 분위기가 참으로 어색해졌다는 사실은 잘 알고 계시리라 믿습니다.

"그 아가씨가 정말 난처해졌군."

편지를 읽고 난 홈즈가 진지한 얼굴로 말했다.

"이번 사건은 처음 생각했던 것보다 훨씬 더 재미있는 특징을 갖고 있고, 더욱 재미있게 발전할 수 있을 것 같네. 시골에서 한가로운 하루를 보내는 것도 나쁘지는 않겠군. 오늘 오후에 파넘으로 가서 내가 생각하고 있는 한두 가지 사실이 정확한 것인지 확인해 보겠네."

홈즈가 말한 시골에서의 조용한 하루는 어처구니없는 결말을 맞고 말았다. 밤늦게 베이커가로 돌아온 그를 보니 입술이 터졌고 이마에 자줏빛 혹이 나 있었으며 머리부터 발끝까지 흐트러져 꼴이 엉망이었다. 마치 런던경찰국에서 찾는 용의자 같은 모습이었다. 그런데도 홈즈는 그날의 모험이 즐거워서 견딜 수 없는지 크게 웃으며 이야기하기 시작했다.

"평소에 하지 않던 과격한 운동을 하면 마음이 후련해지는 법일세. 자네도 알고 있듯이 나는 영국의 유서 깊고 훌륭한 스포츠인 권투 실력이 상당한 편이지. 때로는 그것이 도움이 된다네. 권투를 배워 두지 않았다면 오늘도 아주 험한 꼴을 당했을 거야."

나는 어떻게 된 일인지 자세히 들려 달라고 재촉했다.

"예전에 자네에게도 권한 방법이네만 나는 그곳의 술집으로 가서 은밀하게 조사를 시작했어. 바 쪽에 있자니 수다스러운 가게의 주인이 내가 알고 싶어 하는 것들을 술술 털어놓더군. 윌리엄슨이라는 사람은 하얗게 센 턱수염을 기른 남자인데 몇 안 되는 하인들과 함께 찰링턴 저택에서 혼자 살고 있어. 소문에 따르면 직업은 목사 아니면 전직 목사였다고 하더군. 하지만 저택으로 이사 온 지 얼마 지나지도 않았는데 그 사이에 일어난 두어 가지 일들을 들어 보니 도무지 성직자 같지가 않았어. 그래서 성직자 명부가 있는 곳에 가서 알아보았더니, 이름이 같고 경력이 묘하게 베일에 싸여 있는 목사가 예전에 한 명 있었다고 했네. 그 외에도 술집 주인은 주말이면 대부분 저택으로 손님이 찾아온다고 일러 주었네. 한데 '질이 좋지 않은 녀석들이에요.'라고 하더군. 그중에서도 빨간 콧수염을 기른 우들리라는 사람은 꼭 찾아온다고 했어. 이야기가 여기까지 왔을 때 다름 아닌 화제의 주인공이 나타났다네. 별실에서 맥주를 마시면서 우리 이야기를 전부 들은 모양이야.

'넌 누구냐? 무슨 음모를 꾸미고 있는 거지? 왜 남의 신상을 캐고 다니는 거야?'

이렇게 쉴 틈도 없이 아주 험한 말투로 질문을 쏟아내더군. 결국에는 듣기에도 거북한 욕을 퍼부으며 거칠게 주먹을 휘두르기 시작했어. 나는 그자가 날린 주먹을 완전히 피하지는 못했네. 그래도 그때부터 몇 분 동안은 참으로 유쾌했지. 그 건달에게 왼쪽 스트레이트를 먹였고 그대로 싸움은 끝났네. 그리고 나는 자네가 지금 보고 있는 꼴이 되었지. 우들리 씨는 마차에 실려 갔고. 이것으로 소박한 시골 여행을 마쳤어. 서리

주의 한적한 마을에서는 즐거운 시간을 보냈지만, 솔직히 말해서 나도 자네와 마찬가지로 이렇다 할 성과는 거두지 못했네."

목요일에 다시 스미스 양에게서 편지가 왔다.

홈즈 선생님, 이렇게 말씀드려도 놀라지 않으실 테지만 이번에 캐루더스 씨 댁의 가정교사를 그만두기로 했습니다. 아무리 많은 급여를 받는다 해도 지금처럼 마음이 불편해서는 도저히 견딜 수가 없습니다. 토요일에 런던으로 가면 그대로 돌아오지 않을 생각입니다. 캐루더스 씨 댁에 이륜마차가 도착했기 때문에 그 한적한 길에 위험이 있다 해도 이제 걱정할 필요가 없습니다.

캐루더스 씨와 사이가 어색해졌다는 이유만으로 일을 그만두기로 결심한 건 아닙니다. 그 불쾌한 우들리 씨가 다시 나타났기 때문이에요. 물론 예전부터 좋은 느낌을 주는 사람은 아니었지만, 무슨 사고라도 당했는지 정말 꼴사납고 혐오스러운 모습이 되어 있었습니다. 창문을 통해서 모습을 보았지만 다행스럽게도 직접 얼굴을 마주치지는 않았습니다. 캐루더스 씨는 그 사람과 오랫동안 이야기를 나누었는데 그 뒤에 몹시 흥분했습니다. 우들리 씨는 어딘가 이 근처에서 머물고 있는 것 같아요. 이 집에서 자지 않았는데도 오늘 아침에 숲 부근을 몰래 둘러보고 있었거든요. 차라리 맹수를 정원에 풀어 놓는 편이 더 나을지도 모르겠습니다. 저는 말로 표현할 수 없을 정도로 그 사람이 혐오스럽고, 또 무서워서 견딜 수가 없습니다. 캐루더스 씨는 어떻게 그 사람과 한순간이라도 이야기를 나눌 수 있는지 모르겠어요. 어쨌든 저의 고민은 이번 주 토요일이면 끝이 납니다.

"그랬으면 좋겠군, 왓슨. 정말 그랬으면 좋겠어."

홈즈가 무거운 어조로 말했다.

"그녀 주변에서 뭔가 나쁜 음모가 벌어지고 있네. 우리에게는 아무도 무례한 짓을 못하도록 그녀의 마지막 귀갓길을 지켜 주어야 할 의무가 있다네. 왓슨, 토요일 아침에는 우리 모두 시간을 내서 그쪽으로 가 보세. 그리고 이 기묘하고 정리되지 않은 사건이 나쁜 결과로 끝나지나 않을지 잘 지켜보세."

솔직히 말해서 나는 그때까지도 이번 사건을 그다지 심각하게 받아들이지 않았다. 위험하기보다는 엉뚱하고 한심하다는 인상을 받았다. 남자가 미인을 기다리고 있다가 뒤따르는 일은 흔한 이야기다. 게다가 말을 걸 용기가 없을 뿐만 아니라 여자가 접근하자 도망칠 정도이니 별로 두려운 상대도 아니리라. 악당인 우들리는 전혀 성격이 다른 인간이지만 우리 의뢰인에게 난폭한 행동을 한 것은 단 한 번뿐이었다. 지금은 캐루더스 씨의 집에 드나들고 있다지만 그녀를 찾아가는 것은 아니었다. 자전거에 탄 남자는 틀림없이 술집 주인이 이야기한, 주말에 저택으로 찾아오는 손님 중 한 명일 것이다. 그래도 그 남자가 누구이며 어떤 목적을 가지고 있는지는 아직도 분명하지 않았다. 그런데 홈즈는 매우 심각한 표정을 짓고 있었으며 출발하기에 앞서 주머니에 권총까지 넣었다. 그것을 보고 나는 이 기묘한 사실들 속에 어쩌면 비극이 숨어 있을지도 모르겠다는 생각이 들었다.

비 내리던 밤이 지나고 맑게 갠 하늘이 펼쳐졌다. 칙칙한 회색이나 갈색으로 물든 런던의 쓸쓸한 색조에 진력이 나 있던 눈에 가시금작화 꽃이 흐드러지게 핀 초원은 더욱 아름답게 비쳤다. 홈즈와 나는 모래가 섞인 널따란 길을 걸으며 상쾌한 아침 공기를 마셨고, 새들의 노랫소리와 신선한 봄의 기운을 즐겼다. 크룩스베리 언덕 중턱에서 내려다보니 오래된 떡갈나무에 둘러싸인 찰링턴 저택이 음산하게 서 있었다. 떡갈나무들도 꽤나 나이를 먹었지만 건물은 더욱 오래된 것이었다. 갈색 딸기나무의 벌판과 새순이 돋기 시작한 초록색 숲 사이를 붉은 빛이 감도는 누런 띠처럼 구불구불한 길이 달리고 있었다. 홈즈가 손을 들어 그 길을 가리켰다. 멀리서 우리 쪽을 향해 달려오는 마차 한 대가 검은 점처럼 보였다. 그가 초조한 듯 외쳤다.

"30분의 여유를 두고 왔는데 저게 그녀의 마차라면 평소보다 빨리 출발하는 기차를 탈 생각인 모양이야. 왓슨, 우리보다 먼저 저 마차가 찰링턴 저택 앞을 지나갈 것 같아."

우리가 걷던 길은 거기서부터 내리막이었기에 마차는 더 이상 보이지 않았다. 발걸음을 서둘렀지만 평소 운동을 하지 않았던 나는 자꾸만 뒤로 처지고 말았다. 그러나 홈즈는 에너지가 얼마든지 솟아나는 사람이라 몸 상태는 늘 최상이었다. 조금도 뒤처지지 않는 발걸음으로 나보다 100미터 정도 앞서서 가볍게 걸어가던 홈즈가 갑자기 발걸음을 멈췄다. 그는 손을 들어 슬픔과 절망의 몸짓을 보였다. 동시에 아무도 없는 이륜마차가 모퉁이를 돌아 모습을 드러냈다. 말은 가볍게 달리고 있었고 고삐는 땅에 끌려 소리를 내면서 이쪽으로 다가오고 있었다.

"늦었어, 왓슨. 너무 늦었어!"

숨을 헐떡이며 그곳으로 다가선 내게 홈즈가 커다란 목소리로 말했다.

"그 아가씨가 평소보다 더 일찍 기차에 탈 줄은 몰랐네. 내가 어리석었어! 이건 유괴야, 왓슨. 유괴당했다고! 살인일지도 몰라! 아, 어떻게 이런 일이! 길을 막아! 말을 멈추게 해! 그래, 어서 이것을 타고 실수를 만회할 수 있을지 가 보세나."

우리는 서둘러 마차에 올랐다. 홈즈가 말의 방향을 돌리더니 채찍을 날카롭게 휘둘러 전 속력으로 길을 되돌아갔다. 모퉁이를 돌아서니 찰링턴 저택과 황야 사이에 낀 길이 똑바로 시야에 들어왔다. 내가 홈즈의 팔을 붙들었다.

"그 남자야!"

나는 숨을 들이마셨다. 그 자전거에 탄 사람이 이쪽으로 달려오고 있었다. 머리를 숙이고 어깨를 둥글게 만 채 온 힘을 다해서 페달을 밟고 있었다. 마치 자전거 경주에 나선 선수 같았다. 그가 턱수염을 기른 얼굴을 획 쳐들어 우리를 보더니 자전거를 멈추고 뛰어내렸다. 혈색이 나빠서 검은 수염이 더욱 선명하게 눈에 띄었으며 열이라도 있는지 눈이 번질거렸다. 그는 이륜마

차와 거기에 타고 있는 우리를 바라보았다. 그리고 점점 놀라는 표정을 지었다. 그가 자전거로 길을 막으며 외쳤다.

"이봐! 멈춰! 그 마차를 어디서 손에 넣은 거지? 이봐, 멈추라고!"

그는 주머니에서 권총을 꺼냈다.

"멈추지 않으면 말을 쏘겠다!"

홈즈는 고삐를 내 무릎 위로 던지더니 잽싸게 마차에서 내렸다.

"당신을 만나고 싶었소. 바이올렛 스미스 양은 어디에 있지?"

홈즈가 빠른 어조로 명쾌하게 물었다.

"그건 내가 묻고 싶은 말이야. 너희는 그녀의 마차에 타고 있잖아. 스미스 양이 어디에 있는지 모를 리가 없어."

"길에서 이 마차와 맞닥뜨렸소. 그런데 안에는 아무도 없더군. 우리도 그녀를 구하기 위해서 이것을 타고 온 거요."

그러자 절망에 빠진 남자가 외쳤다.

"아아! 큰일이 벌어지고 말았구나! 어떻게 하면 좋지? 녀석들의 짓이야. 악당 우들리와 가짜 목사에게 잡혀간 거야. 당신들이 진짜로 그녀의 친구라면 나를 따라와서 좀 도와주시오. 설령 찰링턴의 숲에서 죽는 한이 있어도 그 사람을 구해야 돼."

그는 권총을 손에 쥔 채 산울타리의 구멍을 향해 미친 듯이 달리기 시작했다. 홈즈도 그의 뒤를 따라갔다. 나는 말이 길가의 풀을 뜯을 수 있게 한 뒤에 두 사람을 뒤따라갔다. 웅덩이가 생긴 작은 길에 남은 몇 개의 발자국을 가리키며 홈즈가 말했다.

"여기를 지났군. 아니, 잠깐! 수풀 속에 있는 게 누구지?"

거기에는 가죽 끈으로 각반을 차고 마부 같은 복장을 한 열일곱 살쯤 되어 보이는 소년이 있었다. 무릎을 벌린 채 쓰러져 있었는데 머리에는 심한 상처가 있었다. 정신을 잃기는 했으나 숨이 끊어지지는 않았다. 나는 얼른 살펴보고 뼈까지 다치지는 않았다고 판단했다. 남자가 커다란 소리로 말했다.

"마부 피터요. 이 아이가 그녀를 태우고 갔는데. 녀석들이 피터를 끌어내리고 몽둥이로 때린 거야. 지금은 아무것도 해 줄 수가 없으니 이대로 누워 있게 합시다. 하지만 여자에게 닥칠 수 있는 최악의 운명에서 그녀를 구할 수는 있을 거요."

우리 세 사람은 나무 사이로 난 오솔길을 정신없이 달렸다. 건물을 둘러싼 나무들이 있는 곳까지 갔을 때, 홈즈가 발걸음을 멈췄다.

"집으로는 들어가지 않았어. 왼쪽에 발자국이 있군. 여기 있는 월계수 숲 옆이야! 아, 역시!"

그 순간 겁에 질린 나머지 허둥거리는 여자의 날카로운 비명이 눈앞의 무성한 숲 사이에서 들려왔다. 비명이 한층 더 높아지더니 누군가 입을 틀어막았는지 숨이 끊어질 것 같은 신음 소리가 들리다가 갑자기 끊겨 버렸다. 남자가 숲 속으로 달려 들어갔다.

"이쪽이다! 이쪽이야! 볼링장에 있어. 아아, 비열한 놈들! 둘 다 이리로! 아니, 늦었어! 이미 늦었어! 이럴 수가!"

그 순간, 우리는 고목에 둘러싸인 아름다운 잔디밭으로 들어섰다. 맞은편의 커다란 떡갈나무 밑에 기묘한 얼굴을 한 세 사람이 서 있었다. 한 사람은 스미스 양이었는데 입 주위가 손수건으로 가려져 있었으며 기운이 빠져서 축 늘어진 채였고 당장이라도 기절할 것 같았다. 그녀의 맞은편에는 혈색 나쁜 얼굴에 빨간 콧수염을 기르고 야만스러운 느낌을 풍기는 남자가 서 있었다. 각반을 찬 다리를 좌우로 넓게 벌리고, 한쪽 손을 허리에 댄 채 다른 한쪽 손으로 승마용 채찍을 휘두르고 있었다.

그 모습을 보고 그가 한껏 승리감에 취해 있다는 사실을 알 수 있었다.
둘 사이에는 백발이 섞인 턱수염을 기른 나이 든 남자가 서 있었다. 모
직물로 만든 정장 위에 짧은 성직자 옷을 두른 모습을 보니 지금 막 결
혼식을 마친 모양이었다. 우리가 잔디밭 위로 올라섰을 때, 그는 기도서
를 주머니에 넣으며 축하의 뜻을 담아서 비열한 신랑의 등을 두드려 주
며 축하했다.

"결혼을 했군!"

내가 숨을 헐떡이며 말했다.

"서둘러! 자, 어서!"

안내를 맡은 남자가 크게 외치며 잔디밭을 달려 나갔다. 홈즈와 나도 그의 뒤를 따랐다. 우리가 다가가자 스미스 양은 비틀거리다가 손으로 나무줄기를 짚었다. 한때 목사였던 윌리엄슨이 공손한 듯하면서도 무례한 태도로 머리를 숙여 보였으며 한껏 들떠 있는 우들리가 자랑스럽게 거친 웃음소리를 내며 우리 앞으로 나섰다.

"밥, 이제 그 가짜 수염은 떼는 게 어떻겠나? 내가 당신을 몰라볼 것 같았나? 마침 친구들까지 데리고 왔으니 우들리 부인을 소개하겠네."

안내를 맡았던 사내가 뜻밖의 반응을 보였다. 우선 변장용 검은 턱수염을 떼어내 땅바닥에 내팽개치더니 수염을 깨끗하게 깎은 길쭉하고 창백한 얼굴을 드러냈다. 그리고 권총을 들어 위협적으로 채찍을 휘두르며 다가오는 젊은 불한당을 정확히 겨냥했다.

"그래 맞아, 나는 밥 캐루더스다. 설령 내 목숨을 잃는 한이 있어도 저 사람을 구하고 말겠어. 스미스 양에게 이상한 짓을 하면 어떻게 할지 저번에도 말했지? 그 약속대로 해 주마!"

"이미 늦었어. 이제 이 여자는 내 아내야!"

"무슨 말씀. 곧 남편을 잃을 거다."

총성이 울려 퍼지고 우들리의 조끼 가슴 부분에서 피가 뿜어져 나왔다. 그는 비명을 지르며 몸을 웅크리더니 뒤로 쓰러졌다. 혐오스러운 붉은 얼굴이 순간 창백해졌고 기분 나쁜 반점이 떠올랐다. 아직도 성직자의 옷을 걸치고 있던 노인은 지금까지 들어 본 적도 없는 더러운 욕설을 퍼부으며 권총을 꺼냈으나 제대로 쥐기도 전에 홈즈가 그에게 총구를 들이 댔다.

"이제 그만두시지."

홈즈가 냉정하게 말했다.

"권총을 버려! 왓슨, 그것을 주워서 이 녀석의 머리를 겨누게! 그래.
자, 캐루더스, 당신의 권총도 내게 주시오. 더 이상의 폭력은 안 돼. 자,
어서 주시오!"

"당신은 대체 누구요?"

"셜록 홈즈요."

"맙소사!"

"내 이름을 들어 보았겠지요. 경찰이 올 때까지 내가 그들을 대신하겠
소. 거기, 자네!"

어느 틈엔가 잔디밭 끝 쪽에 나타난 겁에 질린 마부에게 홈즈가 말을

걸었다. 그는 수첩을 한 짱 찢어 무엇인가를 급히 써서 마부에게 전해 주었다.

"이리 오게. 이 편지를 가지고 가능한 빨리 파넘으로 말을 달려서 경찰서장에게 건네주게. 경찰이 올 때까지는 내가 여기 있는 모두의 신병을 맡겠어."

홈즈의 당당하고 강한 성격은 비극의 현장을 압도했고 다른 사람들은 모두 꼭두각시 인형처럼 그의 말에 따랐다. 윌리엄슨과 캐루더스는 부상을 입은 우들리를 집으로 옮겼으며, 나는 겁에 질려 떨고 있는 스미스 양에게 팔을 빌려 주었다. 홈즈의 부탁을 듣고 나는 침대에 눕힌 부상자를 진찰했다. 그 결과를 보고하기 위해 낡은 장식용 양탄자가 걸려 있는 식당으로 들어가자 홈즈가 두 범죄자를 앞에 두고 의자에 앉아 있었다.

"목숨은 건질 수 있을 거야."

"뭐라고!"

내 말을 들은 캐루더스가 자리에서 벌떡 일어났다.

"2층으로 가서 남은 숨통을 끊어 놓겠어. 그 사람이, 그 천사가 망나니 잭 우들리에게 평생을 묶여 살아야 한단 말이오?"

홈즈가 대답했다.

"그 점은 걱정할 필요 없소. 두 가지 이유로 그녀는 결코 우들리의 아내가 될 수 없으니까. 무엇보다도 윌리엄슨에게 결혼식을 거행할 자격이 있는지나 모르겠군."

"나는 성직자의 지위를 받은 사람이야."

늙은 악당이 외쳤다.

"그 뒤에 자격을 박탈당했지."

"한번 목사가 되면 죽을 때까지 목사야."

"나는 그렇게 생각하지 않소. 결혼 허가증은 어디에 있지?"

"이 주머니 안에 소중하게 간직하고 있지."

"그럼 속임수를 써서 받아 두었겠군. 어쨌든 강제 결혼은 성립되지 않을 뿐만 아니라 중대한 범죄야. 죽기 전까지는 잘 알게 되겠지. 내가 잘못 생각한 것이 아니라면 그 점에 대해서 깊이 생각해 볼 여유가 앞으로 10년은 더 있을 테니까. 캐루더스, 당신도 권총 따위를 써서는 안 되는 일이었소."

"이제야 나도 그런 생각이 들기 시작했소. 하지만 그 아가씨를 지키기 위해서 온갖 주의를 기울였다오. 나는 그녀를 사랑하고 있소. 태어나서 처음으로 사랑이라는 것을 알게 되었는데 그녀가 킴벌리에서 요하네스버그까지 악명을 떨치는 남아프리카 최고의 악당과 결혼할지도 모른다고 생각하니 그만 이성을 잃고 말았소. 믿지 않을 테지만 그녀가 우리 집에서 살기 시작한 다음부터 이 저택 앞을 지날 때면 나는 꼭 자전거로 뒤를 따라서 위험한 일을 당하지 않도록 신경 썼소. 이 녀석들이 숨어 있다는 사실을 알고 있었으니까. 나라는 사실을 알리고 싶지 않았기에 언제나 거리를 두고 수염으로 변장을 했소. 그녀는 워낙 야무진 성격이니까 내가 시골길에서 뒤를 따라다닌다는 사실을 알면 더는 내 집에 있을 것 같지가 않았소."

"어째서 그녀에게 위험을 알리지 않은 겁니까?"

"그렇게 해도 집에서 나갔을 테니까요. 나는 그것만은 도저히 견딜 수가 없었소. 사랑받지는 못하더라도 우리 집에서 그 부드럽고 우아한 모습을 보기도 하고 목소리를 듣는 것만으로도 나는 충분히 만족할 수 있었소."

내가 끼어들었다.

"하지만 캐루더스 씨, 그걸 사랑이라고 할 수 있겠습니까? 내게는 이기적인 모습으로밖에는 보이지 않습니다."

"그 두 가지는 언제나 공존하는 걸지도 모르오. 어쨌든 그녀를 떼어 놓을 수는 없었소. 게다가 이런 악당들이 주위를 맴돌고 있으니 그녀의 곁에 머물며 지켜 줄 필요가 있었소. 그때 마침 외국에서 전보가 왔기에 이 녀석들이 드디어 일을 저지르겠다 싶었던 거요."

"외국에서 온 전보라니?"

캐루더스가 주머니에서 전보 한 통을 꺼냈다.

"이것이오."

전문은 짧고 간단한 것이었다.

노인 사망.

"흠! 이제 어떻게 된 일인지 알겠군. 이 소식을 접하고 녀석들이 초조해한 것도 당연해. 경찰을 기다리는 동안 이야기를 좀 들어 볼까?"

그러자 성직자의 옷을 입은 불한당이 욕설을 퍼부으며 아우성치기 시작했다.

"이봐, 밥 캐루더스! 배신하기만 하면 당신도 잭 우들리와 같은 꼴을 당할 거야. 그 같잖은 아가씨를 사랑한다면 마음껏 징징거려도 상관없어. 그건 네 마음대로 해. 하지만 여기에 있는 사복형사에게 동료를 팔아보라고. 네놈이 깜짝 놀라며 평생을 후회하게 만들어 줄 테니, 각오해 두라고."

"목사 양반, 흥분할 거 없어."

홈즈가 담배에 불을 붙였다.

"너희들의 무슨 일을 저질렀는지 전부 알고 있으니까. 단지 내 개인적인 호기심 때문에 두어 가지 사소한 점들을 확인해 보고 싶은 것뿐이야. 너희가 정 이야기하기 싫다면 내가 이야기하지. 너희가 한 짓을 얼마나 숨길 수 있을지 한번 이야기를 들어 보고 판단하도록. 우선 너희 셋은 이번 음모를 실행하기 위해 남아프리카에서 영국으로 돌아왔어. 윌리엄슨, 캐루더스, 우들리, 이렇게 셋이서."

그때 노인이 입을 열었다.

"처음부터 거짓말이라는 게 드러났군. 나는 두 달 전까지 이 둘을 만난 적조차 없어. 태어나서 지금까지 아프리카에는 가 본 적도 없고. 그런 말도 안 되는 소리는 파이프에 채워 연기로 날려 버리라고, 잘난 척하는 홈즈 양반."

"저 사람 말은 거짓이 아니오."

캐루더스도 말했다.

"그래? 그렇다면 귀국한 것은 두 사람뿐이군. 목사 양반은 순수 영국산이고. 어쨌든 두 사람은 남아프리카에서 랠프 스미스를 알게 되었어. 어떤 이유로 그가 곧 죽게 될 것이라는 사실과 그의 조카딸이 유산을 상속하게 된다는 사실도 알게 되었지. 여기까지 틀린 곳은 없지요?"

캐루더스는 고개를 끄덕였으며 윌리엄슨은 욕을 해댔다.

"스미스 양이 가장 가까운 친척이었고, 스미스 노인은 유언장을 남기지 못하는 상황이었어."

"그는 글을 읽을 줄도, 쓸 줄도 몰랐소."

캐루더스가 말했다.

"그래서 두 사람은 귀국해서 조카를 찾아냈지. 맨 처음 계획은 한 명이 그녀와 결혼한 다음, 다른 사람과 재산을 나눌 생각이었는데 어떤 이유에선가 우들리가 남편 역할을 맡기로 했어. 이건 어째서요?"

"돌아오는 배 안에서 그녀를 걸고 카드를 했는데 녀석이 이겼소."

"그렇군. 당신이 그녀를 고용해서 집에 살게 했고 우들리가 당신 집을 드나들며 구혼을 하기로 했어. 그런데 그녀는 우들리가 술꾼에 질 나쁜 녀석이라는 사실을 꿰뚫어 보고 전혀 상대하려 들지 않았어. 당신은 당신대로 그녀를 진심으로 사랑하게 되는 바람에 일이 조금씩 어긋나기 시작했지. 당신은 그런 짐승 같은 놈에게 그녀를 넘겨 줄 수 없다고 생각한 거요."

"그렇소! 절대 그럴 수 없었소!"

"그래서 싸움이 일어났고, 화가 난 우들리는 당신과 관계를 끊고 다른 방법을 계획하기 시작했어."

홈즈의 설명을 듣고 캐루더스가 쓴웃음을 지으며 말했다.

"이봐, 윌리엄슨, 이 사람에게 우리가 들려주어야 할 이야기는 얼마 없을 듯한데. 맞소, 싸움이 벌어졌고 녀석에게 맞아 바닥에 나뒹굴었소. 그러니 오늘 일로 서로 비긴 셈이오. 우들리는 한동안 모습을 감추었고 그 사이에 목사직에서 파면당한 이 남자를 동료로 끌어들인 것이오. 나는 두 사람이 스미스 양이 역으로 가는 길 중간에 있는 이곳에 자리 잡았다는 사실을 알게 되었소. 뭔가 꿍꿍이를 꾸미는 것 같아서 그때부터 스미스 양에게서 눈을 떼지 않았소. 어떤 음모를 꾸미고 있는 건지 신경이 쓰여서 가끔 이 녀석들을 만났소. 이틀 전, 랠프 스미스가 죽었다는 전보를 가지고 우들리가 찾아왔소. 약속을 지킬 마음이 있느냐고 묻기에 나는 싫다고 했소. 그랬더니 '네가 그녀하고 결혼하고 내 몫을 떼어 줘.'라면서 다시 제안을 했소. 그래서 나도 물론 결혼하고 싶지만 그녀가 허락하지 않는다고 말했소. 녀석은 이렇게 대답하더군.

'무슨 일이 있어도 결혼시켜 주겠네. 여자는 한두 주만 지나면 생각도 바뀌는 법이야.'

나는 절대로 폭력을 써서는 안 된다고 말했소. 그러자 우들리는 참으로 질 나쁜 불한당답게 온갖 욕설을 퍼부은 뒤 그 여자는 자신이 차지하겠다는 말을 내뱉고 돌아가 버렸소. 스미스 양은 이번 주를 마지막으로 우리 집의 가정교사를 그만둘 생각이었소. 그래서 이륜마차로 역까지 데려다 줄 준비를 했지만 역시 걱정이 돼서 자전거로 뒤를 쫓았소. 그런데 그녀가 일찍 출발해서 내가 채 뒤쫓기도 전에 변을 당하고 말았소. 당신들이 그녀의 마차를 타고 되돌아왔을 때 비로소 그 사실을 알게 된 것이오."

홈즈가 자리에서 일어나 담배꽁초를 난로 안으로 던졌다.

"내 생각이 너무 짧았네, 왓슨. 예전에 자전거를 탄 남자가 나무들 사이에서 넥타이를 고쳐 매는 듯했다고 보고하지 않았나? 그때 모든 것을 꿰뚫어 봤어야 했어. 그건 그렇고 이처럼 특이하고 몇 가지 보기 드문 특징이 있는 사건을 만나게 되었으니 기뻐해야겠지. 아, 경찰 셋이 마찻길에 모습을 드러냈군. 다행히 마부 소년도 함께 걸어오고 있어. 저 아이와 재미있는 신랑 모두 이번 모험으로 목숨을 잃지는 않을 듯하구먼. 자, 왓슨, 이번에는 의사 선생으로서 스미스 양을 진찰해 주지 않겠나? 기운을 회복했다면 우리가 런던에 계신 어머니에게 데려다 주겠다고 전해 주게. 몸이 별로 좋지 않다면 지금 곧 중부 전력의 기사에게 전보를 치겠다고 말해 주고. 그러면 틀림없이 기운을 회복할 거야. 그리고 캐루더스 씨, 당신은 악행에 가담하기는 했지만 당신이 할 수 있는 만큼의 죗값은 치른 듯하오. 명함을 줄 테니 재판에서 내 증언이 필요하다면 언제든지 연락 주시오."

독자 여러분도 눈치챘겠지만, 우리는 언제나 일에 쫓기고 있기 때문에 하나의 이야기를 완전히 매듭짓고 결말을 자세히 기록하여 호기심 많은 사람의 기대에 보답하기란 좀처럼 쉽지가 않다. 한 가지 사건을 처리하고 나면 바로 다른 사건이 일어나는 데다가 일단 사건이 절정을 넘어서면 등장인물은 우리의 바쁜 생활에서 영원히 모습을 감추기 때문이다. 하지만 이 사건의 경우에는 내 노트의 마지막 부분에서 짧은 메모를 찾아냈다. 그것에 따르면 바이올렛 스미스 양은 아주 큰 유산을 상속받았으며 지금은 웨스트민스터의 유명한 전기 회사인 모턴 앤 케네디 사의 사장인 시릴 모턴의 부인이 되었다. 윌리엄슨과 우들리는 유괴와 폭력죄로 재판을 받아 윌리엄슨은 7년, 우들리는 10년 형을 선고받았다. 캐루더스가 어떻게 되었는지는 기록이 없으나 우들리가 워낙 악명 높고 흉악한 녀석인지라 그에게 가한 폭행은 법정에서 그다지 문제가 되지 않았을 것이다. 아마 징역 몇 개월이면 정의를 실천하는 데 충분했으리라 생각한다.

5. 프라이어리 학교

베이커 가에 있는 우리 집에는 홈즈를 찾아오는 여러 종류의 사람들이 마치 연극배우들처럼 극적으로 나타났다가 극적으로 사라지곤 했다. 하지만 소니크로프트 헉스터블 교장처럼 갑작스럽고 놀랍게 등장한 사람도 없었다. 허드슨 부인이 문학 박사며 철학 박사 등 학자로서의 명성을 다 적기에는 너무 작은 그의 명함을 우리에게 건네주었다. 우리가 명함을 받은 지 몇 초 지나지 않아 그 본인이 방 안으로 들어섰다. 그는 키가 매우 크고 중후하며 위엄 있어 보여서 무슨 일이 있어도 흔들리지 않을 사람처럼 보였다. 그런데 교장은 방 안으로 들어와 문을 닫고 비틀비틀 걷다가 탁자에 부딪혀 순식간에 그대로 넘어지고 말았다. 그러고는 난로 앞에 있는 곰 가죽 깔개 위에 커다랗게 엎어진 채 정신을 잃고 말았다.

우리는 놀라 자리에서 일어났다. 너무 어이가 없어서 아주 잠깐 동안은 그저 그를 지켜보기만 했다. 마치 인생이라는 넓은 바다 저 먼 곳에

서 갑자기 폭풍우를 만나 버린 꼴사나운 난파선 같은 느낌이 들었다. 곧 홈즈가 그 사람의 머리 밑에 쿠션을 대 주었고 나는 브랜디를 입에 흘려 넣었다. 엄숙해 보이는 얼굴에는 깊은 주름이 몇 줄 새겨져 있었으며 눈 밑에는 검은 기미가 있었다. 그리고 벌어진 입술은 양쪽 끝이 늘어져 가없은 인상을 주었고 둥글고 두툼한 턱에는 한동안 깎지도 못한 수염이 제멋대로 자라 있었다. 오랜 여행을 한 탓인지 셔츠와 목깃이 지저분했으며 머리는 빗질을 하지 않아 쑥대밭처럼 헝클어져 있었다. 무슨 이유에서인지는 몰라도 지금 우리 앞에 쓰러져 있는 사람은 완전히 기력을 잃은 상태였다.

"왓슨, 어떻게 된 거지?"

홈즈가 말했다.

"상당히 지쳤군. 오랫동안 아무것도 먹지 못한 데다 심한 피로가 겹친 것 같아."

내가 맥박을 짚으며 대답했다. 맥박이 아주 약했다. 홈즈가 교장의 시계 넣는 주머니에서 표를 꺼내 들고 말했다.

"북 잉글랜드 지방의 맥클턴에서 산 왕복표야. 아직 12시도 되지 않았는데 상당히 일찍 출발한 모양이군."

주름 진 눈꺼풀이 꿈틀꿈틀 움직이기 시작했다. 그러다가 눈을 번쩍 뜨더니 텅빈 회색 눈으로 우리를 올려다보았다. 그는 당황한 듯 서둘러 일어났다. 창피한지 얼굴이 빨갛게 변했다.

"이런 모습을 보여서 정말 죄송합니다. 제가 너무 무리했나 봅니다. 우유와 비스킷을 조금 주시면 감사하겠습니다. 그걸 먹으면 틀림없이 정신을 차릴 겁니다. 사실은 선생님이 저와 함께 가 주셨으면 해서 이렇게 찾아뵈었습니다. 전보로는 일이 얼마나 급박한지 제대로 알릴 수 없을 것 같아서요."

"좀 더 기운을 회복하신 뒤에 말씀을 듣도록……."

"아니, 이제 괜찮습니다. 제가 왜 이렇게 허약해졌는지 저도 잘 모르겠습니다. 선생님, 제발 부탁이니 저와 함께 다음 기차를 타고 맥클턴에 가 주십시오."

홈즈는 고개를 가로로 흔들었다.

"여기 내 협력자인 왓슨 박사에게 물어보면 아시겠지만 우리는 지금 매우 바쁩니다. 훼레의 서류 사건도 해결해야 하고, 애버게베니 살인 사건의 재판도 곧 시작됩니다. 아주 중요한 일이 아니면 런던을 떠날 수가 없습니다."

손님이 두 손을 과장스럽게 흔들며 말했다.

"중요한 일이라고요? 선생님은 홀더네스 공작님의 외아들이 유괴당한 사건을 아직도 모르십니까?"

"뭐라고요? 전 수상인 홀더네스 공작 말입니까?"

"맞습니다. 우리는 그 사실이 신문에 알려지지 않도록 노력했지만 어제 석간 〈글로브〉에 그 기사가 짧게 실렸습니다. 그래서 저는 선생님도 그 소식을 들으셨으리라 생각했습니다."

홈즈는 길고 가느다란 팔을 뻗어 인명사전 중 'H' 항목이 실린 것을 뽑아들었다.

"'홀더네스. 제6대 공작, 가터 훈장 수여, 국왕에게 정치 문제를 자문하는 추밀원 고문관, 베벌리 남작과 칼스턴 백작 겸임.' 이거 정말 대단하군. 작위만 해도 엄청 많아. '1900년부터 핼람셔 주지사. 1888년 찰스 애플도어 경의 딸 에디스와 결혼. 상속인은 외아들 샐타이어 경. 영지는 약 25만 에이커. 그 외에도 랭커셔와 웨일스에 광산을 소유하고 있음. 주소는 웨일스 뱅거의 캐스턴 성, 또는 핼람셔의 홀더네스 저택, 또는 칼턴 하우스 테라스. 1872년 해군 장관 역임. 수상을 지낸 것은……' 그래, 폐하께서 아끼는 귀족 중 한 사람인 것만은 분명하군."

"최고의, 아니 틀림없이 가장 부유한 귀족이기도 합니다. 저는 선생님이 자기 일에 큰 자부심을 가지고 있다는 사실, 사건을 해결하는 기쁨을 맛보기 위해서 일하는 분이라는 것을 잘 알고 있습니다. 하지만 굳이 말씀드리자면 공작님은 아드님의 소재를 알려 주는 사람에게는 5,000파운드를 주고, 유괴범의 이름을 알려 주는 사람에게는 1,000파운드를 더 얹어 주겠다고 말씀하셨습니다."

"정말이지 대귀족다운 말씀이군요. 왓슨, 헉스터블 박사와 함께 북 잉글랜드에 가 볼까? 그럼 헉스터블 박사님. 그 우유를 드시고 나서 언제 그 사건이 일어났는지, 사건이 어떻게 밝혀졌는지, 맥클턴 가까이에 있는 프라이어리 학교의 소니크로프트 헉스터블 박사는 이 사건과 어떤 관계가 있는지 말해 주십시오. 게다가 박사님의 수염을 보고 알았지만, 사건이 일어난 지 사흘이 지나서야 나 같은 사설 탐정에게 부탁하러 온 이유도 알려 주시죠.”

우유와 비스킷을 먹은 헉스터블 박사의 눈에는 생기가 돌았으며 혈색도 좋아졌다. 조금 전과는 달리 힘 있는 어조로 설명을 시작했다.

“우선 프라이어리 학교는 사립 학교이며, 다름 아닌 바로 제가 창립자이자 교장을 맡고 있다는 사실을 말씀드리고 싶습니다.《헉스터블의 호라티우스 노트》라는 책 이름을 일러 드리면 혹시 저를 아실지도 모르겠습니다. 프라이어리 학교는 영국에서도 제일가는 학교라고 자부합니다. 레버스톡 경, 블랙워터 백작, 캐스카트 솜즈 경 등이 우리 학교를 믿고 각각 그 자제분들을 맡기셨을 정도이니까요. 한데 3주일 전, 홀더네스 공작이 비서인 제임스 와일더 씨를 보내 당신의 외아들이자 상속자인 열 살 된 샐타이어 경의 교육을 맡기겠다고 했습니다. 정말이지 그건 우리 학교 최고의 명예라고 생각했지요. 하지만 그 일이 제 일생을 엉망으로 만들어 버릴 줄은 꿈에도 생각지 못했습니다.

그 아드님은 5월 1일에 학교에 도착했습니다. 마침 여름 학기가 시작되는 날이었습니다. 샐타이어 경은 아주 귀여운 소년으로 금세 학교에 적응했습니다. 이런 상황에서 쓸데없이 사실을 숨겨 봤자 아무 의미도 없고, 밝힌다고 해도 비난받을 일은 아닌 것 같아서 솔직히 말씀드리겠습니다. 경은 가정에서 그리 행복하지 못했습니다. 홀더네스 공작과 부인 사이가 별로 좋지 않아서 결국에는 별거하게 되었고, 부인은 지금 프랑스 남부에서 살고 계십니다. 집안에 그런 슬픈 일이 벌어진 건 최근의 일인데 경은 어머니를 매우 그리워했다고 합니다. 부인이 홀더네스 저택을 떠난 다음부터 완전히 풀이 죽어 우울한 나날을 보냈지요. 그래서 공작은 아드님을 우리에게 보낸 것입니다. 학교에 와서 2주일 정도 지나자 샐타이어 경은 분위기에 완전히 적응한 듯 매우 행복해 보였습니다.

소년이 사라진 것은 5월 13일입니다. 지난 월요일 밤이었지요. 그의 방은 3층에 있는데 그곳에 가려면 다른 소년 둘이 잠자고 있는 커다란 방을 지나가야 합니다. 그 소년들은 아무 것도 못 보았고, 아무 소리도 못 들었다고 합니다. 그러니까 샐타이어 경이 그곳으로 나가지 않은 것만은 확실합니다. 창문은 열려 있었는데, 그곳에는 땅 밑에서 자라난 굵직한 담쟁이덩굴이 있습니다. 바닥에 발자국이 찍혀 있지는 않았지만 그곳이 생각할 수 있는 유일한 출구입니다.

소년이 없어졌다는 사실을 안 것은 화요일 오전 7시입니다. 침대에 누운 흔적이 남아 있었습니다. 교복인 검은 이튼 재킷[4]과 짙은 회색 바지를 차려입고 밖에 나간 듯합니다. 방에 누가 들어간 흔적도 없었고 비명 소리나 실랑이를 벌이는 소리도 전혀 없었습니다. 큰 방을 쓰고 있는 소년 중에서 나이가 많은 컨터라는 아이가 소리에 아주 민감한데 아무런 소리도 듣지 못했다고 하니 틀림없을 겁니다.

샐타이어 경이 사라진 것을 알고 저는 곧바로 학교의 모든 인원을 불러 모았습니다. 학생들, 선생님, 종업원 모두 말입니다. 그런데 샐타이어 경 혼자만 사라진 것이 아니었습니다. 하이데거라는 독일어 선생도 없었습니다. 하이데거 선생의 방도 3층으로 샐타이어 경의 방과 같은 쪽 가장 끝에 있습니다. 하이데거 선생의 침대에도 잠을 잔 흔적이 남아 있었지만 와이셔츠와 양말이 남아 있는 것을 보면 그는 제대로 채비도 갖

---

4) eton jacket. 영국 명문 학교인 이튼 학교식의 짧은 옷옷. 연미복과 비슷하나 꼬리가 없다.

추지 못하고 밖으로 나간 듯합니다. 창 밑 잔디밭에 발자국이 남아 있으니 그 선생도 창을 통해서 담쟁이덩굴을 타고 내려간 게 분명합니다. 선생의 자전거는 잔디밭 옆에 있는 조그만 창고에 두는데 그것도 같이 사라졌습니다.

하이데거 선생이 우리 학교에 온 지 2년이 지났습니다. 굉장한 분의 추천서를 들고 오기는 했지만 워낙 말이 없고 까다로운 성격이어서 다른 선생님이나 아이들 사이에서 그리 인기가 좋지는 않았습니다. 어쨌든 화요일 아침 이후로 지금까지 새롭게 알려진 사실은 없습니다. 오늘이 벌써 목요일인데 두 사람에 대한 단서는 아무것도 없습니다. 물론, 곧바로 홀더네스 공작 저택에 사람을 보내기는 했습니다. 집이 고작해야 학교에서 몇 킬로미터 떨어져 있으니 갑자기 집이 그리워져서 돌아갔을지도 모른다는 생각이 들었으니까요. 하지만 소년이 집에 왔던 흔적은 없었습니다. 공작님은 매우 상심하셨고 저도 걱정과 책임에 시달리다 보니 신경쇠약에 걸려 여기에 들어오자마자 그런 볼썽사나운 모습을 보인 것입니다. 이번 사건이야말로 선생님이 전력을 기울여서 조사하기에 적합한 사건입니다. 제발 부탁드립니다. 이렇게 커다란 사건은 평생 다시는 없을 겁니다."

셜록 홈즈는 불행한 교장의 말을 한마디도 놓치지 않으려 가만히 귀를 기울였다. 찌푸린 양 눈썹 사이에 깊은 주름이 잡혀 있는 모습은 말할 것도 없이 이번 사건에 주의력을 집중시키고 있음을 보여 주었다. 사건을 해결하면 받을 수 있는 커다란 보상이 문제가 아니라, 사건의 복잡하고 기묘한 부분이 그의 호기심을 강렬하게 자극한 것이 분명했다. 수첩을 꺼낸 홈즈는 잊어서는 안 된다는 듯이 한두 가지 내용을 적더니 준엄하게 말했다.

"좀 더 빨리 찾아오시지 그랬습니까. 이것은 큰 실수입니다. 그 바람에 나는 중요한 것들을 전부 잃은 상태에서 수사를 시작하게 생겼습니다. 가령, 담쟁이덩굴이나 잔디만 해도 전문가들이 보면 좀 더 많은 것들을 알아냈을 겁니다."

"그건 제 탓이 아닙니다. 공작 각하께서 이 일이 세상에 알려지지 않기를 바란다고 강력하게 주장하셨으니까요. 가정의 문제가 세상에 알려지는 것을 싫어하셨기 때문입니다. 각하께서는 그런 문제에 아주 예민하게 반응하십니다."

"그래도 경찰에서는 조사를 했겠지요?"

"그렇습니다. 하지만 실망만 더 커졌을 뿐입니다. 물론 단서가 될 만한 제보가 들어오기도 했습니다. 월요일 아침에 어떤 소년과 젊은 남자가 근처 역에서 기차를 타는 것을 본 사람이 있다고 하더군요. 그 둘을 따라서 리버풀까지 갔는데 어젯밤에 그 조사 결과가 도착했습니다. 그들은 전혀 다른 사람들이었다고 합니다. 불안과 절망 때문에 어젯밤에는 한숨도 잠을 잘 수가 없었습니다. 결국 아침 일찍 기차를 타고 바로 여기로 달려온 것입니다."

"그럼, 그 두 사람을 쫓는 동안 경찰에서는 수사를 소홀히 했겠군요."

"네, 거의 수사를 중단한 상태였습니다."

"그렇다면 사흘을 그냥 날려 버린 셈입니다. 정말 안타깝군요."

"저도 그렇게 생각합니다. 선생님 말씀이 맞습니다."

"그래도 어떻게든 사건은 해결해야겠지요. 기꺼이 돕겠습니다. 한 가지 물어볼 것이 있습니다. 행방불명된 소년과 독일어 교사 사이에 연결 고리는 없습니까?"

"네, 전혀 없습니다."

"소년이 그 선생님의 수업을 듣지는 않았습니까?"

"아닙니다. 제가 알기로 두 사람은 서로 대화를 나눈 적도 없습니다."

"그것 참 이상하군요. 그럼, 그 소년도 자전거가 있습니까?"

"아니요."

"다른 자전거가 없어지지는 않았고요?"

"네."

"틀림없습니까?"

"틀림없습니다."

"알겠습니다. 설마 그 독일어 선생이 한밤중에 소년을 옆구리에 낀 채 자전거를 타고 사라졌다고 생각하지는 않겠지요?"

"물론 그런 생각은 한 적도 없습니다."

"그럼 자전거에 대해서는 어떻게 생각합니까?"

"우리를 혼란에 빠뜨리기 위한 속임수가 아니었을까요? 자전거는 어딘가에 숨겨 놓고 두 사람은 걸어서 도망친 것 같습니다."

"그럴지도 모르죠. 하지만 속임수라고 생각하기에는 너무 유치한 방법입니다. 창고 안에는 다른 자전거도 함께 있습니까?"

"몇 대 있습니다."

"자전거로 도망간 것처럼 보이고 싶었다면 자전거를 두 대 숨겨 두지 않았을까요?"

"그렇군요. 그 말이 맞는 것 같습니다."

"당연히 그랬을 겁니다. 그러니 속임수라고는 볼 수가 없군요. 하지만 이번 사건을 수사하기 위한 중요한 출발점인 것은 분명합니다. 자전거를 숨겼든 부수었든 그것은 그리 쉬운 일이 아니니까요. 다른 질문을 하나 더 하겠습니다. 소년이 모습을 감추기 전날, 혹시 그를 만나러 온 사람은 없었습니까?"

"없었습니다."

"그럼 편지가 온 적은?"

"한 통 왔습니다."

"누가 보낸 것입니까?"

"아버님이신 공작께서 보내셨습니다."

"아이들에게 온 편지를 열어 보시나요?"

"아니요."

"그렇다면 어떻게 공작이 보낸 편지라는 것을 아셨습니까?"

"봉투에 문장敎章이 찍혀 있었습니다. 그리고 글자도 공작님의 특징이 잘 드러난 반듯한 글자들이었고요. 무엇보다 공작님도 소년에게 편지 쓴 일을 기억하고 계십니다."

"그 이전에도 편지가 왔습니까?"

"며칠 동안 오지 않았습니다."

"프랑스에서도 편지가 오나요?"

"아니요, 한 번도 온 적이 없습니다."

"내가 왜 이런 질문을 하는지 물론 잘 알고 계시겠지요? 문제는 소년이 억지로 끌려 나갔느냐 아니면 자기 의지로 도망친 것이냐 하는 겁니다. 후자의 경우, 아직 어린 소년이 도망친 것이라면 누군가 밖에서 소년의 마음을 움직였을 겁니다. 만약 아무도 찾아오지 않았다면 편지로 마음을 움직였다고 봐야 합니다. 그래서 편지를 보낸 사람이 누구인지 물어본 것입니다."

"죄송하지만 그 일에 대해서는 도움을 드릴 수 없습니다. 제가 알기로 소년이 편지를 주고받은 사람은 아버님밖에 없으니까요."

"아버님은 소년이 사라지기 전날 편지를 보냈다고 했지요? 샐타이어 경은 아버님과 사이가 좋았습니까?"

교장이 긴장한 듯한 목소리로 말했다.

"공작님은 그 누구와도 친하게 지내는 분이 아닙니다. 그분은 훨씬 더 큰 사회 문제에 모든 관심을 쏟고 계시기 때문에 우리 같은 보통 사람들과는 감정이 조금 다릅니다. 그래도 샐타이어 경에게는 공작님 나름대로 다정한 모습을 보인 듯합니다."

"하지만 샐타이어 경은 어머님을 더 따랐지요?"

"그렇습니다."

"소년이 그런 말을 하던가요?"

"아니요."

"그럼, 공작이 말씀하셨습니까?"

"아뇨, 아닙니다."

"그럼 어떻게 아셨습니까?"

"공작님의 비서인 제임스 와일더 씨와 깊은 이야기를 나눈 적이 있습니다. 그때 샐타이어 경의 감정에 대해서도 들었습니다."

"그랬군요. 그렇다면 공작이 마지막으로 보낸 편지는 소년이 사라진 뒤에도 방에 남아 있었습니까?"

"아니요. 샐타이어 경이 그 편지를 들고 나간 것 같습니다. 홈즈 선생님, 지금 유스턴 역으로 가지 않으면 기차를 놓치고 맙니다."

"마차를 부를 테니 15분만 더 시간을 주십시오. 만약 전보를 보낼 생각이라면 아직도 리버풀이나 다른 곳에서 수사하고 있는 것처럼 보이는 편이 좋겠습니다. 그동안 나는 당신 뒤에 숨어서 수사를 진행하고 싶으니까요. 조금 시간이 지나기는 했지만 왓슨이나 나 같은 노련한 사냥개가 맡지 못할 만큼 냄새가 사라져 버리지는 않았을 겁니다."

그날 저녁, 우리는 헉스터블 박사가 창립한 유명한 학교가 있는 산악 지대에 도착했다. 상쾌하고 기분 좋은 곳이었다. 우리는 주위가 어두워진 뒤에야 학교에 다다랐다. 홀에 있는 탁자 위에 명함 한 장이 놓여 있었는데 우리를 맞으러 나온 집사가 교장의 귀에 대고 무엇인가 속삭이자 그렇지 않아도 기운 없어 보이던 교장이 불안한 표정으로 우리를 돌아보며 말했다.

"공작님이 오셨다고 합니다. 공작님과 비서인 와일더 씨가 서재에 계신답니다. 우선 가시죠. 여러분을 소개하겠습니다."

나는 사진을 통해서 예전부터 이 유명한 정치가의 얼굴을 잘 알고 있

었다. 그런데 직접 만나 보니 사진과는 매우 달랐다. 키가 크고 당당한 풍채를 가진 사람으로 복장도 더할 나위 없이 단정했다. 길고 갸름한 얼굴은 매우 까다로운 사람이라는 인상을 주었으며, 코가 이상할 정도로 길게 휘어 있었다. 얼굴이 죽은 사람처럼 새하얗게 질려 있었기 때문에 하얀 조끼의 가슴 부분까지 길게 늘어진 새빨간 수염과 대조를 이뤄 한층 더 눈에 띄었다. 긴 수염 사이로는 시곗줄이 번쩍였다. 이렇게 풍채가 당당한 사람이 헉스터블 박사 서재의 난로 앞에 깔아 놓은 카펫 한가운데 서서 방으로 들어선 우리를 가만히 바라보았다.

그 옆에 선 젊은 남자가 개인 비서인 와일더일 것이다. 그 젊은 남자는 신경질적이고 민첩해 보였으며 체구는 크지 않았다. 그의 푸른 눈은 매우 영리해 보였고 눈치가 빠른 사람 같았다. 우리가 들어서자마자 와일더가 날카롭고 또렷한 목소리로 말을 꺼냈다.

"헉스터블 박사님, 오늘 아침에 왔는데 이미 런던으로 떠나셨다고 하더군요. 듣자하니 홈즈 씨에게 사건을 의뢰하러 가셨다던데, 그 이야기를 듣고 각하께서 매우 놀라셨습니다. 공작 각하와 상의도 없이 그런 일을 하시다니요."

"경찰 수사가 무위로 끝났다는 말을 듣고……."

"공작 각하께서는 아직 경찰의 수사가 무위로 끝났다고 생각지 않으십니다."

"하지만, 와일더 씨……."

"헉스터블 박사님, 잘 아시다시피 각하께서는 이 사건이 세상에 알려지는 것을 매우 꺼리십니다. 꼭 필요한 사람들에게만 이 사건을 알리고 싶어 하신다는 말씀입니다."

당황한 기색이 역력한 교장이 황급히 말했다.

"죄송합니다. 이번 일은 없었던 것으로 하겠습니다. 내일 아침 기차로 홈즈 선생님을 런던으로 돌려보내겠습니다."

"그건 좀 어렵겠는데요, 박사님."

홈즈가 조용한 목소리로 말했다.

"이곳 북부 지방은 공기가 매우 상쾌해서 건강에 좋을 것 같으니 이삼 일 정도 여기에 묵어야겠습니다. 그리고 사건에 대해서도 생각해 볼 참입니다. 숙소는 여기여도 상관없고 마을 여관이어도 상관없습니다. 박사님이 정해 주시는 곳에서 묵지요."

가엾은 교장은 어떻게 해야 좋을지 몰라 망설이고 있었는데 붉은 수염을 기른 공작이 그를 구해 주었다. 그의 목소리는 식사를 알리는 징

소리처럼 매우 컸다.

"헉스터블 박사, 나도 와일더의 의견에 동의하오. 나와 상의했으면 더 좋았을 것을. 하지만 홈즈 선생이 비밀을 알아 버렸으니 그의 도움을 받는 것도 나쁘진 않을 거요. 선생만 괜찮다면 우리 집에서 묵어도 상관없소."

"감사합니다, 각하. 하지만 조사하려면 사건이 일어난 곳에 머무는 것이 더 현명할 듯합니다."

"그럼 좋을 대로 하시오. 어쨌든 알고 싶은 게 있으면 나나 와일더에게 언제든지 물어보시구려."

"곧 저택을 방문해야 할 일이 생길 텐데, 그전에 지금 여쭙고 싶은 것이 있습니다. 아드님이 사라진 이 이상한 사건에 대해서 조금이라도 짐작 가는 부분이 있으십니까?"

홈즈가 말했다.

"아니, 전혀 없소."

"그럼, 무례한 질문을 드려서 각하를 불쾌하게 할지도 모르겠지만 수사를 위해서라면 어쩔 수 없으니 부디 양해를 바랍니다. 이번 사건이 공작 부인과 어떤 관계가 있다고 생각하십니까?"

이 질문에는 위대한 정치가도 조금 당황한 듯 잠시 망설이다가 대답했다.

"그렇지는 않을 거요."

"그렇다면, 일반적으로 봐서 돈을 노린 유괴범의 소행일 가능성이 매우 높습니다. 각하께 몸값을 요구한 사람은 없었습니까?"

"없었소."

"한 가지 더 여쭙겠습니다, 각하. 이번 사건이 일어나던 날, 아드님께 편지를 보내셨다고 들었습니다.”

“아니, 내가 쓴 건 그 전날이었소.”

“물론 그러셨을 겁니다. 하지만 샐타이어 경이 편지를 받은 건 바로 그 날이었겠지요?”

“그럴 거요.”

“그 편지에 샐타이어 경을 흥분하게 만들 만한, 혹은 스스로 모습을 감추게 할 만한 말을 쓰지는 않으셨습니까?”

“그런 내용은 쓰지 않았소.”

“그 편지를 직접 부치셨습니까?”

공작이 대답을 하기 전에 비서 와일더가 조금 화난 목소리로 말했다.

“각하께서는 직접 편지를 부치시지 않습니다. 그 편지는 다른 편지와 함께 서재의 탁자 위에 놓여 있었습니다. 그걸 제가 부쳤습니다.”

“편지들 속에 틀림없이 그 편지가 있었습니까?”

“제가 직접 봤으니 틀림없습니다.”

“각하, 그날 편지를 몇 통이나 쓰셨습니까?”

“20통인가 30통 정도. 나는 늘 많은 편지를 써야 하오. 어쨌든 그 질문은 핵심에서 벗어난 것 같은데.”

“그렇게 단언할 수는 없습니다.”

홈즈가 말했다.

“어쨌든 경찰에는 남부 프랑스에 주목하라고 일러 두었소. 조금 전에도 말했듯이 부인이 이처럼 무례한 짓을 저질렀으리라고는 생각지 않소만, 그 아이가 자기 어머니를 지나치게 그리워한 나머지 잘못 생각했을지도 모를 일이오. 그래서 독일어 선생에게 도움을 얻었든지 부추김을 받든지 해서 프랑스로 달아났을 가능성도 없지는 않소. 헉스터블 박사,

나는 그만 집으로 돌아가겠소."

공작이 말했다. 홈즈는 더 묻고 싶어 하는 것 같았지만 귀족이 느닷없이 이런 태도를 취한다면 심문을 끝낼 수밖에 없었다. 공작은 선천적으로 귀족의 성격을 타고났으므로 자기 가정의 일을 타인과 이야기하는 것이 아주 불쾌했을 것이다. 그리고 홈즈의 질문이 점점 날카로워지고 있었기 때문에 남들에게 숨겨 두었던 공작 가의 비밀이 밝은 세상에 드러날까 봐 두려웠으리라.

홀더네스 공작이 비서를 데리고 나가자 홈즈는 바로 수사에 뛰어드는 열정을 보였다.

소년의 방을 주의 깊게 살펴보았지만 창으로 나간 것이 틀림없다는 사실만을 확인했을 뿐, 아무 소득도 없었다. 독일어 선생인 하이데거의 방과 소지품에서도 아무 단서가 나오지 않았다. 선생의 경우에는, 담쟁이덩굴에 선생의 몸무게에 짓눌린 흔적이 남아 있었으며 램프를 비춰 가며 조사한 결과 잔디에 내려섰을 때 생긴 뒤꿈치 자국이 뚜렷하게 남아 있었다. 잔디에 찍힌 그 발자국이 수수께끼 같은 이번 사건의 유일한 증거였다.

그런 다음, 셜록 홈즈는 혼자서 밖으로 나갔다가 밤 11시가 넘어서야 집으로 돌아왔다. 그는 육지 측량부에서 작성한 이 부근의 커다란 지도를 들고 있었다. 그 지도를 내 방으로 가지고 들어와서는 침대 위에 펼쳐놓더니 한가운데에 램프를 올려놓았다. 그리고 담배를 피우며 말을 시작했다.

"왓슨, 이번 사건이 점점 마음에 들기 시작했네. 두어 가지 아주 재미있는 점이 있어. 자네도 이 부근의 지리를 한시 빨리 외워 두게나. 수사에 상당한 도움이 될 테니까.

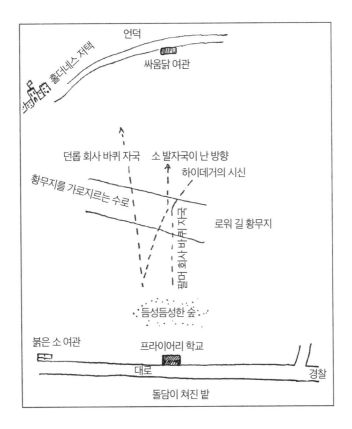

언덕

훌더니스 저택

싸움닭 여관

던롭 회사 바퀴 자국   소 발자국이 난 방향

황무지를 가로지르는 수로   하이데거의 시신

로워 길 황무지

맨발의 발자국

듬성듬성한 숲

붉은 소 여관   프라이어리 학교

대로   경찰

돌담이 쳐진 밭

지도를 보게. 검게 칠한 사각형이 프라이어리 학교야. 여기에 핀을 꽂아 두겠네. 그리고 이 선은 학교 앞을 동서로 가로지르는 대로일세. 그리고 학교를 중심으로 동서 1.5킬로미터 정도는 샛길이 없으니 길은 이것 하나뿐일세. 그러니 길을 따라 도망갔다면 이 길을 이용했겠지.”

“그렇군.”

“그런데 운 좋게도 그 문제가 일어났던 날 밤에 이 길을 지난 사람들을 어느 정도는 확인했다네. 이 지역 경찰 중 한 명이 지금 내가 파이프로 가리키고 있는 지점에서 그날 밤 12시에서 6시까지 보초를 섰다고 하더군. 보다시피 학교 앞 길을 동쪽으로 따라가다가 처음으로 만나게 되는 갈림길이야. 그 경찰의 말에 따르면 자기는 한시도 자리를 떠나지 않았는데 아이든 어른이든 간에 지나간 사람이 아무도 없었다는 거야. 조금 전에 그 경찰을 직접 만나고 왔는데 아주 믿을 만한 사람이었어. 그러니 이쪽은 전혀 문제 삼을 게 없네. 이번에는 그 반대쪽을 살펴봐야 해. 여기에는 '붉은 소'라는 여관이 있어. 그곳의 안주인이 병에 걸렸다더군. 그래서 의사를 부르려고 맥클턴으로 사람을 보냈지만 의사가 다른 곳으로 왕진을 나가고 없었기 때문에 아침까지 오지 않았다고 하네. 초조하게 의사를 기다리던 여관 사람들은 밤새 한숨도 자지 않고 쉴 새 없이 대로를 지켜봤다더군. 이 말이 틀림없다면 서쪽에도 지켜보는 사람이 있었다는 말이야. 그러니까 두 사람은 길의 동쪽으로도 서쪽으로도 지나지 않았다는 뜻이지."

"하지만 자전거로 지날 수 있는 곳은……."

내가 한마디 거들었다.

"그래, 그 문제도 있지. 자전거에 대해서는 곧 이야기하겠네. 우선은 하던 이야기를 계속하지. 두 사람이 대로를 따라 도망치지 않았다면 프라이어리 학교 북쪽이나 남쪽에 있는 들판으로 도망쳤다는 말일세. 틀림없을 거야. 그렇다면 어느 쪽으로 도망쳤는지 따라가 보세나. 지도에 표시된 대로 프라이어리 학교의 남쪽은 넓은 밭이야. 하지만 그 사이에는 돌담이 있지. 직접 가 보고 알았는데 거기로는 절대로 자전거를 타고 지날 수가 없다네. 따라서 남쪽으로 도망갔을 것이라는 생각은 버려도 좋아. 다음으로 북쪽을 살펴보세. 이쪽으로는 지도에 '듬성듬성한 숲'이라고 표시된 조그만 숲이 있어. 그 너머에 '로워 길 황무지'라고 적힌 넓고 평평한 황무지가 15킬로미터에 걸쳐서 펼쳐져 있다네. 다소 굴곡

이 있기는 하지만 지대가 점점 높아지고 있어. 이 황무지 끝, 바로 여기에 홀더네스 저택이 있지. 도로를 따라 돌아가면 15킬로미터지만 황무지를 가로질러 가면 10킬로미터밖에 안 돼. 이 황무지는 유난히 황량한 평원일세. 두어 군데 농가에서 좁은 땅을 빌려 양이나 소를 기르고 있을 뿐이지. 그 밖에 체스터필드 대로에 이를 때까지는 물떼새나 도요새만 살고 있어. 체스터필드 대로로 나가면 교회도 있고, 조그만 집도 두어 채 있고, 여관도 있네. 그리고 그 너머는 험한 언덕이지. 그러니까 우리들이 조사해야 할 곳은 북쪽일세."

내가 항변했다.

"하지만 자전거로 지날 수 있는 곳은……."

홈즈가 답답하다는 듯이 말했다.

"알아, 안다고! 하지만 자전거를 잘 타는 사람이라면 잘 뚫린 길이 아니어도 지나갈 수 있다네. 황무지에는 좁은 길이 여러 갈래로 나 있고 그날은 보름달이 떠 있었어. 아니? 이건 또 무슨 소리지?"

그 순간 문을 두드리는 소리가 들렸다. 그리고 뒤이어 헉스터블 박사가 방 안으로 들어왔다. 교장은 모자챙에 하얀 산 모양이 찍힌 파란 크리켓 모자를 들고 있었다. 헉스터블 박사가 기쁘다는 듯이 외쳤다.

"드디어 단서를 찾아냈어요! 오, 신이시여! 드디어 아이의 행방을 알아냈습니다. 이건 소년의 모자입니다!"

"어디서 발견했습니까?"

"화요일까지 황무지에서 야영했던 집시들의 짐차 속에서 나왔습니다. 경찰이 이 부근에서 어슬렁거리던 집시들의 행방을 찾고 있었는데 어제 그들을 발견했다고 합니다. 그리고 짐차를 조사해 봤더니 이게 나왔더랍니다."

"그래, 집시들은 뭐라고 했답니까?"

"둘러대기도 하고 거짓말을 하기도 했습니다. 화요일 아침에 황무지에서 주웠다고 하더군요. 녀석들은 틀림없이 소년이 있는 곳을 알 겁니다! 녀석들을 유치장에 가두었다고 하니 이제 됐습니다. 법의 힘을 두려워해서든 공작님의 재력으로든 녀석들은 알고 있는 사실을 다 털어놓을 겁니다."

헉스터블 박사가 방에서 나가자 홈즈가 말했다.

"그건 그렇고, 적어도 우리가 북쪽 황무지에 희망을 걸어 봄직하다는 내 추리가 옳다고 증명된 셈이군. 경찰은 집시를 잡아들였으니 사건을 해결할 수 있다고 생각하고 다른 수사를 진행하지 않을 걸세. 왓슨, 다시 한 번 지도를 보게나. 황무지에는 수로가 있어. 이 표시가 바로 그것일세. 홀더네스 저택과 프라이어리 학교 사이에는 습지가 특히 많아. 여기에 가면 어떤 흔적을 발견할 가능성이 아주 높네. 내일 아침 일찍 자네를 깨울 테니 우리 둘이서 이 수수께끼를 풀 수 있을지 어디 한번 도전해 보세."

이렇게 말하면서 홈즈는 빙그레 미소를 지어 보였다.

나는 어둠이 걷힌 직후에 눈을 떴다. 침대 옆에 서 있는 호리호리한 홈즈의 모습이 보였다. 그는 옷을 말끔히 차려 입고 있었을 뿐만 아니라 벌써 나갔다가 돌아온 듯했다.

"잔디밭과 자전거 창고를 살펴보고 왔어. 그리고 '듬성듬성한 숲'도 한 바퀴 둘러보았지. 자, 왓슨. 옆방에 코코아가 준비되어 있네. 우리 앞에 여러 가지 일들이 기다리고 있으니 서두르게나."

홈즈의 눈은 빛나고 있었으며, 뺨은 작업을 눈앞에 둔 예술가처럼 기쁨으로 붉게 물들어 있었다. 베이커 가에 있을 때와 전혀 다른 모습이었다. 런던 집에서는 언제나 깊은 생각에 잠겨 있어 얼굴이 창백했지만 오늘은 활기차고 생기 넘쳐 보였다. 그렇게 기운이 넘치는 홈즈의 모습을 올려다보면서 나도 오늘 열심히 해야겠다고 생각했다.

하지만 그날 우리를 기다리고 있는 것은 실망이었다. 우리는 양들이 수백 번이나 지나며 만든 적갈색 진흙이 깔린 황무지의 오솔길을 지나서 옅은 녹색을 띤 넓은 습지에 다다랐다. 만약 소년이 저택으로 돌아가려 했다면 홀더네스와 학교 사이의 그 습지를 반드시 지났을 것이다. 소년이 지나갔다면 반드시 흔적이 남아 있었을 터인데 아무리 찾아보아도 소년과 하이데거 선생이 지나간 흔적은 보이지 않았다. 홈즈는 습지를 열심히 둘러보고 이끼 낀 지면을 조사했는데 그의 얼굴도 점점 어두워졌다. 양들의 발자국은 헤아릴 수도 없이 많았고, 한 군데이긴 했지만 소 발자국도 있었다. 그러나 그것 말고는 아무 것도 찾아낼 수 없었다. 홈즈는 길이 구불구불 뻗어 있는 황무지를 힘없이 둘러보았다.

"이것으로 첫 번째 장소의 조사는 끝났네. 여기서부터 습지가 좁아지다가 저 건너편에서 다시 두 번째 습지가 펼쳐지네. 아니, 아니! 이건?"

좁고 검은 리본처럼 생긴 오솔길로 나서자 그 중앙에 있는 축축한 흙 위에 자전거 바퀴 자국이 뚜렷하게 남아 있었다.

"찾았어! 드디어 찾았다고!"

내가 큰 소리로 외쳤다.

그런데 홈즈가 고개를 가로로 저었다. 그뿐만 아니라 혼란스러운지 기뻐하기는커녕 오히려 당혹감이 서린 기묘한 표정을 지었다. 그가 말했다.

"자전거 자국임에는 분명하지만 그 자전거 자국이 아닐세. 나는 바퀴의 종류에 따라서 서로 다른 42종류의 자국이 생긴다는 사실을 알고 있네. 이건 던롭 회사에서 만든 제품이야. 하이데거 선생의 자전거 바퀴는

세로로 긴 줄무늬가 있는 팔머 회사 제품이고. 에이블링 수학 선생이 똑똑히 기억하고 있었다네. 그러니까 이건 하이데거 선생의 자전거 자국이 아니야."

"그럼, 소년의 것일까?"

"그 소년이 자전거를 타고 도망갔다면 그럴 수도 있겠지. 그런데 지금으로서는 그들이 어떻게 도망갔는지 전혀 알 수가 없단 말이야. 어쨌든 보다시피 이 자국은 프라이어리 학교 쪽에서 온 것일세."

"어쩌면 학교를 향해서 간 것일지도 모르지 않나?"

내가 말하자 홈즈가 강하게 부정했다.

"아니, 아닐세. 좀 더 깊이 파인 자국이 체중이 실리는 뒷바퀴 자국이야. 그런데 그 뒷바퀴 자국이 이렇게 얕은 앞바퀴 자국에 겹치기도 하고 그것을 지우기도 하지 않았나. 그러니까 틀림없이 학교 쪽에서 온 것일세. 이 바퀴 자국이 이번 수사와 관계가 있는지는 잘 모르겠지만 앞으로 나가기 전에 어디에서 왔는지 더듬어 가 보세."

우리는 그 자국을 따라서 거슬러 올라갔다. 200에서 300미터 정도 가니 축축한 땅이 끝나고 거기서부터 자국이 끊어져 있었다. 그 오솔길을 따라 가니 조그만 샘물이 졸졸 흐르는 곳이 나타났다. 거기서, 소 발자국에 거의 지워지기는 했지만, 다시 한 번 바퀴 자국을 발견했다. 그 앞에는 아무 것도 없었고 오솔길은 프라이어리 학교의 뒤쪽에 있는 '듬성듬성한 숲'까지 곧게 뻗어 있었다. 그러니 자전거는 그 숲에서 출발한 것이 틀림없었다. 홈즈는 거기에 있는 큰 바위에 앉아 두 손으로 턱을 받치고 생각에 잠겼다. 내가 담배 두 대를 다 피울 때까지 꼼짝도 하지 않았다.

"그래, 맞아. 교활한 녀석이라면 다른 자국을 남기려고 자전거 바퀴를 갈아 끼웠을 수도 있어. 그런 생각을 할 줄 아는 범인이라면 내가 상대하기에 부족함이 없는 적수지. 어쨌든 이 문제는 나중에 생각하기로 하고 다시 한 번 습지로 돌아가 보세. 아직 조사해야 할 곳이 많이 남아 있을 테니."

우리는 황무지의 축축한 흙이 있는 부분을 한 군데도 남김없이 샅샅이 뒤지고 돌아다녔다. 그리고 얼마 지나지 않아서 그 인내심이 커다란 열매를 맺었다. 습지의 낮은 부분을 똑바로 가로지르는 질퍽질퍽한 오솔길이 있었는데 그곳에 다가서자 홈즈가 환호성을 질렀다. 전선줄 다발 같은 흔적이 오솔길 중앙을 달려 내려가고 있었다. 팔머제 타이어 자국이었다. 홈즈가 만족스럽게 말했다.

"하이데거 선생의 자전거 자국이야. 틀림없어. 내 추리력도 꽤 쓸 만하지 않은가?"

"축하하네."

"하지만 아직 갈 길이 멀어. 오솔길을 밟지 말고 걷게나. 이 자국을 따라가 보세. 그렇게 멀리까지 따라갈 수는 없겠지만."

때로는 바퀴 자국이 사라지기도 했지만 이 부근에는 곳곳에 젖은 땅이 있어서 길 앞쪽에서 다시 자국이 나타나곤 했다. 홈즈가 말했다.

"여기서부터 하이데거 선생이 속력을 내기 시작했어. 왓슨, 알아볼 수 있겠나?"

"그걸 어떻게 알 수 있나?"

"저 자국을 잘 살펴보게. 앞뒤 자국이 전부 뚜렷하게 찍혀 있지? 그런데 두 개의 깊이가 거의 같아. 이건 속력을 내기 위해서 핸들 쪽에 체중을 실었기 때문이지. 앗! 여기서 넘어졌군!"

거기서부터 몇 미터 앞쪽으로, 양쪽으로 넓고 불규칙적으로 흔들린 바퀴 자국이 이어졌다. 그리고 발자국이 두어 개 찍혀 있었고 그 앞으로 다시 바퀴 자국이 이어졌다. 내가 말했다.

"옆으로 미끄러졌군."

홈즈가 꺾어진 채 짓밟힌 흔적이 있는 가시금작화 가지를 주워 올렸다. 놀랍게도 가시금작화의 노란 꽃이 붉게 물들어 있었다. 자세히 살펴보니 오솔길과 떨기나무 덤불 사이에도 검붉게 굳어 버린 피가 묻어 있었다. 홈즈가 외쳤다.

"맙소사, 왓슨, 조심하게! 쓸데없는 발자국을 남기면 안 돼! 어쨌든 여기에서 넘어졌다가 다시 일어나서 상처를 입은 채 자전거를 타고 앞으로 나갔어. 이 옆길에 있는 소 발자국 말고는 다른 사람의 발자국은 없구먼. 쇠뿔에 받히기라도 했을까? 그럴 리는 없겠지. 하지만 다른 발자국은 전혀 없어. 왓슨, 앞으로 더 가 보세. 피와 바퀴 자국을 따라가면 이번에는 절대로 놓치지 않을 거야."

조사는 그리 오래 계속되지 않았다. 바퀴 자국은 축축하게 젖어서 빛나고 있는 오솔길 위에서 이상한 곡선을 그리기 시작했다. 순간, 앞쪽에 있는 가시금작화의 무성한 수풀 속에서 빛나는 금속 같은 것이 눈에 들어왔다. 끌어내 보니 팔머제 타이어가 달린 자전거로 한쪽 페달이 휘어져 있었다. 그런데 더 끔찍하게도 자전거 앞부분은 완전히 피범벅이 되어 있었다. 주위를 둘러보니 수풀 반대편에 구두가 하나 삐져나와 있었다. 우리는 서둘러 그곳으로 달려갔다. 그런데 놀랍게도 거기에 자전거 주인이 쓰러져 있는 것이 아닌가? 키가 크고 턱수염을 덥수룩하게 기른

사내로, 쓰고 있던 안경의 한쪽 알이 빠져 있었다. 머리에 일격을 당해 죽은 듯 두개골까지 상처를 입은 상태였다. 이 정도로 다치고도 다시 자전거에 올라 얼마 동안 달릴 정도라면 체력도 좋고 담력이 보통이 아닌 사람이었을 것이다. 구두는 신었지만 양말은 신지 않았고 코트 단추를 채우지 않아서 그 밑에 잠옷을 입고 있는 것이 보였다. 틀림없이 그 독일어 선생 하이데거였다.

홈즈는 조심스럽게 시체를 뒤집어 면밀하게 조사했다. 그리고 자리에 앉아 한동안 가만히 생각에 잠겼다. 이마에 주름이 잡혀 있는 것을 보면, 이 끔찍한 시신의 발견은 사건 해결에 도움을 주기보다는 오히려 사건을 더욱 복잡하게 만들고 있음이 분명했다. 드디어 홈즈가 입을 열었다.

"지금부터 무엇을 해야 할지 결정하기가 어렵군. 마음 같아서는 이대로 조사를 계속하고 싶어. 이미 많은 시간을 허비했으니 더 이상 우물쭈물할 수도 없고. 하지만 경찰에 알려서 이 가엾은 선생의 시신을 옮겨 주고 싶단 말이야."

"내가 경찰에 알리러 갈까?"

"아니, 자네는 남아서 나를 도와주게나. 잠깐만! 저기에 토탄을 캐고 있는 사람이 있어. 저 사람을 데려와 주게. 저 사람에게 경찰서까지 가 달라고 부탁하세."

나는 그 농부를 데리고 왔다. 그 사람은 시체를 보자마자 뒷걸음질 치며 완전히 겁을 먹었다. 홈즈는 짧은 편지를 써서 그에게 건네주면서 헉스터블 박사에게 전해 달라고 부탁했다. 그러고는 이렇게 말했다.

"왓슨, 우리는 오늘 두 가지 단서를 잡았어. 그 첫 번째는 팔머제 바퀴 자국일세. 그 결과는 지금 우리 눈으로 확인했네. 다른 하나는 던롭제 바퀴 자국이지. 그 자국을 따라 조사하러 가기 전에 지금 알고 있는 것들이 무엇인지 다시 한 번 확인해 보세. 그러면 중요한 것과 그렇지 않은 것이 구분되고 앞으로의 수사에 도움이 될 걸세. 우선, 그 소년은 분명히 스스로 도망쳤네. 누가 행동을 같이했는지는 중요하지 않아. 자기가 담쟁이덩굴을 타고 내려와서 도망친 거야. 이것은 틀림없는 사실일세."

나도 그의 의견에 동의했다.

"다음은 저 불행한 독일어 선생. 소년은 밖으로 나올 때 채비를 다 갖추고 나왔어. 그 말은 예전부터 준비하고 있었다는 뜻이지. 하지만 하이데거 선생은 양말조차 신지 않았네. 그는 틀림없이 서둘러 나왔을 거야."

"그것도 확실한 사실이라고 생각하네."

"그렇다면 하이데거 선생은 왜 밖으로 나왔을까? 침실의 창을 통해서 소년이 빠져나가는 것을 보고 그를 데려오려 나갔을 걸세. 선생은 자전거를 꺼내 소년을 뒤쫓았다가 도중에 죽음을 맞이한 거야."

"자네 말이 맞는 것 같군."

"그 다음은 내가 추리하는 부분이야. 어른이 어린 소년을 쫓아갈 때 보통은 그냥 뛰어가지. 금방 따라잡을 수 있을 테니까. 그런데 하이데거는 뛰어가지 않고 자전거를 이용했네. 그는 자전거를 아주 잘 탄다고 하더군. 하지만 소년이 도망칠 때 어떤 빠른 수단을 사용하는 것을 보지 않았다면 자전거로 뒤를 쫓지는 않았을 거야."

"그렇다면 그 소년은 자전거를 타고 있었겠군."

"조금 더 사건의 줄거리를 따라가 보세. 하이데거 선생은 프라이어리 학교에서 8킬로미터나 떨어진 곳에서 죽었어. 총을 맞고 죽은 게 아니야. 총이라면 소년이라고 해서 쏘지 못한다는 법도 없네만 그는 누군가 휘두른 굉장한 힘에 의해 가격을 당했네. 그렇다면 도망칠 때 소년과 동행한 사람이 있었다는 소리가 되는 거야. 그리고 자전거에 능숙한 사람이 8킬로미터나 뒤를 쫓았으니 도망자는 어떤 빠른 수단을 사용했다는 말일세. 그렇다면 문제는 하이데거 선생이 살해된 부근에서 무엇이 발견됐느냐 하는 점이야. 그런데 이상하게도 거기에는 소 발자국만 몇 개 있었을 뿐이고 다른 것은 전혀 없었어. 게다가 이 부근의 50미터 안쪽으로는 다른 길도 없지. 그것은 다른 자전거도 하이데거 선생의 죽음과는 별 관계가 없다는 사실을 말해 주는 것일세. 그렇다고 해서 사람의 발자국이 남아 있는 것도 아니고."

"홈즈! 그건 있을 수 없는 이야기야."

내가 외쳤다.

"바로 맞혔네. 있을 수 없는 이야기지. 그러니까 내 이야기 어딘가에 잘못된 부분이 있을 걸세. 자네는 그 사실을 깨달았네. 그렇다면 어디가 잘못되었을까?"

"자전거에서 떨어지면서 두개골을 부딪힌 게 아닐까?"

"돌멩이조차 찾아보기 힘든 습지에서?"

"더 이상은 나도 뭐가 뭔지 모르겠네."

"쯧쯧, 우리는 더 어려운 문제도 해결했지 않나. 실마리가 될 만한 것들은 아직 많이 남아 있어. 문제는 그것을 얼마나 잘 활용하느냐 하는 거지. 팔머제 바퀴 자국은 써 먹을 만큼 써 먹었으니 이번에는 던롭제 타이어에서 무엇을 이끌어 낼 수 있을지 한번 해 보세."

이번에는 던롭제 바퀴 자국을 따라 학교와는 반대편 쪽으로 가 보았다. 황무지는 완만한 경사를 이루며 조금씩 높아졌다. 수로에서 점점 멀어지면서 떨기나무가 무성한 고지대에 이르렀다. 습지가 사라지는 바람에 바퀴 자국이 자주 끊어져서 거기에서 무엇인가를 이끌어 내기는 점점 더 어려워졌다. 결국 바퀴 자국은 완전히 끊기고 말았지만 그 지점에서 주위를 둘러보니 갈 수 있는 곳은 딱 두 군데였다. 왼쪽 대각선 방향으로 4, 5킬로미터 정도 떨어진 곳에는 홀더네스 저택 탑이 우뚝 솟아 있었고 오른쪽 대각선 방향으로는 회색의 낮은 집들이 몇 채 모여 있는 부락이 있었다. 그 부락이 있는 곳에 체스터필드 대로가 있을 터였다. 우리는 대각선 오른쪽에 있는 마을로 걸어갔다. 문 위에 싸움닭 그림 간판이 달려 있는 지저분한 여관 가까이 갔을 때, 홈즈가 갑자기 '앗!'하고 외치더니 비틀거리다가 중심을 잡으려고 내 어깨를 움켜쥐었다. 이렇게 발목을 심하게 접질렸으니 어떻게 할 도리가 없다. 홈즈는 다리를 절름거리면서 여관 입구까지 갔다. 문 앞에는 뚱뚱하고 피부가 가무잡잡하

며 나이가 약간 지긋해 보이는 키 작은 사람이 검은 도자기 파이프로 담배를 피우고 있었다.

홈즈가 인사했다.

"안녕하세요, 루빈 헤이스 씨."

"누구시더라? 내 이름은 어떻게 아는 거요?"

그 사람은 음흉한 눈빛으로 우리를 경계하듯 흘겨보았다.

"당신 머리 위 간판에 이 여관 주인 이름이 적혀 있거든요. 주인이시죠? 역시 주인에게는 어딘가 다른 분위기가 풍겨요. 그런데 마차를 좀 빌릴 수 있을까요?"

"그런 건 없소."

"이쪽 발을 땅에 댈 수가 없어서요."

"땅에 안 대면 될 거 아뇨."

"그럼 걸을 수가 없잖습니까."

"한쪽 발로 깡충깡충 뛰어 가시구려."

여관 주인 루빈 헤이스 씨의 태도는 너무나도 불친절했다. 하지만 놀랍게도 홈즈는 웃는 얼굴로 그를 상대했다.

"그러지 말고 좀 봐주세요. 얼마나 우스운 꼴입니까. 물론 나야 별로 신경 쓰지 않지만요.

"나도 그렇소."

주인은 꿈쩍도 하지 않았다.

"아주 중요한 일이 있어서 그럽니다. 1파운드를 드릴 테니 자전거 한 대만 빌려 주시죠."

1파운드라는 말을 듣자 주인의 태도가 돌변했다.

"어디 가는 게요?"

"홀더네스 저택이요."

"공작님하고 아는 사이요?"

주인은 진흙투성이가 된 우리의 옷을 빤히 쳐다보며 비아냥거리듯 말했다. 홈즈가 빙그레 웃으며 말했다.

"어쨌든 공작님은 기꺼이 만나 주실 겁니다."

"어째서?"

"사라진 아드님의 소식을 가지고 왔거든요."

루빈 헤이스는 몹시 놀란 모양이었다.

"뭐라고? 그럼 도련님이 계신 곳을 알아내기라도 했다는……."

"리버풀로 갔습니다. 한두 시간 후면 찾았다는 전갈이 올 겁니다."

순간 수염으로 뒤덮인 뚱뚱한 얼굴의 표정이 확 바뀌었다. 헤이스는 갑자기 상냥하게 우리를 대하기 시작했다.

"나는 공작님 일에는 별 관심이 없어요. 저택에서 잠깐 일한 적이 있었는데 대접이 형편없었거든. 잡곡을 파는 녀석의 거짓말만 믿고 증명서도 없이 나를 내몰았지 뭐요. 그래도 공작님 아들이 리버풀에 있다는 이야기를 들으니 기쁘군. 그 소식을 전하러 간다면 내가 도와드리리다."

"고맙습니다. 우선은 먹을 것 좀 부탁합니다. 그런 다음에 자전거를 빌리지요."

"아까도 말했지만 자전거는 없다니까."

홈즈가 다시 1파운드 금화 이야기를 꺼내자 그는 이렇게 말했다.

"그래도 없는 건 없는 거요. 어쨌거나 저택까지 가신다면 말 두 필을 빌려 드리지."

"알겠습니다. 우선은 뭣 좀 먹고 난 뒤에 이야기합시다."

홈즈가 말했다. 바닥에 돌을 깔아 놓은 부엌으로 안내받고 우리 둘만 남자 걷지도 못할 만큼 삐었다던 홈즈의 발목이 싹 나아 버려서 나는 눈을 크게 떴다. 서서히 땅거미가 내리기 시작했다. 아침부터 아무것도 먹지 않았으므로 식사하는 데 조금 시간이 걸렸다. 홈즈는 생각에 잠겼고 한두 번은 창가로 가서 밖을 가만히 내려다보았다. 창밖으로는 지저분한 정원이 보였다. 건너편 구석에 대장간이 있었는데 꾀죄죄한 소년이 일하고 있었다. 그 반대편은 마구간이었다. 몇 번 창밖을 내다보고 의자에 앉아 생각에 잠겨 있던 홈즈가 갑자기 의자에서 벌떡 일어나더니 큰 소리로 외쳤다.

"왓슨, 드디어 알았어! 드디어 알았다고! 그래, 맞아. 틀림없을 거야! 왓슨, 자네 오늘 소 발자국을 봤지?"

"많이 봤지."

"어디서?"

"여기저기서. 습지에도 있었고, 오솔길에도 있었고, 하이데거의 시체를 발견한 곳에도 있었지."

"맞았네. 그럼, 왓슨. 황무지에서 소를 몇 마리나 보았나?"

"한 마리도 못 본 것 같은데."

"이상하다고 생각지 않나, 왓슨?"

"듣고 보니 그렇군."

"왓슨, 가만히 생각해 보게나. 잘 떠올려 봐! 오솔길에 있던 소 발자국이 기억나나?"

"기억나네."

"어디에서는 소 발자국이 이런 식으로 찍혀 있었어. 기억하겠나?"

홈즈가 빵 가루를 주워 식탁 위에 다음과 같이 늘어놓았다.

:::::

"그리고 때로는 이렇게 찍혀 있었어."

: · : · : · :·

"이런 식으로 찍혀 있는 곳도 있었지."

· · · ·

"이보게 왓슨, 기억나나?"

"아니, 모르겠어."

"나는 확실하게 기억하고 있네. 틀림없어. 시간 있을 때 확인해 보게. 그것을 봤으면서도 추리하지 못했다니, 아주 눈뜬장님이었어!"

"어떤 추리?"

"아직도 모르겠나? 걷기도 하고, 천천히 뛰기도 하고, 네 발을 동시에 땅에서 띄워 전속력으로 달리기도 한다니 참 신기한 소가 아닌가? 이런 시골 여관 주인이 그런 속임수를 생각해 냈을 리는 없어. 어쨌든 저 대장간 소년 말고는 아무도 없나 보군. 나가서 뭐가 있는지 살펴보세."

허물어져 가는 마구간에는 손질을 제대로 하지 않아 털이 거친 말이 두 필 있었다. 그중 한 마리의 뒷다리를 들어 살펴보던 홈즈가 소리 내서 웃기 시작했다.

"낡은 편자야. 그런데 박은 지는 얼마 안 됐어. 낡은 편자에 새 못이 박혀 있거든. 이건 걸작의 반열에 오를 만한 사건이야. 정원을 가로질러 대장간으로 가 보세."

대장간의 소년은 우리를 아랑곳하지 않고 일만 했다. 홈즈의 눈이 주위에 널린 철재와 목재 사이를 날카롭게 훑어보았다. 그런데 뒤쪽에서 갑자기 발소리가 들리더니 여관 주인이 나타났다. 눈썹을 잔뜩 찌푸리고 눈은 둥그렇게 뜬 채 화를 참지 못한 얼굴이 시뻘겋게 변해서는 꿈틀꿈틀 경련을 일으키고 있었다. 주인이 끝에 금속을 댄 짧은 지팡이를 들고

험악한 얼굴로 우리에게 다가오자 나도 모르게
주머니에 있는 권총으로 손을 가져갔을 정도
였다. 주인이 외쳤다.

"이 우라질 염탐꾼 같으니라고! 여기서 뭐
하는 거냐?"

"아, 루빈 헤이스 씨. 보면 안 될 비밀이
라도 있습니까?"

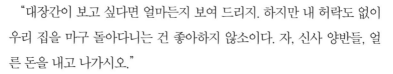

홈즈가 비꼬듯이 말했다. 당황
한 헤이스가 애써 분노를 억
누르기 시작했다. 곧 마음
에도 없는 웃음을 억지로
지어 보였는데 그 얼굴은
화낼 때보다 더욱 섬뜩하게
느껴졌다.

"대장간이 보고 싶다면 얼마든지 보여 드리지. 하지만 내 허락도 없이
우리 집을 마구 돌아다니는 건 좋아하지 않소이다. 자, 신사 양반들, 얼
른 돈을 내고 나가시오."

"알겠습니다, 헤이스 씨. 별 뜻이 있었던 건 아닙니다. 그저 말을 살펴
봤을 뿐이죠. 어쨌든 이제 말은 필요 없어요. 그리 먼 곳도 아니니 걸어
가겠습니다."

"공작님의 저택 문까지는 3킬로미터도 되지 않소. 저 길을 따라 왼쪽
으로 가면 돼요."

우리가 밖으로 나설 때까지 헤이스는 한시도 우리에게서 시선을 떼지
않았다. 하지만 우리는 그렇게 멀리까지 걷지 않았다. 길이 꺾여 주인이

보이지 않게 되자 홈즈가 바로 멈춰 섰기 때문이다.

"우리가 숨바꼭질을 하는 술래라고 치세. 여관에 있을 때는 숨어 있는 아이 가까이에 다가간 기분이었어. 하지만 저기서 멀어질수록 아이에게서도 멀어지는 기분이군. 나는 여기서 더 멀리 가지는 않을 걸세."

"저 루빈 헤이스라는 자는 모든 사실을 알고 있는 것 같아. 인상도 아주 험상궂구먼."

내가 말했다.

"오, 자네도 그런 느낌을 받았나? 말도 있고 대장간도 있다네. 싸움닭 여관은 참으로 재미있는 곳일세. 주인이 눈치채지 못하게 다시 한 번 가 보세."

뒤쪽은 거친 회색 석회암으로 이루어진 언덕이었다. 우리는 길을 버리고 그 언덕의 비탈을 따라서 여관으로 가기로 했다. 그러다 문득 홀더네스 저택 쪽을 돌아보니 도로를 따라서 자전거 한 대가 이쪽으로 달려오는 것이 보였다.

"숙여, 왓슨!"

홈즈가 내 어깨를 힘껏 누르며 말했다. 우리가 몸을 낮춘 순간, 자전거가 빠른 속도로 도로를 지나쳐 갔다. 무럭무럭 피어오르는 흙먼지 속으로 자전거를 타고 가는 사내의 창백하고 흥분한 얼굴이 똑똑히 보였다. 그는 어젯밤에 만난 제임스 와일더였다. 어제의 단정한 모습과 달리 오늘은 입을 벌리고 전방을 노려보며 두려움이 가득한 그 표정은 어쩐지 우스꽝스러운 그림 같아 보였다.

"공작의 비서야! 왓슨, 저자가 무슨 짓을 하는지 보러 가세!"

홈즈가 외쳤다. 우리는 바위 사이로 기듯이 나아가 여관 입구가 보이는 곳까지 이르렀다. 와일더의 자전거는 입구 옆의 벽에 기대어 있었다.

여관 근처에 사람의 모습은 보이지 않았으며, 창문에서도 인기척이 느껴지지 않았다. 태양은 홀더네스 저택의 높은 탑 뒤로 저물었고 땅거미가 깔려 있었다. 그 어둠 속에서 갑자기 불빛 두 개가 떠올랐다. 마구간 쪽이었는데 마차 옆을 밝히는 램프 같았다. 뒤이어 말 울음소리가 들리더니 마차 한 대가 도로로 나와서는 체스터필드를 향해 미친 듯이 달리기 시작했다.

"왓슨, 어떻게 생각하나?"

홈즈가 속삭였다.

"꼭 도망치는 사람 같군."

"저 마차에는 한 명만 타고 있는 것 같은데. 그래, 어쨌든 제임스 와일 더가 아닌 것만은 확실하군. 그 사람은 문 앞에 서 있으니 말이야."

비서 와일더는 여관 문을 통해 쏟아져 나오는 사각형의 노란 불빛을 받으며 거뭇거뭇한 그림자로 서 있었다. 그는 목을 길게 빼고 밖의 어둠을 가만히 지켜보았다. 누군가를 기다리는 듯했다. 아니나 다를까, 잠시 후 길에서 발소리가 들리더니 또 다른 사람이 모습을 나타냈다. 그 사람이 잠시 불빛 속으로 들어섰지만 곧 문이 닫혔기 때문에 주위는 어둠에 잠기고 말았다. 5분 뒤, 2층에 있는 어느 방에 불이 들어왔다.

"지저분한 여관치고는 훌륭한 손님들이 드나드는군."

홈즈가 말했다.

"술을 마시러 왔다면 이상한데. 바는 반대편에 있는데 말이야."

"그렇지. 틀림없이 특별한 손님일 걸세. 와일더는 여기에서 무엇을 하는 걸까? 그리고 뒤이어 온 사람은 누구고? 위험을 살짝 무릅쓰더라도 조사할 필요가 있을 것 같아."

우리는 도로 쪽으로 기어 내려갔다. 그리고 문 쪽으로 살금살금 다가가 보니 자전거는 아직도 벽에 기대 세워져 있었다. 홈즈가 성냥에 불을 붙여 자전거 바퀴를 살펴보았다. 그리고 그것이 던롭제라는 사실을 확인하고는 기쁜 듯이 빙그레 웃었다. 문 위에는 불 켜진 방이 있었다.

"저 방을 들여다보자고. 왓슨, 미안하지만 벽을 잡고 등을 좀 굽혀 주지 않겠나? 그러면 안을 볼 수 있을 것 같네."

내가 홈즈의 말대로 하자 그가 가볍게 내 어깨 위로 뛰어올랐다. 그러더니 금방 밑으로 내려섰다.

"그만 가세, 왓슨. 오늘은 아침부터 일을 너무 많이 했어. 모을 수 있는

단서는 다 모았네. 여기서 학교까지 꽤 거리가 있으니 빨리 돌아가는 게
좋겠어."

황무지를 가로질러 돌아가면서 홈즈는 거의 말을 하지 않았다. 그리고
돌아와서도 학교로 들어가지 않고 전보를 치겠다며 혼자 맥클턴 역으로
가 버렸다. 그날 밤 늦게 헉스터블 박사는 교사 하이데거의 죽음에 관한
소식을 들었다. 옆방에서 헉스터블 교장을 위로하는 홈즈의 목소리가
들려왔다. 그런 다음 홈즈는 내 방으로 들어왔는데 아침에 황무지로 나
가기 전처럼 생기가 넘치는 모습이었다.

"왓슨, 모든 일이 잘 풀리고 있어. 약속하겠네. 내일 저녁까지는 이번 사건을 해결하겠어."

이튿날 아침 11시, 홈즈와 나는 그 유명한 홀더네스 저택의 주목 가로수 길을 걷고 있었다. 우리는 웅장한 16세기 엘리자베스 시대 양식의 현관을 지나 공작의 서재로 안내받았다. 거기에서 제임스 와일더가 우리를 기다리고 있었다. 겉으로는 예의바르고 침착하게 우리를 맞아들였지만 불안해 보이는 눈빛이나 때때로 내비치는 굳은 표정으로 봐서는 어젯밤에 느낀 격렬한 공포가 아직도 남아 있는 듯했다.

"죄송하지만 각하께서는 지금 기분이 매우 언짢으셔서 방에 계십니다. 어제 오후, 당신들이 발견한 끔찍한 소식을 헉스터블 박사가 전보로 보내 주었습니다. 그 소식을 들으시고 몸이 많이 약해지셨습니다."

제임스 와일더가 말했다.

"와일더 씨, 나는 공작 각하를 꼭 뵈어야겠습니다."

"하지만 방에 들어가셨습니다. 아무도 만나려 하지 않으십니다."

"그럼 그리로 가야겠군."

"주무시고 계실 겁니다."

"상관없습니다. 어쨌든 나는 가 봐야겠습니다."

홈즈는 절대로 물러서지 않겠다는 듯한 싸늘한 태도를 취했다. 와일더도 그를 막을 수 없다는 사실을 깨달은 것 같았다.

"그럼, 어쩔 수 없군요. 홈즈 씨가 오셨다고 전해 드리겠습니다."

귀족은 한 시간이 지나서야 우리 앞에 모습을 드러냈다. 어제 아침에 봤을 때보다 얼굴은 더 창백했고 등도 굽어서 완전히 다른 사람처럼 늙어 버렸다. 공작은 정중하면서도 선천적으로 타고난 위엄 있는 태도로 우리에게 인사한 뒤 책상 앞에 앉았다. 붉은 수염이 책상 위까지 길게 늘어졌다.

"홈즈 선생, 무슨 일이오?"

홈즈는 공작 옆에 서 있는 와일더에게 시선을 떼지 않았다.

"각하, 와일더 씨가 있으면 제가 이야기하기가 조금 불편합니다."

와일더가 붉으락푸르락한 얼굴로 홈즈를 노려보았다.

"각하께서 원하신다면……."

"알았네. 자네는 나가 보게. 그럼, 할 말이 뭐요?"

홈즈는 와일더 씨가 밖으로 나가 문을 완전히 닫을 때까지 기다렸다. 그리고 느릿하게 말했다.

"각하. 저와 여기 있는 왓슨 박사는 이번 사건에 현상금이 걸렸다는 말을 헉스터블 교장에게서 들었습니다. 그게 사실인지 각하께서 직접 확인해 주셨으면 합니다."

"틀림없는 사실이오."

"아드님이 계신 곳을 알려 주는 자에게 5,000파운드를 주겠다고 하셨다는데 맞습니까?"

"그렇소."

"그리고 아드님을 유괴한 자나 가둔 자의 이름을 알려 주면 거기에 1,000파운드를 더 얹어 주신다면서요?"

"그것도 틀림없는 사실이오."

"후자의 경우, 아드님을 유괴한 자뿐만 아니라 지금 가두고 있는 공범도 포함됩니까?"

"말할 필요도 없소. 그렇소이다. 셜록 홈즈 선생, 사건만 제대로 해결해 준다면 섭섭지 않게 보상하겠소."

공작이 답답하다는 듯이 소리 질렀다.

그 말을 들은 홈즈가 아주 기뻐하는 표정으로 가느다란 손가락을 비벼 댔다. 그만큼 보수에 얽매이지 않는 시원시원한 사람은 그리 흔치 않았으므로 나는 내심 크게 놀랐다.

"그 책상 위에 있는 것이 각하의 수표책인가 봅니다. 지금 6,000파운드짜리 수표를 써 주신다면 매우 감사하겠습니다. 지급 보증 수표면 됩니다. 제가 거래하고 있는 은행은 캐피탈 카운티스 은행 옥스퍼드 지점입니다."

홈즈의 말을 듣고 공작은 자리에서 벌떡 일어나 내 친구를 노려보았다.

"선생, 지금 농담하는 거요? 그럴 자리가 아니라고 생각하오만."

"당치도 않습니다, 각하. 제 인생에서 이렇게 진심을 담아 말한 적이 없습니다."

"도대체 그게 무슨 뜻이오?"

"제가 현상금을 받겠다는 뜻입니다. 아드님이 지금 어디에 계신지, 그리고 지금 아드님을 가두고 있는 사람들 중에서 적어도 한 사람은 알고 있거든요."

공작의 얼굴이 한층 더 새파랗게 질려서 붉은 수염이 더욱 두드러졌다.

"그 애가 어디에 있소?"

공작이 갈라지는 목소리로 물었다.

"적어도 어젯밤까지는 이 저택 문에서 3킬로미터 정도 떨어진 싸움닭 여관에 계셨습니다."

공작이 무너지듯 의자에 앉았다.

"그럼, 범인은 대체 누구요?"

홈즈의 대답은 참으로 놀라운 것이었다. 홈즈는 성큼성큼 공작 옆으로 다가가 그의 어깨에 손을 얹었다.

"홀더네스 공작 당신입니다. 각하, 이제 수표를 써 주시지요."

나는 그 순간 당황하던 공작의 표정을 결코 잊을 수 없을 것이다. 그는 의자에서 벌떡 일어나더니 마치 깊은 수렁에라도 떨어지는 듯이 두 팔을 휘저었다. 그렇지만 그는 곧 귀족다운 자제심을 발휘해서 두 손에 얼굴을 묻고 당황하는 모습을 보이지 않으려 애썼다. 잠시 후, 공작이 얼굴을 가린 채 말했다.

"대체 어디까지 알고 있는 거요?"

"저는 어젯밤, 각하께서 갇혀 있는 아드님과 함께 있는 장면을 보았습니다."

"선생 친구 말고 누가 또 이 사실을 알고 있소?"

"아무에게도 말하지 않았습니다."

공작은 떨리는 손으로 펜을 들고 수표책을 펼쳤다.

"약속은 지키겠소. 선생이 가지고 온 보고가 제아무리 반갑지 않더라도 수표는 써 주겠소. 처음 현상금을 걸 때만 해도 일이 이렇게 될 줄은 꿈에도 생각지 못했거늘. 선생이나 친구분 모두 이 일이 얼마나 중대한지 잘 알고 있을 테니 경솔하게 굴지는 않으리라 믿소."

"무슨 뜻이십니까?"

"확실하게 말하겠소. 이 사실을 알고 있는 것이 내 앞의 둘뿐이라면 더이상 다른 사람에게 알리지 말아 주시오. 두 분에게 1만 2천 파운드를 드리리다. 그러면 족하지 않겠소?"

홈즈가 빙그레 웃으며 말했다.

"각하. 이 문제는 그렇게 간단하지가 않습니다. 독일어 선생인 하이데거 씨가 목숨을 잃었습니다. 그 일을 설명해야 합니다."

"하지만 그건 제임스와 상관없는 일이오. 그건 제임스가 끌어들인 악당같은 놈이 저지른 짓이외다."

"각하, 제 생각을 말씀드리겠습니다. 하나의 범죄가 원인이 되어 또 다른 범죄가 일어났다면 그 원인이 된 범죄와 관련 있는 사람은 나중에 일어난 범죄에도 도덕적으로 책임을 져야 합니다."

"도덕적으로 말이오? 확실히 그 주장이 옳을지도 모르오. 하지만 법률적으로 보자면 꼭 그렇지만도 않잖소? 실제로 제임스가 사람을 살해한 현장에 있었던 것도 아니고 오히려 살인 같은 행위를 매우 혐오스러워하니 그에게 죄를 물을 수는 없을 거요. 하이데거 선생이 죽었다는 사실을 알고 바로 내게 모든 걸 털어놓았소이다. 그만큼 놀라기도 하고 후회도 하고 있다는 말이지. 실제로 한 시간도 지나지 않아서 살인자와 연을 끊었다오. 홈즈 선생, 부탁이오! 그를 살려 주시오! 살려 주시오! 살려 주셔야만 하오!"

공작은 귀족답게 처신해야 한다는 사실도 잊어버리고 주먹을 흔들며 방 안을 서성였다. 잠시 후, 드디어 마음이 가라앉았는지 책상 앞에 앉아 말을 꺼냈다.

"선생이 아무에게도 말하지 않고 가장 먼저 내게 와 줘서 고맙소. 덕분에 나와 우리 가족의 명예를 위해서 어떻게 행동해야 할지 이야기를 나눌 수 있게 되었소."

"그렇습니다, 각하. 저도 가능한 한 도움을 드리고 싶습니다. 하지만 그러기 위해서는 모든 것을 솔직하고 자세하게 털어놓으셔서 사건 전체를 정확하게 파악할 필요가 있습니다. 저는 제임스 와일더 씨에 대해서 각하가 하신 말씀을 충분히 이해하고 있으며, 그가 살인범이라고는 생각지 않습니다."

"진짜 범인은 도망쳤소."

공작이 말했다.

"각하, 저에 대한 소문을 전혀 못 들으신 모양입니다. 한 번이라도 들으셨다면 제가 그렇게 쉽게 범인을 놓칠 리가 없다는 사실을 알고 계셨을 겁니다."

"그렇다면……."

"루빈 헤이스는 제 제보로 어젯밤 11시에 체스터필드에서 체포되었습니다. 오늘 아침, 여기로 오기 전에 이곳 경찰서장이 보낸 전보를 받았습니다."

공작은 다시 한 번 놀란 듯 홈즈를 바라보았다.

"선생은 정말 인간 이상의 능력을 가진 듯하군. 그렇소? 루빈 헤이스가 체포되었단 말이오? 그 말을 들으니 정말 기쁘기 그지없군. 그 일로 제임스의 신변에 문제만 생기지 않는다면."

"각하의 비서 말씀입니까?"

"아니, 내 큰아들 말이오."

이번에는 홈즈가 놀랄 차례였다.

"이거 참, 전혀 뜻밖의 말씀이로군요. 좀 더 자세한 이야기를 들려주십시오."

"선생에게는 모든 것을 털어놓겠소. 비록 내게는 고통스러운 일이지만 이런 경우에는 선생 말대로 솔직하게 털어놓는 것이 가장 좋은 방법이 되리라 믿소. 왜냐하면 이 모든 것이 저 어리석은 제임스의 질투에서 비롯되었으니까. 홈즈 선생, 나는 젊었을 때 일생에 단 한 번이라고 해도 좋을 만큼 사랑하던 여자가 있었소. 물론 나는 청혼했지만, 그녀는 신분이 다르다는 이유를 대면서 우리가 결혼하면 내 미래에 누를 끼친다며 정식 결혼을 해 주지 않았소. 그런데 그녀는 아이 하나만 남겨 두고 일찍 세상을 뜨고 말았소. 만약 그녀가 살아 있었다면 나는 평생 결혼하지 않았을 거요. 나는 그녀를 기억하기 위해 그 아이를 애지중지 길렀소. 떳떳하게 내 아들이라고 밝힐 수는 없었지만 최대한 훌륭한 교육을 받게 했고 학교를 졸업하자마자 내 곁에 두었소. 그런데 제임스는 드디어 자기가 내 아들이라는 비밀을 알아냈소. 그때부터 자신에게는 아들로서의 권리가 있다고 큰소리치기도 하고, 세상에 이 비밀을 알리겠다며 무리한 요구를 하기도 했소. 지금의 아내와 헤어져 살게 된 것도 그런 제임스의 행동과 관계가 있소. 특히 제임스는 내 어린 후계자를 한없이 미워했소. 그런 제임스를 왜 그렇게 곁에 두었는지 이상하게 생각할지도 모르겠군. 그건 제임스가 죽은 그녀를 쏙 빼닮았기 때문이라오. 그녀의 아름다운 점을 전부 물려받아 옛 기억을 하나하나 떠오르게 했고, 사랑했던 그 여자를 위해서라면 어떤 고통도 감수할 수 있다고 생각했기 때문이오. 나는 그 아이를 곁에서 떼어 둘 수가 없었소. 하지만 제임스가 샐타이어 경, 다시 말해서 내 작은아들 아서에게 무슨 짓을 할지 몰랐소. 그래서 아서를 헉스터블 박사에게 맡긴 거요.

악당 루빈 헤이스는 원래 우리 집 소작인이었소. 제임스는 관리인 노룻을 하면서 세를 받으러 왔다 갔다 했는데 그 사이에 그만 헤이스와 친해지고 말았소. 어찌된 노릇인지 제임스는 늘 질 나쁜 녀석들과 어울렸소. 제임스가 아서를 유괴하기로 마음먹은 순간, 그자를 이용하자고 생각한 거요. 사건이 일어나기 하루 전, 나는 아서에게 편지를 보냈소. 다들 기억하고 있겠지. 제임스는 그 편지 봉투를 뜯어 자기 편지도 함께 넣어 보냈소. 제임스의 말에 따르면, 그 편지의 내용은 어머니를 만나게 해 줄 테니 학교 뒤에 있는 '듬성듬성한 숲'에서 기다리고 있으라는 것이었다고 하오. 그날 저녁, 제임스는 자전거를 타고 숲으로 가서 아서를 만났소. 그리고 어머니가 만나고 싶어 하는데 지금 황무지에 있으니 밤에 다시 여기로 나오면 말을 준비해 온 남자가 기다리고 있다가 어머니가 있는 곳으로 데려다 줄 것이라고 했소. 불쌍한 아서는 덫에 걸리고 말았소. 제임스의 말을 전혀 의심하지 않고 학교를 빠져 나왔고 조랑말을 데리고 기다리던 헤이스를 만났소. 아서가 말에 타자마자 둘은 곧바로 황무지를 향해 달렸소. 그 다음에 일어난 일은 제임스도 어제에야 비로소 알게 된 모양이오. 누군가가 두 사람을 따라왔소. 헤이스는 뒤쫓아 오는 사람을 봉으로 때려 죽였고 아서를 여관으로 데려가서는 2층에 있는 방에 가두었소. 그리고 자기 아내에게 감시하도록 했지. 그 남자의 아내는 착하긴 해도 난폭한 남편의 말을 거역하지 못했을 거요.

여기까지가 이틀 전, 선생을 만나기 전에 일어난 일이오. 나도 여러분과 마찬가지로 진상을 전혀 모르고 있었소.

선생은 아마 제임스가 왜 그런 짓을 했는지 궁금할 거요. 제임스는 아서가 법률에 의해 지정된 상속인이라는 점에 엄청난 불만을 품고 있었소. 상상도 못할 정도로 미워하고 있었지. 제임스는 자기가 내 후계자가되어 전 재산을 물려받아야 한다고 생각했소. 그리고 자신의 상속을 가로막는 사회 제도를 지독히도 미워했다오. 그리고 숨어 있던 또 다른 동기도 있었소. 제임스는 내가 한정 부동산권[5]을 폐지하기를 갈망했고 내게 그럴 만한 힘이 있다고 생각했소이다. 제임스는 나와 협상하려고 했소. 내가 그 법을 철폐하고, 내 유언에 따라 자기도 재산을 상속받을 수 있게 되면 그때 아서를 돌려줄 생각이었던 거요. 게다가 제임스는 자기가 무슨 짓을 해도 내가 결코 경찰에 신고하지 않으리라는 점을 잘 알고 있었소. 원래 아서를 유괴하고 조금 시간이 지나면 나와 협상하려 했는데, 그만 사태가 너무 빨리 진행되는 바람에 그럴 여유조차 없었소.

선생이 하이데거 선생의 시신을 발견하는 바람에 그 음모는 완전히 무산되고 말았소. 마침 제임스와 내가 이 방에 있을 때, 그 선생의 시체가 발견되었다는 헉스터블 교장의 전보가 도착했소. 겁을 먹은 제임스는 결국 모든 사실을 내게 털어놓았소. 그러면서 사흘만 이 사실을 비밀로 해 달라고 부탁했소. 그 사이에 공범자가 달아날 기회를 만들어 주고 싶다더군. 울며 매달리는 제임스의 청을 나는 한 번도 거절한 적이 없었소. 제임스는 서둘러 자전거를 타고 그 악당에게 사실을 알리러 갔소. 해가 저물자 나도 사랑하는 아서를 만나러 갔고 말이오. 그 아이에게 별 탈은 없었지만 눈앞에서 사람이 죽는 모습을 봐서인지 완전히 겁에 질려 있었소. 사흘 동안 아들을 그대로 두자니 불쌍했지만 아들이 있는 곳만 경찰에 알리고 하이데거 선생을 살해한 범인은 모르겠다고 할 수도 없는 노릇이었소. 그리고 그 범인에게만 벌을 내리고 제임스는 빠져 나가게 할 방법도 떠오르지 않아서 하는 수 없이 사흘을 기다리기로 했소.

5) 중세 영국법상 상속인에게 속하는 부동산의 권리. 단순 부동산권과 달리 권리자의 직계비속 중에서만 상속자가 결정되며, 권리자는 부동산을 팔 수도 없고 여러 명의 상속자에게 물려 줄 수도 없다. 또한 권리자가 유언을 남기더라도 법적 상속자 이외의 다른 사람에게 양도할 수 없어서 이는 귀족들이 가문의 재산을 보존하는 데 쓰였다. 1776년에 거의 모든 주에서 이를 폐지시켰다.

그래서 헤이스 부인에게 아들을 잘 돌봐 달라고 부탁하고 집으로 돌아왔소. 이것이 군더더기를 뺀 솔직한 이야기올시다. 이번에는 선생이 솔직하게 말할 차례요. 앞으로 어떻게 해야 좋을지 의견을 들려주시오.”

“알겠습니다. 우선, 법적 문제부터 말씀드리자면 각하는 매우 심각한 일을 저지르셨습니다. 각하는 중죄인의 범죄를 눈감아 주셨을 뿐만 아니라 그의 도주를 도왔습니다. 와일더 씨가 헤이스에게 건네준 돈은 필경 각하의 주머니에서 나왔을 테지요.”

홈즈가 말하자 공작은 그 말에 수긍하는 듯이 고개를 숙였다. 친구가 말을 이었다.

“이건 매우 중요한 문제입니다. 하지만 그것보다 더 중요한 것은 샐타이어 경에 대한 각하의 태도입니다. 각하는 그 더러운 여관에 샐타이어 경을 사흘이나 방치할 생각이었습니다.”

“잘 돌보겠다고 굳게 약속했기 때문에…….”

“그런 녀석들의 약속을 어떻게 믿습니까? 이대로 내버려 두면 언제 또 유괴당할지 모릅니다. 각하는 죄 지은 아들은 살뜰히 보살펴 주셨으면서 죄 없는 순진무구한 어린 아들은 쓸데없이 위험이 도사린 곳에 내팽개치셨습니다. 도저히 정당화할 수 없는 행동입니다.”

자존심에 상처를 받은 공작의 얼굴이 붉어졌다. 귀족으로 태어나서 지금까지 이처럼 엄격하게 질책당한 적은 한 번도 없었을 것이다. 하지만 양심의 가책을 느꼈는지 공작은 아무런 말도 하지 않았다.

“제가 힘이 되어 드리겠지만 조건이 하나 있습니다. 벨을 울려 하인을 불러 주십시오. 그리고 그 하인에게 제가 마음대로 명령을 내리도록 해 주십시오.”

공작은 아무 말 없이 벨을 울렸다. 하인이 들어오자 홈즈가 말했다.

"이 말을 들으면 자네도 기뻐하겠지? 샐타이어 경을 찾았네. 바로 마차를 타고 싸움닭 여관으로 가서 경을 모시고 오게나. 각하의 뜻일세."

하인이 기뻐하며 밖으로 나가자 홈즈가 말했다.

"자, 이제 좀 안전해졌으니 지난 일을 가지고 누구를 책망할 생각은 없습니다. 저는 경찰이 아닙니다. 정의가 실현되기만 한다면 제가 아는 비밀을 밝힐 필요는 없지요. 헤이스 앞에는 교수대가 기다리고 있겠지만 그를 돕고 싶은 마음은 없습니다. 법정에서 무슨 말을 할지 몰라도, 각하의 힘이라면 그자에게 입 다물고 있는 편이 좋다는 사실을 알릴 수 있겠지요. 경찰들은 그저 몸값 때문에 헤이스 혼자서 꾸민 일이라고 해석할 겁니다. 경찰들이 알아내지 못하더라도 제가 그들이 미처 못 본 부분을 알려 줄 필요는 없습니다. 하지만 이것만은 기억하십시오. 제임스 와일더 씨를 이대로 곁에 두셨다가는 앞으로도 골치 아픈 일들이 계속 일어날 겁니다. 제발 그것만은 피하십시오."

"그건 나도 잘 알고 있소. 제임스는 이미 영원히 내 곁을 떠나 오스트레일리아로 가서 미래를 개척하기로 마음을 정했소."

"그렇다면 그 비서 때문에 헤어져 살던 부인을 다시 부르십시오. 그것이 샐타이어 경을 행복하게 해 주는 길이라 생각합니다."

"그 일이라면 이미 손을 썼소. 오늘 아침에 편지를 보냈다오."

홈즈가 자리에서 일어났다.

"벌써 손을 쓰셨습니까? 이번 북 잉글랜드 여행이 여러 사람에게 행복을 가져다준 것 같아 정말 기쁩니다. 그리고 마지막으로 한 가지 더. 이 것도 그리 대단한 문제는 아니지만 확실히 알아 두고 싶어서요. 헤이스는 자기 말에 소 발자국처럼 생긴 편자를 박아 놓았습니다. 이 기막힌 생각은 와일더 씨의 머리에서 나온 것입니까?"

이 말에 공작은 크게 놀라더니 잠시 생각에 잠겼다. 잠시 뒤, 그는 방문을 열어 박물관으로 쓰는 커다란 옆방으로 우리를 안내했다. 그리고 한쪽 구석에 있는 유리 진열장으로 데리고 가서 다음과 같이 적혀 있는 설명문을 손가락으로 가리켰다.

이 편자는 홀더네스 저택의 바깥쪽 해자에서 출토된 것이다. 말발굽에 씌우는 편자이지만 바닥이 소 발바닥처럼 생겨 추적자를 따돌리는 데 쓰였다. 중세에 약탈을 일삼았던 홀더네스의 기사들이 사용했던 것으로 추정된다.

홈즈가 진열장의 문을 열고 손가락에 침을 묻혀 편자 위를 문질렀다. 그러자 손가락 끝에 덜 마른 진흙이 희미하게 묻어났다. 홈즈는 조용히 문을 닫고 말했다.

"감사합니다. 이것이 북부에 와서 본 것 중에서 두 번째로 흥미로운 물건입니다."

"그렇다면 첫 번째는 무엇이오?"

홈즈는 수표를 접어 조심스럽게 수첩 갈피에 끼워 넣었다.

"저는 가난한 사람이니까요."

그리고 아주 소중한 물건을 다루듯이 수첩을 가볍게 두드린 뒤 안쪽 주머니 깊이 찔러 넣었다.

6. 블랙 피터

1895년은 셜록 홈즈가 가장 활발하게 행동했고 더할 나위 없이 건강한 해였다. 탐정으로서의 명성이 높아지자 수많은 의뢰가 쏟아져 들어왔다. 베이커 가의 소박한 하숙을 찾아온 유명한 의뢰인 중에는 함부로 이름을 밝힐 수 없을 만큼 신분 높은 인물도 몇 섞여 있었다. 그러나 위대한 예술가들이 모두 그렇듯이 홈즈도 오로지 자신의 예술을 위해서만 살았고, 홀더네스 공작 사건만 빼면 헤아릴 수 없이 귀중한 활약을 펼쳤으면서도 거액의 보수를 요구한 적이 없었다. 탈속적이라고 해야 할지는 모르겠지만 아무튼 그는 성격이 괴팍해서 들어온 사건에 흥미를 느끼지 못하면 의뢰인이 아무리 돈이 많고 권력이 있는 사람이라 할지라도 사건을 받아들이지 않았다. 반대로 기묘하고 극적인 사건이라 상상력이 자극되어 특유의 재능을 발휘할 기회가 생길 것 같으면, 의뢰인이 아무리 가난해도 몇 주일이나 온 힘을 쏟아 수사했다.

이 1895년이라는 잊기 어려운 해에는 여러 가지 기묘한 사건들이 차례대로 일어났다. 로마 교황이 특별히 의뢰한 토스카 추기경 급사 사건을 조사한 것부터 시작해서 런던 이스트엔드에서 악명 높은 카나리아 조련사 윌슨을 체포하여 범죄자 소굴을 소탕하는 등 홈즈는 여러 사건에서 종횡무진하며 커다란 활약을 펼쳤다. 이 유명한 사건들을 해결하자마자 우드먼스 리에서 참극이 벌어졌다. 피터 케리 선장이 참으로 영문 모를 사건으로 사망한 것이다. 셜록 홈즈의 행동을 완벽하게 기록하려면 이 이상한 사건에 대해서 꼭 이야기해 두어야만 한다.

7월의 첫째 주에는 홈즈가 오랫동안 외출하는 경우가 잦아서 나는 틀림없이 그가 어떤 사건을 끌어안고 있다고 생각했다. 그런데 홈즈가 집을 비운 동안 우락부락하게 생긴 사람들이 바질 선장은 어디에 있냐며 찾아왔기에 그가 여러 가지로 변장하고 다양한 가명 중 하나를 사용해 어딘가에서 일하고 있음을 짐작할 수 있었다. 이것은 두려움의 대상인 셜록 홈즈의 정체를 감추기 위한 수단이었다. 그는 런던 곳곳에 적어도 다섯 채는 되는 작은 집들을 가지고 있는데 그곳에서는 완전히 다른 인물이 되어 생활하고 있었다. 그는 그 일에 대해서 이야기하지 않았으며 나도 억지로 이야기를 끄집어내는 성격은 아니었다. 그런데 참으로 엉뚱한 일 때문에 그가 조사하는 사건을 처음으로 알게 되었다. 나는 혼자서 식탁 앞에 앉아 있었는데 아침 식사를 하기 전에 외출했던 그가 방 안으로 성큼성큼 걸어 들어왔다. 모자를 쓰고 있었는데 커다란 미늘이 달린 작살을 우산처럼 옆구리에 끼고 있었다. 내가 커다란 소리로 말했다.

"무슨 일인가, 홈즈! 설마 그걸 들고 런던 거리를 돌아다닌 것은 아니겠지?"

"마차로 정육점에 갔다 오는 길일세."

"정육점이라고?"

"덕분에 배가 엄청 고프군. 아침을 먹기 전에 운동하는 것이 얼마나 중요한지는 두말하면 입 아프지. 하지만 내가 무슨 운동을 했는지 자네는 절대 못 맞힐걸."

"맞힐 생각도 없네."

그는 커피를 마시며 낮은 목소리로 웃었다.

"자네가 앨러다이스 상점 안쪽을 들여다보고 있었다면, 와이셔츠를 입은 신사가 천장 고리에 매달린 죽은 돼지를 이 작살로 마구 찔러대는 모습을 볼 수 있었을 텐데. 그 혈기왕성한 신사가 바로 날세. 있는 힘껏 찔러도 돼지를 한 번에 관통할 수는 없다는 사실을 알게 돼서 아주 만족스러워. 자네도 한번 해 보겠나?"

"돈을 퍼다 줘도 사양하겠네. 이번에는 또 무엇 때문에 그런 짓을 한 건가?"

"우드먼스 리 사건의 수수께끼와 간접적으로 관련이 있을 것 같아서 일세. 아, 어서 와요, 홉킨스. 어젯밤에 전보를 받고 오기를 기다리고 있었어요. 이리 와서 같이 식사를 듭시다."

방문객은 서른 살 정도로 보이는 기민한 남자로 수수한 모직물 정장을 입고 있었다. 오랫동안 제복에 익숙해져 있던 사람인지 수수한 복장을 하고 있었는데도 몸의 자세는 조금도 흐트러지지 않았다. 나는 그가 젊은 경위 스탠리 홉킨스라는 사실을 한눈에 알아볼 수 있었다. 홈즈는 그 경위의 미래에 커다란 기대를 걸고 있었다. 홉킨스도 이 유명한 아마추어 탐정의 과학적인 수사 방법에 대해서 마치 제자라도 되는 양 찬미와 경의를 표하고 있었다. 그는 시무룩한 표정으로 힘없이 의자에 앉았다.

"아니, 괜찮습니다. 아침은 나오기 전에 먹었거든요. 보고하려고 어제 런던으로 와서 잠을 잤습니다."

"무슨 보고?"

"실패에 대한 보고입니다. 전혀 성과가 없었으니까요."

"수사에 진척이 없었나요?"

"전혀요."

"어떻게 된 일이지? 그렇다면 내가 좀 나서야겠군."

"부탁입니다, 홈즈 선생님. 처음으로 큰 기회를 잡았는데 어떻게 해야 할지 도무지 모르겠습니다. 제발 저와 함께 가서 힘을 빌려 주십시오."

"마침 손에 넣은 증거는 전부 훑어봤어요. 검시 심문 기록도 주의 깊게 읽어 봤고. 범행 현장에서 발견된 살담배 쌈지 말인데, 홉킨스 경위는 어떻게 생각합니까? 그게 단서가 되겠죠?"

홉킨스가 놀란 표정을 지었다.

"그 쌈지는 피해자의 것이었습니다. 안쪽에 머리글자가 새겨져 있더군요. 그리고 바다표범 가죽으로 만든 쌈지인데 그의 예전 직업은 바다표범을 잡는 것이었습니다."

"하지만 파이프는 없었지요?"

"맞습니다. 파이프는 발견되지 않았습니다. 실제로 담배는 별로 피우지 않은 듯합니다. 하지만 친구가 찾아왔을 때를 대비해서 준비해 둔 것이 아닐까요?"

"그럴 수도 있겠죠. 내가 이야기를 꺼낸 데에는 다 이유가 있습니다. 내가 수사를 맡았다면 담배쌈지를 출발점으로 삼았을 테니까요. 그건 그렇고, 여기 있는 왓슨은 사건에 대해서 아무것도 모르고 나도 다시 한 번 순서에 따라서 들어 보고 싶습니다. 요점만 정리해서 간단히 설명해 주세요."

스탠리 홉킨스가 주머니에서 종잇조각 하나를 꺼냈다.

"여기에 메모되어 있는 연도들을 보면 피해자인 피터 케리 선장의 경력을 아실 겁니다. 그가 태어난 것은 1845년으로 올해 50세입니다. 바다표범과 고래 포획에 있어서 매우 대담하게 행동했고, 그 솜씨도 좋았습니다. 1883년에 던디 항의 바다표범을 잡는 증기선인 시 유니콘 호의 선장이 되었습니다. 그 배로 연달아 몇 번 출항해서 성공을 거두었고 이듬해인 1884년에 은퇴했습니다. 그 후 몇 년 동안 각지를 여행하다가 서식스 주의 포레스트 로 근처의 우드먼스 리라는 작은 땅을 사서 마침내 자리를 잡았습니다. 거기서 6년 동안 살았는데 일주일 전에 세상을 떠났습니다.

이 남자에게는 매우 특이한 점이 있었습니다. 평소에는 엄격한 청교도로 말수가 적고 음울한 성격이었다더군요. 가족은 아내와 스무 살짜리 딸, 그리고 하녀가 둘 있었습니다. 하녀는 끊임없이 바뀌었습니다. 왜냐하면 원래부터가 즐거운 가정이 아닌 데다가 도저히 견딜 수 없는 일이 수시로 일어났기 때문입니다. 집 주인이 때때로 술을 잔뜩 마시고 취하면 옆에서 말리지 못할 만큼 난동을 부렸던 겁니다. 한번은 한밤중에 아내와 딸을 집 밖으로 내몰고는 채찍을 휘두르며 그들을 뒤쫓는 바람에 온 동네 사람들이 모녀의 비명을 듣고 잠에서 깨기도 했답니다.

그의 행동을 타이르고자 찾아온 나이 많은 목사에게도 폭력을 행사하는 바람에 경찰에 잡혀간 적도 있었습니다. 다시 말해서, 피터 케리는 그보다 더 위험한 인물을 찾기 힘들 만큼 난폭한 자였습니다. 선장으로 있을 때도 마찬가지였다고 합니다. 동료들 사이에서는 '블랙 피터'라 불렸다더군요. 피부며 턱수염이 거뭇해서이기도 했지만 주변의 모든 사람들을 겁먹게 만드는 성격 탓도 있었습니다. 말할 필요도 없이 모든 동네 사람들이 그를 미워했고 또 그를 피했습니다. 끔찍한 죽음을 맞이했는데도 애도의 말 한마디 들어 본 적이 없을 정도로요.

선생님은 검시 심문 기록에서 그의 선실에 대한 내용을 읽어보셨겠지만 여기에 계신 친구분께서는 잘 모르실 겁니다. 그는 본채에서 몇백 미터 떨어진 곳에 나무로 별채를 짓고 '선실'이라 이름 붙인 뒤 거기서 생활하고 있었습니다. 이 별채는 가로가 4.8미터, 세로가 3미터밖에 안 되고 방도 하나밖에 없는 조그만 오두막입니다. 그는 열쇠를 주머니에 넣고 다니면서 침대 정리며 청소도 제 손으로 직접 하는 등 다른 사람이 들어오는 것을 허락하지 않았습니다. 양쪽에 조그만 창문이 있는데 언제나 커튼을 쳐 놓았지요. 한쪽 창문이 도로 쪽으로 나 있어서 밤이 되어 불빛이 들어오면 마을 사람들은 그쪽을 가리키면서 블랙 피터가 무엇을 하는 걸까 궁금해하며 수군거렸습니다. 검시 심문에서 몇 안 되는 증거가 나왔는데 그중 하나가 바로 이 창문에서 나왔습니다.

기억하시겠지만, 살인이 일어나기 이틀 전의 오전 1시 무렵, 슬레이터라는 석공이 포레스트 로에서 걸어와 이곳을 지나다가 나무 너머로 창문의 불빛을 보고 걸음을 멈췄습니다. 슬레이트는, 그때 남자의 옆얼굴이 커튼에 뚜렷하게 비쳐 있었지만 피터 케리의 얼굴은 아니었다고 진술했습니다. 선장의 얼굴이라면 몇 번이고 보았으니 못 알아볼 리가 없다고 했습니다. 그 인물도 턱수염을 기르고 있었지만 케리의 수염보다는 짧고 바짝 곤두서 있어서 모양이 전혀 달랐다고 합니다. 어쨌든 슬레이터는 이렇게 말했지만 술집에서 두 시간이나 술을 마신 다음이었고, 창문과 도로 사이는 꽤 떨어져 있습니다. 게다가 이것은 월요일의 일이었고 살인은 수요일에 일어났거든요. 늘 그렇듯이 피터 케리는 화요일에 기분이 좋지 않았고 들이붓듯 술을 마셔서 위험한 짐승처럼 날뛰었습니다. 집 주위를 어슬렁거리며 돌아다녔기에 여자들은 발소리를 들으면 기겁해서 도망치기 바빴습니다. 그는 밤늦게 자신의 오두막으로 돌아갔다고 하더군요. 그런데 오전 2시 무렵, 창문을 열어놓은 채 자던 딸이 아버지의 오두막에서 들려오는 끔찍한 비명 소리를 들었습니다. 하지만 술 취한 아버지가 소란 피우는 것은 절대로 드문 일이 아니어서 크게 신경 쓰지 않았습니다. 아침 7시에 일어난 하녀 하나가 오두막의 문이 열려 있는 것을 보았습니다. 하지만 피터 케리는 엄청난 공포의 대상이었기에 한낮이 될 때까지 아무도 과감하게 상황을 살피러 갈 용기를 내지 못했습니다. 열린 문틈으로 오두막 안을 살짝 엿본 순간, 그들은 새파랗게 질려서 단걸음에 마을로 도망쳤지요. 한 시간도 채 지나지 않아서 제가 현장에 도착해서 수사를 넘겨받았습니다.

아시는 대로 저는 꽤나 배짱 있는 편입니다. 하지만 선생님, 그 오두막에 들어서자 솔직히 몸서리가 났습니다. 파리와 쉬파리 따위가 어지럽게 날아다니면서 풍금 소리를 내고 있었습니다. 바닥과 벽은 도살장이 떠오를 만큼 죄다 피투성이가 되어 있었지요. 그런데 피터 케리가 그곳을 선실이라 이름 붙인 이유를 금방 알 수 있었습니다. 정말로 배 안에 있는 느낌이 들었거든요. 한쪽에는 붙박이 침대가 있었고 선원용 소지품 상자, 지도, 해도, 시 유니콘 호의 그림, 선반에 빼곡하게 들어차 있는 항해 일지 등, 선장실에 있어야 할 물건은 다 있었습니다. 그 가운데에 케리 선장이 죽어 있었습니다. 얼굴은 잔뜩 일그러져서 지옥에 떨어진 영혼을 연상시켰고 백발이 섞인 당당한 턱수염은 괴로운 듯 처져 있었지요. 강철로 만들어진 작살은 널따란 가슴을 꿰뚫고 뒤쪽 나무 벽에 깊숙이 박혀 있었습니다. 판지에 핀으로 고정해 둔 장수풍뎅이 같은 모습이었습니다. 물론 완전히 숨이 끊어져 있었습니다. 그 끔찍한 비명을 지른 순간 즉사한 것이 틀림없습니다.

저는 홈즈 선생님의 수사 방법을 잘 알고 있어서 따라 해 봤습니다. 아무것도 만지지 말라고 명령한 뒤에 오두막 주위의 지면과 그 안의 바닥을 주의 깊게 살펴보았지만 발자국은 없었습니다."

"하나도 발견되지 않았습니까?"

"정말입니다. 하나도 없었습니다."

"이보시오, 경위. 나는 여러 가지 사건을 조사해 보았지만 아직 하늘을 날아다니는 범인은 본 적이 없어요. 범인이 두 다리를 가진 인간이라면 과학적인 수사를 통해 움푹 파이거나, 스치거나, 물건이 조금이라도 움직인 흔적이 반드시 나타나는 법입니다. 그처럼 피투성이가 된 방에 수사에 도움이 될 만한 흔적이 없었다니 도저히 믿을 수가 없어요. 그래도 검시 심문 기록을 보니 경위가 놓치지 않은 단서도 조금은 있는 모양이더군."

젊은 경위는 홈즈의 반어적인 말에 당황한 기색이었다.

"홈즈 선생님, 바로 찾아뵙지 않은 것은 제 잘못입니다. 하지만 이제 와서 그런 말해도 소용없지 않겠습니까? 말씀하신 대로 그 방에는 특히 주의를 끄는 것들이 몇 가지 있었습니다. 첫 번째는 살인 도구로 쓰인 작살입니다. 원래 벽에 걸려 있던 작살 세 개 중 하나였습니다. 두 개는 벽에 걸려 있었고, 세 번째 작살이 걸려 있던 자리는 비어 있더군요. 작살 자루에는 '증기선 시 유니콘 호, 던디'라는 글자가 새겨져 있었습니다. 즉, 이것은 계획적인 범행이 아닌 것 같습니다. 화가 난 범인이 가까이에 있던 무기를 순간적으로 손에 잡았을 겁니다. 또한 범행이 일어난 시간은 오전 2시였는데 피터 케리가 옷을 전부 갖추어 입은 것으로 보아 그가 범인과 만날 약속을 미리 했던 모양입니다. 사용한 흔적이 있는 잔 두 개와 럼주 병이 탁자 위에 있던 것도 이러한 추론을 뒷받침해 줍니다."

"음, 그 두 가지 사실만은 인정해도 좋겠군. 럼주 말고 다른 술은 방 안에 없었습니까?"

"소지품 상자 위에 브랜디와 위스키를 따르는 통이 박힌 틀이 하나 있었습니다. 하지만 둘 다 내용물이 가득 했고 손을 댄 흔적이 없으니 무시해도 상관없을 듯합니다."

"하지만 그것이 있었다는 사실에는 의미가 있습니다. 어쨌든 홉킨스 경위가 사건과 관계있다고 판단한 것에 대해서 조금 더 들어 보지요."

"탁자 위에 그 담배쌈지가 놓여 있었습니다."

"탁자 어느 부근에?"

"한가운데입니다. 털이 붙은 바다표범의 거친 가죽으로 만든 것인데 입 부분을 가죽 끈으로 묶게 되어 있습니다. 안쪽의 처진 부분에는 'P. C.'라는 머리글자가 새겨져 있었고, 안에는 15그램 정도의 독한 선원용 담배가 들어 있었습니다."

"좋았어! 그 외에는?"

스탠리 홉킨스는 빛바랜 갈색 표지의 수첩을 주머니에서 꺼냈다. 바깥쪽은 심하게 닳아 있었으며 안쪽 종이도 색이 변해 있었다. 첫 페이지에 'J. H. N.'이라는 머리글자와 '1883년'이라는 글자가 적혀 있었다. 홈즈는 수첩을 탁자 위에 올려 두고 평소와 마찬가지로 세심하게 살폈다. 홉킨스와 나는 그의 손끝을 양쪽 어깨너머로 들여다보았다. 두 번째 페이지에는 'C. P. R.'이라는 글씨가 활자체로 적혀 있었으며, 뒤의 몇 페이지에는 숫자가 나란히 적혀 있었다. 다른 표제어로는 '아르헨티나', '코스타리카', '상파울루' 같은 글자가 있었으며 그 밑에도 연도와 숫자를 적어 놓은 페이지가 이어졌다. 홈즈가 물었다.

"경위는 이 수첩을 어떻게 생각합니까?"

"증권거래소의 유가증권 리스트가 아닐까요? 'J. H. N.'은 중매인의 머리글자고 'C. P. R.'은 손님일 수도 있다고 생각합니다."

"밴쿠버에서 몬트리올까지 이어진 '캐나다 태평양 철도Canadian Pacific Railway'의 약자가 아닐까?"

스탠리 홉킨스가 조그만 목소리로 탄식하며 주먹으로 허벅지를 때렸다.

"나는 왜 이렇게 멍청한지! 말씀하신 대로입니다. 이것으로 'C. P. R.'은 풀었으니 이제 'J. H. N.'만 남았군요. 이미 증권거래소의 오래된 명부는 살펴보았지만 1883년 판에 이런 머리글자를 가진 중매인의 이름은 없었습니다. 런던 증권거래소에 속해 있는 사람들 중에서도, 외부의 중매인 중에서도 전혀 찾아내지 못했습니다. 그래도 지금까지 이 수첩은 가장 중요한 단서라고 생각합니다. 'J. H. N.'이 현장에 있던 제2의 인물, 즉 범인의 머리글자일지도 모른다는 가능성은 인정해 주시겠지요? 게다가 대량의 유가증권에 관한 서류가 나타났으니 마침내 범죄 동기도 밝혀졌다고 생각합니다."

셜록 홈즈는 이 새로운 전개에 완전히 허를 찔린 듯이 놀란 모습이었다.

"경위의 의견이 맞을지도 모릅니다. 솔직히 말해서 검시 심문 때는 증거로 제출되지 않았던 이 수첩을 보니 지금까지 머릿속에서 짜 맞춘 생각을 바꿀 필요가 있겠어요. 사실 나는 이번 범죄를 추리했을 때 이 수첩의 존재를 전혀 모르고 있었거든요. 리스트에 있는 유가증권에 대해서도 조사했습니까?"

"그렇게 하도록 지시했습니다. 하지만 남아메리카 회사의 완전한 주주 명부는 현지에만 있으니 조사가 끝날 때까지는 몇 주일이나 걸릴 듯합니다."

홈즈는 돋보기로 수첩의 표지를 살펴보고 있었다.

"이곳의 색이 변했는데."

"네, 혈흔입니다. 바닥에 떨어져 있었으니까요."

"혈흔이 묻은 쪽이 위였습니까, 아니면 아래였습니까?"

"바닥과 닿아 있던 쪽이었습니다."

"그렇다면 수첩은 당연히 범행 후에 떨어진 것이로군요."

"그렇습니다. 저도 그 점을 깨닫고 범인이 서둘러 달아날 때 떨어뜨렸다고 생각했습니다. 수첩은 문 가까이에 떨어져 있었습니다."

"피해자의 소지품 중에 수첩에 적혀 있는 유가증권이 하나도 없었습니까?"

"네."

"강도의 소행이라 의심되는 점도 없었고?"

"그렇습니다. 어디에도 손을 댄 흔적은 없습니다."

"흠. 정말 재미있는 사건이군. 그리고 칼이 있었지요?"

"칼집에 들어 있었습니다. 피해자의 발밑에 나뒹굴고 있던 것인데, 케리 부인이 남편의 것이라고 확인했습니다."

홈즈는 한동안 생각에 잠겨 있다가 드디어 입을 열었다.

"좋아, 현장으로 가서 직접 봐야겠군."

스탠리 홉킨스가 기쁜듯이 소리 질렀다.

"감사합니다. 덕분에 마음이 편해졌습니다."

홈즈가 손가락을 흔들며 경위 쪽으로 내밀었다.

"일주일 전에 왔다면 일이 더 쉬웠을 거요. 아무튼 지금부터 시작해도 완전히 헛수고는 아니겠지. 왓슨, 시간이 된다면 같이 좀 가 주게. 경위는 사륜마차를 불러 주시오. 15분 뒤에는 포레스트 로를 향해 출발할 수 있을 거야."

길을 떠난 우리는 작은 시골 역에서 내려 마차를 타고 숲이 있던 광활한 대지를 몇 킬로미터쯤 달려갔다. 이 부근은 원래 사람이 함부로 들어갈 수 없는 대삼림지대[6]의 일부였는데 먼 옛날, 독일 북부에 살던 색슨족이 브리튼 섬에 침입하려 했으나 이 요새 같은 숲에 막혀서 60년 동안이나 목적을 이루지 못했다. 그 후, 숲은 대부분 개간되어 그 자리에 영국 최초의 제철 공장이 들어섰고, 광석을 녹일 연료를 대기 위해서 수많은 나무들을 베어 냈다. 지금은 광석이 좀 더 풍부한 북부 지방으로 산업의 중심이 옮겨졌으며 황폐한 숲과 지면에 남은 거대한 상처만이 그때의 흔적을 간직하고 있었다. 이곳의 녹색 산비탈을 깎아 낸 곳에 돌로 만든 기다란 집 한 채가 있었고 들판 사이로 구불구불한 마찻길이 놓여 있었다. 그 집보다 도로에서 좀 더 가까운 곳에 삼면이 나무로 우거진 조그만 별채가 보였다. 창문 하나와 문이 이쪽을 향하고 있었다. 살인 현장이었다!

스탠리 홉킨스는 우선 우리를 본채로 안내해서 머리가 희끗희끗하고 수척하게 마른 여자를 소개해 주었다. 그 여자가 피해자의 부인이었는데, 주름이 자글자글한 바싹 마른 얼굴과 붉게 변한 눈가에 감춰진 겁먹은 표정을 보니 오랫동안 견딘 고통과 학대가 얼마나 혹독했는지 느낄 수 있었다. 그 옆에 얼굴이 창백한 금발 아가씨가 있었는데 그녀는 우리에게 아버지가 죽어서 다행이며 오히려 살인자에게 감사한다고 말하면

6) the Weald. 켄트, 서리, 이스트 서식스, 햄프셔 등의 여러 주를 포함하는 잉글랜드 남부 지역의 옛 삼림지대를 가리킨다.

서 쏘는 듯한 눈빛을 번뜩였다. 블랙 피터라 불리는 케리의 가정은 말로 할 수 없을 만큼 끔찍했다. 우리는 햇살이 쏟아지는 문 밖으로 나와 죽은 남자가 오가며 만들어 둔 오솔길을 걸으면서 자신도 모르게 안도의 한숨을 내쉬었다.

별채는 매우 간소한 건물이었다. 벽은 나무로 만들었고, 지붕은 판자로 덮었으며, 창은 문 옆과 별채 뒤쪽에 하나씩 있었다. 주머니에서 열쇠를 꺼내 열쇠 구멍에 넣으려던 스탠리 홉킨스가 무엇인가에 놀란 듯 갑자기 손을 멈추고 얼굴을 찡그렸다.

"누가 문을 열려고 한 흔적이 있습니다."

그 말은 틀림없었다. 문의 나무 부분에 흠집이 있었는데 그곳의 페인

트가 벗겨져 마치 지금 막 흠집을 낸 것처럼 나무 속살이 하얗게 드러나 있었다. 홈즈가 창문을 살펴보았다.

"여기도 억지로 열려 했던 모양이군. 누군지는 몰라도 결국 안으로 들어가지 못했어. 실력이 형편없는 도둑이로구먼."

그 말을 듣고 경위가 말했다.

"이건 중요한 일입니다. 어젯밤에는 이런 흔적이 없었거든요."

"마을 사람이 호기심을 이기지 못하고 왔다 간 것이 아닐까?"

나도 의견을 냈다.

"그럴 리는 없습니다. 부지 안에 함부로 발을 들여 놓을 사람은 거의 없어요. 하물며 선실에 들어가려 할 리는 더더욱 없고요. 선생님은 어떻게 생각하십니까?"

"우리에게는 고마운 일이지요."

"그 사람이 또 올 거란 말씀이십니까?"

"있을 법한 이야기 아닙니까? 녀석은 문이 열려 있기를 바라면서 여기까지 왔어요. 그런데 문이 잠겨 있어서 작은 주머니칼로 문을 열어 보려 했던 겁니다. 하지만 뜻대로 되지 않았지요. 그렇다면 그 다음은 어떻게 하겠습니까?"

"다음날 밤에 좀 더 쓸 만한 도구를 가지고 다시 오겠군요."

"맞아요. 그러니 여기서 기다리고 있다가 침입자를 붙잡읍시다. 그 전에 선실 안을 둘러봤으면 하는데."

참극의 흔적은 깔끔하게 정리되어 있었으나 가구와 방 안의 물건은 범행 당시 그대로 놓여 있었다. 홈즈는 두 시간 동안 수사에 몰두하며 모든 물건을 하나하나 꼼꼼히 살펴보았다. 그러나 그의 표정으로 보건대 만족할 만한 성과는 거두지 못한 듯했다. 그는 중간에 딱 한 번 끈질

긴 탐색을 중단했을 뿐이었다.

"홉킨스 경위, 이 선반에 있던 물건을 치웠나요?"

"아니요, 아무것도 건드리지 않았습니다."

"뭔가 없어진 물건이 있어. 선반의 이 부분은 다른 곳보다 먼지가 적으니까. 책을 눕혀 놓았던 걸까? 상자였을지도 모르겠군. 어쨌든 더 이상은 조사할 방법이 없어. 왓슨, 이 부근의 아름다운 숲을 산책하며 잠시 새와 꽃을 즐기기로 하세. 홉킨스 경위, 이따가 여기서 다시 만나서 어제 찾아왔던 밤손님과 더 친해질 수 있는지 한번 봅시다."

우리가 잠복을 시작한 것은 밤 11시가 넘어서였다. 홉킨스가 문을 잠그지 말자고 했으나 홈즈는 그러면 상대방이 경계할 것이라며 반대했다. 잠금 장치는 매우 간단한 것이었기에 튼튼한 칼만 있으면 쉽게 열 수 있었다. 또한 홈즈의 제안으로 우리는 오두막 안이 아니라 뒤쪽의 창문을 감싸고 있는 숲에서 잠복하기로 정했다. 그렇게 하면 침입자가 불을 밝혔을 때 정체를 확인할 수 있으며 밤중에 잠입한 목적도 알 수 있기 때문이었다.

우울한 잠복은 오래도록 계속되었다. 하지만 언제부터인가, 사냥꾼이 연못 옆에 몸을 숨긴 채 물 마시러 오는 사냥감을 기다릴 때와 같은 긴장을 느낄 수 있었다. 대체 어떤 짐승이 어둠 속에서 모습을 드러낼까? 번뜩이는 이빨과 발톱에 맞서 격투를 벌여야 하는 사나운 호랑이일까? 아니면 나약하고 허점이 많은 먹잇감만을 노리는 음흉한 자칼일까? 우리는 아무런 소리도 내지 않고 숲 속에 웅크리고 앉아 곧 찾아올 상대를 기다리고 있었다. 처음에는 밤늦게 집으로 돌아가는 마을 사람들의 발소리와 주민들의 이야기 소리가 무료함을 달래 주었으나 그러한 소리도 점차 잦아들었고 주위는 결국 완전한 고요함에 잠겨 들었다. 들리는 것이라고는 시각을 알리는 먼 교회의 종소리와 머리 위 나뭇잎에 가랑비가 떨어지는 소리뿐이었다.

새벽 2시 반을 알리는 종소리가 들리고 날이 밝기 전의 가장 어두운 시간이 찾아왔을 무렵, 문 쪽에서 낮지만 날카롭게 쩔그럭 하는 소리가 들리자 우리는 일제히 귀를 기울였다. 누군가가 마찻길로 들어선 것이다. 그때부터 한동안은 긴 고요의 시간이 흘러서 혹시 내가 잘못 들은 것이 아닐까 하는 의심이 생겼다. 그런데 그때, 오두막 앞쪽을 살금살금 걷는 소리에 이어서 금속이 긁히는 소리가 들렸다. 문을 열려고 하는 소리였다! 솜씨가 더 좋아졌는지 아니면 더 좋은 도구를 가지고 왔는지는 몰라도 갑자기 문 열리는 소리가 들리더니 경첩이 삐걱거리기 시작했다. 침입자가 성냥을 그었고 촛불이 오두막 안을 밝혔다. 우리는 눈을 둥그렇게 뜨고 얇은 커튼 너머를 들여다보았다.

늦은 밤의 방문자는 마르고 약해 보이는 청년이었다. 검은 콧수염 때문에 혈색 나쁜 얼굴이 더욱 창백해 보였는데, 나이는 스무 살이 안 돼 보였다. 그처럼 가엾을 만큼 겁먹은 사람은 아직 본 적이 없었다. 내 눈으로 보기에도 이를 덜덜 떨었고 손발도 부들부들 떨고 있었다. 옷은 신사 같은 차림새였는데 위에는 사냥용 노픽재킷을 입고, 무릎 근처에서 졸라매는 품 넓고 느슨한 바지를 입었으며 머리에는 천 모자를 쓰고 있었다. 그는 겁먹은 눈빛으로 주위를 둘러보더니 짧은 초를 탁자 위에 올려놓고 우리가 있는 곳에서는 보이지 않는 방 한구석으로 모습을 감췄다. 잠시 후, 그는 선반에 나란히 꽂혀 있던 커다란 항해 일지 중에서 한 권을 끌어안고 다시 모습을 드러냈다. 그는 따로 찾는 부분이 있었는지 탁자에 몸을 웅크리고 빠르게 페이지를 넘겼다. 그러다가 화가 났는지 주먹을 굳게 쥐고 휘두르더니 일지를 덮고 원래 자리로 되돌려놓고 나

서 불을 껐다. 그가 오두막을 나서자마자 기다리던 홉킨스가 멱살을 잡았다. 그는 잡혔다는 사실을 깨닫고 공포에 질린 듯 숨을 헐떡였다. 다시 촛불을 켜니 포로가 경위의 손에 잡힌 채 부들부들 떨며 몸을 움츠리고 있었다. 그는 소지품 상자에 힘없이 앉아 꼼짝도 못한 채 우리를 번갈아 바라보았다.

"자, 너는 누구지? 여기에는 무슨 볼일이 있어서 왔나?"

스탠리 홉킨스가 입을 열었다. 남자는 정신을 차리고 어떻게든 냉정함을 되찾으려 노력하고 있었다.

"당신들은 경찰인가요? 피터 케리 선장이 죽은 사건과 제가 관계있다고 생각하시죠? 미리 말해 두겠는데 저는 무죄입니다."

"그건 곧 밝혀질 거야. 우선 이름을 들어 볼까?"

"존 호플리 넬리건John Hopley Neligan 입니다."

그 순간, 홈즈와 홉킨스는 눈짓을 주고받았다.

"무슨 일로 이 오두막에 온 거지?"

"제 이야기를 비밀로 해 주실 수 있습니까?"

"그럴 수는 없어."

"그렇다면 대체 제가 왜 말해야 합니까?"

"여기서 대답하지 않으면 재판 때 불리하게 작용할 테니까."

청년은 재판이라는 말에 당황한 듯했다.

"알겠습니다. 이야기하겠습니다. 그래도 상관없습니다. 그저 옛날의 추문을 들추고 싶지 않았을 뿐입니다. 혹시 도슨과 넬리건이라는 이름을 알고 계십니까?"

홉킨스는 모르는 듯했으나 홈즈는 커다란 흥미를 보였다.

"서부 지방의 은행가들이 아닌가? 100만 파운드를 지불하지 못해서 콘월 주의 가정 절반을 파산시켰지. 그리고 마침내 넬리건은 종적을 감추었고."

"맞습니다. 넬리건이 제 아버지입니다."

마침내 유력한 단서가 나타난 셈이었다. 그러나 종적을 감춘 은행가와 자신의 작살에 찔린 채 벽에 박혀 있던 피터 케리 선장 사이에 어떤 관련이 있는지 쉽게 이해할 수 없었다. 우리 셋은 진지한 자세로 청년의 이야기에 귀를 기울였다.

"그 사건에 실제로 관계하고 있었던 것은 아버지뿐입니다. 도슨은 이미 은퇴한 뒤였습니다. 당시 저는 열 살이었지만 그 일을 부끄러워하고 두려워했습니다. 그날 이후, 아버지는 증권을 전부 훔쳐 달아났다는 말을 들었지만 그것은 사실이 아닙니다. 아버지는 증권을 현금으로 바꿀 때까지만 기다려 주면 모든 일이 순조롭게 풀려 채권자들에게 돈을 다 갚을 수 있다고 믿고 있었습니다. 아버지는 구속영장이 나오기 직전에 작은 요트를 타고 노르웨이로 출발했습니다. 어머니에게 작별 인사를 한 마지막 날 밤은 지금도 뚜렷이 기억하고 있습니다. 가지고 가는 증권 리스트를 집에 남겨 두고, 반드시 명예를 회복한 뒤 돌아오겠으며 믿어 준 사람들에게는 결코 피해를 주지 않겠노라고 맹세했습니다. 그리고 아버지의 소식은 끊어졌습니다. 요트와 아버지 모두 사라지고 만 것입니다. 어머니와 저는 아버지가 증권과 함께 바다 속으로 가라앉았다고 생각했습니다. 그런데 믿을 만한 제 지인 중에 사업을 하는 친구가 있습니다. 그 사람이 얼마 전에 아버지가 가지고 간 증권 중 일부가 런던 주식시장에 나돌고 있다는 사실을 알아냈습니다. 그때 저와 어머니가 얼마나 놀랐겠습니까! 저는 몇 달에 걸쳐서 증권이 처음 나온 곳을 조사했습니다. 갖은 고생 끝에 이 오두막 주인인 피터 케리 선장이 처음으로 그 주식을 팔았다는 사실을 간신히 밝혀냈습니다. 물론 저는 이 사람에 대해 조사해 봤습니다. 그는 포경선 선장이었는데 마침 아버지가 노르웨이로 항해하던 때 북극해에서 돌아왔더군요. 그해 가을에는 폭풍이 많았고 강한 남풍이 끊임없이 불고 있었으니, 아버지의 요트가 북쪽으로 떠내려가다가 피터 케리의 배를 만났을 수도 있습니다. 그게 사실이라면 아버지는 어떻게 되셨을까요? 어쨌든 그 증권이 시장에 나오게 된 경위를 피터 케리가 증언해 준다면, 그것을 판 사람은 아버지가 아니라는 사실과 아버지가 자기 이익을 위해서 증권을 가지고 간 것이 아니라는 사실이 밝혀지리라 생각했습니다.

그래서 저는 선장을 만나기 위해서 서식스에 왔습니다. 그런데 제가 도착하자마자 선장은 끔찍한 최후를 맞이하고 말았습니다. 검시 심문에 관한 기사를 읽어 보니 그의 오두막에는 예전의 항해 일지가 보존되어 있다고 했습니다. 그때 문득, 1883년 8월 시 유니콘 호의 기록을 읽어 보면 아버지가 어떻게 되었는지 그 수수께끼를 풀 수 있겠다 싶었습니다. 어젯밤에 항해 일지를 손에 넣으려 했으나 문을 열 수가 없었습니다. 그래서 오늘 밤에 다시 한 번 시도했고 마침내 성공했지만 일지를 살펴보니 1883년 8월 부분은 찢어지고 없었습니다. 그 사실을 안 순간, 당신들에게 붙잡힌 겁니다."

"이야기는 그게 전부인가?"

홉킨스가 물었다.

"네, 이게 전부입니다."

"다른 할 말은 없나?"

넬리건은 망설였다.

"없습니다. 아무것도 없습니다."

"여기에 처음 온 게 어젯밤이었단 말이지?"

"네."

"그럼 어떻게 설명할 거지, 이건?"

홉킨스가 목소리를 높이며 움직일 수 없는 증거를 내밀었다. 첫 페이지에 넬리건의 머리글자인 'J. H. N.'이 적혀 있고 표지에 혈흔이 묻은 수첩이었다. 가엾은 남자는 힘없이 어깨를 늘어뜨리고 두 손을 얼굴에 댄 채 온몸을 떨었다. 그가 신음하는 듯한 소리를 냈다.

"그게 대체 어디에 있었습니까? 몰랐습니다. 호텔에서 잃어버린 줄로만 알았는데."

홉킨스가 엄격한 어조로 말했다.

"이젠 됐어. 다른 할 말이 있으면 법정에서 하고 그만 경찰서로 가지. 자, 홈즈 선생님과 친구분. 일부러 여기까지 와 주셔서 정말 감사합니다. 도와주지 않으셨더라도 저 혼자 해결할 수 있었을 문제였군요. 어쨌든 호의에는 진심으로 감사드립니다. 브램블리티 호텔에 두 분의 방을 잡아 놓았으니 마을까지 함께 가겠습니다."

이튿날 아침, 런던으로 돌아가는 도중에 홈즈가 말했다.

"이보게, 왓슨. 이번 사건의 결말을 어떻게 생각하나?"

"자네는 불만스러워 보이는군."

"무슨 소리야, 왓슨. 아주 만족하고 있다네. 다만 스탠리 홉킨스의 방법은 칭찬할 수가 없어. 그 사람에게는 실망했네. 좀 더 현명한 사람인 줄 알았는데 말이야. 어떠한 경우에도 다른 가능성을 고려해서 그쪽도 대비해 두어야 해. 이건 범죄 수사의 기본일세."

"다른 가능성이란 어떤 것인가?"

"나는 지금까지 전혀 다른 방향으로 조사했다네. 어쩌면 쓸데없는 짓일지도 몰라. 아직 알 수 없는 일이지. 하지만 끝까지 해 볼 생각일세."

베이커 가의 하숙으로 돌아오자 홈즈 앞으로 편지 몇 통이 와 있었다. 그는 그 가운데 한 통을 뜯더니 참으로 만족스럽게 웃었다.

"됐어, 왓슨. 조금 전에 이야기한 다른 방향으로의 조사가 효과를 나타내기 시작했어. 전보용지가 있었지? 전문 두 통만 써 주게. 하나는 레트

클리프 하이웨이에 있는 섬너 해운 회사로 보낼 거야. '내일 아침 10시, 세 명 보낼 것. — 바질.' 바질이란 이번 조사에서 내가 쓰고 있는 이름일세. 다른 하나는 브릭스턴 로드 가 46번지 스탠리 홉킨스 경위에게 보내는 거야. '내일 아침 9시 반, 아침 식사를 하러 오시오. 중요함. 못 올 경우 답장할 것. — 셜록 홈즈.' 왓슨, 나는 벌써 열흘이나 이 지긋지긋한 사건에 매달렸어. 이제야 마무리를 짓게 되었군. 내일이면 완전히 손 뗄 수 있을 걸세."

약속한 9시 반 정각에 스탠리 홉킨스 경위가 찾아왔다. 우리 셋은 허드슨 부인이 차려 준 훌륭한 아침 식사를 함께했다. 수사에 성공을 거둔 젊은 경위는 기분이 아주 좋았다. 홈즈가 물었다.

"당신은 정말로 사건을 올바로 해결했다고 생각합니까?"

"이보다 더 깔끔한 해결이란 잘 떠오르지가 않는군요."

"나는 아무래도 납득할 수 없어요."

"뜻밖의 말씀을 하시는군요. 대체 무엇이 부족하다는 말씀이십니까?"

"경위의 생각으로 모든 점을 설명할 수 있습니까?"

"물론입니다. 그 넬리건은 바로 살인이 벌어진 날에 브램블티티 호텔에 도착했습니다. 골프를 치러 왔다는 구실로요. 방은 1층이었으니 아무 때나 드나들 수 있었습니다. 그날 밤, 우드먼스 리로 간 그는 오두막에서 피터 케리를 만났고, 말다툼 끝에 작살로 죽인 겁니다. 그런 다음 자기가 저지른 일이 두려워져서 오두막을 뛰쳐나왔지요. 도망을 치다가 피터 케리에게 다른 증권 등에 대해서 물어보기 위해 들고 간 수첩을 떨어뜨리고 말았습니다. 보셨는지 모르겠으나 수첩에 기록된 증권 중 몇 개에는 작은 표시가 되어 있지만 대부분에는 아무런 표시도 없었습니다. 표시가 된 것은 런던의 주식 시장에서 확인한 증권들인데 다른 것들은 아직 케리의 손에 있었던 것이 아닐까 합니다. 넬리건의 말에 따르면 어떻게든 그걸 되찾아서 아버지의 채권자들에게 빚을 갚고 싶었다고 합니다. 살인 현장에서 달아난 그는 한동안 오두막에 다가갈 용기를 내지 못하다가 마침내 필요한 정보를 반드시 손에 넣어야겠다고 결심한 겁니다. 참으로 단순하고 명쾌하지 않습니까?"

홈즈가 미소를 지으며 고개를 가로저었다.

"홉킨스 경위의 가설에는 딱 한 가지 결함이 있어요. 다시 말해서 그런 일은 애초부터 불가능하다는 겁니다. 살아 있는 동물의 몸을 작살로 찔러 본 적이 있습니까? 없다고? 이런, 그런 사소한 점에도 반드시 주의를 기울여야 합니다. 여기 있는 왓슨에게 물어보면 알 테지만, 나는 아침 시간을 활용해서 작살 쓰는 연습을 했지요. 그건 결코 만만한 일이 아니에요. 힘과 요령이 필요하죠. 그런데 피터 케리를 죽음에 이르게 한 일격은 작살 끝이 벽에 깊이 박혔을 정도로 무시무시했습니다. 넬리건처럼 나약한 젊은이가 그렇게까지 할 수 있었을까? 그 청년이 한밤중에 블랙 피터와 둘이서 럼주에 물을 타서 마신 장본인일까? 살인이 일어나기 이틀 전날 밤, 커튼 너머로 옆얼굴이 비쳤던 사람이 과연 그였을까? 아닙니다, 홉킨스. 좀 더 우악한 다른 사람을 찾아내야만 해요."

홈즈의 이야기를 듣는 동안 경위는 시무룩한 표정을 지었다. 이제는 희망도 야심도 죄다 사라져 가는 판이었다. 그러나 그는 간단히 물러나지는 않았다.

"범행이 일어난 날 밤, 넬리건이 현장에 있었다는 사실은 부정할 수 없습니다. 수첩이 그 증거입니다. 선생님에게는 빈틈이 보일지 몰라도 재판의 배심원들을 납득시킬 수 있을 만한 증거는 전부 갖추고 있습니다. 게다가 선생님, 저는 상대를 이미 붙잡았습니다. 선생님이 말씀하신 우악한 사람이라는 자는 이 세상 어디에 있습니까?"

홈즈가 차분하게 대답했다.

"마침 계단을 올라오고 있는 모양이군. 왓슨, 권총을 손에 닿는 곳에 준비해 두게나."

그는 자리에서 일어나 무엇인가 적혀 있는 종이를 보조 탁자에 놓았다.

"이것으로 준비는 다 됐네."

방 밖에서 쩌렁쩌렁한 목소리가 들리더니 곧 허드슨 부인이 문을 열고 세 명의 남자가 바질 선장을 찾아왔다고 알려 주자 홈즈가 말했다.

"한 사람씩 들여보내세요."

처음에 들어온 사람은 사과의 일종인 립스턴 피핀처럼 생긴 남자였다. 혈색 좋은 얼굴에 희고 덥수룩한 구레나룻을 기르고 있었다. 홈즈가 주머니에서 편지를 꺼냈다.

"이름은?"

"제임스 랭커스터."

"랭커스터, 미안하지만 이미 사람을 구했다네. 수고비로 반 소버린 주 겠네. 저쪽 방에서 잠깐 기다려 주게."

두 번째는 키가 큰 주름투성이 사내로 똑바로 뻗은 머리카락과 창백한 뺨을 가진 사람이었다. 이름은 휴 패틴스라고 했다. 그도 채용을 거절당해 반 소버린 금화를 받고 옆방에서 기다리라는 말을 들었다.

세 번째 지원자는 남다른 외모로 사람들의 시선을 끌었다. 헝클어진 머리와 턱수염이 사나운 불도그처럼 생긴 얼굴을 감싸고 있었으며, 아래로 처진 짙은 눈썹 밑에는 대담무쌍한 검은 눈이 반짝였다. 그는 인사를 하고 모자를 두 손으로 만지작거리며 뱃사람다운 모습으로 그 자리에 서 있었다. 홈즈가 그에게도 물었다.

"이름은?"

"패트릭 케언스."

"작살잡이로군."

"네, 항해 경험은 26회입니다."

"던디 항에서?"

"네."

"탐험선인데 타겠나?"

"네."

"급료는?"

"월 8파운드."

"바로 출발할 수 있나?"

"도구가 갖춰지는 대로."

"신분증명서는 있나?"

"네."

남자는 기름때가 묻고 너덜거리는 서류를 주머니에서 꺼냈고 홈즈는 그것을 훑어본 뒤 돌려주었다.

"자네야말로 찾고 있던 사람일세. 저 보조 탁자에 계약서가 있어. 사인만 하면 모든 절차가 끝일세."

뱃사람은 비틀거리는 발걸음으로 방을 가로질러 펜을 쥐었다.

"여기에 서명하면 됩니까?"

그가 탁자 위로 몸을 웅크렸다.

홈즈가 남자 뒤로 다가가 어깨 너머로 서류를 보면서 목 옆으로 두 팔을 뻗었다.

"이거면 됐어."

갑자기 금속음이 울리더니 미쳐 날뛰
는 황소가 울부짖는 듯한 소리가 들
렸다. 다음 순간 홈즈와 뱃사람이
한데 뒤얽혀 바닥을 나뒹굴었다.
그자의 힘은 가히 엄청나서 홈
즈가 교묘하게 두 손에 채운
수갑도 거의 소용이 없었다.
홉킨스와 내가 서둘러 같이
덤비지 않았다면 홈즈는 단
번에 나가 떨어졌을 것이다.
내가 권총의 차가운 총구를
관자놀이에 갖다 대자 그자는 마
침내 저항해도 소용없다는 사실을 깨달
은 듯했다. 셋이서 발목을 끈으로 묶고 숨을 헐
떡이며 일어섰다. 셜록 홈즈가 말했다.

"미안해요, 홉킨스. 스크램블 에그가 식어 버렸군. 하지만 경위가 사건
을 잘 풀어냈으니 남은 아침 식사는 더 맛있겠지요."

스탠리 홉킨스는 어리둥절해서 한동안 말이 나오지 않는 모양이었다.
그가 새빨개진 얼굴로 갑자기 입을 열었다.

"선생님, 뭐라고 해야 좋을지 모르겠습니다. 저는 처음부터 멍청한 짓
만 하고 있었던 듯합니다. 절대로 잊어서는 안 되는 일이었어요. 저는
제자고 선생님은 스승이라는 사실을 이번에 절실하게 깨달았습니다. 지
금 선생님이 하신 일을 보고도 뭐가 어떻게 된 것인지, 여기에 어떤 의
미가 담겨 있는지 전혀 이해할 수가 없습니다."

홈즈가 기분 좋게 대답했다.

"괜찮아요. 우리는 모두 경험을 통해서 배우는 법이니까. 이번에 경위가 깨달아야 할 교훈은, 어떤 경우에라도 다른 가능성을 무시해서는 안 된다는 점입니다. 경위는 넬리건에게 완전히 마음을 빼앗겨서 피터 케리를 살해한 진범인 패트릭 케언스에게는 시선을 돌리지 못했지요."

뱃사람의 거친 목소리가 대화 사이로 끼어들었다.

"선생, 잠깐 기다려 보쇼. 나를 이렇게 막무가내로 다룬 데는 입이 있어도 할 말이 없소. 그래도 입은 비뚤어졌어도 말은 바로 해 주쇼. 선생은 나더러 피터 케리의 살인범이라고 했지만, 난 피터 케리를 죽인 자요. 이 둘은 엄연히 다른 거요. 어차피 무슨 말을 해도 믿지 않고 헛소리라 생각하겠지만."

그 말에 홈즈가 대답했다.

"천만에. 하고 싶은 말이 있다면 꼭 들어 보고 싶군."

"아주 간단한 이야기요. 주님 앞에 맹세코 이 이야기는 전부 사실이외다. 나는 블랙 피터라는 작자를 잘 알고 있어서 녀석이 칼을 꺼낸 순간 작살로 찔러 준 거요. 그렇게 하지 않았다면 내가 당했을 테니까. 녀석은 그래서 죽었소. 당신네들은 그걸 살인이라고 할지 모르겠지만 아무튼 녀석의 칼에 심장을 찔려 죽건 밧줄에 목매달려 죽건 나한텐 다 똑같단 말이오."

"어쩌다 그렇게 된 거지?"

"처음부터 이야기하리다. 하지만 이래서는 말하기도 힘드니 몸 좀 일으켜 주쇼. 1883년 8월의 일이었소. 피터 케리는 시 유니콘 호의 선장이었고 나는 예비 작살잡이였지. 일주일 정도 남쪽에서 강한 맞바람이 불어오더군. 우리 배는 얼음의 바다에서 돌아오고 있었는데 그때 북쪽으

로 흘러오는 조그만 배를 만났소. 딱 한 사람이 타고 있었는데 뱃사람이
아니더구먼. 배에 같이 타고 있던 선원들은 배가 침몰할 거라고 생각하
고 보트를 타고 노르웨이 해안으로 갔다고 했소. 아마 모조리 바다에 빠
져 죽었을 거요. 어쨌든 그 사람을 우리 배에 태워 주었더니 선장실에
처박혀서 선장과 오랫동안 이야기를 나누더군. 가지고 있던 짐이라고는
함석 상자 하나가 전부였소. 그자는 제 이름을 말한 적도 없었지. 한데
다음 날 밤에 갑자기 사라져 버리고 말았소. 그래서 다들 그자가 배에서
몸을 던졌거나, 마침 한껏 거칠어진 바다에 빠졌을 것이라고들 생각했
소. 진상을 알고 있던 것은 오직 한 사람, 나밖에 없었소. 내 눈으로 직접
봤거든. 한밤중에 당직을 서던 선장이 그의 발을 잡아 난간 너머 바다로
집어던진 것이오. 스코틀랜드 동북쪽에 있는 셰틀랜드 등대가 보이기
이틀 전의 어두운 밤이었소.

나는 그 사실을 아무에게도 말하지 않고 일이 어떻게 돌아가는지 지
켜보았소. 배가 스코틀랜드에 도착했을 때는 다들 깨끗하게 잊어버리
고 이상히 여기지도 않았소. 생판 모르는 사람이 죽든 말든 내 알 바 아
니라는 듯한 태도였소. 피터 케리는 곧 배 타는 일을 그만두고 몇 년 동
안이나 행방을 감추었소. 그가 일을 관둔 것은 남자가 가지고 있던 함석
상자의 내용물 때문인 것 같았고, 지금쯤이면 내 입막음을 하기 위해 돈
을 잔뜩 줄 만큼 여유가 있을 거라 생각했소.

나는 런던에서 우연히 녀석을 만난 적이 있다는 뱃사람에게서 주소를
들었소. 그러고는 바로 돈을 뜯어내기 위해 피터 케리에게 갔소. 첫째 날
밤에는 꽤나 고분고분해서 내가 평생 배를 타지 않아도 될 만큼의 돈을
주겠다고 약속하더군. 이틀 후에 일을 마무리 짓기로 하고 그날 밤은 그
냥 헤어졌소. 약속한 날 밤에 가 보니 녀석은 심하게 취해서 아주 난폭

해져 있었소. 둘이 마
주앉아서 술을 마시
며 옛날이야기를 하
고 있었는데, 마시면
마실수록 녀석의 표
정이 안 좋아졌소. 나
는 벽에 걸린 작살을
눈여겨보았고, 여기서
나가기 전에 저걸 쓰
게 생겼구나 싶었소.
결국 녀석은 고함을 지
르면서 내게 침을 뱉고 욕
을 퍼부었소. 살기 가득한 눈으로
커다란 접이식 칼을 쥐더구면. 그래서 칼
날을 뺄 틈도 주지 않고 작살을 박아 준 거요. 맙소사, 그 소리가 얼마나
끔찍하던지! 요즘에는 녀석의 얼굴이 어른거려서 밤에도 잠을 못 잔다
오. 나는 피 웅덩이 한가운데서 잠깐 상황을 지켜봤지만 주위가 쥐 죽은
듯 고요해서 다시 기운을 차렸소. 주변을 둘러보았더니 선반 위에 함석
상자가 있더군. 아무튼 피터 케리가 빼앗은 물건이라면 내게도 같은 권
리가 있으니 상자를 가지고 오두막에서 나왔소. 멍청하게도 담배쌈지를
탁자 위에 놓고 나왔지만.

　그 다음에 참으로 묘한 일이 벌어졌소. 오두막에서 나온 순간, 발소리
가 들리기에 나는 숲 속으로 몸을 숨겼소. 어떤 남자가 살금살금 다가와
오두막으로 들어가더니 귀신이라도 본 것처럼 꽥꽥 비명을 지르며 정신

없이 달아나 모습을 감추었소. 녀석이 누구인지, 무엇을 하러 온 것인지 나는 전혀 모르겠소. 나는 15킬로미터를 걸어 턴브리지 웰스 역으로 가서 런던 가는 기차를 탔소. 아무에게도 들키지 않았지.

나중에 함석 상자를 살펴보니 땡전 한 푼 없고 팔아먹지도 못할 종잇조각만 잔뜩 있었소. 블랙 피터라는 돈줄도 끊겨 버렸고, 알거지가 되어 런던 한가운데서 오도 가도 못하는 신세가 되어 버린 거요. 그러니 다시 배를 탈 수밖에 없었지. 높은 급료를 주고 작살잡이를 고용한다는 광고를 보고 알선 회사로 갔더니 여기를 가르쳐 주었소. 내가 알고 있는 건 여기까지요. 한마디만 더 하겠는데 블랙 피터를 응징했으니 높으신 양반들도 내게 감사의 말을 해야 할 거요. 녀석을 목매달 밧줄 하나를 아끼게 해 주었으니까."

"정말 이해하기 쉬운 이야기였소."

홈즈가 자리에서 일어나 파이프에 불을 붙였다.

"홉킨스, 피의자를 얼른 안전한 곳으로 데려가시오. 이 방은 독방으로 쓰기에 그다지 적당하지 않으니까. 게다가 패트릭 케언스 씨는 우리 집에서 융단이 깔린 자리를 너무 많이 차지하고 있어요."

홉킨스가 말했다.

"선생님, 뭐라 감사의 말씀을 드려야 할지 모르겠습니다. 어떻게 이런 성과를 올렸는지 아직도 짐작이 가지 않습니다."

"운 좋게 처음부터 정확한 단서를 잡았던 것뿐입니다. 만약 처음부터 수첩에 대해서 알고 있었다면 경위와 마찬가지로 나도 엉뚱한 방향으로 생각했을지 모릅니다. 그런데 내가 들은 것들은 전부 한 방향을 가리키고 있었어요. 놀라운 괴력, 능숙하게 작살을 다룰 줄 아는 솜씨, 럼주, 바다표범 가죽으로 만든 담배쌈지, 그 안의 싸구려 담배. 이 모든 것은 뱃사람, 그것도 포경선을 탄 적이 있는 사람의 특징이지요. 담배쌈지의 'P. C.'라는 머리글자는 우연히 피터 케리의 머리글자와 일치하는 것일 뿐, 그의 소지품임을 나타내지는 않는다고 생각했습니다. 왜냐하면 그는 거의 담배를 피우지 않을 뿐만 아니라 오두막에 파이프도 없었다고 했으니까요. 내가 그 방 안에 위스키나 브랜디가 있었느냐고 물었는데 기억납니까? 그때 경위는 있었다고 했지요. 그런 술이 있는데 육지 사람이 일부러 럼주를 찾아 마실 리가 없지요. 그러니 범인은 틀림없이 뱃사람이라고 생각했습니다."

"하지만 그 사람을 어떻게 찾아내신 겁니까?"

"아주 간단합니다. 범인이 뱃사람이라면 피해자와 함께 시 유니콘 호를 탔던 사람이라고 생각할 수밖에 없으니까요. 내가 알기로 피터 케리가 타고 항해에 나선 배는 그것밖에 없었어요. 나는 사흘 동안 던디 항과 전보를 주고받은 결과, 1883년 당시의 시 유니콘 호 승무원의 이름을 전부 알아냈는데 거기에 작살잡이 패트릭 케언스라는 이름이 있더군요. 그의 머리글자가 바로 'P. C.'이니, 수사도 마무리를 향해 치닫고 있었던 겁니다. 이 사람은 아마 런던에 있을 테고 한동안 외국으로 떠나 있고 싶을 것이라 생각했습니다. 그래서 며칠 동안 이스트엔드의 강변 부근을 드나들며 북극 탐험 이야기를 만들어 낸 뒤, 바질 선장 밑에서 일할 작살잡이를 아주 좋은 조건으로 모집해 보았어요. 지금 보고 있는 것이 바로 그 성과인 셈이죠!"

홉킨스가 외쳤다.

"놀랍습니다! 정말 훌륭합니다!"

"홉킨스 경위, 한시 빨리 넬리건을 풀어 주시오. 솔직히 말해서 그 청년에게 사과해야 한다고 생각합니다. 피터 케리가 팔아치운 증권은 영원히 돌아오지 않을 테지만 함석 상자는 받을 수 있겠지요. 마차가 왔으니 이 사람을 데리고 가면 됩니다. 나는 왓슨과 함께 노르웨이 어딘가에 있을 테니 재판에서 내 증언이 필요하다면 그쪽으로 연락하세요. 자세한 장소는 곧 편지로 알려주겠소."

7. 찰스 오거스터스 밀버턴

지금부터 소개할 사건은 일어난 지 몇 년이 흘렀어도 여전히 입에 올리기가 망설여진다. 아무리 신중하고 조심스럽게 하더라도 오랫동안 그 사건을 공개할 수는 없었으나 지금은 사건과 깊은 관련이 있던 사람들 대부분이 인간 사회의 법률이 미치지 못하는 곳으로 떠났으므로 적당히 에둘러 표현한다면 누구에게도 상처를 주지 않고 이야기할 수 있을지 모른다. 이것은 셜록 홈즈와 내 인생에 두 번 다시 찾아오지 않을 독특한 경험을 기록한 것이다. 실제 일어난 사건을 유추할 수 있는 날짜나 다른 사실들은 비밀로 했으니 독자 여러분들의 양해를 구한다.

홈즈와 나는 평소와 다름없이 저녁 산책에 나섰다가 6시 무렵에 온몸이 얼어붙을 것 같은 추위를 뒤로 하고 집으로 되돌아왔다. 홈즈가 램프를 켜자 그 불빛이 탁자 위의 명함 한 장을 비췄다. 그것을 본 홈즈는 참으로 불쾌해하는 소리를 내며 그것을 바닥에 집어던졌다. 나는 그것을 집어 읽어 보았다.

찰스 오거스터스 밀버턴
햄스테드 애플도어 타워스
대리인

"이 사람은 누군가?"

내가 묻자 홈즈가 자리에 앉아 난로 쪽으로 발을 뻗으며 대답했다.

"런던 최고의 악당일세. 명함 뒤에 뭐라고 적혀 있나?"

나는 명함을 뒤집어 보고 소리 내어 읽었다.

"6시 30분에 찾아뵙겠습니다. C. A. M."

"흠! 곧 찾아오겠군. 왓슨, 자네는 동물원의 뱀 우리 앞에 서서 미끄러지듯 움직이는 독을 품은 몸뚱어리와 그 표독스러운 눈, 간사하고 납작한 대가리를 보면 온몸에 소름이 돋지 않나? 밀버턴은 바로 그런 자일세. 나는 지금까지 50명쯤 되는 살인범을 상대했지만 그 가운데서도 가장 흉악한 놈이라 하더라도 밀버턴만큼 혐오스럽지는 않았어. 하지만 녀석과의 거래를 피할 수는 없다네. 실제로 녀석은 내 초대를 받고 여기에 왔으니까."

"그렇다면 대체 어떤 사람인가?"

"지금 말해 주겠네, 왓슨. 이 사람은 협박자들의 제왕이라고 할 수 있어. 이 사람이 비밀이나 스캔들을 알아냈다가는 남자는 물론이고 특히 여자는 절대로 벗어날 수가 없지. 상냥한 얼굴을 하고 있지만 그 뒤에는 냉혹한 마음이 숨어 있어서 상대방을 쥐어짤 수 있을 때까지 쥐어짜 결국에는 껍데기만 남겨 버리지. 그 방면에서는 천재라고 할 수 있는데 다른 올바른 일을 했어도 틀림없이 성공했을 거야. 녀석의 수법은 이렇다네. 우선 부자나 지위 높은 사람들의 약점이 될 만한 편지가 있으면 언제나 그 자리에서 비싸게 사들이겠다는 정보를 흘려. 그런 편지는 주인을 배신한 집사나 하녀들한테서만 얻는 게 아닐세. 신사인 척하면서 사람을 쉽게 믿는 부인의 신뢰와 애정을 손에 넣은 건달들에게서도 사들이고 있어. 밀버턴은 절대 돈을 아끼지 않는다네. 내가 알고 있는 범위에서도 단 두 줄짜리 편지를 가져다준 마부에게 700파운드나 지불했고 덕분에 그 귀족 일가는 파멸했지. 팔려고 내놓은 물건은 전부 밀버턴의 손에 넘어가. 런던에는 그 이름만 들어도 안색이 변할 사람이 수백 명은 될 걸세. 녀석의 마수가 어디로 향할지는 아무도 모른다네. 부자에 빈틈이 없고 생활하는 데도 아무 문제가 없기 때문에 몇 년이고 패를 쥐고 있다가 자기에게 가장 유리할 때 써먹거든. 나는 이 자를 런던 제일의 악당이라고 했어. 생각해 보게나. 욱하는 성질을 못 이기고 동료를 때려눕힌 불한당과 이미 두둑한 지갑을 더욱 불리려고 여유롭게 계획을 짜서 사람을 괴롭히고 피가 말라붙게 하는 녀석을 서로 비교할 수 있겠나?”

친구가 이처럼 격렬한 감정을 드러내며 이야기하는 것을 나는 그날 처음 보았다.

“하지만 그 정도라면 법으로 잡을 수 있지 않나?”

“이론상으로는 그렇지만 실제로는 불가능하다네. 예를 들어서 협박을 받아 파멸이 눈앞에 닥친 여성이 그 녀석을 두세 달 동안 감옥으로 보낸들 좋을 것이 뭐가 있겠나? 녀석의 희생자들은 감히 반격할 용기가 없어. 만약 밀버턴이 죄 없는 사람을 협박한다면 그를 잡을 수도 있겠지. 하지만 그자는 악마처럼 빈틈이 없다네. 아니, 소용없는 일이야. 녀석과 싸우려면 다른 방법을 찾아내야 해.”

“그렇다면 그런 사람이 여기에는 왜 오는 건가?”

“어떤 고귀한 여성이 어찌할 바를 모르고 내게 사건을 의뢰했기 때문일세. 얼마 전 사교계에 데뷔한 에바 블랙웰 양이지. 보름 뒤에 도버코트 백작과 결혼할 거야. 그런데 그 악마가 아름다운 숙녀께서 경솔하게 쓴 편지를 몇 통 가지고 있어. 왓슨, 그건 경솔함 말고는 아무것도 없는 편지라네. 시골의 젊고 가난한 지주에게 쓴 것이지. 하지만 그것만으로도 결혼을 망치기에는 충분해. 거액을 지불하지 않으면 밀버턴은 편지를 백작에게 보내 버릴 걸세. 나는 녀석을 만나서 가능한 한 유리하게 매듭 지어 달라는 의뢰를 받았어."

그때, 바깥 도로에서 말발굽 소리와 마차의 바퀴 소리가 들려왔다. 내려다보니 말 두 마리가 끄는 훌륭한 마차가 보였으며, 멋진 밤색으로 윤기가 흐르는 뒷부분에는 램프가 잔뜩 매달려 있었다. 마부가 문을 열자 부드러운 새끼 양 모피로 만든 외투를 입은 남자가 마차에서 내렸다. 조그맣지만 체구가 다부진 그자는 1분 뒤에 우리 방으로 들어왔다.

찰스 오거스터스 밀버턴은 50세쯤 된 듯했다. 머리는 크고 지적으로 보였으며 얼굴은 둥글고 통통하며 수염이 없었다. 미소를 그치지 않았지만 그건 영원히 얼어붙은 것 같은 차가움이었고 두 개의 날카로운 회색 눈이 커다란 금테 코안경 너머에서 반짝였다. 그 용모에는 디킨스의 소설에 등장하는 자비로운 피크위크 씨를 떠오르게 하는 부분이 있었으나, 얼어붙을 것 같은 꾸며낸 미소하며 차분하지 못하고 쏘아붙이는 듯이 차갑게 번뜩이는 눈 때문에 그 인상이 지워지고 말았다. 아까 찾아왔을 때는 아무도 없어서 참으로 유감이었다고 말하면서, 앞으로 나서며 동글동글하고 조그만 손을 내밀 때의 목소리는 용모와 마찬가지로 부드러웠고 거부감이 들지 않았다. 홈즈는 밀버턴이 내민 손을 무시한 채 굳은 표정으로 그를 보았다. 밀버턴은 더욱 크게 미소 짓더니 어깨를 들썩이고 외투를 벗어 아주 정성스럽게 개서 의자 등받이에 걸쳐 놓은 다음

의자에 앉았다.

밀버턴이 손짓으로 나를 가리키며 말했다.

"이분은 누구십니까? 외부로 새지는 않겠죠? 괜찮겠지요?"

"왓슨 박사는 내 친구이자 파트너요."

"좋습니다. 저는 단지 선생님의 의뢰인에게 이익이 되는지 물어본 겁니다. 이건 정말 미묘한 문제로……."

"왓슨 박사는 이미 사실 대부분을 알고 있소."

"그럼 본론으로 들어가겠습니다. 선생님이 에바 양의 대리인이라고 들었는데 그렇다면 제 조건을 받아들일 권한도 부여받았습니까?"

"어떤 조건이오?"

"7,000파운드입니다."

"받아들이지 않겠다면?"

"아아, 그 말씀을 드리자니 참으로 가슴 아프지만, 만약 14일까지 지불하지 않는다면 18일의 결혼은 없을 거라 생각하셔도 됩니다."

밉살맞은 미소가 흡족하다는 듯이 번졌다. 홈즈는 잠시 생각에 잠겼다가 드디어 입을 열었다.

"아무래도 당신은 그렇게 되는 것이 당연하다고 생각하는 듯하군. 물론 나는 편지의 내용을 알고 있소. 내 의뢰인은 내 지시에 따를 거요. 나는 그녀에게 모든 사실을 미래의 남편에게 털어놓고 그의 관대함에 호소하라고 충고할 것이오."

밀버턴이 입 안으로 후후 하고 웃었다.

"선생님은 백작에 대해서 잘 모르시는군요."

홈즈의 얼굴에 나타난 당혹스러운 표정을 보니 그도 백작에 대해서 잘 알고 있는 것이 분명했다.

"편지의 어디에 문제가 있다는 거요?"

"편지가 공개되면 시끌벅적한 소동이 일어날 겁니다. 암, 그렇고말고. 그 아가씨는 편지를 참 매력 있게 썼더군요. 하지만 도버코트 백작이 읽는다면 결코 그렇게 생각하지 않을 겁니다. 어쨌든 선생님이 저와 달리 생각하신다 해도 상관없습니다. 이건 그저 거래에 지나지 않으니까요. 편지가 백작의 손에 넘어가는 것이 의뢰인에게 최선이라고 생각하신다면 그 편지를 되찾기 위해서 거액을 지불하는 것은 참으로 한심한 짓이 아니겠습니까."

밀버턴이 자리에서 일어서며 외투를 집었다. 분노와 원통함으로 홈즈의 얼굴이 창백해졌다.

"잠깐만. 당신은 성질이 무척 급하군. 이렇게 미묘한 문제라면 스캔들이 생기지 않도록 할 수 있는 한 끝까지 노력해 봐야 하오."

밀버턴이 다시 의자에 앉으면서 만족스럽게 말했다.

"그렇게 생각하시리라 확신했습니다."

"하지만 에바 양은 부유하지 않소. 그녀의 재력으로는 2,000파운드가 한계일 테니 당신이 제시한 금액은 도저히 지불할 수 없소. 그러니 당신의 요구를 낮춰서 지금 내가 말한 금액을 받고 편지를 돌려줄 수는 없겠소? 그것이 지불할 수 있는 최고 금액이오."

밀버턴의 미소가 번지더니 유쾌하다는 듯 눈이 빛났다.

"그 여성의 재력에 대해서는 선생님의 말씀이 맞을 겁니다. 하지만 동시에 그 여성의 결혼은 친구나 친척들이 당사자의 행복을 위해서 노력하는 모습을 보여 줄 절호의 기회가 아니겠습니까? 모두들 어떤 선물을 하면 좋을지 고민하고 있을 겁니다. 그 사람들에게, 신부는 런던의 촛대나 버터 담는 접시보다도 이 작은 편지 다발을 더 고마워할 것이라는 사실을 가르쳐 주시면 어떻겠습니까?"

"말도 안 되는 소리요."

그러자 밀버턴이 커다란 지갑을 꺼내 거만한 목소리로 말했다.

"아아, 그렇다면 어쩔 수 없군요. 여성들은 아무 노력도 하지 말라는 잘못된 조언을 받고 있는 것이 틀림없습니다. 이걸 좀 보시겠습니까?"

그는 봉투에 문장이 찍혀 있는 조그만 편지를 내보였다.

"이 편지의 주인은……, 아니, 내일 아침까지는 이름을 밝히지 않는 것이 공정하겠지요. 어쨌든 그때면 이 편지는 어느 부인의 남편 손에 있을 겁니다. 자기가 가지고 있는 다이아몬드를 모조품으로 바꾸기만 하면 한 시간 안에 마련할 수 있는 푼돈인데 그 부인이 준비하지 않은 탓이죠. 선생님도 하원의원의 딸인 마일스 양과 도킹 대령이 갑자기 혼약을 파기한 일을 기억하고 계시겠지요? 결혼식을 이틀 앞두고 모든 것이 끝났다는 짧은 기사가 〈모닝 포스트〉에 실렸으니까요. 그 이유가 뭐라고 생각하십니까? 못 믿으시겠지만 1,200파운드만 있었으면 전부 해결될 문제였습니다. 참으로 딱하지 않습니까? 그런데 선생님처럼 분별력 있는 분이 의뢰인의 미래와 명예가 위험에 노출되어 있는 줄 알면서도 조건에 대해서 불평하실 줄이야. 이거 많이 놀랐습니다."

"내가 한 말은 사실이오. 정말 돈을 마련할 수가 없소. 한 푼도 못 받고 그 여성의 장래를 짓밟기보다는 내가 제안한 금액을 받아들이는 편이 현명하지 않겠소?"

"엄청난 착각을 하고 계시는군요. 제가 이 사실을 폭로하면 간접적으로 커다란 이익을 얻을 수 있습니다. 비슷한 사례가 지금 여덟 건에서 열 건 정도 준비되어 있습니다. 제가 본보기로 에바 양의 일을 강단 있게 처리했다는 소문이 퍼지면 다들 제 말을 훨씬 더 잘 알아들을 겁니다. 아시겠습니까?"

홈즈가 의자에서 벌떡 일어났다.

"왓슨, 녀석의 뒤로 돌아가! 녀석을 방에서 내보내면 안 돼! 자, 그 지갑 안을 좀 보여 주실까?"

밀버턴은 쥐새끼처럼 재빠르게 방의 한쪽 구석으로 얼른 달아나서는 벽을 등지고 섰다.

"아아, 홈즈 선생님!"

밀버턴이 웃옷의 앞자락을 뒤집었다. 그러자 안쪽 주머니로 커다란 권총의 총구가 보였다.

"좀 더 세련된 방법을 쓰실 줄 알았습니다. 이런 방법은 너무 낡아서 아무 도움도 되지 않으니까요. 저는 완전 무장을 하고 있을 뿐만 아니라

이건 정당방위로서 법률도 제 편이니 앞뒤 재지 않고 무기를 쓸 생각입니다. 게다가 편지가 지갑에 있다고 생각하신다면 오산입니다. 그런 어리석은 짓은 하지 않거든요. 그건 그렇고 오늘 밤에는 한두 사람을 더 만나야 하고 마차로 햄스테드까지 가려면 시간이 꽤 걸리니 이만 실례하겠습니다."

밀버턴은 앞으로 나서더니 외투를 집고 한 손에는 권총을 든 채 문 쪽으로 향했다. 나는 의자를 집어 들었으나 홈즈가 고개를 가로젓기에 의자를 다시 내려놓았다. 밀버턴은 씩 웃더니 눈을 번뜩이며 인사하고는 방 밖으로 나갔다. 잠시 후, 마차 문 닫히는 소리가 들리더니 바퀴 소리가 멀어져 갔다.

홈즈는 두 손을 바지 주머니에 깊이 찔러 넣고 턱을 가슴에 묻은 채

빨간 불꽃을 바라보면서 난로 곁에 꼼짝도 하지 않고 앉아 있었다. 그는 아무 말 없이 30분 정도 있다가 무슨 결심이라도 했는지 벌떡 일어서더니 침실로 들어갔다. 잠시 후, 염소수염을 기른 세련된 젊은 기술자가 의기양양하게 나와서는 거리로 나서기 전에 램프로 도자기 파이프에 불을 붙였다.

"잠시 나갔다 오겠네, 왓슨."

홈즈는 그렇게 말하더니 밤의 어둠 속으로 사라져 버렸다. 나는 그가 찰스 오거스터스 밀버턴을 향해 공격을 시작했음을 알았지만 그것이 그토록 기묘한 형태로 나아가게 될 줄은 꿈에도 생각지 못했다.

며칠 동안 홈즈는 언제나 그 차림으로 외출했으나 나는 그의 목적지가 햄스테드이며 거기서 상당한 성과를 올리고 있다는 사실 말고는 도대체 무슨 일을 하고 있는지 전혀 알 수가 없었다. 하지만 폭풍이 치던 날 밤, 바람이 창문을 미친 듯이 흔들고 있을 때 홈즈는 마침내 마지막 탐험에서 돌아와 변장을 지우고 난로 앞에 앉아서 매우 유쾌한지 입 안에 머금은 듯한 독특한 웃음을 터뜨렸다.

"왓슨, 자네는 내가 결혼할 사람이라고는 생각지 않겠지?"

"물론 그렇게는 생각하지 않네!"

"내가 약혼했다고 하면 정말 재미있겠지?"

"뭐라고? 정말 축하하……."

"상대는 밀버턴의 하녀야."

"아니, 그건 또 무슨 소리인가?"

"정보를 손에 넣고 싶었어."

"아무리 그래도 지나친 것 아닌가?"

"다른 방법이 없었네. 나는 한창 주가를 올리고 있는 에스콧이라는 배

관공이라고 떠들고 다녔네. 매일 밤 그녀와 산책을 나가서 수다를 떨었어. 얼마나 따분하던지! 하지만 필요한 정보는 전부 손에 넣었고 지금은 밀버턴의 집 안 구조를 훤히 꿰뚫고 있다네."

"하지만 그 아가씨는 어떻게 할 생각이지, 홈즈?"

홈즈는 어깨를 으쓱했다.

"어쩔 수 없지. 이렇게 커다란 승부를 벌일 때면 모든 수단을 있는 힘껏 이용해야 하니까. 그건 그렇고 내가 등을 돌린 순간 바로 공격해 들어오는 적이 있다는 건 참으로 기쁜 일일세. 왓슨, 오늘은 정말 멋진 밤이로군!"

"이런 날씨를 좋아하나?"

"내 목적을 달성하기에 딱 좋은 날씨지. 이보게, 나는 오늘 밤에 밀버턴의 집으로 몰래 들어갈 생각이라네."

나는 숨이 멎는 듯했다. 굳은 결의를 담아 천천히 내뱉은 홈즈의 말에서 한기가 느껴졌다. 한밤중에 번뜩인 번개가 순간적으로 황막한 풍경을 남김없이 비추듯이, 곧 내 머릿속에 그러한 행위의 결과가 그려졌다. 발각되어 잡히기라도 한다면 영광스러운 탐정의 생애가 돌이킬 수 없는 실패와 치욕으로 얼룩질 것이며, 홈즈는 그 혐오스러운 밀버턴에게 앞날을 사로잡히고 말 것이다.

"부탁일세, 홈즈. 다시 한 번 잘 생각해 보게나."

"충분히 생각한 뒤에 하는 일일세. 나는 결코 경솔하게 행동하지는 않는 사람일세. 다른 좋은 방법이 있다면 이렇게 힘들고 위험한 수단을 선택하지는 않았을 거야. 어쨌든 이 문제를 명확하고 공평하게 검토해 보세. 이번 행동이 법적으로는 범죄라 할지라도 도덕적으로는 올바르다는 사실을 자네도 인정하겠지? 녀석의 집에 잠입하는 행위는 녀석의 수첩을 빼앗는 것과 다를 바가 없어. 자네도 그것을 위해서 나를 도와주려 하지 않았는가?"

나는 잠시 생각에 잠겼다.

"그 말이 맞네. 불법적인 목적으로 이용당할 물건만 빼고 아무것도 훔치지 않는다면 도덕적으로는 정당하겠지."

"물론일세. 도덕적으로는 올바른 일이니 나는 신변에 닥칠 수 있는 개인적인 위험만 생각하면 돼. 여성이 필사적으로 도움을 청하는데 명색이 신사라는 사람이 자기 안전만 생각하고 있을 수는 없지 않은가?"

"그래도 이건 불법행위이긴 한데."

"물론 그것도 위험 중 일부이지. 하지만 그 방법 말고는 편지를 되찾을 수단이 전혀 없어. 불행한 여성에게는 돈이 없고, 비밀을 털어놓을 만한 가족도 없으니까. 내일이 유예 기간의 마지막 날이니 오늘 밤에 편지를 손에 넣지 못한다면 그 악당은 약속한 대로 그녀를 파멸로 몰아넣을 걸세. 그러니 의뢰인을 이대로 그 운명에 맡겨 두거나 마지막 방법을 쓸 수밖에 없다네. 왓슨, 우리끼리 이야기네만, 이것은 나와 밀버턴의 도박 같은 결투일세. 자네도 알다시피 첫 번째 대결에서는 녀석이 이겼지만 나는 자존심과 명예를 위해서라도 끝까지 싸울 생각이라네."

"도통 마음에 들지 않는군. 하지만 그렇게 할 수밖에 없겠어. 언제 출발할 생각인가?"

"자네는 오지 않아도 돼."

"그럼 자네도 갈 수 없을 걸세. 명예를 걸고 말하겠는데, 이번 모험에 나도 끼워 주지 않는다면 나는 마차를 타고 경찰서로 곧장 달려가서 자네의 계획을 폭로하겠네. 내가 명예를 걸고 한 말을 지키지 않은 적이 있었나?"

"자네가 도와 줘야 할 일은 없어."

"그걸 누가 알겠나? 무슨 일이 생길지 아무도 모르지 않나? 어쨌든 내 결심은 변하지 않을 걸세. 자존심과 명성을 중히 여기는 건 자네만이 아니니까."

홈즈는 망설이는 듯했지만 곧 밝은 얼굴로 내 어깨를 두드렸다.

"알았어, 그럼 그렇게 하세나. 오랫동안 같은 방에서 함께 생활했으니 마지막에 같은 감방에 가는 것도 퍽 즐겁겠지. 이보게, 왓슨. 자네니까 하는 말인데 내가 마음만 먹었다면 최고의 범죄자가 되었을 거야. 그런 의미에서 이건 천재일우의 기회일세. 이걸 보게!"

홈즈는 서랍에서 조그맣고 세련된 가죽 상자를 꺼내 열더니 반짝이는 도구들을 펼쳐 보였다.

"도둑질을 하는 데 쓰는 최신식 도구일세. 니켈 도금을 한 쇠지렛대, 끝에 다이아몬드를 박은 유리 자르는 칼, 만능열쇠, 그리고 문명의 진보에 발맞춰 현대식으로 개조한 도구까지 있다네. 이렇게 편리한 램프도 있고 말이야. 필요한 것들은 다 있지. 자네, 밑창에 고무를 댄 신발을 가지고 있나?"

"바닥에 고무를 댄 테니스화가 있다네."

"그거 안성맞춤이로군. 복면은?"

"검은 비단으로 두 개쯤 만들 수 있을 거야."

"자네도 이쪽으로 재능을 타고 난 모양이야. 알겠네. 복면을 만들어 주게. 출발하기 전에 간단히 요기나 하지. 지금은 9시 반이니 11시에 처치 가까지 마차를 타고 가세. 거기서 애플도어 타워스까지는 걸어서 15분 걸리니 12시 전에는 일을 시작할 수 있을 거야. 밀버턴은 깊이 잠드는 편인데 매일 밤 10시 반에는 잠자리에 든다고 하네. 계획대로만 되면 2시에는 에바 양의 편지를 가지고 여기로 돌아올 수 있을 걸세."

홈즈와 나는 연극을 보고 귀가하는 사람처럼 보이기 위해서 정장으로 갈아입고 집을 나섰다. 그리고는 옥스퍼드 가에서 이륜마차를 잡아타고 햄스테드까지 달려갔다. 목적지에 도착하자 마차에서 내렸는데 살을 에는 차가운 바람이 불어서 외투의 목깃을 세우고 떨기나무가 우거진 황야의 끝자락을 지났다. 홈즈가 말했다.

"이제는 각별히 주의를 기울여야 하네. 편지들은 그자 서재에 있는 금고 속에 보관되어 있는데 서재는 침실과 이어져 있어. 하지만 뚱뚱하고 느긋한 남자가 대부분 그렇듯이 밀버턴도 잠이 많고 깊이 자는 편이야. 내 약혼녀의 이름은 애거서인데 그녀가 말하기를, 한번 잠에 든 주인을 깨우는 것이 얼마나 힘든지 하인들끼리 농담할 정도라더군. 그리고 밀버턴에게는 충실한 비서가 있는데 낮에는 하루 종일 서재에서 한 발자국도 나오지 않는다고 했네. 그래서 우리가 밤에 행동하는 것이지. 게다가 개도 한 마리 키우고 있는데 그 녀석이 정원을 돌아다니고 있다네. 지난 이틀 동안 내가 계속해서 밤늦게 애거서를 찾아갔기 때문에 그녀는 내가 자유롭게 드나들 수 있도록 개를 묶어 놓았어. 여기가 그 집일세. 여기서 복면을 하는 편이 좋겠군. 보게, 불이 들어온 창이 하나도 없지? 모든 일이 잘 풀리고 있어."

검은색 비단 복면으로 얼굴을 가리고 단숨에 런던 제일의 흉악한 2인조 강도로 변신한 우리는 정적에 빠져 있는 어두운 건물 쪽으로 다가갔다. 건물 한쪽으로 타일을 바른 베란다 같은 것이 뻗어 있었는데 창문 몇 개와 문 두 개가 늘어서 있었다. 홈즈가 속삭였다.

"저기가 그 남자의 침실일세. 이 문으로 들어가면 바로 서재야. 여기로 들어가는 것이 제일 좋겠지만 열쇠로 잠가 놓았을 뿐만 아니라 빗장까지 질러 두어서 들어가려면 너무 큰 소리를 낼 거야. 이리로 돌아가세. 거실로 통하는 온실이 있으니."

그 온실의 문도 잠겨 있었으나 홈즈는 유리를 둥글게 자르더니 그 안으로 한손을 넣어 문을 열었다. 잠시 후, 그는 들어가자마자 문을 안쪽에서 잠갔다. 그때부터 우리는 법적으로 범죄자가 된 것이었다. 온실의 후텁지근한 공기와 이국 식물의 강한 향기 때문에 숨이 막힐 것만 같았다. 홈즈는 어둠 속에서 내 손을 잡은 채 우거진 식물 사이를 재빠르게 빠져나갔다. 그는 오랫동안 단련한 덕에 어둠 속에서도 잘 볼 수 있는 이상한 능력을 가지고 있었다. 홈즈는 한 손으로 내 손을 잡은 채 문을 열었고 우리가 조금 전까지 누군가가 시가를 피우던 커다란 방에 들어섰다는 사실을 어렴풋이 알 수 있었다. 홈즈는 더듬거리며 가구 사이를 지나 다시 문 하나를 열고 들어선 뒤 등 뒤에서 문을 닫았다. 내가 손을 뻗어보니 벽에 걸려 있는 외투 몇 벌이 만져져 복도에 있음을 알았다. 그 복도를 따라가던 홈즈는 오른쪽의 문을 가만히 열었다. 그때 무엇인가가 우리를 향해 뛰어드는 바람에 깜짝 놀랐으나 고양이라는 사실을 알고 나도 모르게 웃음이 터질 것만 같았다. 그 방에는 난로 불빛이 타오르고 있었으며 마찬가지로 담배 연기가 자욱했다. 홈즈는 살금살금 방으로 들어가 내가 들어서기를 기다렸다가 가만히 문을 닫았다. 밀버턴의 서재였다. 맨 끝에 커튼으로 막아 놓은 곳이 그의 침실로 들어가는 입구임에 틀림없었다.

난로 불이 활활 타오르고 있었기에 방 안은 환했다. 문 가까이에 전등 스위치가 빛나고 있었으나 안전하다 할지라도 불을 켤 필요는 없었다. 난로 한쪽 옆에는 묵직한 막이 걸려 있었는데 그게 밖이 보이는 창문을 덮고 있었고 다른 쪽에는 베란다로 나가는 문이 있었다. 책상이 방 한가운데 있었으며 여신 아테네의 대리석 흉상이 그 위에 놓여 있었다. 책장과 벽 사이의 구석에 높다란 녹색 금고가 놓여 있었는데 잘 닦인 놋쇠 손잡이가 난로의 빛을 받아 반짝이고 있었다. 홈즈는 조용히 방을 가로질러 가서 금고를 보았다. 그런 다음 침실 문 쪽으로 다가가 머리를 문에 대고 가만히 귀를 기울였다. 침실에서는 아무 소리도 들리지 않았다. 그 사이에 나는 도망칠 길을 확보해 두는 것이 현명하겠다는 생각이 들어 밖으로 나가는 문을 살펴보았다. 놀랍게도 그 문에는 열쇠나 걸쇠가 채워져 있지 않았다. 내가 홈즈의 팔을 잡아당기자 그는 복면을 한 얼굴로 그 문을 바라보았다. 그가 움찔하는 것을 보아 나처럼 놀란 모양이었다. 홈즈가 내 귀에 입을 대고 조그만 목소리로 말했다.

"마음에 걸리는군. 이유를 모르겠어. 어쨌든 이제는 잠시도 우물쭈물할 시간이 없네."

"내가 할 수 있는 일은 없겠나?"

"저 문 쪽에 서 있게. 누가 오는 기척이 느껴지면 안쪽에서 걸쇠를 걸어 줘. 그렇게 하면 들어온 길로 도망칠 수 있으니까. 반대로 이쪽에서 누군가가 다가온다면 일을 끝내고 그 문으로 달아나면 되고, 아직 끝나지 않았다면 이 창문의 두꺼운 막 뒤로 숨으면 될 걸세. 알겠나?"

나는 고개를 끄덕이고 문 옆에 섰다. 어느덧 처음의 두려움은 사라졌고, 법의 침해자가 된 지금은 법의 수호자였을 때보다 훨씬 더 강렬하고 짜릿한 기분을 느꼈으며 흥분되었다. 우리 사명의 고귀한 목적, 이타적이고 기사도 정신에 입각한 것이라는 의식, 적의 사악한 성격, 그러한 것들 전부가 이 모험에 도박 같은 흥미를 더해 주었다. 죄의식이 없었을 뿐만 아니라 그 위험에 가슴이 뛰었고 마음은 흥분되었다. 미묘한 수술을 집도하려는 외과의처럼, 차분하고도 과학적인 정확함으로 도구 상자를 열어 공구를 고르는 홈즈를 감탄하며 바라보았다. 나는 금고 문을 따는 것이 홈즈의 큰 취미 중 하나라는 사실을 알고 있었으므로 지금까지 집어삼킨 수많은 숙녀들의 명예를 집어삼킨 용, 다시 말해 그 녹색 금속제 괴물과 맞서는 기쁨을 나는 이해할 수 있었다. 외투는 일찌감치 의자위에 올려 둔 채 홈즈는 야회복의 소매를 걷어 올리고 송곳 두 개와 지렛대 하나, 만능열쇠 몇 개를 도구 상자에서 꺼내 늘어놓았다. 나는 가운데 문 옆에 서서 만일의 사태에 대비해 양쪽 문을 빈틈없이 감시했지만 실제로 무슨 일이 일어나면 어떻게 하겠다는 명확한 생각은 없었다.

홈즈는 숙련공처럼 정확하고 정교한 손놀림으로 도구를 이것저것 바꿔 가며 30분가량 혼신의 힘을 다해 일했다. 마침내 짤각하는 소리가 들리고 커다란 녹색 문이 힘차게 열렸다. 그 안으로 뭉텅뭉텅 묶여서 봉투에 담겨 있는 서류 뭉치가 보였다. 봉투 위에는 표시하기 위한 글이 적

혀 있었다. 홈즈는 그중 하나를 뽑아 들었으나 난로의 흔들리는 불빛으로는 읽기가 어려웠다. 옆 방에서 밀버턴이 자고 있는 탓에 전등을 켤 수는 없었으므로 그는 휴대용 램프를 꺼냈다. 그런데 홈즈는 갑자기 손놀림을 멈추더니 가만히 귀를 기울이다가 서둘러 금고 문을 닫고 외투를 집어 들었다. 그런 다음, 공구를 주머니에 찔러 넣고 창가의 커튼 뒤로 뛰어들더니 내게도 오라고 몸짓

으로 신호를 보냈다.

나는 홈즈를 따라 커튼 뒤로 몸을 숨기고 나서야 그의 예민한 감각에 경보를 울리게 한 것이 무엇인지 깨달았다. 집 안 어딘가에서 소리가 들리고 있었다. 멀리서 문 닫히는 소리가 들려왔다. 그리고 낮게 중얼거리는 듯한 목소리가 들리는가 싶더니 규칙적이고 묵직한 발소리가 빠르게 다가왔다. 발소리는 복도를 지나 문이 있는 곳에서 멈추었다. 문이 열렸다. 날카로운 금속음이 들리더니 전등에 불이 들어왔다. 다시 문이 닫혔고 강한 시가 냄새가 코끝에서 맴돌았다. 그리고 우리와 몇 미터 떨어진 곳을 오가는 발소리가 끊임없이 들려왔다. 마지막으로 의자를 끄는 소리가 들리더니 발소리가 멈추었다. 그리고 열쇠가 자물쇠 안에서 돌아가는 소리와 종이 부스럭거리는 소리가 들렸다.

그때까지 나는 엿볼 용기가 나지 않았으나 다음부터는 눈앞에 있는 커튼을 살짝 열어 방 안을 엿보았다. 홈즈의 어깨가 내 몸에 닿는 느낌으로 보아 그도 나와 마찬가지임을 알 수 있었다. 바로 앞에, 거의 손이 닿을 것 같은 곳에 밀버턴의 넓고 둥근 어깨가 있었다. 우리의 예상은 완전히 빗나간 모양이었다. 그는 우리가 미처 살펴보지 않았던, 훨씬 안쪽에 있는 흡연실이나 당구장에서 밤늦게까지 있다 온 것이 분명했다. 희끗희끗한 살찐 머리와 벗겨진 부분이 번쩍번쩍 빛나는 정수리가 바로 눈앞에 있었다. 그는 붉은 가죽으로 덮인 의자에 몸을 깊이 묻고 발을 앞으로 뻗은 채 입에는 길고 검은 시가를 비스듬히 물고 있었는데 검은 벨벳으로 만든 목깃이 달린, 붉은빛이 감도는 군복 같은 상의를 입고 있었다. 한 손에는 법률과 관련된 기다란 서류를 들고 있었는데 입술을 오므려 담배 연기를 둥글게 내뿜으며 천천히 그 서류를 읽고 있었다. 편안한 듯 여유를 부리는 모습을 보니 금방 나갈 것 같지 않았다.

홈즈가 내 쪽으로 손을 내밀어 내 팔을 힘껏 쥐었다. 자신의 힘으로 어떻게든 벗어날 수 있으며 전혀 당황하지 않았다고 말하는 듯했다. 그러나 내 위치에서는 완전히 닫히지 않은 금고 문이 보였기에 그 사실을 홈즈가 알고 있는지 걱정이 되었다. 만약 밀버턴의 눈이 금고를 뚫어지게 쳐다보는 등 녀석이 금고의 이상을 깨달았다는 사실이 분명해지면, 바로 뛰쳐나가서 외투를 그의 머리에 뒤집어씌우고 뒤에서 팔을 꼼짝 못하게 한 뒤 나머지는 홈즈에게 맡겨야겠다고 생각했다. 그러나 밀버턴은 한 번도 고개를 들지 않았다. 손에 들고 있는 서류가 별로 재미없는지 멍하니 변호사의 논지를 따라가며 페이지를 넘기고 있었다. 적어도 서류 읽기를 마치고 시가를 다 피우고 나면 방으로 들어가리라 예상했다. 그러나 그중 하나도 채 끝나기 전에 새로운 사태가 벌어져서 우리는 생각을 다른 쪽으로 틀어야 했다.

나는 밀버턴이 몇 번이고 시계에 신경 쓰는 모습을 보았다. 한 번은 초조한 듯 자리에서 일어났다가 다시 앉았다. 나는 이처럼 묘한 시간에 그가 누군가와 만날 약속을 했으리라고는 생각하지 못했다. 바깥 베란다에서 희미한 소리가 들려올 때까지는 말이다. 밀버턴은 서류를 내려놓고 자세를 바로잡았다. 그 소리는 되풀이해서 들려왔으며 잠시 후에는 문을 두드리는 소리가 들려왔다. 밀버턴이 일어나 문을 열고 무뚝뚝하게 말했다.

"30분이나 늦었군."

이것으로 베란다의 문이 열려 있던 이유와 밀버턴이 밤늦게까지 일어나 있었던 이유를 설명할 수 있었다. 여성용 드레스가 스치는 부드러운 소리가 들렸다. 밀버턴의 얼굴이 우리 쪽으로 향한 순간 커튼을 얼른 닫았지만, 잠시 후에 다시 한 번 조심스러우면서도 과감하게 커튼의 틈새

를 벌려 보았다. 밀버턴은 의자에 앉아 있었으며 여전히 오만하게 시가를 물고 있었다. 그 앞에는 키가 크고 늘씬하며 검은 머리칼을 가진 여성이 전등 불빛을 가득 받은 채 서 있었다. 베일로 얼굴을 가리고 망토에 턱을 깊이 묻고 있었다. 숨결은 빠르고 거칠었으며 매우 흥분했는지 그 부드러운 몸이 부들부들 떨렸다. 밀버턴이 말했다.

"당신 덕분에 잠도 못 잤어. 그에 대한 보상은 충분히 해 주겠지? 다른 시간에 올 수는 없었나?"

그 여자가 머리를 옆으로 흔들었다.

"뭐, 그렇다면 어쩔 수 없지. 만약 당신이 모시고 있는 백작 부인이 모질고 가혹한 주인이라면 지금이야말로 복수할 절호의 기회야. 왜 그러나? 왜 그렇게 떠는 거지? 괜찮아! 마음을 굳게 먹으라고! 자, 본론으로 들어가 볼까?"

밀버턴이 책상 서랍에서 지갑을 꺼냈다.

"달버트 백작 부인의 명예를 실추시킬 만한 편지를 다섯 통 가지고 있다고 했던가? 당신은 그 편지를 팔고 싶어 하고 나는 그 편지를 사고 싶어 해. 여기까지는 문제없어. 남은 문제는 가격을 결정하는 것뿐이지. 물론 편지를 먼저 살펴봐야겠지만. 정말로 쓸 만한 물건이라면……, 맙소사, 이게 누구야?"

그 여자는 아무 말 없이 베일을 올리고 망토를 턱에서 내렸다. 밀버턴과 마주한 사람은 검은 머리카락에 얼굴은 단정했고 코가 오뚝했으며 눈썹은 검은빛으로 강인했고 그 아래에서 눈동자가 날카롭게 빛나고 있었으며 얇은 입술은 위험한 미소를 짓고 있었다. 그녀가 입을 열었다.

"그래, 나다! 네 녀석 덕분에 일생을 망친 여자지."

밀버턴은 웃으며 말했지만 그 목소리는 공포로 떨리고 있었다.

"부인이 너무 고집을 부리지 않았습니까. 어째서 제게 그런 극단적인 방법을 쓰게 만든 겁니까? 저는 파리 한 마리 죽이지 못합니다. 하지만 누구에게나 일이라는 게 있습니다. 그러니 제가 무엇을 할 수 있었겠습니까? 저는 부인이 지불할 수 있는 범위에서 값을 매겼는데도 당신은 돈을 건네주지 않았잖습니까?"

"그래서 남편에게 편지를 보낸 건가? 남편은 이 세상에 둘도 없을 만큼 훌륭한 신사였고, 나 같은 건 그의 구두끈을 묶을 가치조차 없는 사람이었어. 남편은 그 고고한 마음에 상처를 입고 죽음을 택했다. 내가 저 문으로 들어온 그날 밤의 일을 기억하고 있겠지? 나는 너의 자비를 구걸했지만 그때도 내 앞에서 웃음을 터뜨렸어. 지금 웃으려 하고 있는 것처럼 말이다. 하지만 네 녀석은 겁이 많아서 입술이 부들부들 떨리고 있구

나. 그래, 여기서 나를 다시 만나게 될 줄은 몰랐겠지. 하지만 너와 둘이서 대결을 벌이려면 어떻게 해야 하는지 그날 밤에야 깨달았어. 자, 찰스 밀버턴. 할 말이 있나?"

"나를 협박할 생각은 하지 않는 게 좋을걸."

밀버턴이 자리에서 일어나면서 말했다.

"내가 소리치기만 하면 하인들이 달려와서 당신을 붙잡을 테니. 하지만 당신이 화를 내는 것도 당연한 일이지. 그 점을 생각해서 당장 이 방에서 나간다면 아무 말도 하지 않겠어."

그 부인은 한 손을 가슴에 넣고 얇은 입술 위로 조금 전처럼 싸늘한 미소를 지으며 서 있었다.

"네놈은 내 일생을 엉망으로 만들었지만, 더 이상 다른 사람의 일생을 파멸시키지는 못할 것이다. 내 마음을 괴롭힌 것처럼 다른 사람의 마음을 괴롭히지는 못할 테니까. 이 세상에서 독충을 제거하겠어. 받아라, 이 개 같은 자식! 더! 더! 더!"

그 부인은 작은 권총을 꺼내 밀버턴의 가슴에서 60센티미터도 떨어지지 않은 곳에 총구를 들이대고 연달아 총을 쏘았다. 밀버턴은 몸을 움츠렸다가 탁자 앞으로 고꾸라지더니 격렬하게 기침을 하며 서류를 움켜쥐었다. 그리고 비틀거리며 일어났으나 권총을 한 발 더 맞고 다시 바닥에 쓰러지고 말았다.

"당신이 이겼군."

그는 그렇게 외치더니 꼼짝도 하지 않았다. 부인은 그를 가만히 내려다보다가 구두 뒤꿈치로 천장을 바라보고 있는 얼굴을 짓밟았다. 다시한 번 바라보았으나 밀버턴은 신음 소리조차 올리지 않았으며 미동도하지 않았다. 잠시 후, 옷 스치는 소리가 날카롭게 들리고 뜨거운 방 안으로 밤공기가 밀려들더니 복수자는 자리를 떠났다.

우리가 말렸더라도 밀버턴을 구하지는 못했겠지만 여자가 꼼짝 못하고 서 있는 밀버턴의 몸에 몇 발이고 총을 쏘았을 때 나는 뛰쳐나가려했다. 그때 홈즈의 차갑고 억센 손이 내 손목을 잡았다. 나는 그렇게 강하게 말리는 손길의 의미를 잘 이해할 수 있었다. 이것은 우리가 관여할 문제가 아니며 정의가 사악함을 심판한 것이고, 우리에게는 잊어서는 안 될 임무와 목표가 있다고 말하는 것이었다. 그러나 그 부인이 서둘러방에서 나가자마자 홈즈는 소리 없이 재빠르게 반대편 문으로 달려가서는 문을 잠갔다. 그와 동시에 집안사람들의 목소리와 황급히 달려오는 발소리가 들렸다. 권총 소리에 집안사람들이 잠에서 깨어난 것이었다. 홈즈는 너무나도 차분하게 미끄러지듯 금고 앞으로 다가가 두 팔로편지 다발을 끌어안더니 그것을 전부 불 속으로 던져 넣었다. 금고가 텅빌 때까지 몇 번이고 되풀이했다. 누군가가 문 밖에서 손잡이를 돌리며문을 두드렸다. 홈즈는 재빨리 주위를 둘러보았다. 밀버턴에게는 저승사자가 되어 버린 그 편지가 피투성이가 된 채 탁자 위에 놓여 있었다. 홈즈는 그 편지도 활활 타오르고 있는 불더미 속으로 던져 넣고는 베란다문에서 열쇠를 빼낸 뒤 내 뒤를 따라서 밖으로 나와 문을 잠갔다.

"이쪽일세, 왓슨. 이쪽으로 가면 정원의 담을 넘을 수 있어."

경보는 믿을 수 없을 만큼 빨리 전달되었다. 뒤를 돌아보니 커다란 집에 불이 환하게 밝혀져 있었다. 현관문이 열려 있었고 몇몇 사람들이 마찻길로 달려 내려왔다. 정원 안은 사람들로 가득했으며, 그중 한 사람은 우리가 베란다로 나오는 것을 보고 바로 뒤따라오며 여우 사냥꾼처럼 날카로운 소리를 질렀다. 홈즈는 길을 잘 알고 있는 듯, 조그만 숲 사이를 거침없이 달려 나갔다. 나도 그의 뒤를 바싹 따라 달렸으며 그 바로 뒤로 가장 빠른 추격자들이 숨을 헐떡이며 뛰어 왔다. 우리 앞에는 높이 1.8미터 정도의 담이 가로막고 있었으나 홈즈는 그 담을 뛰어넘었다. 나도 그 담에 매달렸는데 하필이면 그때 내 뒤를 따라오던 남자의 손이 내 발목을 잡았다. 그러나 나는 발로 차서 그에게서 벗어난 다음, 유리 조각을 박아 놓은 담 위로 기어올랐다. 나는 엎드린 채 수풀 속으로 떨어졌으나 홈즈가 바로 일으켜 준 덕분에 우리는 함께 햄스테드의 널따란 벌판을 달려 나갔다. 3킬로미터쯤 달렸을까? 홈즈가 마침내 멈춰서더니 가만히 귀를 기울였다. 등 뒤는 아무 소리 없이 잠잠했다. 추격을 따돌리는 데 성공했고 이제는 안심해도 될 모양이었다.

이렇게 기이한 체험을 한 다음날, 아침 식사를 마친 뒤 담배를 피우고 있는데 런던경찰국의 레스트레이드 경위가 매우 심각한 표정으로 우리의 거실로 안내받아 들어왔다.

"안녕하세요. 선생님, 지금 바쁘십니까?"

"당신의 이야기를 들을 수 없을 만큼 바쁘지는 않습니다."

"지금 특별히 맡고 계신 사건이 없으시다면 어젯밤 햄스테드에서 일어난 매우 기이한 사건 수사를 도와주셨으면 합니다."

"저런, 어떤 사건입니까?"

"살인 사건입니다. 참으로 극적이고 이상한 살인입니다. 이런 사건에는 틀림없이 관심이 있으실 테니 괜찮으시다면 애플도어 타워스까지 함께 가셔서 의견을 들려주십시오. 이건 흔해빠진 살인 사건이 아닙니다. 우리도 꽤 오래 전부터 밀버턴을 주목하고 있었습니다. 두 분에게만 말씀드리겠는데 그는 약간 질이 나쁜 악당이었습니다. 협박을 목적으로 사용할 편지 따위를 가지고 있다는 소문이 돌았거든요. 한데 범인들은 그 편지를 죄다 불태웠습니다. 돈이 될 만한 물건은 하나도 훔치지 않았고요. 아무래도 범인들은 상당한 지위에 있는 사람들로, 비밀이 밝혀지는 것을 막으려는 목적이었나 봅니다."

"범인들이라니, 여러 명이었다는 말입니까?"

"네. 두 명입니다. 현장에서 거의 잡을 뻔했죠. 발자국도 발견했고 인상착의 같은 특징도 알고 있으니 십중팔구 잡을 수 있을 겁니다. 한 사람은 매우 민첩했다고 하고, 나머지 한 사람은 정원사의 조수한테 잡혔지만 격투 끝에 달아나고 말았습니다. 중간 정도의 키에 다부진 체격으로 턱이 각지고 목이 굵었으며 콧수염을 기른 사내였고 복면을 하고 있었답니다."

레스트레이드의 설명을 듣고 셜록 홈즈가 말했다.

"그 정도로는 알 수가 없겠는데. 들어 보니 여기 왓슨의 인상과 비슷하지 않습니까?"

"그렇군요."

경위는 아주 재미있어했다.

"왓슨 박사님하고 똑같습니다."

"레스트레이드, 미안하지만 그 일에는 협력할 수 없습니다. 사실 나는 그 밀버턴이라는 자를 알고 있는데 런던에서도 가장 위험한 인물이었다고 생각합니다. 세상에는 법으로도 처벌할 수 없는 범죄가 있으니 어느 정도의 개인적인 복수는 인정하지 않을 수 없습니다. 아니, 논쟁을 해 봤자 소용없습니다. 나는 이미 결심했어요. 피해자보다 범인을 더 동정하기에 이번 사건에는 관여하지 않을 생각입니다."

홈즈는 우리가 목격한 비극에 대해서는 한마디도 하지 않았으나 오전 내내 깊은 생각에 잠겨 있었다. 공허한 눈빛과 멍한 태도로 봐서 무엇인가를 열심히 떠올리려 하고 있음을 알 수 있었다. 점심을 먹다 말고 홈즈가 갑자기 자리에서 벌떡 일어났다.

"아아, 왓슨, 생각났어! 모자를 쓰고 나를 따라오게!"

홈즈는 전속력으로 베이커 가를 빠져나가 옥스퍼드 가를 지나 마침내 리젠트 가 근처까지 갔다.

그 왼쪽에 당대의 유명 인사들과 미인의 사진이 나란히 걸려 있는 진열창이 있었다. 홈즈의 시선이 그중 한 장의 사진으로 쏠아졌다. 그 시선을 따라가 보니 궁중에 들어갈 때의 예복을 입고 품위 넘치는 머리에 다이아몬드 보관을 얹은, 위엄 있고 기품 가득한 귀부인의 사진이 눈에 들어왔다. 우아하게 곡선을 그리는 코, 짙은 눈썹, 굳게 다문 입, 그 밑으로 조그맣지만 강인해 보이는 턱이 있

었다. 사진 아래에는 그 귀부인의 남편이자 유서 깊은 귀족 중의 귀족이며 정치가였던 사람의 이름이 적혀 있었다. 그것을 본 순간 나도 모르게 숨이 멎었다. 홈즈와 눈이 마주치자 그는 조용히 입술에 손가락을 댔다. 우리는 슬그머니 돌아서서 그 진열창을 떠났다.

8. 여섯 개의 나폴레옹 상

런던경찰국의 레스트레이드가 밤에 불쑥 우리 하숙을 찾아오는 것은 그리 드문 일이 아니었고 셜록 홈즈도 그가 찾아오는 것을 기뻐했다. 왜냐하면 그를 통해 경찰국에서 지금 어떤 사건을 다루는지 알 수 있기 때문이었다. 레스트레이드 경위에게 새로운 소식을 듣는 대신, 홈즈는 경위가 관여하는 사건 이야기에도 귀를 기울였으며 그의 물음에 답해 주었다. 그리고 이야기를 들었다고 해서 사건에 뛰어들어 수사를 방해하지는 않았으며 오히려 지금까지의 풍부한 경험과 폭넓은 지식을 통해서 얻은 실마리나 충고를 들려주는 경우가 적지 않았다.

그날 밤, 레스트레이드 경위는 날씨 이야기와 신문에 실린 기사 이야기 등 잡담을 늘어놓다가 갑자기 입을 다물더니 깊은 생각에 빠진 듯 시가만 피워 댔다. 그 모습을 가만히 지켜보던 홈즈가 천천히 물었다.

"무슨 특별한 사건이라도 맡고 있습니까?"

"아, 아닙니다. 그리 대단한 사건은 아닙니다."

"그러지 말고 자세히 말해 보세요."

레스트레이드가 웃었다.

"특별히 숨기는 것은 아닙니다. 단지 마음에는 걸리지만 너무 하찮은 사건이어서 선생님을 귀찮게 하기가 좀 그랬거든요. 어쨌든 하찮은 사건임에는 틀림없지만 한편으로는 참 이상합니다. 선생님이 평범하지 않은 사건에 큰 흥미를 느낀다는 것을 저도 잘 알고 있습니다. 그러니 드리는 말씀이지만, 이건 우리보다는 왓슨 박사님과 더 깊은 관계가 있을 것 같습니다."

내가 경위에게 물었다.

"저와 관계가 있다니, 병에 관한 이야기입니까?"

"뭐, 정신병이라고 할 수 있을 겁니다. 정신병 중에서도 아주 특이한 것이지만요! 아직도 나폴레옹 1세를 증오한 나머지 나폴레옹 상만 보이면 깨뜨려 버리는 인간이 있다면 믿으시겠습니까?"

홈즈는 의자의 등받이에 몸을 묻어 버렸다.

"내가 관여할 일은 아닌 것 같군."

"그렇습니다. 그래서 저도 말씀드리지 않았습니까? 그런데 그자가 자기 것도 아닌 나폴레옹 상을 깨뜨리기 위해서 남의 집에 침입했다면 그건 의사가 아니라 경찰이 맡아야 할 일이 되고 맙니다."

홈즈가 다시 몸을 일으켰다.

"침입했다고! 퍽 재미있군요. 자세한 이야기를 들려주세요."

레스트레이드 경위는 경찰수첩을 꺼내더니 페이지를 넘겨 기억을 되살리며 말했다.

"나흘 전에 처음 사건이 보고되었습니다. 케닝턴 거리에서 그림과 조각상을 팔고 있는 모스 허드슨 상점에서 일어난 사건이지요. 점원이 잠

깐 안으로 들어간 사이에 벌어진 일입니다. 가게에서 무엇인가 쨍그랑 깨지는 소리가 들려서 서둘러 달려가 보니, 다른 조각상들과 같이 카운터 위에 있던 나폴레옹 석고 흉상이 산산조각 나 있던 겁니다. 점원은 바로 밖으로 나가 보았지요. 지나가던 사람들 중에 가게에서 뛰쳐나온 남자를 봤다는 사람은 몇 명 있었지만 그때는 이미 그림자도 보이지 않아서 어떻게 할 수가 없었답니다. 아무래도 불량배들이 흔히 하는 한심하고 난폭한 장난 같아서 경찰이 순찰을 돌 때 일단은 신고를 해두었습니다. 게다가 그 석고상은 기껏해야 2, 3실링짜리 물건이었기에 쓸데없이 소란을 피우며 범인을 잡을 필요도 없다고 생각했지요.

하지만 두 번째 사건은 좀 더 심각하고 기분 나쁜 것이었습니다. 바로 어젯밤에 일어난 사건입니다. 같은 케닝턴 거리인데, 모스 허드슨 상점에서 수백 미터 떨어진 곳에 바니콧 박사라는 유명한 개업의가 살고 있습니다. 이 사람은 템스 강 남쪽에서는 가장 유명한 의사 중 하나입니다. 케닝턴 거리에는 본원이자 자기 집인 건물이 있고, 3킬로미터 떨어진 로워 브릭스턴 거리에도 분원을 가지고 있습니다. 이 바니콧 박사는 광적인 나폴레옹 숭배자로 나폴레옹에 관한 책, 그림, 기념품 등이 집 안에 가득 들어차 있을 정도입니다. 그런데 그 사람은 얼마 전에 모스 허드슨 상점에서 프랑스 조각가인 데빈의 유명한 나폴레옹 흉상의 석고 복제품을 두 개 샀습니다. 그중 하나는 케닝턴 거리에 있는 집의 현관홀에 두었고, 다른 하나는 로워 브릭스턴 거리에 있는 분원의 난로 위에 장식해 두었습니다. 그런데 오늘 아침에 바니콧 박사가 침실에서 아래층으로 내려와 보니 놀랍게도 밤에 도둑이 들었던 거예요. 그런데 사라진 것은 나폴레옹 흉상뿐이었다고 합니다. 게다가 그 흉상을 정원으로 가지고 나가서 담에 부딪쳐 깨뜨리기라도 했는지 담 밑에 산산조각이 나서 흩어져 있었다고 합니다."

홈즈는 두 손을 자꾸만 비벼 댔다.

"이건 틀림없이 보기 드문 일이군."

"선생님의 마음에 들 것 같았습니다. 하지만 이야기는 아직 끝나지 않았습니다. 바니콧 박사는 낮 12시에 분원으로 갈 일이 있었습니다. 박사가 분원에 도착했을 때 얼마나 놀랐을지 짐작이 갑니다. 왜냐하면 거기에도 밤에 도둑이 창문으로 들어와서 방 안 전체를 산산조각 난 석고상으로 가득 채웠기 때문입니다. 흉상은 난로 위의 선반에 놓인 채 산산조각이 나 있었습니다. 아직까지 흉상을 엉망으로 만든 범인인지 정신병자인지에 대한 단서는 전혀 없었습니다. 어떻습니까? 이제 사건에 대해서 잘 아셨겠지요?"

홈즈가 고개를 끄덕였다.

"이건 섬뜩하다기보다는 정말 보기 드문 사건이로군요. 한 가지 물어봐도 되겠습니까? 바니콧 박사의 집에서 부서진 흉상 두 점은 모스 허드슨 상점에서 깨진 것과 완전히 똑같은 것입니까?"

"전부 같은 틀에서 만들어진 겁니다."

"그렇다면 나폴레옹을 미워한 나머지 흉상을 깨뜨렸다는 설은 어딘가 이상하군요. 그렇지 않나요? 나폴레옹의 흉상은 이 넓은 런던에만도 몇백 개는 있을 겁니다. 그런데 같은 틀에서 만들어진 흉상만 세 개나 깨졌다니, 우연치고는 너무 기묘하지 않습니까?"

레스트레이드도 동의한다는 듯 고개를 끄덕였다.

"저도 그 점을 이상하게 생각했습니다. 하지만 그 부근에서 나폴레옹 흉상을 파는 상점은 모스 허드슨뿐입니다. 게다가 그 상점에서 취급한 나폴레옹 흉상은 지난 2, 3년 동안 그 세 개뿐이었고요. 물론 선생님의 말씀대로 이 넓은 런던에 나폴레옹 흉상은 수백 개는 있을 겁니다. 하지만 그 부근에는 모스 허드슨에서 취급한 세 개밖에 없었다고 생각해도 좋아요. 그러니 미치광이가 그 동네 사람이라면, 우선 그 세 개부터 시작했다고 볼 수도 있겠지요. 왓슨 박사님은 어떻게 생각하십니까?"

내가 대답했다.

"편집증 환자처럼 무엇인가에 집착하는 사람은 어떤 일을 시작하면 그칠 줄을 모릅니다. 프랑스 심리학자들은 이런 상태를 한번 결심하면 생각을 바꾸지 않는 '강박관념'이라 부르고 있습니다. 한 가지 일에 지나치게 집착한다는 사실만 빼면 정상에 가까울 정도로 평범하지만⋯⋯. 나폴레옹에 대한 연구에 지나치게 몰두했다거나, 예전의 전쟁에서 나폴레옹 때문에 조상 중 누군가가 피해 본 사실을 원망하고 있다면 강박관념에 사로잡혔을 수도 있지요. 그런 상태에 빠지면 무슨 난폭한 짓을 할지 알 수 없습니다."

그러자 홈즈가 고개를 흔들며 말했다.

"그건 아닌 것 같네, 왓슨. 아무리 강박관념에 사로잡혔더라도 흉상이 어디에 있는지는 알 수 없지 않은가?"

"그럼 자네는 어떻게 설명할 생각이지?"

"특별히 설명할 생각은 없네. 나는 단지 그 사람의 엉뚱한 행동에서 특이한 점 하나를 발견했을 뿐이야. 그는 케닝턴에 있는 바니콧 박사의 집에서 석고상을 깨뜨릴 때에는 거실이 아니라 정원에서 그렇게 했다네. 그건 사람들이 잠에서 깨어날 염려가 있었기 때문이지. 하지만 분원에서는 그럴 염려가 없었기 때문에 그 자리에서 깨뜨렸어. 어쨌든 이번 사건은 심각하게 생각할 필요 없는 사소한 사건처럼 보이지만 내가 다룬 큰 사건 중에는 이렇게 사소해 보였던 것에서 시작한 것도 몇 개 있었지. 왓슨, 자네도 기억하고 있을 테지만 애버네티 가에서 일어났던 끔찍한 사건도 더운 여름날 파슬리가 버터에 잠긴 깊이에 주목한 덕분에 해결할 수 있지 않았나? 따라서 흉상 세 개가 깨진 일도 내게는 그냥 웃어넘길 수 없는 사건일세. 레스트레이드, 이번 사건에 새로운 움직임이 생기면 반드시 내게 연락해 주면 고맙겠습니다."

홈즈가 기다리던 새로운 움직임은 예상보다 훨씬 더 빨리 일어났다. 게다가 생각지도 못한 비극이 전개되었다. 이튿날 아침, 내가 침실에서 옷을 갈아입고 있을 때 문 두드리는 소리가 들리더니 곧 홈즈가 전보 한 통을 들고 들어왔다. 홈즈가 그 전보를 읽었다.

켄싱턴 피트 가 131번지로 바로 올 것. — 레스트레이드

내가 물었다.

"무슨 일일까?"

"글쎄……, 무슨 일이 일어난 모양이군. 내 생각에는 그 흉상 사건의 뒷이야기일 것 같아. 그렇다면 그 편집증 환자가 런던의 다른 곳에서도 활동을 시작한 것이 분명하네. 왓슨, 식탁 위에 커피를 준비해 두었네. 마차도 문 밖에서 기다리고 있고."

30분 뒤, 우리는 피트 가에 도착했다. 런던에서도 가장 번화한 거리 옆에 있으면서도 그곳만은 조용하고 조그만 별세계 같은 느낌이 들었다. 131번지는 훌륭하기는 하지만 납작하고 수수하게 지어진 집들 중 하나였다. 마차에서 보니 그 집 앞에 수많은 구경꾼들이 모여 있었다. 홈즈가 휘파람을 불었다.

"꽤나 많은 사람들이 모였군! 적어도 살인미수 정도의 사건은 일어났나 봐. 웬만해서는 절대로 시간을 허비하지 않는 런던의 전보 배달 소년까지 구경하고 있어. 어깨를 둥글게 하고 목을 길게 빼고 있는 뒷모습을 보니 어떤 폭력 사건이 일어났나 보군. 저건 뭐지, 왓슨? 맨 위 계단은 물로 닦았는데 다른 곳은 말라 있어. 어쨌든 저 계단만 봐도 얼마나 커다란 사건인지 잘 알 수 있겠군! 아, 정면 창으로 레스트레이드가 보이는구먼. 어떻게 된 일인지 바로 들을 수 있겠지."

레스트레이드는 아주 심각한 얼굴로 우리를 맞았다. 그리고 우리를 거실로 데리고 갔는데 거기에는 플란넬로 만든 실내복을 입은 중년 남자가 있었다. 그 사람은 머리가 헝클어진 채 안절부절못하고 방 안을 서성거렸다.

"이 집의 주인이자 센트럴 통신사의 기자인 호러스 하커 씨입니다."

레스트레이드 경위는 우선 집주인을 소개한 뒤, 우울하게 말했다.

"이번에도 나폴레옹 흉상 사건입니다. 어젯밤 선생님이 커다란 흥미를 느끼신 듯하고 사건도 더욱 심각해졌으니 오시라고 청해도 될 것 같았습니다."

"심각해졌다고요?"

"살인입니다. 하커 씨, 다시 한 번 있는 그대로 이야기해 주시기 바랍니다."

실내복을 입은 사람이 어두운 얼굴을 우리 쪽으로 향했다.

"저는 이 나이가 될 때까지 다른 사람들의 뉴스를 취재해 왔습니다. 그런데 이번에는 자기 일을 보도해야 하는 어처구니없는 사태가 벌어져서 몹시 당황하고 있지요. 이래서는 단 한 줄도 못 쓰겠습니다. 내가 만일 기자 신분으로 여기에 왔다면 집주인인 나를 인터뷰해서 모든 석간신문에 큼지막한 기사를 보냈겠지만요. 그런데 지금은 여러 사람들에게 이 귀중한 이야기를 되풀이해서 말해 주고 있지만 정작 저는 기사 하나 쓸 수가 없군요. 하지만 저는 홈즈 선생님의 이름을 잘 알고 있습니다. 선생님이 이 수수께끼 같은 사건

을 풀어 주신다면 다시 한 번 말씀드리는 것도 어렵지 않습니다."

홈즈는 자리에 앉아 하커 씨의 말에 귀를 기울였다.

"아무래도 문제의 원인은 네 달 전에 사서 이 방에 놓아두었던 나폴레옹의 흉상인 것 같습니다. 저는 그것을 하이 가 역에서 두 번째 옆에 있는 하딩 형제 상점에서 발견해 싼 값에 샀습니다. 저는 기사 대부분을 밤에 씁니다. 때로는 새벽녘까지 쓰는 경우도 흔히 있는데 오늘도 그랬습니다. 제일 위층의 안쪽에 있는 서재에서 일하고 있는데 새벽 3시쯤 되자 밑에서 무슨 소리가 들렸습니다. 귀를 기울여 보았지만 더 이상 아무 소리도 없기에 밖에서 들린 소리인가 했습니다. 그런데 그로부터 5분쯤 뒤에 갑자기 끔찍하기 짝이 없는 비명 소리가 들려왔습니다. 정말이지 무시무시한 소리였습니다. 살아 있는 동안 귓가를 맴돌며 떠나지 않을 겁니다. 너무 무서워서 1, 2분 정도 의자에 얼어붙은 채 앉아 있다가 부지깽이를 들고 밑으로 내려가 보았습니다. 이 방에 들어서니 창문이 열려 있더군요. 곧바로 난로 위 선반에 있던 흉상이 없어졌다는 사실을 깨달았습니다. 도둑이 어째서 그런 물건을 가지고 갔는지 이해할 수가 없었습니다. 그저 평범한 복제 석고상이어서 별로 가치 있는 것이 아니었거든요.

보면 아시겠지만 저 열려 있는 창문에 올라서서 발을 쫙 벌리면 현관의 계단에 발이 닿습니다. 도둑도 틀림없이 그렇게 했을 겁니다. 하지만 저는 돌아가서 현관문을 열고 어둠 속으로 발을 내밀었는데 그때 쓰러져 있던 무언가에 걸려 넘어질 뻔했습니다. 저는 다시 돌아와서 불을 가지고 나갔습니다. 놀랍게도 제 발에 걸렸던 것은 시체였습니다. 그 가엾은 사람은 목을 깊이 찔러서 사방이 피바다였습니다. 하늘을 바라본 채 무릎을 구부리고 입을 벌리고 있는 모습이 얼마나 끔찍하던지……. 앞으로는 꿈에서 그 모습을 자주 볼 것만 같아 두렵습니다. 어쨌든 저는 경찰을 부르려고 호루라기를 불었습니다. 하지만 바로 정신을 잃었나 봅니다. 눈을 떠 보니 저는 집 안의 홀에 쓰러져 있었고, 옆에 경찰관 한 명이 서 있었습니다. 그 사이의 일은 하나도 기억이 안 납니다."

홈즈가 물었다.

"그랬군요. 그런데 살해당한 남자는 누구입니까?"

레스트레이드가 대신 대답했다.

"그 남자의 신원을 알 수 있는 단서가 하나도 없습니다. 시체는 임시 안치소로 옮겼지만 아직 아무것도 알아내지 못했습니다. 키가 크고 얼굴은 햇볕에 탔으며 아주 힘이 세 보이는데 나이는 서른도 되지 않았을 겁니다. 차림은 추레하지만 노동자로는 보이지 않고요. 짐승의 뿔로 만든 손잡이가 달린 해군용 칼이 시체 옆 피 웅덩이에 떨어져 있었습니다. 가해자의 살인 무기인지 죽은 사람의 소지품인지는 모릅니다. 옷에도 이름이 없고 주머니에는 사과 한 알, 실, 1실링짜리 런던 지도, 그리고 사진이 한 장 있었을 뿐입니다. 이것이 그 사진입니다."

그것은 소형 카메라로 찍은 스냅 사진이었다. 눈썹이 짙고 매우 민첩하며 빈틈없어 보이는 남자가 찍혀 있었다. 특히 얼굴의 아래쪽 절반이 개코원숭이처럼 심하게 튀어나온 것이 눈에 띄었다. 그 사진을 주의 깊게 살펴보던 홈즈가 말했다.

"그런데 나폴레옹 흉상은 어떻게 되었나요?"

레스트레이드가 대답했다.

"선생님이 도착하기 직전에 소식이 왔습니다. 캠던 하우스 거리에 있는 빈집의 앞뜰에서 산산이 부서진 채 발견되었다고 합니다. 지금 막 가려던 참이었는데, 같이 가시겠습니까?"

"물론이죠. 하지만 그 전에 이곳을 한번 둘러봐야겠습니다."

홈즈는 양탄자와 창문을 꼼꼼하게 살펴보더니 말했다.

"그 도둑은 다리가 아주 길거나 몸이 무척 가벼운 녀석이로군요. 계단에서 창문까지 거리를 생각해 보면 밖에서 들어올 때 거기에서 손을 뻗어서 창문을 열기란 보통 어려운 일이 아니에요. 그에 비하면 나갈 때는 아주 편하겠지만. 하커 씨, 당신도 깨진 흉상을 보러 가시겠습니까?"

완전히 기력을 잃은 기자는 책상 앞에 앉은 채 움직이려 들지 않았다.

"아무튼 어떻게든 이 사건에 대한 정리를 해야겠습니다. 틀림없이 석간의 제1판에 자세한 기사를 실어 이미 발행했을 테지만요. 저는 언제나 이 모양입니다! 동커스터에서 객석이 무너진 사건을 기억하고 계시죠? 그때 저는 객석에 있던 유일한 기자였습니다. 그런데 그 기사를 싣지 않은 유일한 통신사도 우리 회사였지요. 제가 너무 놀란 나머지 기사를 쓰지 못했거든요. 이번에도 그렇게 될 것 같습니다. 우리 집 현관 앞에서 살인이 일어났는데 이번에도 남들에게 뒤질 것 같아요."

우리가 방에서 나설 때, 하커 기자가 풀스캡판 종이 위에 펜으로 글을 쓰는 날카로운 소리가 들려왔다.

산산조각 난 흉상의 파편이 발견된 곳은 하커의 집에서 200미터에서 300미터 남짓 떨어진 곳이었다. 아직 정체도 모르는 사람이 정신이 이상해질 만큼 미워해서 부수어 버린 위대한 황제의 흉상을 우리는 그때 처음으로 알현했다. 파편은 산산이 부서져서 풀밭 위에 흩어져 있었다. 홈즈는 그 파편 중 몇 개를 주워 면밀하게 살펴보았다. 그의 신중한 태도를 보고 나는 마침내 어떤 단서를 잡았다고 생각했다. 레스트레이드가 물었다.

"어떻습니까?"

홈즈가 어깨를 으쓱한 뒤 말했다.

"아직 해결하려면 갈 길이 멉니다. 하지만……, 수사를 시작할 단서는 두어 개 있어요. 이런 하찮은 흉상을 손에 넣기 위해서 살인까지 했다는 점. 이것이 첫 번째 단서입니다. 그렇다면 이 이상한 범인에게 흉상은 사람의 목숨보다 중요한 것일 테지요. 다른 단서는, 만약 흉상을 부수는 것이 목적이었다면 왜 집 안에서, 혹은 집에서 나와 바로 부수지 않았을까 하는 점입니다. 아무리 생각해도 이상합니다. 이것이 두 번째 단서예요."

레스트레이드는 반론을 제기했다.

"범인은 뜻밖에도 낯선 사람과 맞닥뜨려 매우 당황한 나머지 그런 짓을 하지 않았을까요? 자신이 무슨 짓을 하는지조차 모르고 정신없이 저지른 겁니다."

"가능한 얘기입니다. 그래서 사람을 죽였을지도 모르죠. 하지만 범인이 어째서 이 집까지 흉상을 가지고 와서 깨뜨렸는지를 생각해 봅시다."

레스트레이드가 주위를 둘러보고 말했다.

"여기는 빈집이라 이 집 정원에서라면 아무에게도 방해받지 않고 부술 수 있으니까요."

"그건 그렇지요. 하지만 빈집이라면 여기에 오기 전에 한 집 더 있지 않습니까? 게다가 그 빈집이 훨씬 더 가까운 곳에 있고. 흉상을 들고 조금이라도 더 오래 걸으면 누군가를 만날 위험이 더 높아지는데 어째서 가까이에 있는 빈집의 정원에서 부수지 않았을까요?"

레스트레이드는 두 손을 들고 말했다.

"모르겠습니다. 왜 그런 겁니까?"

홈즈가 머리 위의 가로등을 가리키며 말했다.

"이유는 간단합니다. 여기서는 자기가 무슨 짓을 하는지 보이기 때문입니다. 저쪽에 있는 빈집의 정원에는 불빛이 없고요."

레스트레이드가 탄식하듯 말했다.

"그렇군요! 틀림없이 그럴 겁니다. 그러고 보니 바니콧 박사의 흉상도 붉은 램프에서 그렇게 멀리 떨어지지 않은 곳에 깨져 있었지요. 하지만 선생님, 그 단서에서 무엇을 유추하면 좋겠습니까?"

"기억해 두고 기록해 두시오. 나중에 이 단서와 관계있는 일이 일어날지도 모르니

까요. 그런데 레스트레이드, 당신은 앞으로 수사를 어떻게 해 나갈 생각입니까?"

"진상을 밝힐 수 있는 가장 확실한 방법은 우선 살해당한 남자의 신원을 파악하는 것이라고 생각합니다. 간단히 알아낼 수 있을 겁니다. 살해당한 남자가 누구인지, 어떤 친구들과 사귀었는지를 밝혀낸다면 어젯밤에 피트 가에서 무엇을 했는지도 알 수 있겠지요. 그것을 알아내면 호러스 하커 씨의 현관 앞에서 누구에게 살해당했는지도 알 수 있을 겁니다. 그렇지 않습니까?"

홈즈가 고개를 끄덕였다.

"맞아요, 틀린 말은 아닙니다. 하지만 내가 생각하는 방법은 그것과 전

혀 다른 겁니다."

"그럼 어떻게 수사할 생각이십니까?"

"내 방법을 말해서 당신의 방법에 혼동을 주어서는 안 되겠죠. 당신은 당신의 방법대로 하고 나는 내 방법대로 합니다. 그 결과 서로의 부족한 점을 보충할 수 있다면 오히려 좋지 않겠습니까?"

"네, 좋습니다."

레스트레이드 경위가 고개를 크게 끄덕였다. 그러자 홈즈가 뜻밖의 말을 했다.

"지금부터 피트 가로 다시 갈 생각이라면 호러스 하커 씨를 만날 테니 내 말을 전해 주시오. '마침내 홈즈가 범인을 알아낸 것 같은데, 어젯밤 당신의 집에 숨어든 것은 나폴레옹에게 지나치게 집착한 나머지 어떤 망상을 품은 위험한 살인광임에 틀림없다.'라고요. 아마 기사를 쓰는 데 도움이 될 겁니다."

레스트레이드가 놀란 눈으로 홈즈를 바라보았다.

"설마 진심으로 그렇게 믿고 계신 건 아니겠지요?"

"내가 믿지 않는다고요? 어쩌면 그럴지도 모르지요. 하지만 그것을 가르쳐 주면 기사를 못 쓰겠다고 한탄하던 호러스 하커 씨도 기뻐할 테고, 센트럴 통신의 독자들도 틀림없이 기뻐할 겁니다. 자, 왓슨, 오늘은 우리에게 정신없이 바쁘고 긴 하루가 될 것 같구먼. 어쨌든 여러 가지 해야할 일들이 아주 많아. 그리고 레스트레이드, 저녁 6시에 어떻게든 시간을 내서 베이커 가에 있는 우리 집으로 와 주시오. 그때까지 죽은 사람이 가지고 있던 이 사진을 좀 빌리겠습니다. 내 추리가 정확하다면 오늘 밤에 조그만 모험을 해야 할지도 모르니 그때 당신도 함께 가서 힘을 보태 주었으면 좋겠습니다. 그럼 이따가 만납시다. 행운을 빕니다."

셜록 홈즈와 나는 하이 가 쪽으로 걷기 시작했다. 그리고 나폴레옹의 흉상을 팔았다는 하딩 형제 상점으로 들어갔다. 하딩 씨를 만나고 싶다고 하자 젊은 점원 하나가 나와서 주인은 오후에나 나온다고 하면서 자기는 일을 시작한 지 얼마 되지 않아서 아무것도 모른다고 했다. 홈즈는 실망한 듯했지만 곧 마음을 다잡고 말했다.

"어쩔 수 없지. 모든 일이 내 생각대로 되는 건 아니니까. 왓슨, 하딩 씨가 없다니 오후에라도 다시 찾아와야겠네. 아마 자네도 눈치챘겠지만 나는 흉상이 어디서 만들어졌는지 반대로 거슬러 올라갈 생각이야. 나폴레옹 흉상이 그런 꼴을 당하는 데에는 어떤 이유가 있을 걸세. 하딩 형제 상점은 나중에 다시 오기로 하고 케닝턴 거리의 모스 허드슨 상점으로 가서 조사해 보세."

모스 허드슨 상점까지는 마차로 한 시간 정도 걸렸다. 모스 허드슨은 얼굴이 붉으며 몸집이 작고 뚱뚱한 남자로 매우 활달했다.

"네, 네. 이 안에 있는 카운터 위에서요. 무엇 때문에 비싼 세금을 내는 건지 모르겠다니까요. 난폭한 놈이 가게로 뛰어들어 상품을 깨 놓다니. 네, 제가 바니콧 선생님에게 두 점을 팔았습니다. 왜 그런 짓을 하는 건지. 그건 파괴주의자의 짓입니다. 틀림없어요. 파괴주의자가 아니라면 흉상을 왜 깨뜨리겠습니까? 녀석들은 과격파일 겁니다, 분명히. 어디서 들여왔냐고요? 그런 거 조사해 봐야 아무 도움도 되지 않을 텐데요. 그래요, 꼭 알아야겠다고요? 그건 스테프니의 처치 가에 있는 겔더 상회에서 들여 온 겁니다. 벌써 역사가 20년이나 되었고 그 방면에서는 유명한 상회죠. 몇 점 들여왔느냐고요? 2 더하기 1은 3이니까 세 점입니다. 두 점은 바니콧 선생님에게 팔았고, 또 하나는 대낮에 이 카운터에서 깨져 버렸지요. 이 사진에 찍힌 사람을 아느냐고요? 이 남자 말인가요? 글쎄요……, 잠깐만요. 네, 생각났어요. 이건 베포예요! 틀림없이 베포입니다! 베포는 이탈리아 사람이고 삯일을 하던 임시 직원이었는데 아주 일을 잘했지요. 조각도 조금 할 줄 알고, 액자 틀에 금을 입히는 일도 하는데다 그것 말고도 여러 가지 일을 해 주었습니다. 그런데 지난주에 그만두고 나갔습니다. 그 다음부터는 무엇을 하는지 통 소식을 듣지 못했습니다. 네, 어디서 왔는지도 모릅니다. 여기에서 일하는 동안 이렇다 할 나쁜 짓을 한 것도 아니니 굳이 알려고도 하지 않았거든요. 맞아요, 흉상이 깨지기 이틀 전에 그만두었습니다."

가게에서 나와 홈즈가 말했다.

"모스 허드슨에서 더 이상의 단서가 될 만한 이야기는 찾을 수 없을걸세. 하지만 베포라는 사람을 알아낸 것만 해도 커다란 수확이지. 케닝턴과 켄싱턴에서 이 베포라는 남자가 공통분모로 나타났으니 15킬로미터나 마차를 달려온 보답을 받은 걸세. 자, 왓슨, 이번에는 흉상을 만든 스테프니의 겔더 상회로 가 보자고. 겔더 상회에서 어떤 유력한 단서를 잡지 못할 리가 없어."

우리는 유행의 첨단을 달리는 런던의 거리, 호텔이 즐비한 런던의 거리, 수많은 극장이 있는 런던의 거리, 문학자와 문학을 좋아하는 사람들이 모이는 런던의 거리, 상업이 활발한 런던의 거리 등을 지나 마지막으로 유럽의 버려진 자들이 10만 명이나 모여 사는 강변으로 찾아갔다. 그곳에는 빈민굴이 들어서 있었기에 시큼한 냄새가 났다. 겔더 상회는 한때 부유한 상인들이 살던 넓은 거리에 있었는데 정면에 있는 꽤 큰 정원에는 비석과 석상이 가득했다. 안에 있는 커다란 방에서는 50명쯤 되는 노동자들이 조각을 하기도 하고 틀을 만들기도 하며 일하고 있었다. 우리를 맞은 지배인은 금발에 몸집이 커다란 독일인이었다. 지배인은 정

중하게 우리를 맞았으며 홈즈의 질문에 시원시원하게 대답해 주었다. 지배인이 보여 준 장부를 보니 데빈의 나폴레옹 석고상은 몇백 개나 복제되었다. 그리고 1년쯤 전에 여섯 점을 한꺼번에 만들었는데 그중 절반은 모스 허드슨 씨가 사 갔고 나머지는 하딩 씨가 사 갔다. 그 여섯 점이 다른 복제품과 다른 것은 하나도 없으니 특별히 그것들만 골라 부수려는 사람이 있을 것 같지는 않다며 지배인은 웃음을 터뜨렸다. 그런 다음 지배인은 흉상에 대해서 설명해 주었다. 여기서 만든 것은 6실링에 납품하고 소매상에서는 12실링 이상에 판다고 했다. 그 다음에는 만드는 법에 대해 얘기해 주었다. 우선 틀 두 개로 얼굴 좌우의 석고를 따로 만들고 나서 그것을 붙이는데 그 작업은 보통 이탈리아 사람들이 한다고 했다. 완성이 되면 복도로 가져가 탁자 위에서 건조한 뒤 창고에 넣는다는 것이다. 그런데 홈즈가 그 사진을 꺼내 보여 주자 뜻밖의 일이 벌어졌다. 지배인의 얼굴이 순식간에 벌겋게 변하더니 화를 내며 소리를 지르기 시작했다. 파란 눈 위의 눈썹이 잔뜩 찌푸려져 있었다.

"아, 이 불한당 녀석 말인가요? 네, 물론 알고 있죠. 잘 알고 있습니다. 우리 회사에서는 지금까지 단 한 번도 문제를 일으킨 적이 없었는데 이 녀석 때문에 처음으로 경찰이 온 적이 있습니다. 1년도 더 된 일입니다. 녀석이 거리에서 같은 이탈리아 사람을 찌르고 경찰에 쫓겨 이리로 도망쳐 왔던 것이죠. 결국 공장 안에서 잡혔지만 꽤 소란스러웠습니다. 녀석의 이름은 베포라고 하는데 성이 무엇인지는 저도 잘 모르겠습니다. 그런 녀석을 고용한 것은 큰 실수였습니다. 물론 녀석의 실력이 좋기는 했습니다. 직원들 가운데서도 솜씨가 가장 좋은 축에 들었으니까요."

"그래서 그 남자는 어떻게 되었습니까?"

"찔린 남자가 목숨을 건진 덕에 1년 형을 받았습니다. 지금쯤은 감옥에서 나왔겠지요. 하지만 여기에는 한 번도 얼굴을 내밀지 않았습니다. 그 사촌이 우리 공장에 있는데 그러면 녀석이 지금 어디에 있는지 가르쳐 줄지도 모릅니다."

지배인의 말에 홈즈가 외쳤다.

"아니, 아닙니다. 그 사촌에게는 아무런 말도 하지 마십시오. 아무 말도요. 부탁입니다. 이건 매우 큰 문제인데 이야기를 들으면 들을수록 더욱 심각해지는 것 같군요. 지금 당신이 장부를 넘길 때 봤는데, 그 여섯 점의 흉상을 납품한 날이 작년 6월 3일로 되어 있더군요. 베포가 잡힌 날이 언제인지도 기억합니까?"

"마지막 임금을 언제 지불했는지 살펴보면 대략적인 날짜는 알 수 있을 겁니다."

지배인은 이렇게 말하더니 임금 지불 장부를 넘겼다.

"여기 있습니다. 기록에 따르면 베포에게 마지막 임금을 지불한 날짜는 5월 20일입니다."

"그렇군요. 귀한 시간 내주셔서 고맙습니다."

그런 다음 홈즈는 우리가 조사하러 왔다는 사실을 아무에게도 말하지 말라고 지배인에게 신신당부한 뒤 밖으로 나왔다. 그리고 다시 서쪽으로 돌아갔다.

우리는 꽤 늦은 오후가 되어서야 식당에 들어가 점심을 먹을 수 있었다. 레스토랑의 입구에는 각 신문 주요 기사의 표제어가 적혀 있었는데, 〈켄싱턴의 대사건 — 광인의 살인〉이라는 제목이 있었다. 호러스 하커 씨가 마침내 자기 사건을 기사로 쓴 것이었다. 하커 씨는 자극적이고 선정적인 표현력을 힘껏 발휘해 두 단짜리 기사를 작성했다. 식사를 하는 동안 홈즈는 신문을 펼쳐 들고 읽기 시작했는데 한두 번 낄낄거리며 웃었다.

"이거 재미있군. 왓슨, 읽어 줄 테니 들어 보게."

> 다행히 이 사건에 대한 의견은 일치하고 있다. 경찰국의 수사진 중에서도 가장 경험이 많은 레스트레이드 경위와 유명한 사립 탐정 셜록 홈즈는 결국 살인으로까지 이어진 이 사건을 두고 계획된 범행이 아니라 정신병에서 비롯된 우발적인 범행이라는 같은 결론을 내렸다. 여러 가지 상황을 고려하면 정신 이상자의 소행이 아니고서야 이번 사태를 설명할 길이 없음은 자명하다.

"왓슨, 이용 방법만 잘 알고 있다면 신문만큼 편리한 것도 없다네. 자, 식사를 마쳤으면 켄싱턴으로 돌아가 하딩 형제 상점에서는 뭐라고 하는지 들어 보세."

커다란 상점을 일으킨 주인은 활달하고 몸집이 작은 사내로 머리도 좋고 말솜씨도 좋았다. 홈즈의 물음에 주인은 다음과 같이 대답했다.

"네, 사건은 석간에서 이미 읽었습니다. 호러스 하커 씨는 저희 단골입니다. 몇 달 전에 그 흉상을 팔았습니다. 스테프니의 겔더 상회에서 세 점을 주문했지요. 지금은 다 팔렸습니다. 누구에게 팔았냐고요? 잠시만 기다려 주십시오. 판매 장부를 보면 됩니다. 네, 여기에 전부 기록되어 있습니다. 한 점은 아시는 대로 하커 씨에게 팔렸고, 또 한 점은 치스윅 레버넘 베일에 있는 레버넘 저택의 조시어 브라운 씨가 사 가셨습니다. 나머지 하나는 레딩의 로워 그로브 거리에 살고 있는 샌드퍼드 씨에게 팔렸군요."

그런 다음 홈즈는 다시 그 사진을 보여 주었다.

"아니요. 이런 사람은 본 적도 없습니다. 한 번 보면 잊을 수가 없는 얼굴인데요. 이렇게 추한 사람은 보기 드문 법이니까요. 이탈리아 사람을 고용하느냐고요? 그야 청소나 잡무를 위해서는 누구든 고용합니다. 뭐, 보려고 마음만 먹으면 누구든 이 장부를 볼 수 있을 겁니다. 다른 사람이 봐도 크게 문제될 게 없으니까요. 어쨌든 좀 특이한 사건인 듯하군요. 제가 무슨 도움이나 되었는지 모르겠습니다."

홈즈는 하딩이 이야기하는 내용을 몇 번이고 수첩에 적었으며, 수사가 잘 진행되고 있는 듯 만족스러워하는 표정을 지었다. 그러나 홈즈는 서둘러 가지 않으면 레스트레이드와의 약속 시간에 늦겠다는 말만 하고 입을 다물었다. 그의 말은 틀리지 않았다. 베이커 가의 집에 도착해보니 레스트레이드 경위는 벌써 와서 우리를 기다리고 있었다. 그는 초조한지 방 안을 서성이고 있었는데 몹시 자랑스러워하는 표정을 짓고 있었다. 아무래도 그날의 수사에서 커다란 수확이 있는 모양이었다.

"아아, 홈즈 선생님. 좋은 소식이라도 있습니까?"

"우리는 하루 종일 무척 바빴습니다. 완전히 헛걸음치지는 않은 것 같아요. 우리는 두 군데의 소매상과 제조 공장을 조사했고, 흉상을 제조한 곳에서 어디로 팔려갔는지 알아낼 수 있었습니다."

"흉상이라고요? 그래요, 선생님에게는 나름대로의 방법이 있겠죠. 거기에 대해서 제가 이러쿵저러쿵 떠들 생각은 없습니다. 하지만 오늘은 선생님보다 제가 더 큰 성과를 올린 듯합니다. 저는 살해당한 남자의 신원을 파악했거든요."

"정말인가요?"

"그리고 살인 동기도 알아냈습니다."

"놀랍군요!"

"우리 경찰에는 극빈자와 도둑이 우글거리는 새프런 힐을 비롯해서 이탈리아인 거리를 전문으로 하는 경위가 있습니다. 저는 그 살해당한 남자가 목깃에 가톨릭교 배지를 달고 있고 피부가 거뭇한 것을 보고 남유럽에서 온 사람이 아닐까 생각했습니다. 그래서 이탈리아인을 전문으로 하는 경위에게 시체를 보여 주었더니 바로 가르쳐 주더군요. 이름은 피에트로 베누치로 나폴리에서 온 사람인데 런던에서도 가장 흉악한 불한당 중 한 명이었습니다. 피에트로는 마피아의 일원입니다. 선생님도 아시겠지만 마피아는 명령이 떨어지면 아무렇지도 않게 살인을 저지르는 이탈리아의 조직입니다. 피에트로가 마피아라면 선생님도 어째서 이번 사건이 일어났는지 잘 아시리라 생각합니다. 틀림없이 다른 한 사람, 살인을 저지른 사람도 이탈리아인으로 마피아의 일원일 겁니다. 녀석은 어떤 이유로 마피아의 규칙을 어겼고 피에트로가 녀석의 뒤를 쫓았을 겁니다. 피에트로의 주머니에 있던 사진은 엉뚱한 사람을 죽이지 않기 위해 가지고 있었던 거고요. 그리고 피에트로가 그 녀석을 미행하다가 그가 하커의 집에 들어가는 것을 보고 밖에서 기다렸습니다. 그런데 반대로 자신이 목숨을 잃은 겁니다. 선생님, 어떻게 생각하십니까?"

홈즈는 박수를 쳤다. 그리고 외쳤다.

"훌륭해요! 레스트레이드, 훌륭해요! 하지만 흉상이 깨진 이유에 대해서는 전혀 설명하지 못했군요."

"아직도 흉상 타령을 하십니까? 선생님 머릿속에는 흉상이 들러붙어 떨어지지 않는 모양입니다. 흉상은 신경 쓸 필요도 없는 사소한 사건입니다. 흉상을 깨뜨린 것은 아주 작은 죄로 기껏해야 6개월 형을 선고받을 뿐이죠. 우리가 정말로 잡아야 할 것은 살인을 저지른 범인입니다. 그리고 사건 해결의 실마리는 전부 제 손 안에 있다고 해도 과언이 아닐 겁니다."

"그럼 앞으로 어떻게 할 생각입니까?"

"아주 간단합니다. 이탈리아인을 전문으로 다루는 경위와 함께 이탈리아인 거주지로 가서 그 사진 속의 남자를 찾아내 살인죄로 체포하면 됩니다. 선생님도 같이 가시겠습니까?"

"아니, 됐습니다. 좀 더 간단한 방법으로 목적을 이룰 수 있을 겁니다. 아직 확실하다고 장담할 수는 없지만. 왜냐하면 이 일은 우리의 힘으로는 어쩔 수 없는 무엇인가에 좌우되고 있기 때문이에요. 그래도 나는 절반의 확률로 희망을 걸고 있습니다. 레스트레이드, 오늘 밤 우리와 함께 가면 범인을 잡을 수 있도록 도와 주겠소."

"이탈리아인 거주지로요?"

"아니요, 녀석을 쉽게 잡을 수 있는 곳은 치스윅이라고 생각합니다.

오늘밤 당신이 치스윅으로 가 준다면 내일은 당신을 따라서 이탈리아인 거리에 가도록 하죠. 이탈리아인 거리는 하루 늦어져도 상관없지 않습니까? 그럼, 그렇게 하지요. 11시 넘어서 출발하고 아침에나 돌아올 수 있을 테니 그때까지 두어 시간 자면서 쉬는 게 좋겠습니다. 레스트레이드, 당신도 여기서 저녁을 먹고 출발할 때까지 이 소파에서 좀 자 두세요. 왓슨, 자네는 벨을 울려서 전보 소년을 불러 주지 않겠나? 편지를 좀 보내고 싶거든. 그것도 지금 당장 보내야 할 중요한 편지일세."

그날 밤, 홈즈는 출발 전까지 방 하나를 가득 메우고 있는 예전 신문 스크랩을 뒤지고 있었다. 그 방에서 나와 밑으로 내려왔을 때 홈즈는 아무에게도 조사 결과를 말하지 않았지만 눈은 마침내 밝혀냈다는 만족감으로 빛나고 있었다. 나는 홈즈가 이 어려운 사건의 실마리를 풀어 나간 과정을 하나하나 머릿속으로 그려 보았다. 마지막에는 어떻게 해결할 생각인지 나로서는 알 길이 없었지만 그가 지금 무슨 생각을 하고 있는지는 분명했다. 범인이 남은 두 점의 흉상도 부수러 오리라 생각하는 것이다. 남은 두 점의 흉상 중 하나는 치스윅에 있다. 오늘밤 그곳으로 가는 이유도 흉상을 훔치러 올 범인을 잡기 위해서일 것이다. 게다가 홈즈는 범인을 안심시키고 남은 흉상을 부수러 오게 하기 위해서 일부러 잘못된 추리를 석간에 싣게 했다. 그 방법에는 언제나처럼 감탄하지 않을 수 없었다. 범인은 경찰이 나폴레옹에 집착하는 미치광이가 흉상을 부수고 있다는 결론을 내렸다고 생각할 것이다. 그러면 대담하게도 다시 범행을 저지를 테고 우리는 범인을 기다렸다가 잡으면 된다. 거기까지 홈즈의 생각을 읽고 있었으므로 나는 출발할 때 권총을 준비하라는 친구의 말에도 그렇게 놀라지 않았다. 홈즈는 자신이 좋아하는, 납을 넣은 사냥용 채찍을 가지고 갔다.

사륜마차는 11시에 도착했다. 홈즈와 레스트레이드, 나까지 셋은 그것을 타고 해머스미스 다리 맞은편까지 갔다. 우리는 마부에게 거기서 기다리라고 하고 조금 걸어갔다. 잠시 후에 안락해 보이는 집들이 늘어선 한적한 골목으로 접어들었다. 가로등 불빛을 통해 어떤 집의 문기둥에 '레버넘 저택'이라고 적힌 것을 확인할 수 있었다. 사람들은 모두 잠들었는지 집은 새카만 어둠에 잠겨 있었다. 단지 홀 위의 불빛이 흘러나와 정원의 좁은 길 한쪽을 둥그렇게 밝히고 있을 뿐이었다. 판자로 만든 담의 안쪽이 특히 어두워 보였기에 우리는 안으로 숨어들어가 거기에 몸을 웅크렸다. 홈즈가 조그만 목소리로 말했다.

"꽤 오래 기다려야 할지도 몰라. 그러니 비가 내리지 않고 별이 반짝인다는 사실에 감사해야 할 걸세. 시간을 죽이기 위해서 함부로 담배를 피워서도 안 돼. 하지만 성공 확률이 절반이나 되니 우리의 고생도 보답을 받을 걸세."

그러나 홈즈의 예상과 달리 우리는 오랫동안 기다릴 필요가 없었다. 갑자기, 정말 갑자기 생각지도 못했던 형태로 기다림이 끝나고 말았다. 발소리도 들리지 않았는데 갑자기 문이 열리더니 날렵한 느낌이 드는 검은 그림자가 원숭이처럼 잽싸게 정원의 좁은 길을 달려 나갔다. 그리고 딱 한 번, 홀의 현관 위에서 쏟아지는 둥근 빛 속을 지날 때 우리에게 얼핏 모습을 보이는가 싶더니 곧 어두운 집의 그림자 속으로 모습을 감추었다. 그때부터 한동안 아무 소리도 들리지 않았다. 숨을 죽인 채 기다리고 있자니 곧 삐거덕 하는 소리가 들려왔다. 창문을 연 것이었다. 그 소리가 그치자 다시 정적에 잠겼다. 녀석은 집 안으로 들어간 것이 분명했다. 그 순간 갑자기 어떤 방에서 어두운 램프 불빛이 희미하게 흘러나왔다. 찾는 물건이 거기에 없었던지 잠시 후에는 다른 방의 창문이 희미하게 밝아졌고, 다시 그 다음 방으로 옮겨갔다. 레스트레이드가 속삭였다.

"녀석이 들어갈 때 열어 놓은 창문 밑에서 기다립시다. 놈이 나올 때 덮치는 겁니다."

그러나 우리가 움직이기 전에 녀석은 다시 그 창문으로 나왔다. 그리고 정원의 좁은 길을 둥글게 비추는 불빛까지 왔을 때, 그가 하얀 물건을 끌어안고 있는 것이 눈에 들어왔다. 그는 불빛 속에서 가만히 주위를 둘러보았다. 길을 지나는 사람의 기척이 없자 안심한 듯, 우리에게서 등을 돌린 채 물건을 떨어뜨리는가 싶더니 다음 순간 쨍그랑 하는 소리와 석고를 산산이 깨는 소리가 들려왔다. 우리가 잔디를 밟으며 가만히 다가갔으나 자신이 하고 있는 일에 정신이 팔린 나머지 전혀 눈치채지 못했다. 먼저 홈즈가 호랑이처럼 녀석의 뒤로 달려들었다. 뒤이어 레스트

레이드 경위와 내가 양쪽에서 녀석의 팔을 붙잡았다. 경위의 수갑이 곧 소리를 내며 남자의 손목에 채워졌다. 경위가 잡아 일으키자 그 사납고 인상이 나쁜 사내가 분하다는 표정을 지으며 우리를 매섭게 노려보았다. 녀석은 우리가 예상했던 바로 그 인물이었다.

홈즈는 범인을 돌아볼 생각도 않고 웅크려 앉아 범인이 가지고 나온 물건을 하나도 놓치지 않겠다는 듯 살펴보았다. 그것은 오늘 아침에 호러스 하커의 집에서 본 것과 마찬가지로 산산조각 나 있었다. 홈즈는 그 파편을 하나하나 주워들어 홀 위에서 쏟아지는 불빛에 주의 깊게 비춰보았으나 특별히 다른 것은 없었다. 잠시 후, 홈즈가 흉상의 파편을 전부 살펴보고 있을 때 홀에 환하게 불이 들어왔다. 그리고 현관문이 열리더니 이 집의 주인이 뚱뚱한 몸에 셔츠와 바지만 입고 모습을 드러냈다.

홈즈가 말을 걸었다.

"조시어 브라운 씨입니까?"

"그렇습니다. 셜록 홈즈 씨지요? 선생님이 특급 전보 소년을 통해 보내신 편지를 받고 말씀대로 했습니다. 모든 방문을 걸어 잠그고 무슨 일이 일어날지 지켜보고 있었지요. 어쨌든 도둑을 잡아 다행입니다. 여러분, 안으로 들어와서 차라도 한잔 하시죠."

그러나 레스트레이드가 한시라도 빨리 범인을 안전한 곳으로 옮기고 싶어 했기에 우리는 마차를 불러 곧장 런던으로 돌아왔다. 범인은 단 한마디도 말을 하지 않았을 뿐만 아니라 흐트러진 머리카락 아래 매서운 눈으로 우리를 노려보았다. 한번은 내가 무심코 옆으로 손을 뻗었더니 굶주린 승냥이처럼 덥석 물려 들 정도였다. 우리는 한동안 경찰서에서 기다려야만 했다. 잠시 뒤 범인을 조사한 결과를 가르쳐 주었는데 범인의 소지품이라고는 동전 몇 개와 자루에 핏자국이 선명한 긴 칼뿐이었다. 헤어지기 직전에 레스트레이드가 말했다.

"신원에 관해서는 걱정하지 않아도 됩니다. 이탈리아인을 전문으로 다루는 경위가 전부 알고 있을 테니 곧 이름도 알 수 있을 겁니다. 특히 마피아와 관련된 사건이라는 저의 추리가 틀리지 않았음을 아시게 되겠지요. 홈즈 선생님에게는 진심으로 감사드립니다. 아주 간단히 저 남자를 잡아 주셨으니까요. 어떻게 해서 그렇게 하셨는지 저는 아직 모르겠지만요."

홈즈가 말했다.

"설명을 하기에는 밤이 너무 깊었습니다. 게다가 해야 할 일이 아직 한두 가지 더 남아 있기도 하고. 이건 끝까지 파헤칠 만한 가치가 있는 사건이니……. 내일 저녁 6시에 다시 한 번 우리 집으로 오시오. 그러면 당신이 아직 이번 사건의 전체적인 진상을 파악하지 못했다는 사실과, 이 사건이 범죄 역사에서도 전례를 찾아보기 어려운 사건이라는 사실을 알려 주겠습니다. 왓슨, 미리 말해 두겠네. 내가 다루는 조그만 사건을 계속해서 기록할 생각이라면 이번 사건만큼 멋진 것도 그리 흔치 않을 테니 꼭 기록해 두게나."

다음 날 저녁에 찾아온 레스트레이드는 범인에 대한 여러 가지 사실들을 들려주었다. 범인의 이름은 베포인 듯하나 성을 아는 사람은 없다. 이탈리아인 거리에서도 이름 높은 불량배인데 원래는 솜씨 좋은 조각가로 정직하게 살아가고 있었으나 어느 날 갑자기 나쁜 길로 접어들어 두 번이나 교도소에 다녀왔다. 처음에는 하찮은 도둑질 때문이었으나 나중에는 같은 이탈리아 사람을 칼로 찔렀다는 죄목이었다. 영어를 거의 완벽하게 구사하며 나폴레옹 흉상을 깨뜨린 이유에 대해서는 입을 다문 채 아무 말도 하지 않는다. 그자는 겔더 상회에서 일한 적이 있으니 어쩌면 그 흉상은 그자가 만들었을지도 모른다는 사실 등이었다. 레스트레이드가 이야기해 준 내용 대부분은 우리도 알고 있었다. 그런데도 홈즈는 예의바르게 이야기에 귀를 기울였다. 그러나 그를 잘 아는 나는 그렇게 귀 기울이는 척하면서도 사실 다른 생각을 하고 있음을 바로 알 수 있었다. 아무래도 홈즈는 불안해하고 초조해하면서 누군가가 찾아오기를 기다리고 있는 듯했다. 거기까지는 눈치를 챘으나 누구를 기다리고 있는지는 짐작도 할 수 없었다. 그 순간 갑자기 현관 벨이 울렸다. 그러

자 홈즈는 의자에서 벌떡 일어나 두 눈을 반짝였다. 잠시 후에 계단을 올라오는 발소리가 들리더니 백발이 섞인 구레나룻을 기른 중년 남자가 방으로 들어왔다. 오른손에 들고 있던 낡은 여행용 가방을 탁자 위에 올려놓고 그 남자가 말했다.

"누가 셜록 홈즈 씨입니까?"

홈즈가 빙그레 웃으며 머리를 숙였다.

"레딩의 샌드퍼드 씨이신가요?"

"네. 늦어서 죄송합니다. 기차가 늦어져서요. 제가 가지고 있는 흉상에 관한 일로 편지를 받았습니다."

"네, 맞습니다."

"홈즈 씨가 보낸 편지를 가져왔습니다. '저는 데빈의 나폴레옹 흉상의 복제품을 갖고 싶습니다. 샌드퍼드 씨가 갖고 계신 물건을 10파운드에 사겠습니다.'라고 적혀 있는데 맞습니까?"

"물론입니다."

"저는 이 편지를 받고 매우 놀랐습니다. 제가 이것을 가지고 있다는 사실을 어떻게 알았는지 도통 알 수가 없었으니까요."

"아마 놀라셨을 겁니다. 하지만 그에 대한 설명은 아주 간단합니다. 하딩 형제 상점의 하딩 씨가 마지막 남은 복제품을 당신에게 팔았다며 당신의 주소를 가르쳐 주었으니까요."

"아, 그랬습니까? 그럼 제가 이것을 얼마에 샀는지도 하딩이 가르쳐 주었습니까?"

"아니요. 그 말은 못 들었습니다."

"그렇습니까? 저는 부자는 아니지만 정직한 사람입니다. 이것을 10파운드에 넘기기 전에 사실을 말해 두어야겠습니다. 저는 이 흉상을 단돈 15실링에 샀습니다."

"샌드퍼드 씨, 정말 훌륭한 말씀입니다. 하지만 저도 일단 값을 매겼으니 그 가격에 넘겨주셨으면 합니다."

"아주 인심이 후하시군요, 홈즈 씨. 말씀대로 흉상을 가져왔습니다. 여기 있습니다."

샌드퍼드가 가방을 열었다. 지금까지 산산조각 난 모습만 보았던 우리는 마침내 완전한 흉상을 탁자 위에서 볼 수 있었다. 홈즈가 주머니에서 종이 한 장을 꺼내고 다른 탁자 위에 10파운드짜리 지폐를 올려놓았다.

"실례하지만, 샌드퍼드 씨. 여기에 있는 증인들이 보는 앞에서 이 종이에 서명해 주시겠습니까? 당신이 지금까지 가지고 있던 흉상에 관한 모

든 권리를 양도하겠다는 간단한 내용이 적혀 있습니다. 저는 매우 꼼꼼한 사람이라서요. 나중에 무슨 일이 일어날지 모르니까요. 감사합니다, 샌드퍼드 씨. 이 돈을 받으시고 조심해서 돌아가시기 바랍니다."

샌드퍼드가 돌아간 뒤 셜록 홈즈는 참으로 묘한 짓을 했다. 홈즈는 우선 서랍에서 하얀 천을 꺼내 탁자 위에 깔았다. 그러더니 그 천 한가운데에 자기가 산 흉상을 올려놓았다. 마지막으로 사냥용 채찍을 집더니 나폴레옹 흉상의 머리 위로 강하게 내리쳤다. 흉상은 단번에 산산조각 나고 말았는데 홈즈는 부서진 파편을 아주 열심히 하나하나 살펴보기 시작했다. 그 다음 순간, 홈즈는 커다랗게 승리의 함성을 올렸다.

"찾았다!"

그리고 홈즈는 푸딩 속에 들어 있는 건포도처럼 검고 둥근 것이 박혀 있는 석고 파편을 높이 치켜들었다.

홈즈가 외쳤다.

"신사 여러분! 보르지아 가의 유명한 흑진주를 소개합니다!"

레스트레이드 경위와 나는 할 말을 잃고 멍하니 있었다. 하지만 곧 멋진 연극을 볼 때처럼 떠나갈 듯 박수를 쳤다. 홈즈의 창백한 뺨에 살짝 붉은 기운이 감도는가 싶더니 무대에서 관객들에게 칭찬을 들은 극작가처럼 우리를 향해 깊숙이 머리를 숙였다. 평소에 그는 냉정하기 짝이 없어서 추리하는 기계 같았지만, 이 순간만큼은 그도 사람들의 칭찬에 기뻐하는 인간적인 모습을 보였다. 기품 높은 그는 쉽게 기뻐하고, 화내고, 슬퍼하는 대중들의 감정을 경멸했지만 마음을 허락한 친구가 진심으로 존경의 박수를 보낼 때면 깊이 감동했다. 홈즈가 힘차게 말했다.

"신사 여러분, 이것은 지금 세계에 있는 진주 중에서도 가장 유명한 것입니다. 이 진주는 이탈리아 귀족인 콜로나 대공이 머물던 데이커 호텔 침실에서 사라졌습니다. 그때부터 스테프니에 있는 겔더 상회에서 만든 여섯 개의 나폴레옹 흉상 가운데 하나에 들어가기까지의 경위를, 여러 가지 추리를 통해 제가 밝혀낼 수 있어서 다행으로 여깁니다. 레스트레이드, 당신도 기억하고 있을 겁니다. 이 흑진주가 없어졌을 때 얼마나 커다란 소동이 벌어졌는지 말입니다. 경찰국에서 전력을 기울여 수사했으나 결국에는 찾아내지 못했지요. 저도 의뢰를 받았지만 해결에 도움을 주지 못했으며 사건은 그대로 묻히고 말았습니다. 당시 콜로나 대공비를 따라왔던 이탈리아 하녀가 의심을 받았지요. 그 여자의 오빠가 런던에서 살고 있었으나 오빠와 동생 사이에 연락을 주고받은 증거는 끝내 나타나지 않았습니다. 그 하녀의 이름은 루크레티아 베누치였으니 그제 밤에 살해당한 피에트로가 루크레티아의 오빠라고 저는 확신합니다. 옛날 신문을 뒤적여 사건이 있던 날을 살펴보니 진주가 없어진 것은 베포가 사람을 찌르기 이틀 전의 일이었지요. 그렇게 해서 사건의 대략적인 진상을 파악한 뒤 결과에서부터 반대로 거슬러 올라가 보았습니다. 어쨌든 베포가 흑진주를 가지고 있었을지도 모른다고 생각해 보았습니다. 베포가 피에트로에게 훔쳤는지, 베포와 피에트로가 처음부터 일을 같이 했는지, 혹은 베포의 역할이 루크레티아에게 흑진주를 건네받아 피에트로에게 전달해 주는 것이었는지는 분명하지 않습니다.

어찌됐든 중요한 것은 베포가 진주를 몸에 지니고 있을 때 사건을 일으켰고 경찰에게 쫓겨 공장 안으로 도망쳤다는 사실입니다. 그는 더는 도망칠 수 없었습니다. 경찰에게 잡히면 몸에 흑진주를 지녔다는 사실도 같이 밝혀질 게 뻔했지만 그렇다고 해서 다른 곳에 숨길 여유는 없었습니다. 궁지에 몰린 베포의 눈에 말리기 위해 복도에 내놓았던 나폴레옹 흉상 여섯 점이 들어왔습니다. 그 가운데 하나는 아직 완전히 마르지 않았지요. 솜씨가 좋았던 베포는 부드러운 흉상에 서둘러 구멍을 낸 뒤, 진주를 박고 흔적이 남지 않도록 구멍을 막았습니다. 숨기기에는 최고의 장소라서 들킬 염려가 없었지요. 하지만 베포는 체포되었고 사람을 찌른 죄로 1년 형을 받았습니다. 그 사이에 나폴레옹 흉상 여섯 점은 모두 팔려나가 런던 여기저기로 흩어지게 되었습니다. 한데 어느 것에 보석이 들어 있는지는 베포도 알 수 없었습니다. 깨뜨려 보아야만 알 수 있었죠. 좌우 양쪽을 합칠 때 안에 넣었다면 흔들었을 때 소리가 날 수도 있겠지만 완성품이 채 건조되기 전에 쑤셔 넣었으니 진주는 석고에 엉겨 붙고 마니까요. 보세요, 진주가 석고에 엉겨 붙어 있지 않습니까? 그래도 베포는 포기하지 않았습니다. 끈기 있게 석고상들이 어디로 갔는지 찾아냈습니다. 우선 겔더 상회에서 일하는 사촌에게 부탁해서 그 흉상들이 어느 소매점으로 팔려갔는지 살펴보게 했습니다. 그 다음에 모스 허드슨 상점에 점원으로 들어가 세 점의 흉상을 누가 사 갔는지 밝혀냈지요. 하지만 사건을 일으킨 보람도 없이 그 세 점에는 진주가 없었습니다. 그래서 이번에는 하딩 형제 상점에서 일하고 있는 이탈리아인에게 부탁해서 나머지 흉상들이 어디로 갔는지 알아보게 했습니다. 그 첫 번째가 호러스 하커 씨의 것이었는데 그 집에 들어갈 때 진주를 독차지한 동료 베포를 찾던 피에트로에게 미행을 당한 겁니다. 베포가 하커 씨의 집에서 나올 때 격투가 벌어졌고 그 결과 베포가 이겨서 피에트로를 살해한 뒤 달아난 겁니다."

내가 한 가지 물어보았다.

"그런데 동료라면 어째서 사진을 가지고 있었을까?"

"그건 다른 사람에게 베포에 대해서 물어볼 때 사용한 걸세. 당연하지. 어쨌든 피에트로를 살해한 베포가 경찰에게 쫓길지도 모른다고 생각하고 진주 찾기를 그만두고 몸을 숨길지 아니면 서둘러 나머지 두 개를 깨뜨릴지 알 수가 없었습니다. 저는 경찰이 진주에 얽힌 비밀을 꿰뚫어 보기 전에 베포가 서둘러 나머지 두 점을 깨뜨릴 것이라고 예상했지요. 하지만 하커 씨가 가지고 있던 나폴레옹 흉상 속에 진주가 있었는지 없었는지는 장담할 수가 없었습니다. 솔직히 말해서 녀석이 찾는 것이 진주인지 아닌지도 모를 일이었죠. 하지만 어두운 정원을 그냥 지나쳐서 일부러 불빛이 있는 빈집의 정원으로 가져가 흉상을 깨뜨린 점으로 미루어 보면 베포가 무엇인가를 찾고 있다는 사실은 분명했습니다. 하커 씨의 흉상은 세 점 중에 하나였으니, 나머지 두 점 중에 하나에 진주가 있는 것이 틀림없었습니다. 그러니 제가 절반의 확률로 희망이 있다고 말한 겁니다. 나머지는 두 점뿐이니 범인은 우선 가까운 런던 시내에 있는 것부터 노릴 것이라고 생각했습니다. 그래서 조시어 브라운 씨에게 연락해서 다시 살인 사건이 일어나지 않도록 주의를 준 뒤 그물을 치고 있었지요. 물론 그때는 우리가 쫓고 있는 것이 보르지아 가의 흑진주라는 사실을 알고 있었습니다. 살해당한 남자의 이름을 듣고 두 개의 사건을 연결할 수 있었으니까요. 그런데 진주가 브라운 씨의 석고상에도 없다면 나머지 하나, 레딩 시의 샌드퍼드 씨가 갖고 있는 석고상에 있는 것이 분명했습니다. 그래서 저는 여러분 앞에서 이것을 사 들였지요. 그리고 이렇게 진주가 나온 겁니다."

우리는 너무나도 감탄한 나머지 한동안 아무 말도 하지 못했다. 잠시 후, 레스트레이드 경위가 말했다.

"정말 멋진 추리입니다! 저는 지금까지 선생님이 맡은 사건을 여럿 봤지만 이렇게 멋지게 해결한 것은 처음입니다. 우리 런던경찰국 경찰들은 선생님을 결코 질투하지 않습니다. 아니, 오히려 자랑스럽게 여길 정도입니다. 물론 선생님은 그럴 분이 아니지만 혹시라도 내일 경찰국에 들러 주신다면 가장 어린 순경부터 가장 나이 많은 경위까지 진심으로 선생님에게 악수를 청할 겁니다."

홈즈가 말했다.

"고마워요! 정말로 고맙습니다!"

얼굴을 돌린 홈즈의 표정에는 지금까지 본 적 없는 따뜻한 감동이 어려 있었다. 그러나 그 표정은 곧 사라졌고 다시 냉정한 추리 기계로 되돌아 왔다.

"왓슨, 진주를 금고에 넣고 콩크 싱글턴 위조사건 서류를 꺼내 주게. 지금부터는 그 사건을 파헤쳐야지. 그럼, 안녕히 가시오, 레스트레이드. 문제가 생길 때 언제든 상의하러 온다면 기꺼이 사건 해결에 도움이 될 실마리를 제공하겠습니다."

9. 세 학생

1895년에는 여러 가지 사건들이 한꺼번에 일어났다. 하나하나씩 특별히 이야기할 필요는 없지만, 셜록 홈즈와 나는 영국에서도 유명한 대학 도시 중 한 곳에서 몇 주일을 보내야만 했다. 지금부터 이야기할 사소하지만 교훈적인 사건은 우리가 그곳에서 머물 때 일어났다. 사건과 관계된 학교나 범인의 이름을 독자들이 알아 챌 만큼 세세하게 밝힌다면 그것은 필시 남에게 피해를 주는 경솔한 행동이리라. 이처럼 가슴 아픈 추문은 그대로 내버려 두어 저절로 사라지기를 기다리는 것이 가장 좋을 것이다. 그렇지만 신중하게만 다룬다면 사건 자체를 기록하는 것은 큰 문제가 아니라고 생각한다. 왜냐하면 내 친구의 뛰어난 재능 몇 가지를 이야기하는 데 도움이 되기 때문이다. 그런 이유로 나는 특정한 장소를 밝히거나 관계자들의 이름에 대한 단서를 제공하지 않도록 주의하며 그 사건을 기술하고자 한다.

당시 우리는 어떤 도서관 가까이에 있는 가구가 딸린 하숙에서 생활하고 있었다. 셜록 홈즈는 그 도서관에 다니면서 초기 영국의 헌장憲章에 관한 매우 까다로운 연구를 하고 있었는데, 거기에서 훗날 내 이야기의 주제로 삼아도 좋을 만큼 놀라운 성과를 거두었다. 그러던 어느 날 밤, 어떤 친구가 우리 하숙집을 방문했다. 힐턴 소웁스라는 사람으로 세인트 루크 대학에서 개인 지도 교사 겸 강사를 맡고 있었다. 키가 크고 호리호리했는데 매우 예민해서 흥분하기 쉬운 성격이었다. 예전부터 그가 언제나 침착하지 못하고 산만하다는 사실은 알고 있었으나 그날 밤에는 심상치 않은 일이 있었는지 걷잡을 수 없을 만큼 흥분해 있었다.

"홈즈 선생님, 귀중한 시간을 잠시나마 내주시면 안 되겠습니까? 세인

트 루크 대학에서 참으로 난처한 사건이 일어났습니다. 다행히 선생님이 이 마을에 계시기에 망정이지 그렇지 않았다면 정말로 어찌할 바를 몰랐을 겁니다."

내 친구가 말했다.

"나는 지금 몹시 바빠서 다른 일에는 신경 쓰고 싶지 않습니다. 죄송하지만 경찰에 도움을 요청하는 것이 나을 겁니다."

"아니, 아니, 절대로 그럴 수 없습니다. 일단 당국의 손에 걸리면 더는 수습할 수가 없으니까요. 흔히 있는 일이라고는 해도 대학의 신용을 위해서 이번 일이 세상에 알려져서는 안 됩니다. 선생님의 뛰어난 솜씨만큼이나 신중한 성격도 잘 알려져 있습니다. 저를 도와주실 수 있는 분은 선생님밖에 없습니다. 부탁입니다, 선생님. 부디 도와주십시오."

오랫동안 살아서 정이 들었던 베이커 가의 집을 나온 이후, 내 친구의 기분은 조금도 좋아지지 않았다. 스크랩북이나 화학약품처럼 늘 익숙한 난잡함이 사라진 터라 마음이 놓이지 않는 모양이었다. 그가 어깨를 들썩여 무뚝뚝하게 승낙의 뜻을 표하자 손님은 매우 흥분한 몸짓으로 빠르게 이야기를 시작했다.

"우선 말씀드려야 할 사실이 있습니다. 내일은 포테스큐 장학금 시험을 치르는 첫째 날입니다. 저는 시험 위원 중 한 명으로 제가 맡은 과목은 그리스어입니다. 시험의 첫 문제는 수험생들이 처음 보는 긴 그리스어 문장을 영어로 번역하는 것입니다. 그 문장은 시험지에 인쇄되어 있는데 수험생들이 미리 그 문장을 보고 준비할 수 있다면 매우 유리할 겁니다. 그래서 충분히 주의를 기울여서 시험지를 보관하고 있습니다.

오늘 오후 3시 무렵에 인쇄소에서 그 시험지의 교정쇄가 왔습니다. 기원전 5세기 후반의 그리스 역사가 투키디데스의 저서 중에서 반 장半을 발췌한 문제죠. 문제는 아주 정확해야 하기 때문에 저는 그것을 몇 번이고 꼼꼼하게 읽어 봐야만 했습니다. 4시 반이 되었는데도 그 일은 끝나지 않았습니다. 하지만 친구의 방에서 차를 마시기로 약속했기 때문에 교정쇄를 책상 위에 올려놓은 채 방을 나갔습니다. 아마 한 시간 쯤 방을 비웠을 겁니다.

선생님도 이미 알고 계실 테지만 우리 대학의 문은 이중으로 되어 있습니다. 안쪽은 초록색 천을 바른 문이고 바깥쪽은 튼튼한 나무문입니다. 저는 제 방으로 돌아와 바깥쪽 문에 다가섰는데, 그때 거기에 열쇠가 꽂혀 있는 것을 보고 깜짝 놀랐습니다. 순간 저는 제가 열쇠를 꽂아 둔 채 나간 것이 아닐까 생각했지만 주머니를 뒤져 보니 열쇠는 그 안에 그대로 있었습니다. 제가 알고 있는 한 다른 열쇠는 배니스터 급사가 가지고 있습니다. 그 사람은 벌써 10년이나 제 방을 관리해 주고 있는데 매우 정직해서 전혀 의심할 필요가 없습니다. 그에게 물어보니 방문에 꽂혀 있던 열쇠는 배니스터가 가지고 있던 것이었습니다. 제가 차를 마시고 싶어 하지 않는지 보러 왔다가 나갈 때 깜빡하고 열쇠를 꽂아 둔 채 나갔다더군요. 제가 방을 비운 직후에 온 듯합니다. 열쇠를 깜빡하고 갔더라도 다른 때라면 크게 문제될 게 없었겠지만 오늘은 좀 특별한 날인지라 참으로 난처한 일이 벌어지고 말았습니다.

책상 위를 본 순간, 저는 누군가가 시험지에 손을 댔다는 사실을 알 수 있었습니다. 교정지는 기다란 종이 세 장이었습니다. 저는 그것을 하나로 잘 정리해 두었는데 방으로 돌아와서 보니 한 장은 바닥에 떨어져 있고, 다른 한 장은 창가의 작은 책상 위에 있었으며, 나머지 한 장은 원래의 자리에 있었습니다.”

홈즈가 처음으로 몸을 움직였다.

"첫 번째 페이지는 바닥에, 두 번째 페이지는 창가에, 세 번째 페이지는 원래의 자리에 있었겠지요?"

"그렇습니다. 놀랍군요. 그걸 어떻게 아셨습니까?"

"그보다는 매우 흥미로운 이야기를 계속하시죠."

"그 순간 저는 배니스터가 시험지를 함부로 훔쳐본, 용서할 수 없는 행동을 한 것이 아닐까 의심했습니다. 그러나 그는 혐의를 아주 강하게 부정했기 때문에 지금은 그가 진실을 말했다고 믿고 있지요. 그렇다면 이렇게 생각할 수도 있습니다. 누군가가 그곳을 지나다 문에 열쇠가 꽂혀 있는 것을 보고, 제가 방에 없다는 사실을 알고 들어와 시험지를 몰래 살펴본 것이 분명합니다. 거액의 장학금이 걸린 매우 귀중한 문제니 뻔뻔한 사람이라면 경쟁자들을 따돌리기 위해서 위험한 짓도 할 수 있겠지요.

배니스터는 이번 사건 때문에 매우 혼란스러워하고 있습니다. 누군가가 분명히 시험지를 만졌다는 사실을 알고는 거의 기절할 뻔했지요. 저는 그에게 브랜디를 조금 마시게 한 뒤, 의자에 힘없이 앉아 있는 그를 그대로 남겨둔 채 방 안을 꼼꼼히 살펴보았습니다. 그러자 곧 구겨진 시험지 말고도 누군가가 방에 침입한 흔적이 남아 있었습니다. 창가의 책상 위에 연필을 깎았던 흔적이 있었고 부러진 연필심도 나뒹굴고 있었습니다. 방으로 들어온 녀석은 재빨리 시험지의 문제를 베꼈는데 너무 서두른 나머지 연필심이 부러지자 다시 깎을 수밖에 없었던 겁니다."

"훌륭합니다!"

홈즈가 말했다. 사건에 점점 강한 흥미를 느낄수록 기분도 좋아지는 모양이었다.

"당신에게는 행운이라고 할 수 있군요."

"그것뿐만이 아닙니다. 저는 표면에 붉은색 고급 가죽을 깐 필기용 책상을 가지고 있습니다. 맹세하건대 그 표면은 매끄럽고 주름 하나 없었습니다. 배니스터도 맹세할 수 있을 테고요. 그런데 거기에 길이 7.5센티미터 정도의 흠집이 선명하게 나 있었습니다. 단순히 긁힌 것이 아니라 분명히 잘려 나간 흠집이었습니다. 게다가 책상 위에는 검은 반죽이나 찰흙 같은 조그만 덩어리도 하나 붙어 있더군요. 그리고 그 덩어리에는 톱밥 같은 것이 군데군데 섞여 있었습니다. 이 모든 것은 시험지를 흐트러뜨린 녀석이 남기고 간 것이 분명합니다. 하지만 발자국은 물론이고 대체 어떤 녀석이 들어왔는지 분명하게 밝혀낼 만한 증거가 하나도 없습니다. 어떻게 해야 좋을지 몰라 머리를 감싸 쥐고 있었는데 다행스럽게도 문득 제 머릿속에 선생님이 이 도시에 계신다는 사실이 떠올랐습니다. 그래서 모든 일을 선생님에게 맡기는 것이 최선이라고 생각해서 곧장 달려왔습니다. 그러니 선생님, 제발 도와주십시오! 아시겠지만 저는 지금 진퇴양난에 빠져 있습니다. 그 사람을 찾아내든지 아니면 시험을 연기하고 다시 시험지를 준비해야 하는데 그러려면 사정을 설명해야만 합니다. 그러면 아무래도 좋지 않은 소문이 퍼지기 때문에 단과 대학은 물론이고 대학교 전체에 어두운 그림자가 드리우게 됩니다. 저는 무슨 일이 있어도 이번 사건이 세상에 알려지지 않도록 신중하고 조용히 해결하고 싶습니다."

"기꺼이 조사하고 가능한 한 조언도 하겠습니다."

홈즈가 자리에서 일어나 외투를 입으며 말했다.

"이번 사건에 아주 흥미가 없는 것도 아니니까요. 교정쇄가 도착한 뒤 당신의 방에 들어온 사람이 있었습니까?"

"있었습니다. 같은 층에 사는 다우라트 라스라는 젊은 인도인 학생이 시험에 대해서 자세히 물어보러 왔습니다."

"그 학생도 시험을 봅니까?"

"네, 그렇습니다."

"그때 시험지는 책상 위에 있었나요?"

"아마 말아 놓았을 겁니다. 틀림없습니다."

"하지만 교정쇄인 줄은 알았겠지요?"

"그럴 수도 있겠지요."

"방에 다른 사람은 없었습니까?"

"없었습니다."

"교정쇄가 방에 있다는 사실을 알고 있던 사람은요?"

"인쇄소 사람 말고는 아무도 몰랐습니다."

"배니스터라는 사람은 알고 있었습니까?"

"아뇨, 알았을 리가 없습니다. 아는 사람은 아무도 없었습니다."

"배니스터는 지금 어디에 있습니까?"

"가엾게도 마치 병에 걸린 사람 같습니다. 의자에 쓰러져 있는 걸 그냥 내버려 두고 나왔습니다. 그만큼 서둘러서 선생님을 찾아왔거든요."

"문은 열어 둔 채로 나왔습니까?"

"우선 시험지를 서랍에 넣어 두고 열쇠로 잠갔습니다."

"그럼 이렇게 되는 셈이로군요, 소움스 씨. 그 인도인 학생이 말려 있는 종이가 교정쇄임을 알아보지 못했다면 그것을 만진 사람은 교정쇄가 거기에 있다는 사실은 모른 채 방에 들어갔다가 우연히 발견했다는 말입니다."

"아무래도 그런 것 같습니다."

홈즈가 수수께끼 같은 미소를 지었다.

"그럼 가 봅시다. 하지만 자네를 번거롭게 할 필요는 없을 것 같네, 왓슨. 이건 정신적인 문제이지 육체적인 문제는 아닌 것 같으니까. 물론, 자네가 가고 싶다면 상관없네. 자, 소움스 씨, 우리는 언제라도 출발할 수 있습니다."

의뢰자의 거실에는 길고 낮은 격자창이 달려 있었는데 그 창은 오래된 대학의 이끼 끼고 고풍스러운 안뜰을 향해 있었다. 고딕풍의 아치문을 지나자 낡은 돌계단이 나왔다. 개인 지도 교사의 방은 1층이었다. 위로는 층마다 한 명씩 세 학생이 살고 있었다. 우리가 현장에 도착하자 이미 땅거미가 지기 시작했다. 홈즈는 바깥에 멈춰 서서 창문을 열심히 바라본 다음에 가까이 다가가 까치발을 하고 목을 길게 빼서 방 안을 들여다보았다.

"문으로 들어간 것이 틀림없습니다. 창문은 기껏해야 유리 한 장만큼 밖에 열리지 않으니까요."

"그렇군요."

학식 있는 안내자가 말하자 홈즈는 묘한 미소를 지으며 그를 힐끗 보았다.

"여기에는 단서가 될 만한 것이 없는 듯하니 안으로 들어가는 게 좋겠습니다."

소움스는 바깥쪽 문을 열쇠로 열고 우리를 방으로 맞아

들였다. 홈즈가 융단을 살펴보는 동안 우리는 문가에 서 있었다.

"여기에는 아무런 흔적도 없는 것 같군. 오늘처럼 건조한 날에는 무슨 흔적을 기대하지 않는 편이 낫겠지. 급사는 이제 완전히 안정을 되찾은 모양입니다. 의자에 쓰러져 있는 것을 그대로 내버려 두고 왔다고 하셨는데 어느 의자였지요?"

"그 창 옆에 있는 의자입니다."

"아아, 이 작은 책상 근처 말인가요? 융단은 이미 다 살펴보았으니 이제 들어와도 됩니다. 우선 이 작은 책상부터 시작할까요? 물론 무슨 일이 일어났는지는 매우 분명합니다. 범인은 들어오자마자 가운데에 있는 책상에서 시험지를 한 장 집어 들었고, 다시 한 장을 집어 들었습니다. 그리고 그것을 창가의 작은 책상으로 가져갔습니다. 그 이유는 거기라면 당신이 안뜰을 가로질러 돌아오더라도 잘 보이니 얼른 도망칠 수 있기 때문이었죠."

홈즈의 추리를 듣고 소움스가 말했다.

"그래도 소용없었을 겁니다. 저는 옆문으로 들어왔거든요."

"아, 그거 잘됐군요! 하지만 어쨌든 범인은 내가 말한 대로 생각했습니다. 교정쇄 세 장을 보고 싶군요. 지문은 없고. 그렇군! 어쨌든 이것을 제일 먼저 가져다 베꼈습니다. 그 일을 하는 데 시간이 얼마나 걸렸을까? 되도록 약자를 사용했다고 해도 적어도 15분은 걸렸겠지요. 다 베낀 다음 그것을 내던지고 다음 장을 손에 집었는데 그것을 베끼는 동안 당신이 돌아온 겁니다. 그래서 서둘러 빠져나가야만 했지요. 아주 서둘러서요. 교정쇄를 원래 있던 곳에 두지 않으면 누군가 방에 들어왔다는 사실을 들킬 텐데 그렇게 할 여유조차 없었습니다. 바깥쪽의 문으로 들어왔을 때 계단을 서둘러 올라가는 발소리를 듣지 못했습니까?"

"글쎄요, 듣지 못했습니다."

"그러면 됐습니다. 범인은 서둘러 쓰다가 자신도 모르게 힘이 너무 들어가서 연필심이 부러지는 바람에 보다시피 연필을 다시 깎을 수밖에 없었습니다. 왓슨, 바로 그게 흥미로운 사실일세. 이 연필은 그리 흔한 게 아니거든. 우선 크기는 보통 연필보다 크고, 심은 부드러워. 바깥쪽은 짙은 청색이고 제조사의 이름이 은박으로 새겨져 있네. 그리고 남은 연필의 길이가 4센티미터밖에 안 되는 몽당연필일세. 소움스 씨, 그런 연필을 찾아보세요. 그러면 범인을 잡을 수 있습니다. 덧붙이자면 그자는 커다랗고 날이 무딘 칼을 가지고 있을 테니 그 사실도 범인을 잡는 데 도움이 될 겁니다."

소움스는 끝도 없이 쏟아지는 이 정보의 홍수에 약간 압도당한 모습이었다.

"다른 점은 이해가 가지만 솔직히 연필의 길이에 대해서는……."

홈즈는 연필을 깎은 부스러기 하나를 집어 들었다. 거기에는 'NN'이라는 글자가 새겨져 있었고 그 뒤에는 아무 글자도 없는 부분이 조금 남아 있었다.

"어떻습니까?"

"글쎄요, 전 아직도……."

"왓슨, 나는 늘 자네를 놀리곤 했는데 내가 잘못한 것 같군. 감이 떨어지는 건 자네만이 아니었어. 그런데 이 'NN'이라는 건 뭘까요? 이건 어떤 한 단어의 끝부분입니다. 일반적으로 가장 잘 알려진 연필 제조사 중에 요한 파버Johann Faber라는 회사가 있지요. 연필의 남은 부분을 보세요. '요한Johann'이라는 글자가 새겨진 곳의 뒷부분입니다. 그러니 남은 부분은 얼마나 되겠습니까?"

홈즈는 작은 책상을 살짝 들어서 전등 쪽으로 기울였다.

"범인이 사용한 종이가 얇으면 이 반질반질한 표면에 흔적이 남아 있을 것이라 생각했는데 틀렸군. 아무것도 없어. 이제 여기에는 단서가 될 만한 것이 아무것도 없습니다. 이번에는 가운데 책상을 볼까요? 아, 이 둥글고 조그만 녀석이 당신이 말한 검은 반죽 덩어리로군요. 대충 피라미드처럼 생겼는데 안은 비었습니다. 설명하신 대로 안에 톱밥이 들어 있는 모양이네요. 음? 이거 재미있군. 잘린 흔적도 있습니다. 보세요, 첫 부분은 가볍게 긁힌 자국인데 끝부분은 우툴두툴한 구멍이 나 있어요. 내게 이 사건을 알려줘서 고맙습니다, 소움스 씨. 어디 보자, 그럼 저 문은 어디로 통합니까?"

"제 침실입니다."

"사건이 일어난 다음에 침실로 들어갔습니까?"

"아니요, 바로 홈즈 선생님에게 달려갔습니다."

"방 안을 잠깐 살펴보고 싶습니다. 오, 고풍스럽고 좋은 방이로군요! 바닥을 살펴볼 테니 잠시만 기다리세요. 아, 아무것도 보이지 않는군. 이 커튼은 뭐죠? 이 뒤에 옷을 걸어 놓는군요. 만약 누군가가 이 방에서 어딘가에 숨어야 한다면 여기밖에 없겠어. 침대는 너무 낮고 옷장은 너무 작으니까. 어디, 아무도 없겠죠?"

홈즈는 민첩하게 커튼을 젖혔지만 약간 망설이는 모습을 보였다. 그래서 나는 그가 만일의 사태에 대비하고 있다는 사실을 깨달았다. 그러나 커튼 뒤에서는 아무것도 나오지 않았고 나란히 박혀 있는 못에 옷이 서너 벌 걸려 있을 뿐이었다. 홈즈가 그곳에서 발걸음을 돌리다가 갑자기 바닥 위로 몸을 구부렸다.

"응? 이건 뭐지?"

홈즈가 발견한 것은 거실 책상 위에 있던 피라미드형의 검은 진흙 덩어리와 똑같은 것이었다. 그는 손바닥 위에 그것을 올리고 강한 전등 불빛에 비춰 보았다.

"소움스 씨, 당신의 손님은 거실뿐만 아니라 침실에도 흔적을 남겨놓고 갔군요."

"침실에 무슨 볼일이 있었던 걸까요?"

"그건 뻔한 일 아닙니까? 당신은 범인이 예상치 못한 방향으로 돌아왔습니다. 그 바람에 당신이 문 바로 앞에 올 때까지도 범인은 눈치채지 못했지요. 그는 과연 어떻게 했을까요? 자신의 정체가 드러날 만한 물건을 전부 챙겨서 침실로 뛰어 들어와 숨은 겁니다."

"그렇다면, 선생님. 만약 제가 그 사실을 알았다면 배니스터와 이야기를 나누던 시간에 이 방에서 그자를 잡을 수도 있었단 말씀인가요?"

"그렇습니다."

"달리 생각할 수도 있을 것 같은데요. 침실 창문도 살펴보셨습니까?"

"납으로 틀을 만든 격자창이 세 개 있는데 그중 하나는 경첩이 달려 있고 사람이 드나들 수 있을 만한 크기더군요."

"그렇습니다. 게다가 그것은 안뜰의 모퉁이를 향하고 있어서 밖에서는 잘 보이지 않습니다. 범인은 그곳으로 몰래 들어와서 침실을 지날 때 흔적을 남겼는데 결국에는 문이 열려 있는 것을 보고 그쪽으로 도망쳤을지도 모릅니다."

홈즈가 답답하다는 듯 고개를 저었다.

"좀 더 현실적으로 생각할 필요가 있습니다. 이 계단을 사용하는 세 학생은 모두 당신의 방문 앞을 지나다닌다고 했지요?"

"네, 그렇습니다."

"세 사람 모두 이번 시험을 봅니까?"

"네."

"그중에서 가장 의심스러운 사람은 없습니까?"

소움스 씨는 대답을 망설였다.

"이건 매우 미묘한 문제입니다. 증거도 없는데 아무나 의심할 수는 없습니다."

"의심스러운 점이 있으면 말해 보세요. 증거는 내가 찾겠습니다."

"그럼, 위층에 사는 세 학생들의 성격을 간단히 말씀드리겠습니다. 2층에는 길크리스트라는 학생이 있는데 성적도 좋고 운동도 아주 잘합니다. 대학의 럭비부와 크리켓부에서 뛰고 있으며 허들과 멀리뛰기의 대학 대표선수이기도 합니다. 훌륭하고 남자다운 청년이지요. 그의 아버님은 돌아가셨는데, 경마 때문에 패가망신한 것으로 유명한 자베즈 길크리스트 경입니다. 아버지가 돌아가셔서 꽤나 어렵게 생활하고 있지만 열심히 노력하는 근면한 학생입니다. 길크리스트 군은 틀림없이 훌륭한 사람이 될 겁니다.

3층에는 인도 출신 학생인 다우라트 라스가 묵고 있습니다. 다른 인도인들과 마찬가지로 얌전해서 무슨 생각을 하고 있는지 알 수 없고 신비한 학생입니다. 과학은 매우 잘하지만 그리스어 때문에 애를 먹고 있는 듯합니다. 성실하게 꾸준히 노력하고 있습니다.

제일 위층에는 마일스 맥라렌이 살고 있습니다. 마음만 다잡는다면 훌륭한 사람이 될 수 있을 거예요. 대학 안에서도 손가락 안에 드는 수재이지만 이기적이고 행실이 올바르지 못하며 무절제합니다. 1학년 때는 카드 도박으로 문제를 일으켜 퇴학당할 뻔했습니다. 이번 학기에는 공부도 하지 않았으니 이번 시험을 앞두고 불안해할 겁니다."

"그렇다면 당신이 의심하고 있는 것은 그 학생이로군요."

"그렇게 말씀드릴 수는 없습니다. 하지만 세 사람 중에서라면 그가 가장 가능성이 높습니다."

"그렇군요. 그건 그렇고 소움스 씨, 이제 배니스터 급사를 만나보고 싶은데요."

배니스터는 얼굴이 창백하고 몸집이 조그만 사람이었다. 깨끗하게 면도했으나 벌써 50세는 되어 보였고 머리는 반백에 가까웠다. 일상의 조용한 생활이 이번 사건으로 갑자기 깨져 버려 아직도 동요가 가라앉지 않았는지 그의 살찐 얼굴이 신경질적으로 불룩거렸고 손가락도 가늘게 떨렸다.

"이 불미스러운 사건을 수사하고 있네, 배니스터."

"네, 소움스 선생님."

주인이 급사에게 말했고, 그 다음에는 홈즈가 질문을 던졌다.

"배니스터 급사, 내가 듣기로는 문에 열쇠를 꽂아 둔 채 갔다고요?"

"네, 그렇습니다."

"방 안에 시험지가 있는 날 열쇠를 꽂아 두고 가다니 좀 이상하지 않습니까?"

"정말 운이 없었습니다. 하지만 전에도 종종 그런 적이 있었습니다."

"몇 시쯤에 방에 들어왔습니까?"

"4시 반쯤이었습니다. 소움스 선생님이 차를 드시는 시간입니다."

"방 안에 얼마나 있었나요?"

"안 계셔서 바로 나갔습니다."

"책상 위에 이 종이가 있는 것을 보았습니까?"

"아니요, 전혀 알지 못했습니다."

"어째서 열쇠를 문에 꽂아 둔 채 나갔습니까?"

"차를 올려놓은 쟁반을 들고 있었거든요. 열쇠는 나중에 가지러 올 생각이었는데 그만 깜빡 잊어버리고 말았습니다."

"바깥쪽 문에 스프링이 달려 있나요?"

"아니요, 달려 있지 않습니다."

"그렇다면 문은 그대로 열려 있었겠군요."

"그렇습니다."

"방 안에 누군가가 있었다면 그대로 나갈 수도 있었겠지요."

"네."

"소움스 씨가 돌아와서 불렀을 때, 당신은 꽤나 당황했다고 하던데요."

"네, 여기에서 일을 시작한 지 꽤 오래되었지만 이런 일은 처음이라 정신이 아득해지는 것만 같았습니다."

"나도 그렇게 들었습니다. 정신이 혼란스러워졌을 때 당신은 어디에 있었습니까?"

"어디에 있었느냐고요? 그야, 그러니까, 여기입니다. 이 문 근처에 있었습니다."

"그것 참 이상합니다. 당신은 저 구석 가까이에 있는 의자에 앉았다고 하던데요. 가까이 있는 의자에 앉지 않고 일부러 저기까지 간 이유가 뭡니까?"

"모르겠습니다. 그때는 어느 의자든 상관없었습니다."

그때 소움스가 끼어들었다.

"홈즈 선생님, 저 사람이 말한 대로 실제로 정신이 없었던 듯합니다. 아주 당황했는지 얼굴이 창백했으니까요."

"배니스터 급사, 소움스 씨가 나간 다음에도 당신은 여기에 있었다고 하던데요?"

"한 1분 정도 있었을 겁니다. 그리고 나서 문을 잠그고 제 방으로 갔습니다."

"당신은 누가 제일 의심스럽습니까?"

"아아, 제가 어떻게 그런 말씀을 드릴 수 있겠습니까? 이런 식으로 자신의 이익을 꾀하는 분은 우리 대학에 한 사람도 없습니다. 네, 저는 절대로 믿을 수가 없습니다."

그 말을 듣고 홈즈가 말했다.

"고마워요. 이제 됐습니다. 잠깐, 한 가지만 더 묻지요. 당신이 시중드는 세 학생에게는 아직 이번 일을 말하지 않았겠지요?"

"네, 한마디도 하지 않았습니다."

"세 학생 중 누구와도 만나지 않았다는 말입니까?"

"네."

"좋습니다. 자, 소움스 씨,
안뜰을 잠깐 산책합시다."

점점 짙어지는 어둠 속으
로 사각형 창문의 노란 불빛
이 반짝였다. 홈즈가 그 불빛
을 올려다보며 말했다.

"소움스 씨가 돌보는 새들
은 모두 둥지로 돌아왔군요.
아니, 저건 뭐지? 이상하게
안절부절못하는 사람이 한
명 있군요."

그것은 인도인 학생이었는
데, 검은 그림자가 불쑥 커튼 위로 나타났다. 그는 급한 걸음으로 방 안
을 오가고 있었다.

"한 사람씩 조용히 만나보고 싶은데요. 가능합니까?"

"네, 전혀 어려울 것 없습니다. 이 건물은 대학 중에서도 가장 오래돼
서 구경하러 오는 사람들도 적지 않거든요. 이리로 오십시오. 제가 안내
하겠습니다."

길크리스트의 방문을 두드렸을 때 홈즈가 황급히 말했다.

"우리 이름은 말하지 마십시오."

갈색 머리에 키가 크고 늘씬한 청년이 문을 열었다. 그는 우리가 찾아
온 목적을 듣더니 기꺼이 안으로 들여보내 주었다. 방에는 중세 주택 건
축의 보기 드문 특징 몇 가지가 남아 있었다. 홈즈는 그중 하나에 완전

히 매료되어 수첩에 스케치를 하기 시작했다. 그러다가 도중에 연필이 부러졌는데 그래도 그만두지 않고 방주인에게 연필을 하나 빌렸고, 나중에는 칼까지 빌려서 자기 연필을 깎았다. 그 기묘한 행동은 인도인 학생의 방에서도 되풀이되었다. 아주 얌전한 인도인은 매부리코에 자그마한 남자였는데, 입을 굳게 다문 채 곁눈질로 우리를 보고 있었다. 홈즈의 건축 연구가 끝나자 그 얼굴에는 확연하게 기뻐하는 빛이 감돌았다. 이렇게 해서 두 방 중 어느 한 곳에서 과연 홈즈가 찾던 단서를 얻었는지 나로서는 알 길이 없었다. 세 번째 방도 찾아가 보았으나 헛수고였다. 바깥쪽의 문을 두드려도 열리지 않았으며 심지어는 안에서 욕설이 쏟아져 나왔다.

"누가 오든 내 알 바 아니야! 지옥에나 떨어져 버려라!"

화난 목소리가 계속해서 들려왔다.

"내일 시험을 봐야 해! 아무도 나를 방해하지 마!"

그 소리를 듣고 우리가 계단을 내려서려 할 때 우리의 안내자는 분노로 얼굴을 붉히며 말했다.

"무례한 녀석입니다. 물론 제가 문을 두드렸다는 사실을 몰랐을 테지만 그래도 무례하기 짝이 없습니다. 게다가 때가 때이니 만큼 의심하지 않을 수 없습니다."

소움스의 분노에 아랑곳없이 홈즈는 엉뚱하게 반응했다.

"저 학생의 키는 얼마나 됩니까?"

"글쎄요, 정확히는 말씀드릴 수 없습니다. 인도인 학생보다는 크지만 길크리스트만큼 크지는 않습니다. 165센티미터쯤 될 겁니다."

"그게 이번 사건에서 매우 중요한 점입니다. 그럼 소움스 씨, 그만 주무시지요."

"아니, 뭐라고요?"

우리의 안내자가 놀란 나머지 커다란 소리로 말했다.

"설마 이렇게 갑자기 돌아가시지는 않겠지요? 홈즈 선생님, 아직 상황을 잘 이해하지 못하신 듯합니다. 내일이 시험입니다. 저는 오늘밤 안으로 조치를 취해야만 합니다. 누군가 단 한 장이라도 시험지에 손을 댔다면 그대로 시험을 볼 수는 없습니다. 이번 사태에 대해서는 단호하게 대처해야 합니다."

"이대로 그냥 내버려 두세요. 내일 아침 일찍 다시 찾아와서 자세히 설명하겠습니다. 그때가 되면 앞으로 어떻게 행동해야 될지에 대해서도 조언할 수 있습니다. 그러니 그때까지는 아무것도 바꾸면 안 됩니다. 아무엇도요."

"잘 알겠습니다."

"마음 놓으셔도 됩니다. 어려움에서 벗어날 방법이 분명 생길 테니까요. 이 검은 점토와 연필 깎은 부스러기는 내가 가져가겠습니다. 그럼 안녕히 주무십시오."

안뜰의 어둠 속으로 나선 우리는 다시 한 번 창문을 올려다보았다. 인도인은 여전히 방 안을 오가고 있었으며 다른 두 사람의 그림자는 보이지 않았다.

큰길로 나섰을 때 홈즈가 물었다.

"그런데 왓슨, 자네는 어떻게 생각하나? 카드 세 장으로 하는 게임 같지 않나? 세 사람이 있고 범인은 그들 중 한 명일세. 누구든 상관없네. 자네가 한번 골라 보게. 누구를 고르겠나?"

"마구 욕설을 퍼부은 맨 위층의 그 학생일세. 평소 행실도 가장 나빴던 것 같고. 하지만 인도인 학생도 의심스러워. 왜 방 안을 서성이는 거지?"

"그건 상관없네. 무엇인가를 외우려 할 때 꽤 많은 사람들이 그렇게 하는 법이니까."

"우리를 보는 눈빛도 이상했어."

"내일 볼 시험을 준비하느라 일분일초도 소홀히 할 수 없는데 낯선 사람들이 우르르 몰려갔으니 그런 눈빛을 보일 만도 하네. 그건 전혀 이상하지 않아. 연필과 칼에 대해서도 특별히 할 말은 없고. 그것보다, 그자가 퍽 수상하다고 생각하지 않나?"

"누구 말인가?"

"급사 배니스터 말일세. 그는 이번 사건과 어떤 관계가 있는 걸까?"

"나는 매우 정직한 사람이라는 인상을 받았는데."

"나도 그렇다네. 그래서 더욱 알 수가 없군. 그 정직한 사람이 어째서……. 저기 커다란 문구점이 있으니 저기서부터 수사를 시작하세."

그 마을에 문구점이라고 할 수 있을 만한 가게는 네 군데뿐이었다. 홈즈는 일일이 찾아가 연필을 깎을 때 생긴 부스러기를 보이며 그것과 같은 물건이 있으면 비싼 값으로 사겠다고 말했다. 모든 가게에서 주문은 해 보겠으나 평범한 연필과 길이가 달라서 재고가 있을 것 같지는 않다고 대답했다. 내 친구는 일이 자기 뜻대로 되지 않는데도 그리 실망한 기색 없이 조금은 장난스럽게 어깨를 들썩였다.

"아무것도 얻은 것이 없네, 왓슨. 단 하나, 마지막으로 남아 있던 최고의 단서도 결국은 도움이 되지 않는군. 그래도 걱정할 필요 없네. 그런 것 없어도 사건은 해결할 수 있으니까. 농담이 아닐세. 이런, 곧 9시군. 7시 반에 하숙집 주인아주머니가 완두콩 요리를 내왔을 텐데. 왓슨, 자네처럼 담배를 하루 종일 입에 물고 있는 데다 밥 먹는 시간까지 제멋대로라면 머지않아 하숙집에서 짐을 싸라는 말을 들을 걸세. 그러면 나도 같이 짐을 꾸려야겠지만. 어쨌든 그때까지는 안절부절 마음고생 심한 개인 지도 교사와 건망증이 심한 급사, 무슨 짓을 저지를지 모르는 세 학생의 문제도 해결되겠지."

그날 홈즈는 더 이상 사건 이야기를 하지 않았다. 하지만 늦은 저녁을 먹은 뒤에도 오랫동안 말없이 생각에 잠겨 있었다. 이튿날 아침 8시에 그가 내 방으로 들어왔을 때 나는 외출 준비를 막 마친 상태였다.

"자, 왓슨. 세인트 루크 대학에 가야 할 시간일세. 아침을 먹지 않아도 괜찮겠나?"

"괜찮고말고."

"소움스 씨의 걱정이 이만저만이 아닐 거야. 얼른 가서 분명한 사실을 들려줘야겠네."

"분명하게 이야기할 만한 사실이 있는 건가?"

"그럴 걸세."

"결론이 났단 말이군."

"맞아, 왓슨. 수수께끼가 풀렸어."

"대체 어떤 새로운 증거를 잡은 거지?"

"하하! 아무 일도 없는데 내가 터무니없이 이른 6시에 일어날 것 같은 가? 두 시간 동안 못해도 8킬로미터는 걸었는데 덕분에 약간의 수확을 올렸다네. 이것 좀 보게!"

홈즈가 한쪽 손을 내밀었다. 손바닥에 조그만 피라미드형의 검은 점토 같은 것이 세 개 놓여 있었다.

"아니? 어제는 두 개뿐이었는데?"

"나머지 하나는 오늘 아침에 찾아낸 걸세. 세 번째 것이 어디에서 나왔든 그 출처는 첫 번째, 두 번째 것과 같다네. 이렇게 생각하는 게 옳지 않겠나? 자, 같이 가세. 우리 친구인 소움스 씨를 고통에서 벗어나게 해 주어야지."

방으로 가 보니 불행한 개인 지도 교사는 불쌍해 보일 만큼 불안해하고 있었다. 이제 두어 시간 뒤면 시험이 시작될 텐데 사실을 알려야 할지 아니면 이대로 범인에게 귀중한 장학금을 빼앗겨야 할지 마음을 정하지 못한 듯했다. 마음이 어지러워서 가만히 서 있을 수도 없는지 홈즈를 보자마자 두 팔을 벌리고 달려왔다.

"감사합니다, 잘 오셨습니다! 저는 포기하신 줄 알았습니다. 어떻게 하면 좋을까요? 시험을 시작해도 괜찮겠습니까?"

"네, 그렇게 하세요."

"그렇다면 그 괘씸한 녀석은⋯⋯."

"그 녀석은 시험을 보지 못할 겁니다."

"범인을 알아내셨습니까?"

"네, 그런 것 같습니다. 하지만 사건이 밝혀지지 않도록 하려면 우리
는 어떤 권한을 가져야 합니다. 그런 다음에 조그만 사설 군법회의를 열
도록 하지요. 소움스 씨, 당신은 거기에 앉으세요. 왓슨, 자네는 여기일
세! 나는 가운데에 있는 팔걸이의자에 앉겠습니다. 이 정도로 권위를 갖
춘다면 죄를 저지른 사람의 가슴에 두려움을 안길 수 있을 겁니다. 이제
벨을 울리세요."

배니스터가 들어오더니 재판관 같은 우리 모습을 보고는 놀라움과 두

려움의 빛을 드러냈다. 먼저 홈즈가 입을
열었다.

"문을 좀 닫아 주시오. 자, 배니스터. 어
제 벌어진 일의 진실을 듣고 싶습니다."

급사의 얼굴이 새하얗게 질렸다.

"이미 모든 사실을 말씀드렸습니다."

"더 하고 싶은 말은 없습니까?"

"없습니다."

"흠, 그럼 내가 살짝 암시를 주어야겠
군. 어제 당신이 저 의자에 앉은 것은 거
기에 있던 어떤 물건을 감추기 위해서였
습니다. 그것을 보면 방에 누가 들어왔는
지 금방 알 수 있었으니까. 그렇지요?"

배니스터의 얼굴은 마치 유령 같았다.

"그렇지 않습니다, 선생님. 절대 아닙니다."

홈즈가 조용히 말했다.

"이건 하나의 암시에 지나지 않습니다. 솔직히 말해서 나는 그 사실을 입증할 수 없지만 충분히 있을 법한 일입니다. 왜냐하면 소움스 씨가 방에서 나가자마자 당신은 저 침실에 숨어 있던 사람을 달아나게 했으니까요."

배니스터가 마른 입술을 적셨다.

"아무도 없었습니다."

"정말 안타깝군요. 당신은 지금까지 진실만 말했지만 마침내 거짓말을 하고 말았습니다. 나는 알 수 있습니다."

배니스터의 얼굴에 강한 반발의 빛이 감돌면서 표정이 굳었다.

"아무도 없었습니다, 선생님."

"이런, 배니스터!"

"정말 아무도 없었습니다."

"그럼 더 이상은 아무 이야기도 하지 않겠다는 말이군요. 그렇다면 나가지 말고 침실 문 옆에 서 있으세요. 소움스 씨, 미안하지만 길크리스트의 방으로 가서 여기로 좀 와 달라고 전해 주십시오."

개인 지도 교사는 곧 학생과 함께 들어왔다. 길크리스트는 밝고 명랑한 얼굴에 키가 크고 몸이 유연한, 용모 단정한 청년이었다. 발걸음도 가벼워서 아주 활동적으로 보였다. 그런 젊은이가 불안한 듯 창백한 표정으로 우리를 한 사람씩 힐끗힐끗 훔쳐보았다. 마침내 그의 푸른 눈이 맞은편 구석에 서 있는 배니스터에게 향하더니 당혹으로 물들었다. 홈즈가 말했다.

"문을 닫게. 자, 길크리스트 군. 여기에는 우리밖에 없고, 여기서 주고

받은 대화는 단 한마디도 밖으로 새어 나가지 않을 걸세. 그러니 서로
마음을 열고 이야기하세나. 자네가 말해 주었으면 하는 것이 있다네. 길
크리스트 군, 자네처럼 훌륭한 청년이 어째서 어제 같은 실수를 저지른
건가?"

청년은 비틀비틀 뒷걸음질치더니 공포와 비난이 가득한 눈빛으로 배
니스터를 바라보았다.

"아니, 아닙니다, 길크리스트 님. 저는 한마디도, 단 한마디도 하지 않
았습니다!"

배니스터가 외쳤다.

"그렇다네. 배니스터는 한마디도 하지 않았어. 하지만 지금 말해 버렸
군 그래. 이제 길크리스트 군은 절망적인 처지가 되었으니 솔직하게 자

백하는 것 말고는 자신을 구
할 방법이 없네."

길크리스트는 한쪽 손을
들어 한동안 얼굴이 고통으
로 일그러지는 것을 필사적
으로 막으려 했다. 그러다가
결국에는 몸을 던지듯 책상
옆에 무릎을 꿇더니 얼굴을
두 손에 묻고 격렬하게 울음
을 터뜨렸다. 그 학생을 향해
홈즈가 다정하게 말했다.

"자자, 잘못은 누구나 저

지르는 법일세. 적어도 여기에는 자네를 뻔뻔스러운 범인이라고 생각할
사람은 아무도 없어. 사건에 대해서는 내가 소움스 씨에게 이야기하는
것이 자네에게도 편하겠지? 내 이야기에 잘못이 있으면 거기만 바로잡
아 주면 되네. 알겠나? 아니, 대답하지 않아도 좋으니 잘 들게나. 무턱대
고 자네를 비난하지는 않겠네.

소움스 씨, 당신은 이렇게 말했습니다. 이 방에 시험지가 있다는 사실
은 아무도, 심지어 배니스터조차 몰랐을 것이라고요. 그때부터 내 마음
속에서 사건은 구체적인 형태를 띠기 시작했습니다. 물론 인쇄업자는
생각할 필요도 없었습니다. 내용을 보고 싶다면 인쇄소에서도 충분히
살펴볼 수 있었을 테니까요. 인도인 학생에게도 이상한 점은 전혀 없었
습니다. 교정쇄가 말려 있었다면 그것이 무엇인지 도통 알 수가 없었겠
지요. 한편, 누군가가 이 방으로 몰래 들어왔는데 때마침 시험지가 책상

위에 있었다는 것도 지나친 우연이라 있을 법하지 않았습니다. 그래서 나는 그 가능성도 버렸어요. 방에 들어온 사람은 시험지가 거기에 있다는 사실을 알고 있었던 겁니다. 그럼 어떻게 알았을까요?

나는 이 방을 처음 찾아왔을 때 창문을 살펴보았습니다. 소움스 씨는 내가 범인이 그 창으로 들어왔다고 생각하는 줄 알았지요. 하지만 반대편 방에 있는 사람들이 빤히 지켜보고 있으니 그건 절대 있을 수 없는 일이었어요. 그래서 나는 웃지 않을 수가 없었습니다. 나는 그저 지나가던 사람이 방 한가운데에 있는 책상 위의 종이가 무엇인지 알아보려면 어느 정도나 커야 할지 살펴보았을 뿐입니다. 내 키는 180센티미터 정도 되는데 그래도 까치발을 해야 했습니다. 그러니 내 키를 넘지 않는 사람에게는 보이지 않겠지요. 이제 아시겠지만, 세 학생 중에서 특히 키가 큰 사람이 한 명 있다면 그 사람을 가장 주목할 필요가 있었습니다.

방에 들어서서 나는 작은 책상이 암시하는 것에 대해서 소움스 씨에게 이야기했습니다. 가운데 큰 책상에서는 아무것도 찾아내지 못했지만, 그때 소움스 씨가 길크리스트 군이 멀리뛰기 선수라는 사실을 말해 주었죠. 그러자 곧 모든 사실을 알 수 있었습니다. 이제 사실을 뒷받침해 줄 증거만 있으면 됐는데 그것도 바로 찾아낼 수 있었지요.

사건은 이렇게 된 겁니다. 이 청년은 오후부터 운동장에서 시간을 보내며 멀리뛰기 연습을 했습니다. 연습을 마치고 멀리뛰기용 운동화를 손에 든 채 돌아왔는데, 알다시피 점프화 바닥에는 날카로운 스파이크가 몇 개 박혀 있습니다. 길크리스트 군은 키가 매우 크기 때문에 창문 앞을 지날 때 책상 위에 있는 교정쇄를 보았고 그것이 무엇인지 추측할 수 있었습니다. 하지만 문 앞을 지날 때, 급사가 깜빡하고 열쇠를 꽂아놓은 채 그냥 갔다는 사실을 몰랐다면 아무 일도 일어나지 않았겠지요.

하지만 열쇠를 보는 바람에 문득 안으로 들어가 그것이 정말 교정쇄인지 확인하고 싶다는 충동에 사로잡히고 말았습니다. 그 자체는 위험한 일도, 교묘한 기술이 필요한 일도 아니었어요. 만약의 사태가 벌어지면 질문할 것이 있어서 잠깐 들렀다고 둘러대면 됐으니까요.

그런데 종이가 진짜 교정쇄라는 사실을 알자 마침내 유혹에 지고 만 겁니다. 길크리스트 군은 운동화를 책상 위에 올려 두었어요. 그런데 자네, 창가에 있는 저 의자 위에는 무엇을 놓았나?"

"장갑입니다."

청년이 대답하자 홈즈는 자랑스럽다는 듯이 배니스터의 얼굴을 바라보았다.

"길크리스트 군은 의자 위에 장갑을 놓고 교정쇄를 한 장씩 베끼기 시작했어요. 개인 지도 교사는 틀림없이 정문으로 돌아올 테니 그 모습이 보일 것이라고 생각했으니까요. 그런데 다들 알다시피 소움스 씨는 옆문으로 들어왔지요. 갑자기 문에서 발소리가 들렸습니다. 도망치고 싶어도 도망칠 수가 없었죠. 장갑은 잊었지만 운동화는 얼른 집어 들고 침실로 달려가 숨었어요. 잘 살펴보면 알겠지만, 책상 위에 난 흠집의 한쪽은 깊지 않고 침실 문 쪽으로 갈수록 깊이 파여 있습니다. 그것만 봐도 범인이 운동화를 그쪽으로 잡아당기면서 그리로 달아났다는 사실을 충분히 짐작할 수 있습니다. 스파이크 주위에 묻어 있던 흙덩어리가 책상 위에 떨어졌고 나머지 잘게 부스러진 것이 침실에 떨어졌지요. 한 가지 더 덧붙이자면, 나는 오늘 아침 운동장에 가서 멀리뛰기 하는 모래밭에 검은 점토가 섞여 있는 것을 확인했고 견본으로 조금 떼어 왔습니다. 그리고 선수의 발이 미끄러지지 않도록 하기 위해 점토 위에 뿌린 톱밥 같은 것도 조금 가지고 왔지요. 길크리스트 군, 내가 말한 사실 중에 틀린 부분은 없겠지?"

학생은 얼어붙은 것처럼 똑바로 서 있었다.

"네, 선생님의 말씀대로입니다."

"정말 놀랍군. 더 할 말은 없나?"

소움스가 커다란 목소리로 말했다.

"아니, 있었습니다. 하지만 이런 부끄러운 일이 밝혀져서 저는 너무 큰 충격을 받아 제정신이 아닙니다. 여기에 편지가 있습니다, 소움스 선생님. 어제 뜬눈으로 밤을 지새우다가 오늘 아침이 되어서야 겨우 쓴 편지입니다. 제가 저지른 죄가 밝혀졌다는 사실을 알기 전에 썼습니다. 이것입니다. 읽어 보시면 아실 겁니다. '저는 이번 시험을 보지 않기로 했

습니다. 로디지아[7]에서 경찰로 일하지 않겠느냐는 제의를 받았기에 곧 거기로 떠날 생각입니다.'라고 썼습니다."

"부정한 수단으로 이익을 취하지는 않겠다고 생각했다니 정말 기쁘군. 그런데 왜 갑자기 진로를 바꾼 건가?"

소움스가 묻자 길크리스트는 배니스터를 가리키며 말했다.

"저 사람이 저를 올바른 길로 인도했습니다."

홈즈가 급사에게 말했다.

"이리 오시오, 배니스터. 아까 내가 말한대로 이 청년을 달아나게 할 수 있었던 사람은 당신뿐이었습니다. 당신은 방에 남아 있다가 문을 잠그고 나갔을 테니 길크리스트 군이 창문으로 빠져 나갔을 리는 없어요. 이번 사건에서 유일하게 남은 수수께끼를 밝혀 주시오. 왜 그런 행동을 했습니까?"

"알고 보면 참으로 간단한 일입니다. 선생님 같은 머리를 가지신 분도 모르는 사실이 있는 모양이로군요. 저는 원래 이 젊은 신사의 아버님이신 자베즈 길크리스트 경의 집사였습니다. 주인님이 파산하자 저는 급사가 되어 이 대학으로 들어왔지만 예전 주인님의 은혜까지 잊지는 않았습니다. 그 은혜를 갚기 위해 할 수 있는 한 아드님의 뒷바라지에 힘썼습니다. 그런데 어제 갑작스러운 부름을 받고 이 방에 들어왔을 때, 저 의자 위에 있던 길크리스트 도련님의 갈색 장갑이 가장 먼저 눈에 들어왔습니다. 낯선 것이 아니었기에 그것이 왜 거기에 있는지 바로 짐작할 수 있었습니다. 소움스 선생님이 보시면 모든 사실이 밝혀질 터였습니다. 저는 그 의자에 쓰러지듯 앉아서 소움스 선생님이 홈즈 선생님을 모

---

7) Rhodesia. 아프리카 남부의 옛 영국 식민지로, 1965년부터 1979년까지 존재했으며 후에 독립국인 잠비아와 짐바브웨로 나뉘었다.

시러 갈 때까지 꼼짝도 하지 않았습니다. 잠시 후, 옛날에 제가 무릎 위에 앉혀 놓고 키웠던 도련님이 맥 빠진 모습으로 나오시는 게 아니겠습니까? 사정을 물어보니 솔직하게 말씀해 주셨습니다. 제가 이분을 구하는 것은 당연한 일이었습니다. 그리고 그런 잘못된 짓을 한다고 해서 아무런 득도 되지 않는다고 말씀드렸습니다. 돌아가신 주인님이 살아 계셨다면 그렇게 훈계하셨을 테지요. 그것을 제가 대신하는 것도 당연하지 않겠습니까? 선생님, 제가 잘못한 것일까요?"

"아니, 결코 그렇지 않소!"

홈즈가 진심을 담아 말하고는 자리에서 벌떡 일어났다.

"자, 소움스 씨. 당신의 조그만 문제는 해결된 듯하고 집에서는 아침 식사가 우리를 기다리고 있어요. 왓슨, 우리는 그만 가세. 그리고 길크리스트 군, 로디지아에서 밝은 미래가 자네를 기다리고 있을 걸세. 자네는 한번 바닥까지 떨어진 셈이야. 앞으로 자네가 얼마나 높은 곳까지 오를지 기대하고 있겠네."

10. 금테 코안경

1894년 한 해 동안 우리의 일을 기록한 세 권짜리 두툼한 사건 수첩을 꺼내 보니, 사건 자체가 재미있으면서도 홈즈의 그 유명하고 특이한 재능을 가장 잘 보여 주는 것을 고르기가 여간 어렵지 않았다. 사건 수첩 페이지를 넘기다 보니 은행가 크로스비의 끔직한 죽음과 붉은 거머리에 관한 기록이 눈에 들어온다. 또, 애들턴의 비극과 잉글랜드의 고분에서 발굴한 기묘한 유물 기록도 눈에 띈다. 유명한 스미스 모티머의 상속 사건도 같은 해에 벌어졌고, 길거리의 암살자 휴렛을 추적하여 체포한 것도 이 무렵이었다. 이 사건을 해결한 홈즈는 프랑스 대통령이자 레지옹 도뇌르 훈장단의 최고 단장에게 친필 감사 편지도 받았다. 이 사건들 모두 재미있는 이야기가 될 수 있겠지만 욕슬리 고택에서 일어난 사건만큼 특이하고 흥미로운 것은 없을 것이다. 젊은 윌로비 스미스의 슬픈 죽음뿐만 아니라 차례대로 벌어진 그 범죄의 원인을 밝혀 준 과정들이 몹시 특이했다.

11월도 거의 끝나가는 폭풍우 치던 어느 날 밤, 홈즈와 나는 말없이 앉아 있었다. 홈즈는 양피지에 썼다가 지워 버린 문장을 배율이 높은 렌즈로 해독하고 있었고, 나는 외과 수술에 관한 최근의 학술 논문을 읽고 있었다. 밖에서는 거친 바람이 베이커 가를 지나갔으며 거센 빗줄기가 창문을 두드렸다. 사방 16킬로미터에 걸쳐 사람의 손길이 닿지 않은 곳이 없는 시가지 한가운데에서 자연의 거대한 힘을 느끼고, 그 앞에서 런던 같은 도시는 벌판에 흩어져 있는 두더지 굴과 다를 바 없다는 생각이 떠오르자 참으로 야릇한 기분이 들었다. 나는 창가로 걸어가 인적이 끊긴 거리를 바라보았다. 드문드문 서 있는 가로등 불빛이 진흙탕이 된 길과 비에 젖어 빛나는 도로를 점점이 비춰 주었다. 옥스퍼드 가의 한쪽 끝에서는 마차 한 대가 흙탕물을 튀기면서 달려왔다.

"왓슨, 오늘은 외출할 일이 없어서 다행일세."

홈즈가 렌즈를 한쪽에 놓고 양피지를 둘둘 말면서 말했다.

"오늘은 이만해야겠어. 웅크리고 앉아 있었던 것에 비해서는 꽤 많이 알아냈네. 참 눈이 피곤해지는 일이야. 지금까지 해독한 부분은 15세기 후반 이후에 기록된 웨스트민스터 교회의 기록만큼 재미있지는 않거든. 응? 저건 뭐지?"

세차게 불어 대는 바람 속에서 말발굽 소리와 포장도로의 가장자리에 부딪치는 마차 바퀴 소리가 들려왔다. 마침내 그 마차는 우리 집 문 앞에 멈춰 섰다.

"무슨 일일까?"

그 마차에서 남자 하나가 내리는 것을 보고 내가 큰 목소리로 말했다.

"무슨 일이냐고? 우리에게 볼일이 있겠지. 그리고 우리한테는 외투, 목도리, 장화처럼 악천후와 싸우느라 사람들이 만들어 낸 갖가지 도구를 써야 할 일이 생겼다는 뜻일세. 잠깐, 그런데 마차가 가 버렸군. 어쩌면 나가지 않아도 되겠어. 우리를 데리러 왔다면 마차를 돌려보내지 않았을 테니까. 미안하지만 밑으로 내려가서 문을 좀 열어 주지 않겠나? 제대로 된 사람이라면 모두 자고 있을 시간일세."

방문자가 현관의 불빛 아래 서자 누구인지 바로 알아볼 수 있었다. 장래가 촉망되는 젊은 형사인 스탠리 홉킨스였다. 지금까지 몇 번이고 홈즈의 도움을 받은 적이 있었다.

"계십니까?"

형사가 의욕이 넘치는 목소리로 물었다.

"올라오시오. 이런 날 밤에 우리에게 무슨 일을 의뢰하려고 찾아온 것

이라면 별로 고맙지 않지만."

위에서 홈즈의 목소리가 들려왔고 형사는 계단을 올라갔다. 젖은 레인코트가 램프 불빛을 받아 번쩍였다. 나는 형사가 레인코트 벗는 것을 도와주었고 홈즈는 난로의 불길을 키웠다.

"자, 홉킨스, 이리 와서 발을 녹여요. 여기 시가가 있소. 우리 왓슨 박사님이 이런 날에 잘 어울리는 특효약으로 레몬이 들어간 뜨거운 차를 준비해 줄 겁니다. 이런 폭풍우를 뚫고 온 것을 보니 꽤나 커다란 사건이 일어난 모양입니다."

"그렇습니다. 오후 내내 정신없이 돌아다녔습니다. 신문의 마지막 판에서 욕슬리 사건 기사를 보셨나요?"

"오늘은 15세기 이후에 나온 것은 하나도 보지 못했소."

"짧은 기사에 오류투성이니 특별히 볼 필요는 없습니다. 오늘 저는 1초도 낭비하지 않고 움직였습니다. 장소는 켄트 주의 채덤에서 11킬로미터, 기차역에서 5킬로미터 정도 떨어진 곳입니다. 오후 3시 15분에 전보를 받았고 욕슬리의 고택에는 오후 5시에 도착했으며 수사를 마치고 나서 막차를 타고 채링 크로스로 돌아와 곧장 마차로 여기에 왔습니다."

"그렇다면 이번 사건을 다 해결하지는 못했다는 말입니까?"

"전혀 감을 잡을 수가 없습니다. 제 생각에는 지금까지 다뤘던 사건 중에서 가장 복잡한 것 같습니다. 처음에는 무척 단순해 보였는데 동기가 무엇인지 도통 알 수가 없습니다. 어떤 남자가 죽었습니다. 이것은 틀림없는 사실입니다. 하지만 조사해 보니 그 남자를 공격할 만한 사람은 아무도 없습니다."

홈즈는 시가에 불을 붙이고 의자에 앉았다.

"좀 더 자세히 들려주시오."

"사실관계는 매우 명확합니다. 제가 알고 싶은 것은 그 사실이 의미하는 것입니다. 지금까지 밝혀낸 사실을 말씀드리겠습니다. 몇 년 전부터 코람이라는 교수가 욕슬리의 고택이라는 시골 저택에 들어가 살기 시작했습니다. 교수는 몸이 좋지 않아 하루 중 절반은 침대에서 보내고, 나머지 절반은 지팡이를 짚고 고택 안을 산책하거나 정원사가 미는 휠체어를 타고 자기 토지를 둘러봅니다. 찾아오는 이웃이라고는 두어 명밖에 없지만 그들과 사이는 좋은 모양입니다. 교수는 매우 박식한 사람이라는 평판입니다. 그 집에는 가정부인 마커 부인과 하녀인 수잔 탈턴만 살고 있습니다. 둘 다 박사가 그곳으로 이사했을 때 함께 왔고, 성격도 좋은 사람들인 듯했습니다. 교수는 무슨 학술 서적을 쓰고 있는데 1년쯤 전에 비서를 두어야겠다고 생각한 모양입니다. 시험 삼아 두 명을 고용했는데 그들은 별로 도움이 되지 않았고, 세 번째로 고용한 윌로비 스미스는 이제 막 대학을 졸업한 매우 젊은 사람이었지만 아주 적당한 인물이었나 봅니다. 비서는 오전에는 교수의 구술을 받아 적고 저녁에는 다음 날의 일을 위해서 참고 자료나 인용문을 찾아내는 일을 했습니다. 윌로비 스미스는 어핑엄 학교에서도, 케임브리지에서도 더할 나위 없이 훌륭한 청년이었습니다. 저도 추천장을 보았는데 예의 바르고 얌전하며 근면한 인물로 흠잡을 데가 없었습니다. 그럼에도 불구하고 오늘 아침, 교수의 서재에서 살해당했다고 추정되는 죽음을 맞이했습니다."

　바람이 거칠게 불며 창문을 흔들어 댔다. 젊은 형사가 순서대로 천천히 기묘한 이야기를 풀어 나가는 동안 홈즈와 나는 불 옆에 앉아 그것을 들었다.

　"영국 전체를 뒤져도 그곳처럼 세상에서 고립되어 바깥세상의 영향을 받지 않는 집도 없을 겁니다. 몇 주일 동안이고 누구 하나 문 밖으로 나서는 자가 없을 정도거든요. 교수는 자기 일에 몰두해서 거기서만 삶의 보람을 느끼는 사람입니다. 스미스 청년도 교수와 매우 비슷해서, 동네에는 아는 사람도 없었던 모양입니다. 정원사인 모티머는 교수의 휠체어를 밀어 주기도 하는데 그는 군인 연금을 받고 있습니다. 1853년의 크림전쟁에 종군한 사람으로 선량한 성격입니다. 이 사람은 고택 안이 아니라 정원 구석에 있는 방 세 개짜리 집에서 살고 있습니다. 욕슬리 고택에 있는 사람은 이들이 전부입니다. 그 집의 문은 런던에서 채텀으로 가는 길에서 100미터쯤 떨어진 곳에 있는데 걸쇠만 하나 있을 뿐이라 마음만 먹으면 누구든지 들어갈 수 있습니다.

이번 사건에 대해서 어떤 확실한 내용을 말할 수 있는 것은 하녀뿐입니다. 하녀인 수잔 탈턴의 증언은 다음과 같습니다. 사건이 일어난 것은 오전 11시에서 정오 사이입니다. 수잔은 2층 앞쪽 침실에서 커튼을 달고 있었습니다. 코람 교수는 아직 침대 안에 있었지요. 그는 날씨가 나쁜 날에는 거의 오전에 일어나지 않는다고 합니다. 가정부는 집 뒤쪽에서 무슨 일을 하고 있었고, 윌로비 스미스는 거실로도 쓰는 자기 침실에 있었습니다. 바로 그때 스미스가 복도를 지나 아래에 있는 서재로 내려가는 발소리를 들었습니다. 그 모습을 본 것은 아니지만 규칙적이고도 빠른 발걸음 소리로 보아 틀림없이 스미스였다고 합니다. 서재 문이 닫히는 소리는 듣지 못했지만 1분쯤 지났을 때 바로 아래층 방에서 끔찍한 비명이 들려왔습니다. 실성한 것 같은 갈라지는 비명 소리는 참으로 괴이하고 부자연스러워서 남자인지 여자인지도 알 수 없었다고 합니다. 그와 동시에 쿵하고 무엇인가 쓰러지는 듯한 소리가 들렸답니다. 고택이 흔들릴 정도였지만 그 다음에는 정적에 잠겼다더군요. 하녀는 몸이 얼어붙어서 한동안 멍하니 서 있었으나 잠시 후 용기를 내서 아래로 달려 내려갔습니다. 서재 문이 닫혀 있어서 열어 보았더니 방바닥에 윌로비 스미스가 길게 누워 있었습니다. 처음에는 아무 상처도 안 보여서 몸을 일으키려 했지만 그때 목 뒤쪽에 피가 흐르고 있다는 사실을 깨달았습니다. 상처는 매우 작았지만 몹시 깊어서 경동맥을 관통했습니다. 사용된 흉기는 스미스 옆의 카펫 위에 있었습니다. 고풍스러운 책상에서 흔히 볼 수 있는 봉투 뜯는 칼이었는데 상아 손잡이에 대단히 견고한 칼날이 붙어 있습니다. 그건 교수의 책상 위에 있던 비품 중 하나였습니다.

하녀는 스미스가 이미 죽은 줄 알았지만 물통의 물을 이마에 뿌렸더니 아주 잠깐이나마 눈을 뜨고 중얼거렸다고 합니다.

'선생님……, 그 여자입니다.'

하녀는 그가 틀림없이 이렇게 말했다고 증언했습니다. 스미스는 필사적으로 무슨 말을 더 하려고 오른손을 들었지만 곧 숨이 끊겨 쓰러지고 말았습니다.

가정부인 마커 부인도 그곳으로 달려왔습니다. 그러나 스미스의 마지막 말을 듣기에는 너무 늦었지요. 하녀 수잔을 시체 옆에 남겨두고 가정부는 교수의 방으로 달려갔습니다. 교수는 매우 놀란 얼굴로 침대에서 일어나 앉아 있었습니다. 끔찍한 비명과 큰 소리를 듣고 무슨 일이 벌어졌다는 사실을 알고 있었던 겁니다. 마커 부인은 교수가 아직 잠옷을 입고 있었다고 말했는데 실제로 혼자서는 옷을 갈아입을 수 없는 상태여서 모티머가 정오에 옷 갈아입는 것을 도와주기로 했다고 증언했습니다. 교수는 멀리서 들리는 비명 소리를 듣기는 했지만 더 이상은 아무것도 모른다고 말했습니다. '선생님……, 그 여자입니다.'라는 스미스의 마지막 말에 대해서도 짚이는 데가 없으며 헛소리 같다고 하더군요. 윌로비 스미스에게 적은 단 한 사람도 없었으며 이번 사건의 원인도 전혀 모르겠다고 합니다. 교수는 우선 정원사인 모티머를 그 지역의 경찰서로 보냈습니다. 얼마 지나지 않아서 경찰서장이 저를 불렀지요. 제가 도착할 때까지 어디 한 군데도 손을 대지 않았고, 아무도 집으로 들어가는 길을 걷지 말라는 명령이 떨어졌습니다. 그건 홈즈 선생님의 이론을 실천할 절호의 기회였습니다. 무엇 하나 빠진 것이 없었습니다."

"셜록 홈즈 씨는 빠졌지만."

친구가 약간은 쓸쓸한 웃음을 지었다.

"그래서 어떤 방법을 썼습니까?"

"선생님, 우선 이 약도를 보십시오. 이것을 보시면 서재의 위치와 사건의 여러 가지 점을 대략 아실 수 있을 겁니다. 수색에 관한 제 설명을 이해하는 데도 도움이 될 테고요."

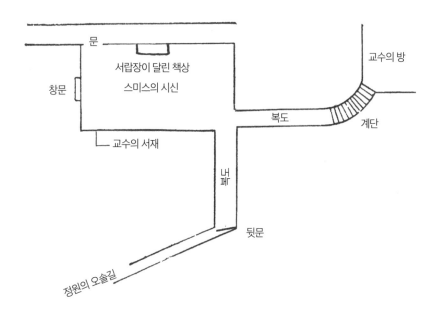

형사는 내가 여기에 옮겨 놓은 약도를 꺼내 홈즈의 무릎 위에 펼쳤다. 나는 일어나 홈즈의 뒤에 서서 어깨너머로 약도를 보았다.

"물론 이것은 대략적인 그림이고, 절대 놓쳐서는 안 될 부분만 그린 겁니다. 그리지 않은 부분은 나중에 직접 보시지요. 첫째, 범인을 외부 사람이라고 생각한다면 그 남자, 혹은 여자는 어디로 들어왔을까요? 틀림없이 곧바로 서재에 갈 수 있는 정원의 오솔길을 지나 뒷문으로 들어왔을 겁니다. 다른 곳으로 들어갔다면 매우 복잡했을 테니까요. 도망칠 때도 같은 길을 지났을 겁니다. 서재에서 빠져나갈 수 있는 두 개의 길 중 하나를 이용했다면 계단에서 내려온 수잔과 마주쳤을 테고 다른 하나는 교수의 침실과 연결되어 있으니 쓸 수가 없지요. 그래서 저는 곧 정원 오솔길에 주목했습니다. 그 길에는 이 며칠 간 내린 비에 젖어서 발자국이 그대로 남아 있을 게 분명했습니다.

살펴본 결과, 범인은 매우 주의 깊고 경험이 많은 자라는 사실을 알 수 있었습니다. 길에는 발자국이 없었습니다. 아마 발자국을 남기지 않기 위해 길 가장자리의 풀 위를 걸은 듯합니다. 뚜렷한 발자국은 없었지만 풀이 어지럽게 밟혀 있었습니다. 비는 어젯밤부터 내리기 시작했고, 아침에는 정원사는 물론이고 아무도 거기에 들어가지 않았으니 틀림없이 범인의 흔적일 겁니다."

"잠깐, 그 오솔길은 어디로 이어져 있습니까?"

홈즈가 물었다.

"큰길입니다."

"오솔길의 길이는?"

"100미터쯤 됩니다."

"그 길의 문 밖으로 나선 곳에서 발자국을 발견했겠지요?"

"안타깝게도 그곳에는 타일이 깔려 있습니다."

"그럼 도로는?"

"흥건히 젖어서 사람들 발자국이 잔뜩입니다."

"그것 참. 그렇다면 그 풀 위의 발자국은 들어갈 때 생긴 겁니까, 나갈 때 생긴 겁니까?"

"모르겠습니다. 흐릿해서 분명히 알 수 없습니다."

"커다란 발자국입니까, 조그만 발자국입니까?"

"그것도 확인이 안 됩니다."

홈즈가 답답하다는 듯 커다란 목소리로 말했다.

"어젯밤부터 계속해서 거센 비가 내렸고 강한 바람이 불었으니 지금 가서 봐도 저 양피지를 해독하는 것보다 더 어려울 겁니다. 뭐, 어떻게든 되겠지. 그런데 홉킨스, 아무것도 확인할 수 없다는 사실을 안 다음에는 무엇을 했습니까?"

"여러 가지를 조사했습니다. 우선 누군가가 아주 조심스럽게 그 집에 침입했다는 사실을 밝혀냈습니다. 다음으로 복도를 살펴보았는데 거기에는 코코야자 섬유로 만든 깔개가 깔려 있어서 발자국은 없었습니다. 그곳을 따라서 저는 서재로 들어갔습니다. 가구가 별로 없더군요. 커다란 것이라고는 붙박이 서랍장이 달린 책상밖에 없었습니다. 그 서랍장은 가운데에 작은 문이 있고 양쪽에 서랍 몇 단이 달려 있습니다. 서랍은 열려 있었으나 문에는 자물쇠가 채워져 있었지요. 서랍은 언제나 열어 두는 듯하니 중요한 물건은 없었을 겁니다. 문 안쪽에는 어떤 중요한 서류가 들어 있는 것 같았지만 억지로 열려고 한 흔적도 없습니다. 교수는 아무것도 없어지지 않았다고 말했고요. 범인이 물건을 훔치지는 않았습니다.

다음은 스미스의 시체에 대해서 말씀드리겠습니다. 그는 서랍장 바로 옆, 이 그림에서도 알 수 있듯이 서랍장의 왼쪽에서 발견되었습니다. 상처는 목 오른쪽에 있었는데 뒤에서 찌른 듯하니 결코 자살은 아닙니다."

"칼 위로 쓰러진 게 아니라면 말이죠."

홈즈가 말했다.

"맞습니다. 그 생각도 얼핏 머리를 스치고 지나갔지만 몇 미터나 떨어진 곳에서 나이프를 발견했으니 그것도 불가능합니다. 그리고 스미스가 마지막으로 남긴 말도 있고, 시체가 오른손에 쥐고 있던 중요한 증거물도 있습니다."

스탠리 홉킨스는 주머니에서 종이에 감싼 물건을 꺼냈다. 종이를 펼치자 끊어진 비단 끈 두 가닥이 달려 있는 금테 코안경이 나왔다.

"윌로비 스미스는 눈이 좋았다고 하니 이건 범인이 쓰고 있던 안경이

거나 몸에 지니고 있던 것을 스미스가 움켜쥔 게 분명합니다."

셜록 홈즈는 안경을 손에 집어 흥미로운 듯 자세히 살펴보았다. 그리고 자신의 코에 얹더니 글자를 읽어 보기도 하고, 창가로 가서 거리를 내려다보기도 하고, 벗어서는 밝은 램프 아래서 아주 꼼꼼히 살펴보기도 했다. 그리고 재미있다는 듯이 탁자 앞에 앉아 종이에 몇 줄을 쓰더니 그것을 스탠리 홉킨스에게 건네주었다.

"지금 당신에게 줄 수 있는 것은 이것뿐입니다. 조금이라도 도움이 될 겁니다."

형사는 어리둥절해하면서 소리 내서 읽었다. 그 글은 다음과 같았다.

용의자 — 품위 있는 맵시에 귀부인처럼 행동하는 여성. 코가 매우 두 툼하고 미간이 좁음. 이마에 주름이 있으며 사물을 빤히 바라보는 버릇이 있음. 등이 구부정함. 지난 몇 달 동안 적어도 두 번은 안경점을 찾았음. 안경 도수가 매우 높으며 안경점은 그리 많지 않으니 그쪽을 조사해 추적 하면 어렵지 않을 것.

크게 놀란 홉킨스를 보고 홈즈가 웃었다. 아마 나도 웃음을 지었을 것 이다. 홈즈가 설명했다.

"내 추리는 매우 간단합니다. 안경만큼 추리에 도움이 되는 것도 없 지요. 이렇게 특이한 안경은 더욱 그렇고. 화사하게 만들어진 것으로 봐 서 이건 여성이 쓰던 겁니다. 물론 스미스가 죽기 전에 한 말도 있고요. 그런데 테가 도금이 아니라 진짜 금으로 되어 있으니 주인은 품위 있고 훌륭한 차림을 하고 있을 겁니다. 이 정도의 안경을 끼는 사람이 추레 한 차림을 하고 있을 리는 없으니까요. 또, 코에 거는 부분이 무척 넓습 니다. 그건 주인의 코가 아주 넓기 때문이지요. 이런 종류의 코는 대체로 짧고 품위 없어 보이는 경우가 많지만 예외도 아주 많아서 쓸데없이 고 집 부리다가는 독단적인 의견이 되기 쉬우니 그만두겠습니다. 내 얼굴 은 긴 편인데 그래도 이 안경 렌즈 중심에, 아니 그 근처에도 맞지 않습 니다. 그러니 이 여성의 미간은 무척 좁을 겁니다. 왓슨, 이 렌즈는 도수 가 높은 오목렌즈일세. 오랫동안 눈이 나빴던 사람은 특유의 신체적 특 징이 있지 않나? 예를 들어서 이마, 눈썹, 어깨 같은 곳에 말일세."

"그렇지. 일리 있는 말일세. 하지만 솔직히 말해서 안경점에 두 번 갔 다는 말은 이해하지 못했네."

내가 의견을 내자 홈즈는 안경을 손에 들고 설명했다.

"잘 보게. 여기 코에 닿는 부분이 코를 눌러서 아팠는지 조그맣고 가는 코르크를 붙여 두었네. 그 한쪽은 변색되고 닳았는데 다른 한쪽은 새 것일세. 한쪽이 떨어져 나가자 다시 붙인 것이 분명하네. 낡은 것도 붙인 지 몇 달밖에 지나지 않았을 걸세. 그런데 양쪽 모두 같은 코르크거든. 그래서 이 여성이 같은 안경점에 두 번 갔다고 추론했지."

그 설명을 듣고 홉킨스가 진심으로 감탄해서 외쳤다.

"정말 훌륭합니다! 저는 그런 증거를 이미 손에 넣었으면서도 깨닫지 못했던 거로군요. 물론 저도 런던의 안경점을 샅샅이 뒤져야겠다고 생각은 했지만요."

"물론 그랬겠지요. 그건 그렇고 홉킨스 경위, 사건에 대한 다른 이야기는 없습니까?"

"없습니다. 이제 선생님도 저만큼, 아니 저보다 더 사건에 대해서 잘 알게 되셨겠지요? 그 부근의 길이나 역에서 낯선 사람을 본 적은 없는지 탐문 수사를 했는데 아직 신고가 들어오진 않았습니다. 제가 가장 고민하는 것은 이번 사건의 동기가 무엇이냐 하는 점입니다. 동기를 전혀 찾을 수가 없거든요."

"그 점이라면 나도 도와줄 수가 없군요. 어쨌든 내일 우리가 현장으로 가 주기를 바라겠지요?"

"괜찮으시다면 부탁드립니다. 채링 크로스 역에서 아침 6시에 채덤으로 가는 기차가 있는데 그걸 타면 8시에서 9시 사이에 욕슬리 고택에 도착할 수 있습니다."

"그렇다면 그 기차를 탑시다. 경위가 맡은 이번 사건에는 흥미로운 부분이 몇 군데 있으니 수사하게 돼서 나도 기쁩니다. 벌써 1시가 다 됐군요. 몇 시간 자 두는 게 좋겠어요. 난로 앞 소파에서 쉬십시오. 출발하기 전에 알코올램프로 커피를 끓여서 대접해 드리죠."

이튿날 폭풍우는 멎었지만 여행하기에 좋은 날씨는 아니었다. 한 줄기 따스함도 없는 겨울 태양이 템스 강변의 쓸쓸한 습지와 길고 음침한 수면 위로 떠올랐다. 그 광경을 보자 우리가 이 일을 처음 시작했을 무렵, 안다만제도의 원주민을 추격하던 일이 떠올랐다. 길고 지루한 기차 여행 끝에 우리는 채덤에서 몇 킬로미터 떨어진 작은 역에 도착했다. 그곳 여관에서 마차를 준비하는 동안 우리는 서둘러 아침을 먹었다. 그 덕분에 욕슬리 고택에 도착했을 때는 모두들 일할 만한 힘이 솟았다. 정원문 앞에서 순경이 우리를 맞았다. 홉킨스가 그에게 말을 걸었다.

"아, 윌슨. 무슨 정보라도 들어왔나?"

"아무것도 없습니다."

"낯선 사람을 보았다는 목격자도 없는가?"

"없습니다. 일부러 역까지 갔는데, 역무원들이 어제는 낯선 사람이 내리지도 않았고 타지도 않았다고 잘라 말했습니다."

"여관도 전부 찾아가 봤겠지?"

"수상한 사람은 아무도 없었습니다."

"채덤까지는 걸어갈 수 있는 거리야. 누가 몰래 채덤에 묵거나 기차에 오를지도 모르니 앞으로도 잘 감시해 주게. 홈즈 선생님, 여기가 어제 말씀드린 오솔길입니다. 어제 여기에는 아무런 발자국도 없었습니다."

"풀 위의 발자국은 어디에 찍혀 있었습니까?"

"이쪽입니다. 오솔길과 화단 사이의 이 좁은 풀 위입니다. 지금은 잘 보이지 않지만 어제 제 눈에는 분명하게 보였습니다."

"아, 그렇군. 누군가가 이곳을 지났단 말이지요?"

홈즈가 풀 앞에 웅크리고 앉아 살펴보며 말했다.

"그 여성은 매우 신중하게 발걸음을 옮겼군. 틀림없어. 한쪽 발을 잘못 내딛으면 오솔길에 발자국이 남고, 반대쪽을 잘못 내딛으면 화단에 더 선명하게 발자국이 남았을 테니까."

"맞습니다. 아주 냉정한 여성인 모양입니다."

홈즈의 얼굴에 무엇인가를 골똘히 생각하는 표정이 떠올랐다.

"경위는 범인이 이 길로 나갔다고 생각합니까?"

"그렇습니다. 다른 길은 없습니다."

"좁은 풀 위를?"

"물론입니다, 선생님."

"그렇다면 정말 대단한 솜씨로군요. 대단해요. 자, 오솔길은 이제 됐으니 앞으로 가 봅시다. 이 정원의 문은 언제나 열려 있었다고요? 그렇다면 들어오는 데 별 어려움은 없었겠군. 살인을 저지를 마음은 없었을 겁니다. 그럴 생각이었다면 책상 위의 나이프 대신에 미리 준비한 흉기를 썼을 테니까요. 범인은 이 코코야자 깔개에 발자국도 남기지 않고 복도를 지나서 서재로 들어갔습니다. 얼마나 오래 서재에 있었을까? 판단할 만한 재료는 없군요."

"고작해야 몇 분 정도였을 겁니다. 가정부 마커 부인은 사건이 일어나기 15분쯤 전에 서재를 정리했다고 했거든요. 깜빡 잊고 말씀드리지 못했습니다."

"그렇다면 범인이 얼마동안 서재에 머물렀는지 알 수 있겠어요. 아무튼 범인은 이 방으로 들어왔습니다. 그렇다면 무엇을 했을까요? 책상 쪽으로 갔습니다. 무엇을 위해서? 작은 서랍에 있던 물건을 노린 것은 아닙니다. 범인이 훔칠 만큼 가치 있는 물건이 있었다면 열쇠로 잠가 놓았을 테니까. 아, 이 큰 서랍장 안의 물건을 노렸구먼. 음? 이 표면에 긁힌 자국이 있는데 이게 뭐지? 왓슨, 성냥불 좀 켜 주게. 홉킨스 경위, 왜 이 흔적은 말해 주지 않았습니까?"

홈즈가 살펴본 자국은 열쇠구멍 오른쪽의 놋쇠 부분을 따라서 약 10센티미터 가량 되는 것으로, 그 부분의 칠이 벗겨져 있었다.

"그건 저도 알고 있었습니다. 하지만 열쇠구멍 옆에 있는 흠집은 아주 흔하지 않습니까?"

"이 흠집은 얼마 전에 생긴 겁니다. 아주 최근에요. 흠집난 부분의 놋쇠가 반짝이는 게 보이지요? 오래된 흠집이었다면 표면의 다른 부분과 똑같은 색을 띨 겁니다. 내 돋보기로 잘 살펴보십시오. 밭이랑 양쪽에 흙이 쌓인 것처럼 니스가 일어나 있습니다. 마커 부인은 어디 있습니까? 좀 불러 주세요."

중년 부인이 슬퍼하는 표정을 지으면서 들어왔다.

"어제 아침에 이 서랍장을 닦았습니까?"

"네."

"그때 이 흠집을 보셨나요?"

"아니요, 보지 못했습니다."

"그랬겠죠. 닦았다면 이 니스 부스러기도 떨어져 나갔을 테니까요. 이 큰 서랍장의 열쇠는 누가 가지고 있습니까?"

"교수님이 시곗줄에 걸고 다니십니다."

"평범한 열쇠인가요?"

"아니요, 특별히 맞춘 자물쇠예요."

"고마워요, 마커 부인. 이제 됐으니 나가도 됩니다. 어떻게 된 일인지 조금은 알겠습니다. 범인은 방에 들어와 서랍장이 있는 곳으로 가서 문을 열었거나 아니면 열려고 했습니다. 그런데 바로 그때 윌로비 스미스

가 서재에 들어온 겁니다. 범인은 서둘러 열쇠를 빼려다 이 문에 흠집을 남겼습니다. 스미스는 범인을 붙잡았고, 범인은 그 손을 뿌리치기 위해 얼떨결에 가까운 물건을 집어 들고 휘둘렀는데 하필이면 이 나이프를 집어든 겁니다. 한 번 휘둘렀을 뿐이지만 스미스는 치명상을 입은 채 쓰러졌고 범인은 달아났습니다. 원래 노렸던 물건을 가져갔는지는 모르겠지만요. 수잔이라는 하녀는 어디에 있습니까? 수잔, 당신이 비명을 들은 다음에 누군가가 이 문으로 달아나는 것이 가능했을까요?"

"아니요, 불가능했을 거예요. 저는 계단을 내려오기 전에 위에서 내려다 보았는데 아무도 없었거든요. 그리고 문은 열리지도 않았어요. 만약 열렸다면 소리가 들렸을 거예요."

"이 문은 이걸로 해결됐습니다. 범인은 들어온 곳으로 나간 것이 틀림 없어요. 다른 쪽 문은 교수의 방하고만 연결되어 있지요? 다른 곳으로는 나갈 수 없습니까?"

"네, 그렇습니다."

"그럼, 그쪽으로 가서 교수님을 만나봅시다. 앗, 홉킨스! 이건 중요한 문제입니다. 정말 중요해요. 이 복도, 교수의 방으로 가는 복도에도 코코 야자 깔개가 깔려 있지 않습니까?"

"맞습니다. 그런데 그게 그렇게 중요한 문제인가요?"

"이 깔개가 사건과 관계있다는 생각은 안 드나요? 아니 됐습니다. 너무 고집부리면 안 되겠지요. 내 실수입니다. 그래도 뭔가 좀 걸리는군. 같이 가서 나를 교수님에게 소개해 주시오."

우리는 교수의 방으로 연결된 복도를 지났는데 그곳도 정원으로 통하는 복도와 길이가 같았다. 복도 끝에 짧은 계단이 있었고 그곳을 오르면 방으로 들어가는 입구가 있었다. 홉킨스는 노크를 한 뒤 우리를 교수의 방으로 안내했다. 방은 무척 넓었고, 헤아릴 수 없을 만큼 책이 가득했다. 미처 책장에 꽂히지 못한 책은 구석에 쌓여 있거나 책 바구니 밑에 겹쳐져 있었다. 방 한가운데에 있는 침대 위에는 집주인이 몇 겹이나 쌓은 베개에 기대어 앉아 있었다. 그렇게 특이한 얼굴은 흔히 볼 수 없을 것이다. 독수리처럼 생긴 야윈 얼굴이었는데, 아래로 처진 수북한 눈썹 밑으로 눈자위가 움푹 들어가 있었다. 날카롭고 검은 눈동자가 찌를 듯 빛났고, 머리카락과 수염은 모두 새하얬다. 다만 입 주위의 수염만은 묘하게 노란색으로 물들어 있었다. 헝클어진 하얀 수염 가운데서 담뱃

불이 보였고 방은 담배 냄새에 찌들어 있었다. 교수가 악수를 하기 위해 홈즈에게 손을 내밀 때 보니, 그 손도 니코틴으로 노랗게 물들어 있었다.

"홈즈 선생, 담배 한 대 피우시겠소?"

교수는 영어 단어를 세련되게 잘 골라 썼는데 어투에서 묘한 거드름이 묻어났다.

"담배 한 대 태우시오. 옆에 계신 분도. 아주 맛 좋은 담배라오. 이집트 알렉산드리아의 이오니데스라는 회사에 특별히 주문해서 만든 거요. 한 번에 1,000개비씩 보내 주는데 딱하게도 나는 보름마다 새로 주문해야 한다오. 몸에는 나빠요, 참으로 나쁘지요. 하지만 이 늙은이에게 달리 무슨 즐거움이 있겠소. 담배와 일, 나한테 남은 즐거움이라고는 그것뿐이라오."

홈즈는 담배에 불을 붙인 뒤 빠르게 방 안을 둘러보았다. 노인은 계속 한탄했다.

"담배와 일, 그러나 지금은 담배밖에 없소. 아, 일도 계속할 수 없게 됐다니! 이런 일이 일어날 줄은 꿈에도 생각지 못했소. 정말 훌륭한 청년이었는데! 불과 몇 달 만에 훌륭한 조수가 되어 주었지요. 그런데 홈즈 선생, 이번 사건을 어떻게 생각하시오?"

"아직은 생각이 정리되지 않았습니다."

"어둠 속에 파묻힌 우리에게 한줄기 빛을 비춰 주신다면 참으로 고맙겠소. 나처럼 병든 책벌레에게 어제 같은 타격은 견디기 어려운 것이오. 생각할 힘마저 빠져 버린 느낌이 든다오. 하지만 선생은 활동적이고 실제로 일하는 사람이오. 이번 사건도 선생에게는 매일 해야 하는 당연한 업무에 지나지 않소. 그러니 어떤 경우에라도 평정심을 유지할 수 있겠지요. 선생이 와 주셔서 무척 다행이라고 생각하고 있소."

노교수가 이야기하는 동안 홈즈는 방 한쪽 끝을 서성였다. 나는 그가 무척이나 빠르게 담배를 피우고 있음을 알았다. 홈즈도 이 집주인처럼 알렉산드리아에서 갓 만든 담배가 퍽 마음에 드는 모양이었다. 교수는 계속 말을 이었다.

"정말 뼈아픈 타격이오. 저쪽 보조 탁자에 놓여 있는 것이 나의 대작이라오. 시리아와 이집트에는 콥트교라는 독특한 그리스도 교파가 있지. 나는 그 수도원에서 발견한 기록을 분석해서 계시 종교의 근본을 깊이 파헤치고자 한다오. 하지만 건강이 이렇게 나쁜데 조수마저 곁에 없으니 그것을 완성할 수 있을지 모르겠소. 그건 그렇고, 홈즈 선생은 나보다 더 지독한 골초구먼!"

"나는 담배에 까다로운 편입니다."

홈즈가 다시 한 개비를 꺼냈다. 벌써 네 번째 담배였다. 그는 방금 전까지 피우던 담배를 이용해 불을 붙이며 말했다.

"코람 교수님, 이것저것 질문해서 시간을 빼앗을 생각은 없습니다. 사건이 일어났을 때 교수님은 침대에 계셨으니 아무것도 모르실 테지요. 그러니 딱 한 가지만 물어보겠습니다. 그 가엾은 젊은이는 마지막으로 '선생님, 그 여자입니다.'라는 말을 남겼다는데 그 말에 대해서 어떻게 생각하십니까?"

교수는 고개를 저었다.

"수잔은 산골에서 올라온 처녀라오. 선생도 그런 사람들이 얼마나 세상물정을 모르는지 잘 알 거요. 스미스는 아무 뜻도 없는 헛소리를 했는데 수잔이 잘못 알아듣고 뜻 모를 말을 지어 낸 것이 분명하오."

"그렇습니까? 그렇다면 이번 사건에 대한 코람 교수님의 견해는 어떻습니까?"

"아마도 우연히 일어난 사건일 것이오. 아마도……, 우리끼리 하는 말이지만 자살인 듯하오. 그 가엾은 젊은이에게 말 못할 고민이 있었을지도 모르지요. 젊은이들은 우리로서는 결코 이해할 수 없는 비밀스러운 고민거리를 안고 있으니까. 특히 사랑 같은 것 말이오. 살인보다는 이쪽이 더 가능성 높은 이야기라고 생각하오."

"그렇다면 안경은 어떻게 설명할 수 있을까요?"

"나는 학자에 지나지 않소. 꿈을 좇는 몽상가라 실제적인 일은 아무것도 모른다오. 하지만 애정이라는 것이 때로는 이해할 수 없는 형태로 나타난다는 사실은 잘 알고 있소. 여기, 담배 하나 더 태우시오. 이 담배를 이렇게 좋아하는 분이 또 있다니 기쁘구먼. 부채, 장갑, 안경……, 인간이 삶을 마감할 때 어떤 물건을 사랑의 징표로 삼을지는 아무도 모르지요. 여기 계신 신사분, 그러니까 형사님은 풀 위에 찍힌 발자국 이야기를 하셨지만 결국 오해일 거요. 나이프는 쓰러질 때 충격을 받아 밀려 뒤어나갔다고도 생각할 수 있지 않겠소? 유치한 의견으로 보일 수도 있겠지만 나는 윌로비 스미스가 자살했다고 생각하오."

홈즈는 교수의 설명을 듣고 충격을 받은 듯했다. 그는 생각에 잠긴 채 담배를 피우면서 한동안 여기저기 걸어 다니다가 마침내 입을 열었다.

"코람 교수님, 그 서랍장 안에는 무엇이 들어 있습니까?"

"도둑이 훔쳐갈 만한 물건은 하나도 없소. 우리 가족에 관한 기록, 세상을 떠난 아내가 보낸 편지, 대학의 학위증 따위가 들어 있을 뿐이라오. 여기 열쇠가 있으니 열어서 직접 확인해 보시오."

홈즈는 열쇠를 받아들었지만 한동안 바라보고는 다시 교수에게 돌려주었다.

"아니, 그럴 필요는 없습니다. 봐도 별 도움이 안 될 것 같군요. 그것보다는 정원으로 나가서 사건 전체를 생각해 보고 싶습니다. 교수님이 말씀하신 자살 이론에 대해서도 뭔가 말씀을 드려야겠지요. 코람 교수님, 귀중한 시간을 빼앗아서 죄송합니다. 점심을 다 드실 때까지는 방해하

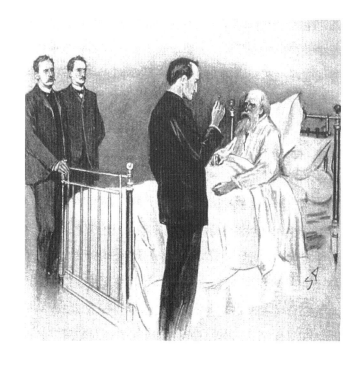

지 않겠습니다. 오후 2시에 다시 여기로 와서 그 사이의 일을 설명해 드리지요."

홈즈는 이상할 만큼 멍한 표정을 짓고 있었다. 우리는 말없이 정원 여기저기를 둘러보았다.

"무슨 단서라도 있는가?"

나는 더 이상 참지 못하고 물어보았다.

"내가 피운 담배가 단서가 될지도 몰라. 하지만 내가 완전히 잘못 짚었을 수도 있지. 어쨌든 담배가 가르쳐 줄 걸세."

"홈즈, 도대체 어떻게……."

"곧 알게 될 테니 잠자코 지켜보게. 내가 착각했다손 치더라도 크게 손해 볼 것도 없어. 정 안 되면 안경점을 돌아다니면 되니까. 그것보다 빠른 방법이 있어서 그쪽을 택한 것뿐일세. 아, 마커 부인이 왔군. 5분 정도 사건 해결에 도움이 될 만한 유익한 대화를 나누어 봐야겠어."

예전에도 이야기한 적이 있을 것이다. 홈즈는 마음만 먹으면 쉽게 여성의 마음을 사로잡았고, 자신감 있는 태도로 손쉽게 말을 텄다. 이번에도 마찬가지였다. 홈즈는 5분이라고 말했지만 그 절반이 지나기도 전에 가정부의 마음을 사로잡았고 그녀는 마치 몇 년이나 알고 지낸 친구인 양 수다를 떨었다.

"네, 홈즈 선생님 말씀이 맞아요. 교수님은 담배를 아주 많이 피우세요. 하루 종일, 때로는 밤새도록 담배를 태우시죠. 아침에 방에 들어가면 런던의 안개 같을 정도라니까요. 그 가엾은 스미스 씨도 담배를 피우기는 했지만 교수님만큼은 아니었어요. 몸에는 어떨지 모르겠네요. 담배 때문에 좋아지셨는지 나빠지셨는지 알 수가 없어요."

"아무래도 식욕은 떨어지겠죠."

"글쎄, 그건 잘 모르겠어요."

"교수님은 많이 못 드시지요?"

"그게, 일정하지가 않아요. 다음에 담배 때문이라고 말씀드릴게요."

"내기를 해도 좋아요. 오늘 교수님은 아침을 못 드셨을 겁니다. 게다가 지금 저렇게 담배를 태우시니 점심 식사는 쳐다볼 마음도 들지 않으실 거예요."

"어머나, 그럼 선생님이 지셨네요. 교수님은 오늘 아침을 무척 많이 드셨어요. 그렇게 많이 드신 적도 없었지요. 게다가 점심에는 커다란 커틀릿을 준비해 달라고 하신걸요. 정말 놀랐답니다. 어제 그 방에 들어가서 바닥에 쓰러진 스미스 씨를 보고 난 다음부터 저는 음식을 보기만 해도 역겨운 느낌이 드는데 말이에요. 세상에는 여러 가지 사람들이 있나 봐요. 교수님은 그런 일로 식욕을 잃지는 않으셨어요."

우리는 오전 내내 정원을 돌아다니며 시간을 보냈다. 어제 오전에 채덤 가에서 아이들이 낯선 여성을 보았다는 소문을 듣고 스탠리 홉킨스는 진위를 확인하기 위해 마을로 향했다. 내 친구는 평소에 용솟음치던 기운이 쭉 빠진 듯했다. 그렇게 마음이 내키지 않는 태도로 사건을 대하는 모습은 처음이었다. 마을에 갔던 홉킨스가 돌아와서는 그 아이들을 찾았고 아이들이 목격한 여성의 인상착의가 홈즈의 추리와 같으며 안경도 끼고 있었다고 보고했다. 그런데 홈즈는 홉킨스의 말을 듣고도 별다른 흥미를 보이지 않았다. 도리어 우리의 점심 시중을 들던 수잔의 말에 더 큰 관심을 보였다. 수잔은 어제 아침에 스미스가 산책을 나갔다가 사건이 일어나기 30분쯤 전에 돌아왔다고 했다. 그 이야기에 어떤 의미가 있는지 나는 전혀 몰랐지만, 홈즈의 머릿속에 있는 사건의 모습에 꼭 들어맞는 것이 분명했다. 홈즈는 갑자기 의자에서 일어나 시계를 힐끗 쳐다보았다.

"여러분, 2시가 되었습니다. 교수님과 함께 사건을 매듭지읍시다."

노교수는 막 점심 식사를 끝낸 참이었고, 음식을 담은 접시가 깨끗한 것을 보니 가정부의 말대로 식욕이 왕성한 모양이었다. 교수가 그 하얀 갈기 같은 머리를 들고 우리에게 번뜩이는 눈을 돌렸는데 참으로 괴이해 보였다. 영원히 타오르는 담배가 입가에서 연기를 뿜어냈다. 교수는 말끔하게 옷을 갈아입고 불 옆의 팔걸이의자에 앉아 있었다.

"홈즈 선생, 이번 사건의 수수께끼를 푸셨소이까?"

이렇게 말하며 교수는 탁자 위에 놓여 있던 큰 담배 상자를 홈즈 쪽으로 밀어 주었다. 그러나 홈즈도 동시에 손을 내미는 바람에 담배 상자가 탁자에서 떨어지고 말았다. 1, 2분 동안 우리는 모두 무릎을 꿇고 사방으로 흩어진 담배를 주워 모았다. 다시 일어섰을 때, 나는 홈즈의 두 눈이 빛나고 뺨이 발그레하게 물들어 있는 것을 보았다. 그것은 친구가 결정적인 증거를 잡은 순간에만 볼 수 있는 것이었다.

"네. 수수께끼는 해결했습니다."

홈즈의 말을 듣고 나와 스탠리 홉킨스는 놀라서 눈을 둥그렇게 떴다. 노교수의 야윈 얼굴에 차가운 비웃음 같은 것이 번졌다.

"그것 참 대단하오! 정원에서 풀었소?"

"아니, 여기서요."

"여기서? 언제?"

"바로 지금."

"홈즈 선생, 농담을 하시나 보군. 하지만 그러기에는 이번 사건이 꽤 심각하지 않소?"

"교수님, 나는 신중하게 조사했고 내 추리를 철저하게 검증해서 지금은 틀림없다고 확신하고 있습니다. 교수님의 동기가 무엇인지, 이 기묘한 사건에서 무슨 역할을 맡았는지는 아직 모릅니다. 하지만 곧 교수님이 직접 말씀해 주시겠지요. 그럼 교수님을 위해서 사건을 설명하도록 하겠습니다. 그래야 교수님도 내가 아직 모르는 점이 무엇인지 아실 수 있을 테니까요.

어제 한 여성이 교수님의 서재에 들어갔습니다. 큰 서랍장 속에 있는 어떤 서류를 가져갈 생각으로 찾아왔어요. 그녀는 자기 열쇠를 따로 가지고 있었습니다. 나는 아까 교수님의 열쇠를 살펴보았지요. 만약 그녀가 그 열쇠를 썼다면, 니스 칠한 서랍장에 흠집을 냈기 때문에 열쇠에도 변색된 부분이 있어야 하지만 그런 것이 없었습니다. 따라서 교수님은 이 사건의 공범은 아닙니다. 여러 가지 정황을 살펴보면 그 여성은 교수님 몰래 무엇인가를 훔치러 온 것이 분명합니다."

교수가 입술 사이로 연기를 내뿜었다.

"정말 재미있고 도움이 되는 이야기로군. 더 덧붙일 내용은 없소? 그 여자에 대해서 거기까지 알아냈으니 그 다음에 어떻게 되었는지도 알고 있겠지?"

"그렇습니다. 우선 그 여성은 교수님의 비서에게 잡히고 말았고, 달아나기 위해서 비서를 찔렀습니다. 나는 그 비극이 불행한 사고라고 생각합니다. 왜냐하면 그 여성에게 이런 범죄를 저지를 의도는 없었다고 믿기 때문입니다. 누군가를 죽일 마음으로 왔다면 분명히 흉기를 가져왔겠지요. 하지만 그녀는 자기가 저지른 짓이 두려워서 서둘러 그 자리를 떠났습니다. 불행하게도 그녀는 비서와 몸싸움을 하는 동안 안경을 잃어버렸고 근시가 너무 심한 탓에 안경이 없으면 아무것도 할 수가 없었습니다. 여자는 처음에 들어온 복도를 달렸습니다. 그런데 사실 그 복도는 코람 교수님의 방으로 이어지는 복도였지요. 둘 다 바닥에 코코야자 깔개가 있어서 들어왔을 때와 같은 복도라고 착각한 겁니다. 길을 잘못 들었다는 사실을 깨달았을 때는 이미 너무 늦었고, 퇴로도 차단당한 상태였어요. 그녀는 어떻게 했을까요? 되돌아갈 수도, 거기에 그대로 서 있을 수도 없었지요. 결국 앞으로 나갈 수밖에 없었습니다. 계속 앞으로 가다가 짧은 계단을 올라 문을 열고 이 방으로 들어왔습니다."

노인은 멍하니 입을 벌린 채 홈즈를 쳐다보았다. 그 얼굴에는 놀라움과 두려움의 표정이 선명했다. 그는 힘겹게 어깨를 들썩이더니 가짜 웃음을 터뜨렸다.

"정말 훌륭하오, 홈즈 선생. 하지만 선생의 훌륭한 추리에는 한 가지 결점이 있소. 바로 내가 이 방에 있었고 그날은 여기서 한 발짝도 나가지 않았다는 점이오."

"코람 교수님, 그 사실은 잘 알고 있습니다."

"그럼 내가 저 침대에 누워 있으면서 그 여자가 이 방으로 들어왔는데도 몰랐단 말이오?"

"나는 그렇게 말하지 않았습니다. 교수님은 그 사실을 알고 있었습니다. 교수님은 그녀와 이야기를 나누었지요. 그녀의 정체도 알았고 도망치는 것을 돕기도 했습니다."

교수는 다시 한 번 새된 목소리로 웃은 다음 자리에서 일어섰다. 그 눈이 불꽃처럼 타오르고 있었다.

"당신 미쳤군! 아주 괴상한 헛소리를 늘어놓고 있어. 여자가 도망치는 것을 도왔다고? 내가? 그렇다면 그녀는 지금 어디에 있단 말이오?"

"저기에 있습니다."

홈즈가 방구석에 있는 높다란 책장을 가리켰다.

노인은 팔을 높이 치켜들었다. 위엄으로 가득한 얼굴이 굳으면서 부들부들 경련을 일으켰다. 교수가 의자 위로 쓰러진 바로 그 순간, 홈즈가 가리킨 책장이 빙글 열리더니 어떤 여성이 방 안으로 뛰어들었다.

"그 말씀이 맞아요."

여자가 외국어 발음이 섞인 묘한 억양으로 말했다.

"말씀하신 대로예요. 난 여기에 있었어요."

여자는 먼지와 거미줄을 덮어쓴 채 벽 사이에 있는 비밀 장소에서 나왔다. 얼굴도 먼지로 얼룩져 있었다. 얼굴은 홈즈가 말한 것과 같았고, 턱도 길고 고집스러워 보여서 미인이라고는 할 수 없었다. 원래 시력이 나쁜 데다가 어두운 곳에서 갑자기 밝은 곳으로 나와서 눈이 부셨는지 눈을 깜빡이면서 우리가 누구이며 어디에 있는지 보기 위해 두리번거렸다. 그녀가 처한 상황도 나빴고 모습도 볼품없었지만 태도에서 왠지 모를 기품이 느껴졌다. 의지가 강해 보이는 턱과 시선을 내리깔지 않는 당당한 태도를 보니 경의와 찬탄의 감정이 절로 들었다.

스탠리 홉킨스는 여자의 팔을 잡고 체포하겠다고 말했으나 그녀는 물러나라는 듯 조용히 뿌리쳤다. 그 위엄 있는 행동에 눌린 형사는 조용히 복종했다. 의자에 몸을 파묻고 앉은 노교수의 얼굴 근육이 씰룩였다. 그는 깊은 생각에 잠긴 음울한 눈으로 여자를 바라보았다.

"그래요, 난 여러분에게 잡혔습니다. 숨어 있던 곳에서 다 들었는데 여러분은 진실을 밝혀냈습니다. 전부 이야기하겠어요. 그래요, 내가 그 청년을 죽였습니다. 하지만 어느 분이 그건 사고였다고 하셨죠? 정확합니다. 나는 내 손에 잡힌 게 칼인 줄도 몰랐어요. 그 청년으로부터 도망치기 위해서 책상 위의 물건을 닥치는 대로 집어 휘둘렀으니까요. 이것이 진실입니다."

"부인, 나도 그렇게 생각합니다. 그런데 부인의 몸 상태가 영 좋아 보이지 않는군요."

홈즈의 말대로 여자의 얼굴빛이 바뀌었고 검은 먼지로 얼룩진 얼굴은 한층 더 무시무시해졌다. 여자가 침대 한쪽에 앉더니 말을 이었다.

"이젠 시간이 얼마 남지 않았지만 모든 사실을 밝히겠습니다. 나는 저 사람의 아내입니다. 저 사람은 영국 사람이 아니라 러시아 사람이에요. 이름은 밝히지 않겠습니다."

그제야 비로소 노인이 몸을 움직였다.

"무슨 소리를 하는 거야, 안나! 세상에!"

여자는 소름끼칠 만큼 경멸 어린 시선을 던졌다.

"세르게이, 당신은 왜 이렇게 보잘것없는 생활에 집착하는 거죠? 이런 생활은 수많은 사람을 괴롭히기만 했을 뿐, 득을 본 사람은 아무도 없어요. 당신 자신도 마찬가지예요. 하지만 신의 심판이 닥칠 날까지 이 사람의 실낱같은 목숨을 끊을 생각은 없어요. 이 저주받은 집의 문턱을 넘고 나서 내 영혼은 이미 무거운 죄를 지었습니다. 그렇지만 모든 사실을 밝혀야겠어요. 그렇게 하지 않으면 너무 늦을 테니까요. 여러분, 아까 말한 대로 나는 저 사람의 아내입니다. 저 사람은 쉰 살이나 되었고 나는 아무엇도 모르는 스무 살짜리 신부였어요. 러시아의 한 마을에 있는 대학에서 결혼했지요. 그 장소는 밝히지 않겠습니다."

"무슨 소리를 하려는 거야, 안나!"

노인이 다시 말했으나 이번에는 목소리가 작았다.

"우리는 세상을 바꾸려 했어요. 혁명가, 니힐리스트[8]였죠. 우리를 포함해서 동료들이 숱하게 많았습니다. 그런데 시련이 닥쳤어요. 경찰 하나가 살해당하자 많은 사람들이 체포되었지만 증거는 없었습니다. 그런데 남편은 자기 목숨을 부지하고 거액의 상금을 탈 생각에 눈이 어두워져서 아내와 동료들을 팔아 버렸어요. 물론 남편이 고발한 탓에 나와 동료들은 붙잡히고 말았죠. 교수대에서 최후를 맞은 사람도 있었고 시베리아로 보내진 사람도 있었어요. 나도 시베리아로 유배되었지만 종신형은 아니었어요. 그렇지만 남편은 부정한 수단으로 얻은 돈을 가지고 영국으로 건너 와서 조용히 살고 있었습니다. 물론 동지들에게 자기가 사는 곳이 알려지면 단 일주일도 못돼서 정의의 심판을 받으리라는 사실은 잘 알고 있었을 테지만요."

노인이 떨리는 손을 뻗어 담배를 집었다.

"이제 내 목숨은 당신 손에 달렸소. 당신은 내게 언제나 다정했지."

"그것뿐만이 아니에요. 더욱 극악무도한 짓도 했습니다. 우리 조직에는 나와 마음이 잘 통하는 친구가 있었습니다. 고귀하고 남을 배려할 줄 알며 애정이 넘치는 남자였죠. 남편과는 전혀 다른 사람이었습니다. 그리고 폭력을 싫어했어요. 만약 그게 죄가 된다면 우리 동료들은 모두 유죄겠지만 그 사람만은 아니었어요. 우리에게 폭력은 쓰지 말라고 설득

---

8) nihilist. 19세기 후반, 유물론을 믿었던 러시아의 반체제 지식인들을 가리킨다.

하는 편지를 항상 보냈지요. 그 편지만 있으면 무죄를 증명할 수 있었어요. 내 일기가 있었더라도 역시 그랬을 거예요. 나는 일기에 매일 그에 대한 내 감정과 우리들 저마다의 생각을 적었으니까요. 하지만 남편은 그것을 찾아내서 모두 앗아 간 다음 꽁꽁 숨기더니 그 청년의 목숨을 빼앗고자 별의별 짓을 다 저질렀습니다. 다행히 목숨만은 건졌지만 알렉시스는 죄인이 되어 시베리아 유형을 받았고 지금까지도 돌소금을 캐고 있어요. 잘 생각해 봐요, 이 악당 같으니라고! 지금 이 순간에도 알렉시스는 노예 같은 생활을 하고 있어요. 당신 같은 사람은 그 이름을 입에 올릴 자격도 없어! 지금 당신의 목숨은 내 손 안에 있지만 죽이지는 않겠어요."

"당신은 언제나 고귀한 여성이었소, 안나."

노인이 담배를 뻐끔거리면서 말했다.

여자는 자리에서 일어났으나 작고 고통스러운 비명을 내지르고는 다시 주저앉았다.

"이야기를 마쳐야겠지요. 형기를 마치자 나는 일기와 편지를 되찾아야겠다고 생각했습니다. 그것을 러시아 정부에 보내면 내 친구는 풀려날 수 있으니까요. 남편이 영국으로 도망쳤다는 사실은 알고 있었어요. 몇 달 동안 수소문해서 남편이 사는 곳을 알아냈지요. 나는 남편이 아직도 일기를 가지고 있으리라고 생각했습니다. 시베리아에 있을 때 한번은 남편이 내 일기에서 몇 구절 인용해서 나를 책망하는 편지를 보냈기 때문이에요. 하지만 복수심이 강한 남편의 성격으로 봐서 스스로 일기를 건네줄 리는 없었습니다. 그래서 내가 스스로 되찾아오기로 했죠. 사립 탐정 사무소에 의뢰해서 사람 한 명을 남편 집에 비서로 들여보냈어요. 그 사람이 바로 서둘러 그만둔 당신의 두 번째 비서였어요, 세르게이. 그 탐정은 서류가 서랍장에 있다는 사실을 알아채고 열쇠를 복사해줬지만 그 이상은 할 수 없다고 말했어요. 다만 집의 평면도를 건네주면서 비서는 오후가 되면 2층에서 일을 하니 서재에는 아무도 없다고 하더군요. 결국은 용기를 내서 내가 직접 일기를 가지러 온 거예요. 일은 순조롭게 처리했지만 그 대가는 너무 컸어요.

막 일기를 찾아서 열쇠로 문을 잠그려는 순간, 그 청년이 나를 붙들었어요. 나는 그날 오전에 이미 그 청년을 보았습니다. 길에서 만났는데 그가 남편 밑에서 일하는 줄도 모르고 코람 교수의 집이 어디냐고 물었거든요."

그때 홈즈가 외쳤다.

"맞아요, 바로 그겁니다! 집으로 돌아온 비서는 길에서 마주친 여자에 대해서 교수님께 이야기했습니다. 그래서 죽기 전에 가쁜 숨을 내쉬며 자기를 찌른 사람이 방금 전에 이야기를 나눴던 그 여자라고 알리려 했던 겁니다."

"선생님, 내가 이야기를 계속하게 해 주세요."

여자는 홈즈에게 위엄 있는 어투로 말하더니 괴로운 듯이 얼굴을 찌푸렸다.

"그 청년이 쓰러진 뒤 나는 서둘러 서재에서 뛰어나왔지만 입구를 잘 못 찾아서 남편의 방으로 오고 말았어요. 남편은 나를 경찰에 넘기겠다고 했지만, 만약 그렇게 한다면 남편의 목숨은 내가 쥐는 셈이 된다고 말해 주었습니다. 저 사람이 나를 법에 맡긴다면 나는 남편을 동지들에게 맡길 수 있으니까요. 나는 비굴하게 살아남기 위해서 그런 게 아니라 그저 목적을 이루고 싶었을 뿐입니다. 남편은 내가 빈말을 하는 것이 아니라는 사실도, 우리는 한 배에 탔다는 사실도 잘 알았습니다. 그 이유 하나 때문에 남편은 나를 숨겨 준 것입니다. 남편은 저 비밀 장소로 나를 밀어 넣었지요. 저것은 옛날부터 있었는데 남편만 알고 있던 장소예요. 남편은 자기 방에서 식사를 했기 때문에 음식을 나눠 줄 수 있었어요. 나는 경찰이 이 집을 떠나면 밤을 틈타서 빠져 나가 두 번 다시 돌아오지 않겠다고 약속했지요. 그런데 어떻게 알았는지는 몰라도 선생님이 우리 계획을 꿰뚫어 보았습니다."

여자가 드레스 품속에서 작은 꾸러미를 꺼냈다.

"마지막으로 드릴 말씀이 있습니다. 알렉시스를 구할 수 있는 물건이 여기에 있어요. 선생님의 명예와 정의감에 호소합니다. 이것을 받으세요! 러시아 대사관에 건네주시면 됩니다. 아, 이걸로 내 임무는 끝났어요. 그러니……."

"안 돼!"

갑자기 홈즈가 외치더니 방의 끝에서 끝으로 달려가 여자의 손에서
작은 약병을 빼앗아 들었다. 하지만 여자는 침대 위로 도로 쓰러지면서
말했다.

"이미 늦었어요. 너무 늦었습니다. 비밀 장소에서 나오기 전에 독을 먹
었으니까요. 머리가 어지럽네요. 나는 곧 죽을 거예요. 선생님, 부탁한
꾸러미를 잊지 마세요."

사건을 해결하고 나서 우리는 열차를 타고 런던으로 돌아왔다. 그 안
에서 홈즈가 입을 열었다.

"단순하지만 여러 가지 배울 점이 있는 사건이었네. 처음부터 안경이
중요한 단서였어. 청년이 죽기 직전에 안경을 낚아채지 않았다면 해결

하지 못했을 거야. 렌즈의 두께로 봐서, 안경이 없으면 그 주인은 장님과 다를 바 없이 무력해졌을 것이 분명했네. 홉킨스 경위, 범인이 한 걸음도 헛딛지 않고 좁은 풀 위를 걸었다고 했을 때 내가 굉장한 기술이라고 말했는데 기억합니까? 그건 절대로 불가능하다고 생각했기 때문입니다. 다른 안경을 하나 더 가지고 있다면 몰라도 그럴 일은 없었을 테고. 그래서 나는 그 여자가 그 집 어딘가에 있다는 가설에 무게를 두었습니다. 두 개의 복도가 비슷한 것을 보고 길을 잘못 들었다고 생각했지요. 그러니 범인이 교수의 방으로 들어간 것은 틀림없는 사실이었습니다. 나는 이 가설을 뒷받침할 만한 증거를 찾기 위해 주의를 기울였어요. 어디 숨을 만한 곳은 없는지 방 안을 자세히 살펴봤지요. 양탄자는 이음새 없이 깔려 있는 데다 못으로 완전히 고정되어 있는 것 같아서 바닥에 비밀 문이 있을 가능성은 버렸습니다. 하지만 책장 뒤에는 움푹 파인 비밀 장소가 있을지도 모른다고 생각했어요. 잘 알다시피 오래된 서재에서는 그런 장치를 흔히 볼 수 있으니까. 그런데 다른 곳의 바닥에는 사방 팔방 책이 쌓여 있는데 어떤 책장만 텅 비어 있지 뭡니까? 그래서 거기가 문일 수도 있겠다고 생각했습니다. 겉보기에는 문 같지 않았지만 마침 양탄자가 회갈색이라 확인하기에는 더없이 좋았습니다. 나는 그 훌륭한 담배를 마구 피우며 그 미심쩍은 책장 앞에 재를 떨어뜨려 놓았지요. 간단한 방법이지만 놀랄 만한 성과를 얻었습니다. 그리고 아래로 내려가서 왓슨과 둘이 있을 때 코람 교수의 식사량이 늘었다는 사실을 확인했습니다. 하지만 왓슨, 자네는 내가 왜 그런 말을 하는지 모르는 눈치더군. 그건 교수가 같은 방에 있는 다른 사람에게 음식을 나누어 주고 있다는 뜻이었네. 그런 다음 다시 침실로 올라가서 일부러 담배 상자를 엎고 바닥을 살펴보았더니 담뱃재 위에 발자국이 찍혀 있더군요. 그래서 우리가 없는 사이에 비밀 장소에서 누가 나왔다는 사실을 알아냈습니다. 자, 홉킨스 경위. 이제 채링 크로스 역에 도착했군요. 사건을 잘 해결한 것을 진심으로 축하합니다. 경위는 보나마나 경찰국으로 돌아가야겠지요? 왓슨, 우리는 마차를 잡아타고 러시아 대사관으로 달려가세."

11. 스리쿼터백 실종 사건

베이커 가에 살면서 영문 모를 전보를 받는 일에는 익숙해졌지만 7, 8년 전에 날아든 아주 이상한 전보만은 아직도 잊을 수가 없다. 2월의 어느 스산한 아침, 셜록 홈즈는 그 전보를 받고 15분 동안이나 골머리를 앓았다. 내용은 다음과 같았다.

기다려 주기 바람. 끔찍한 사건이 일어났음. 라이트 윙 스리쿼터백 실종. 내일 시합에 꼭 있어야 함. — 오버턴

"스트랜드 소인이 찍혀 있어. 10시 36분에 발신했군."
홈즈가 전보를 몇 번이나 되풀이해서 읽으며 말했다.
"오버턴 씨는 이 전보를 칠 때 틀림없이 매우 흥분해 있었네. 그래서인지 내용이 좀 혼란스러워. 어쨌든 〈타임스〉를 다 훑어보고 나면 본인이 나타나겠군. 그러면 모든 사실을 알 수 있을 거야. 아무리 하찮은 사건이

라 하더라도 요즘처럼 재미있는 사건이 없을 때는 대환영일세."

그의 말대로 요즘에는 재미있는 사건이 하나도 없었는데 예전부터 나는 이렇게 활동할 기회가 없는 시기를 두려워하고 있었다. 왜냐하면 내 경험상, 홈즈의 두뇌는 이상할 만큼 활동적이어서 아무 일도 없이 그냥 내버려 두면 위험해지기 때문이었다. 한때 홈즈는 자신의 놀라운 경력을 위협할 만큼 마약에 심각하게 빠져 있었다. 나는 그 버릇을 고치고자 몇 년 동안이나 노력을 기울였고, 이제 홈즈는 평범한 상황에서는 더 이상 그 인공적인 자극물에 손을 대지 않았다. 그러나 나는 그 버릇이 완전히 사라진 것이 아니라 그저 잠들어 있을 뿐이라는 사실도 잘 알고 있었다. 게다가 그 악마는 깊이 잠든 것도 아니어서, 홈즈의 금욕적인 얼굴이 굳어지고 끝을 알 수 없는 움푹 파인 신비한 눈이 어둡게 흐려지는 무료한 시간이 찾아들면 서서히 잠에서 깨어나려 했다. 그래서 나는 오버턴이 어떤 사람이든 간에 그에게 감사했다. 홈즈에게는 파란만장한 생활보다도 이 평화로움이 더욱 위험했으므로 그것을 깨뜨려 준 의문의 메시지를 들고 올 사람을 환영하지 않을 수 없었던 것이다.

예상한 대로 전보를 받은 지 얼마 지나지 않아 곧 당사자가 모습을 드러냈다. 케임브리지 대학교의 트리니티 칼리지에 다니는 시릴 오버턴이라는 사람의 명함이 전달되었고, 단단한 뼈대와 근육으로 뭉친 100킬로그램이 넘어 보이는 젊은이가 안으로 들어왔다. 그의 넓은 어깨는 문에 꽉 낄 정도였다. 얼굴은 반반했으나 걱정을 많이 해서인지 해쓱했다. 젊은이가 우리를 차례대로 바라보았다.

"셜록 홈즈 선생님?"

홈즈가 가볍게 머리를 숙였다.

"저는 런던경찰국에서 오는 길입니다. 스탠리 홉킨스 경위님을 만났는데 선생님을 찾아가라고 가르쳐 주시더군요. 경위님은 이번 사건의 성격으로 봐서 정규 경찰이 아니라 선생님에게 더 적합할 것 같다고 하셨습니다."

"자, 여기에 앉아서 사건을 설명해 봐요."

"홈즈 선생님, 끔찍한 일입니다. 정말 끔찍해요! 너무 걱정한 나머지 머리가 하얗게 세어 버리는 것이 아닐까 싶을 정도입니다. 갓프리 스톤턴, 물론 이 이름을 들어 보셨겠지요? 우리 팀의 핵심 선수입니다. 스리쿼터 라인에 갓프리가 없는 것보다는 전방에 두 사람이 없는 편이 나을 겁니다. 패스, 태클, 드리블까지 그를 따를 자가 없습니다. 갓프리는 머리도 좋은 데다가 통솔력도 있어서 팀을 하나로 묶어 줍니다. 이제 제가 어떻게 하면 좋겠습니까? 그것을 여쭙고 싶습니다, 홈즈 선생님. 무어하

우스라는 후보 선수가 있지만 하프백으로 연습했기 때문에 스크럼을 짜서 전진할 때는 상관없지만 터치라인에 혼자 있을 때는 도무지 활약을 못합니다. 플레이스킥은 훌륭하지만 판단력이 떨어지고 달리기도 영 형편없거든요. 그러니 옥스퍼드 팀의 모턴이나 존슨처럼 발 빠른 녀석들은 그의 주변을 맴돌면서 까불거릴 여유가 있을 겁니다. 스티븐슨은 발은 빨라도 23미터 라인에서는 드롭킥을 잘 못하지요. 번트며 드롭킥도 제대로 못 하니 아무리 발이 빠르다 해도 스리쿼터로서는 실격입니다. 홈즈 선생님이 갓프리 스톤턴을 찾을 수 있도록 도와주시지 않으면 우리는 끝장입니다."

홈즈는 놀라워하면서도 즐거운 듯이 긴 이야기를 듣고 있었다. 젊은이는 그야말로 열변을 토했다. 중요한 대목마다 커다란 손으로 찰싹찰싹 무릎을 치면서 열연을 펼쳤다. 손님이 이야기를 마치자 홈즈는 손을 뻗어 수첩을 집더니 'S'항목을 펼쳤다. 그때만은 여러 가지 정보가 가득한 광맥도 소용이 없었다.

"떠오르는 위조 화폐 제조범인 아서 H. 스톤턴, 그리고 헨리 스톤턴. 녀석이 교수형을 받는 데 내가 일조했지. 하지만 갓프리 스톤턴은 모르겠는데."

이번에는 손님이 깜짝 놀라서 홈즈를 바라보았다.

"홈즈 선생님은 다 알고 계실 줄 알았습니다. 그렇다면 시릴 오버턴이라는 제 이름도 처음 들으셨겠군요?"

홈즈가 빙글빙글 웃으면서 고개를 끄덕이자 운동선수가 외쳤다.

"정말 놀랐습니다. 저는 잉글랜드 대 웨일스 전에 후보로 참가했고 그해에는 대학 럭비 선발팀의 주장을 맡았습니다. 하지만 그런 건 상관없습니다. 우리 영국에 갓프리 스톤턴을 모르는 사람이 있으리라고는 상상도 못했으니까요. 국제 시합에 다섯 번이나 나간, 케임브리지와 블랙 히스 클럽의 최고 스리쿼터백의 이름을 모르신다니요! 놀랐습니다, 홈 즈 선생님. 대체 어디에 계셨던 거죠?"

이 젊고 순진한 거구의 사내가 놀라는 모습을 보고 홈즈가 소리 내어 웃었다.

"오버턴 씨, 당신은 나와 달리 즐겁고 건강한 세계에서 살고 있군요. 나는 사회의 여러 분야에서 일했지만 다행스럽게도 영국에서 가장 건전 한 아마추어 스포츠와 관계된 일은 한 적이 없어요. 하지만 뜻밖에도 당 신이 오늘 이렇게 찾아온 것을 보니 시원시원한 페어플레이의 세계에도 내가 해야 할 일이 있는 모양입니다. 자, 이제는 좀 앉으세요. 그리고 무 슨 일이 있었는지, 내가 무엇을 도와드리면 좋을지 차분하게 천천히 말 해 보세요."

젊은 오버턴은 머리보다 근육을 쓰는 일에 더 익숙한 듯 당혹스러운 표정을 지은 채 조금씩 기묘한 이야기를 들려주었다. 그는 같은 이야기 를 되풀이하기도 하고 애매하게 표현하기도 했지만 정리해 보면 다음과 같았다.

"홈즈 선생님, 그러니까 이렇게 된 일입니다. 말씀드린 대로 저는 케 임브리지 대학교 럭비 팀의 주장입니다. 갓프리 스톤턴은 우리 팀에서 가장 우수한 선수지요. 내일 옥스퍼드 대학교와 한판 시합을 벌일 예정 입니다. 어제 팀 전원이 런던으로 왔고, 늘 하던 대로 벤틀리라는 숙소 에서 묵었습니다. 저는 밤 10시에 선수들을 둘러보고 모두 잠자리에 들 라고 말했습니다. 왜냐하면 저는 혹독한 훈련과 충분한 수면이 팀을 최 고로 만들어 준다고 믿고 있기 때문입니다. 갓프리가 방에 들어가기 전 에 저는 그와 두어 마디를 주고받았습니다. 갓프리의 얼굴이 새하얘서 무슨 일이 있었느냐고 물어보았거든요. 별일은 아니고 머리가 조금 아플 뿐이라고 하기에 푹 쉬라고 하고 헤어졌습니다. 그런데 30분쯤 지나서 짐꾼이 찾아와서는 턱수염을 기른 우락부락한 사내가 갓프리에게 전할 편지를 가지고 왔다고 하더군요. 갓프리는 그때까지 깨어 있어서 편지를 가져다줬다고 했습니다. 한데 갓프리는 그 편지를 읽더니 마치 도끼로 한방 맞은 사람처럼 의자에 쓰러졌다고 합니다. 짐꾼이 놀라서 저를 부르러 오려 했지만 갓프리가 그를 말렸고 물을 한 잔 들이켜더니 다시 차분해졌다고 했습니다. 그런 다음 1층으로 내려가 현관에서 기다리던 그 남자와 잠깐 대화를 나누더니 어디론가 함께 갔습니다. 짐꾼이 두 사람을 마지막으로 본 것은 그게 마지막이었는데 그들은 스트랜드 쪽으로 거의 뛰다시피 서둘러 갔다고 합니다. 오늘 아침, 갓프리의 방은 텅 비어 있었고 침대에서 잔 흔적도 없었습니다. 짐도 어젯밤에 본 그대로 다 있었습니다. 그 낯선 남자와 같이 나가고 나서 갓프리의 행방이 묘연합니다. 저는 갓프리가 돌아오지 않을 것만 같아요. 녀석은 운동선수입니다. 진정한 선수라고요. 웬만한 이유가 아니라면 연습에 빠지거나 주장인 저를 골탕 먹일 녀석이 아닙니다. 그래요, 녀석은 아주 가 버린 겁니다. 영원히 돌아오지 않을 테고 두 번 다시 만나지 못할 거예요.”

홈즈는 이 기묘한 이야기를 매우 주의 깊게 듣고 나서 질문했다.

“그래서 당신은 어떻게 했습니까?”

“케임브리지에 전보를 쳐서 갓프리의 소식을 듣지 못했느냐고 물었습니다. 답장이 왔는데 아무도 그를 보지 못했다고 합니다.”

“그가 케임브리지로 돌아갈 수는 있었나요?”

“네, 밤 11시 15분에 출발하는 늦은 기차가 있었으니까요.”

“하지만 당신이 조사한 대로라면 거기에 타지 않았단 말이죠?”

"네, 그를 본 사람이 아무도 없습니다."

"그런 다음에는 또 어떻게 했습니까?"

"마운트제임스 경에게 전보를 쳤습니다."

"마운트제임스 경에게요? 어째서?"

"갓프리는 양친이 안 계십니다. 마운트제임스 경이 가장 가까운 혈육이지요. 아마 삼촌이실 겁니다."

"그렇군요. 사건에 새로운 빛이 비쳤습니다. 마운트제임스 경이라면 영국에서도 손꼽히는 부자니까요."

"갓프리도 그런 말을 한 적이 있었습니다."

"그렇다면 그 둘의 관계는 가깝습니까?"

"네, 갓프리가 마운트제임스 경의 상속인입니다. 그 노인은 80세 가까이 됐는데 통풍 때문에 고생하고 계신답니다. 그런데 굉장한 구두쇠라네요. 당구의 큐 끝에 바르는 초크가 아까워 손가락 결절에서 나오는 분필 가루 같은 걸로 대신 문지른다는 소문이 돌 정도거든요.[9] 지금까지 갓프리에게 한 푼도 준 적이 없습니다. 누가 뭐래도 굉장한 구두쇠니까요. 하지만 결국에는 전부 갓프리의 것이 되겠지요."

"마운트제임스 경에게 답장은 왔습니까?"

"없었습니다."

"당신의 친구가 경을 찾아갈 이유라도 있나요?"

"갓프리는 어젯밤에 뭔가 고민을 했습니다. 만약 돈 문제였다면 가장 가까운 혈육인 부자 삼촌을 찾아갔을 수도 있겠지요. 제가 들은 바로는 삼촌이 조카에게 해 준 게 거의 없었다고는 하지만요. 갓프리는 마운트

---

9) 통풍으로 인한 염증성 변화는 통풍 결절을 초래한다. 이때 결절에서 흰 분필 가루 비슷한 요산 결정체가 나온다. 그런 사실에 착안해서, 당구 큐에 초크 대신 그 결정체를 바른다는 농담을 한 것으로 보인다.

제임스 경을 싫어했습니다. 웬만한 일이 아니고서는 찾아가지 않았을 겁니다."

"그건 금방 알 수 있습니다. 만약 당신의 친구가 정말로 마운트제임스 경을 찾아갔다면, 밤늦게 찾아온 우락부락한 남자의 정체와 그 친구가 편지를 읽고 왜 그렇게 큰 충격을 받았는지에 대해서는 어떻게 설명하겠습니까?"

"저는 하나도 모르겠습니다."

"좋아요, 됐어요. 나도 요즘 여유가 있으니 기꺼이 이번 사건을 맡겠습니다."

홈즈가 말을 이었다.

"조언 하나 하지요. 어찌됐든 그 젊은 친구 없이 시합을 치를 준비를 해야 합니다. 당신의 말대로 그 친구에게는 어떤 절박한 사정이 있어서 그렇게 갑자기 나갔을 겁니다. 그런데 마찬가지로 오버턴 씨에게도 절박한 이유가 있어서 그를 다시 데려와야 하는군요. 같이 호텔로 가서 짐꾼이 뭔가 새로운 단서라도 가지고 있는지 알아봅시다."

셜록 홈즈는 지위가 낮은 사람의 마음을 편안하게 하고 필요한 정보를 말하게 하는 능력이 아주 뛰어났다. 이번에도 사라진 갓프리의 방에서 짐꾼이 가지고 있는 정보를 모조리 뽑아내는 데 성공했다. 짐꾼은 어젯밤에 찾아온 사람을 가리켜서 점잖은 신사도, 노동자 같지도 않은 '아주 평범한 남자'라고 말했다. 말 그대로 평범한 남자였는지 나이는 50세 정도였고 희끗희끗한 턱수염을 길렀으며 안색은 창백했고 차림은 수수했다고 말했다. 그 사내도 당황했는지 편지를 건네줄 때 손이 부들부들 떨렸다고도 했다. 갓프리 스톤턴은 편지를 주머니에 넣었고, 현관에서 그 남자와 악수하지는 않았다. 두 사람은 두어 마디 대화를 주고받았으나 짐꾼은 '시간'이라는 단어만 들었다. 앞서 말한 대로 두 사람은 서둘러 밖으로 나갔다. 그때 현관의 시계는 정확히 10시를 가리키고 있었다.

홈즈가 스톤턴의 침대에 앉으며 말했다.

"자네는 주간에 근무하지?"

"그렇습니다. 밤 11시에 일을 마쳤습니다."

"그런데 야간에 일한 직원은 특별한 것을 못 봤고?"

"그렇습니다. 연극을 보러 간 분들이 늦게 돌아오셨을 뿐입니다."

"자네는 어제 아침부터 일했지?"

"네."

"스톤턴 씨에게 전해 준 것이 있나?"

"네, 전보 한 통을 드렸습니다."

"그거 재미있군. 몇 시쯤이었지?"

"6시쯤이었습니다."

"스톤턴 씨는 어디서 전보를 받았나?"

"자기 방이었습니다."

"전보를 펼쳤을 때 자네도 같이 있었나?"

"있었습니다. 답장을 하실까 봐 기다리고 있었습니다."

"그래서 답장은 보냈나?"

"네, 선생님."

"자네에게 건네줬나?"

"아니요, 직접 가지고 가셨습니다."

"하지만 자네가 있는 곳에서 썼단 말이지?"

"네, 저는 문 옆에서 기다리고 있었습니다. 그분은 제게 등을 돌린 채 저쪽 탁자 앞에서 쓰셨습니다. 다 쓰시더니 '됐네, 내가 직접 보내지.'라고 말씀하셨습니다."

"무엇으로 썼나?"

"펜으로 썼습니다."

"저 탁자 위에 있는 전보용지를 썼나?"

"그렇습니다. 가장 위에 있는 것을 썼습니다."

홈즈가 자리에서 일어나서 전보용지를 들고 창가로 가더니 제일 위에 있는 용지를 주의 깊게 살펴보았다. 그런데 곧 실망했는지 어깨를 들썩이고 전보용지를 내던지고는 말했다.

"연필로 쓰지 않은 게 안타깝군. 왓슨, 자네도 몇 번 경험했을 테지만 연필 자국은 보통 아래 종이에도 남는 법일세. 그 탓에 행복한 결혼 생활이 깨질 지경에 처한 사람들이 헤아릴 수 없이 많았지. 하지만 여기에는 아무 자국도 없네. 그나마 다행히도 끝이 뭉뚝한 깃털 펜을 쓴 모양이야. 이 압지에 자국이 남아 있을 걸세. 아, 여기, 이것 좀 보게!"

홈즈는 압지를 길고 가느다랗게 찢어냈다. 그리고 잘 알아볼 수 없는 글자를 보여 주었다.

시릴 오버턴이 흥분해서 말했다.

"거울에 비춰 봅시다!"

"그럴 필요도 없어요. 이 압지는 얇으니까요. 뒤집어 보면 뜻을 알아낼 수 있습니다. 보세요!"

이렇게 말한 홈즈가 압지를 뒤집자 이런 글이 보였다.

Stand by us for
Yods sake

"갓프리 스톤턴이 모습을 감추기 몇 시간 전에 보낸 전보의 마지막 부분일세. 이 앞에 적어도 여섯 글자는 더 있었을 테지만 거기까지는 알 수가 없어. 하지만 이 남은 부분, 그러니까 '제발 우리 곁에서 함께해 주십시오!'라는 부분은 그 젊은이가 큰 위험에 처했다는 것과 그를 도와줄 사람이 있다는 사실을 보여 준다네. 그런데 '우리'라는 부분에 주목할 필요가 있어. 또 다른 사람이 사건에 관계되어 있다는 뜻이야. 그 얼굴 하얀 사내도 두려움에 떨고 있었다고 하니 그 사람임에 틀림이 없네. 그렇다면 갓프리 스톤턴과 수염 난 사내는 어떤 관계일까? 그 두 사람이 자신들에게 닥친 위험에서 벗어나기 위해 도움을 청한 제3의 인물은 누구일까? 우리는 벌써 여기까지 조사한 셈일세."

"그렇다면 그 전보를 누구에게 보냈는지 알아내기만 하면 되겠군."

나도 의견을 냈다.

"맞아, 왓슨. 틀림없이 좋은 의견이네만 나도 이미 같은 생각을 했어. 자네도 알고 있을 테지만, 전신국에 가서 다른 사람이 보낸 전보의 사본을 보여 달라고 해도 직원은 쉽게 보여 주지 않을 거야. 이런 일에서 공무원들은 참으로 융통성이 없거든. 하지만 간단한 방법을 쓰면 결국 목적을 이룰 수 있을 걸세. 그건 그렇고 오버턴 씨를 입회인으로 삼아 탁자에 남아 있는 서류를 살펴봤으면 좋겠는데요."

탁자 위에는 편지 몇 통, 청구서, 메모장이 있었다. 홈즈는 예민한 손가락으로 하나하나 빠르게 넘기며 날카로운 눈빛으로 재빨리 살펴보았다. 잠시 후, 그가 말했다.

"아무것도 없군. 그건 그렇고 갓프리 씨는 건강한 청년인 줄 알았는데. 특별히 아픈 곳은 없었죠?"

"건강 그 자체였습니다."

"병에 걸린 적도 없었나요?"

"단 하루도 없었습니다. 시합하다가 정강이를 차여 쓰러진 적이 있었고 무릎 관절이 어긋난 적은 있었지만 대단치는 않았습니다."

"아무래도 그 친구는 당신의 생각만큼 건강하지는 않았나 봅니다. 뭔가 병을 감추고 있었던 것 같아요. 당신의 동의를 얻어 이 서류를 두어 장 가져가겠습니다. 앞으로 조사할 때 필요할 것 같으니까요."

"잠깐! 잠깐 기다리시오!"

불만스러워하는 목소리가 들렸다. 문가에는 괴상하고 몸집이 작은 노인이 얼굴을 씰룩거리며 서 있었다. 빛바랜 검은 옷을 입고, 챙이 아주 넓은 모자를 썼으며, 하얀 넥타이를 헐렁하게 매고 있었다. 아주 외진 시골 목사나 장의사가 고용한 문상객 같은 느낌이 들었다. 모습은 초라하고 우스웠으나 그 목소리는 쩌렁쩌렁 울렸고 태도도 급하고 격렬해서 저절로 눈길이 갔다.

"선생은 뉘시오? 대체 무슨 권리가 있어서 흠잡을 데 없는 신사의 물건에 손을 대는 거요?"

노인이 물었다.

"나는 사립 탐정인데 사라진 갓프리 스톤턴이라는 신사의 행방을 조사하고 있습니다."

"아, 그렇소? 그런데 누가 선생에게 의뢰한 거요?"

"스톤턴 씨의 친구인 이 신사가 런던경찰국을 거쳐 나에게 사건을 맡겼습니다."

"자네는 누군가?"

"시릴 오버턴입니다."

"그럼 내게 전보를 보낸 것도 자네로군. 나는 마운트제임스일세. 베이스워터 승합 마차를 타고 서둘러 달려왔지. 자네가 이 탐정에게 의뢰했다고?"

"그렇습니다."

"그렇다면 비용도 자네가 내겠지?"

"갓프리를 찾아낸다면 틀림없이 그가 낼 것이라 생각합니다."

"하지만 못 찾는다면? 대답해 보게."

"그럴 경우에는 그 가족이⋯⋯."

"어림없는 소리!"

작은 노인이 목청 좋게 소리쳤다.

"나한테는 단 한 푼도 바라지 말게! 단 한 푼도. 사립 탐정 양반도 잘 들으시오. 그 아이에게 가족이라고는 하늘과 땅을 통틀어도 나 한 사람밖에 없소이다. 분명히 해 두겠는데, 나는 하나도 책임지지 않을 거요. 가령 갓프리가 유산을 상속받게 된다면 그건 내가 돈을 함부로 쓰지 않은 덕분이외다. 지금도 쓸데없는 돈을 쓰게 하는 약속은 일절 하지를 않소. 그리고 아까 선생이 멋대로 손을 댄 서류 말인데, 그중에 가치 있는 것이 있다면 선생은 자기 행동에 책임을 져야 할 거요."

셜록 홈즈는 이렇게 대답했다.

"그렇게 하지요. 그런데 갓프리 씨가 실종된 이유에 대해서 뭔가 짚이는 것은 없습니까?"

"전혀 없소. 그 아이는 자기 행동을 스스로 결정할 수 있을 만큼 나이를 먹었소. 자기 멋대로 종적을 감췄다면 내가 찾아야 할 책임은 어디에도 없소."

노인의 말을 듣고 홈즈가 장난스럽게 눈을 반짝였다.

"경의 입장은 잘 이해하고 있습니다. 그런데 경은 내 생각을 오해하고 있군요. 갓프리 스톤턴 씨는 부자가 아닙니다. 얼마 안 되는 그의 재산 때문에 납치했을 리는 없습니다. 하지만 마운트제임스 경이 큰 부자라는 사실은 누구나 알고 있지요. 범인이 경의 집 구조, 습관, 재산에 대한 정보를 얻기 위해 조카를 납치했을 가능성은 매우 높습니다."

그 불쾌한 노인의 얼굴이 자기 목에 두른 넥타이처럼 새하얘졌다.

"뭐라고? 아니, 선생, 도대체 어떻게 그런 생각을 할 수 있단 말이오? 그런 악행은 꿈에도 생각지 못했소. 세상에는 정말 몹쓸 놈들이 많군. 하지만 갓프리는 훌륭하고 건실한 청년이니까 무슨 일이 있어도 자기 삼촌을 배신하지는 않을 거요. 오늘 밤에라도 금은 식기를 은행에 맡겨 둬야겠군. 그리고 탐정 양반, 빈틈없이 수사해 주시오. 갓프리가 무사히 돌아올 수 있도록 의심 가는 곳이면 샅샅이 뒤져 주시오. 비용은 5파운드, 아니 10파운드까지라면 기꺼이 내겠소."

이 수전노 귀족은 홈즈의 말을 듣고 마음을 바꾼 모양이었다. 그러나 쓸 만한 정보는 주지 못했는데, 그도 그럴 것이 조카의 사생활에 대해서 아는 것이 하나도 없었기 때문이었다. 유일한 단서라고는 반으로 잘린 전보문뿐이었다. 홈즈는 전보문을 베껴 가지고 두 번째 고리를 찾으러 밖으로 나섰다. 우리는 마운트제임스 경에게 그만 돌아가 달라고 했고 오버턴은 이 갑작스러운 재난을 어떻게 막아 낼지 논의하기 위해 동료들을 만나러 갔다.

전신국은 호텔 바로 옆에 있었다. 우리는 그 앞에서 잠시 멈춰 섰다.

"시도할 만한 가치는 있네. 물론 수색 영장이 있으면 전문 사본을 보여 달라고 요청할 수도 있지만 아직 그럴 단계는 아니야. 이렇게 바쁜

데서는 손님의 얼굴을 일일이 기억하지 못하겠지. 도박 같지만 어디 한 번 해 보자고."

홈즈는 이렇게 말하더니 창구의 격자 너머에 앉아 있는 젊은 아가씨에게 매우 정중하게 말했다.

"바쁘신데 정말 죄송합니다. 제가 어제 보낸 전보에 약간 실수가 있었나 봅니다. 답장이 오지 않는데 아무래도 깜빡하고 전문 마지막에 제 이름을 적지 않은 것 같아서요. 죄송하지만 확인해 주실 수 있을까요?"

젊은 아가씨가 전문 사본 뭉치를 넘겼다.

"몇 시쯤에 보내셨죠?"

"오후 6시 조금 넘어서요."

"받으시는 분의 성함은요?"

홈즈는 손가락을 입에 대고 내 쪽을 힐끗 쳐다보았다.

"그 전문은 '제발 우리 곁에서 함께해 주십시오!'로 끝납니다. 답장이 오지 않을까 걱정이 돼서 견딜 수가 없군요."

홈즈가 아주 부드러운 태도로 속삭였다. 마침내 젊은 아가씨가 전문 한 통을 빼냈다.

"여기 있네요. 역시 성함을 쓰지 않으셨어요."

아가씨는 카운터 위에서 사본의 구겨진 부분을 펴면서 말했다.

"그렇군요. 어쩐지 답장이 오지 않더라니. 아, 정말 멍청한 짓을 했어요. 덕분에 한시름 덜었습니다. 감사합니다."

밖으로 나온 홈즈가 껄껄 웃으며 두 손을 마주 비볐다.

"이제 어떻게 할 생각인가?"

"일이 술술 풀리고 있네, 왓슨. 우리는 앞으로 나아가고 있어. 어떻게든 그 전문을 보려고 일곱 가지 방법을 생각해 두었는데 이렇게 단번에 성공할 줄은 몰랐네."

"무엇을 알아냈나?"

"어디서부터 조사해야 하는지 그 출발점을 알았다네."

홈즈가 마차를 불러 세웠다.

"킹스 크로스 역으로 가 주게."

"멀리 가려고?"

"맞아. 케임브리지까지 같이 가세. 지금까지 손에 넣은 모든 것들이 그곳을 가리키고 있거든."

마차가 그레이스 인 거리를 달릴 때 내가 물어보았다.

"자네는 그 청년이 실종된 원인에 대해 짚이는 것이 없나? 우리가 지금까지 다룬 사건 중에서 이렇게 동기가 애매한 것은 처음인 것 같구먼. 그런데 자네, 정말로 누가 부자 삼촌의 정보를 빼내려고 그를 납치했다고 생각하지는 않겠지?"

"왓슨, 나도 그건 있을 수 없는 일이라고 생각하네. 단지 그 불쾌하기 짝이 없는 노인의 태도를 바꾸려고 한번 던져 본 말일세."

"그 노인은 철석같이 믿은 것 같던데. 그렇다면 다른 가설도 있나?"

"몇 가지 있지. 이번 사건은 중요한 시합을 앞둔 날 밤에 일어났고, 그팀이 승리하려면 꼭 필요한 사람이 관계되어 있네. 자네도 그렇게 생각하겠지만 이건 꽤 의미심장한 일일세. 물론 우연의 일치일 수도 있지만 재미있지 않나. 아마추어 스포츠와 도박은 관계가 없다고들 하지만 바깥에서는 일반 대중들이 비공식적으로 내기를 하는 게 현실이거든. 그러니 경마에서 불량배들이 경주마에게 상처를 입히듯이 그 아마추어 선수를 다치게 할 만한 가치가 있네. 이것이 첫 번째 설명이야. 그리고 또다른 가능성이 있다네. 지금 갓프리는 매우 가난하지만 막대한 재산을 물려받을 사람이니 몸값을 받아 내기 위해 납치했다는 가설을 완전히 배제할 수는 없어."

"하지만 지금의 추리만 가지고는 전보를 설명할 수가 없네."

"그래, 왓슨. 그 전보는 유일하게 확실한 물증이니 거기에만 관심을 쏟아야 하네. 어째서 그 전보를 쳤는지 밝혀내기 위해 지금 케임브리지로 가고 있는 걸세. 우리의 조사 방향은 아직 명확하지 않아. 하지만 오늘 밤에는 확실한 방향을 잡았거나 아니면 그 방향을 향해서 제법 나아가 있을 거야."

우리는 어둑해진 다음에야 오래된 대학 도시에 도착했다. 홈즈는 역에서 마차를 잡더니 레슬리 암스트롱 박사의 집으로 가 달라고 했다. 몇 분 지나지 않아 우리는 번화한 대로에 있는 저택에 도착했다. 우리는 안으로 안내되었고 오래 기다린 뒤에야 진찰실로 들어갔다. 박사는 책상 앞에 앉아 있었다.

나는 레슬리 암스트롱이라는 사람을 몰랐는데, 그 사실은 내가 의사라는 직업에서 얼마나 멀어져 있었는지를 잘 보여 주었다. 나는 이제야 이집의 주인이 케임브리지 대학교 의과대학 학장일 뿐만 아니라 여러 가지 자연과학의 사상가로 전 유럽에 이름을 떨치고 있음을 알게 됐다. 그러나 박사의 훌륭한 업적을 전혀 모르더라도 각진 커다란 얼굴, 짙은 눈썹 아래에 있는 사색적인 눈동자, 화강암처럼 단단해 보이는 턱을 본 순간에 마음을 빼앗기지 않을 수 없을 것이다. 빈틈없이 엄격한 인물, 금욕적이고 스스로를 자제할 줄 아는 군건한 정신의 소유자, 깊은 학식을 가진 인물. 나는 레슬리 암스트롱 박사를 보고 이렇게 생각했다.

박사가 홈즈의 명함을 받아들더니 엄격한 얼굴에 그다지 기뻐하지 않는 기색을 띠면서 고개를 들었다.

"셜록 홈즈 선생, 이름은 익히 들어서 알고 있소. 당신의 직업도 알고 있지만 그건 내가 그리 달가워하지 않는 직업 중 하나라는 사실을 밝혀 두겠소."

홈즈가 조용히 대답했다.

"박사님, 그 점이라면 우리나라의 범죄자들도 같은 의견일 겁니다."

"당신의 노력이 범죄를 막는 쪽으로만 이루어진다면 분별 있는 사람들은 모두 당신을 지지할 거요. 하지만 나는 경찰만으로도 충분하다고 생각하오. 당신들의 직업이 비난받아 마땅한 가장 큰 이유는, 개인의 사생활을 파헤치거나 그냥 덮어 두는 것이 좋은 가정의 문제를 들추고 다닌다는 점이오. 그 다음으로는 당신들보다 더 바쁜 사람들의 시간을 낭비하게 한다는 점을 들 수 있겠지. 예를 들어서 지금 나는 당신과 이야기를 나누기보다는 논문을 쓰고 있어야 하오."

"물론 그러시겠지요. 하지만 지금의 대화가 논문보다 더 중요한 것일지도 모릅니다. 덧붙이자면 우리가 하는 일은 박사님이 비난의 목소리로 열거한 것과 반대되는 일입니다. 이번 일이 경찰에게 넘어가면 사적인 일들이 폭로될 것은 불 보듯 뻔합니다. 우리는 그것을 막기 위해 노력하고 있는 겁니다. 그러니 박사님은 나를 정규군의 선두에 선 비정규 부대라고 생각하시면 됩니다. 우리는 갓프리 스톤턴 씨에 대해서 물어

보려 왔습니다."

"무슨 일이 있었소?"

"두 분은 서로 아는 사이겠지요?"

"우리는 친한 친구요."

"그가 행방불명됐다는 사실도 아십니까?"

"뭐라고? 그게 정말이오?"

박사의 굳센 표정은 전혀 변하지 않았다.

"어젯밤에 호텔에서 나간 다음부터 연락이 되지 않습니다."

"틀림없이 돌아올 거요."

"내일 대학의 럭비 시합이 있습니다."

"나는 럭비 같은 아이들 장난에는 아무 흥미도 없소. 나는 갓프리를 알고 있고 또 아끼기 때문에 그의 안위에는 큰 관심을 가지고 있지만 말이오. 하지만 럭비 시합은 어떻게 되든 상관없소."

"그렇다면 우리는 스톤턴 씨의 운명에 대해 조사하고 있으니 이것에는 관심을 가져 주시기 바랍니다. 혹시 그가 어디에 있는지 아십니까?"

"물론 모르오."

"어제 이후에 만나신 적은 없습니까?"

"만난 적 없소."

"스톤턴 씨는 건강했나요?"

"매우 건강했소."

"병을 앓은 적도 없었습니까?"

"한 번도 없었소."

홈즈는 박사의 눈앞으로 종이 한 장을 불쑥 내밀었다.

"이 종이는 갓프리 스톤턴 씨가 지난달에 케임브리지의 레슬리 암스트롱 박사에게 13기니를 보냈다는 영수증입니다. 그의 책상 위에서 가져온 것인데, 이 영수증에 대해서 설명해 주셨으면 합니다."

박사의 얼굴이 분노로 붉게 물들었다.

"홈즈 선생, 당신에게 설명해야 할 이유는 어디에도 없다고 생각하오."

홈즈가 영수증을 노트 사이에 끼워 넣었다.

"공적인 자리에서 설명하고 싶으시다면 곧 그 기회가 찾아올 겁니다. 이미 말했지만 경찰들은 공개할 수밖에 없는 일이라도 나라면 덮어 둘 수 있습니다. 그러니 나를 믿으시는 편이 현명할 겁니다."

"나는 아무것도 모르오."

"런던에 있던 스톤턴 씨가 박사님에게 연락하지 않았나요?"

"아무 연락도 없었소."

"세상에! 다시 전신국에 가 봐야겠군!"

홈즈가 지긋지긋하다는 듯이 한숨을 푹 내쉬었다.

"어제 오후 6시 15분에 갓프리 스톤턴 씨는 박사님에게 급한 전보를 쳤어요. 그 전보는 이번 실종 사건과 관련 있는 것이 분명합니다. 그런데 박사님은 전보를 받지 못했다고 하시는군요. 그렇다면 전신국 직원이 게으른 탓이니 전신국으로 가서 항의라도 해야겠습니다."

홈즈가 이렇게 말하자 레슬리 암스트롱 박사는 의자에서 벌떡 일어났다. 거뭇한 얼굴이 분노로 붉게 물들어 있었다.

"미안하지만 이제 돌아가시오. 당신을 고용한 사람, 즉 마운트제임스 경에게 전해 주시오. 나는 경과도 그 대리인과도 관계하고 싶지 않다고. 아니, 됐소. 이젠 지긋지긋하오."

박사는 온 힘을 다해 벨을 울렸다.

"존, 두 신사분들께서 이제 그만 돌아가신다고 하네."

잘난 체하는 집사가 우리를 거칠게 문으로 몰아냈고 우리는 어느 새 거리 한복판에 서 있었다. 홈즈는 큰 소리로 웃어 젖혔다.

"레슬리 암스트롱 박사는 박력 넘치고 성깔이 대단한 인물일세그려. 만약 박사가 자기 재능을 그런 쪽으로 발휘한다면 그 유명한 모리어티가 떠난 빈자리를 메우기에 아주 딱일 걸세. 어쨌든 왓슨, 우리는 이 재미없고 뻣뻣한 도시에서 친구 하나 없이 오도 가도 못하는 신세가 되어버렸네만 그렇다고 해서 사건을 포기할 수는 없지. 마침 암스트롱 박사의 집 앞에 우리에게 잘 맞는 작은 숙소가 있군. 정면의 방을 하나 잡고 오늘 밤 필요한 물건들을 사 주게. 나는 몇 가지 조사할 것이 있어."

그 몇 가지 조사들은 홈즈의 생각보다 훨씬 더 길어져서 그는 거의 9시 가까이 되어서야 숙소로 돌아왔다. 얼굴빛은 창백했고, 기운이 없어 보였으며, 먼지를 흠뻑 뒤집어쓰고 있었고, 배고픔과 피로에 지쳐 있는 듯했다. 식탁 위에는 차갑게 식은 저녁이 놓여 있었다. 그는 배를 채우자 파이프에 불을 붙였다. 사건 조사가 뜻대로 진행되지 않을 때의 버릇대로, 반쯤은 장난스러우면서도 반쯤은 냉정한 태도로 이야기를 시작하려 했다. 그때 마차의 바퀴소리가 들려왔다. 홈즈는 자리에서 일어나 창밖을 바라보았다. 회색 말 두 필이 끄는 사륜마차가 박사의 집 앞에 멈춰 서서 가스등의 불빛을 받고 있었다.

"세 시간은 달려온 듯하군. 6시 반에 출발해서 지금 돌아왔으니. 16킬로미터에서 20킬로미터쯤 떨어진 곳이야. 박사는 하루에 한 번, 아니면 두 번씩 이렇게 외출을 하지."

"왕진을 다닌다면 당연하지."

"하지만 암스트롱은 평범한 의사가 아니라 대학에서 강의를 하는 전문의야. 아무 환자나 맡는 의사가 아니란 말일세. 그렇게 하지 않으면 논문을 쓰는 데 방해가 되니까. 매우 귀찮을 텐데도 어째서 저렇게 멀리까지 가는 것일까? 대체 누구한테?"

"그럼 일단 마부에게……."

"왓슨, 나는 제일 먼저 마부에게 물어보았네. 하지만 원래가 그렇게 악질인지 주인이 시켜서 그랬는지는 몰라도 무례하게도 개를 풀어 버렸다네. 그래도 마부와 개 모두 내 지팡이를 싫어해서 더 이상의 일은 일어나지 않았지만. 그 사건 이후로 나와 마부 사이가 무척 나빠져서 더 이상은 물어봐야 소용이 없었지. 지금 내가 아는 것이라고는 이 숙소의 정원 앞에 나와 있던 친절한 주민에게 들은 것이 다일세. 그는 박사의 습관과 그가 매일 아침 외출한다는 사실 등을 가르쳐 주었지. 그런데 그 이야기를 뒷받침하기라도 하듯이 박사의 마차가 문 앞에 나타났다네."

"미행할 수는 없었나?"

"훌륭하군, 왓슨. 오늘 밤 자네는 불꽃이 터지듯이 멋진 생각들을 떠올리고 있어. 나도 물론 그 생각을 했네. 자네도 보았겠지만, 숙소 옆에 자전거 점포가 있어서 그 가게로 달려가 자전거 한 대를 빌렸지. 마차가 저 멀리 사라지기 전에 서둘러 뒤를 쫓기 시작했다네. 나는 금방 마차를 따라잡았고, 100미터쯤 거리를 두고 조심스럽게 시내 외곽까지 마차 불빛을 따라갔어. 그런데 한창 시골길을 달리던 중에 참으로 안타까운 일이 벌어졌다네. 마차가 멈추고 박사가 내리더니 나한테 서둘러 다가오지 뭔가. 그러더니 잔뜩 비꼬는 투로 말했다네. 길이 좁아서 마차가 자전거의 통행을 방해하면 안 되니 나보고 먼저 가라고 하더군. 어찌나 얄밉게 말하던지. 나는 하는 수 없이 자전거로 마차를 앞질러 그 길을 몇 킬로미터쯤 더 달리고 나서 마차가 오는지 살펴보기 좋은 곳에 자리를 잡았다네. 하지만 마차는 그림자도 보이지 않더군. 거기까지 가는 동안 길

옆으로 난 몇 개의 갈림길을 보았는데 그중 한 곳으로 들어간 모양이었어. 자전거로 되돌아오면서 살펴보았지만 마차는 보이지 않았네. 그리고 내가 돌아오고 나자 저 마차가 이제야 돌아온 거야. 물론 처음에는 박사가 멀리 외출하는 것과 갓프리 스톤턴의 실종 사건을 관계 지을 만한 특별한 이유는 없었네. 지금까지 암스트롱 박사에 관해서는 모든 면에 흥미를 가져야 한다는 일반론에 따라서 조사했을 뿐이네. 하지만 멀리 외출하면서 이렇게 미행에 대비하고 있었다니 예사로운 일은 아니야. 그냥 지나칠 수는 없네. 어떻게 해서든 수수께끼를 풀고 말겠어."

"내일 다시 한 번 미행하는 건 어떻겠나?"

"과연 가능할까? 자네의 생각만큼 쉬운 일이 아니야. 자네는 케임브리지의 지형을 잘 모르겠지만, 여기에는 몸을 숨길 만한 곳이 전혀 없다네. 오늘 밤에 내가 달린 곳도 마치 자네의 손바닥처럼 평평해서 숨을 만한 곳이 전혀 없었어. 게다가 오늘 밤에 아주 멋지게 알게 된 것처럼 우리 상대는 바보가 아닐세. 오버턴에게는 런던에서 새로운 일이 생기면 이 숙소로 알려 달라고 전보를 보냈어. 당분간 우리가 할 수 있는 일은 암스트롱 박사에게 주의를 기울이는 것뿐일세. 누가 뭐래도 그 전신국의 친절한 아가씨가 보여 준 전보는 박사에게 보낸 것이었으니까. 박사는 스톤턴이 있는 곳을 알고 있어. 틀림없이 알고 있지. 박사가 알고 있는데 우리가 밝혀내지 못한다면 그건 우리 잘못이야. 박사가 승부의 열쇠를 쥐고 있는 것만은 분명해. 하지만 자네도 알고 있듯이 이대로 게임을 흐지부지 끝낼 내가 아닐세."

하지만 이튿날이 되어서도 우리는 여전히 사건 해결에 한 발짝 더 다가가지 못했다. 아침 식사를 마치고 나서 편지 한 통을 받는데 홈즈가 웃으면서 그것을 내게 건네주었다.

홈즈 선생

　나를 미행해 봐야 소용없는 일이오. 어젯밤에 알았겠지만. 내 마차 뒤에는 창문이 있소이다. 당신이 자전거를 타고 30킬로미터쯤 갔다가 헛되이 되돌아오고 싶다면야 내 뒤를 따라와도 상관없소. 반드시 소원을 이룰 수 있을 거요. 하지만 나를 조사해도 갓프리 스톤턴을 도울 수는 없소. 당신이 스톤턴에게 해 줄 수 있는 일은 당장 런던으로 돌아가서 의뢰인에게 그를 찾지 못했다고 이야기하는 것뿐이오. 케임브리지에 머물러 봐야 시간만 헛되이 낭비할 거요.

레슬리 암스트롱

　"이 박사는 참으로 거침없고 솔직한 적이로군. 상관없어. 박사는 호기심을 자극하는 상대일세. 헤어지기 전까지 좀 더 조사해 보기로 하지."

　홈즈의 말이 끝나자 내가 입을 열었다.

　"문 앞에 마차가 있네. 박사가 마차에 올랐어. 마차에 오를 때 우리 방의 창문을 힐끗 올려다봤어. 내가 자전거로 뒤쫓으면 어떨까?"

　"소용없을 걸세, 왓슨. 자네의 예리한 통찰력은 인정하지만 저 존경할 만한 박사에게는 상대가 되지 않을 거야. 나 혼자 조사하는 것이 오히려 목적을 달성하는 데에 도움이 될 걸세. 미안하지만 자네를 여기에 남겨 두고 가야겠네. 이 활기 없는 마을을 낯선 외부인 둘이서 헤매고 돌아다녔다가는 우리에게 불리한 소문이 돌게 될 테니까. 이곳은 유서 깊은 거리이니 관광이라도 즐기고 오게. 오늘 밤까지는 좀 더 좋은 소식을 가지고 오겠네."

　하지만 홈즈는 이번에도 실패를 겪어야 했다. 그는 밤이 되자 아무 성과도 없이 지친 몸으로 되돌아왔다.

"하루 종일 헛수고만 했어, 왓슨. 박사가 가는 방향을 대충은 알고 있어서 그쪽 마을들을 하루 종일 돌아다녔지. 술집 주인이나 그 지역 소식통들의 의견을 들으며 돌아다녔다네. 꽤나 여러 곳을 돌아다녔어. 채스터턴, 히스턴, 워터비치, 오킹턴까지 갔는데도 죄다 실망스러운 결과만 얻었다네. 그렇게 한적한 곳에 말 두 마리가 끄는 사륜마차가 매일 나타났다면 눈에 띄기 마련일 텐데 말이야. 이번에도 박사에게 당했어. 그건 그렇고 내게 온 전보는 없나?"

"있어. 내가 먼저 열어 보았네. '트리니티 칼리지의 제레미 딕슨에게 폼피를 빌릴 것.' 그런데 대체 무슨 뜻인가?"

"아, 뜻은 명확하다네. 오버턴이 내 질문에 답한 걸세. 제레미 딕슨에게 편지를 보내야겠군. 이제 행운이 찾아올 거야. 그건 그렇고, 시합은 어떻게 됐나?"

"이 지역의 석간 최종판에 자세한 내용이 실려 있더군. 1골, 2트라이 차이로 옥스퍼드가 이겼어. 기사의 마지막 부분을 들어 보겠나?"

나는 신문을 읽었다.

라이트 블루(케임브리지)의 패배는 국제적으로도 유명한 선수인 갓프리 스톤턴이 경기에 참가하지 않은 데에 따른 것이다. 그 여파는 시합 내내 눈에 띄었다. 스리쿼터의 콤비네이션이 맞지 않았고 공격과 수비가 둘 다 약해져서 팀 전체가 열심히 노력했음에도 불구하고 승리는 허사가 되었다.

"그렇다면 오버턴의 불길한 예감이 맞아떨어진 셈이로군. 내 입장만 따지자면 암스트롱 박사처럼 럭비 따위야 어떻게 되든 상관없네. 왓슨,

오늘 밤에는 일찍 잠자리에 드세. 내일은 여러 가지 일을 처리하느라 바빠질 테니까."

이튿날 아침, 나는 홈즈를 보자마자 크게 놀랐다. 그가 작은 주사기를 들고 불 옆에 서 있었던 것이다. 나는 그것을 본 순간, 홈즈의 유일한 악습이 떠올랐고 그래서 주사기가 손끝에서 반짝이는 것을 보고 최악의 사태를 염려했다. 홈즈가 나의 놀란 얼굴을 보더니 웃으면서 주사기를 탁자 위에 놓았다.

"착각하지 말게, 놀랄 것 없어. 이건 악의 도구가 아니라 수수께끼를 풀어 줄 열쇠일세. 이 주사기에 모든 희망을 걸고 있다네. 지금 막 정찰을 나갔다 돌아왔는데 모든 일이 순조롭게 풀리고 있어. 아침을 든든히 먹어 두게나. 오늘은 무슨 일이 있어도 암스트롱 박사가 어디로 가는지 밝혀낼 생각이니까. 일단 추적을 시작하면 비밀 장소를 찾아낼 때까지 쉬거나 먹을 여유는 없을 걸세."

"그렇다면 아침을 싸서 나가는 편이 좋을 듯하네. 암스트롱 박사는 일찍부터 나갈 생각인가 봐. 문 앞에 마차가 있어."

"아니, 신경 쓸 것 없어. 그냥 내버려 두게. 그 사람의 머리가 아무리 좋더라도 내가 그 마차의 행방을 반드시 찾아내고 말 테니까. 아침 식사를 마치면 아래로 내려가세. 지금부터 일을 같이 할 그 분야의 전문가를 소개해 주겠네."

아래층으로 내려가자 홈즈는 앞장서서 마구간이 있는 정원으로 갔다. 마구간 안에는 공간이 있어서 말이 걸어다닐 수 있었다. 홈즈는 마구간의 문을 열더니 비글과 폭스하운드의 잡종처럼 보이는, 땅딸막하고 귀가 축 늘어졌으며 흰색과 밝은 갈색 털이 섞인 개를 꺼냈다.

"폼피를 소개하겠네. 폼피는 이 지방 사냥개 중에서 최고로 손꼽히는 녀석이야. 생김새를 보면 알겠지만 발은 그렇게 빠르지 않을지 몰라도 후각은 정말 뛰어나지. 자, 폼피. 네가 그리 빠르지 않다 해도 런던에서 온 중년 신사들보다는 빠르겠지? 그러니 조금 미안하지만 목에 가죽 끈을 채워야겠다. 자, 이제 출발. 네 능력을 보여 다오."

　홈즈는 개를 박사의 집으로 데려갔다. 개는 잠깐 주위의 냄새를 맡으며 돌아다니다가 갑자기 흥분했는지 날카롭게 쿵쿵거리는 소리를 내면서 빨리 따라오라는 듯 가죽 끈이 팽팽하게 당길 만큼 거리를 내달렸다. 30분 뒤, 우리는 마을을 벗어나 시골길로 접어들었다. 내가 홈즈에게 물었다. "도대체 무슨 방법을 쓴 건가?"

"아주 평범하고 고전적이지만 때로는 잘 먹히는 방법을 썼네. 오늘 아침, 박사의 집에 가서 마차 뒷바퀴에 주사기를 이용해 아니스 씨로 만든 향신료를 듬뿍 뿌려 두었다네. 개는 이 냄새를 따라서 스코틀랜드 끝까지라도 따라갈 거야. 폼피를 따돌리려면 강물이라도 건너가야 할 걸세. 아, 정말 교활한 사람이군. 지난밤에 나를 어떻게 따돌렸는지 이제 알겠어."

폼피는 갑자기 길에서 벗어나 풀이 무성히 자란 오솔길로 접어들었다. 800미터쯤 가자 그 오솔길은 다시 다른 커다란 길로 이어져 있었다. 개는 별안간 길 오른쪽으로 꺾어지더니 우리가 왔던 쪽으로 되돌아갔다. 그 길은 마을의 남쪽을 돌아서 우리의 출발점과는 반대 방향으로 이어져 있었다.

"우리 때문에 일부러 멀리 돌아간 거로군. 그래서 이곳저곳 돌아다니며 물어봐도 성과가 없었던 거야. 박사는 나름대로 최선의 책략을 세워 두었네. 하지만 어째서 이렇게 번거로운 책략을 썼는지 꼭 밝혀내고 싶군. 오른쪽으로 보이는 마을이 트럼핑턴일세. 앗, 위험해! 마차가 모퉁이를 돌아 나오고 있어. 왓슨, 서두르게! 까딱하면 들키겠어!"

홈즈는 길에서 벗어나지 않으려고 버티는 폼피를 질질 끌고 농장 밭으로 뛰어들었다. 산울타리 뒤로 숨자마자 마차가 소리를 내며 지나갔다. 암스트롱 박사의 모습이 얼핏 보였는데 어깨를 늘어뜨린 채 두 손으로 얼굴을 감싸고 있는 것이 깊은 슬픔에 잠긴 듯했다. 홈즈의 표정도 어두워진 것으로 보아 그 역시 박사의 모습을 본 것이 분명했다. 그가 입을 열었다.

"이번 사건은 어두운 결말을 맞이할 것 같아. 곧 알게 되겠지. 폼피, 이리 오렴. 아, 밭 가운데 오두막이 있군."

여행이 끝난 것만은 틀림이 없었다. 폼피는 주위를 돌아다니다가 문

밖에서 코를 킁킁거렸다. 거
기에는 마차의 바퀴 자국이
남아 있었고 작은 길이 그 집
으로 이어져 있었다. 홈즈는
개를 담에 묶어 두고 발걸음
을 서둘렀다. 친구는 그 작
은 시골집 문을 두드렸지만
아무리 두드려도 대답이 없
었다. 그러나 그 집에 사람이
없는 것은 아니었다. 안에서
괴로운 듯 슬픔과 절망을 호
소하는 목소리가 나지막하게
들려왔다. 홈즈는 가만히 서

서 어쩔 줄 모르고 망설이다가 우리가 걸어온 길을 돌아보았다. 그 길을
따라 마차가 다가오고 있었는데 회색 말 두 마리가 있는 걸 보니 박사의
마차임이 분명했다. 홈즈가 크게 외쳤다.

"큰일이야, 박사가 돌아오고 있어! 어쩔 수 없군. 박사가 오기 전에 결
판을 내야겠어."

홈즈가 문을 열고 현관 안으로 들어갔다. 웅얼거리는 사람의 목소리가
아까보다 더 커지면서 이윽고 길고 고통스러운 슬픔의 울부짖음으로 변
했다. 그 목소리는 위에서 들려왔다. 홈즈는 계단을 달려 올라갔고, 나도
그 뒤를 따랐다. 반쯤 열려 있던 문을 홈즈가 활짝 열어젖혔다. 우리는
방 안의 광경을 보고 깜짝 놀라 그대로 멈춰서고 말았다.

젊고 아름다운 여성이 침대 위에 죽은 채 누워 있었다. 윤기를 잃은 파

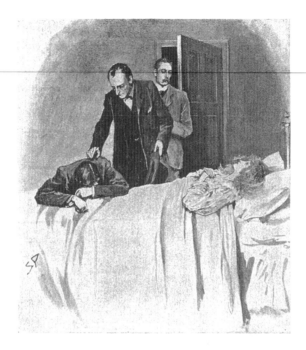

란 눈은 멍하니 허공을 바라보고 있었고, 조용하고 창백한 얼굴은 천장을 향해 있었으며, 그 주위를 풍성한 금발이 감싸고 있었다. 그 침대 발치에 청년 하나가 무릎을 꿇듯 앉아 침구에 얼굴을 묻고 온몸을 떨며 울고 있었다. 그 슬픔이 너무나도 깊었던지 홈즈가 어깨에 손을 얹을 때까지 얼굴을 들지 않았다.

"갓프리 스톤턴 씨?"

"그렇습니다. 하지만 너무 늦었습니다. 이미 죽었으니까요."

그 청년은 정신이 매우 혼란스러워서 우리를 의사로 착각한 듯했다. 홈즈는 몇 마디 위로의 말을 건넸다. 그러고 나서 그가 갑자기 사라지는 바람에 친구들이 얼마나 놀랐는지 어렵게 설명하려던 참이었는데, 그때 계단에서 발소리가 들리더니 암스트롱 박사가 강한 비난이 담긴 무거운 표정을 지은 채 안으로 들어왔다.

"신사 여러분들이 결국 목적을 달성했군. 이런 순간에 방 안까지 쳐들어오다니. 고인 앞에서 큰 소리를 내지는 않겠소만 내가 조금만 젊었어도 당신들의 행동을 그냥 보아 넘기지는 않았을 거요."

박사의 말을 듣고 홈즈가 정중하게 대화를 권했다.

"암스트롱 박사님, 실례지만 우리는 서로에 대해서 약간 오해를 하고 있었던 모양입니다. 같이 아래층으로 내려가서 이야기를 나누는 편이 좋겠습니다."

잠시 후, 우리는 얼굴이 딱딱하게 굳은 박사와 함께 아래층의 거실에 앉아 있었다. 먼저 박사가 입을 열었다.

"어디 말해 보시오."

"무엇보다도 먼저 말하고 싶은 사실은 나는 마운트제임스 경에게 의뢰를 받지 않았다는 겁니다. 그리고 이번 사건에서 마운트제임스 경의 편을 들 생각이 없다는 것도요. 누가 행방불명되면 그를 찾아내는 것이 내 일입니다. 하지만 일단 찾기만 하면 내 일은 끝이지요. 범죄가 일어났다면 몰라도, 그렇지 않다면 나는 개인의 사생활을 폭로하기보다 오히려 덮어 두기 위해 작은 힘이나마 보태고자 합니다. 내 생각대로 이번 사건에 아무런 위법 행위가 없다면 진상이 언론에 공개되지 않도록 배려하고 또 그렇게 하기 위해 협력을 아끼지 않을 겁니다."

암스트롱 박사는 재빨리 다가와 홈즈의 손을 굳게 쥐면서 말했다.

"선생은 훌륭한 사람이오. 내가 당신을 오해한 모양이오. 가엾은 스톤턴을 저런 상태로 혼자 내버려 두기가 딱해서 마차를 되돌렸는데, 그 덕분에 당신을 알게 되어 다행이오. 당신처럼 사리가 밝은 사람이라면 지금 상황을 설명하기도 쉬울 것이오. 1년 전에 갓프리 스톤턴은 잠시 런던에서 하숙하고 있었는데 그 집의 딸과 깊은 사랑에 빠져 결혼까지 했소. 그 아가씨는 참으로 아름다웠고, 마음씨도 고운 데다 현명하기까지 해서 아내로 삼기에 조금도 부족함이 없었소. 하지만 갓프리는 그 괴팍한 귀족의 상속자라 그렇게 결혼했다는 소문이 퍼지면 유산을 상속할 수 없게 될 것이 뻔했소. 나는 갓프리를 잘 알고 있는데, 다양한 방면에서 소질이 뛰어나 기대를 걸고 있었소. 그래서 모든 일이 순조롭게 풀리도록 여러 가지로 도와준 거요. 이 사실이 누구에게도 알려지지 않도록 온힘을 기울였지. 그런 소문이 한번 퍼지기 시작하면 삽시간에 모든 사람들이 알게 될 테니까 말이오. 이 외딴집과 갓프리의 신중함 덕분에 지금까지는 별 문제없이 지냈소. 지금 트럼핑턴으로 도와줄 사람을 부르러 간 충실한 하인과 나를 빼면 그 둘의 비밀을 아는 사람은 아무도 없었소.

하지만 그 아가씨가 그만 무거운 병에 걸리고 말았소. 정말 뼈아픈 타격이었소. 폐병, 그것도 가장 심각한 악성 폐병에 걸린 거요. 가엾은 젊은이는 그래도 시합을 위해서 런던으로 가야만 했소. 비밀을 밝히지 않는다면 시합에 나가지 않을 구실이 없었으니까. 나는 전보를 쳐서 갓프리를 격려했고 그는 답신을 보내 할 수 있는 한 모든 조치를 취해 달라고 부탁했소. 어떻게 보았는지는 모르겠지만, 선생이 본 전보가 그거요. 나는 환자가 얼마나 위독한지 말해 주지 않았소. 갓프리가 여기에 온다 해도 아무 도움이 되지 않는다는 사실을 분명히 알고 있었기 때문이오. 하지만 나는 아가씨의 아버지에게 전보를 쳤는데 그가 경솔하게도 갓프리에게 그 사실을 알리고 말았소. 갓프리는 그 소식을 듣고 마치 미친 사람처럼 숙소에서 빠져나온 거요. 그리고 죽음이 아가씨의 고통을 끝낼 때까지 침대 옆에 무릎을 꿇고 앉아 한없이 흐느껴 울었소. 홈즈 선생, 이것으로 모든 이야기는 끝났소. 내가 당신과 당신 친구의 분별력을 믿어도 되겠소이까?"

홈즈가 박사의 손을 잡았다.

"왓슨, 우리는 그만 가세."

우리는 슬픔의 집을 빠져나와 옅은 겨울 햇살 속으로 나섰다.

12. 애비 농장 저택

1897년 겨울의 어느 날, 살을 에는 듯 차가운 서리가 내린 아침이었다. 누군가가 자꾸만 어깨를 흔드는 바람에 나는 눈을 떴다. 홈즈였다. 그가 손에 들고 있던 촛불이 몸을 웅크린 채 내려다보는 그의 진지한 얼굴을 비추었다. 그 덕분에 나는 심상치 않은 일이 벌어졌음을 단번에 알 수 있었다. 그가 외쳤다.

"자자, 왓슨, 그만 일어나게! 게임이 시작됐어. 아무 말 하지 말게! 그냥 옷을 입고 따라오면 돼."

10분 뒤, 우리 둘은 마차에 올라 쥐죽은 듯 조용한 거리를 지나 채링 크로스 역을 향해 널컹널컹 달렸다. 겨울 아침의 희붐한 햇살이 비추기 시작했는데, 때때로 우윳빛 런던의 안개 속으로 아침 일찍 일하러 가는 노동자가 흐릿하게 번져 나타났다가 스쳐 지나가는 모습이 어렴풋이 눈에 들어왔다. 홈즈는 두툼한 외투에 몸을 묻은 채 아무 말이 없었고 다행스럽게도 나도 그를 따라 똑같은 모습으로 있을 수 있었다. 우리 둘

다 아침을 먹지 않은 탓에 공기는 살을 찌르는 듯 차가웠다. 역에서 뜨거운 차를 마시고 켄트 지방으로 향하는 기차 좌석에 앉자 마침내 몸이 녹았다. 그제야 홈즈는 이야기를 할 마음이 생겼고 나도 그 말에 귀 기울일 수 있었다. 홈즈가 주머니에서 수첩을 꺼내더니 소리 내어 읽기 시작했다.

켄트 주, 마샴, 애비 농장 저택,
오전 3시 30분

친애하는 홈즈 선생님
심상치 않아 보이는 사건이 일어났으니 바로 도와주시면 고맙겠습니다. 선생님의 마음에 들 만한 사건입니다. 부인을 풀어 준 것만 빼면, 현장은 발견 당시와 똑같이 해 두었습니다. 한시라도 빨리 와 주십시오. 유스터스 경을 계속 저렇게 내버려 둘 수는 없으니까요.

스탠리 홉킨스

홈즈가 말했다.

"홉킨스가 나를 부른 것은 이번이 일곱 번째인데 언제나 나름대로 충분한 이유가 있었어. 그의 사건은 전부 자네의 기록에 들어 있지? 그러니 자네가 사건을 고르는 안목이 상당히 탁월하다는 사실을 인정하지 않을 수 없네. 자네가 이야기를 이끌어 나가는 방법이 내 마음에 쏙 드는 것은 아니지만 그 안목 덕분에 그나마 눈감아 줄 수 있지. 자네는 대체로 모든 사실을 과학적인 훈련의 관점에서 보지 않고 흥미로운 이야기로만 보려는 고집이 있어서, 교훈적이고 고전적이라고도 할 수 있는 논증들이 빛을 바래 버렸어. 섬세하고도 가장 정교한 문제 해결 과정은 간단히 처리하고 쓸데없이 선정적이고 지엽적인 부분만을 장황하게 늘어놓지. 그래서는 독자를 흥분시키기만 할 뿐이고 도저히 교훈이 되지 않을 걸세."

"그럼 자네가 직접 쓰지 그러나?"

나는 퉁명스럽게 쏘아 붙였다.

"그럴 걸세, 왓슨. 반드시 쓸 거야. 하지만 자네도 알다시피 지금은 너무 바쁘다네. 내 만년은 수사 기법 자체에 초점을 둔 교본 하나 쓰는 데 바칠 생각일세. 그건 그렇고 지금 우리가 맞닥뜨린 문제 말인데, 아무래도 살인 사건 같아."

"그렇다면 유스터스 경이 죽었다고 생각하나?"

"아마 그럴 거야. 편지를 보니 홉킨스는 상당히 흥분한 상태일세. 그는 원래 감정에 휩쓸리는 사람이 아닌데도 말이야. 맞아, 살인 사건이 일어났고 우리에게 보여 주기 위해서 시체를 그대로 보존하고 있을 걸세. 단순한 자살이라면 나를 부를 리가 없어. 부인을 자유롭게 해 주었다는 말은 참극이 벌어졌을 때 그 부인이 자기 방에 감금되어 있었다는 사실을 알리는 것 같아. 지금 우리는 상류 사회를 향해 가고 있네. 질 좋은 편지지, 'E. B.'라는 모노그램, 문장紋章, 그리고 한 폭의 그림 같은 애비 농장 저택을 떠올려 보게나. 홉킨스는 지금까지 그랬듯이 기대를 저버리지 않을 테니 오늘은 아주 재미있는 아침을 맞이할 걸세. 범행은 어젯밤 12시 전에 일어났네."

"어떻게 알 수 있지?"

"기차 시간표를 보고 시간을 계산하면 알 수 있어. 우선 지역 경찰이 출동했고, 런던경찰국에 연락을 취하자 홉킨스가 현장으로 향했을 걸세. 그 다음에 홉킨스는 나를 불렀고 말이야. 이렇게 하는 데만 해도 하룻밤은 충분히 걸리지. 자, 치즐허스트 역에 도착했으니 우리가 궁금해하는 점도 곧 알 수 있겠어."

우리는 흔들리는 마차를 타고 좁다란 시골길을 3킬로미터 정도 달려 커다란 정원의 문 앞에 도착했다. 문지기 노인이 문을 열어 주었는데 그 야윈 얼굴에도 어떤 커다란 재난의 흔적이 나타나 있었다. 잘 꾸며진 넓은 정원을 따라 길이 나 있었고, 그 양쪽에 오래된 느릅나무가 나란히 늘어서 있었다. 길은 낮고 평평한 저택으로 이어졌다. 집 정면에는 16세기 이탈리아 건축가인 팔라디오가 만든 양식에 따라 기둥들이 서 있었다. 참으로 오래된 건물답게 담쟁이덩굴로 덮여 있었으나 큼직한 창을 보니 최근에 개조했음을 알 수 있었고 옆으로 튀어나온 건물 한 동은 완전히 새로 지은 듯했다. 젊고 생생한 스탠리 홉킨스 경위가 열려 있던 현관문 앞에 모습을 드러냈다. 그는 야무진 얼굴에 열의를 가득 담아 우리를 맞아 주었다.

"홈즈 선생님, 잘 오셨습니다. 그리고 왓슨 박사님도 어서 오세요! 하지만 솔직히 말해서 다시 한 번 편지를 쓸 시간만 있었다면 굳이 오시지 않아도 될 뻔했습니다. 부인이 의식을 회복해서 사건에 대해 아주 분명하게 설명을 해 주셨거든요. 덕분에 우리는 별로 할 일이 없어졌습니다. 선생님, 런던 자치구 중 하나인 루이셤에서 벌어진 강도단 사건을 기억하시죠?"

"그 랜들 일가족 강도단 말입니까?"

"맞습니다. 아버지와 두 아들로 이루어진 강도단이었죠. 이건 그 녀석들의 소행입니다. 의심할 여지도 없습니다. 녀석들은 보름 전에 시드넘에서 한 건 했는데 그때 목격자가 있어서 인상착의를 제대로 파악할 수 있었습니다. 그런데 그 뒤에 이렇게 가까운 곳에서 다시 일을 벌일 줄은 몰랐네요. 너무 대담하기는 하지만 그래도 녀석들의 소행임에 틀림없습니다. 이번에는 교수형을 당할 만합니다."

"그렇다면 유스터스 경이 살해당했다는 말입니까?"

"그렇습니다. 자기 집의 부지깽이로 머리를 맞았습니다."

"마부에게 듣기로는 유스터스 브래큰스톨 경이라고 하더군요."

"맞습니다. 켄트 주에서 손꼽히는 부자입니다. 브래큰스톨 부인은 거실에 있습니다. 가엾게도 정말 끔찍한 일을 당했지요. 제가 처음 봤을 때 반은 죽은 사람 같았습니다. 어쨌든 부인을 만나서 직접 이야기를 듣는 것이 가장 좋겠습니다. 그런 다음에 다 같이 식당을 살펴보지요."

브래큰스톨 부인은 평범한 여성이 아니었다. 그처럼 우아한 자태, 그처럼 여성스러운 몸짓, 그처럼 아름다운 얼굴은 지금까지 본 적이 없었다. 만약 어젯밤의 끔찍한 경험 때문에 수척해지지만 않았다면 금발에

파란 눈과 잘 어울리게 두 볼이 발그스름하니 흠잡을 데 없는 용모를 뽐냈을 것이다. 부인은 정신적으로는 물론이고 육체적으로도 충격을 받은 것이 분명했다. 한쪽 눈 위가 자줏빛으로 부어올랐는데, 키 크고 고지식해 보이는 하녀가 상처 부위를 식초와 물로 열심히 찜질하고 있었다. 부인은 기다란 의자에 힘없이 앉아 있었는데 우리가 방으로 들어선 순간 얼른 날카로운 시선을 던지고 아름다운 얼굴에 경계하는 표정을 지었다. 그것으로 보아 부인은 끔찍한 일을 당했음에도 불구하고 용기와 정신력이 약해지지 않았다는 사실을 알 수 있었다. 부인은 파란색과 은색이 섞인 헐렁한 실내복을 입고 있었는데 기다란 의자 위에는 스팽글로 장식한 검은 야회복이 걸려 있었다. 부인은 얼굴에 지긋지긋해하는 기색을 띠면서 말했다.

"홉킨스 경위님, 사건에 대해서는 전부 말씀드렸잖아요. 저를 대신해서 이야기해 주세요. 그래도 꼭 필요하다면 제가 이야기하지요. 식당을 보셨나요?"

"아니요. 우선 부인의 말씀을 듣는 것이 좋겠다고 판단했습니다."

"사건이 해결될 수만 있다면 정말 기쁠 거예요. 남편의 시체가 아직도 거기에 있다고 생각하면 온몸에 소름이 돋아요."

부인은 몸서리를 치며 두 손에 얼굴을 묻었다. 느슨한 실내복의 소매가 밑으로 떨어져 팔이 팔꿈치 부분까지 드러났다. 홈즈가 놀란 듯이 버럭 외쳤다.

"부인, 다른 곳도 다쳤군요! 그 상처는 또 뭡니까?"

희고 통통한 팔 한쪽에 새빨간 반점 두 개가 선명하게 찍혀 있었다. 부인은 서둘러 그것을 가렸다.

"아무것도 아니에요. 어젯밤의 끔찍한 사건과는 아무 관계도 없어요. 선생님, 그리고 친구분도 자리에 앉으세요. 전부 말씀드리죠.

저는 유스터스 브래큰스톨 경의 아내입니다. 결혼한 지 1년쯤 지났어요. 결혼 생활이 행복하지 않았다는 사실을 감추려 해도 소용없겠지요. 설령 제가 그 사실을 부정한다 해도 동네 사람들 모두 이야기할 테니까요. 잘못은 저에게도 있을지 몰라요. 저는 자유롭고 전통에 덜 얽매이는 오스트레일리아 남부에서 자랐어요. 영국의 번거로운 예절이며 답답한 생활은 제 성격에 맞지 않았습니다. 하지만 우리 사이가 나빴던 가장 큰 이유는 유스터스 경이 엄청난 술꾼이었기 때문이에요. 누구나 다 아는 사실입니다. 그런 사람과 한 시간이라도 함께 있어야 한다는 것은 매우 고통스러운 일이에요. 감수성이 예민한 젊은 여자가 그런 사람에게 밤낮으로 묶여 있어야 한다는 게 어떤 것인지 상상이나 할 수 있겠어요?

그런 결혼에도 구속력이 있다니 그건 신성모독이고, 범죄에, 너무 잔인한 일이에요! 그런 지독한 법률을 인정한다면 이 나라는 머지않아 저주받고 말 거예요. 신께서 그렇게 사악한 일이 영원히 계속되도록 용납하지 않으실 테니까요."

부인은 몸을 벌떡 일으켰다. 뺨은 붉게 물들었고 이마의 끔찍한 멍 아래로 눈이 불타오르듯 반짝였다. 성실한 하녀가 힘 센 손으로 위로하듯 부인의 머리를 잡고 쿠션에 뉘였다. 그러자 부인의 격렬한 분노가 점차 가라앉더니 어느새 흐느낌으로 바뀌었다. 잠시 후, 부인이 다시 이야기를 시작했다.

"어젯밤의 일을 말씀드릴게요. 이미 아실 테지만 우리 집 하인들은 모두 옆에 있는 새로 지은 건물에서 잡니다. 우리는 이 중앙 건물에서 살고 있는데 뒤쪽에 부엌이 있고 2층에 침실이 있어요. 저를 보살펴 주는 하녀인 테레사는 제 방 위에서 살고 있어요. 다른 사람은 아무도 없고, 여기서 무슨 소리가 나도 옆 건물에는 들리지 않아요. 그 사실은 강도들도 잘 알고 있었던 모양입니다. 그 사실을 몰랐다면 그런 짓은 하지 않았을 테니까요.

유스터스 경은 10시 반쯤에 침실로 들어갔어요. 하인들은 이미 자기들 방으로 돌아간 뒤였지요. 깨어 있던 것은 제 시중을 드는 테레사뿐이었는데, 이 집의 제일 위에 있는 자기 방에 있었어요. 저는 11시가 넘어서까지 이 방에서 책을 읽고 있었어요. 그리고 2층으로 올라가기 전에 이상은 없는지 집 안을 둘러보았습니다. 이 일은 제가 직접 하는 것이 습관이 되어 있어요. 왜냐하면 방금 전에 말씀드린 대로 유스터스 경은 별로 믿을 만한 사람이 아니었으니까요. 저는 우선 부엌으로 갔고 다음으로 식기실, 총기실, 당구장, 응접실을 둘러보고 마지막으로 식당에 들어갔습니다. 거기 창문에는 두꺼운 커튼이 쳐져 있는데, 제가 그쪽으로 다가가자 갑자기 얼굴에 바람이 느껴져서 창문이 열려 있다는 사실을 알 수 있었어요. 커튼을 확 잡아당기자 어깨가 넓은 중년 남자와 얼굴이 딱 마주쳤어요. 그는 막 방으로 들어선 참이었죠. 바닥까지 닿는 기다란 프랑스식 창문인데 실제로도 잔디밭을 드나들 때 쓰고 있어요. 저는 침실용 촛대를 밝혀 들고 있었는데 그 불빛으로 보니 맨 앞에 남자 하나가 있었고 뒤로는 두 남자가 더 들어오려 하고 있었어요. 저는 뒤로 물러섰는데 그 중년 남자가 바로 저를 덮쳤습니다. 저는 우선 손목을 잡혔고 뒤이어 목을 잡혔지요. 입을 벌려 큰 소리로 비명을 지르려 했지만 눈 위를 주먹으로 세게 맞아서 그 자리에 쓰러지고 말았어요. 아마 몇 분 동안은 기절해 있었을 거예요. 정신을 차리고 보니, 잘라낸 벨 끈을 이용해 의자에 단단히 묶어 놓았더군요. 움직일 수도 없을 만큼 세게 묶여 있었고 입에는 손수건이 감겨 있어서 소리도 지를 수 없었어요. 불행하게도 그때 마침 남편이 들어왔어요. 이상한 소리를 듣고 그런 상황에 맞게 대비해서 내려온 것이 분명했습니다. 잘 때 입는 셔츠와 바지를 입고 손에는 늘 애용하던 야생 자두나무 몽둥이를 들고 있었어요. 남편은 강도 중 한 명에게 달려들었어요. 하지만 다른 한 사람, 아까 말한 중년 남자가 몸을 숙여 난로에서 부지깽이를 집어 들더니 스쳐 지나가면서 남편 머리를 향해 무지막지하게 내리쳤어요. 남편은 신음 소리 한 번 내지 못하고 그대로 쓰러져 꼼짝도 하지 않았어요.

저는 다시 정신을 잃었지만 이번에도 의식이 없었던 건 몇 분 정도였던 모양입니다. 눈을 떠 보니 강도들은 찬장에서 은 식기를 긁어모으고 있었어요. 그리고 거기에 있던 포도주 병을 꺼냈는지 저마다 잔 하나씩을 손에 들고 있었어요. 아까 말씀드린 것 같은데, 한 사람은 턱수염을 기른 꽤 나이 많은 남자였고 나머지 두 사람은 수염이 없는 젊은이였어요. 아버지와 두 아들로 이루어진 삼인조였을지도 모르겠네요. 그들은 소곤소곤 이야기를 주고받더니 곧 제 곁으로 다가와서는 묶은 줄이 느슨해지지 않았는지 확인했습니다. 그런 다음 창문을 통해 집 밖으로 나가더니 문을 밖에서 잠갔습니다. 간신히 입에 문 재갈을 푸는 데만도 15분이나 걸렸어요. 그리고 큰 목소리로 외치자 하녀가 달려와 구해 주었지요. 다른 하인들에게도 급히 사실을 알리고 경찰을 불러오라고 보냈습니다. 그 다음에 경찰은 바로 런던에 연락했고요. 여러분, 제가 이야기할 수 있는 것은 여기까지입니다. 이런 괴로운 이야기를 다시 되풀이하지 않아도 되겠죠?"

"홈즈 선생님, 질문은 없으신가요?"

"홉킨스 경위, 브래큰스톨 부인을 더 이상 괴롭히지는 않겠습니다."

홈즈는 이렇게 말한 뒤 하녀를 바라보았다.

"식당에 가기 전에 당신의 이야기를 듣고 싶군요."

"저는 그 남자들이 집에 들어오기 전에 모습을 봤습니다. 제 침실 창가에 앉아 있는데 멀리 문지기 방 옆으로 달빛에 비친 세 사람의 모습이 보이더군요. 그때는 대수롭지 않게 생각했습니다. 한 시간 넘게 지났을 때 마님의 비명이 들렸습니다. 밑으로 달려가 보니 가엾게도 마님은 조금 전에 말씀하신 것과 같은 모습이었습니다. 주인 나리는 뇌수와 피를 잔뜩 흘리면서 방바닥에 쓰러져 계셨습니다. 그런 곳에 묶인 채 자기 드레스에 남편의 피가 튀었으니 평범한 여자라면 누구든 정신을 잃을 테지만 마님은 결코 용기를 잃지 않으셨습니다. 오스트레일리아 남부 애들레이드 시의 메리 프레이저 아가씨이자 애비 농장 저택의 브래큰스톨 부인은 그런 분이니까요. 여러분은 너무 오랫동안 마님에게 질문을 퍼부었습니다. 이제 마님은 늙은 테레사와 함께 방으로 돌아가셔야 합니다. 마님에게는 무엇보다 휴식이 필요하니까요."

마르고 무뚝뚝한 그 하녀는 어머니처럼 다정하게 안주인의 몸에 팔을 감아 부축하면서 방에서 데리고 나갔다. 그 모습을 보며 홉킨스가 말했다.

"저 하녀는 부인이 태어났을 때부터 곁에 있었다고 합니다. 부인이 갓난아기였을 때부터 시중을 들었고 18개월 전, 처음으로 오스트레일리아를 떠나 영국에 왔을 때도 함께 따라왔다고 하더군요. 이름은 테레사 라이트로 요즘에는 보기 드문 하녀입니다. 그럼 홈즈 선생님, 이쪽으로 오십시오."

표정이 풍부한 홈즈의 얼굴에서 흥미의 빛이 사라진 것을 보고, 나는 그가 이 사건에 느끼던 매력이 완전히 사라졌음을 알아챘다. 아직 범인을 체포하는 일이 남아 있었으나 그런 평범한 악당들 때문에 홈즈가 직접 나설 필요는 없었다. 학식이 깊고 박식한 전문의가 호출을 받고 가보니 가벼운 홍역 환자가 기다리고 있다면 그 의사는 당혹스러움을 감추지 못할 것이다. 내 친구의 눈에는 바로 그러한 당혹감이 선명하게 나타나 있었다. 그러나 사건 현장인 애비 농장 저택의 응접실에는 그의 주의를 끌고, 사라져 가던 흥미를 다시 불러일으킬 만큼 의심스러운 구석이 있었다.

식당은 매우 넓고 천장이 높은 방이었다. 천장은 무늬를 새긴 떡갈나무로 만들어져 있었고, 마찬가지로 떡갈나무 판자로 두른 벽에는 사슴 머리와 옛날 무기 등이 보기 좋게 배치되어 있었다. 문 맞은편에 부인이 말한 프랑스식 창문이 있었다. 오른쪽에는 조금 더 작은 창문 세 개가 나란히 있었는데 그곳을 통해 차가운 겨울 햇살이 방 안 가득 쏟아져 들어왔다. 왼쪽에는 크고 깊은 벽난로가 있었고 그 위에 떡갈나무 선반이 불쑥 튀어나와 있었다. 벽난로 옆에는 떡갈나무로 만들어 튼튼해 보이는 안락의자가 있었다. 등받이와 팔걸이 목재 사이로 빨간 줄 하나가 걸려 있었고 그 양쪽 끝은 아래쪽의 가로로 댄 나무에 단단히 묶여 있다. 부인을 묶고 있던 끈을 풀 때, 매듭은 그대로 두고 부인의 몸만 빼낸 것이다. 그러나 이런 세세한 부분들은 좀 더 나중에 깨달았다. 왜냐하면 우리는 벽난로 앞에 깔린 호랑이가죽 위에 쓰러져 있는 어떤 끔찍한 것에 마음을 빼앗겼기 때문이다.

그것은 40세 전후로 보이는 키가 크고 늘씬한 남자의 시체였다. 얼굴을 천장으로 향한 채 쓰러져 있었는데 짧고 검은 턱수염 사이로 하얀 이를 드러내고 있었다. 불끈 쥔 두 손을 머리 위로 올리고 있었으며 그 손위에 야생 자두나무 몽둥이가 나뒹굴고 있었다. 거뭇하고 단정하며 독수리처럼 생긴 얼굴은 원한과 미움으로 굳어 악귀처럼 무시무시한 표정을 짓고 있었다. 침대에 누워 있다가 심상치 않은 소리를 듣고 나왔는지 자수가 들어간 세련된 잠옷을 입었는데 바지 자락 아래로 맨발이 드러나 있었다. 머리에는 커다란 상처가 있었다. 그를 쓰러뜨린 타격이 얼마나 끔찍했는지

방 전체의 모습이 확실하게 증명해 주었다. 시체 옆에는 강한 충격을 받아 휘어진 부지깽이가 떨어져 있었다. 홈즈는 그 부지깽이와 그것에 당한 참혹하기 그지없는 상처를 살펴보았다.

"홉킨스 경위, 그 랜들이라는 중년 남자는 힘이 굉장한가 봅니다."

"그렇습니다. 녀석에 대한 기록이 있는데 매우 거친 자라고 하더군요."

"잡는 게 어렵지는 않겠어요."

"네, 그렇습니다. 우리 경찰은 계속 놈들을 뒤쫓고 있었는데 미국으로 달아났다는 말도 들렸습니다. 하지만 녀석들이 영국에 있다는 사실이 알려진 이상 더는 도망칠 수 없을 겁니다. 모든 항구에 수배령을 내렸으니 저녁까지는 누군가가 현상금을 타 갈 겁니다. 단 하나, 아무래도 이해할 수 없는 점이 있습니다. 부인이 얼굴을 보았으니 우리에게 인상착의를 말하면 자기네들 정체가 드러나는 건 시간 문제일 텐데 어째서 이렇게 미친 짓을 저질렀을까요?"

"그렇습니다. 이런 경우라면 브래큰스톨 부인의 입을 영원히 막아 버리는 게 일반적이죠."

"부인이 정신을 차렸다는 사실을 깨닫지 못한 것이 아닐까?"

나도 나름대로 의견을 냈다.

"그것도 가능해. 부인이 의식을 잃었다고 생각했다면 목숨까지 빼앗을 필요는 없었을 수도 있겠지. 그런데 홉킨스 경위, 이 불쌍한 남자는 어떤 사람입니까? 꽤나 묘한 이야기를 들은 듯한데요."

"맨 정신일 때는 점잖고 다정하지만 술을 마시면 마치 악귀처럼 변했다고 합니다. 아니, 사실 술에 곤드레만드레 취한 경우는 거의 없었다고 하니 술이 조금이라도 들어가면 그랬던 셈이지요. 그럴 때면 마치 악마가 몸속으로 들어간 것처럼 무슨 짓을 할지 몰랐다고 합니다. 제가 들은 바에 따르면 이 정도의 재산과 지위를 가지고 있으면서도 하마터면 감방 신세를 질 뻔했던 적이 한두 번이 아니었다고 하더군요. 한번은 개한테 석유를 뿌리고 불을 붙였다는 이야기도 있습니다. 게다가 그 개가 부인의 개라 상황이 더 나빴다지요. 그 소란을 수습하느라 꽤나 애를 먹었다고 합니다. 그리고 조금 전에 본 하녀인 테레사 라이트에게 포도주 병을 집어던지는 바람에 그때도 큰 소동이 벌어졌던 듯합니다. 우리끼리 하는 말이지만, 그 남자가 없으면 집안 분위기는 훨씬 더 밝아질 겁니다. 아니, 뭘 조사하고 계십니까?"

홈즈는 무릎을 꿇고 앉아 부인이 묶여 있던 빨간 줄의 매듭을 아주 자세히 살펴보고 있었다. 그러더니 강도가 끊어놓은 부분을 세심하게 살펴보았다. 줄의 맨 끝의 올이 풀려 있었다.

"이 줄을 잡아당겼다면 부엌 벨이 크게 울렸을 텐데."

"아무도 못 들었을 겁니다. 부엌은 집 뒤쪽에 있으니까요."

"아무도 듣지 못하리라는 것을 강도가 어떻게 알았을까요? 정말 그렇게 대담하게 벨 끈을 잡아 당겼을까요?"

"그렇습니다, 홈즈 선생님. 바로 그겁니다. 그 문제에 대해서 저도 몇 번 생각해 보았습니다. 범인은 집안 사정을 훤히 꿰뚫고 있었을 겁니다. 이건 의심의 여지가 없습니다. 하인들이 비교적 이른 시간에 잠자리에 들고 따라서 부엌에서 벨이 울려도 듣지 못한다는 사실 같은 걸 속속들이 알고 있었던 게 분명합니다. 그래서 하인들 중 누군가가 가담을 했으리라 추측하고 있습니다. 그렇지만 하인들은 총 여덟 명인데 하나같이 착한 사람들뿐입니다."

경위의 말이 끝나자 홈즈가 입을 열었다.

"다른 조건이 모두 같다면, 포도주 병으로 주인에게 맞은 사람이 가장 의심스럽군요. 하지만 그렇게 되면 그 하녀는 자기가 끔찍이 위하는 안주인을 배신한 셈이 되는데. 어쨌든 그런 것은 사소한 문제이니 랜들만 붙잡으면 공범도 쉽게 잡을 수 있을 겁니다. 혹시 부인이 한 말에 대한 확증이 필요하다면 지금 눈앞에 있는 자잘한 사항들을 하나하나 살펴보면 얻을 수 있겠지요."

그는 프랑스식 창문 옆으로 걸어가 그것을 휙 하고 열었다.

"여기에는 아무 흔적도 없군. 하지만 땅바닥이 워낙 철판처럼 딱딱하니 뭔가를 기대하지 않는 편이 좋겠지. 저 벽난로 위 선반에 있는 촛불에는 불이 켜져 있었나 봅니다."

"그렇습니다. 부인의 침실용 촛불인데 그 불빛을 보고 여기 와서는 그것을 들고 돌아다닌 듯합니다."

"그래서 뭘 훔쳐 갔습니까?"

"그리 대단치는 않습니다. 찬장에서 접시 여섯 개 정도를 빼갔을 뿐이니까요. 브래큰스톨 부인은 유스터스 경을 살해하자 녀석들도 당황해서 집 전체를 뒤지지 못하고 빠져나간 것이 아닐까 하고 생각하고 있습니다. 그렇지 않았다면 집에 있는 물건은 죄다 싹쓸이했겠죠."

"그랬겠지요. 그건 그렇고 녀석들이 포도주를 마셨다고요?"

"마음을 가라앉히기 위해서였을 겁니다."

"그렇군요. 찬장 위에 잔 세 개가 있는데 거기에는 아무도 손을 대지 않았겠지요?"

"네, 병도 그대로입니다."

"잠깐 살펴보겠습니다. 아니, 이건 뭐지?"

잔은 세 개가 한곳에 모여 있었는데 모두 포도주 색으로 물들어 있었다. 그리고 그중 하나에는 오래된 포도주 찌꺼기가 조금 남아 있었다. 잔

근처에는 내용물이 3분의 2 정도 든 병이 있었으며, 그 옆에는 포도주가 진하게 물든 긴 코르크 마개가 나뒹굴고 있었다. 병의 모양과 거기에 쌓여 있는 먼지를 보니 범인들은 흔치 않은 오래된 고급 포도주를 마신 것이 분명했다. 갑자기 홈즈의 태도가 변했다. 지루해하는 듯한 표정이 사라지고 깊고 날카롭게 파인 눈에 생생한 호기심이 감돌았다. 그는 코르크 마개를 집어 들고 세심하게 살펴보았다.

"이걸 어떻게 땄을까?"

그러자 홉킨스가 반쯤 열려 있던 서랍을 가리켰다. 그 안에는 식탁보,

냅킨과 함께 코르크 마개를 따는 송곳이 들어 있었다.

"브래큰스톨 부인이 저것으로 열었다고 했나요?"

"아니요. 병을 딸 때 부인은 정신을 잃은 상태였습니다."

"그랬군. 하지만 범인들은 그 송곳을 쓰지 않았습니다. 이 병은 휴대용 송곳으로 딴 거예요. 칼에 달려 있고 길이는 고작해야 3.5센티미터에 불과할 겁니다. 코르크 마개를 살펴보면 송곳을 세 번 돌려 넣어 땄다는 사실을 알 수 있습니다. 코르크에는 완전히 뚫고 지나간 흔적이 없어요. 하지만 이렇게 긴 송곳을 썼다면 코르크를 완전히 뚫고 지나갔을 테고 한 번에 딸 수 있었을 겁니다. 범인을 잡으면 소지품에서 분명히 휴대용 칼이 나올 겁니다."

"홈즈 선생님, 놀랍습니다!"

"하지만 솔직히 말해서 이 잔은 도저히 이해할 수가 없군요. 브래큰스톨 부인은 정말로 세 사람이 마시는 것을 봤다고 합니까?"

"네, 그 점이라면 분명하게 증언했습니다."

"그렇다면 어쩔 수 없군요. 더 이상 할 말이 없어요. 하지만 홉킨스 경위, 이 잔들에는 참으로 이상한 점이 있다는 사실을 밝혀야겠습니다. 뭐라고요? 하나도 이상할 것이 없다고요? 뭐, 그렇다고 치지요. 나처럼 특수한 지식과 능력을 가진 사람은 가까이에 간단한 설명이 있어도 멀리 있는 복잡한 설명을 찾고 싶어 하는 법이니까요. 이 잔에 관한 것은 그저 가능성에 그칠지도 모릅니다. 그럼, 나는 이만 실례하겠습니다. 내가 있어 봐야 도움될 만한 일은 없을 테고, 경위는 사건을 매우 명확하게 파악하고 있는 듯하니까요. 랜들이 체포되거나 뭔가 새로운 진전이 있으면 연락 주십시오. 머지않아 경위에게 사건을 깔끔하게 처리한 것을 축하하는 말이라도 해 주어야겠군요. 왓슨, 그만 가세. 우리는 집에 있는 편이 더 낫겠어."

돌아오는 길에 나는 홈즈의 얼굴을 보고 그가 자신이 본 무언가를 이해하지 못해 심각하게 고민하고 있음을 눈치챘다. 그는 때때로 자신의 느낌을 애써 떨쳐내려는 듯이 사건이 다 해결됐다는 식으로 말했지만, 곧바로 다시 의문에 사로잡혀 눈썹을 찌푸리고 공허한 눈빛을 보였다. 홈즈의 정신은 다시 어젯밤에 참극이 일어났던 애비 농장 저택의 널따란 식당으로

되돌아간 것이 분명했다. 기차가 교외의 어느 역을 천천히 출발하려는 순간, 그는 갑자기 충동에 휩싸여서 나를 잡아끌고 승강장으로 뛰어 내리고 말았다.

"미안하네."

기차의 맨 끝 차가 커브를 돌아 사라지는 것을 바라보며 홈즈가 말했다.

"단순한 변덕을 부려 자네를 귀찮게 하는 것 같아 미안하구먼. 하지만 왓슨, 나는 아무래도 이번 사건을 이대로 내버려 둘 수가 없다네. 모든 본능이 진실은 정반대에 있다고 외치고 있어. 뭔가 잘못되었네. 다 틀렸어. 틀림없이 잘못되었단 말이야. 하지만 부인의 진술은 완벽하고 하녀의 증언도 충분한 데다가 물증 또한 세세한 점까지 상당히 명확해. 거기에 대해서 내가 뭐라 반대할 수 있단 말인가? 오직 포도주 잔 세 개, 그

것뿐일세. 하지만 만약 내가 모든 사실을 당연하게 받아들이지 않았다면, 그리고 짜 맞춘 이야기에 마음을 빼앗기지 않고 처음부터 사건에 직접 다가가서 주의 깊게 조사했다면 더 확실한 단서를 찾아냈을 걸세. 암, 찾아냈고말고. 왓슨, 이 벤치에 앉아서 치즐허스트로 가는 기차가 오기를 기다리는 동안 내가 새로운 증거를 제시하겠네. 단, 그 과정에서 하녀나 부인이 말이 반드시 진실이라는 생각을 머릿속에서 지워 버리게. 그 부인의 매력에 이끌려서 잘못된 판단을 해서는 안 되네.

냉정하게 따져 보면 부인의 이야기에는 의심스러운 점이 몇 가지 있어. 그 강도들은 보름 전에 시드넘에서 일을 한바탕 벌여 뒀서 주머니가 두둑해. 그들이 무슨 짓을 했고 어떻게 생겼는지는 신문에 다 쓰여 있었지. 도둑이 들어왔다는 이야기를 지어 내고 싶은 사람이라면 누구나 떠올릴 만한 기사였어. 실제로 한탕 해서 주머니를 두둑하게 채운 도둑이라면 곧바로 위험한 일에 또 손을 내밀기보다는 그 돈으로 즐겁고 평화롭게 살고 싶어 하는 것이 일반적이지. 또 강도가 그런 이른 시간에 범행을 저질렀다는 점도 이상하고 소리를 지르지 못하게 하느라 여자를 때렸다는 것도 이상해. 생각해 보게. 그것만큼 여성을 소리치게 하는 확실한 방법이 또 어디 있겠나? 게다가 자기네는 셋이고 상대방은 혼자이니 수적으로 우세에 있으면서도 유스터스 경을 살해한 것도 이상하네. 주변에 돈이 될 만한 물건들이 얼마든지 있었는데 겨우 접시 몇 개에 만족했다는 것도 잘 이해가 되지 않아. 그리고 마지막으로, 그런 녀석들이 술병을 반만 비운 채 남겨 두고 갔다니 아무리 생각해도 이상할 따름일세. 왓슨, 이런 여러 가지 의심스러운 사실에 대해서 자네는 어떻게 생각하는가?"

"그렇게 한꺼번에 들으면 참으로 이상하고 그 하나하나는 충분히 있을 법한 일이야. 내가 가장 의심스러운 점은 부인이 의자에 묶여 있었다는 사실일세."

"글쎄, 그건 그렇게 단정적으로 말할 수 있는 문제가 아니야. 도망친 뒤에 바로 신고하지 못하게 하기 위해서 부인도 죽이거나 그렇게 묶어 둘 필요가 있었을 테니까. 그래도 어쨌든 부인의 이야기에 석연치 않은 부분이 있다는 사실은 인정하겠지? 게다가 우리가 본 그 포도주 잔도 참 문제일세."

"포도주 잔이 어쨌다는 건가?"

"그 잔을 머릿속으로 그려 볼 수 있겠나?"

"선명하게 떠오르네."

"그 잔으로 세 명이서 마셨다고 했는데 그게 그럴듯한가?"

"무슨 말인가? 모든 잔에 포도주가 남아 있지 않았나?"

"그랬지. 하지만 찌꺼기가 남아 있던 잔은 하나뿐이었어. 자네도 그 사실을 알고 있겠지? 그것을 보고 무슨 생각이 떠오르지 않았나?"

"마지막에 따르는 잔에는 흔히 찌꺼기가 남으니까."

"그게 아니야. 병에는 찌꺼기가 잔뜩 들어 있었네. 처음 두 잔에는 찌꺼기가 들어가지 않고 세 번째 잔에만 잔뜩 들어갔다니 있을 수 없는 일일세. 두 가지로 설명할 수 있네. 아니, 두 가지 설명밖에 없어. 하나는 두 번째 잔에 따른 뒤에 병을 아주 심하게 흔들어서 세 번째 잔에만 찌꺼기가 들어간 것일세. 하지만 그건 절대 자연스럽지 않아. 그렇지는 않을 걸세. 틀림없이 내 생각이 맞을 거야."

"그렇다면 자네의 생각은 무엇인가?"

"실제로 쓴 잔은 고작 두 개였던 걸세. 그 두 잔에 남은 찌꺼기를 세 번째 잔에 부어 세 명이 있었던 것처럼 보이게 한 거야. 그렇게 하면 찌꺼기는 전부 세 번째 잔에 모이게 되지 않나? 맞아, 틀림없이 그렇게 된 것일세. 그런데 만약 내가 이 작은 현상을 제대로 해석해 냈다면 이 사건은 평범한 것에서 매우 이상한 것으로 변하게 되네. 왜냐하면 브래큰스톨 부인과 하녀는 우리에게 일부러 거짓말을 한 셈이니 그 둘의 이야기는 하나도 믿을 수 없게 되니까. 그렇다면 그 둘은 진범을 숨겨야 할 어떤 큰 이유를 갖고 있는 것일세. 그러니 우리는 그녀들의 도움 없이 우리 힘으로 사건을 재구성해야 해. 이것이 우리 앞에 놓인 사명일세. 자, 왓슨, 치즐허스트로 가는 기차가 도착했네."

애비 농장 저택 사람들은 우리가 되돌아온 것을 보고 매우 놀랐다. 셜록 홈즈는 스탠리 홉킨스가 사건을 보고하기 위해 본부로 갔다는 얘기를 듣고는, 식당에 들어가 안에서 문을 잠그고 두 시간가량 고생스러울 만큼 면밀하게 조사했다. 그러한 조사가 화려한 추리의 체계를 구축하는 견고한 토대가 되는 것이다. 나는 교수의 시범을 열심히 바라보는 학생처럼 한쪽 구석에 앉아서 그의 모습을 하나하나 바라보았다. 그는 창문, 커튼, 카펫, 의자, 끈까지 모두 면밀하게 살펴보고 충분히 깊게 생각했다. 불행한 준남작 유스터스 경의 시체는 이미 치워졌지만 다른 것들은 오늘 아침에 본 그대로였다. 홈즈는 놀랍게도 벽난로 위의 튼튼한 장식장 위로 올라섰다. 그의 머리 위쪽에는 아직 철사에 연결된 빨간 끈이 몇 센티미터 정도 매달려 있었다. 홈즈는 오랫동안 그것을 올려다보더니 끈을 조금 더 가까이에서 보기 위해 벽에서 튀어나와 있는 선반에 한쪽 무릎을 얹었다. 그러자 그의 손은 몇 센티미터만 더 뻗으면 끊어진 끈에 닿을 만한 곳까지 이르렀다. 하지만 그의 주위를 사로잡은 것은 끈이 아니라 선반 자체인 듯했다. 홈즈는 마침내 만족스러운 탄성을 지르며 훌쩍 뛰어내렸다.

"알았네, 왓슨. 사건의 진상을 파악했어. 이건 우리가 다룬 사건 중에서도 가장 보기 드문 사건일세. 아무리 그렇다 해도 내 머리 회전은 너무 둔했네. 하마터면 돌이킬 수 없는 인생의 대실수를 저지를 뻔했으니! 이제 내 추리 사슬도 고리 두어 개가 끊어져 있을 뿐이고 대부분 완성된 것이나 다를 바 없네."

"범인들을 알아냈나?"

"범인들이 아니라 범인일세. 왓슨, 범인은 딱 한 사람이야. 사자처럼 강한 아주 무시무시한 놈이지. 저 부지깽이를 휘어 버린 완력을 보면 알 수 있다네. 키는 190센티미터에, 다람쥐처럼 날래고 손끝도 섬세해. 마지막으로 한 가지 더 덧붙이면 머리가 아주 좋은 자일세. 이 교묘하게 꾸민 이야기도 전부 그 녀석이 만들어 낸 걸세. 그래, 왓슨. 우리는 머리가 아주 뛰어난 사람이 솜씨를 마음껏 발휘해서 꾸며 놓은 일에 부딪힌 걸세. 하지만 저 벨 끈에 단서를 남겨 주었다네. 저게 없었다면 우리가 의심하지 않았을 텐데 말이야."

"그 단서가 어디에 있나?"

"저기에 있네, 왓슨. 벨 끈을 아래로 잡아당기면 어디서 끊어질까? 당연히 철사에 묶여 있는 부분이 아니겠나? 그런데 맨 위에서부터 7센티미터 정도 내려간 곳에서 끊어진 까닭은 무엇일까?"

"거기가 닳아 있었겠지."

"맞아. 이쪽 끈의 끊어진 부분을 잘 보면 닳은 것처럼 보이네. 범인은 한껏 잔꾀를 부려서 이곳을 칼로 긁은 거야. 하지만 다른 쪽 끝부분은 긁지 않았어. 여기서는 보이지 않지만 장식장 위로 올라가서 보면 끈은 깨끗하게 잘려 있고, 닳은 부분이 없다네. 이제 무슨 일이 일어났는지 마음속으로 재현할 수 있겠지? 범인에게는 이 끈이 필요했던 걸세. 하지만 벨이 울려서 소동이 벌어지면 곤란하니 끈을 뜯어 낼 수는 없었어. 그럼 어떻게 했을까? 장식장 위로 뛰어올랐지만 손이 닿지 않아서 선반에 한 쪽 무릎을 걸쳤어. 먼지에 자국이 묻어 있는 것이 보였네. 그런 다음에 칼로 줄을 자른 거야. 나도 손을 뻗어 보았지만 적어도 7센티미터는 모자랐으니 범인은 나보다 그만큼은 더 클 걸세. 응? 저 떡갈나무 의자를 좀 보게. 앉는 부분에 얼룩이 묻어 있어. 저게 뭘까?"

"피야."

"틀림없군. 이제 부인의 이야기는 사실이 아닌 것이 분명해졌네. 범행이 일어난 순간에 그녀가 이 의자에 앉아 있었다면 여기에 어떻게 피가 묻었겠나? 맞아, 거짓말이야. 부인은 남편이 살해당한

뒤에 의자에 앉은 걸세. 검은 드레스를 살펴 보면 이것과 정확히 일치하는 곳에 핏 자국이 묻어 있을 거야. 왓슨, 이 건 워털루 전투[10]가 아니라 마렝고 전투[11]쯤 될 걸세. 패 배로 시작해서 나중에는 승 리를 거둘 테니까 말이야. 아 무튼 이제 하녀인 테레사와 이야기를 나눠 보고 싶군. 궁 금한 사실을 알아내려면 한동 안 신중하게 처리해야겠어."

10) 나폴레옹은 1805년에 트라팔가르 해전에서 영국의 넬슨 제독에게 패하고 엘바 섬에 유배되었다가 탈출하여 이른바 '백일천하'를 세웠다. 그러나 1815년, 벨기에의 워털루에서 벌어진 워털루 전투에서 영국 · 프로이센 연합군에게 패배하였고 세인트헬레나 섬으로 유배되어 거기에서 사망했다.

그 완고한 성격에 퉁명스러운 오스트레일리아인 하녀는 매우 흥미로운 사람이었다. 말이 없고 의심이 많은 데다 무뚝뚝해서 홈즈가 부드러운 태도를 보여 진실을 털어놓게 하기까지 상당한 시간이 걸렸다. 그녀는 죽은 주인에 대한 증오심을 숨기지 않았다.

"네, 맞아요. 주인 나리가 제게 포도주 병을 던진 게 사실이에요. 우리 마님 흉을 보길래 만약 마님의 형제가 여기에 있다면 그런 말씀을 할 용기도 없을 거라고 말했어요. 그랬더니 갑자기 병을 던졌어요. 만약 사랑스러운 우리 마님 혼자였더라면 열 개라도 던졌을지 몰라요. 주인 나리는 언제나 마님을 괴롭혔지만 마님은 자부심이 강해서 우는 소리 한 번 안 했어요. 나리한테 무슨 일을 당했는지 저한테도 한마디 안 했다고요. 오늘 아침에 선생님도 마님 팔의 상처를 보셨지요. 저한테 아무 말씀 없으셨지만 저는 그게 모자 핀으로 찔린 상처라는 걸 분명히 알고 있답니다. 교활한 악마 같으니! 신이시여, 이미 세상을 떠난 사람을 이렇게 말하는 것을 용서해 주소서! 하지만 만약 이 세상에 악마가 있다면 그건 바로 주인 나리일 거예요. 처음 만났을 때는 아주 다정했어요. 겨우 18개월 전이지만 저와 마님에게는 그것이 18년처럼 느껴졌어요. 마님이 런던에 도착한 지 얼마 되지 않은 때였어요. 맞아요, 처음 떠난 여행이었지요. 그전에는 댁을 떠난 적이 한 번도 없었거든요. 주인 나리는 신분과 돈과 형식뿐인 런던의 예절로 마님의 마음을 얻은 겁니다. 설령 마님이 잘못하셨다 해도, 그 대가는 여자로서 더 이상은 치를 수 없을 만큼 치르셨어요. 그 사람을 만난 게 몇 월이었냐고요? 그건 여기에 도착한 직후였어요. 6월에 도착했으니 7월이네요. 결혼은 그 다음해인 작년 1월에

---

11) 1800년, 나폴레옹이 이끄는 프랑스군은 오스트리아군의 기습을 받아 한때 패색이 짙었으나 이튿날 반격을 가하여 오스트리아군의 반을 포로로 잡는 승리를 거두었다.

하셨고요. 네, 마님은 거실에 계세요. 분명히 만나 주실 테지만 너무 꼬치꼬치 캐묻지는 마세요. 인간으로서 더는 견딜 수 없을 만큼 끔찍한 경험을 하셨으니까요."

브래큰스톨 부인은 아까 그 기다란 의자에 몸을 기대고 있었으나 얼굴은 좀 더 밝아 보였다. 하녀도 우리와 함께 들어가서 부인의 이마에 생긴 타박상에 다시 한 번 찜질을 했다. 부인이 우리에게 물었다.

"신사분들, 다시 심문을 하러 오신 것은 아니겠지요?"

그러자 홈즈가 아주 부드러운 목소리로 대답했다.

"아닙니다, 부인. 나는 결코 불필요한 폐를 끼치지는 않습니다. 부인은 여성으로서 너무나도 많은 시련을 겪으셨기 때문에 그저 부인이 편안해지시기를 원할 따름입니다. 나를 친구로 여기고 믿어 주신다면 그 믿음에 반드시 보답하겠습니다."

"저보고 어떻게 하라는 말씀이시죠?"

"진실을 이야기해 주십시오."

"홈즈 선생님!"

"부인, 소용없습니다. 부인도 내 소문을 조금은 들으셨겠죠? 그 소문에 걸고 말하건대 부인의 이야기는 전부 꾸며 낸 것입니다."

부인과 하녀는 모두 하얗게 질려서 두려워하는 눈초리로 홈즈를 바라보았다. 마침내 테레사가 외쳤다.

"그 무슨 실례의 말씀을! 마님께서 거짓말을 하셨다는 건가요?"

홈즈는 자리에서 일어났다.

"하실 말씀은 없습니까?"

"이미 전부 다 말씀드렸어요."

"다시 한 번 찬찬히 생각해 보세요, 부인. 전부 털어놓는 것이 좋지 않을까요?"

그 순간 부인의 아름다운 얼굴에 망설이는 기색이 떠올랐다. 하지만 곧 어떤 새로운 결심이 섰는지 가면처럼 딱딱한 표정으로 바뀌어 버렸다.

"제가 아는 건 전부 말씀드렸어요."

홈즈는 모자를 집고 어깨를 으쓱했다.

"유감입니다."

그 말을 마지막으로 우리는 더 이상 아무 말 없이 방에서 나왔다. 친구는 정원에 있는 연못을 향해 걸어갔다. 연못은 전부 얼어 있었으나 백조 한 마리를 위해 한 군데에는 구멍을 뚫어 두었다. 홈즈는 그 구멍을 물끄러미 바라보다가 곧 문지기의 방 쪽으로 걷기 시작했다. 그러더니 그곳에

서 짧은 쪽지를 쓰고는 홉킨스에게 전해 달라면서 문지기에게 건넸다.

"맞을지 어떨지는 모르겠지만 기껏 두 번이나 찾아왔으니 홉킨스에게 무엇인가 줘야겠지. 아직 그에게 모든 사실을 털어놓을 생각은 없네. 이제 우리가 행동해야 할 무대는 애들레이드와 사우샘프턴 항로를 오가는 해운 회사일세. 내 기억이 정확하다면 그 회사는 펠멜 가의 끝자락에 있을 거야. 오스트레일리아 남부와 영국을 오가는 항로가 하나 더 있지만 우선은 가능성이 높은 쪽부터 살펴보세."

해운 회사의 지배인에게 홈즈의 명함을 내밀자 곧 정중한 안내를 받았고 필요한 정보도 간단히 손에 넣을 수 있었다. 1895년 6월에 그 항로를 통해서 영국으로 들어온 배는 한 척뿐이었다. 그 회사에서 가장 크고 좋은 '지브롤터의 바위'라는 배였다. 승객 명단을 보니 애들레이드의 프레이저 양이 하녀와 함께 승선했다는 사실을 알 수 있었다. 그 배는 현재 수에즈 운하 부근을 지나 오스트레일리아로 향하고 있었다. 그 배에 탄 승무원들은 딱 한 사람만 빼면 1895년 당시와 똑같았다. 일등 항해사인 잭 크로커 씨는 선장으로 승진해서 새로운 증기선 '배스 바위' 호를 맡았고, 이틀 후에 사우샘프턴에서 출항할 예정이라고 했다. 그는 시드넘에 살고 있으며 몇 가지 지시받을 것이 있어서 이곳에 올 예정이니 사무실에서 기다리고 있으면 만날 수 있다는 이야기도 들었다.

그러나 홈즈는 딱히 그를 만나고 싶지는 않으며, 단지 그의 근무 기록이나 성격에 대해서 좀 더 자세히 알고 싶다고 했다.

크로커 선장의 경력은 참으로 화려했다. 그 회사에서 그와 견줄 만한 선원은 한 사람도 없었다. 성격을 살펴보면, 일처리는 아주 믿음직스럽게 잘하지만 일단 배에서 내리면 난폭하고 물불을 가리지 않는 성격으로 변해 버린다고 했다. 즉, 다혈질이라 쉽게 흥분하지만 성실하고 정직하며 심성은 착한 사람이라는 평가였다. 홈즈는 대충 그러한 정보를 손에 넣고 해운 회사를 나왔다. 그런 다음 마차를 타고 런던경찰국까지 갔으나 안으로는 들어가지 않고 마차 좌석에 앉아 미간을 찌푸린 채 깊은 생각에 잠겼다. 마침내 그는 마차를 다시 채링 크로스 전신국으로 향하게 해서 전보 한 통을 보내고 베이커 가로 갔다.

"역시 안 되겠어, 왓슨. 나는 그렇게 할 수가 없네."

우리 방으로 들어서자 홈즈가 말을 꺼냈다.

"일단 체포영장이 발부되면 더는 그를 구할 방법이 없어. 지금까지 활동하면서, 나는 범죄 그 자체보다도 내가 범인을 밝힌 것이 오히려 더 큰 피해를 끼쳤다는 생각을 두어 번 한 적이 있다네. 그래서 지금은 매우 신중해졌고 내 양심보다는 차라리 영국의 법을 속이는 편이 낫다고 생각하게 되었네. 행동을 시작하기 전에 몇 가지 사실을 조금 더 알아두기로 하세."

날이 저물기 전에 스탠리 홉킨스 경위는 우리를 한 번 더 방문했다. 그의 수사는 썩 순조롭지 않은 모양이었다.

"홈즈 선생님은 정말 마법사 같다는 생각이 듭니다. 때로는 인간 이상의 능력을 가진 분으로 여겨지기도 하고요. 도둑맞은 은 식기가 그 연못 안에 있다는 사실을 대체 어떻게 아셨습니까?"

"나도 몰랐습니다."

"하지만 조사해 보라고 하지 않으셨습니까?"

"그래서, 나왔습니까?"

"네, 나왔습니다."

"경위에게 도움이 되었다니 정말 다행입니다."

"아니, 도움이 되지는 않았습니다. 그것 때문에 사건이 훨씬 더 어려워졌거든요. 기껏 훔친 은 식기를 바로 옆에 있는 연못에 던지다니 대체 뭐 하는 녀석들인지 모르겠습니다."

"좀 이상하기는 하지요. 나는 단지 은 식기에 손을 댄 녀석이 그것을 갖고자 하는 탐욕 때문에 훔친 것이 아니라 사람들의 눈을 속이기 위해서 훔쳤다면 얼른 버리고 싶어 했을 것이라고 추측했을 뿐입니다."

"그렇다면 왜 그렇게 추측하신 겁니까?"

"그냥 그런 일이 있을 수도 있겠다 싶었지요. 녀석들이 그 프랑스식 창문으로 나왔다면 바로 눈앞에 연못이 보였을 테고 그 얼음 한쪽에는 매혹적인 작은 구멍이 나 있었거든요. 뭔가를 숨기기에 거기보다 더 좋은 장소가 어디에 있겠습니까?"

홈즈의 설명을 듣고 스탠리 홉킨스가 외쳤다.

"아, 숨길 곳 말씀입니까? 물론 거기가 제일 좋겠죠! 그래, 이제 모든 사실을 알겠습니다! 아직 시간이 일러서 거리에는 사람들이 오가고 있었습니다. 녀석들은 은 식기를 들고 있는 모습을 사람들에게 보일까 봐 두려워한 겁니다. 그래서 그것을 연못에 숨겨 두었다가 나중에 조용해지면 건져 내자고 생각했지요. 훌륭하십니다, 선생님. 눈속임보다 이쪽이 훨씬 더 그럴듯합니다."

"그렇군요. 참으로 훌륭한 추리입니다. 내 생각은 무척 엉뚱했지만 그 결과 은 식기를 되찾았다는 점은 경위도 인정해야 합니다."

"물론 그렇습니다. 모두가 선생님 덕분입니다. 하지만 저는 어처구니없는 실수를 저질렀습니다."

"실수라고요?"

"그렇습니다. 랜들 일당이 오늘 아침 뉴욕에서 체포되었습니다."

"정말입니까? 그렇다면 녀석들이 어젯밤 켄트 주에서 살인을 저질렀다는 경위의 추리와 완전히 다르지 않습니까?"

"헛다리를 짚었습니다. 홈즈 선생님, 정말로 헛다리를 짚은 거예요. 하지만 그 랜들 일당 말고도 다른 삼인조 강도가 있고, 아직 경찰에서 파악하지 못한 새로운 일당이었을지도 모릅니다."

"그렇군요. 충분히 생각할 수 있는 일입니다. 아니, 홉킨스 경위, 벌써 돌아가렵니까?"

"네, 선생님. 이번 사건의 진상을 밝혀낼 때까지는 한가하게 쉴 수가 없습니다. 제게 가르쳐 주실 만한 다른 단서는 없나요?"

"단서라면 이미 하나 말했습니다."

"어떤 단서요?"

"사람들의 눈을 속이기 위한 방법이라고요."

"하지만 도대체 왜, 왜 그렇게 했다는 겁니까?"

"바로 그게 문제입니다. 하지만 이 사실은 잘 기억해 두세요. 거기에는 어떤 의미가 있을지도 모르니까. 저녁이라도 같이하면 어떻습니까? 그럼, 잘 가시오. 수사에 진척이 있으면 연락해 주고."

식사를 마치고 식탁을 정리하자 홈즈는 다시 사건 이야기를 꺼냈다. 그는 파이프에 불을 붙이고 슬리퍼를 신은 발을 빨갛게 타오르고 있는 난롯불 쪽으로 뻗었다. 그러다가 갑자기 시계를 보았다.

"사건에 진전이 있을 걸세, 왓슨."

"언제?"

"곧, 몇 분도 지나지 않아서. 자네는 내가 스탠리 홉킨스 경위에게 너무 야멸차게 대했다고 생각하겠지?"

"나는 자네의 판단을 믿네."

"묘하게 신중한 대답이로군, 왓슨. 그건 이렇게 봐 주게. 내가 알고 있으면 비공식적인 일이지만 홉킨스가 알면 공식적인 일이 되고 마네. 내게는 개인적인 판단을 내릴 권리가 있지만 그에게는 없어. 그는 모든 사실을 공표해야만 해. 그렇게 하지 않으면 공무를 배반하게 되니까. 미심쩍은 사건이라면 나는 홉킨스 경위를 그런 괴로운 처지에 몰아세우고 싶지 않다네. 그래서 사건에 대한 내 생각이 분명해질 때까지는 내 가슴속에 정보를 묻어 두는 걸세."

"자네의 생각이 분명해지는 것은 언제지?"

"이미 시간이 됐네. 자네는 지금부터 놀라운 결말을 보게 될 거야."

계단을 올라오는 발소리가 들리고 문이 열렸다. 그러더니 지금까지 이곳을 찾아온 사람들 중에서 가장 훌륭한 남성미의 표본 같은 청년이 들어왔다. 그는 훤칠하니 키가 컸는데 금색 콧수염과 푸른 눈을 가졌으며 피부는 뜨거운 열대의 태양에 검게 그을려 있었다. 탄력이 넘치고 가벼운 발걸음은 그 커다란 몸이 강하면서도 민첩하다는 사실을 알려 주었다. 그는 안으로 들어와 문을 닫더니 두 손을 꼭 쥐고 가슴을 헐떡이면서 넘쳐흐르는 감정을 필사적으로 억누르며 서 있었다.

"크로커 선장, 앉으시죠. 내가 보낸 전보는 받았습니까?"

손님은 팔걸이의자에 털썩 앉더니 묻는 듯한 눈빛으로 우리의 얼굴을 번갈아 바라보았다.

"전보를 받았으니 말씀하신 시간에 온 겁니다. 회사에 오셨다는 소리도 들었습니다. 선생의 손에서는 벗어날 방법이 없습니다. 무슨 말이든 해 보세요. 대체 저를 어떻게 하실 생각입니까? 체포할 생각인가요? 확실히 말씀해 주십시오! 거기에 앉아서 고양이가 쥐를 가지고 놀 듯이 하지 마시고요."

"왓슨, 선장에게 시가를 좀 드리게. 자, 크로커 선장. 시가를 피우며 마

음을 가라앉히세요. 당신을 평범한 범죄자라고 생각했다면 여기서 이렇게 함께 담배를 피우지는 않았을 겁니다. 그 점은 아시겠지요? 솔직하게 말해 준다면 내가 당신을 도울 수 있을지도 모릅니다. 하지만 나를 속이려 든다면 당신은 끝입니다."

"어떻게 하란 말씀이십니까?"

"어젯밤 애비 농장 저택에서 일어난 사건의 진상을 말해 주세요. 알겠습니까? 진상입니다. 무엇 하나 덧붙여도, 빠뜨려도 안 돼요. 나는 이미 사실 대부분을 알고 있으니 당신의 이야기가 조금이라도 사실에서 벗어나면 바로 창밖으로 호루라기를 불 겁니다. 그러면 경찰이 달려올 테고 이 문제는 영원히 내 손을 떠납니다."

뱃사람이 잠깐 생각에 잠겼다. 그러다 곧 볕에 탄 커다란 손으로 다리를 두드리더니 말했다.

"이렇게 된 이상 하늘에 맡기는 수밖에 없겠군. 선생은 약속을 지키는 훌륭한 분이라 믿고 모든 것을 털어놓겠습니다. 하지만 한 가지만 미리 말씀드리죠. 저는 아무것도 후회하지 않고, 아무것도 두렵지 않습니다. 만약 같은 상황에 처하게 된다면 그때도 똑같이 행동하고 자랑스럽게 여길 겁니다. 그 짐승 같은 놈이 고양이처럼 목숨이 여러 개라 해도 그때마다 제가 이 세상에서 없애 버릴 겁니다! 그러나 마음에 걸리는 것은 그 여자, 메리입니다. 메리 프레이저 말입니다. 그녀에게 그 혐오스러운 남자의 성을 붙여 부를 마음은 추호도 없습니다. 어쨌든 그녀에게 고통을 안기다니, 그 사랑스러운 얼굴이 싱긋 웃는 것을 보기 위해서라면 목숨을 바쳐도 아깝지 않은 저로서는 마음에 눈물이 고이는 듯한 심정입니다. 하지만, 하지만 달리 무슨 방법이 있었겠습니까? 여기서 모든 사실을 털어놓고 나서, 남자 대 남자로서 그것 말고 또 어떤 방법이 있었는지 물어보겠습니다.

이야기를 조금 앞으로 되돌려 보지요. 선생은 모든 사실을 알고 계신 듯하니 제가 지브롤터의 바위 호에서 그녀를 처음 만났다는 사실도 아시겠지요. 그녀는 승객으로, 저는 일등 항해사로 그 배에 타고 있었습니다. 처음 만난 날부터 그녀는 제게 유일한 여성이 되었습니다. 항해하면서 저는 하루하루 그녀에 대한 사랑을 키웠고, 밤에 근무할 때면 어둠 속에 무릎 꿇고 앉아 그녀가 사랑스러운 발로 밟았을 갑판 부분에 몇 번이고 입을 맞췄습니다. 하지만 그녀는 저를 특별하게 대하지는 않았습니다. 여자가 남자를 대하는 가장 이상적인 만큼만 저를 대했지요. 저는 아무 불평도 할 수 없었습니다. 저는 사랑에 눈이 멀어 버렸지만 그녀에게 저는 단지 배에서 만나서 기분 좋게 교제한 친구였을 뿐이니까요. 헤어질 때도 그녀는 마음에 아무 구김도 없는 자유로운 여자였지만 저는 두 번 다시 자유로운 남자가 되지 못했습니다.

다음 항해에서 돌아왔을 때, 저는 그녀가 결혼했다는 소식을 들었습니다. 네, 맞습니다, 그녀가 사랑하는 사람과 결혼하면 안 될 이유는 어디에도 없습니다. 그녀만큼 신분과 재산을 누리는 것이 잘 어울리는 여성도 없을 겁니다. 그녀는 모든 아름다운 것, 우아한 것을 위해서 태어난 사람이니까요. 저는 그녀가 결혼했다고 해서 한탄하지는 않았습니다. 저는 그렇게 이기적이고 비열한 녀석이 아닙니다. 그녀가 멋진 행운을 잡은 것을, 한 푼도 없는 뱃사람 따위와 사랑에 빠지지 않았다는 사실을 기뻐했습니다. 그게 제가 메리 프레이저를 사랑하는 방식이었습니다.

저는 그녀와 다시 만나게 될 줄은 꿈에도 생각지 못했습니다. 그런데 저번 항해에서 저는 선장으로 승진했는데, 새로운 배는 아직 물에 띄운 상태가 아니라서 시드넘의 집에서 두 달 정도 대기하게 되었습니다. 어느 날, 시골길에서 예전부터 메리를 돌봐 주던 하녀 테레사 라이트와 우연히 마주쳤습니다. 테레사는 메리와 그 남편에 대해 죄다 말해 주었습니다. 그것을 듣고 저는 미쳐 버리는 줄 알았습니다. 그 비열한 술주정뱅이가! 그녀의 구두를 핥을 자격조차 없는 놈이 그녀에게 손을 대다니! 저는 그 다음에도 다시 테레사를 만났습니다. 그리고 메리도 만났는데 나중에 한 번 더 만났습니다. 그런데 그 다음부터는 메리가 저를 만나려 하지 않았습니다. 그런데 얼마 전, 일주일 안에 출항하라는 연락을 받아서 저는 출발하기에 전에 한 번이라도 좋으니 그녀를 만나기로 결심했습니다. 테레사는 언제나 제 편이었습니다. 저만큼이나 메리를 사랑하고 그 남자를 미워했으니까요. 저는 테레사에게 저택이 어떻게 돌아가는

지 여러 가지 이야기를 들어 알고 있었습니다. 메리는 언제나 밤늦게까지 아래층에 있는 자신의 작은 방에서 책을 읽는다고 했습니다. 저는 어젯밤 그곳으로 살금살금 다가가서 창문을 두드렸습니다. 메리는 한동안 창문을 열려 하지 않았지만 서리가 내린 차가운 밤에 저를 밖에 내버려두지는 못했습니다. 이제 남몰래 저를 사랑하게 됐으니까요. 그녀는 목소리를 죽여 앞쪽의 커다란 창문으로 돌아오라고 속삭였습니다. 가 보니 창문이 열려 있어 식당으로 들어갈 수 있었습니다. 거기서 그녀의 입을 통해 피가 거꾸로 치솟는 말을 들었고, 저는 사랑하는 여자를 학대하는 그 짐승을 저주했습니다. 그때 그녀와 저는 창 바로 안쪽에 서 있었는데 신께 맹세코 우리는 그 어떤 부정한 짓도 하지 않았습니다. 그 순간, 그자가 미치광이처럼 달려와서는 메리를 향해 차마 여자에게 할 수 없는 심한 말들을 퍼붓고 손에 들고 있던 몽둥이로 그녀의 얼굴을 내리쳤습니다. 저는 몸을 날려 부지깽이를 집었고, 그렇게 해서 서로 정정당당하게 맞서게 되었습니다. 여기, 이 팔을 보십시오. 녀석이 먼저 휘두른 몽둥이에 맞은 흔적이 남아 있습니다. 다음은 제 차례였습니다. 저는 녀석을 썩은 호박처럼 후려쳐 쓰러뜨렸습니다. 제가 후회한다고 생각하십니까? 천만에요! 녀석이 죽지 않았다면 제가 죽어야 했을 겁니다. 아니, 녀석이 죽지 않았다면 메리가 목숨을 잃을 판이었습니다. 제가 어떻게 그녀를 그 미치광이의 손에 맡겨 둘 수 있었겠습니까? 그렇게 해서 저는 녀석을 죽이게 된 겁니다. 제가 잘못한 걸까요? 여러분이 저와 같은 입장에 처했다면 어떻게 하셨겠습니까?

그 남자에게 맞은 순간 그녀가 비명을 질렀고, 그 소리를 들은 테레사가 위층에서 내려왔습니다. 찬장에 포도주 병이 하나 있기에 저는 그것을 따서 메리에게 마시게 했습니다. 충격을 받아서 반은 죽은 사람 같았으니까요. 그리고 저도 한 모금 마셨습니다. 테레사는 참으로 침착했습니다. 그 이야기는 저와 테레사가 함께 만들어 낸 것입니다. 우리는 모든 일을 강도의 소행으로 꾸미기로 했습니다. 테레사는 우리 둘이서 만든 이야기를 몇 번이고 거듭해서 메리에게 들려주었고, 그동안 저는 장식장 위로 올라가 벨 끈을 끊었습니다. 그런 다음 그녀를 의자에 앉혀 묶은 뒤 끈 한쪽을 긁어 자연스럽게 끊어진 것처럼 보이게 했습니다. 그렇게 하지 않으면 세상에 무슨 강도가 벽난로 위로 올라가 끈을 끊었을까 하고 의심받게 될 테니까요. 그러고 나서 저는 은 식기를 몇 개 꺼내 강도가 한 짓처럼 꾸미고 제가 떠난 지 15분쯤 지나면 소란을 피우라고 한 뒤에 거기서 나왔습니다. 그리고 은 식기는 연못에 빠뜨리고 일생일대의 대사업을 마친 보람에 잠겨 시드넘으로 돌아갔습니다. 홈즈 선생, 제 목을 걸고 말하건대 이것이 사건의 진상입니다."

홈즈는 한동안 말없이 담배를 피우다가 마침내 방을 가로질러 다가가 방문객과 악수했다.

"내가 생각하고 있던 대로입니다. 선장의 말이 전부 진실이라는 사실은 알고 있어요. 내가 모르는 사실은 거의 하나도 말하지 않았으니까요. 곡예사나 뱃사람이 아니면 선반에 올라가 그 벨에 손을 댈 수는 없었을 겁니다. 게다가 뱃사람이 아니라면 의자에 그런 매듭을 지어 끈을 묶을 수는 없었을 테니까요. 그 부인에게 뱃사람과 접촉할 기회는 단 한 번 있었습니다. 바로 오스트레일리아에서 영국으로 건너오는 도중에 같은 계층의 사람을 만난 겁니다. 그리고 부인이 그 사람을 끝까지 감싸려 한 것으로 보아 그를 사랑하고 있다는 사실도 분명했습니다. 일단 정확한 단서를 잡아 그것을 거슬러 올라가니 어렵지 않게 선장을 찾아낼 수 있었습니다."

"경찰은 우리가 꾸며 낸 이야기를 절대 꿰뚫어 보지 못하리라 생각했습니다."

"맞아요, 경찰은 아직 사실을 모릅니다. 앞으로도 알아내지 못하겠지요. 하지만 크로커 선장, 누구라도 참을 수 없을 만큼 극단적인 도발을 당해서 그렇게 행동했다는 점은 인정하지만 그래도 참으로 심각한 문제입니다. 선장의 행동이 과연 정당방위로 인정될지 나는 잘 모르겠습니다. 하지만 그것은 영국 배심원들이 결정할 문제입니다. 어쨌든 나는 선장의 처지를 공감하고 있으니 지금부터 24시간 안에 이 나라를 떠난다면 별일 없을 것이라고 약속할 수 있습니다."

"그러고 나서 모든 사실을 발표할 생각이십니까?"

"아마도 그럴 겁니다."

뱃사람의 얼굴이 분노로 붉게 물들었다.

"아니, 도대체 무슨 제안을 하시는 겁니까? 저도 법을 조금은 압니다. 그렇게 했다간 메리가 공범으로 잡혀 가겠지요. 그녀에게 모든 책임을 떠넘기고 저 혼자 몰래 도망칠 줄 알았습니까? 생각할 수도 없는 일입니다. 홈즈 선생, 저는 무슨 일을 당해도 상관없으니 가엾은 메리만은 법정에 서지 않도록 방법을 찾아 주십시오."

홈즈가 뱃사람에게 다시 손을 내밀었다.

"선장을 시험해 본 겁니다. 선장의 말에는 언제나 진실이 묻어 있소. 이거, 내가 커다란 책임을 지게 되었군요. 하지만 홉킨스 경위에게는 가장 큰 힌트를 주었으니 그가 그것을 이용하지 못한다면 나로서도 더 이상 해 줄 수 있는 일이 없어요. 그러니 크로커 선장, 우리끼리 정식 절차를 밟아 적법하게 처리하도록 합시다. 당신은 피고입니다. 왓슨, 자네는 배심원일세. 자네만큼 배심원에 어울리는 사람은 없으니까. 그리고 나는

판사를 맡지요. 자, 배심원 여러분, 이것으로 증언을 마치겠습니다. 피고
는 유죄입니까, 무죄입니까?"

"무죄입니다, 재판장님."

내가 말했다.

"국민의 목소리는 곧 신의 목소리입니다. 크로커 선장, 당신을 석방하
겠습니다. 법이 다른 무고한 사람을 범인으로 몰지 않는 이상 나는 당신
을 찾지 않을 겁니다. 1년 뒤에 그 숙녀에게 돌아가시오. 그녀와 당신이
행복하게 살면서 오늘 밤에 우리가 내린 판결이 옳았다는 사실을 증명
해 주시기 바랍니다!"

13. 제2의 얼룩

나는 〈애비 농장 저택〉 사건을 마지막으로, 셜록 홈즈의 공적을 기록하여 발표하는 것도 그만둘 생각이었다. 이야기의 소재가 떨어져서가 아니었다. 나에게는 아직 언급하지 않은 수백 가지 사건 기록들이 남아 있기 때문이다. 그렇다고 해서 홈즈라는 뛰어난 인물의 특이한 성품과 독특한 수사 방법에 독자들이 흥미를 잃은 것도 아니었다. 가장 큰 이유는 홈즈가 자기 경험이 계속 발표되는 것을 그리 달가워하지 않았기 때문이다. 그가 탐정으로서 일을 계속했다면 멋지게 사건을 해결한 기록이 어느 정도 도움이 되었을 테지만, 런던을 떠나 잉글랜드 동남부 구릉지인 서식스 다운스에서 연구와 양봉에만 몰두하고 있는 요즘에는 오히려 명성이라는 것이 생활에 방해만 될 뿐이었다. 그래서 그는 이 문제에 대해서 자기가 원하는 대로 해 달라고 단호하게 요구했다. 하지만 〈제2의 얼룩〉 사건은 언젠가 때가 되면 꼭 발표하겠다고 약속한 적이 있었고, 또 오랫동안 계속된 이 이야기를 지금까지 손 댄 사건들 중에서도 가장 중요한 국제적 사건으로 끝맺으면 아름답지 않겠느냐는 말로 간신히 그를 설득하여 마침내 발표해도 좋다는 허락을 받았다. 다만 홈즈는 세심한 주의를 기울여서 사건을 설명해야 한다는 조건을 달았다. 그러니 독자 여러분들은 사소한 것들이 조금 애매하게 서술되었다 하더라도 그렇게 쓸 수밖에 없었던 이유가 있으려니 하고 너그럽게 이해해 주시기 바란다.

어느 가을의 화요일 아침, 온 유럽에 이름을 날리는 유명 인사 둘이 베이커 가에 있는 보잘것없는 우리 방을 방문했다. 그때 당시만 해도 그 일은 1년, 아니 10년이 지나도 발표할 수 없을 것만 같았다. 한 사람은 독수리 같은 날카로운 콧날과 눈빛을 가진 엄숙하고 권위 있는 자였는데, 두 차례에 걸쳐 영국 수상의 자리에 올라 그 직무를 수행하고 있는 벨린저 경이었다. 다른 한 사람은 아직 중년에 접어들지 않은, 가무잡잡한 피부에 얼굴이 조각 같고 기품 있어 보이는 인물이었다. 몸과 정신

에 온갖 아름다움을 받고 태어난 그는 우리나라에서 가장 촉망받는 젊은 정치가이자 유럽 담당 장관인 트렐로니 호프였다. 둘은 신문이 어지러이 놓여 있는 소파에 나란히 앉았다. 근심 어린 두 사람의 여원 얼굴을 보고 무척 급하고 중대한 문제가 있어서 찾아왔음을 쉽게 알 수 있었다. 수상은 푸른 정맥이 도드라진 여원 손으로 우산의 상아 손잡이를 단단히 쥔 채, 피로한 수행자 같은 얼굴로 홈즈와 나를 번갈아 바라보았다. 유럽 담당 장관은 신경질적으로 수염을 잡아당기면서 시곗줄에 매달린 도장을 초조한 듯이 만지작거렸다.

"홈즈 선생, 나는 오늘 아침 8시에 서류가 없어졌다는 사실을 확인하자마자 바로 수상께 보고 드렸습니다. 그러자 수상님께서 우리 둘이 선생을 만나 보자고 말씀하셨죠."

"경찰에는 알렸나요?"

이번에는 수상이 답했다.

"아니, 알리지 않았소. 앞으로도 경찰에 알릴 생각은 없소. 경찰에 알린다면 곧 만천하에 공표하는 것과 다름이 없는데 그건 절대 안 될 말이오."

수상은 익히 알려진 대로 민첩하고도 단호한 태도로 말했다.

"수상님, 그 이유가 뭡니까?"

"그 서류가 매우 중요한 것이기 때문이오. 서류가 없어졌다는 사실이 알려지면 유럽에 중대한 분쟁이 일어나게 될 거요. 전쟁이냐 평화냐, 그것이 이 문제에 달려 있다고 해도 과언이 아니오. 가령 그것을 찾는다 해도 그 비밀이 새나가는 것을 막지 못한다면 차라리 찾지 않는 것이 나을지도 모르오. 왜냐하면 그것을 훔쳐간 자들의 목적은 그 내용을 공개하는 것일 테니까."

"알겠습니다. 그럼, 트렐로니 호프 장관님. 괜찮으시다면 그 서류가 없어졌을 때의 상황을 정확하게 말씀해 주시기 바랍니다."

"그리 복잡한 이야기는 아닙니다. 엿새 전에 받은 어느 외국 군주의 편지입니다. 무척 중요한 편지라 금고에 넣어 두지 않고 화이트홀 테라스에 있는 우리 집으로 가져가서 서류 상자에 넣은 다음 자물쇠를 채워 침실에 두었습니다. 어젯밤까지만 해도 분명히 침실에 있었습니다. 틀림없습니다. 저녁 식사를 하기 전에 옷을 갈아입으면서 상자를 열어 그 안에 편지가 있는 것을 두 눈으로 똑똑히 봤으니까요. 그런데 오늘 아침에 보니 감쪽같이 사라져 버린 겁니다. 서류 상자는 화장대 거울 옆에 두었습니다. 나는 깊이 잠들지 못해 잠귀가 밝은 편이고 아내도 마찬가지입니다. 우리 둘 다 어젯밤에 아무도 방에 들어오지 않았다고 단언할 수 있습니다. 그런데 편지가 감쪽같이 사라진 겁니다."

"어젯밤 몇 시에 식사하셨습니까?"

"7시 30분입니다."

"식사를 마치고 얼마나 지나서 잠자리에 드셨습니까?"

"어제 아내가 극장에 갔다 왔습니다. 나는 아내가 돌아오기를 기다렸지요. 우리는 11시 30분 조금 지나서 침실에 들어갔습니다."

"그렇다면 네 시간 동안은 편지가 방치되어 있었군요."

"하지만 하인들은 함부로 침실에 들어오지 못합니다. 단, 아침에는 청소를 하러 하녀가 들어오고 낮에는 내 하인과 아내의 시녀가 때때로 들어옵니다. 침실에 들어 올 수 있는 세 사람은 우리 집에서 오래 일한, 믿을 만한 사람들입니다. 그리고 내 서류 상자 안에 평소보다 더 중요한 문서가 들어 있었다는 사실은 아무도 몰랐을 겁니다."

"그 편지의 존재를 아는 사람은 누구입니까?"

"우리 집에서는 아무도 몰랐습니다."

"부인도 몰랐다는 말씀인가요?"

"네, 몰랐습니다. 오늘 아침에 편지가 없어지고 나서야 비로소 알게 되었습니다."

수상은 만족스럽게 고개를 끄덕였다.

"호프 장관, 자네가 공무에 충실하다는 사실은 예전부터 잘 알고 있었네. 이렇게 중요한 기밀은 가족에게도 이야기해서는 안 되지."

유럽 담당 장관이 고개를 숙이면서 말했다.

"수상께서 저를 제대로 보셨습니다. 그 일에 대해서는 오늘 아침까지 아내에게도 말하지 않았습니다."

"부인이 짐작은 할 수 있었을 텐데요?"

"그렇지 않습니다, 홈즈 선생. 아내뿐만 아니라 그 누구도 짐작할 수 없었을 겁니다."

"지금까지 서류를 분실한 적은 없었습니까?"

"없었습니다."

"영국에서 그 편지의 존재를 아는 사람은 누구입니까?"

"어제 내각의 모든 각료들에게 알렸습니다. 하지만 각료 회의 참석자 모두에게 비밀을 유지하겠다는 서약을 받았고 특히 어제는 꼭 비밀을 지켜야 한다고 수상께서 엄중히 주의를 주셨습니다. 그런데 몇 시간도 지나지 않아 내가 편지를 잃어버릴 줄이야!"

장관의 잘생긴 얼굴이 절망에 휩싸여 일그러졌다. 그는 두 손으로 머리카락을 쥐어뜯었는데 우리는 순간적으로 지금까지 숨어 있던, 감정적이고 정열적이며 매우 예민한 인간의 참모습을 볼 수 있었다. 하지만 그는 곧 귀족에 걸맞은 표정으로 되돌아왔으며 목소리도 다시 온화해졌다.

"각료 말고도 관계 부서의 관료 둘, 아니 아마도 셋이 그 편지의 존재를 압니다. 하지만 선생, 그들을 빼면 이 나라에 그 편지에 대해서 아는 사람은 아무도 없습니다."

"그럼 외국에서는요?"

"편지를 쓴 당사자 외에는 내용을 본 사람이 없을 겁니다. 그 나라의 각료들, 그러니까 적절한 공식 경로를 통하지 않고 전달되었으니까요."

홈즈는 한동안 생각에 잠겼다.

"흠, 지금부터는 조금 더 자세히 물어야겠습니다. 그 편지는 어떤 편지이고 왜 그 편지가 없어지면 중대한 사태가 벌어진다는 것인지 알려 주시기 바랍니다."

두 정치가는 재빨리 서로의 얼굴을 마주보았다. 잠시 후, 수상이 덥수룩한 눈썹을 찌푸리며 말했다.

"홈즈 선생, 봉투는 옅은 푸른색인데 길고 얇소. 붉은 밀랍으로 봉해 두었고 웅크리고 있는 사자 모양의 인장이 찍혀 있소. 받는 사람의 이름은 크고 굵은 글씨로 적혀 있는데⋯⋯."

"수상님. 세세한 부분도 매우 흥미롭고 잊어서는 안 되는 부분이지만 저는 조금 더 근본적인 이야기를 듣고 싶습니다. 그 편지는 도대체 어떤 내용이었습니까?"

"이건 매우 중요한 국가 기밀이라 선생에게 말할 수도 없고, 또 말할 필요도 없다고 생각하오. 세간에 소문이 자자한 선생의 능력을 사용해서 조금 전에 말한 봉투를 내용물과 함께 찾아 준다면 선생은 우리나라에 매우 큰 공헌을 한 셈이오. 그렇다면 우리도 힘닿는 데까지 최대한 보상해 주겠소."

셜록 홈즈가 미소 지으며 자리에서 일어났다.

"여기 계신 두 분은 이 나라에서 가장 바쁘신 분들이겠지요. 두 분에게 비할 바는 아니지만 저도 나름대로 여기저기서 부름을 받고 있습니다. 이번 사건에 도움을 드리지 못해서 유감입니다. 더 이상 이야기해 봤자 시간만 낭비하겠군요."

벌떡 자리에서 일어난 수상의 움푹 들어간 눈이 매섭게 빛났다. 모든 각료들을 쩔쩔매게 한다고 알려진 바로 그 눈빛이었다.

"내 일찍이 이런 경우는……."

여기까지 말한 수상은 분노를 억누르고 다시 의자에 앉았다. 한동안 아무도 입을 열지 않았다. 잠시 후, 나이 든 정치가가 어깨를 으쓱했다.

"선생의 조건을 받아들이지 않을 수가 없구려. 선생의 말이 맞소. 완전히 믿지도 못하면서 우리를 위해 일해 달라니 이치에 맞지 않는 소리요."

"지당하신 말씀이십니다."

젊은 정치가도 그 말에 동의했다.

"그럼 홈즈 선생과 왓슨 박사를 믿고 이야기하겠소. 이 내용이 밖으로 새어나가면 우리나라는 매우 심각한 사태를 맞이할 터이니 두 분은 애국하는 마음으로 명심해 주시오."

"그 점이라면 마음 놓으십시오."

"그 편지는 어떤 외국 군주에게 받은 것이오. 그분은 우리 영국의 식민지 정책에 불만을 품고 독단으로 성급히 편지를 쓰셨소. 조사해 봤더니 그 나라 장관들도 그 편지에 대해서는 전혀 모르고 있었소. 그런데 어투가 적절치 못한 데다 매우 자극적인 문장도 있어서 만약 그것이 공표된다면 국민들의 감정을 건드리고 여론이 들끓어 일주일 안으로 전쟁이 터지고 말 거요."

홈즈가 쪽지에 어떤 사람의 이름을 써서 수상에게 건네주었다.

"맞소. 바로 이분이오. 그 편지에는 막대한 전쟁 비용과 수많은 사람들의 목숨이 달려 있소이다. 그런데 그 편지가 아주 감쪽같이 사라지고 말았소."

"편지를 보낸 분에게 이 소식을 알렸습니까?"

"암호로 전보를 보냈소."

"그분은 편지가 공표되기를 바라고 있습니까?"

"아니오. 그쪽에서도 잠시 화가 치밀어 올라 분별없이 행동했다고 후회하는 모양이오. 편지가 공개되면 우리보다도 그쪽이 더 큰 타격을 받을 테니까."

"그럼, 그 편지를 폭로하면 누가 이익을 얻게 됩니까? 대체 누가 편지를 훔쳐내거나 그 내용을 공개하기를 바라고 있습니까?"

"홈즈 선생, 그 질문에 답하려면 복잡한 국제 정치에 대해 이야기해야 하오. 지금 유럽 상황을 생각해 보면 쉽게 그 동기를 알 수 있을 거요. 온 유럽은 무장한 군인들의 주둔지라고 해도 좋소. 크게 두 진영으로 나뉘어 있는데 서로 팽팽하게 힘의 균형을 이루고 있는 상태요. 그런데 우리 영국은 어디에도 속하지 않고 중립을 유지하고 있으니 말하자면 균형 상태의 열쇠를 쥔 셈이오. 한데 만약 우리나라가 어느 한쪽 진영과 전쟁을 벌인다면 다른 쪽 진영은 군이 참전하지 않더라도 이득을 보게 되오. 이해되지 않는 점이 있소이까?"

"잘 알겠습니다. 그럼, 그 편지를 훔쳐 공표하면 편지를 쓴 군주의 적이 유리해진다는 말씀이로군요."

"그렇소."

"만약 그 편지가 적의 손에 넘어갔다면 누구에게 갔으리라고 생각하십니까?"

"유럽 수상이라면 누구라도 가능성이 있소. 지금 이 순간에도 누군가에게 바람처럼 빠른 속도로 전해지고 있을 거요."

트렐로니 호프 장관은 고개를 떨어뜨리며 크게 신음했다. 수상이 그의 어깨에 손을 올리고 다정하게 말했다.

"운이 없었을 뿐이네. 아무도 자네를 책망할 수는 없어. 자네도 충분히 주의를 기울이지 않았는가. 홈즈 선생, 이제 내 이야기는 끝났소. 선생은 어떻게 생각하시오?"

홈즈가 안타깝다는 듯이 고개를 흔들었다.

"편지를 되찾지 못하면 전쟁이 일어날 것이라고 생각하십니까?"

"그럴 가능성이 매우 높소."

"그럼 전쟁 준비를 해 두십시오."

"너무 절망적인 말이로군."

"현실을 직시하십시오. 편지는 밤 11시 30분 이전에 도둑맞았습니다. 그 이후부터 편지가 없어졌다는 사실을 깨달았을 때까지 장관님과 부인이 그 방에 계셨다고 하니까요. 따라서 편지가 사라진 것은 어젯밤 7시 30분에서 11시 30분 사이인데 아마 7시 30분에 가까운 시각이었을 겁니다. 누가 훔쳤든 간에 범인은 편지가 있는 곳을 미리 알고 있었을 것이고, 가능한 한 빨리 손에 넣으려 했을 테니까요. 수상님, 그렇게 일찍 편지가 사라졌다면 지금은 어디에 있겠습니까? 범인이 편지를 손에 들고 있을 이유는 전혀 없습니다. 편지를 얻고자 하는 사람에게 급히 보냈겠지요. 지금 우리에게는 그 편지를 되찾는 것은 고사하고 편지의 행방을 추적할 가망도 없습니다. 그건 불가능합니다."

수상이 의자에서 일어나며 말했다.

"선생의 날카로운 논리가 맞소. 사태는 이미 우리 손을 벗어나고 만 듯하오."

"우선 이야기를 계속하기 위해 하인이나 시녀가 편지를 훔쳤다고 가

정하고……."

"둘 다 오랫동안 일한 믿을 만한 사람입니다."

"호프 장관님. 침실은 3층에 있어서 바깥에서 직접 안으로 들어갈 수는 없다고 하셨습니다. 내부, 그러니까 집 안을 통해서 들어가면 사람들의 눈에 띄고요. 그러니 외부인의 범행이 아니라면 집안사람이 훔친 것이 틀림없습니다. 대체 범인은 누구에게 편지를 줄 생각이었을까요? 국제적인 스파이나 비밀 첩보원에게 주려고 했겠죠. 어쨌든 저도 그런 자들의 이름을 몇 알고 있습니다. 그들 중에서 최고라고 할 만한 자들은 셋 있지요. 이제부터 저는 그 사람들을 탐문 수사해서 그들의 움직임을 살펴보겠습니다. 만약 누군가 행방이 묘연해졌다면, 특히 어젯밤부터 모습을 감춘 자가 있다면 편지의 행방도 어느 정도 추측할 수 있을 겁니다."

"그 사람이 왜 행방을 감출 거라고 생각하십니까? 그 사람은 틀림없이 런던에 있는 어느 나라 대사관으로 편지를 들고 갔을 겁니다."

유럽 담당 장관이 반론을 펼치자 홈즈가 대답했다.

"저는 그렇게 생각하지 않습니다. 그런 스파이들은 독자적으로 행동하기 때문에 대사관과 관계가 썩 좋지는 않습니다."

수상이 고개를 끄덕였다.

"홈즈 선생의 말이 맞소. 그렇게 귀중한 사냥감을 손에 넣었으니 직접 본부로 가져갔을 거요. 아주 훌륭한 계획이지. 자, 호프 장관, 이 불행한 사건에 마음을 빼앗겨 다른 일을 방치할 수는 없네. 새로운 변화가 일어나면 홈즈 선생에게 연락하게. 선생도 조사하다가 알아낸 것이 있으면 우리에게 알려주시오."

두 정치가는 가볍게 목례하고 무거운 발걸음으로 방에서 나갔다.

이 유명한 손님들이 떠나자 홈즈는 파이프에 불을 붙이고 잠시 아무 말 없이 의자에 앉아 생각에 잠겼다. 나는 신문을 펼쳐 들고 어젯밤 런던에서 일어난 충격적인 범죄 기사를 찾아 읽었다. 그 순간 홈즈가 큰 소리를 지르며 자리에서 벌떡 일어나더니 파이프를 벽난로 위 장식장에 올려놓았다.

"그래, 그게 가장 좋은 방법이야! 상황은 절망적이지만 희망이 전혀 없는 것도 아닐세. 그 셋 중에서 누가 편지를 훔쳤는지 확인하기만 하면 말이지. 아직도 그 녀석이 편지를 손에 쥐고 있을 가능성도 있거든. 그런 자들은 결국 돈을 목적으로 하니까. 그리고 내 뒤에는 영국의 국고가 버티고 있네. 팔려고 내놓았을 때 재빨리 사들이면 될 일이야. 비록 그것 때문에 소득세가 1페니 더 오른다고 하더라도 말이지. 그자는 적에게 넘기기 전에 우리가 얼마나 높은 가격을 부르는지 재고 있을지도 몰라. 이렇게 큰 범행을 저지를 수 있는 녀석은 그 셋뿐이야. 오버스타인, 라 로티에르, 에두아르도 루카스. 이 셋을 만나 봐야겠어."

나는 손에 들고 있던 신문을 흘끗 쳐다보고 말했다.

"고돌핀 가에 살고 있는 에두아르도 루카스를 말하는 건가?"

"맞아."

"그럼 그자는 만날 수 없을 걸세."

"왜?"

"어젯밤 자기 집에서 살해당했거든."

이제까지는 수사하는 도중에 홈즈가 나를 몇 번이고 놀라게 했지만, 이번에는 내가 홈즈를 깜짝 놀라게 한 것을 보니 마음속에서 기쁨이 솟아올랐다. 홈즈가 의자에서 벌떡 일어나기 전에 나는 다음과 같은 기사를 읽고 있었다.

웨스트민스터 살인 사건

어젯밤에 고돌핀 가 16번지에서 이상한 사건이 일어났다. 그곳은 템스 강과 웨스트민스터 교회 사이의 한적한 거리에 있는 18세기 양식의 고풍스러운 집으로, 국회의사당의 커다란 시계탑 그늘에 거의 묻혀 있는 곳이다. 그리 크지는 않지만 고급스러운 주택에는 수년 동안 에두아르도 루카스라는 사람이 거주했는데, 사람을 끌어당기는 매력이 있는 데다가 영국에서 가장 뛰어난 아마추어 테너로서 사교계에서 유명 인사가 되었다. 루카스 씨는 34세의 독신남이며 나이든 가정부 프링글 부인과 시종 미턴 씨와 함께 생활하고 있었다. 가정부는 언제나처럼 일찍 일을 끝내고 위층에 있는 자기 방으로 올라갔고, 시종은 해머스미스에 사는 친구를 만나러 외출했다. 밤 10시 이후, 그 집에는 루카스 씨밖에 없었다. 그 사이에 무슨 일이 있었는지는 아직 조사가 진행되고 있지만 밤 11시 45분에 고돌핀 가를 지나던 배렛 경관이 16번지에 있는 그 집 문이 반쯤 열려 있는 것을 목격했다. 배렛이 문을 두드렸지만 아무 대답도 없었다. 정면에 있는 방에 불이 켜져 있는 것을 보고 경관은 안으로 들어가 그 방의 문을 두드렸지만 마찬가지로 대답이 없었다. 그래서 문을 열고 안으로 들어가 보니 방은 아수라장이 되어 있었다. 가구는 전부 한쪽에 모여 있었으며 한가운데에는 의자가 쓰러져 있었다. 그 옆에는 집주인이 의자의 한쪽 다리를 붙잡은 채 쓰러져 있었다. 심장을 찔려 즉사한 것으로 보였다. 흉기는 반월형 인도 단검으로 벽에 장식한 동양 무기 중 하나였다. 방 안에 있던 값진 물건에는 전혀 손대지 않은 것으로 보아 단순한 절도는 아닌 듯하다. 에두아르도 루카스 씨는 매우 유명한 인기인이었으므로 많은 지인들이 이 끔찍하고 이상한 죽음에 대해 깊은 애도의 뜻을 표할 것이다.

"왓슨, 자네의 생각은 어떤가?"

한동안 말이 없던 홈즈가 이렇게 물었다.

"정말 놀라운 우연의 일치일세."

"우연의 일치라고? 모르는 소리. 이번 사건에 관련됐을 가능성이 있는 세 사람 중에 한 명이 사건이 일어난 그 시간에 살해당했어. 우연의 일치가 아닐세. 틀림없이 두 사건은 서로 연관이 있네. 분명해. 우리가 할 일은 그 연결 고리를 찾는 것일세."

"하지만 이미 경찰에서 다 조사하지 않았을까?"

"그렇지 않아. 고돌핀 가의 사건이라면 경찰도 알고 있겠지만 유럽 담당 장관의 화이트홀 테라스 저택에서 벌어진 사건에 대해서는 지금도 앞으로도 영원히 모를 걸세. 두 사건을 다 알고 있는 사람은 나밖에 없어. 그리고 루카스에게는 무척 의심스러운 점이 한 가지 있네. 웨스트민스터의 고돌핀 가와 화이트홀은 걸어서 겨우 몇 분 거리밖에 안 되거든. 내가 이름을 말한 다른 스파이들은 저 멀리 웨스트엔드의 끄트머리에 살고 있네. 그러니 루카스는 다른 녀석들보다 훨씬 더 쉽게 호프 장관의 집과 연락을 주고받을 수 있지. 사소해 보이지만 네댓 시간 사이에 연속해서 사건이 일어났으니 무시할 수는 없어. 아니, 누군가 온 것 같은데?"

허드슨 부인이 동그란 접시 위에 어느 부인의 명함을 올려 들어왔다. 홈즈는 그것을 힐끗 쳐다보더니 깜짝 놀란 표정으로 내게 명함을 건네주었다.

"힐다 트렐로니 호프 부인에게 어서 올라오시라고 전해 주세요."

우리의 보잘것없는 하숙집은 그날 아침에 이미 굉장한 영광을 누렸는데 이제는 런던에서 가장 아름다운 여성의 방문까지 받게 되었다. 벨민스터 공작의 막내딸이 아름답다는 이야기는 이미 헤아릴 수도 없이 들어왔지만, 그 섬세하고 미묘한 매력이며 우아한 표정은 귀로 듣거나 흑백 사진으로 본 것보다 훨씬 더 뛰어났다. 그런데 그 가을날 아침, 보는 이의 시선을 끈 것은 그녀의 아름다움이 아니었다. 숙녀의 뺨은 아름다웠으나 강렬한 감정 때문에 파랗게 질려 있었다. 반짝거리는 눈도 열에 들떠 있었다. 예민한 입매는 자신을 억제하기 위해서인지 굳게 닫혀 있었다. 그 아름다운 방문자가 문을 열고 들어선 순간, 우리의 눈을 빼앗은

것은 아름다움이 아니라 두려움에 떠
는 모습이었다.

"홈즈 선생님, 남편이 다녀갔나요?"

"그렇습니다, 부인."

"선생님, 부탁이니 제가 여기 왔다는
사실은 남편에게 비밀로 해 주세요."

홈즈는 조용히 고개를 끄덕이고 손
짓으로 부인에게 의자를 청했다.

"내 입장이 아주 난처해졌습니다. 자,
의자에 앉아서 무엇을 원하시는지 말
씀하세요. 하지만 특별한 이유가 없다
면 그런 약속을 할 수는 없습니다."

그녀는 당당하게 방을 가로질러가

창을 등지고 앉았다. 그 자태는 마치 여왕이 앉아 있는 듯했다. 키가 크
고 우아하며 여성스러운 매력이 풍겼다. 부인은 하얀 장갑을 낀 손을 쥐
었다 폈다 하며 말했다.

"홈즈 선생님, 솔직하게 말씀드리겠어요. 그러면 선생님도 솔직하게
말씀해 주시리라고 믿고 있으니까요. 남편과 저는 진심으로 서로를 믿
고 이해하고 있어요. 하지만 정치에 관한 일은 예외입니다. 남편은 정
치에 대해서만은 굳게 입을 다물고 아무 말도 하지 않으니까요. 어젯밤
에 우리 집에서 매우 불행한 일이 일어났다는 사실을 저는 잘 알고 있습
니다. 어떤 서류가 없어졌다지요. 그런데 정치와 관련 있는 일이라서 남
편은 아무 말도 하지 않습니다. 저는 진상을 꼭 알아야만 해요. 무슨 일
이 있어도요. 하지만 정치가들을 빼면 진상을 알고 계시는 것은 선생님

뿐이에요. 그러니 제발 부탁입니다. 무슨 일이 일어났는지, 그 일이 어떤 결과를 초래하게 될지 가르쳐 주세요. 모든 걸 다 말씀해 주세요. 의뢰인을 위해서 비밀을 지켜야 한다고는 말하지 마세요. 분명히 말씀드리건대 제가 모든 진상을 알고 있는 편이 남편에게도 큰 도움이 될 테니까요. 대체 무슨 서류가 사라진 거죠?"

"부인, 그것은 말씀드릴 수 없습니다."

부인은 괴로운 듯이 신음 소리를 내며 두 손에 얼굴을 묻었다.

"내 입장을 잘 이해하고 계시리라 생각합니다. 우선 호프 장관님은 이 일을 부인에게 알리지 않는 것이 좋겠다고 생각하십니다. 게다가 나도 직업상의 비밀을 지키겠다고 약속한 다음에야 사실을 알아냈는데, 그 약속까지 깨면서 부인에게 말할 수는 없는 노릇입니다. 내게 물으셔도 대답해 드릴 수가 없으니 부군에게 물어보십시오."

"이미 물어봤어요. 저도 여기에 쉽게 찾아온 것은 아니니까요. 모든 사실을 가르쳐 달라고는 하지 않겠어요. 딱 한 가지만 가르쳐 주세요."

"그게 뭡니까?"

"이번 사건 때문에 남편에게 정치적인 오점이 남을까요?"

"그렇습니다. 제대로 해결하지 못하면 아마도 그렇게 될 겁니다."

부인은 이제야 의문이 풀렸다는 듯 숨을 깊이 들이 쉬었다.

"아! 그럼 한 가지만 더 묻겠습니다. 편지가 없어진 것을 처음 알았을 때, 남편이 문득 흘린 말을 들었습니다. 이번 사태가 사회에 끔찍한 파장을 불러일으킬지도 모른다고 하더군요."

"장관님이 그렇게 말씀하셨다면 나도 부정하지는 않겠습니다."

"어떤 일이 일어나요?"

"부인, 그 질문에도 답할 수 없습니다."

"알겠습니다. 더 이상 시간을 빼앗지 않겠습니다. 제게 비밀을 밝히지 않으셨다고 해서 원망하지는 않습니다. 선생님도 저를 너무 나쁘게만 생각하지 말아 주세요. 남편의 뜻에 어긋나기는 하지만 저는 그저 남편과 고통을 함께 나누고 싶었던 것뿐이니까요. 다시 한 번 부탁드리지만 제가 여기에 왔다는 사실은 비밀로 해 주세요."

문 앞까지 갔던 부인이 뒤돌아서서 우리를 바라보았다. 괴로움에 잠긴 아름다운 얼굴과 겁먹은 눈빛, 굳게 다문 입술이 눈길을 끌었다. 마침내 부인은 밖으로 나갔다.

"왓슨, 여자는 자네 전문 분야가 아닌가? 저 아름다운 부인의 본심은 무엇이었을까? 대체 원하는 게 뭐였을까?"

홈즈가 미소 지으면서 말했다. 치맛자락이 바닥에 끌리는 소리가 멀어지더니 현관문 닫히는 소리가 들렸다.

"그 점이라면 부인은 아주 명확하게 말했네. 남편이 걱정된다는 것도 아주 자연스러운 일이고."

"왓슨, 부인의 모습을 생각해 보게. 그 태도도 그렇고, 흥분을 감추던 것, 침착하지 못했던 것, 게다가 아주 끈질기게 끝까지 캐묻지 않던가? 그런데 부인은 감정을 겉으로 잘 드러내지 않는 계급 출신이야."

"확실히 아주 흥분하고 있더군."

"자기가 진상을 알면 남편에게 도움이 될 것이라고 말했어. 그것도 아주 간절하게 말이야. 부인은 대체 왜 그런 말을 했을까? 그리고 자네도 알아챘겠지만 부인은 창을 등지고 앉았어. 그런 행동은 자기 표정을 숨기려 했던 걸세."

"맞아. 일부러 그 의자에 가서 앉았으니까."

"허, 여자의 심리는 알다가도 모르겠어. 자네도 기억하지? 예전에 나는 같은 이유로 마게이트의 여자를 의심했네. 그런데 알고 보니 코에 분을 바르지 않아서 그랬던 거였지. 자네는 어떻게 흐르는 모래 위에 집을 지을 수 있나? 아주 사소한 행동에 큰 의미가 담겨 있기도 하고 머리핀이나 머리 인두 때문에 아주 이상한 행동을 하기도 하는데 말이야. 아무튼 왓슨, 난 이만 나가 보겠네."

"외출할 생각인가?"

"오전에는 고돌핀 가로 가서 경찰 나리들과 시간을 보내야겠네. 이번 사건과 에두아르도 루카스는 서로 관계가 있지만 아직 나도 정확히 어떤 관계인지는 잘 모르겠군. 사실을 확인하지 않고 가설부터 세우는 것은 큰 실수니까. 그럼 왓슨, 이곳을 부탁하겠네. 찾아오는 손님이 있으면 자네가 맞아 주게나. 가능하다면 점심 식사는 함께하도록 하겠네."

그날, 그 다음 날, 또 그 다음 날도 홈즈는 말이 없었다. 그를 아는 사람이 보기에는 그저 말이 없을 뿐이었지만 모르는 사람이라면 기분이 나쁘다고 생각할 것이다. 그는 서둘러 밖으로 나갔다가 어느 틈엔가 돌아와서는 줄담배를 피우면서 한바탕 바이올린을 켜다가 생각에 잠기곤 했다. 그리고 때 지난 시간에 샌드위치를 먹어 댔고 가끔 무엇인가를 물어도 거의 대답하지 않았다. 수사가 뜻대로 진행되지 않는 것이 틀림없었다. 홈즈는 사건에 대해서 아무 말도 하지 않았다. 그래서 나는 자세한 검시 결과와 피해자의 시종인 존 미턴 씨가 체포되었다가 석방되었다는 이야기를 신문을 보고서 알았다. 검시 배심은 '고의적 살인'이라는 결론을 내렸지만 아직도 범인은 오리무중이었다. 살인 동기도 확실하게 밝혀지지 않았다. 방 안에는 값진 물건들이 많았지만 모두 그대로 남아 있었고 죽은 남자의 서류에도 손을 댄 흔적이 없었다. 그 서류를 자세히 조사한 결과 그가 국제 정치에 무척 관심이 많았으며, 여러 가지 소문을 수집하고 있었고, 외국어에 능통하며, 편지를 잔뜩 썼다는 사실 등을 알아냈다. 또한 그가 몇몇 나라의 주요 정치인들과 친분이 두터웠다는 사실도 드러났다. 하지만 서랍을 가득 채운 서류 중에서 특별히 눈에 띄거나 사회적으로 문제가 될 만한 것은 없었다. 그는 수많은 여성과 사귀고 있었지만 깊은 관계를 맺지는 않았다. 아는 여자들은 많아도 친하게 지내는 사람은 거의 없었고 연인은 더군다나 없었다. 규칙적으로 생활했고 이상한 행동은 전혀 없었다. 루카스의 죽음은 수수께끼 그 자체였으며 그대로 미궁에 빠지는 듯했다.

시종 존 미턴을 체포한 것은 아무런 활약도 보이지 못한 경찰의 궁여지책에 불과했다. 경찰은 공소 유지가 불가능했다. 미턴의 알리바이가 완벽했기 때문이다. 사건이 발견되기 전에 현장에 도착할 수 있는 시간에 그가 친구들과 헤어져 집으로 돌아간 것은 사실이었다. 그러나 미턴은 자기는 걸어왔다고 주장했고, 마침 그날은 날씨가 좋았기 때문에 그 주장은 충분히 이해할 만했다. 실제로 그는 자정에 집으로 돌아와 뜻밖의 참사를 보고 매우 놀란 듯했다. 미턴과 주인 루카스 사이에는 아무 문제도 없었다. 피해자의 물건 몇 가지, 특히 조그만 면도날 케이스가 미턴의 상자 속에서 발견됐지만 그는 주인에게서 받은 것이라고 주장했으며 가정부도 같은 말을 했다. 미턴은 루카스의 집에서 3년 동안 일했다. 루카스가 유럽 대륙으로 갈 때 미턴을 데리고 가지 않은 점은 주목할 만했다. 루카스는 때로 석 달 동안이나 파리에서 머물다 왔지만 미턴은 고돌핀 가의 집을 맡아 관리했다. 그날 밤, 가정부는 이상한 소리를 전혀 듣지 못했다고 증언했다. 만약 손님이 찾아왔다면 주인이 직접 안내했을 것이다.

신문 보도에 따르면 사건이 발생한 지 사흘이 지나도록 수사에는 아무 진전도 없었다. 홈즈는 그것보다 더 많은 사실을 알고 있을지도 몰랐지만 도통 말이 없었다. 나중에 듣기로는, 레스트레이드 경위가 모든 사실을 홈즈에게 밝혔다고 했으니 그는 사건에 관한 모든 정보를 알고 있었을 것이다. 나흘째 되던 날, 프랑스 파리에서 모든 의문을 시원하게 풀어 주는 소식이 날아들었다. 〈데일리 텔레그래프〉에 따르면 그 내용은 다음과 같았다.

파리 경찰이 지난주 월요일, 웨스트민스터 가에서 무참히 살해된 에두아르도 루카스 씨 사건의 수수께끼를 풀어 주리라 기대되는 사실을 발견했다. 독자들은 피해자가 자기 방에서 흉기에 찔려 숨진 채 발견되었고 그의 시종이 용의자로 주목받았지만 알리바이가 증명되어 석방되자 더 이상 수사에 진전이 없었다는 사실을 기억할 것이다. 어제 오스테를리츠 가의 작은 주택에 사는 앙리 푸르네이 부인의 정신이 이상해졌다며 그 집의 하인들이 당국에 신고했다. 조사 결과, 부인의 병은 상당히 진행되었음이 밝혀졌다. 이 부인은 런던에 갔다가 지난주 화요일에 돌아왔는데 경찰은 부인이 웨스트민스터 살인 사건과 관계가 있다는 증거를 잡았다. 사진을 대조해 보니 앙리 푸르네이 씨와 에두아르도 루카스 씨는 같은 사람이며 알 수 없는 이유로 런던과 파리에서 이중생활을 한 것으로 밝혀졌다. 남아메리카 출신인 부인은 쉽게 흥분하는 성격으로 과거에도 몇 번 질투심에 휩싸여 광란 상태에 빠진 적이 있었다. 런던을 떠들썩하게 만든 끔찍한 범죄를 저지른 것도 이 발작 때문인 것으로 보인다. 월요일 밤의 행적은 명확하지 않지만 화요일 아침에 채링 크로스 역에서 광인처럼 난폭하게 행동하여 사람들의 시선을 끈 여성과 부인의 인상착의가 일치하는 것은 사실이다. 따라서 그 불행한 부인은 광기 속에서 범행을 저질렀거나 아니면 범행을 저지른 충격으로 인해 머리가 혼란스러워졌을 가능성이 높다. 현재 부인은 지난 일을 횡설수설하는 상태로, 진찰한 의사들은 한결같이 부인이 회복될 가망이 없다고 보고 있다. 푸르네이 부인으로 보이는 여자가 월요일 밤에 고돌핀 가에 있는 피해자의 집을 몇 시간 동안 바라보았다는 목격담도 있다.

"홈즈, 이 기사에 대해서 어떻게 생각하나?"

나는 홈즈가 아침을 먹는 동안 이 기사를 읽어 주었다. 이윽고 홈즈는 식탁에서 일어나 방 안을 서성이며 말했다.

"왓슨, 자네는 정말 인내심 강한 사람일세. 지난 사흘 동안 자네에게 아무 말도 하지 않았던 것은 특별히 들려줄 말이 없었기 때문이야. 파리에서 날아든 그 보고도 지금은 별 도움이 되지 않는다네."

"이번 사건을 해명하는 데 결정적인 단서가 되지 않을까?"

"그 남자는 단순한 사고로 죽은 걸세. 처음 우리가 맡은 일에 비하면 아주 사소해. 우리가 맡은 일은 편지를 찾아 유럽을 위기에서 구해 내는 것일세. 지난 사흘 동안 중요한 일이 딱 한 가지 있었네. 그것은 아직 아무 일도 일어나지 않았다는 걸세. 나는 거의 한 시간 간격으로 정부 보고를 받고 있는데 유럽 어디에서도 걱정하던 사태가 벌어질 조짐이 없다네. 만약 편지 내용이 공개되었다면, 아니, 있을 수 없는 일이야. 하지만 공개되지 않았다면 대체 지금 어디에 있는 걸까? 왜 공표하지 않는 거지? 그런 의문들이 망치질 소리처럼 내 머릿속을 쾅쾅 울리고 있네. 편지가 사라진 그날 밤 루카스가 죽은 것은 그저 우연의 일치일까? 루카스는 그 편지를 손에 넣었을까? 그렇다면 왜 그 편지가 루카스의 방에서 나오지 않았을까? 정신이 이상해진 그 프랑스 부인이 가지고 갔을까?

파리에 있는 그 집에 있는 걸까? 어떻게 해야 프랑스 경찰의 의심을 사지 않고 찾아볼 수 있을까? 왓슨, 만약 그렇게 됐다면 법은 범죄자에게는 물론이고 우리에게도 번거로운 것이 되네. 모든 사람은 우리 적이 되고 말이야. 하지만 여기에는 국가의 운명이 걸려 있다네. 이 중대한 사건을 해결한다면 나에게 더할 나위 없이 영예로운 경력이 될 거야. 아, 전선에서 날아온 최신 정보로군."

홈즈는 편지를 건네받고 서둘러 읽었다.

"레스트레이드가 흥미로운 것을 발견한 모양일세. 왓슨, 모자를 쓰게. 같이 웨스트민스터로 가세."

나는 처음으로 이번 사건 현장에 가게 되었다. 폭 좁고 높다라며 새까맣게 때가 낀 그 집은 18세기에 지어졌을 때와 마찬가지로 단정하고 튼튼했다. 앞쪽에 있는 창에는 불도그처럼 생긴 레스트레이드의 얼굴이 나타나 우리를 내려다보고 있었다. 몸집이 커다란 경찰이 문을 열어 안으로 안내했다. 레스트레이드는 따뜻하게 우리를 맞으며 인사했고 범행이 일어난 방으로 안내해 주었다.

방 한가운데에 깔려 있던 사각형의 작은 인도산 카펫에는 끔찍한 흔적이 묻어 있었으나 그것만 빼면 어디에도 범행의 흔적이 보이지 않았다. 바닥은 아름답고 고풍스러운 네모난 판자로 짠 잘 손질되고 깨끗하게 빛나는 마루였다. 벽난로 위에는 피해자가 수집한 멋진 무기들이 걸려 있었는데 그중 하나가 사건 당시에 흉기로 사용되었다. 창가에는 고급스러운 책상이 있었고 그림, 깔개, 커튼, 장식품 등은 죄다 사치스러워서 주인의 취향을 짐작케 해 주었다.

"파리에서 날아온 소식을 들으셨습니까?"

레스트레이드가 묻자 홈즈가 고개를 끄덕였다.

"이번에는 파리 경찰도 한몫 거들 모양입니다. 그들 이야기가 맞을 겁니다. 남편이 은밀하게 이중생활을 했으니 그 여자가 갑자기 찾아와 문을 두드렸겠죠. 남자는 여자를 밖에 세워 둘 수 없어서 안으로 불러들였습니다. 여자는 이곳을 어떻게 찾아냈는지 설명하고 남자를 몰아세웠을 겁니다. 쉴 새 없이 남편을 공격하고 원망하다가 가까이에 있던 단검을 들고 일을 저지른 거죠. 하지만 범행이 순식간에 끝나지는 않았습니다. 왜냐하면 모든 의자들이 저쪽 구석에 몰려 있었고 피해자는 그중 하나를 들어 여자를 막으려 했던 것 같으니까요. 마치 현장을 직접 본 것처럼 모든 정황이 눈에 선하게 들어옵니다."

그 설명을 듣고 홈즈가 눈을 치켜떴다.

"그것 때문에 날 불렀습니까?"

"아, 아닙니다. 다른 일이 있어서요. 아주 사소하지만 선생님이 흥미로워하실 만한 것이 발견되었습니다. 기묘한, 달리 표현하자면 조금 뜻밖의 사실입니다. 제 생각으로는 사건 자체와는 크게 관계가 없을 것 같습니다. 아니, 겉으로 보기에는 관계있을 수가 없습니다."

"그게 뭡니까?"

"잘 아시는 대로 이런 사건을 다룰 때는 범행 흔적이 남아 있는 현장을 철저하게 보존해 둡니다. 담당 경찰이 밤낮을 가리지 않고 이곳을 지켜보고 있었지요. 오늘 아침에 피해자는 땅에 묻혔고 수색도 어느 정도 끝나서 이 방을 조금 정리해도 되겠다고 생각했습니다. 보시다시피 이 카펫은 바닥에 고정된 게 아니라 그냥 깔려 있을 뿐입니다. 그런데 이 카펫을 뒤집어 보고 그 사실을 알게 되었습니다."

"그래요? 어떤 사실인가요?"

홈즈의 얼굴은 걱정으로 굳었다.

"아무리 오랫동안 생각해도 이것만은 그 이유를 모르실 겁니다. 저기 카펫에 묻은 핏자국은 예전에 보신 적이 있지요? 피가 카펫으로 잔뜩 스며들었을 겁니다."

"그렇지요."

"그런데 그 핏자국 아래에 있던 나무 바닥에는 피가 묻어 있지 않았습니다. 어떻습니까? 놀라셨죠?"

"핏자국이 없다고요? 아니, 그럴 리가!"

"그래요, 그럴 리가 없습니다. 그런데 정말로 없었습니다."

레스트레이드가 카펫의 한쪽 끝을 쥐고 카펫을 뒤집어 보였다. 정말로 핏자국이 없었다.

"그런데 카펫 뒤쪽에는 앞쪽과 마찬가지로 피가 묻어 있습니다. 그러니까 바닥에도 피가 묻어 있어야 정상인데 말입니다."

레스트레이드는 유명한 탐정을 당황하게 했다는 사실이 매우 만족스러웠는지 쿡쿡 소리 내어 웃었다.

"그럼, 계속 말씀드리죠. 제2의 얼룩은 분명히 있습니다. 그렇지만 카펫에 있는 첫 번째 핏자국과는 일치하지 않는 곳에 있는 겁니다. 직접 보세요."

레스트레이드가 카펫의 다른 부분을 뒤집자 과연 그 아래에 있던 고풍스러운 바닥에 커다란 핏자국이 남아 있었다.

"홈즈 선생님, 어떻게 생각하십니까?"

"간단합니다. 두 핏자국이 일치하지 않는다는 건 카펫을 움직였다는 말입니다. 카펫은 정사각형이고 고정되어 있지 않으니 아주 간단했겠지요."

"카펫을 움직였다는 사실을 알아내려고 선생님의 도움을 청한 게 아닙니다. 그 정도는 우리도 잘 알고 있습니다. 보세요, 이렇게 움직이면 핏자국 두 개가 완벽하게 일치하니까요. 우리는 도대체 누가, 왜, 카펫을 움직였는지 알고 싶은 겁니다!"

홈즈의 굳은 표정을 보니 그가 속으로 몹시 흥분한 것이 분명했다. 그가 경찰에게 물었다.

"레스트레이드, 저 복도에 있는 경찰이 여기를 계속 감시하고 있었습니까?"

"그렇습니다."

"그렇다면 내가 조언하는 대로 저 경찰을 철저하게 심문해 보세요. 우리가 있는 곳에서 하면 안 됩니다. 우리는 여기서 기다리고 있을 테니 뒤쪽에 있는 방으로 데려가세요. 그래야만 솔직하게 대답할 테니까. 어째서 이 방으로 사람을 들여보냈는지, 그리고 왜 감시하지 않았는지 물어보는 겁니다. 그런 일이 있었는지 없었는지를 묻지 말고 그런 일이 있었다는 사실을 다 알고 있다는 식으로 말해야 합니다. 상대방을 완전히 압도하면서 솔직히 말하면 용서할 수도 있다고 하세요. 레스트레이드, 어서 내 말대로 해요."

"내 정말이지 저 녀석이 사실을 알고 있다면 전부 토해내도록 하겠습니다."

레스트레이드는 큰 소리로 외치더니 현관 쪽으로 달려갔다. 잠시 후, 뒤쪽 방에서 그가 호통 치는 소리가 들렸다.

"서두르게 왓슨, 서둘러!"

홈즈가 미친 듯이 외쳤다. 뚱한 표정 뒤에 숨겨 두었던 악마 같은 에너지를 단번에 폭발시킨 것이다. 그는 카펫을 걷어 내더니 곧바로 바닥에 엎드려 그 아래에 있던 사각형 판자 사이마다 손톱을 찔러 넣었다. 그러자 판자 중하나가 옆으로 움직였다. 거기에는 마치 상자 뚜껑처럼 경첩이 달려 있었다. 그 아래로는 검고 작은 구멍이 입을

벌리고 있었다. 홈즈는 손을 안으로 밀어 넣었는데 곧 분노 때문인지 실망 때문인지 모를 씁쓸한 신음 소리를 내면서 손을 뺐다. 구멍 안은 텅비어 있었다.

"빨리, 왓슨! 이걸 원래대로 해 두어야 해."

나무 뚜껑을 닫고 카펫을 원래대로 돌려놓자마자 레스트레이드의 목소리가 복도에서 들려왔다. 경위가 방에 들어왔을 때, 홈즈는 기다리다가 지쳤다는 듯이 벽난로에 기대서서 체념한 기색으로 하품을 억지로참고 있었다.

"홈즈 선생님, 기다리게 해서 죄송합니다. 선생님에게 이건 퍽 재미있는 사건이라고는 할 수 없겠지요. 어쨌든 이 친구가 자백했습니다. 이리오게 맥퍼슨, 용서받을 수 없는 자네의 행동에 대해서 말해 보게나."

얼굴이 붉게 물든 채 깊이 뉘우치고 있는 거구의 경찰이 주저하면서 방 안으로 들어왔다.

"다른 뜻은 없었습니다. 어젯밤에 어떤 젊은 여자가 문 앞으로 다가와서는 집을 잘못 찾아왔다고 하더군요. 그리고 서로 이런저런 대화를 했습니다. 이렇게 하루 종일 임무를 수행하다 보면 나중에는 정말 심심해지거든요."

"그래서 다음에 무슨 일이 일어났소?"

"그 여자는 신문에서 봤다면서 범죄가 일어난 방을 보고 싶다고 했습니다. 옷차림도 훌륭했고 말투도 아주 예의 바른 젊은 여자였죠. 그래서 잠깐 보여 줘도 되겠다 싶었습니다. 그런데 그 카펫에 묻은 피를 보자마자 그 자리에서 쓰러져 버리지 뭡니까. 아주 죽은 사람처럼 쓰러져 있었어요. 저는 부엌으로 달려가서 물을 가지고 왔는데 그래도 정신을 차리지 못해서 모퉁이에 있는 아이비 플랜트라는 가게로 브랜디를 얻으러 달려갔습니다. 그런데 돌아와 보니 그 여자는 정신을 차렸는지 이미 모습을 감추고 없었습니다. 부끄러워서 제 얼굴을 보지 못하고 그냥 간 것 같습니다."

"카펫을 움직인 건 어떻게 된 일입니까?"

"제가 돌아오니 카펫에 주름이 조금 잡혀 있었습니다. 그 여자가 미끄러운 바닥에 고정해 두지도 않고 그냥 깔아 놓은 카펫 위로 쓰러졌으니까요. 그래서 나중에 제가 똑바로 폈습니다."

"맥퍼슨, 나를 속일 수 없다는 사실을 이제 알았겠지? 자네는 임무를 조금 소홀히 해도 들키지 않을 거라고 생각했겠지만 저 카펫을 힐끗 보기만 해도 누가 들어왔다는 사실을 금방 알 수 있다고. 다행히 없어진 물건이 없으니 망정이지 만약 무슨 일이 생겼다면 자네는 엄청난 일을 당했을 거야. 홈즈 선생님, 이런 하찮은 일로 불러서 정말 죄송합니다. 하지만 처음 발견한 혈흔과 두 번째 발견한 혈흔이 일치하지 않았다는 점은 흥미로우셨겠죠?"

"네, 아주 재미있었습니다. 그런데 그 젊은 여자는 딱 한 번 왔습니까?"

"네, 딱 한 번입니다."

경관이 대답했다.

"그 여자는 누구였습니까?"

"이름은 모릅니다. 타자 치는 사람을 구한다는 광고를 보고 왔는데 번지를 잘못 찾았다고 했습니다. 상냥하고 품위 있는 젊은 여자였습니다."

"키가 큰 미인이었나요?"

"네, 키가 컸습니다. 선생님도 한번 보신다면 미인이라고 말씀하실 겁니다. 어떤 사람들은 굉장한 미인이라고 하겠죠. '어머, 경관님, 살짝 보게 해 주세요.'라고 말했습니다. 예쁜 데다가 매우 사랑스럽고 애교 넘치는 말투였습니다. 그래서 저도 모르게 문 앞에서 잠깐 들여다보면 괜찮을 거라고 생각했습니다."

"옷차림은 어땠습니까?"

"수수한 옷차림이었습니다. 발끝까지 내려오는 긴 망토를 두르고 있었지요."

"그게 몇 시쯤이었습니까?"

"막 어두워진 때였습니다. 브랜디를 가지고 돌아올 때 가로등지기들이 막 불을 켜기 시작했으니까요."

"잘 알겠습니다. 그만 가세, 왓슨. 더 중요한 임무가 우리를 기다리고 있네."

우리는 방에서 나왔지만 레스트레이드는 그대로 방에 남아 있었다. 실수를 저지른 경관이 문을 열어 주려고 우리를 따라 나왔다. 홈즈는 계단을 내려가다가 뒤돌아서서 손에 들고 있던 물건을 경관에게 보여 주었다. 그는 그것을 빤히 쳐다보았다.

"맙소사, 이럴 수가!"

경관은 화들짝 놀라 소리쳤다. 홈즈는 아무 말 말라는 듯 손가락을 세워 입술에 대더니 다른 손으로 가슴 안주머니에 그것을 넣고 거리로 내려서며 커다랗게 웃었다.

"이제야 모든 일이 제대로 풀리는군. 어서 가세, 왓슨. 곧 연극의 마지막 장이 시작될 거야. 그걸 보면 자네 마음도 편안해질 걸세. 전쟁은 일어나지 않을 테고 트렐로니 호프 장관의 화려한 경력에도 오점이 남지 않겠지. 경솔한 군주도 무분별한 행동의 대가를 치르지 않아도 되고 수상님께서는 머리를 싸매고 유럽의 분쟁을 처리할 필요가 없다네. 어쩌면 큰 문제로 번질 수도 있었겠지만 우리가 조금만 잘 처리하면 아무에게도 고통을 주지 않고 끝맺을 수 있을 걸세."

내 마음은 이 뛰어난 인물에 대한 감탄으로 가득했다. 내가 큰 소리로 외쳤다.

"자네, 사건을 해결했군!"

"아직은 아닐세. 아직 풀리지 않은 부분이 있어. 하지만 진실의 대부분을 알았으니 그 부분을 풀지 못한다면 그건 우리 잘못일세. 지금 당장 화이트홀 테라스로 가서 단번에 끝내 버리자고."

유럽 담당 장관의 저택에 도착하자마자 홈즈는 힐다 트렐로니 호프 부인을 만나고 싶다고 했다. 우리는 거실로 안내받았는데 모습을 드러낸 부인은 얼굴을 붉히며 화를 냈다.

"홈즈 선생님, 너무하십니다! 저는 저번에 선생님을 찾아간 일을 비밀로 해 달라고 말씀드렸습니다. 제가 공무에 간섭하고 있다고 남편이 생각하지 않도록 말이에요. 그런데 우리가 무슨 거래라도 한 것처럼 대뜸 찾아 와서는 제 처지를 곤란하게 하시는군요."

"죄송하지만 달리 방법이 없었습니다. 나는 그 중요한 편지를 찾아달라는 부탁을 받았거든요. 그러니 부인, 그 편지를 돌려주십시오."

그러자 부인은 자리에서 벌떡 일어났다. 아름다운 얼굴에 핏기가 싹 가셨고 눈도 초점을 잃더니 비틀거리기 시작했다. 나는 부인이 기절할까 봐 걱정했는데 그녀는 간신히 충격을 이겨 냈다. 그 얼굴에는 놀라움과 분노의 표정이 번갈아 가며 나타났다.

"선생님은 저를 모욕할 생각으로 오신 건가요?"

"자, 부인. 이제 그만 편지를 건네주십시오."

부인이 벨 쪽으로 달려갔다.

"집사를 불러서 당신들을 내보내겠어요."

"벨을 울려서는 안 됩니다. 그러면 사건이 크게 번지는 것을 어떻게든 막아 보려던 내 노력도 물거품이 되고 맙니다. 편지만 주시면 모든 일이 잘 해결될 겁니다. 협력해 주신다면 내가 모든 일을 잘 처리할 테니까요. 만약 그렇게 하지 않으신다면 나는 진상을 공개할 수밖에 없습니다."

부인은 여왕처럼 당당하고 반항적인 태도로 서서 홈즈의 마음을 꿰뚫

어 보려는 듯 그의 눈을 빤히 쳐다보았다. 그녀의 손은 이미 벨 위에 있었지만 누르지는 않았다.

"이제는 저를 협박하는 건가요? 일부러 여기까지 오셔서 여자를 협박하다니 남자답지 못한 행동입니다. 대체 뭘 알고 계시는 겁니까? 어디 말씀 좀 들어 보지요."

"자, 이리 와서 앉으세요. 만약 쓰러지시면 다칠 수도 있으니까요. 앉으실 때까지 아무 말도 하지 않겠습니다. 아, 감사합니다."

"5분 드리죠."

"1분이면 충분합니다. 부인이 에두아르도 루카스를 찾아갔다는 사실을 알고 있습니다. 그에게 편지를 건네줬다는 사실도, 그리고 어젯밤 그 방에 다시 찾아가 교묘한 수단을 써서 카펫 아래 비밀 장소에 있던 편지를 찾아왔다는 사실도 전부 알고 있어요."

부인이 하얗게 질린 얼굴로 홈즈를 바라보았다. 그리고 두 번 숨을 들이 쉰 다음 간신히 입을 열어 커다랗게 외쳤다.

"제정신이 아니로군요. 미쳤어요!"

홈즈가 주머니에서 두꺼운 판지 한 장을 꺼냈다. 초상화에서 오려 낸 여자 얼굴이었다.

"도움이 될지도 모르겠다 싶어서 들고 다녔습니다. 그 경관이 어젯밤에 찾아온 여인과 같은 인물이라고 털어놓던데요."

부인은 숨을 헐떡이다가 머리를 의자의 등받이에 기댔다.

"나는 부인이 편지를 가지고 있다는 사실도 이미 알고 있습니다. 아직 절망적인 상황은 아닙니다. 나는 부인을 괴롭히려고 온 것이 아닙니다. 사라진 편지를 남편에게 돌려주기만 하면 그것으로 내 일은 끝입니다. 그러니 내 말을 듣고 모든 것을 솔직하게 말씀하십시오. 이제 더 이상의 기회는 없습니다."

부인의 용기도 참으로 대단했다. 아직도 그녀는 패배를 인정하려 들지 않았다.

"다시 한 번 말씀드리지요. 홈즈 선생님은 지금 커다란 오해를 하고 계십니다."

홈즈가 의자에서 일어났다.

"정말 안타깝습니다, 부인. 나는 최선을 다했지만 전부 쓸데없는 짓이었군요."

홈즈가 벨을 울리자 집사가 들어왔다.

"장관님은 지금 집에 계신가?"

"12시 45분에 돌아오실 예정입니다."

홈즈가 시계를 들여다보았다.

"아직 15분 남았군. 여기서 기다리겠네."

집사가 문을 닫고 나가자 힐다 부인은 홈즈의 발밑에 몸을 던져 무릎을 꿇고 앉았다. 그리고 두 손을 벌린 채 아름다운 얼굴을 들어 올렸다. 두 눈에는 눈물이 글썽였다.

"용서해 주세요, 홈즈 선생님. 제발 용서해 주세요. 부탁이니 남편에게는 비밀로 해 주세요. 저는 남편을 진심으로 사랑해요! 남편의 삶에 그림자를 드리우고 싶지 않아요. 그런데 이 일을 알게 되면 남편은 그 고귀한 마음에 상처를 입을 거예요."

홈즈는 열띤 목소리로 미친 듯이 말하는 부인을 일으켜 세웠다.

"부인, 아슬아슬한 순간에 드디어 분별력을 찾아 주셔서 감사합니다. 이제 한시도 지체할 수 없어요. 편지는 어디에 있습니까?"

책상으로 달려간 부인이 열쇠로 서랍을 열어 길고 푸른 봉투를 꺼냈다.

"여기 있어요. 맹세하건대 절대 뜯어보지 않았습니다."

"이걸 어떻게 돌려주지? 서둘러 좋은 방법을 찾아내야 하는데! 서류 상자는 어디 있습니까?"

홈즈는 중얼거리다가 부인에게 물었다.

"아직 남편의 침실에 있어요."

"천운이야! 부인, 얼른 이리 가져 오세요."

부인이 곧바로 납작하게 생긴 붉은 상자를 들고 왔다.

"전에는 이것을 어떻게 열었습니까? 복제한 열쇠는 가지고 계신가요? 물론 가지고 계시겠죠. 열어 주세요."

힐다 부인이 품속에서 작은 열쇠를 꺼내 상자를 열었다. 그 안에는 서류가 가득 했다. 홈즈는 상자 깊은 곳에 있는 다른 서류 사이에 푸른 편지 봉투를 끼워 넣고 뚜껑을 덮은 다음 자물쇠를 채워 다시 침실에 가져 다놓았다.

"이제 부군이 돌아와도 걱정하실 필요가 없습니다. 아직 10분 정도 시간이 남았네요. 부인, 나는 최선을 다해 부인을 지켜 드릴 생각입니다. 그 대신 이번 사건에 대한 진상을 들려주세요."

부인은 큰 소리로 대답했다.

"뭐든지 다 말씀드리겠어요. 남편을 조금이라도 슬프게 하느니 차라리 이 오른손을 잘라 버리는 게 나아요. 런던에 아무리 많은 부부들이 있다지만 저만큼 남편을 사랑하는 여자도 없을 거예요. 하지만 제가 무슨 짓을 했는지 남편이 알게 된다면 저를 용서할 리가 없어요. 저로서는 어쩔 수 없었지만 말이에요. 남편은 명예를 아주 소중히 여기는 사람이라 타인의 실수도 잊거나 용서하지 않거든요. 도와주세요, 홈즈 선생님! 저와 남편의 행복, 그리고 우리 인생이 걸려 있습니다!"

"부인, 어서요. 시간이 얼마 없습니다."

"이 모든 일은 제가 쓴 편지에서 시작됐습니다. 결혼하기 전에 쓴 경솔하고 어리석은 편지, 사랑에 빠진 여자가 충동적으로 쓴 편지였어요. 제가 보기엔 별문제 될 것이 없었지만 남편이 보면 그렇게 생각하지 않을 거예요. 그 편지를 남편이 읽는다면 저에 대한 믿음을 영원히 잃어버릴 겁니다. 아주 오래 전에 쓴 편지고 이제는 전부 지나간 일이라고 생각했죠. 그런데 갑자기 그 루카스라는 사람이 그걸 손에 넣어 남편에게 보여 주겠다고 했어요. 저는 그러지 말라고 자비를 애원했습니다. 그자는 남편의 서류 상자에 있는 어떤 편지를 자신에게 주면 제 편지를 돌려주겠다고 했어요. 남편 사무실에 그 사람이 심어 둔 스파이가 그 편지에 대해 정보를 흘린 거예요. 루카스는 그 편지가 없어져도 남편에게는 전혀 피해가 가지 않을 거라고 했어요. 선생님, 제 입장을 생각해 보세요. 그런 상황에서 제가 뭘 어쩌겠어요?"

"부군에게 모든 사실을 털어놓았어야 합니다."

"그럴 수 없었어요. 저는 그럴 수가 없었어요. 그랬다간 모든 것이 끝나고 말았을 거예요. 남편의 서류를 훔치는 것도 두려웠지만 정치적인 일이라 저는 그 결과를 상상할 수 없었어요. 하지만 애정이나 신뢰에 관한 일이라면 저도 확실하게 알고 있었죠. 저는 마음을 굳게 먹고 서류함 열쇠 본을 떴습니다. 열쇠는 루카스가 만들어 줬어요. 그 열쇠로 서류 상자를 열어 서류를 훔쳐서 고돌핀 가로 가져갔습니다."

"그때 무슨 일이 일어났습니까?"

"저는 약속한 대로 문을 두드렸어요. 루카스가 문을 열어 줬고 저는 그를 따라 안으로 들어갔지만 현관문을 반쯤 열어 놓았어요. 남자와 단둘이 있는 게 무서워서요. 안으로 들어 갈 때, 밖에 어떤 여자가 서 있는 것을 보았어요. 일은 바로 끝났어요. 제 편지가 책상 위에 놓여 있더군요. 저는 서류를 건넸고 제 편지를 돌려받았어요. 바로 그때 문 쪽에서 무슨 소리가 들렸고 뒤이어 복도를 걸어오는 발소리가 들렸어요. 당황한 루카스는 서둘러 카펫을 들추더니 비밀 장소에 편지를 쑤셔 넣고 카펫을 원래대로 되돌려 놓았습니다.

그런데 그 다음 순간에 악몽 같은 일이 벌어졌어요. 광기에 넘친 가무잡잡한 얼굴이 눈에 들어온 거예요. 그 여자가 째지는 듯한 프랑스어로 '역시 기다린 보람이 있었군. 드디어 다른 여자와 함께 있는 현장을 잡았다!'라고 외쳤어요. 끔찍한 싸움이 벌어졌습니다. 루카스는 의자를 집어 들었고 여자의 손에는 칼이 번뜩였어요. 저는 너무 놀라서 그 방에서 빠져나와 서둘러 집으로 돌아왔습니다. 그리고 이튿날 아침, 신문을 보고 나서야 참사가 일어났다는 사실을 알게 됐어요. 하지만 그날 밤에는 마음 편히 잘 수 있었어요. 편지도 되찾았고, 앞으로 무슨 일이 일어날지 전혀 몰랐으니까요.

그런데 그 다음 날, 문제 하나를 다른 문제와 맞바꿨을 뿐이라는 것을 깨달았습니다. 남편이 사라진 서류 때문에 괴로워하는 모습을 보고 마음이 찢어지는 것 같았어요. 그때는 남편의 발밑에 무릎을 꿇고 앉아 제가 저지른 일을 전부 털어놓아야겠다는 충동이 들었습니다. 하지만 그러려면 제 과거를 전부 밝혀야만 했죠. 그래서 저는 그날 아침에 제가 얼마나 큰 잘못을 저질렀는지 알기 위해 선생님을 찾아갔습니다. 그 결과를 알고 난 순간부터 무슨 일이 있어도 그 서류를 되찾아야겠다는 생각이 들었어요. 루카스는 그 무서운 여자가 방에 들이닥치기 전에 서류를 숨겼으니 처음에 숨겨 둔 곳에 그대로 있을 것이 분명했어요. 만약 그 여자가 들어오지 않았다면 그 비밀 장소가 어디인지 몰랐겠지요. 어떻게 해야 그 방으로 들어갈 수 있을까? 저는 이틀 동안이나 집을 살펴보았지만 언제나 문이 잠겨 있어서 들어갈 수가 없었어요. 그래서 어젯밤에 최후의 수단을 쓰기로 했습니다.

그 다음에 제가 어떻게 했는지, 어떻게 편지를 꺼내 갔는지 선생님은 이미 알고 계시겠죠? 저는 집으로 편지를 가져왔지만 죄를 고백하지 않고 되돌려놓을 방법을 찾지 못해서 그냥 태워 버릴 생각도 했습니다. 아, 남편이 계단을 올라오는 발소리가 들려요!"

유럽 담당 장관이 흥분한 표정으로 달려 들어왔다.

"새로운 소식이라도 있나요? 뭣 좀 알아내신 게 있습니까?"

장관이 큰 소리로 물었다.

"드디어 희망이 보이기 시작했습니다."

"감사합니다. 수상께서 식사도 하실 겸 같이 오셨습니다. 그분께도 희망이 보이기 시작했다고 말씀드려도 되겠습니까? 정말 대담한 분이시지만 이번 사건 이후로는 거의 잠도 못 주무시거든요. 제이콥스, 수상님을 안으로 모시고 오게. 여보, 이건 정치에 관한 일이니 잠시 후 식당에서 만납시다."

수상은 얼굴 위로 감정을 드러내지 않았지만 빛나는 눈빛과 여윈 손을 움직이는 것으로 봐서 그도 젊은 장관처럼 흥분했다는 사실을 알 수 있었다.

"홈즈 선생, 새로운 소식이 있다고요?"

"지금까지 그럴 듯한 정보는 없습니다. 편지가 갔을 만한 곳을 전부 조사했지만 위험을 나타내는 징후는 전혀 없습니다."

"하지만 그것만으로는 부족하오. 언제 터질지 모르는 화산 위에서 살 수는 없지 않겠소? 우리에게는 확실한 답이 필요하오."

"편지를 찾을 희망은 있습니다. 그래서 여기로 온 겁니다. 아무리 생각해 봐도 그 편지는 이 저택 안에 있는 것 같습니다."

"홈즈 선생!"

"만약 정말로 도둑맞았다면 지금쯤 벌써 공표되었을 겁니다."

"그냥 집에 둘 거라면 왜 훔쳐 갔겠습니까?"

"정말 도둑맞은 것인지도 확실하지 않습니다."

"그럼 왜 서류 상자에 없는 겁니까?"

"그 편지는 서류 상자에서 사라진 것이 아닙니다."

"홈즈 선생! 지금 농담하는 겁니까? 편지는 분명히 서류 상자에서 사라졌습니다!"

"화요일 이후로 그 상자를 열어 본 적이 있습니까?"

"아니요. 그럴 필요도 없었으니까요."

"잘못봤을 수도 있지요."

"절대 그럴 리 없습니다."

"저는 그럴 수도 있다고 생각합니다. 예전에도 그런 일이 있었거든요. 상자 안에는 다른 서류도 함께 들어 있었으니 섞여 들어갔을지도 모르는 일입니다."

"그 편지는 제일 위에 두었습니다."

"누군가 상자를 흔들어서 서류 위치가 바뀌었을 수도 있지요."

"아니, 모든 서류를 꺼내 봤습니다."

"호프 장관, 그거야 금방 확인할 수 있는 일이 아닌가? 서류 상자를 가지고 오라고 하게."

수상이 말하자 장관은 벨을 울렸다.

"제이콥스, 내 서류 상자를 가져다주게. 말도 안 되는 소리지만 정 그렇게 생각하신다면 한번 열어 보지요. 고맙네, 제이콥스. 여기 두고 나가게. 열쇠는 항상 시곗줄에 걸어 놓고 다닙니다. 자, 상자 안의 서류들을 보십시오. 메로 경이 보낸 편지, 찰스 하디 경의 보고서, 베오그라드에서 온 조약서, 러시아-독일 곡물세에 관한 통보, 마드리드에서 온 편지, 플라워스 경이 보낸 짧은 편지……, 아니, 이게 어떻게 된 일이지? 수상님, 수상님!"

수상은 장관의 손에서 푸른 봉투를 낚아챘다.

"이 편지일세! 편지는 그대로 있군. 축하하네, 호프 장관!"

"감사합니다. 정말 감사합니다. 마음의 짐을 덜었습니다. 하지만 어떻게 이런 일이, 있을 수 없는 일입니다. 홈즈 선생님은 마법사인가 봅니다! 여기 있다는 걸 어떻게 아셨습니까?"

"다른 곳에 없었으니까요."

"내 눈이 다 의심스럽군요. 힐다
는 어디 있지? 모든 일이 무사히
해결됐다고 알려 줘야 하는데. 힐
다, 힐다!"

장관이 서둘러 문 밖으로 뛰어
나갔다. 계단에서 부인을 부르는
소리가 들렸다.

수상은 눈을 깜빡이며 홈즈를 바
라보았다.

"이번 사건에는 숨겨진 비밀이 있는
것 같소이다. 편지가 어떻게 다시 상자로
돌아온 거요?"

홈즈는 빙그레 미소 지으면서 자기를 날카롭게 바라보는 수상의 시선
을 피했다.

"제게도 외교상의 비밀이라는 것이 있습니다."

그는 모자를 집어 들고 문을 향해 걸어갔다.